Lynette Noni

PROJECT JANE

Die Macht der Gedanken

Aus dem Englischen von Fabienne Pfeiffer

Oetinger Taschenbuch

Band 1: Project Jane. Ein Wort verändert die Welt

MIX
Papier aus verantwortungsvollen Quellen
FSC® C002795

1. Auflage
2020 Oetinger Taschenbuch im Verlag Friedrich Oetinger GmbH,
Max-Brauer-Allee 34, 22765 Hamburg

First published in 2019 by Pantera Press Pty Limited
Pantera Press, three-slashes colophon device, Lost the Plot, and *sparking imagination, conversation & change* are trademarks of Pantera Press Pty Limited
© Übersetzung: Fabienne Pfeiffer
© Einbandgestaltung: Johannes Wiebel | punchdesign, München
Einbandabbildung: Johannes Wiebel, unter Verwendung von Motiven von Shutterstock.com
Satz: Datagroup-Int SRL, Timişoara, România
Druck und Bindung: Livonia Print SIA, Ventspils iela 50, LV-1002; Riga, Lettland
Printed 2020
978-3-8415-0637-5

www.oetinger-taschenbuch.de

Für Anabel Pandiella –
Du bist der lebendige Beweis dafür, dass Einhörner
wirklich existieren.

KAPITEL 1

Während ich mich in der großen, fackelbeleuchteten unterirdischen Höhle umsehe, frage ich mich – nicht zum ersten Mal –, ob es ein Fehler war, hierherzukommen.

»Los jetzt, Schöpfergirl. Ich habe nicht den ganzen Tag Zeit.«

Ich schneide Keeda eine Grimasse, doch ehe ich Gelegenheit habe, etwas zu entgegnen, schnaubt Pandora und meint: »Ich merke, mein Spitzname ist kleben geblieben.« Sie schaut nicht zu uns auf, zwirbelt bloß mit einer Hand ihren lila Zopf und hält mit der anderen den dicken Wälzer auf ihren Knien fest, auf dessen Rücken in goldenen Folienlettern der Titel *Fortgeschrittene Quantenmechanik* prangt.

Ich durchbohre beide mit Blicken und kann mich nur davon abhalten, ihnen genau zu sagen, wohin sie sich ihren Spitznamen schieben sollen, weil ich auf Camis Gesicht ein halbes Lächeln erhasche. Sie sitzt auf dem Boden neben Pandora, im Schoß mein Kätzchen, Schrödinger, und streichelt sein seidiges schwarz-weißes Fell. Ihr unbeschwerter Humor hat sich in den letzten sechs Tagen kein einziges Mal gezeigt, und ich möchte nicht riskieren, der Grund dafür zu sein, dass er aufs Neue verschwindet.

»Ich begreife nicht, wieso Kael –«, fange ich an, doch Keeda fällt mir ins Wort.

»Kael ist beschäftigt.« Sie kaut wie ein Kamel und macht dann eine beeindruckende pinkfarbene Kaugummiblase, die beim Zerplatzen ein unappetitliches Echo durch das Gewölbe schickt. »Du wirst dich also mit mir begnügen müssen.«

Ich verkneife mir all die Dinge, die ich gern erwidern würde; in mir brodelt es.

Sechs Tage sind vergangen, seit Keeda Cami und mir bei der Flucht aus Lengard geholfen hat; sechs Tage, seit wir Unterschlupf bei den Relikten in den Katakomben unter Sydneys Taronga Zoo gefunden haben. Die ersten drei davon habe ich bewusstlos verbracht, nur um schließlich aufzuwachen und von Kael erzählt zu bekommen, was passiert war und wie wir hierher gelangt waren. Am liebsten wäre ich sofort wieder aufgebrochen, zurück nach Lengard, um alle zu befreien, die wir dort ihrem Schicksal überlassen hatten – die Sprecher, die sich noch immer in der Gewalt des gefährlichen Wissenschaftlers Kendall Vanik und seines mächtigen Komplizen, Dr. Alvin Manning, befanden. Unsere Freunde und ... und Ward – Camis Bruder und meinen ... meinen ...

Ich bin mir nach wie vor nicht sicher, wie ich meine Beziehung zu Ward definieren soll. Eine Beziehung, von der ich glaubte, sie fuße auf Lügen und Verrat, bis er seine eigene Freiheit geopfert hat, um mein Leben zu retten. In diesem Moment hat er die Karten auf den Tisch gelegt: Die ganze Zeit über hatte er mich beschützt.

Als ich in den Katakomben wieder zu mir gekommen bin, brannte in mir der verzweifelte Wunsch, ihm zu Hilfe zu eilen – ihm und all den unschuldigen Sprechern in Lengard; allerdings war ich von Vaniks Folter noch so geschwächt, dass ich mich kaum auf den Beinen halten konnte. An eine Rettungsmission war nicht zu denken. Kael hat mir jedoch versprochen, dass wir uns auf den Weg machen und alle in Sicherheit bringen würden, sobald ich mich erholt habe.

Seitdem sind weitere drei Tage verstrichen, und dank Camis Heilkräften geht es mir seit bereits beinahe zweiundsiebzig Stunden deutlich besser.

In all dieser Zeit habe ich Kael kein einziges Mal zu Gesicht bekommen.

»Hast du mit ihm gesprochen?«, fragte ich Keeda. Meine Stimme ist leise, aber scharf; ganz gelingt es mir nicht, den unterschwelligen Sturm in mir zu bändigen.

»Ich habe es dir doch gesagt«, antwortet sie knapp. »Er ist –«

»Beschäftigt. Schon klar. Zu beschäftigt, offenbar, um seine Versprechen zu halten.«

Da ist ein weiterer Schwur, den Kael noch einlösen muss und der meinen Frust nur zusätzlich nährt: Er hat mir sein Wort gegeben, dass er mir beibringen wird, meine Schöpfergabe zu meistern.

Selbst wenn ich infolge von Wards rigorosem Training mit meiner Kontrolle inzwischen kaum noch Probleme habe, gibt es nach wie vor so vieles, das ich nicht weiß – so wenig, wozu ich in der Lage bin. Meine Macht sollte grenzenlos sein, beschränkt lediglich durch meine eigene Vorstellungskraft. Ich stelle jedoch immer öfter fest, wie schwierig es ist, diese Vorstellungskraft zu *entschränken*, meinen Geist zu öffnen und meiner Schöpfergabe kreativen *Spielraum* zuzugestehen. Vor wenigen Tagen, in Vaniks Labor, hätte ich ihm – so schwach ich auch war – ein für alle Mal das Handwerk legen können, wäre mir bloß etwas Brauchbares eingefallen. Stattdessen bin ich geflohen, habe mich in Sicherheit gebracht.

Nie wieder will ich mich derart hilflos fühlen – und genau deshalb habe ich mir, solange Kael »beschäftigt« ist, anderweitige Unterstützung organisiert.

Anfangs waren es nur Cami und ich. Als ich am vierten Tag aufgewacht bin, war sie es, die neben meinem Bett wartete, nicht Kael. Ich hatte damit gerechnet, dass sie mich fragen würde, wie mein Plan aussehe – dass sie ebenso wie ich darauf drängen würde, unverzüglich wieder einen Weg nach Lengard zu suchen. Doch sie hat sich vielmehr ruhig erkundigt, ob sie meine Verletzungen heilen dürfe. Zuerst war ich zögerlich, weil ein Teil von mir eine gewisse Schuldigkeit gegenüber denen verspürte, die wir zurückgelassen haben – als sollte ich den Schmerz behalten, damit er mich daran erinnert, dass sie weiterhin leiden. Auch wenn sie nichts davon merken, da Dr. Mannings Fähigkeit sie zu empfindungslosen Marionetten macht. Beim Anblick von Camis blassem Gesicht und den Tränen in ihren Augen habe ich schließlich aber doch stumm genickt.

Innerhalb von Sekunden war eine zarte weiße Narbe auf meinem Arm – dort, wo Crew auf Mannings mentale Anweisung hin seine Gabe genutzt hatte, um meine Haut aufzuschlitzen – alles, was mir von jener Nacht geblieben war.

Die Narbe juckt noch immer, aber der Schmerz ist weg.

Zumindest der körperliche.

Nachdem Cami mich geflickt hatte, kam auch ein wenig Farbe in ihr eigenes Gesicht zurück, und eine neue Entschlossenheit trat in ihre

Züge. Nun stellte sie die Frage danach, was wir unternehmen, wie wir den Exodus-Rekruten helfen würden.

Ich hatte keine Antwort.

Ich habe nach wie vor keine.

Und mit jedem weiteren Tag, der vergeht, wird ihre Miene gequälter.

Sie ist verstimmt – das ist mir klar. Und sie hat Angst. Nicht um sich selbst; um ihre Freunde, um ihren Bruder. Um all die, die in Lengard festsitzen.

Ich habe ebenfalls Angst. Weil sechs Tage genauso gut ein ganzes Leben sein könnten.

Einhundertvierundvierzig Stunden.

Achttausendsechshundertvierzig Minuten.

An jedem dieser Tage, in jeder dieser Stunden, in jeder Minute hat Vanik die Gelegenheit, alles Mögliche zu tun. *Tut* er alles Mögliche. Tut er unseren Freunden Unaussprechliches an – Sneak und Crew und Enzo.

… Und Ward.

Wenigstens Keeda ist hier bei uns. Ihre Tarnung als Spionin für Kael und die Relikte ist aufgeflogen, und die Katakomben sind nun auch ihre Zuflucht. Hier ist sie sicher vor Vaniks Klauen, vor Mannings Kontrolle – wobei die Gabe des Therapeuten auf sie ohnehin keine Wirkung hatte. Den Grund dafür hat mir noch immer niemand verraten. Allerdings steht diese Frage vorübergehend auf meiner Prioritätenliste ziemlich weit unten – im Gegensatz zu den restlichen, die mein Gehirn überfluten:

Was unternehmen wir jetzt?

Wie retten wir die anderen?

Was, wenn Vanik triumphiert?

Diese Fragen sind es, die mich foltern. Denn meine Sorge gilt nicht nur den Exodus-Rekruten – sondern der *ganzen Welt*. Sollte es Vanik gelingen, mein Schöpfergenom zu vervielfältigen und damit seine eigene Sprecherarmee zu züchten, dann …

Egal, wie viele Tage verstrichen sind: Allein die Vorstellung ist mir nach wie vor unerträglich.

Und schließlich gibt es da noch die übrigen Rätsel, über die ich – vergeblich – nicht nachzudenken versuche. Vaniks höhnische Worte über meine Eltern verfolgen mich. Die Aussicht, dass meine Mum und mein Dad am Leben sein könnten, irgendwo *da draußen* … dass sie es vielleicht *selbst* waren, die mich haben vergessen lassen …

Ich *muss* herausfinden, weshalb sie mir nie von ihrer Sprechergabe erzählt haben – von *ihren* Fähigkeiten. Ich *muss* wissen, wieso ich mehr als zweieinhalb Jahre lang davon überzeugt war, dass ich sie umgebracht habe.

Ein weiteres Versprechen, das Kael mir gegeben hat – dass er mir auf der Suche nach der Wahrheit zur Seite stehen werde.

Drei Tage, drei gebrochene Versprechen.

Keeda lässt eine weitere pinkfarbene Kaugummiblase platzen und lenkt so meine Aufmerksamkeit wieder auf sich und die leere Höhle, in der wir uns befinden. Ich reiße mich zusammen; mir ist bewusst, dass ich Kael unrecht tue. Er reibt sich auf, damit ich hier in Sicherheit bin – damit *wir* in Sicherheit sind. Darum habe ich ihn seit Tagen nicht gesehen – weil er die Situation mit Lengard gewissenhaft im Auge behält. Unsere Flucht hat den Relikten einen Haufen Probleme beschert, einschließlich der Notwendigkeit erhöhter Sicherheitsvorkehrungen in den Katakomben. Kael passt auf uns auf. Auf uns alle.

Wenn Keeda behauptet, er sei beschäftigt, dann stimmt das – er *ist* beschäftigt. Und ich muss dafür mehr Verständnis aufbringen. Kael ist ein Freund, und ich liege ihm am Herzen. Irgendwann wird er bereit sein und seine Versprechen wahr machen, das weiß ich.

Nur mit der Verzögerung kann ich mich nicht abfinden.

… Weshalb ich nun hier stehe, mit der Kaugummi kauenden Keeda, der lesenden Pandora und der Katzen streichelnden Cami.

Die Idee stammt ursprünglich von Dante, dem Gedankenleser. Heute Morgen hat er Cami und mich dabei erwischt, wie wir uns aus den Katakomben stehlen wollten – beide so verzweifelt auf Informationen über Lengard aus, dass wir bereit waren, uns allen Gefahren zum Trotz selbst auf die Suche zu machen. Er hat uns am Ende des langen Tunnels abgepasst, den wir gerade entlangschlichen, und ist uns mit vor der massigen Brust verschränkten Armen in den Weg getreten. »Mit Liana und mir in der Nähe – habt ihr da *allen Ernstes* geglaubt, euer Ausflug würde unbemerkt bleiben?«, hat er uns mit beinahe verschmitztem Blick gefragt.

Am liebsten hätte ich mir die Hand vor die Stirn geschlagen; wie hatte ich vergessen können, dass Liana die Gabe besitzt, Dinge, die sie voraussieht, in die Gegenwart zu Sprechen und so andere ebenfalls davor zu warnen?

»Mir war nicht klar, dass wir hier Gefangene sind«, habe ich stattdessen gekontert, in der festen Absicht, mich nicht zu rechtfertigen – oder schuldbewusst zu klingen.

»Seid ihr auch nicht«, hat Dante entgegnet. »Allerdings wäre es nett, wenn ihr euch nach allem, was wir unternommen haben, um euch dort herauszuholen, nun Lengard nicht auf dem Silbertablett präsentieren würdet.«

Das hat mir den Wind aus den Segeln genommen, und Cami ebenso.

Schon im nächsten Moment hat Dantes Haltung sich entspannt, und seine Züge sind weicher und mitfühlender geworden. »Schaut mal, wir lassen uns einen Plan einfallen, okay? Haltet bloß noch ein Weilchen länger still. Wieso nutzt ihr die Zeit nicht, um … keine Ahnung … ein bisschen zu trainieren oder so? Mit euren Sprecherfähigkeiten herumzuspielen?« Er hat vielsagend den Bizeps angespannt und hinzugefügt: »Damit verhält es sich ganz ähnlich wie beim Muskelaufbau – man muss sie nutzen und reizen, um Fortschritte zu erzielen.«

Mir lag schon auf der Zunge, dass eigentlich Kael mich in dieser Angelegenheit hätte unterstützen sollen, aber Dante scheuchte uns bereits zurück durch den Gang und ist uns bis zu unserer Zimmertür nicht von der Seite gewichen. Nachdem er schließlich doch verschwunden war, habe ich mich zu Cami umgewandt, um zu sehen, ob sie einen zweiten Anlauf wagen wollte, doch sie hat lediglich geseufzt und gemeint, Dante habe recht – falls wir geschnappt würden, wäre niemandem geholfen.

Zur Antwort sind mir unwillkürlich frustrierte Funken aus den Fingerspitzen geschossen – kleine Feuerräder, die in dem beengten Raum um uns herumwirbelten. Einen langen Augenblick haben wir beide sie stumm vor Staunen verfolgt, und mein Ärger ist gemeinsam mit den grellen Lichtern zischelnd verglüht und verpufft.

»Weißt du, ich glaube, Dantes Idee mit dem Training ist gar nicht so übel«, hat Cami mit schiefem Lächeln gemeint.

Obwohl ich mir insgeheim Vorwürfe machte, weil ich unbeabsichtigt die Kontrolle über meine Gabe verloren hatte, musste ich zum ersten Mal, seit ich in den Katakomben zu Bewusstsein gekommen war, grinsen.

In ebendiesem Moment ist dann Keeda in unser Zimmer getreten, mit Pandora im Schlepptau. Beim Anblick unseres kleinen Feuerwerksspektakels sind sie wie angewurzelt stehen geblieben und haben, nach Luft schnappend – wenig verwunderlich in Anbetracht der völligen Absurdität der Szene –, nach einer Erklärung verlangt. Cami hat sie eingeweiht, während ich mich bemüht habe, den verstörten Schrödinger unter meinem Bett hervorzulocken; dorthin nämlich hatte er sich bei der ersten Explosion geflüchtet.

Sobald Cami ihren kurzen Bericht beendet und Keeda und Pandora Dantes Vorschlag unterbreitet hatte, haben die zwei angeboten, uns am Nachmittag Gesellschaft zu leisten.

Und nun hat Pandora uns vor wenigen Minuten in diese Höhle geführt, mit dem Hinweis, dass es sich dabei um einen der seltener genutzten Trainingsbereiche der Relikte handele.

»Hierher komme ich, wann immer ich mich nach ein bisschen Ruhe und Frieden sehne«, hat sie erläutert, ist dabei zu einer Ecke hinübergegangen, hat eine Hand in ihre Jeans geschoben und mit einem geflüsterten Wort und einem Lichtblitz das klobige Physiklehrbuch aus ihrer kleinen – *zu kleinen* – Tasche gezogen.

»Die Fackeln hängen zum Lesen in genau der richtigen Höhe«, hat sie hinzugefügt und meinen perplexen Gesichtsausdruck angesichts dessen, wie beiläufig sie ihre Fähigkeiten der magischen Stauraumerweiterung im Stil von Mary Poppins einsetzt, ignoriert.

Es ist genau dieses selbstverständliche Sprechen in Alltagssituationen, an das ich mich nur schwer gewöhne. Trotz all des Trainings in

Lengard ist Sprechen mir noch immer nicht in Fleisch und Blut übergegangen; jahrelang habe ich versucht, meine Kräfte zu unterdrücken, während Leute wie Pandora diese Zeit dazu genutzt haben, die ihren zu entwickeln und zu schulen. Ich muss einen Weg finden, zu ihnen aufzuschließen, sonst werde ich Vanik niemals ebenbürtig sein – und ihn schon gar nicht besiegen.

»Machen wir das jetzt, Lyss?«, unterbricht Keeda meine Gedanken. »Oder willst du lieber noch ein wenig darüber jammern, dass du dich im Stich gelassen fühlst?«

Ich werfe ihr einen warnenden Blick zu, doch sie grinst bloß und macht eine neue Kaugummiblase. Ich kann der Versuchung nicht widerstehen. Ich stelle mir vor, was ich bewirken möchte, und flüstere: »Plopp.«

Ein Licht flammt auf, und Keedas Augen werden groß, als ihre Blase sich zur Größe eines Luftballons ausdehnt, ehe sie platzt und die klebrigen rosa Überreste sich über ihr komplettes Gesicht verteilen.

Fluchend reibt sie sich über die Haut, zieht die Kaugummifäden ab.

Ich höre Pandoras Wiehern und Camis zartes Lachen, und insbesondere Letzteres hebt meine Laune so sehr, dass ich Keedas unvermeidliche Rache gern in Kauf nehme.

»Ist das alles, was du zu bieten hast, Schöpfergirl?«, neckt sie, knatscht den Kaugummi in sein leeres Papier und schnippt ihn der noch immer kichernden Pandora gegen die Stirn.

»Sag mir einfach, was du von mir willst, dann bekommst du es«, kontere ich herausfordernd.

Keeda schüttelt den Kopf, ihr Zopf schwingt hin und her. »Nope, so läuft das hier nicht. Du willst trainieren? Dann hast du jetzt die Chance, uns vorzuführen, was du kannst.«

Etwas verrät mir, dass sie wenig beeindruckt sein wird, wenn ich nun damit anfange, Bauernhoftiere heraufzubeschwören, oder eine Paintballschlacht anzettele. *So etwas* kann ich beinahe im Schlaf. Sobald ich mich allerdings beweisen soll, und das in dem Bewusstsein, dass meine Fähigkeiten unbegrenzt sind … ist es, als würde mir jemand ein Flugticket in die Hand drücken und sagen, ich könne überall hinreisen und müsse mich bloß für ein Ziel entscheiden – es gibt viel zu viele Möglichkeiten und zu viele Faktoren zu bedenken.

»Na los, Alyssa Scott«, stichelt Keeda. »Zeig mir deins, dann zeige ich dir meins.«

Ich weiß längst, was sie kann: Die Rettung vor Vanik und Manning habe ich zu einem großen Teil ihren hypnotischen Fähigkeiten zu verdanken. Ich brauche keine weitere Demonstration, und ich hege definitiv kein Bedürfnis, ihre Gabe erneut am eigenen Leib zu *spüren.*

»Was möchtest du sehen?«, frage ich noch einmal, doch sie schüttelt bloß stur den Kopf. Mir ist klar, dass ein Training mit ihr vollkommen anders werden wird als mein Unterricht bei Ward, der mir immer ganz konkret vorgegeben hat, was ich erschaffen sollte – mit Ausnahme der Fälle, in denen meine Aufgabe darin bestand, meine Absicht umzulenken und explizit *nicht* das erscheinen zu lassen, worum er mich gebeten hatte, sondern etwas komplett Gegensätzliches zu meinem Gesprochenen Wort. Aber … hier und jetzt fühlt es sich nicht richtig an, irgendwelche Gegenstände herbeizuzitieren. Damals ging es für mich darum, Kontrolle zu erlernen; jetzt will ich diese Kontrolle *unter Beweis stellen.* Ich denke daran, wo wir uns befinden – tief unter dem Zoo. Seit sechs Tagen bin ich hier unten, umgeben von diesen steinernen Wänden und ihrem feuchten, muffigen Geruch. Alles in mir sehnt sich danach, eine sanfte, streichelnde Brise auf der Haut zu fühlen und den Eindruck abzuschütteln, dass die Enge sich von allen Seiten um mich schließt. Platz zu haben – endlosen, unbegrenzten Platz.

Ich schließe die Augen, hole tief Luft und halte das Bild im Geist eisern fest. Die Worte selbst sind belanglos, werden mir aber helfen, meine Konzentration zu bündeln, also wähle ich das Wort, von dem ich mir die beste Wirkung erhoffe, und sage: »Nacht.«

Schon vor Camis Aufkeuchen, Keedas anerkennendem Glucksen oder Pandoras »Entschuldige mal, ich wollte lesen« weiß ich, dass es geklappt hat. Hinter meinen geschlossenen Lidern ist das flackernde Fackellicht völliger Dunkelheit gewichen – und als ich die Augen öffne, kann ich nur staunen über das, was ich erschaffen habe.

Ich stehe inmitten eines sternenübersäten Himmels. Keine Katakomben mehr; Decke, Wänden und Boden sind ewiger Schwärze und funkelnden Lichtpunkten gewichen. Die Umrisse meiner Freunde erahne ich bloß, erkenne kaum meine eigenen Hände, als ich sie vor meinem Gesicht spreize. Ich bin im Weltraum, ein winziger Fleck Leben in einem Meer von Sternen. Wohin ich auch schaue: Über mir, neben mir, unter mir ist nichts als tintenschwarze, mit blinkenden Leuchtkugeln gespickte Finsternis, als schwebte ich durch die Weiten des Alls. Sogar ein schwacher Wind fährt mir durchs Haar. Die frische Luft ist ebenso sehr Illusion wie alles andere, aber dennoch eine willkommene Abwechslung.

Beim Blick in den Kosmos hebt sich ein schweres Gewicht von meinen Schultern, und Frieden erfüllt mich. Eine Pause von meiner wachsenden Klaustrophobie hatte ich bitter nötig – diese Möglichkeit, für einen Moment so zu tun, als wäre ich nicht länger in den Katakomben. Und zu vergessen, *wieso* es mich hierher verschlagen hat. Die Felswände erinnern mich in einem fort an meine quälenden Sorgen, doch jetzt, umgeben von dieser himmlischen Weite, scheint die Welt kurz stillzustehen.

Allerdings ist mir nur zu bewusst, dass nichts davon wirklich ist, und mit einem Seufzen Spreche ich erneut und löse das Wunschbild auf.

Keeda erholt sich als Erste, während Pandora und Cami mich noch eulenhaft anblinzeln.

»Na, das war ja … schon mal nicht schlecht«, sagt Keeda. Sie fängt sich und fügt hinzu: »Wenn auch ein wenig nutzlos.«

»Ich weiß nicht«, argumentiert Pandora nachdenklich mit zur Seite geneigtem Kopf. Ihre Augen wandern durch die fackelerleuchtete Höhle, als hätte sie weiterhin den Nachthimmel vor sich. »Bei Schlafproblemen könnte das ziemlich hilfreich sein. Oder wenn man meditieren möchte oder so.«

»Oder den Wunsch verspürt, bloß mal ein paar Minuten lang der Welt zu entfliehen«, ergänzt Cami leise.

»Mag sein«, meint Keeda stirnrunzelnd. »Aber wie wäre es mit etwas Praktischerem?«

»Ich bin offen für Vorschläge«, antworte ich spitz, da mir noch immer vollkommen schleierhaft ist, was sie von mir erwartet.

Keeda stößt die Luft aus, und ich bin sicher, dass sie mir erneut sagen wird, das müsse ich schon allein ausknobeln, doch Pandora schlägt ihr Buch zu und rappelt sich auf.

»Keeda, jetzt mach mal halblang«, tadelt sie und kommt zu uns herüber. Cami bleibt mit Dinger im Schoß sitzen, beobachtet uns aber aufmerksam. »Du verlangst quasi von ihr, ein Menü zu kreieren, ohne ihr zu verraten, welche Zutaten sie zur Verfügung hat.« Zu mir gewandt, fügt sie hinzu: »Stell dir vor, du befändest dich in einer Sprecherschlacht.«

Meine Augenbrauen wandern bis zum Haaransatz in die Höhe. »In einer *was*?«

»Du weißt schon – tu so, als müsstest du Vanik und Manning entkommen. Vielen Sprechern mit haufenweise unterschiedlichen Fähigkeiten, die dich allesamt attackieren. Was machst du?«

Ich starre sie an. Die offenkundige Antwort lautet »Sie aufhalten«, aber ich vermute, dass Pandora mehr hören will.

Langsam formuliere ich: »Das hängt davon ab, welche Gaben sie besitzen.«

Pandora nickt anerkennend. »Was würde passieren, wenn du gegen Jet und mich kämpfen müsstest – wie würdest du uns stoppen?«

Ich überlege, was ich über die beiden weiß. Jet habe ich bei meinem ersten Abstecher in die Katakomben kennengelernt; sie kann sich selbst und andere verhüllen und so in gewisser Weise unsichtbar machen. Pandora hat, wie ich unlängst gelernt habe, die Fähigkeit, Objekte mit gewissen … Merkmalen auszustatten – wie den Handschuh und die Brille, die sie mir für meinen Einbruch in Falons Büro gegeben hat. Ich begreife ihre Gabe bislang allenfalls grob, aber …

»Ich würde dafür sorgen, dass du keinerlei materielle Gegenstände zur Verfügung hast, um darauf Einfluss zu nehmen – sonst wärst du in der Lage, damit alles Mögliche anzustellen«, antworte ich schließlich. »Und ich würde sicherstellen, dass Jet sichtbar wäre und keine Chance bekäme, sich selbst oder sonst irgendjemanden zu verbergen.«

»Wie?«, hakt Keeda ein, doch das Glitzern in ihren Augen verrät mir, dass ich auf der richtigen Spur bin.

Über meine Strategie muss ich kurz nachdenken; mir stehen unbegrenzte Mittel und Wege zur Auswahl.

»Die Uhr tickt, Schöpfergirl«, säuselt Keeda. »Du steckst mitten im Kampf, schon vergessen? Da hast du keine Zeit, herumzusitzen und Tee zu trinken – du musst spontan etwas aus dem Ärmel schütteln.«

Die Aufgabe, die sie mir stellt, ist unmöglich. Ich habe keine Ahnung, wo diese imaginäre Schlacht stattfindet oder ob andere Leute zugegen sind, die eventuell verletzt werden könnten. Ich weiß nicht, weshalb Pandora und Jet mich angreifen oder worauf sie es abgesehen haben. Mir ist völlig schleierhaft, was ich mit ihnen machen soll, falls es mir gelingt, sie zu besiegen.

Ratlos huschen meine Augen zwischen Keedas und Pandoras gespannten Gesichtern hin und her, ehe ich mich Cami zuwende und ihren ermutigenden Blick auffange.

»Ich – ich –«

Ich weiß es nicht.

Sie lesen die Antwort in meiner Miene, und Keeda verdreht die Augen und schnaubt entnervt.

Pandora dagegen erbarmt sich.

»Das kommt mit der Zeit, Lyss«, tröstet sie und tätschelt meinen Arm. »Du bist immer noch dabei, dich an deine Kräfte zu gewöhnen, und das ist in Ordnung.«

Keeda öffnet den Mund, doch Pandora wirft ihr einen schneidenden Blick zu und redet weiter: »Keine von uns verlangt von dir, dass du alles sofort perfekt beherrschst. Es ist großartig, dass du gelernt hast, dich selbst zu kontrollieren, aber nun … nun musst du daran arbeiten, dir selbst zu *vertrauen*. Und dir vielleicht sogar ein bisschen Spaß an der Sache gönnen.«

Aus dem Augenwinkel erhasche ich, wie Cami aufsteht und zu uns herüberschlendert. Dinger windet sich in ihren Armen, doch meine Aufmerksamkeit bleibt auf Pandora gerichtet. »Wie meinst du das?«

Sie schenkt mir ein schelmisches Grinsen und sagt: »Was hat man denn von seiner Sprechergabe, wenn man nicht ab und zu damit über die Stränge schlägt?« Auf meinen nach wie vor verwirrten Blick hin schielt sie zu den anderen hinüber und ergänzt: »Unsere Fähigkeiten sind nicht nur dazu da, die Welt vor genialen Bösewichten zu retten.

Wir verstauen sie nicht für den Rest der Zeit in der Hosentasche und vergessen sie dort.«

Bei diesen Worten schaut sie bedeutungsvoll auf den dicken Wälzer in ihren Händen und senkt ihn auf die Höhe ihrer Jeanstasche, flüstert ein kaum hörbares Wort, woraufhin das Buch mit einem Lichtblitz erneut in der winzigen Ausbuchtung verschwindet.

»Ich manipuliere alle möglichen Objekte aus den unterschiedlichsten Gründen«, sagt Pandora und klopft sich auf die Tasche. »In erster Linie, um mir das Leben zu erleichtern.« Sie zwinkert mir zu und fügt an: »Meine bisherige Glanzleistung war es, meinen Lieblingsbecher so zu verändern, dass er heiß bleibt. Nie wieder werde ich mir einen lauwarmen Kaffee antun müssen.«

»Dora hat recht«, mischt Keeda sich erneut ein. »Um beim Kaffeethema zu bleiben: Du glaubst nicht, wie viele Baristas ich dank meiner Sprechergabe schon dazu verführt habe, mir kostenlose Getränke zu spendieren.«

Ich staune sie an. »Ist das nicht … Diebstahl?«

Sie zuckt mit den Schultern. »Wenn sie mir die Sachen gern geben, ist es kein Diebstahl.«

Ihre Logik weist klaffende Lücken auf, aber ich stoße sie nicht darauf. Stattdessen schnellt mein Blick zu Cami, die jedoch bloß entschuldigend den Kopf schüttelt.

»Tut mir leid, an dieser Stelle habe ich nichts beizusteuern. Eine der Einschränkungen meiner Gabe besteht darin, dass ich mich nicht selbst heilen kann, schon vergessen?«, sagt sie. »Was ich allerdings bestätigen kann: Es ist wichtig, dass du deine Gabe ganz und gar annimmst und sie dir zu eigen machst – hab ein wenig Spaß damit, wenn sich die Gelegenheit ergibt. Sie ist genauso ein Teil von dir wie dein Arm oder Bein. Wenn ich jemanden heile, dann muss am Ende ihr kompletter Körper im Einklang sein, und du …« Sie mustert mich, als wäre ich ihre Patientin, und streichelt dabei weiter den rastlosen Dinger. »Du klingst noch ein bisschen schief.«

Schief. Das scheint mir eine recht passende Beschreibung meiner Lebenshymne.

»Versuchen wir es doch einfach noch mal, hmm?«, schlägt Pandora eifrig vor. »Neue Schlacht, neue Ausgangssituation. Wie wäre es mit –«

»Entschuldigt die Unterbrechung«, erklingt eine Stimme zu meiner Linken, und einen Moment später taucht Jet leicht keuchend aus dem Nichts auf. Ohne dieses eindeutige Anzeichen dafür, dass sie sich beeilt hat, würde ich mich wohl fragen, wie lange sie schon verhüllt neben uns gestanden hat. »Arryn möchte euch sehen. Liana hatte eine Vision über einen potenziellen neuen Ausbrecher.«

Das Wort »Ausbrecher« lässt mich aufhorchen; mir ist klar, was Jet damit meint: Ein neuer jugendlicher Sprecher hat seine Fähigkeiten entdeckt.

Keedas Stirn runzelt sich: »Einen *potenziellen* Ausbrecher? Sicher ist sie nicht?«

Jet schüttelt entschieden den Kopf, wobei die Sommersprossen auf ihren Wangen mit der Bewegung verschwimmen. »Irgendetwas fühlt sich seltsam für sie an. Sie kann sich nicht festlegen, ob es ein falscher Alarm ist oder nicht.«

»Das ist ungewöhnlich für Liana«, murmelt Pandora. Sie schielt zu Keeda hinüber und meint: »Wir statten ihr besser einen Besuch ab und finden heraus, was los ist.«

Keeda gibt einen zustimmenden Laut von sich, und beide hasten Jet hinterher, die nach wenigen Metern den Tunnel hinauf im Laufen schon wieder verschwindet.

Cami und ich schicken uns an, ihnen nachzueilen, doch Keeda dreht sich noch einmal um und sagt spitz: »Bis später.«

»Aber –«, setzt Cami an.

»Tut mir leid, Cam«, unterbricht Keeda sie. »Arryn wäre wenig begeistert, wenn wir euch mitbringen. Und ein potenzieller Ausbrecher betrifft euch sowieso nicht. Geht einfach – zurück auf euer Zimmer, und wir schauen bei euch vorbei, sobald alles geklärt ist.«

Und damit wirbelt sie erneut herum und folgt Pandora und der längst wieder unsichtbaren Jet.

Cami und ich starren ihnen nach und brüten beide stumm.

»›Geht einfach zurück auf euer Zimmer‹?«, wiederholt Cami; sie spuckt die Worte förmlich aus, während sie sich mir zuwendet. »Hat sie uns wirklich gerade auf unser Zimmer geschickt, wie kleine Kinder?«

Ich bin zu wütend, um zu antworten. Also frage ich stattdessen: »Wer ist Arryn?«

Cami war die kompletten sechs Tage seit unserer Ankunft hier bei Bewusstsein, daher hoffe ich, dass sie mehr weiß. Doch sie sagt lediglich: »Keine Ahnung.«

Prompt sacken wir beide aufs Neue in uns zusammen, werden uns einmal mehr schmerzlich bewusst, dass wir in den Katakomben gefangen sind – und vollkommen abhängig von den Relikten, was Informationen anbelangt.

In mancherlei Hinsicht hat sich im Vergleich zu Lengard wenig an unserer Lage verändert.

KAPITEL 2

Nachdem Cami und ich uns schließlich ein wenig beruhigt haben, verlassen wir die Trainingshöhle und begeben uns tatsächlich auf unser Zimmer. Das Abendessen haben wir verpasst, doch hungrig ist keine von uns, daher machen wir uns wortkarg bettfertig. Ich kann nicht einschlafen und werfe mich stundenlang hin und her, sorge mich um unsere Freunde in Lengard, grübele über meine Eltern nach, hadere mit meiner Sprechergabe.

Gerade als ich endlich dösig werde, lässt mich ein Geräusch aus dem Tunnel vor unserer Tür wieder in die Höhe schießen.

Schritte.

Eilige Schritte.

Und Stimmen.

Eine Stimme erhebt sich über die restlichen, und obwohl die Tür sie dämpft, ordne ich sie mühelos Kael zu.

»– müssen wir schnell sein, sonst sind sie wieder vor uns zur Stelle, und wir haben keine Chance –«

Seine Worte verhallen zusammen mit den Schritten, als er und die anderen außer Hörweite hasten. In Anbetracht dessen, was Jet vorhin gesagt hat, nehme ich an, dass sie beschlossen haben, auf Lianas Vision hin zu handeln und den neuen Sprecher aufzuspüren – in der Hoffnung, zu ihm zu gelangen, ehe Lengard ein Team mit derselben Absicht ausschickt. Wer ihn zuerst findet, wird darüber entscheiden, was er über die Welt der Sprecher erfährt – die Lügen, die Lengard erzählt, oder die Wahrheit, die die Relikte ihm offenbaren werden. Falls es den Relikten gelingt, schneller zu sein, wird er frei bleiben. Sollte Lengard das Rennen gewinnen … dann wird er die »Initiation« durchlaufen und körperlichen und mentalen Tests unterzogen werden – von Vanik. Der wahnsinnige Wissenschaftler bekäme eine weitere Marionette für seine Armee, einen weiteren Sprecher, der ihm willenlos gehorcht.

Mit all diesen Erkenntnissen hält es mich keine Sekunde länger im Bett. Wenn die Relikte einem Ausbrecher nachstellen, dann kann ich vielleicht helfen. Immerhin bin ich eine Schöpferin. Mag sein, dass ich noch immer mit dem schieren Ausmaß meiner Macht ringe; das heißt jedoch nicht, dass ich mich nicht nützlich machen kann.

Ich rolle mich aus dem Bett, taste im Dunkeln herum, suche mit zusammengekniffenen Augen nach wärmeren Klamotten. Dabei geht mir der Rat vom Nachmittag durch den Kopf – dass ich versuchen solle, ein wenig Spaß mit meiner Gabe zu haben, sie hin und wieder ohne schlechtes Gewissen eigennützig einzusetzen. Mit einem geflüsterten Wort erschaffe ich einen sanft leuchtenden Lichtball auf meiner Handfläche. Worum es sich dabei genau handelt, woraus er besteht, woher er kommt, vermag ich nicht zu sagen. Er ist lediglich das, was ich mir vorgestellt habe, und sein Schein gerade hell genug, um mich in der Finsternis vor dem Stolpern zu bewahren, allerdings nicht so grell, dass Cami davon aufwachen würde.

Hätte ich es nicht derart eilig, Kael hinterherzukommen, wäre ich stolz auf mich.

Ich tausche meinen Pyjama gegen Jeans und ein T-Shirt und wühle nach einer Jacke, werde im spärlichen Licht jedoch nicht fündig. Also wispere ich »Jacke«, und schon halte ich eine in meiner freien Hand: Das ledrige Material ist butterweich zwischen meinen Fingern, das Futter dick genug, um den kühlen Luftzug im unterirdischen Labyrinth abzuhalten.

»Wo gehst du hin?«

Ich zucke zusammen und entdecke Cami, aufrecht in ihrem Bett sitzend.

»Tut mir leid«, murmele ich. »Ich wollte dich nicht wecken.«

»Du hast mich nicht geweckt«, sagt sie und schlägt die Decke zurück. Selbst mit meiner glühenden Handfläche kann ich sie kaum erkennen – gerade so weit, dass ich ihren Arm erahne, der zur Tür hinüberzeigt. »Sondern die. Nehmen wir die Verfolgung auf?«

Ihr »wir« schickt meine Augenbrauen in die Höhe, doch eigentlich sollte ich nicht überrascht sein. Ich weiß, dass sie sich ebenso verzweifelt nach Informationen sehnt wie ich. Und mir ist auch klar, dass Cami stets Cami bleiben wird, ganz egal, was sie durchgemacht und wie viel sie verloren hat. Sie wird sich immer wieder fangen, immer einen Weg finden, positiv zu bleiben und für die zu kämpfen, die ihr wichtig sind. Dafür liebe ich sie. Und beneide sie zugleich darum.

Aber … ich sorge mich auch um sie. Genug, um nun zu sagen: »Vielleicht solltest du lieber –«

Ich habe nicht einmal Gelegenheit, den Satz zu Ende zu bringen, ehe sie mir das Wort abschneidet.

»Ich wandere seit sechs Tagen durch diese Katakomben und habe noch immer Schwierigkeiten, mich hier unten zurechtzufinden. Ohne mich verläufst du dich innerhalb von Sekunden – versuch gar nicht erst, das abzustreiten. Du brauchst mich. Und selbst wenn nicht: Diesmal lässt du mich auf keinen Fall zurück.«

Diesmal.

Die Schuld trifft mich wie eine Faust in die Magengrube – brutal und punktgenau und *verdient*. Drei Tage lang hatte ich – nachdem ich zum ersten Mal von Kael entführt worden war und die Relikte getroffen hatte – es aufgeschoben, ihren Behauptungen über das falsche Spiel, das in Lengard getrieben wurde, nachzugehen, ehe es mir gelang, genügend Mut zusammenzukratzen, um mich auf die Suche nach Antworten zu begeben. Drei Tage, in denen ich mit Cami hätte reden können. Drei Tage, in denen ich alles für mich behalten habe, in denen meine Ängste und Ahnungen mir die Lippen versiegelt haben, während ich mich auch dafür hätte entscheiden können, den Mund aufzumachen.

Cami ist nicht wütend auf mich – sie ist enttäuscht von mir, und das ist schlimmer. Weil sie glaubt, dass ich ihr nicht genügend vertraut habe, um sie einzuweihen. Die Wahrheit ist allerdings: Mit mangelndem Vertrauen hatte mein Schweigen überhaupt nichts zu tun. Selbst wenn ich ihr alles erzählt hätte, was ich in Erfahrung gebracht hatte, hätte das nichts verändert. Dr. Manning hat dafür gesorgt, dass sie und die übrigen Rekruten keinerlei Erinnerungen an ihre nächtlichen experimentellen Sitzungen mit Vanik hatten – also hätte sie mich allenfalls ausgelacht und meine Zweifel beschwichtigt, was mich wiederum womöglich davon abgehalten hätte, die Wahrheit aufzudecken.

Seit ich in den Katakomben wieder zu mir gekommen bin, habe ich mich häufig gefragt, ob das der wahre Grund hinter ihrer Enttäuschung ist. Denn hätte ich sie ins Vertrauen gezogen und wäre es ihr gelungen, mich davon zu überzeugen, dass meine Sorgen unbegründet waren, dann würden wir beide uns jetzt noch in Lengard befinden. Als desillusionierte Versuchskaninchen vielleicht. Aber frei von den neuen Sorgen, die uns nun plagen.

»Zwing mich nicht, hier zu warten«, flüstert Cami. »Ich kann nicht – ich will nicht allein bleiben.«

Der Schmerz in ihrer Stimme lässt mich fest die Augen schließen, und mehr als alles andere wünsche ich mir, ich könnte ihre seelischen Wunden ebenso leicht heilen wie sie die körperlichen Verletzungen anderer.

»Ich zwinge dich zu gar nichts, Cam«, antworte ich ihr. »Hier bist du frei. Vollkommen frei.«

Dass das nicht stimmt, wissen wir beide. Denn genau wie ich wird Cami niemals wirklich frei sein, solange nicht alle, die uns am Herzen liegen, in Sicherheit sind. Und dennoch meine ich jedes Wort ernst, zumindest in dem Sinn, dass ich nicht meine Sprechergabe dazu benutzen werde, sie daran zu hindern, mir zu folgen. Ich könnte mühelos Gitter um sie herum hochziehen oder sie ans Bett fesseln. Vermutlich hätte ich nicht einmal Schwierigkeiten damit, sie wieder einschlafen zu lassen oder … oder … Die Möglichkeiten sind endlos. Aber ich werde von keiner einzigen Gebrauch machen. Nicht gegenüber Cami.

»Ich nehme dich gern mit«, sage ich mit gedämpfter Stimme. »Allerdings nur, wenn du dich definitiv bereit dazu fühlst.«

»Ich bin es leid, hier herumzusitzen und nichts zu tun«, sagt Cami und spiegelt damit meine eigenen Gedanken. »Vom Schmollen und Wundenlecken ändert sich nichts. Also schwingen wir besser mal die Hufe und holen Kael ein, bevor uns noch irgendetwas entgeht.«

Im Nu ist sie neben mir und reicht mir einen dunklen Gegenstand – nein, zwei dunkle Gegenstände.

»Schuhe, Lyss«, sagt sie. »Wenn wir die Hufe schwingen wollen, brauchst du Schuhe.«

Meine Lippen kräuseln sich nach oben, während ich mich bücke und in die Stiefel schlüpfe.

Allmählich gewöhne ich mich daran, dass Cami meinen richtigen Namen benutzt; trotzdem erwischt es mich nach wie vor manchmal kalt. So lange war mein Name das Einzige, das ganz und gar mir gehört hat. Dachte ich zumindest. Dass die Relikte allesamt wussten, wer ich war, ebenso wie es offenbar auch die ältere Generation der Genesis-Sprecher wusste, tut nichts zur Sache. Nach *meinem* Verständnis war mein Name ein Geheimnis, das ausschließlich ich kannte. Er war meine Identität, das letzte Jota des Mädchens, das ich gewesen war, ehe ich – *vielleicht* – meine Eltern umgebracht und damit jede Chance auf ein normales Leben verwirkt habe.

»Bereit?«, fragt Cami, sobald ihre Stiefel ebenfalls geschnürt sind.

»Dann schwingen wir besser mal die Hufe«, verwende ich bewusst ihre Formulierung und erhasche bloß noch ein Aufblitzen weißer Zähne, als sie vor mir aus dem Zimmer huscht.

Der Flur ist kaum heller als die Dunkelheit, die wir zurücklassen, mit so spärlich platzierten flackernden Fackeln, dass sie unheimliche Schatten auf den Weg werfen. Ich lösche den Schein in meiner Handfläche, überlege es mir dann aber anders und flüstere ihn erneut ins Leben, diesmal in Form einer schwebenden Lichtkugel, die vor uns in der Luft auf und ab hüpft. Sogar jetzt, da der Gang ein wenig besser ausgeleuchtet ist, kribbelt es mich am ganzen Körper, während ich Cami nacheile; hier unten, in den Eingeweiden der Erde, könnte es von *allem Möglichen* wimmeln … Wir befinden uns schließlich unterhalb des Zoos. Da liegt es gar nicht so fern, sich zu fragen, ob es jemals passiert, dass einer der Fleischfresser seinem Gehege entkommt und einen Weg ins Untergeschoss findet –

»Du bist ganz blass geworden – woran denkst du?«

Cami späht neugierig zu mir hinüber; inzwischen nähern wir uns der geräumigen Höhle, die Vorraum dessen ist, was ich heimlich »Kommandozentrale« getauft habe – jenes Bereichs mit sämtlichen

Bildschirmen, wo Kael und seine befreundeten Relikte mir erstmals die Wahrheit über Lengard eröffnet haben. Da es sich bei der riesigen Kammer um den zentralen Knotenpunkt des unterirdischen Labyrinths handelt, ist die Beleuchtung hier deutlich besser; die hell und dicht beieinander brennenden Fackeln lassen das uralte archäologische Wunder vor uns erstrahlen wie ein gewaltiges, von Säulen getragenes und tief in die Erde gehauenes Gewölbe.

»Nicht so wichtig«, erwidere ich auf Camis Frage, verscheuche die tanzende Leuchtkugel und setze meine Schritte vorsichtiger, je weiter wir auf dem gewundenen Pfad nach unten in die Höhle vordringen. Damit sie nicht nachhakt, frage ich nun selbst: »Gab es sonst noch neue Ausbrecher, denen sie nachgegangen sind, solange ich bewusstlos war? Oder ist das der erste seit unserer Ankunft?«

»Von anderen habe ich nichts mitbekommen.« Ein bitterer Unterton schleicht sich in Camis Nachsatz: »Nicht, dass irgendjemand mich im Falle eines Falles informiert hätte.«

Ich fühle mit meiner Freundin. Sechs Tage sind umso länger, wenn man im Dunkeln gehalten wird und nach jedem winzigen Informationsfitzelchen lechzt. Ich begreife nicht recht, weshalb Kael sie nicht umfassender eingeweiht hat, während ich außer Gefecht war – zumal die beiden eine gemeinsame Geschichte verbindet: Bis Kaels Familie Lengard vor zehn Jahren den Rücken gekehrt hat, waren sie zusammen dort aufgewachsen. Beinahe habe ich den Eindruck, er meidet uns beide. Hoffentlich gelingt es uns heute Nacht endlich, ihn in die Enge zu treiben und ein paar Antworten aus ihm herauszukitzeln.

Wir lassen die Höhle hinter uns und folgen weiter einem schmalen Pfad. Nach einer Biegung im Tunnel bleibt Cami jedoch abrupt stehen, und ich taumele zurück, um nicht in sie hineinzulaufen.

»Cam, was –«

Eine fremde – und gereizte – Stimme fällt mir ins Wort. »Nicht du schon wieder. Ich habe dir schon gesagt, dass ich dir Bescheid gebe, falls ich ihn finde.«

Ich linse um die Schulter meiner Freundin und erkenne, dass wir angehalten haben, um einer Kollision mit einem Jungen zu entgehen, der in entgegengesetzter Richtung unterwegs war. Er ist hochgewachsen und schlaksig, etwa so alt wie wir, mit zerzaustem Rotschopf und hellen grauen Augen hinter Brillengläsern. Brandmale bedecken den Großteil seiner sichtbaren Haut, einschließlich einer kompletten Gesichtshälfte.

»Nicht alles dreht sich immer nur um dich, Smith«, kontert Cami mit vor der Brust gekreuzten Armen.

»Smith?«, wiederholte ich und stoße Cami leicht an, damit ich mich neben sie zwängen kann. »Diesen Namen kenne ich.«

Er schiebt seine Brille den Nasenrücken hinauf, und etwas an der beiläufigen Geste zieht meine Stirn in Falten; auch die Bewegung ist mir vertraut. Allerdings verfliegt dieser Eindruck, sobald er sich mir mit ärgerlichem Blick zuwendet und sagt: »Es ist nicht leicht, etwas oder jemanden in Träume zu projizieren, weißt du? Danach habe ich zwei Tage durchgeschlafen.« Seine Augen verengen sich noch weiter, ehe er abschließend faucht: »Bedank dich, indem du mir deine Freundin vom Leib hältst. Als ob ich nichts Besseres zu tun hätte, als ständig ihre Wünsche zu erfüllen.«

In Träume zu projizieren … Smith ist der Sprecher, der dafür verantwortlich ist, dass Kael mich in Lengard besuchen konnte. Oder vielmehr ein täuschend echt wirkendes Hologramm von ihm, einmal in meinem Zimmer, bevor ich aufgebrochen bin, um in Vaniks Labor zu spionieren, und dann ein zweites Mal, um mich aus meiner Bewusstlosigkeit zu wecken. Aber was hat er mit Cami …

Ich habe dir schon gesagt, dass ich dir Bescheid gebe, falls ich ihn finde.

Smiths Worte spielen noch einmal in meinem Kopf, und plötzlich trifft mich die Erkenntnis wie ein Schlag, und ich sage: »Du hast dich zu Ward projiziert, stimmt's?« Mein Herzschlag beschleunigt sich ein wenig. »Geht es ihm gut? Und den anderen? Was passiert gerade in Lengard?«

Smith presst die Lippen zu einer dünnen Linie aufeinander. An Cami gewandt, meint er: »Willst du sie auf den aktuellen Stand bringen? Genug *meiner* Zeit hast du diese Woche immerhin schon verschwendet.«

Und damit drängt er sich an uns vorbei.

Ich strecke die Hand aus, um ihn aufzuhalten, doch Cami schüttelt den Kopf.

»Spar dir die Mühe«, rät sie mir und setzt sich ebenfalls wieder in Bewegung. »Er wird dir keine Fragen beantworten.«

Ich eile ihr nach. »Okay, aber wie sieht es mit dir aus? Was sollte das alles gerade?«

Einen Moment lang sind unsere knirschenden Schritte auf dem unbefestigten Weg das einzige Geräusch, fast so, als müsse Cami ihre Erwiderung erst sorgfältig abwägen.

»Als wir hier angekommen sind, war ich in keinem guten Zustand, nicht nur körperlich. Diese ersten drei Tage waren … hart«, sagt sie schließlich. »Wie du weißt, haben sich alle geweigert, mir zu erzählen, was los war, sogar Kael. Jedes Mal, wenn er nach dir geschaut hat, ist er anschließend regelrecht aus dem Raum geflohen, um meinen Fragen zu entkommen. Aber dann, am dritten Tag, ist – ein paar Stunden, bevor du aufgewacht bist – Smith in unser Zimmer spaziert.«

Sie wirft mir einen kurzen Blick zu, und überrascht erhasche ich den Anflug eines Lächelns in ihren Mundwinkeln. In Anbetracht des Austauschs der beiden gerade eben, hätte ich eher mit einer finsteren Miene gerechnet.

»Ich bin mir ziemlich sicher, dass er nicht freiwillig da war – vermutlich eher, weil ich zu diesem Zeitpunkt jeden, der mir begegnet ist, schreiend um Antworten angefleht habe. Ganz ehrlich verblüfft es mich, dass niemand versucht hat, mich ruhigzustellen.«

Sie sagt es leichthin, doch ich muss die Kiefer zusammenbeißen, um einen Kommentar zurückzuhalten.

»Er hat mir erklärt, wer er ist und welche Fähigkeiten er besitzt, und dann – widerstrebend – angeboten, mir dabei zu helfen, Kontakt zu Landon aufzunehmen.«

Beim Weiterreden weicht Cami meinem Blick aus. »Seither haben wir es jeden Tag – genau genommen, mehrmals täglich – probiert, aber ich finde meinen Bruder nirgends. Und mit jedem Versuch werde ich ein wenig … aufgelöster. Und Smith wird immer frustrierter.«

Ich runzele die Stirn. »Er sollte deinetwegen keinen Frust schieben – Ward ist dein Bruder. Da ist es doch ganz natürlich, dass du dich sorgst.«

»Er ist nicht meinetwegen frustriert«, stellt Cami rasch richtig. »Es frustriert ihn, dass wir Landon noch nicht ausfindig gemacht haben.« Sie hüpft über eine Pfütze am Boden. »Ich nehme an, dass Landons Schutzgabe Smith daran hindert, seinen genauen Aufenthaltsort zu bestimmen. Aber selbst in diesem Wissen bin ich nicht bereit, aufzugeben, und ich schätze, allmählich wirkt das ein wenig … penetrant.« Eine schuldbewusste Note schwingt in ihren nächsten Worten mit: »Mir ist klar, dass Smith alles in seiner Macht Stehende tut, aber er tut es nicht gerade mit Begeisterung. Deshalb … hake ich nach … hin und wieder … um sicherzugehen, dass er sich weiterhin bemüht. Und das scheint ihn inzwischen wohl ein wenig … ähm … zu wurmen.«

Ich beiße mir in die Wange, um ein Lächeln zu unterdrücken; das Bild von Smith, der seine Brille die Nasenwurzel hinaufschiebt, kommt mir wieder in den Sinn, zusammen mit diesem seltsamen Déjà-vu-Gefühl. »Und lass mich raten: Wenn er gewurmt ist, wurmt das wiederum dich?«

Sie schnaubt. »Er ist jedenfalls alles andere als umgänglich. Du hast ihn gehört – er meint, ich würde seine Zeit verschwenden. Und glaub mir, das ist nicht das Übelste, was er mir an den Kopf geworfen hat.«

Ich hebe beide Hände. »Ich fälle hier kein Urteil.« Ehe sie sich weiter verteidigen kann, frage ich: »Hast du sonst noch jemanden in Lengard zu besuchen versucht? Enzo? Crew? Sneak?«

»Und was sollte ich ihnen sagen?«, gibt Cami zurück. »Hey, Leute, schlechte Neuigkeiten: Lengard ist *keine* regierungsnahe Organisation – vielmehr experimentiert ein Psychopath an euch herum, und sein Lakai stellt sicher, dass ihr euch anschließend an nichts erinnert? Jep, ich wette, das würde *Begeisterungsstürme* auslösen.«

Als ich nichts entgegne, fährt sie sich mit einer Hand durchs Haar und sagt: »Entschuldige. Ich bin nicht – mir ist klar, dass nichts davon deine Schuld ist.«

Da bin ich mir nicht so sicher. Immerhin ist es *mein* Schöpfergen, das Vanik replizieren will. Mag sein, dass er mit seinen Experimenten begonnen hat, lange bevor ich einen Fuß in Lengard gesetzt habe, aber ich bin immer seine Endgegnerin gewesen. Die anderen sind bloß … Kollateralschäden.

Mein Hals zieht sich zu und schnürt mir jede Erwiderung ab, und wir erreichen schweigend die Tür zur Kommandozentrale. Dahinter ertönen Stimmen; es scheint hektisch zuzugehen.

Cami macht sich gar nicht erst die Mühe, anzuklopfen, sondern langt sofort nach dem Türgriff. Da er sich nicht drehen lässt, rüttelt sie grob daran, stößt dann verärgert die Luft aus und sagt: »Abgeschlossen.«

Wir tauschen einen schnellen Blick, dann presse ich ein Ohr an die Tür, doch alles klingt gedämpft und undeutlich. Lauschen wäre zwecklos, durch den massiven Stein ist kein einziges Wort zu verstehen. Zwar könnte ich vermutlich meine Kräfte dazu nutzen, die Unterhaltung für uns deutlicher zu machen, aber es ist spät, und ich bin müde. Deshalb würde ich uns viel lieber einfach Zutritt verschaffen.

»Ich weiß ja nicht, wie es dir geht«, sage ich langsam, »aber ich habe die Nase voll davon, auf Antworten zu warten.«

Auf Camis entschlossenes Nicken hin konzentriere ich mich auf die Tür und befehle ihr: »Auf.«

Ein Licht flammt auf, und der Griff dreht sich mit einem *Klick.*

KAPITEL 3

Mein erster Gedanke beim Betreten der Kommandozentrale ist, dass sie genauso aussieht wie bei meinem letzten Besuch; bloß sind diesmal mehr Leute im Raum – annähernd ein Dutzend, die alle derartig in ihre jeweiligen Aufgaben vertieft sind, dass sie unsere leise Ankunft gar nicht registrieren.

Inmitten der Monitore, auf denen die jüngsten Nachrichten und Bilder von Überwachungskameras flimmern, wuseln sie umher – ein einziges Chaos. Ich suche nach einem vertrauten Gesicht – genauer, nach Kaels –, werde jedoch abgelenkt, als ich Schrödinger erspähe, der sich quer über einer Tastatur rekelt und mit katzentypischer Gleichgültigkeit das Treiben ringsum verfolgt. Was er hier treibt, ist mir schleierhaft, zumal ich ihn zuletzt in unserem Zimmer gesehen habe. Beinahe scheint es, als hätte ich ihn beschworen, was keine allzu abwegige Vorstellung ist, da ich ihn immerhin aus Lengard in die Katakomben Gesprochen habe. Wie mir das gelungen ist, kann ich nach wie vor nicht genau sagen, aber als ich Keeda gefragt habe, ob das Gleiche mit Ward und den anderen funktionieren würde, hat ihr panisches *»Nein!«* mich so sehr erschreckt, dass ich einen halben Meter in die Luft gesprungen bin. Ihre anschließende – deutlich gefasstere – Erklärung war, dass ich meine Sprechergabe risikolos auf Dinger anwenden kann, da ich ihn selbst erschaffen habe; Menschen dagegen … »irreversible Schäden« war die Formulierung, die sie benutzt hat, und dazu irgendetwas von wegen verrutschter Organe.

»Was tut ihr hier?«

Ich reiße mich von Dinger los und stelle fest, dass jeder im Raum innegehalten und uns im Türrahmen bemerkt hat. Mein Blick landet auf der jungen Frau, von der die Frage kam. Sie ist vielleicht ein Jahr älter als ich, mit brauner Haut, kurz geschorenem Haar, schwarzen Augen und einer Modelfigur. Ihre Schönheit ist atemberaubend – der tödliche Blick, den sie auf mich abfeuert, allerdings ebenso.

»Ganz ruhig, Arryn«, sagt Kael und tritt hinter einer Menschentraube hervor. Er wirkt wenig begeistert über meine und Camis Ankunft, aber sein Tonfall ist beschwichtigend. »Ich regele das.«

Er *regelt* das? Meine Augen verengen sich zu Schlitzen, genau wie Camis.

Zügig kommt er auf uns zu und bedeutet derweil allen anderen, an ihre Arbeit zurückzukehren. Zögernd nehmen sie ihr geschäftiges Gewusel wieder auf; die noch immer finster herüberstarrende Arryn wendet sich als Letzte ab.

»Wieso seid ihr nicht im Bett?«, will Kael wissen, sobald er neben uns stehen geblieben ist.

Sein Ton verblüfft mich. Mit einer leisen Warnung in meiner eigenen Stimme verlege ich mich auf das, was Dante uns heute Nachmittag gesagt hat, und antworte: »Wir sind nicht eure Gefangenen, Kael. Du hast selbst gesagt, wir seien frei hier.«

Er reibt sich erschöpft über das Gesicht. Erst in diesem Moment wird mir wieder bewusst, wie spät es ist – etwas, das bei der Hektik um uns herum leicht in Vergessenheit gerät.

»Du hast recht – entschuldige«, sagt er. Sein Blick huscht zu Cami und rasch wieder weg, nur um im nächsten Moment mich in den Fokus zu nehmen. »Gerade ist einfach kein guter Zeitpunkt. Ihr solltet zurück –«

»Was ist hier los?«, unterbreche ich ihn, ehe er erneut versuchen kann, uns fortzuschicken. Zwar bin ich mir sicher, dass dieser Trubel mit dem Ausbrecher zusammenhängt, doch ich möchte es aus seinem Mund hören. »Wieso seid ihr alle –«

»T minus drei Minuten bis zum Ausrücken, Kael!«, schallt Pandoras vertraute Stimme durch die Zentrale, und ich sehe hoch und erhasche ihre lila Zöpfe, die in der Menge verschwinden.

»Passt auf, ihr solltet wirklich besser –«, setzt Kael abermals an; diesmal fällt Cami ihm ins Wort.

»Vor ein paar Minuten seid ihr an unserer Tür vorbeimarschiert. Wir haben alles mitbekommen, was ihr geredet habt. Wir wissen, dass ihr hinter einem Ausbrecher her seid.«

Kael wirkt überrumpelt und schielt wieder für kaum eine Sekunde zu Cami hinüber, bevor er sich erneut an mich wendet. »Wenn das so ist, versteht ihr ja sicher, dass wir es eilig haben, zu ihm oder ihr zu gelangen, ehe Lengard auf den Plan tritt. Wir haben bereits lange genug gewartet; somit besteht die Gefahr, dass wir tatsächlich zu spät sind. Und sollten sich unsere Wege kreuzen …«

Ich habe keine Ahnung, was passiert, wenn sowohl die Relikte als auch Lengard denselben Ausbrecher jagen und ihn gleichzeitig erreichen, brauche allerdings nicht viel Fantasie, um es mir auszumalen.

Stell dir vor, du befändest dich in einer Sprecherschlacht.

Pandoras fiktives Szenario von vorhin hallt in meinem Kopf nach, und ich frage mich, ob es womöglich bereits vor Ende der Nacht nicht mehr so fiktiv sein wird.

»Ich will mitkommen«, verkünde ich Kael.

»Ich auch«, schließt Cami sich mir sofort an.

»Keine Chance«, entgegnet Kael nachdrücklich. Er zeigt mit einem Finger auf mich. »Du bist noch angeschlagen und musst dich erholen, und du« – sein Finger schwenkt zu Cami, doch er zögert kurz, bevor er sich für ein Argument entscheidet – »musst auf sie achtgeben.«

Ich kreuze die Arme vor der Brust. »Ich brauche keine Babysitterin. Und erholt bin ich längst.« Nämlich seit Cami mich vor drei Tagen geheilt hat, und hätte Kael sich zwischenzeitlich dazu herabgelassen, mich zu besuchen, wäre ihm das auch bewusst.

Da er den Mund öffnet, um zu protestieren, füge ich schnell hinzu: »Ich bin eine Schöpferin, schon vergessen? Eure Chancen stehen folglich besser, wenn ihr mich mitnehmt.« Dass es mir nicht gelungen ist, eine Lösung für Pandoras Aufgabenstellung heute Nachmittag zu finden, erwähne ich wohlweislich nicht. Zudem hoffe ich, dass sie und Keeda, die ich am anderen Ende des Raums Anweisungen bellen höre, auf Abstand bleiben, bis diese Unterhaltung beendet ist.

»Und ich bin eine Heilerin, also tätet ihr gut daran, mich dabeizuhaben, falls etwas schiefgeht«, ruft Cami ihm ins Gedächtnis. Nach wie vor vermeidet er es, sie länger als ein paar Wimpernschläge anzuschauen. »Sieh es ein: Mit uns seid ihr besser aufgestellt.«

»Noch eine Minute, und der Countdown läuft, Kael«, sagt Pandora, die nun auf uns zurauscht, im Arm eine Kiste Tennisbälle. Sie bemerkt meine fragende Miene und zwinkert mir zu, hastet geradewegs durch die Tür und meint: »Man kann nie zu viele Bälle im Spiel haben.«

Einige der anderen folgen ihr auf dem Fuß, darunter Keeda, während eine kleine Gruppe im Raum bleibt und sich hinter den verschiedenen Bildschirmen ringsum in Position bringt.

»Die zwei kommen nicht mit.«

Arryn hält vor uns an, und diesmal gilt ihr bitterböser Blick Kael.

»Sie haben nicht ganz unrecht«, wendet er ein, was meinen wachsenden Ärger geringfügig dämpft. »Schöpferin und Heilerin – sie könnten uns nützlich sein.«

»Ihre Gaben sind mir vollkommen schnuppe«, kontert Arryn. »Ich lasse nicht zu, dass sie unsere Mission sabotieren.«

»Oha – Sekunde«, hakt Cami ein und lehnt sich nach vorn. »Wir sabotieren überhaupt nichts, du –«

»Haben wir wirklich die Zeit, darüber zu streiten?«, frage ich, bevor Cami etwas herausrutscht, das wir beide bereuen würden. »Wir begleiten euch, ob es dir passt oder nicht.«

Mir ist selbst schleierhaft, woher dieses neugefundene Selbstbewusstsein rührt – ob aus meinem verzweifelten Wunsch, die Katakomben zu verlassen, oder aus dem dringenden Bedürfnis, etwas zu *tun*. Beides spielt hinein, schätze ich. Und in Anbetracht dessen, was ich – *theoretisch* – beisteuern kann, können sie uns unmöglich hierlassen. Zwar wäre Kael als Zerstörer in der Lage, die Macht meiner Worte aufzuheben, doch er scheint eher auf unserer Seite zu stehen und nicht gewillt, Arryn nachzugeben. Wieder rätsele ich, wer sie sein mag, und frage mich dann, wer von den beiden die größere Autorität besitzt – sie oder er. Bisher hat mir niemand die Führungshierarchie der Relikte erklärt. Ich bin einfach davon ausgegangen, dass Kael ganz oben steht und die Position seines verstorbenen Vaters eingenommen hat. Aber Arryn … sie verhält sich nicht, als wäre sie ihm untergeordnet.

Inzwischen starrt sie wieder mich an, unnachgiebig, ohne auch nur für einen Moment die Augen abzuwenden. Ihr Kiefer ist verspannt, doch sie denkt offenkundig über meine Worte nach. Ich habe keinen blassen Schimmer, welche Sprechergabe sie besitzt; allerdings sind mir bisher lediglich zwei Menschen begegnet, die meine Worte kontrollieren oder zunichtemachen konnten: Kael und Ward. Die Wahrscheinlichkeit, dass Arryns Fähigkeiten ähnlich gelagert sind, ist gering, aber vorhanden.

Ich halte ihrem Blick stand, bis sie nachgibt, sich mit frustriertem Schnauben an Kael vorbeirempelt und durch die Tür rauscht.

»Unheimlich nett, dich kennengelernt zu haben!«, ruft Cami ihrer davonhastenden Silhouette nach.

»Cam«, warne ich leise. Wir sollten uns Verbündete nicht zu Feinden machen.

»Sie hat angefangen«, grummelt Cami, was natürlich stimmt.

»Los, kommt«, sagt Kael und sprintet Arryn hinterher. »Wenn ihr grundlos den Kopf riskieren wollt, dann beeilen wir uns besser, ehe sie ohne uns ablegen.«

Ablegen?

Als wir hinauf an die kühle Nachtluft gelangen, wartet am privaten Anleger des Zoos eine schnittige schwarze Jacht auf uns. Das Boot ist klein, doch selbst mein ungeschultes Auge erkennt, dass es mehrere Millionen wert sein muss.

»Alle an Bord«, kommandiert Keeda, während wir uns dem Landungssteg nähern. Nachdem sie uns in der Kommandozentrale gesehen hat, wirkt sie nicht überrascht, dass Cami und ich nun hier sind, hebt allerdings in Kaels Richtung fragend die Augenbrauen. Er antwortet mit einem halbseitigen Schulterzucken.

Keeda gluckst leise in sich hinein und murmelt: »Das wird ein Spaß.«

Ich bin mir nicht sicher, was sie damit meint, bis Arryns Stimme vom Bug der Jacht ertönt: »Lasst euch ruhig Zeit – wir haben es ja nicht eilig oder so!«

Mit vergnügt blitzenden Augen sagt Keeda: »Springt auf, dann bringe ich uns auf Touren.«

Ich presse die Lippen zu einem dünnen Strich aufeinander und grübele einmal mehr über die reizbare Arryn nach, tue jedoch, was Keeda verlangt, und folge ihr zuerst in die Kabine und anschließend ins Steuerhaus, Kael und Cami auf den Fersen. Hinter den Navigationsinstrumenten sitzt ein Mann auf einem lederbezogenen Drehstuhl, den Blick starr geradeaus durch die Windschutzscheibe gerichtet.

»Sie wollen jetzt ablegen«, weist Keeda ihn an, und ein Lichtblitz flammt zusammen mit ihrem hypnotischen Befehl auf. »Und uns zur Milsons Point Wharf fahren.«

Der Mann gibt keine Antwort, regelt jedoch an den Armaturen herum, bis der Motor lauter wird. Seine Hände wandern zu dem großen Steuerrad, und die Jacht löst sich vom Pier und nimmt Kurs auf das offene Wasser.

Ich überlege, ob ich Keedas Fähigkeiten mit meiner eigenen Gabe imitieren könnte, doch allein die Vorstellung, jemandem in dieser Weise meinen Willen aufzuzwingen, bereitet mir Magenschmerzen. Ohne es auch nur versucht zu haben, weiß ich, dass es mir nicht gelingen würde – ich würde bereits daran scheitern, die Absicht aufzurufen und lange genug daran festzuhalten, um eine Wirkung zu erzielen.

»Ich nehme an, dieses Boot gehört nicht den Relikten?«, sage ich, als wir durch den Hafen dem Herz Sydneys entgegengleiten.

Keeda schnaubt. »Machst du Witze? Ich glaube, wir haben nicht einmal ein eigenes Auto.«

»Also – was? Ihr stehlt einfach, was ihr braucht, wann immer ihr es braucht?«, fragt Cami. Zwischen ihren Brauen hat sich eine steile, missbilligende Falte gebildet.

»›Stehlen‹ ist ein ziemlich starkes Wort«, meint Keeda, und ihre Worte vom Nachmittag springen mir wieder in den Sinn: *Wenn sie mir die Sachen gern geben, ist es kein Diebstahl.*

Kaels Mitternachtsaugen fixieren den Kapitän, wie um sicherzustellen, dass Keeda nicht die Kontrolle über ihn verliert. Allerdings spürt er wohl Camis und mein Unbehagen, denn er sagt: »Wir leihen uns die Jacht bloß aus. Und niemand wird dabei verletzt.«

Tatsächlich scheint der Mann auf dem Drehstuhl absolut nichts dagegen zu haben, uns zu unserem Ziel zu kutschieren. Wobei Keedas Sprechergabe ihm freilich auch kaum eine Wahl gelassen hat.

»Kael, auf ein Wort?«

Arryn steht im Türrahmen zur Kabine, ihre Miene steinern. Man braucht kein Genie zu sein, um zu ahnen, worüber sie mit ihm reden will, und ich höre das leise Seufzen, das ihm entwischt, während er aufsteht, jeden Augenkontakt zu mir vermeidet, dann auf sie zu und hinter ihr hinaus ins Freie eilt.

Auch Cami beobachtet, wie die beiden in die Dunkelheit verschwinden, und erst nachdem sie außer Sicht – und Hörweite – sind, stellt sie ebendie Frage, die mir selbst durch den Kopf spukt. »Was hat sie denn für ein Problem?«

»Arryn?«, fragt Keeda. Der Anflug eines Schmunzelns zieht ihre Mundwinkel nach oben. »Stört euch nicht an ihr. Sie ist harmlos.«

»Sie hasst uns«, wendet Cami ein. »Ohne guten Grund.«

»Sie hasst jeden, bis sie ihn oder sie besser kennenlernt«, erwidert Keeda. »Das ist quasi die Grundvoraussetzung für ihren Job.« Auf unsere fragenden Blicke erklärt sie: »Sie leitet unseren Sicherheitsdienst. Es liegt in ihrer Verantwortung, die Relikte zu beschützen und dafür zu sorgen, dass die Katakomben nicht entdeckt und infiltriert werden. All jene von uns fernzuhalten, die uns womöglich Böses wollen – ob Sprecher oder andere.« Ihr Lächeln verrutscht ein wenig. »Sie hasst euch, weil sie euch nicht vertraut und weil ihr uns mit eurer Flucht aus Lengard jede Menge Probleme beschert habt. Aber keine Sorge, das geht vorbei – vorausgesetzt, ihr liefert ihr keine Gründe zu der Annahme, dass ihr Spioninnen seid.«

Spioninnen? Hat Keeda vergessen, unter welchen Umständen wir aus Lengard entkommen sind?

»Wenn sie eure Sicherheitschefin ist, heißt das, sie steht hierarchisch über Kael?«, erkundigt sich Cami. Sie zögert kurz, fragt dann geradeheraus. »Er *ist* doch euer Anführer, oder?«

Keeda schüttelt den Kopf. »Einen offiziellen Anführer haben wir nicht. Nicht mehr. Allerdings orientieren sich alle an Kael – wenig verwunderlich, in Anbetracht seiner Familiengeschichte. In gewisser Weise rangiert er somit also über Arryn, schätze ich. Ihre Beziehung beruht aber auf gegenseitigem Respekt, und unser Überleben ist von beiden gleichermaßen abhängig.«

Ich sinniere über das Wort »Beziehung« und frage mich, ob zwischen Kael und Arryn eventuell mehr läuft, als ich bislang zu Gesicht bekommen habe. Ehe ich Gelegenheit habe, nachzuhaken, stößt er wieder in der Kabine zu uns, mit seinem Handy in der Hand und ebenso finsterem Ausdruck wie zuvor Arryn.

»Alles in Ordnung?«, frage ich. Ich bin ihm nah genug, um zu erkennen, dass er jemandem schreibt, doch bevor ich auch nur versuchen kann, mehr zu erhaschen, schickt er eine letzte Nachricht ab und klickt sein Display schwarz. Ich strecke behutsam eine Hand aus und berühre ihn am Arm, und er schaut hoch. Seine Züge glätten sich.

»Natürlich, Prinzessin«, sagt er und legt für eine Sekunde seine Hand auf meine, ehe er mich wieder freigibt. »Alles paletti.«

Wenn er mich »Prinzessin« nennt und Wendungen wie »paletti« benutzt, muss sich die Angelegenheit mit Arryn geklärt haben. Zumindest so weit, dass Cami und ich nicht fürchten müssen, gleich über Bord geworfen zu werden.

»Wie lange noch, Keeda?«, fragt Kael.

»Rund fünf Minuten«, erwidert sie und späht mit zusammengekniffenen Augen zu den herannahenden Lichtern der Stadt hinüber. »Wir sind schneller unterwegs als erlaubt, müssen allerdings aufpassen, dass uns keine Patrouille erwischt. Da es ohnehin schon knapp wird, nachdem wir so lange über Lianas Vision diskutiert haben, sollten wir nicht riskieren, auch damit noch Zeit zu verlieren – selbst wenn ich uns mit meiner Gabe heraushauen könnte.«

»Dann bring uns einfach so rasch und komplikationslos wie möglich ans Ziel«, stimmt Kael ihr zu. Zu mir gewandt, ruckt er mit dem Kinn in Richtung des Hecks der Jacht und meint: »Eine Minute?«

Ich trotte hinter ihm her, mit Cami im Schlepptau, doch sowie Kael sich umdreht und sie bemerkt, sagt er: »Nur Alyssa.«

Sein Tonfall ist unergründlich. Er klingt lässig, entspannt, aber zwischen den beiden brodelt etwas, das ich nicht verstehe. Etwas, das auch der Grund dafür ist, dass er sich derart windet, ihr in die Augen zu schauen. Cami wirkt ebenfalls unsicher.

»Ich bin gleich zurück«, murmele ich ihr zu, und als sie meinen Blick sucht, um sich zu vergewissern, dass die Situation für mich in Ordnung ist, nicke ich ihr kurz und unauffällig zu. So seltsam er sich heute Nacht auch verhält und sosehr mich seine Abwesenheit seit meinem Erwachen frustriert hat: Er ist immer noch *Kael.* Wir hatten einen holprigen Start, mit der Entführungsaktion und allem, aber das ist vergessen, unsere Freundschaft ist stark – stark genug, dass ich bereit bin, ihm einen Vertrauensvorschuss zu geben.

Sobald wir allein auf dem hinteren Deck sind, schickt die frische Seeluft mir Gänsehaut über die Arme, und ich ziehe meine Jacke enger um mich. Die Beleuchtung der Jacht erhellt eher den vorderen Bereich, daher bleiben mir nur der Schein des Mondes und die Lichter der näherkommenden Stadt, um Kaels Mimik auszumachen. Er lehnt sich über die Reling und späht in die Nacht hinaus.

»Du wirkst aufgewühlt«, rutscht es mir heraus.

Er fährt sich mit einer Hand durchs Haar. »Die letzten paar Tage waren hart. Entschuldige, dass ich dich nicht besucht habe, es ist bloß …«

Als er mir eine Begründung schuldig bleibt, schließe ich die Lücke zwischen uns und lege meine Hände neben seine auf das Geländer, sodass unsere Schultern sich berühren. »Du koordinierst eine komplette Revolution. Da bist du viel beschäftigt – das verstehe ich.«

Ich habe keine Ahnung, weshalb ich sein Verhalten zu rechtfertigen versuche, wenn ich ihn doch eigentlich am liebsten schütteln und fragen würde, warum wir Lengard nicht längst gestürmt haben. Drei Tage haben wir vergeudet – sechs, wenn ich die Zeit meiner Bewusstlosigkeit mitrechne.

Als er leise gluckst, löst das Geräusch etwas in mir, und wieder rufe ich mir in Erinnerung, dass ich es mit Kael zu tun habe – dem Jungen, er mich als Sechsjährige in einem Prinzessinnenkleid hat herumwirbeln sehen und diesen Anblick nie vergessen konnte. Dem Jungen, der dabei geholfen hat, mich aus Vaniks Fängen zu befreien. *Deshalb* will ich ihm die Last, die für die Schatten unter seinen Augen verantwortlich ist, ein wenig erleichtern – weil ich weiß, dass er das Gleiche für mich tun würde. Doch sein Humor verfliegt rasch wieder.

»Das ist es nicht«, sagt er und starrt weiter über das Wasser. »Ich meine, klar, ich war beschäftigt. Natürlich. Aber …« Er stockt, senkt dann die Stimme. »Ich kriege dieses Bild einfach nicht aus meinem Kopf – Keeda und Cami, die deinen leblosen Körper aus Lengard herausschleifen.«

Ich ziehe scharf die Luft ein.

»Du warst so blass, wie eine Leiche.«

Ich widerstehe dem Drang, anzumerken, dass ich mich auch so gefühlt habe. »Aber sie haben mich gerettet, Kael.« Und beim Gedanken daran, wie Smith ihn in meinen ohnmächtigen Geist projiziert hat, um mich aufzuwecken, füge ich hinzu: »*Du* hast mich gerettet.«

»Es war knapp, Prinzessin. Zu knapp.« Er wendet sich mir zu, und die Lichter der Stadt spiegeln sich in seinen Mitternachtsaugen. »Wenn heute Nacht irgendetwas schiefläuft, wenn Lengard vor Ort ist und sie dich wieder in die Hände bekommen –«

»Das werden sie nicht«, schneide ich ihm das Wort ab. Es rührt mich, dass er sich um mich sorgt; trotzdem darf er nicht erwarten, dass ich mich zurücklehne und tatenlos abwarte, während die anderen sich kopfüber in Gefahr stürzen. Ich lasse mich nicht mehr einsperren – nicht einmal von jenen, die mich zu schützen versuchen.

»Aber –«

»In diesem Labor sind so viele Dinge schiefgegangen, Kael. Alles, was hätte danebengehen können, ist auch danebengegangen. Diesmal wird es ganz anders. Ich bin nicht ausgelaugt und erschöpft, und kein angeblich kräftedämpfendes Gestein schränkt mich ein. Ich habe die volle Kontrolle über meine Gabe – siehst du?« Ich beschwöre eine neue Lichtkugel herauf und dirigiere sie schwebend zwischen uns in die Luft, sodass sie sein Gesicht ausleuchtet und ich seine Züge besser erkenne. Ehe ich meine kurze Rede zu Ende bringe, vergewissere ich mich, dass ich seine ungeteilte Aufmerksamkeit habe. »Wir sind hier, um noch jemanden zu retten, und das werden wir tun. Gemeinsam.«

Und anschließend konzentrieren wir uns auf Lengard, möchte ich am liebsten noch ergänzen, beiße mir jedoch auf die Zunge. So schwer es mir fällt, das einzugestehen: Höchste Priorität hat heute Nacht, dass dieser neue Sprecher nicht in Vaniks Hände fällt. Dafür müssen wir sorgen; sobald es uns gelungen ist, kann ich Kael wegen der anderen Rettungsmission Druck machen. Er hält meinen Blick für eine lange Minute, während der Schein der Kugel über seine Wangen tanzt, stößt schließlich den Atem aus und nickt.

»Bloß … pass auf dich auf«, sagt er. »So viel liegt noch vor uns, und ohne dich schaffe ich es nicht.«

»Ich gehe nirgendwohin«, verspreche ich ihm sanft.

Stille senkt sich zwischen uns und gewährt mir einen Moment der Einsicht, in dem ich realisiere: Meine Beziehung zu Kael ist … kompliziert. In erster Linie, weil meine Beziehung zu *Ward* kompliziert ist. Obwohl ich in den vergangenen Tagen wenig mehr unternommen habe, als ziellos durch die Katakomben zu wandern, ist es mir noch immer gelungen, meine Gedanken und Gefühle in Bezug auf ihn zu ordnen. Alles, was ich weiß, ist, dass Ward sich um mich gekümmert hat, als niemand sonst für mich da war. Er hat mich behütet und mir neuen Lebensmut geschenkt. Er hat mich beschützt. Aber … dann ist er kalt und gefühllos geworden, nachdem ich erfahren hatte, dass all seine Worte und Taten lediglich den Zweck hatten, mich dazu zu bringen, meine Sprechergabe zu enthüllen. Das hat mich völlig zerschmettert. Derart von ihm verraten zu werden … tut *immer noch* weh, selbst wenn ich inzwischen herausgefunden habe, dass Ward eine Rolle gespielt hat, um mir weiterhin nahe sein und auf mich achtgeben zu können. Er war die ganze Zeit über auf meiner Seite. Gerade deshalb bin ich nun allerdings vollkommen ratlos, was das für uns bedeutet. Ich habe keine Ahnung, wer er ist – und wer er *für mich* ist.

Diese Unsicherheit bildet eine solide Mauer zwischen mir und Kael, den ich respektiere, sogar bewundere. Und – nicht, dass das von Belang wäre – dessen Attraktivität sich nicht leugnen lässt. Mir ist bewusst, dass das, was ich für Kael fühle, leicht zu mehr werden könnte, sobald ich es mir zugestehe.

Aber … *Ward* …

Im Augenblick darf ich Kael lediglich als Freund betrachten. Zumindest so lange, bis ich weiß, wie ich zu allem anderen stehe. Zu *allen* anderen.

»Worüber grübelst du nach?«

Ich reiße mich zusammen und bemerke, dass Kael mich eindringlich beobachtet.

Ich räuspere mich und ringe um eine Antwort – irgendeine, nur nicht die Wahrheit. »Ich habe mich bloß gefragt, was mit dir und Cami los ist.«

Sofort ist mir klar, dass ich das Falsche gesagt habe. Kaels Miene verschließt sich, sein Blick wird reserviert, und er dreht sich von mir weg und betrachtet das hell erleuchtete Opernhaus, an dem wir soeben vorüberrauschen.

»Keine Ahnung, wovon du redest«, sagt er ausdruckslos.

Ich versuche es erneut, diesmal zögerlich: »Da ist eine gewisse … Spannung zwischen euch.«

»Da ist keine Spannung.«

»Kael«, tadele ich leise. Nach einer kurzen Weile zwingt er sich, mich wieder anzuschauen, und ich fahre behutsam fort: »Du kannst mit mir reden, weißt du? Zweieinhalb wortlose Jahre haben mich zu einer ziemlich guten Zuhörerin gemacht.« Die Ironie dieser Aussage entgeht mir nicht; schließlich war ich für einen Großteil jener zweieinhalb Jahre in einer Zelle weggesperrt, in der es überhaupt niemanden *gab*, dem ich hätte zuhören können.

Seine Mundwinkel zucken nach oben, doch dann beißt er die Zähne aufeinander, scheint abzuwägen. Als sich seine steife Haltung endlich – minimal – lockert, sagt er: »Cami war dabei, damals, an jenem Tag vor zehn Jahren, an dem all diese Leute in Vaniks Labor gestorben sind, weil mein Dad es nicht geschafft hat, sie zu retten.«

Ich entsinne mich, dass er mir das bereits erzählt hat, bleibe aber stumm und warte ab, weshalb er jetzt das Gespräch darauf lenkt.

»Ich bin nur – ich fühle mich schuldig, schätze ich«, gesteht er flüsternd, die Augen auf den schwebenden Lichtball statt auf mich geheftet. »Das ist Unsinn, schon klar. Ich hatte mit diesem Unfall ja gar nichts zu tun. Wenn allerdings mein Dad – wenn es ihm gelungen wäre, sie in Sicherheit zu bringen …« Sein Adamsapfel hüpft. »Mit Keeda habe ich dieses Problem nicht, aber sie war damals auch nicht im Raum, sie musste nicht hilflos danebenstehen und – und zusehen, wie ihre Eltern starben. Cami dagegen … wann immer ich sie anschaue, denke ich an das, was an jenem Tag passiert ist … und an alles, was danach kam.«

Das *ist* Unsinn. Er trägt ebenso wenig Schuld an dem, was sich im Labor zugetragen hat, wie ich.

»Sag nichts«, bittet Kael, als ich den Mund öffne, um ihm ebendas zu erklären. Seine Stimme klingt rau. »Irgendwann komme ich darüber hinweg. Aber diese Woche – sie ständig zu sehen, mit ihr zu reden – hat alles wieder aufgewühlt. Die Wunde aufs Neue aufgerissen. Mich an Einzelheiten erinnert, die ich verdrängt hatte – an Menschen, die ich … zu vergessen begonnen hatte.«

Die Traurigkeit in seinen Augen lässt mich unwillkürlich eine Hand nach ihm ausstrecken, und ich nehme seine in meine eigene. Seine Finger sind kalt, doch er klammert sich an mich, beinahe verzweifelt. Instinktiv begreife ich, was er nicht ausspricht – wen er meint. Ich habe geglaubt, dass meine Eltern tot seien, dass ich sie getötet habe, dass ich sie niemals wiedersehen werde. Jahrelang habe ich jeden Tag mit dieser schrecklichen Gewissheit gelebt. Nun besteht die Chance, dass ich falschlag, dass sie noch irgendwo dort draußen sind und ich sie lediglich finden muss. Kaels Dad hingegen ist ohne jeden Zweifel tot, und seine Mum …

Mir geht auf, dass ich keinen blassen Schimmer habe, was mit ihr geschehen ist, also erkundige ich mich vorsichtig: »Ist deine Mutter …?«

Seine Finger zucken in meinen Griff. »Sie ist gestorben. Vor fast drei Jahren.«

Bei meiner nächsten Frage ist meine Stimme kaum mehr als ein Flüstern. »Wie?«

»Eine seltene, unheilbare Krankheit. Sie hatte unvorstellbare Schmerzen. Aber es – es war … schnell vorbei.«

Sein Tonfall verrät nicht, ob er das als Fluch oder Segen empfindet. Ich selbst habe keinerlei Erinnerung an sie, auch wenn Kael einmal behauptet hat, seine und meine Mutter seien beste Freundinnen gewesen.

»Das tut mir leid, Kael.«

Ich wünschte, ich hätte ihm etwas Besseres anzubieten. Vor gar nicht allzu langer Zeit noch hätte ich ihm sagen können, dass ich verstehe, wie er sich fühlt, nachdem ich schließlich ebenfalls beide Eltern verloren habe. Allerdings stimmt das womöglich überhaupt nicht. Ich hänge in der Schwebe, bin ratlos, was ihr Schicksal anbelangt, und habe ihm entsprechend keinen Trost für das zu bieten, was er durchgemacht hat. Was er nach wie vor durchmacht.

Die Jacht wird langsamer, als wir unter der Harbour Bridge hindurchfahren, und holt uns so beide in die Gegenwart zurück – ruft uns ins Gedächtnis, was vor uns liegt.

Kael schüttelt seine frisch aufgewallte Trauer ab, drückt den Rücken durch, und ich lasse seine Hand los. Während ich meine Leuchtkugel zum Verschwinden bringe, zieht er sein Handy hervor und schickt mit konzentriert gerunzelter Stirn eine rasche Nachricht ab.

»Wir sollten reingehen, ehe Arryn sich auf die Suche nach uns macht«, meint er und wedelt das Handy durch die Luft. Obwohl der grelle Bildschirm mich in der Dunkelheit blendet, erhasche ich sein Augenrollen, als er hinzufügt: »Sie will uns alle kurz einweisen, bevor wir anlegen.«

Ich finde es interessant, dass Arryn ihm diese Aufforderung geschrieben hat, statt einfach nach draußen zu kommen und uns zu holen – oder einfach nur laut genug nach uns zu rufen. Sie hat sich bewusst dafür entschieden, uns nicht zu stören. Vielleicht ist sie doch nicht so herablassend, wie sie wirkt.

Ich folge Kael zurück in die Kabine und durch die Tür in den Steuerraum, wo Arryn und Pandora sich inzwischen zu Cami, Keeda und dem Kapitän gesellt haben. Sofern sich keine weiteren Relikte irgendwo anders auf der Jacht tummeln, sind offenbar bloß wir sechs mit der Aufgabe betraut, den Ausbrecher einzusammeln. Ich grübele, ob das die übliche

Truppenstärke ist oder ob normalerweise – ohne Cami, mich und sogar Keeda, die immerhin zeitweise ebenfalls in Lengard war – nur drei Leute ausrücken. Das wiederum führt mich zu der Frage, wie häufig solche Aktionen sind, und ich rätsele, wie sie festlegen, wer den jeweiligen Fall übernimmt. Womöglich hängt es von dem ab, was Liana sieht.

Ein Schauder überläuft mich bei dem Gedanken an die Seherin und ihre Sprechergabe. Genau begreife ich nicht, wie ihre Fähigkeiten funktionieren; ich weiß allerdings noch, dass sie höchst … merkwürdig war, als ich sie getroffen habe. Bis heute war mir nicht bewusst, dass die Relikte ihr Wissen um neue Ausbrecher ihr zu verdanken haben, auch wenn das durchaus Sinn ergibt. Liana erlebt anscheinend Visionen, durch die die Relikte stets informiert sind – und ich vermute, Lengard verfügt über einen Sprecher mit ähnlicher Gabe, der sie zum gleichen Zweck nutzt.

Ich nehme neben Cami Platz und lächele sie kurz an, um ihr zu vermitteln, dass meine Unterhaltung mit Kael gut verlaufen ist. Dann richte ich den Blick nach vorn, durch die Windschutzscheibe, und stelle fest, dass wir uns einem Pier beinahe direkt unter dem nördlichen Zugang zur Harbour Bridge nähern. Wieder durchfährt es mich kalt, als mein Blick höher wandert und erfasst, was sich unmittelbar dahinter erhebt: ein ungeschlachtes Cartoongesicht zwischen zwei Türmen.

Das Eingangstor von Luna Park.

»Lianas Vision hat gezeigt, dass der Sprecher, hinter dem wir her sind, sich irgendwo im Vergnügungspark versteckt«, erklärt Arryn, und ich kämpfe gegen einen dritten Gänsehautschub an. Freizeitparks mochte ich noch nie, am allerwenigsten die, die einen mit gigantischen Clownsvisagen begrüßen.

»Ob wir es mit einem Jungen oder einem Mädchen zu tun haben, hat sie nicht ausmachen können«, fährt Arryn fort. »Ebenso wenig wie die exakte Gabe des Neulings. Wir stoßen also blind vor. Allerdings müssen wir davon ausgehen, dass dieser Teenager ebenso verängstigt und unsicher ist wie wir selbst, als wir mit dem Sprechen begonnen haben. Vielleicht attackiert er uns, sobald wir ihn in die Enge getrieben haben; für den Fall also, dass es euch nicht gelingt, unser Gegenüber mithilfe eurer eigenen Fähigkeiten zu beruhigen oder bändigen …«

Pandora tritt nach vorn und stellt die Kiste mit den Tennisbällen vor uns auf dem Deck ab.

»Die habe ich allesamt mit einem schnell wirksamen Betäubungsmittel präpariert«, sagt sie, und ihr lila Haar schimmert im Licht des Kais. »Werft unseren neuen Sprecherkumpel einfach mit einem davon ab, und er oder sie wird sofort außer Gefecht sein.«

»Außerdem sind sie zur Selbstverteidigung gedacht, sollten wir auf unerwünschte Gesellschaft treffen«, ergänzt Arryn, während die Jacht langsam zur Anlegestelle gleitet. »Falls Lengard auftaucht – oder schon da ist –, dann lautet das oberste Gebot, sich nicht fangen zu lassen.« Sie mustert jeden Einzelnen von uns, und auf mir ruht ihr Blick am längsten. »Unsere Mission besteht darin, diesen neuen Sprecher in die Katakomben zu holen, koste es, was es wolle. Liana meint, irgendetwas an ihm oder ihr sei besonders – er oder sie ist wichtig. Sehen wir also zu, dass wir uns dort draußen gegenseitig Rückendeckung geben, dann schaffen wir es auch alle sicher wieder nach Hause. Ja?«

Zustimmendes Gemurmel läuft durch unsere Reihen, und Arryn wendet sich direkt an Cami und mich, mit mahlendem Kiefer. »Für euch zwei gilt: Haltet euch dicht an uns und schaut zu, wie wir solche Angelegenheiten handhaben. Heilerin, wenn Lengard vor Ort ist, fällt dir die Aufgabe zu, unsere Gegner und ihre Gaben zu identifizieren. Schöpferin« – ihre schwarzen Augen ruhen nun auf mir – »komm uns nicht in die Quere und versuch nicht, mit deinen Fähigkeiten anzugeben. Verstanden?«

»Wir haben auch Namen, weißt du?«, grummelt Cami kaum hörbar. Was mich betrifft: Mir fehlen jegliche Worte.

Komm uns nicht in die Quere und versuch nicht, mit deinen Fähigkeiten anzugeben.

Für wen *hält* sie sich?

Eine Antwort erspart mir Pandora, indem sie uns anweist, jeweils ein Paar Schutzhandschuhe und zwei Tennisbälle zu nehmen. Ich schlüpfe in meine Handschuhe und überlege dabei, ob ich jemand anderem meine Tennisbälle anbieten sollte, da ich – sofern ich mich ausreichend konzentriere – allein mit einem Wort in der Lage sein sollte, jeden Gegner niederzustrecken. Andererseits könnte das als »Angeben« verstanden werden. Ich knirsche mit den Zähnen.

Dann allerdings denke ich weiter über die Sache nach, und mir wird klar, dass ich keinen blassen Schimmer habe, *wie* ich jemandem mit meiner Gabe bewusstlos schlagen sollte. Was, wenn mir mein Opfer *zu* bewusstlos gerät und ins Koma fällt? Was, wenn die Bewusstlosigkeit nicht tief genug ist und derjenige oder diejenige zu sich kommt, bevor ich bereit bin? Besteht ein Unterschied zwischen Ohnmacht und Schlaf, und wie grenze ich die beiden Zustände beim Sprechen voneinander ab? Beinahe fühlt es sich an, als müsste ich jemandem eine Medizin verabreichen, ohne die richtige Dosierung zu kennen. Zu viel oder zu wenig könnte desaströse Folgen haben.

Unter Umständen hat Arryn recht – es mag tatsächlich ratsam sein, dass ich mich zurückhalte und nicht »angebe«, bis ich das Sprechen besser durchschaut und verinnerlicht habe.

Kael zieht aus meiner verstörten Miene die falschen Schlüsse; er neigt sich zu mir hin und flüstert: »Vergiss nicht, unter Druck zu Sprechen ist anspruchsvoller. Ein hoher Adrenalinpegel erschwert es dir, dich zu sammeln und deine Absicht zu fokussieren.« Er schnappt sich vier der Bälle und reicht zwei davon an mich weiter, bevor er fortfährt: »Sicher ist sicher, Prinzessin. Halt dich an das, womit du vertraut bist, und wir wuppen diese Nacht ohne Probleme.«

Noch etwas, das ich nicht auf dem Schirm hatte. Diesem neu ausgebrochenen Teenager gegenüberzustehen, bereitet mir keine Sorge, aber falls Lengard hier ist … Kael hat ganz recht, das würde mein Adrenalin in die Höhe jagen. Mit trockenem Hals umklammere ich krampfhaft die Bälle und bläue mir selbst ein, sie im Notfall unbedingt zu benutzen.

Eine Berührung an meiner behandschuhten Hand lässt mich herumwirbeln, und ich blicke in Pandoras verständnisvolle Augen. »Einfach atmen, Lyss«, rät sie mir. »Du schaffst das.«

Cami drängt sich dichter an uns heran, während Kael, Arryn und

Keeda sich murmelnd beraten, und fragt Pandora: »Wie viele solcher … Missionen … habt ihr schon bewältigt?«

»Wie oft wir schon Ausbrechern nachgestellt haben?«, gibt Pandora zurück, fingert einen gestrickten Schal aus ihrer Mary-Poppins-Tasche und schlingt ihn sich um den Hals. Die limettengrüne Farbe beißt sich fürchterlich mit ihrem Haar, doch das scheint sie nicht zu stören. »Zu oft, um noch mitzuzählen.«

»Und wie häufig seid ihr dabei Lengard begegnet?«, bohre ich nach.

Ihr Mundwinkel krümmen sich nach oben. »Zu oft, um noch mitzuzählen.«

Camis Unbehagen steht ihr quer über das ganze Gesicht geschrieben, und ich bin sicher, dass es mir nicht anders geht.

»Schaut mal, Leute«, raunt Pandora und schielt rasch zu Kael, Keeda und Arryn hinüber, um sich zu vergewissern, dass die drei noch miteinander tuscheln, »natürlich ist das Ganze nicht ohne Risiko. Aber ihr müsst bedenken, was auf dem Spiel steht – die Freiheit eines Sprechers.«

Sie sagt es so leidenschaftlich, dass ich frage: »Wie bist du eigentlich in den Katakomben gelandet, Pandora?«

»Wäre ich beinahe gar nicht«, antwortet sie ernst. »Sondern stattdessen in Lengard.«

Die Wahrhaftigkeit dieser Aussage und all dessen, was darin mitschwingt, trifft mich hart. Pandora war selbst eine Ausbrecherin, und die Relikte haben sie zuerst gefunden. Kein Wunder, dass sie so erpicht darauf ist, diesen Jugendlichen zu retten – und jeden anderen.

»Was ich nicht kapiere«, wendet Cami nervös ein, »ist, weshalb nur wir hier sind. Wieso nicht auch jemand wie Jet oder Dante? Oder jemand, der … keine Ahnung … *älter* ist. Erfahrener.«

Ein Schnauben unterbricht uns, und als ich mich umdrehe, steht Keeda hinter mir. »Jet würde töten, um uns begleiten zu dürfen«, meint sie augenrollend. »In ein paar Jahren wird sie die Erste sein, die aufs Boot hüpft.«

»Aber vorerst«, hakt Pandora ein, »hält Arryn sie für zu jung – was Jet gehörig aufregt.« Sie zieht ein Paar Handschuhe aus ihrer viel zu kleinen Tasche, die sich von jenen unterscheiden, die wir Übrigen tragen: mehr Metall als Stoff. »Allerdings hat Arryn recht. Es wäre großartig, sie dabei zu haben, aber die Gefahr, sie zu verlieren, ist zu hoch.«

Mein Magen rutscht mir in die Kniekehlen.

»Nicht, dass wir damit rechnen, irgendjemanden zu verlieren«, ergänzt Pandora eilig und streift sich die Handschuhe über die Finger.

»Und was ist mit Dante?«, fragt Cami, mittlerweile noch blasser als gewöhnlich. »Wäre seine Gedankenlesegabe nicht nützlich, bei einem neuen Sprecher? Er könnte ausknobeln, was ihm durch den Kopf spukt, und ihn davon überzeugen, dass er in Sicherheit ist. Das würde doch helfen?«

Keeda nickt. »Manchmal kommt er tatsächlich mit. Ebenso wie weitere Sprecher mit verschiedenen anderen Fähigkeiten, je nachdem, wozu Liana uns rät. Heute Nacht war sie zum ersten Mal unschlüssig. Daher haben Kael und Arryn sich darauf geeinigt, auf Nummer sicher zu gehen.« Sie grinst wölfisch. »Keine Bange, wir sind gut im Improvisieren.«

Improvisieren.

Die Zuversicht, die ich nach Pandoras Ermutigung zunächst verspürt habe, schwindet rasant. Aber ich rufe mir ins Gedächtnis, dass ich eine Schöpferin bin, dass ich über Macht verfüge und alles bewirken kann, was ich will. Und jetzt, in diesem Augenblick, will ich diesen Ausbrecher aufspüren und anschließend mit ihm in die Katakomben zurückkehren, damit wir uns dann darauf konzentrieren können, unsere Freunde aus Lengard zu befreien.

»Alles klar. Dann packen wir's an, oder?«, frage ich und drücke den Rücken durch.

»Immer langsam mit den jungen Pferden, Schöpfergirl«, mahnt Keeda belustigt. »Erst einmal müssen wir anlegen. Es sei denn, du willst eine Runde schwimmen?«

Meine Wangen werden heiß, aber glücklicherweise stößt im selben Augenblick die Jacht sanft gegen die Kaimauer und verrät uns so, dass wir am Ziel sind.

»Keeda«, ruft Arryn und ruckt mit dem Kopf vielsagend in Richtung des Kapitäns. »Könntest du …?«

Keeda dreht sich zu dem Mann um und sagt: »Sie wollen hier warten, bis wir zurück sind.«

Ein Licht flammt zusammen mit ihrem Gesprochenen Befehl auf, und der Kapitän nickt, die Hände noch immer um das Lenkrad geklammert, die Augen ausdrucksleer nach vorn durch die Windschutzscheibe gerichtet. Zu sehen, wie willenlos er sich ihren Anweisungen fügt, ist gruselig. So unwohl ich mich jedoch dabei fühle, so dankbar bin ich zugleich für die Sicherheit, dass uns ein schneller Fluchtweg offensteht, falls wir in Schwierigkeiten geraten.

»Alle bereit?«, fragt Arryn. Beim Anblick unserer entschlossenen Gesichter marschiert sie forsch voran und ruft über die Schulter. »Also los.«

KAPITEL 4

Es ist bereits nach Mitternacht, Luna Park hat längst geschlossen, und einzig der Mond am Himmel wirft ein wenig Licht auf unseren Weg durch den Eingang. Wir schaffen es nur hinein, weil ich das Tor für uns Aufspreche – und ich muss mich sehr zusammenreißen, um Arryn dabei keinen überheblichen Blick zuzuwerfen und sie zu fragen, wie sie vorgehabt hätte, hineinzukommen, wenn ich nicht dabei gewesen wäre.

Je tiefer wir in den Park vordringen, desto unwirklicher fühlt es sich an. Ich bin schon einmal hier gewesen, war damals allerdings so jung, dass ich mein Gedächtnis enorm anstrengen muss, um noch Details aufzurufen. Dass es laut war, weiß ich noch – jede Menge Musik und Geschrei und Gelächter. Die Sonne schien hell und heiß, und überall wuselten Leute umher. Ich habe pinkfarbene Zuckerwatte gegessen, Regenbogenpopcorn und Paradiesäpfel, bis meine Hände von den Zuckerbomben klebrig und meine Zähne taub waren.

Mit jedem Schritt dringen mehr Erinnerungen auf mich ein. Damals haben mich meine Eltern begleitet. An einer der Buden hat meine Mum mir dabei geholfen, kleine Plastikbälle in den sich bewegenden Mund eines riesigen weißen Clownsgesichts zu werfen, und wir haben ein Plüscheinhorn gewonnen, dessen eines Auge schon ausgefallen war, bevor wir den Park wieder verließen. Ganz verrückt war ich auf das Karussell: Die blinkenden Lichter, die fröhliche Melodie und die bemalten Pferde entzückten mich ohne Ende – ich glaube, die Zeit dort war der einzige Teil des Tages, den ich wirklich genossen habe. Ich habe meine Eltern angebettelt, noch ein zweites und drittes Mal mitfahren zu dürfen, und mir für jede Runde ein anderes buntes Pferd ausgesucht.

»Irgendetwas stimmt hier nicht«, flüstert Arryn und lenkt meinen Blick fort vom Karussell, das dunkel und stumm dasteht, während wir daran vorbeieilen. Es noch einmal im echten Leben zu sehen, berührt lange verdrängte Bilder und Eindrücke, beinahe so, als hätte ich eine innigere emotionale Verbindung zu dem Fahrgeschäft, als mir klar war. Allerdings kann ich die Details nicht ganz fassen; vieles ist über die Jahre verblasst.

»Stimmt«, murmelt Kael mit aufmerksam verengten Augen. »Es ist zu … still.«

»Natürlich ist es still«, sagt Keeda trocken. »Es ist mitten in der Nacht, der Park ist eine Geisterstadt. Der Ausbrecher versteckt sich natürlich – wenn wir uns aufteilen, stehen unsere Chancen, ihn oder sie zu finden, besser.«

»Und schneller sind wir vermutlich auch«, mischt Pandora sich ein.

»Lengard scheint zwar nicht hier zu sein«, fügt Keeda hinzu, »aber länger als unbedingt nötig sollten wir trotzdem nicht bleiben. Sicher ist sicher.«

Wir pirschen voran, spähen in die Dunkelheit, um jede noch so kleine Bewegung zu erhaschen. Dieses Areal ist der perfekte Ort für jemanden, den das, was gerade mit ihm geschieht, in Verwirrung stürzt – für jemanden, der Angst davor hat, geschnappt zu werden, und sich verkriechen möchte. Er oder sie könnte uns in diesem Moment beobachten, ohne dass wir es bemerken – und *tut* es vermutlich sogar. Ich jedenfalls würde es an seiner oder ihrer Stelle tun.

»Einzeln oder in kleinen Gruppen tun wir uns leichter«, meint Pandora, und ihr Blick huscht über die Schatten. »Dann wirken wir weniger einschüchternd. Und es gelingt uns eher, ihn oder sie ins Freie zu locken.«

Zwar stimme ich ihr zu, was den Einschüchterungsfaktor betrifft, bin jedoch unschlüssig, ob es wirklich klug ist, wenn wir uns aufteilen. Während der kurzen Strecke von der Jacht zum Park ist mir aufgefallen, wie perfekt aufeinander abgestimmt Arryn, Kael, Pandora und Keeda agieren: Arryn und Kael in der Mitte und ein wenig vor den beiden anderen, die sie rechts und links flankieren. Cami und mich hat Arryn mit einer groben Geste am Kai dazu bestimmt, die Nachhut zu bilden. Abgesehen von der kurzen Einlage am Tor, mit der ich uns Zugang zum Gelände verschafft habe – woraufhin Pandora rasch ihren präparierten metallischen Handschuh auf eine der Überwachungskameras gelegt und ein Wort Gesprochen hat, das für den Rest der Nacht eine Dauerschleife laufen und uns somit nicht in den Aufzeichnungen auftauchen lässt –, sind sie nicht von ihren Positionen abgewichen, decken sich zuverlässig gegenseitig. Die Vorstellung, diese Formationen nun aufzubrechen … bereitet mir ein wenig Bauchschmerzen.

Cami wirkt ebenso skeptisch wie ich und flüstert: »Kannst du nicht irgendetwas unternehmen … uns – keine Ahnung – in die richtige Richtung lotsen?«

Die vier vor uns drehen sich mit hochgezogenen Brauen um und fragen sich zweifellos dasselbe.

Mein Kopf setzt aus.

Cami stößt mich an, und mir wird klar, dass ich es zumindest versuchen muss.

Mit zusammengebissenen Zähnen konzentriere ich meine Absicht so eindeutig wie möglich und sage: »Orte den Ausbrecher.«

Ein Licht schießt aus mir hervor, und ich schaue nach unten, erwarte leuchtende Fußspuren, die uns den Weg enthüllen, den wir nehmen müssen – so, wie ich es mir ausgemalt habe. Doch der Zement unter uns bleibt dunkel.

Ich bin entmutigt und auch ein wenig ratlos, da ich überzeugt war, mein geistiges Bild fest im Griff zu haben.

»Schon in Ordnung, Prinzessin«, sagt Kael, dem meine Enttäuschung nicht entgeht. »Sprechen ist wie Bogenschießen – in den allermeisten Fällen ist es wichtig, dass du dein Ziel siehst. Deshalb kannst du dir auch nicht einfach von hier aus vorstellen, wie Vanik tot umfällt; zwischen dir und ihm liegen zu viele Variablen, und die Entfernung ist nur eine davon.« Er schenkt mir ein aufmunterndes Lächeln. »Mach dir keinen Kopf. Wir schaffen das auch auf die altmodische Tour.« Zu Arryn gewandt, erklärt er: »Ich stimme Keeda und Dora zu – wir sollten Paare bilden.«

Arryn wirkt wenig begeistert. Sie öffnet den Mund zu einer Erwiderung, doch noch ehe sie ein Wort hervorbringt, sind wir mit einem Mal in blendend grelles Licht getaucht. Als hätte jemand einen Schalter umgelegt, erwacht der Park ringsum zum Leben. Flackernde Stroboskopblitze pulsieren in schwindelerregend bunter Farbfolge, schrille Orgelmusik erfüllt unsere Ohren und übertönt dabei das mechanische Rumpeln der Fahrgeschäfte, die ebenfalls anlaufen.

Mit einer Hand schirme ich meine Augen ab und blinzele gegen die plötzliche Helligkeit an. Ich bin federnd in die Knie gegangen, angespannt und bereit, jede Sekunde loszusprinten, und mein Herzschlag hämmert mir in den Ohren.

»Was zum –«

»ACHTUNG!«

Camis Schrei unterbricht Kael, und sie rempelt ihn im selben Moment zur Seite, in dem ein Lichtstrahl wie ein Speer auf uns zurast. Er verfehlt die beiden um Zentimeter, lässt allerdings die Restlichen von uns herumwirbeln, sodass wir die Gruppe von Gestalten bemerken, die auf uns zurennt.

»Das ist Lengard!«, brüllt Pandora.

»Aufpassen!«, warnt Arryn, da bereits der nächste Blitz auf uns abgefeuert wird. Diesmal erwischt er Keeda, schleudert sie durch die Luft nach hinten, wo sie unsanft auf der Erde landet.

»Verdammter –«

»AUS!«, rufe ich über sie hinweg, während sie sich mit schmerzverzerrtem Gesicht hochrappelt, ohne dabei den linken Knöchel zu belasten. Der Befehl verlässt meine Lippen zusammen mit einem aufflammenden Licht, das im nächsten Augenblick zeitgleich mit dem übrigen Lichterspektakel verlischt; abermals stehen wir im Dunkeln, und unsere Augen kämpfen aufs Neue damit, sich umzugewöhnen.

Ich erkenne nicht, wie viele Sprecher aus Lengard vor Ort sind – die Dunkelheit ist zu dicht, um mehr als schemenhafte Silhouetten wahrzunehmen, die weiterhin auf uns zuhalten, wenn auch inzwischen langsamer, da die verminderte Sicht auch ihnen zu schaffen macht. Allerdings haben sie nicht zu Sprechen aufgehört, und neue Blitze zucken auf, blind in unsere Richtung ausgesandt und glücklicherweise zu willkürlich, um ihr Ziel zu finden – vermutlich, weil Kael möglichst viele ihrer Worte zerstört. Doch bei derart zahlreichen Gegnern … Wir dürfen uns nicht in Sicherheit wiegen.

»Schnell, solange sie noch orientierungslos sind«, drängt Arryn und eilt zu Keeda hinüber. Als ein neuer Lichtstrahl auf uns zusaust, wendet sie sich um und hebt eine Hand, murmelt etwas, das ich nicht verstehen kann. Auf ihr Gesprochenes Kommando hin erscheint eine blaue Flammenwand zwischen uns und Lengard, an der die Attacken unserer Angreifer zerschmelzen, ehe sie uns erreichen.

»Oha«, macht Cami, und selbst ich muss gestehen, dass ich von dieser Machtdemonstration beeindruckt bin.

»Na los!«, brüllt Arryn, flucht dann jedoch laut, da Keeda bei dem Versuch, einen Schritt zu tun, in sie hineinstolpert und die zwei mit der Stirn zusammenstoßen, bevor es Arryn gelingt, sie zu stabilisieren. Augenblicklich verpufft die Flammenwand. Arryn schimpft erneut und dreht sich zu mir um.

»Alyssa«, bellt sie, »vergiss, was ich gesagt habe – jetzt ist ein guter Zeitpunkt, um mit deinen Fähigkeiten anzugeben!«

»Was –«

»Hilf Kael, uns abzuschirmen!«, verlangt sie, während uns immer mehr Lichter entgegenfliegen.

Kurz stehe ich auf dem Schlauch und frage mich, warum sie nicht einfach eine neue Feuerbarriere heraufbeschwört. Doch ihr eindringlicher Blick verrät mir, dass etwas nicht stimmt, dass sie auf mich zählt – dass sie alle auf mich zählen.

Das Adrenalin schärft meinen Geist, und mir fällt jene schalldichte Blase ein, die ich damals in Lengard erschaffen habe, als Kael sich in mein Zimmer hat projizieren lassen. Nun stelle ich mir etwas Vergleichbares vor und schreie »Schild!«, und eine perlmuttern schimmernde Kuppel ploppt auf und senkt sich über unsere sechsköpfige Gruppe. Ich weiß nicht, wie lange sie sich halten wird – schließlich habe ich keine Ahnung, welche Sprecherkräfte in diesem Augenblick bereits auf sie einprasseln. Immerhin verflüchtigt sich das Licht der Gesprochenen Worte beim Aufprall auf das Gewölbe zu einem harmlosen Nichts.

»Beeilt euch, falls das Ganze zusammenbricht«, sagt Arryn, und gemeinsam mit Kael stützt sie Keeda hinüber zur Seite des Gässchens. Pandora, Cami und ich hasten ihnen nach. Wir ducken uns hinter eine

Eisbude, wo es zu sechst ausgesprochen eng ist; aneinandergequetscht mühen wir uns, außer Sicht zu bleiben. Noch tut die perlmuttfarbene Kuppel ihren Dienst.

»Gut gemacht, Lyss«, flüstert Kael und knufft mich anerkennend in die Schulter. »Ich war da draußen wirklich am Schwimmen.«

Sein Lob brauche ich nicht. Die Idee stammte von Arryn – ich habe lediglich ausgeführt, was sie von mir verlangt hat.

Mein Blick huscht zu ihr hinüber. Sie untersucht Keeda und bedeutet Cami, dichter heranzurutschen und ihren Knöchel zu heilen, doch der fehlende Platz nimmt Cami jede Möglichkeit, in ihre Nähe zu gelangen.

»Wie kommen wir aus dieser Nummer wieder raus?«, frage ich. Die Kuppel steht unvermindert unter Beschuss. Jeder Aufprall lässt mich zusammenzucken, und beinahe spüre ich, wie jedes Gesprochene Kommando, das unser Schutzschild absorbiert, an meinen eigenen Energiereserven zehrt – fast so, als würde *ich* es in mich aufnehmen. »Soll ich –«

Ehe ich Gelegenheit habe, den Satz zu Ende zu bringen, erstrahlen mit Glanz und Gloria aufs Neue die Parkbeleuchtungen.

Pandora, deren Hand gerade nach ihrem Schal getastet hat, stößt einen Schrei aus und schützt ihre Augen. Ich runzele die Stirn und wiederhole meinen vormaligen Befehl: »AUS!«

Diesmal wird unsere Umgebung nur für einen Moment dunkel, im nächsten blinkt sie so hell wie zuvor, und mein dritter Versuch zeigt überhaupt keine Wirkung mehr. Ich fühle mich an jenen Albtraum in Vaniks Labor erinnert, in dem all meine Worte folgenlos waren. Panik krallt sich um mein Herz, aber die schützende Kuppel über uns beruhigt mich ein wenig, bis ich hochschaue und feststelle, sie ist –

Weg.

Die Kuppel ist *weg*.

Mir gefriert das Blut in den Adern, doch ich zwinge mich, Ruhe zu bewahren, mich zu sammeln und sie zurückzuholen. Kaum ist mir das gelungen, flimmert sie direkt wieder aus.

»Wieso bleibt sie nicht –«

»Verstecken!«, schneidet Pandora mir das Wort ab.

Ich begreife nicht, was sie meint, denn wir *sind* versteckt; dann allerdings bricht ein Licht aus der Stelle hervor, an der sie ihren limettengrünen Schal berührt, und schlagartig werden wir sechs unsichtbar.

»Jets Verhüllungsgabe«, ertönt ihre körperlose Stimme. »Ich dachte mir, sie könnte uns vielleicht nützlich werden. Bleibt einfach dicht zusammen – und seid *leise.*«

Ich hebe eine Hand vor mein Gesicht und verspüre einen gruseligen Schauder, als ich sie nicht sehe. Ein Blick an mir hinunter bestätigt, dass absolut nichts von mir zu erkennen ist, ebenso wenig wie von den fünf anderen, die ich an meiner Seite weiß. Wäre nicht ihr keuchender, verängstigter Atem zu hören, würde ich glauben, ich sei allein.

Noch einmal versuche ich, die Schutzkuppel über uns zu spannen, in der Hoffnung, dass es bislang lediglich an meiner mangelhaften Konzentration gescheitert ist. Doch weiterhin tut sich nichts. Wieso funktioniert Pandoras Gabe, wohingegen meine …

Die Erkenntnis trifft mich so heftig, dass alle Luft aus meinen Lungen gepresst wird. Mir fällt bloß ein einziger Grund ein, der mich in diesem Moment vom Sprechen abhalten könnte, zumal ich weder erschöpft bin noch gefoltert werde. Nur ein Grund – nur ein *Mensch*, der in der Lage wäre, meine Kräfte auszuschalten.

Ich klettere über den verborgenen Kael, ignoriere sein gedämpftes Stöhnen, als ich ihm versehentlich ein Knie in den Oberschenkel ramme – bis es mir gelingt, um eine Ecke des Eiswagens zu spähen und mich mit eigenen Augen von meiner Ahnung zu überzeugen.

Ich bin nicht die Einzige, die zwei und zwei zusammengezählt hat. Kael ächzt abermals, dann höre ich Cami leise »Sorry« wispern und spüre, wie sie sich an mich presst. Was sich uns offenbart, lässt uns beide scharf die Luft einziehen.

Lengard hat fünf Sprecher geschickt, die in diesen Sekunden zu uns aufschließen. Eilig haben sie es allerdings nicht mehr. Ihre Schritte sind selbstbewusst; ihnen ist klar, dass wir in der Falle sitzen, keine Fluchtmöglichkeit haben.

Crew ist einer des Teams, mit leeren Augen, genau wie damals, als er von Mannings Gesprochenen Befehlen gelenkt wurde. Sein Anblick versetzt meinem Herzen einen schmerzhaften Stich, obwohl seine Anwesenheit hier ein gravierendes Problem ist. Als Schlächter stellt er für jeden, der in seine Schusslinie gerät, eine Gefahr dar, und das umso mehr, falls er tatsächlich nicht eigenmächtig, sondern als eine willenlose Marionette agiert.

Meine wahre Sorge ist Crew jedoch nicht. Und er ist auch nicht der Einzige der fünf, mit dem ich vertraut bin.

»L-Landon?«

Camis atemloses Quieken ist kaum mehr als ein gehauchter Laut, doch ich reagiere instinktiv und klatsche ihr ebenso rasch wie blind eine Hand auf den Mund. Was sich schwierig gestaltet – nicht nur, weil sie unsichtbar ist, sondern auch, weil ich mit Mühe an mich halten muss, um meinem eigenen Schock nicht hörbar Ausdruck zu verleihen. Die Erscheinung ihres Bruders, der an der Spitze der kleinen Gruppe auf uns zumarschiert … ich habe nicht erwartet, ihm hier zu begegnen. Nicht damit gerechnet, dass er so … so *gesund* wirken würde.

Die Gefühle, die mich mit einem Mal durchströmen, erwischen mich ebenfalls völlig unvorbereitet: eine überwältigende Erleichterung, ein befreites Pulsflattern, ein Moment beflügelter Hochstimmung.

Ward ist unverletzt. Er ist hier, und *es geht ihm gut.*

Mein Kopf schwirrt. Ich verstehe nicht, wie das sein kann.

Er wirkt nicht wie jemand, der sechs Tage in Vaniks und Mannings Gefangenschaft verbracht hat. Er wirkt nicht wie jemand, der weggesperrt, Experimenten unterzogen oder in irgendeiner Weise versehrt worden ist. Und doch …

Halt.

Etwas stimmt nicht mit seinen Augen. Sein Blick ist ebenso ausdruckslos wie Crews – beide starren uns apathisch entgegen, ihre Züge spiegeln keinerlei Emotionen. Als ob – als ob –

Nein. Das ist unmöglich. Wards Schutzgabe hätte ihn vor Mannings Fähigkeiten bewahrt. Das hat sogar Vanik eingeräumt, damals im Labor. Auf gar keinen Fall kann er …

Meine Gedanken verlieren sich, während ich mich umschaue und realisiere, dass ich falschliege. Die Lichter brennen, da Ward seine Gabe genutzt hat, um *meine* zu kontrollieren. Mein Schild hat *seinetwegen* versagt.

Er hat es auf mich abgesehen und bekämpft meine Kräfte mit seinen eigenen.

»Das verkompliziert die Lage«, murmelt Pandora, und ich will mich schon zu ihr umdrehen, ehe mir wieder einfällt, dass ich sie nicht sehen kann. Ich nehme an, sie und die anderen linsen inzwischen ebenfalls – auf der anderen Seite – um den Wagen oder darüber hinweg; es ist vollkommen sinnlos, dass wir trotz der Verhüllung in unserem Versteck bleiben, aber ich schätze, dass die anderen sich mittlerweile der Gefahr, in der wir schweben, ebenso schrecklich bewusst sind wie ich. Sollte Wards Aufmerksamkeit von mir zu Pandora schwenken …

Sie hat recht. Das verkompliziert die Lage *immens*. Wenn Ward hier ist – *Ich fasse es nicht, dass Ward hier ist!* –, wenn er in irgendeiner Form unter Mannings Fuchtel steht, dann hat keiner von uns eine Chance, seine Sprechergabe wirkungsvoll einzusetzen. Nicht gegen ihn.

Eben will ich mich nach Kael strecken und ihn fragen, ob er Ward mit seinen Fähigkeiten abblocken und uns so die Flucht ermöglichen kann, da schlägt Cami meine Hand zur Seite und stürzt, bevor ich sie zurückhalten kann, hinaus auf die Gasse.

»Cami, *nein*, bleib bei uns, sonst schaffe ich es nicht, dich –« Ich spüre, wie Pandora über mich hinwegturnt, als wollte sie Cami nachhechten, doch ein Lichtblitz schneidet ihre Warnung ab, und sie stößt einen kurzen Schrei aus. Unsere Tarnung hebt sich, während ihr Körper erschlafft und sie bewusstlos gegen mich sackt.

Kael flucht und wuchtet sie von mir herunter. Mein Blick huscht zwischen ihr und der nun gänzlich sichtbaren Cami hin und her, und ich kann mich nicht entscheiden, welches Bild mich mehr entsetzt.

Alles ging so schnell.

Grauen durchläuft mich, verwurzelt meine Füße an Ort und Stelle. Ich habe keinen blassen Schimmer, was ich tun soll – aus der Deckung springen und Cami zurück in den dürftigen Schutz des Eiswagens zerren, oder abwarten, was nun geschehen wird.

Die Wahl wird mir genommen, indem sich starke Finger um mein Handgelenk schließen, und als ich mich umwende, sehe ich Arryn, die warnend den Kopf schüttelt. Ihre Botschaft ist eindeutig. Ich presse die Lippen aufeinander, wirbele jedoch wieder herum. Gerade rechtzeitig, um mitzubekommen, wie Cami – zaghaft, allerdings laut genug, um sich trotz der aus allen Richtungen schallenden Zirkusmusik Gehör zu verschaffen – etwas ruft.

»Landon?«, fragt sie, macht zögerliche Schritte vorwärts, die immer sicherer werden, je länger kein weiterer Angriff erfolgt. »Ist – ist alles in Ordnung mit dir? Hat Vanik dir wehgetan?«

Ward gibt keine Antwort. Er schreitet einfach weiter auf uns zu, mit Crew und den anderen drei Sprechern an seiner Seite. Wäre Cami nicht losgerannt, hätte ich sie gefragt, wer diese übrigen Sprecher sind und welche Fähigkeiten sie besitzen. Da sie in Lengard aufgewachsen ist, muss sie es wissen. Doch statt uns zu warnen, steht sie ihnen nun dort draußen gegenüber. *Allein.*

»Landon?«, probiert Cami es erneut. »Ich bin's. Du – Kannst du mich hören?«

Noch immer sagt Ward kein Wort. Dann aber hält er unmittelbar vor ihr inne, seine leeren Augen starren auf seine Schwester hinunter und dann hinüber zu dem Eisstand, hinter dem der Rest von uns hervorlugt.

Und endlich macht er den Mund auf: »Mach sie unschädlich.«

Einer der unbekannten Sprecher murmelt etwas, das ich nicht verstehe, und schickt damit einen Lichtblitz aus, vor dem Cami sich mit einem Sprung zu retten versucht. Doch sie ist zu langsam und stürzt zusammengekrümmt zu Boden.

Mein ganzer Körper wird kalt, heiß, wieder kalt. Einzig Arryns Schraubstockgriff um meinen Arm hält mich davon ab, zu meiner Freundin zu hechten.

»Kael!«, zischt Arryn ihm zu. »Wieso tust du nichts –«

»Ich bin dabei!«, sagt Kael und blitzt sie wütend an, ehe er seinen Fokus wieder auf unsere Gegner richtet, die mittlerweile an Cami vorbeistapfen, als wäre sie nicht mehr als ein Fetzen Müll im Rinnstein.

»Und jetzt die anderen«, sagt Ward, sein Tonfall ebenso gleichgültig wie alles andere an ihm.

Ich wirbele zu Kael herum, uns bleiben bloß Sekunden – sofern wir Glück haben. Deshalb fauche ich ihn nicht an, weil es ihm nicht gelungen ist, Cami zu beschützen. Oder Pandora. Sondern frage: »Kannst du Wards Schutzgabe zerstören?«

Er überlegt und erwidert: »Er würde aus seiner Konzentration gerissen, wenn er gezwungen wäre, mich abzublocken. Trotzdem verschafft uns das bestenfalls einen Moment.«

Ein Moment wird genügen müssen. »Haltet euch bereit«, weise ich meine Begleiter an. »Wir rennen alle gleichzeitig los und –«

Bevor ich Gelegenheit habe, meinen Satz zu Ende zu bringen – oder auch nur zu entscheiden, was genau ich vorschlagen will oder wie wir die bewusstlose Pandora, die ohnmächtige Cami und die verletzte Keeda mitnehmen sollen –, flammen weitere Lichter auf. Ich schnelle abermals herum, linse erneut um die Ecke des Eisstands, und was ich sehe, lässt meine Augen groß werden und meinen Mund stumm aufklappen.

Eine zweite Gruppe nähert sich uns jetzt, diesmal mindestens zehn Leute, allesamt in schwarzer Tarnkleidung und ausnahmslos *Sprecher*. Die jüngsten Blitze – das waren sie, die mit ihren Worten unsere Gegner aus Lengard attackiert haben. Auf Wards Befehl hin rennen Crew und die drei anderen nun geduckt davon, suchen Schutz auf der gegenüberliegenden Seite des Gässchens.

Ich habe nicht die leiseste Idee, wer diese Menschen sind. Sie wirken professionell – besser organisiert als sogar Lengard, mit ihren flinken, effizienten Lichtsalven und den unaufgeregten, bedächtigen Schritten.

Ich schüttele Arryns Hand ab, denke blitzschnell nach und schreie: »Tarnung!«, sprinte dann hinter dem Stand hervor, ohne auf Kael zu achten, der meinen Namen ruft, während die Musik noch immer eher lauter denn leiser wird.

Schlitternd komme ich neben Cami zum Stehen, knie mich hin; dass ihr Brustkorb sich gleichmäßig hebt und senkt, beruhigt mich nur marginal. Ich weiß nicht, was ihr fehlt, und wage nicht, meine Sprechergabe zu nutzen, um sie wiederzubeleben. Also verlege ich mich stattdessen auf eine uralte Technik und klopfe ihr leicht gegen die Wange. »Na los, Cam. Wach auf!«

Über meinen Kopf zucken Lichtblitze hinweg, während die neue Truppe weiter die Straße entlang auf mich zuläuft, doch dank des raschen Wortes, das ich abgefeuert habe, bleibt ihre Aufmerksamkeit auf Lengard gerichtet. Mein Befehl hat die übrigen Relikte – meine Freunde – und mich nicht unsichtbar gemacht, sondern vielmehr *unbedeutend*. Solange die Wirkung anhält, sollten die neuen Sprecher weiterhin auf Lengard zielen und sich mit uns überhaupt nicht abgeben.

Allerdings … habe ich meine Kräfte bisher nie unter vergleichbaren Bedingungen getestet und bin daher sehr erpicht darauf, aus der Schusslinie zu kommen. Ich rüttele Camis Schulter, fest und verzweifelt, und sacke vor Erleichterung beinahe in mich zusammen, als sie aufstöhnt und ihre Augenlider sich flatternd öffnen.

»Was –«

»Keine Zeit«, sage ich und schiebe meinen Arm unter ihren Rücken, um ihr aufzuhelfen. Mag sein, dass die Sprecher in Tarnkleidung Lengard für den Moment beschäftigen, doch mit Wards Gabe – von den Fähigkeiten der anderen ganz zu schweigen – werden sie ihnen bald etwas entgegenzusetzen haben. Und falls sie damit erfolgreich sind, geraten im Nu wieder *wir* in ihr Visier.

»Ich fühle mich nicht so gut«, stöhnt Cami matt.

Ich habe keine Ahnung, welche Art von Hilfe sie benötigt, daher gestikuliere ich zu Kael und den anderen hinüber und versuche, ihnen zu vermitteln, dass sie bedenkenlos zu uns stoßen können. Sie hasten geduckt herbei; Kael trägt die noch immer bewusstlose Pandora, Arryn stützt Keeda.

»Wir müssen sie von hier wegschaffen«, sage ich mit Blick auf Cami, schiele dann rasch zu Pandora hinüber. *»Beide.«*

»Wir müssen den Ausbrecher finden und dann *alle* verschwinden«, erwidert Arryn und beobachtet über meinen Kopf hinweg das unverminderte Wortgefecht hinter uns. Die Schlacht hat sich weiter die Gasse hinunter verlagert, da Lengard sich noch immer vor den neu eingetroffenen Sprechern zurückzieht. Bislang hält mein Befehl – vor allem wohl, da Ward zu beschäftigt ist, um dagegen anzugehen.

»Lyss, kannst du Keeda heilen?«, fragt mich Kael und deutet auf ihr Bein, das sie nach wie vor nicht belastet.

Ich habe noch niemals versucht, jemanden zusammenzuflicken, und dass ich dabei Keedas Knöchel gänzlich zertrümmere, scheint mir ebenso wahrscheinlich wie ihre Genesung.

»Mit geht's bestens«, knurrt Keeda und will sich von Arryn losmachen. Sowie sie jedoch ihren Fuß auf den Boden stellt, entfährt ihr ein schmerzerfülltes Zischen, und sie hebt ihn wieder an.

Das bringt mich auf eine Idee, und ich richte einen Finger auf ihren Knöchel. »Schiene.«

Im nächsten Moment steckt ihr Fuß in einem medizinischen Stützschuh. Selbst wenn ich nicht zur Heilerin tauge, wird ihr das zumindest fürs Erste helfen.

Keeda wirft mir einen dankbaren Blick zu, und Kael nickt anerkennend, doch seine Miene bleibt ernst, während er abermals zu den kämpfenden Sprechern in der Gasse späht. Dann wendet er sich zum fernen Ausgang des Parks um, als wäge er in Gedanken etwas ab.

»Verdammt«, flucht er leise, schwenkt zu Arryn herum und sagt: »Du musst diese drei zurück zur Jacht bringen.«

Ihr Kopf ruckt zu ihm herum. *»Was?«*

»Auch mit dem Stützschuh kann Keeda nicht richtig laufen. Und Cami schaut aus, als wollte sie jeden Augenblick wieder umkippen«, stellt Kael fest. »So fallen sie uns bloß zur Last.«

»*Entschuldige* mal!«, empört sich Keeda.

»Irgendjemand muss Dora tragen, denn diese zwei schaffen es wohl kaum«, fährt Kael fort, ohne auf Keeda einzugehen. »Von uns dreien« – er deutet auf mich, Arryn und sich selbst – »sind Lyss und ich diejenigen, deren Gaben uns die beste Chance bieten, den Ausbrecher zu erreichen. Die einzige andere Option ist ein Abbruch der kompletten Mission.«

Beinahe *höre* ich, wie Arryn mit den Zähnen knirscht, doch sie widerspricht Kael nicht. Ich bin mir nicht sicher, ob es an der Autorität in seiner Stimme liegt oder daran, dass – aus mir unerfindlichen Gründen – ihre eigene Sprechergabe seit jener ersten Flammenwand keine Wirkung mehr gezeigt hat.

»Schön«, faucht sie und streckt sich nach Pandora – die mit kaum einem Meter fünfzig keineswegs groß ist, Arryn mit ihrem Gewicht aber dennoch ein wenig ins Straucheln bringt.

»Keed, kannst du dich um Cami kümmern?«, fragte Kael.

»Schon okay«, nuschelt Cami mit glasigem Blick; sie schwankt gegen meine Schulter.

Keeda hoppelt zu uns herüber, wobei ihr Stützschuh mit jedem Schritt dumpf auf dem Boden aufkommt. Sie legt einen Arm um Camis Taille, und ich lasse meine Freundin los, sodass ihr ganzes Gewicht auf Keeda ruht.

Nacheinander betrachte ich sie alle – Arryn, die Pandora trägt, und Keeda mit Cami – und richte meine sorgenvollen Augen schließlich auf Kael. »Vielleicht sollten wir –«

»Nein«, unterbricht er mich kopfschüttelnd. »Wir ziehen das durch.« Sein Blick wird ein wenig weicher, ehe er hinzufügt: »Alles wird gut. Wenn wir uns beeilen, sind wir im Nullkommanichts wieder bei den anderen und können diesem Albtraum den Rücken kehren – *mit* dem neu ausgebrochenen Sprecher.«

Arryn verhält sich ungewöhnlich still, als schmollte sie noch immer wegen Kaels Anweisung zum Rückzug. Dann aber treffen sich unsere Augen, und in ihren brennt ein Feuer – und eine Warnung. »Seid vorsichtig«, sagt sie, »und flink.«

Cami stöhnt noch einmal, und Keeda humpelt mit ihr davon, gefolgt von Arryn, der Pandora wie ein nasser Sack über den Schultern hängt.

Am liebsten würde ich ihnen hinterherrufen und sie aufhalten, doch ich weiß, dass Kael den richtigen Befehl gegeben hat – den klugen Befehl. Wir haben nach wie vor einen Job zu erledigen. Und je rascher wir die Sache hinter uns bringen, desto besser.

»Wie lange schaffst du es noch, uns die Sprecher vom Leib zu halten?«, fragt Kael, als wir wieder den Hauptweg hinunterrennen, tiefer hinein in den Park und weiter weg von den sich duellierenden Gruppen.

»Ganz ehrlich?«, entgegne ich keuchend. »Ich bin überrascht, dass mein Wort noch wirkt.«

»Dann gib es auf«, sagt er. »Es erschöpft dich bloß, und im Moment brauchen wir es nicht.«

Bereits während er redet, droht eine Welle der Müdigkeit mich zu überspülen. Ich werfe einen Blick über die Schulter und stelle fest, dass die Kämpfenden keinerlei Notiz von uns nehmen, und inzwischen sind wir weit genug von ihnen entfernt, um ihrer Aufmerksamkeit ohne zusätzliche Maßnahmen zu entgehen. Mit einem Wort hebe ich meinen Befehl auf und spüre, wie ein beinahe greifbares Gewicht von meinen angespannten Schultern fällt.

»Wir müssen uns aufteilen«, meint Kael im Laufen. »Da wir nur noch zu zweit sind, haben wir keine andere Wahl. Sonst gelingt es uns nie, das gesamte Areal zu durchkämmen.«

Die Vorstellung missfällt mir ebenso sehr wie vorhin, aber sinnvoll ist die Strategie natürlich.

»Ich übernehme das Außengelände, du den Innenbereich«, schlägt er vor. Wir stehen mittlerweile vor einer Art überdimensionaler Scheune, an der die Aufschrift »Coney Island« prangt. Aus meiner Kindheitserinnerung kenne ich sie nicht, doch ich nehme an, dass der Ausbrecher – sofern er sich darin befindet – relativ leicht zu entdecken, in die Enge zu treiben und zum Mitkommen zu bewegen sein sollte.

Im schlimmsten Fall würde ich – in Anbetracht der Gefahr, in der wir alle uns derzeit befinden – nicht davor zurückschrecken, meine Gabe gegen ihn oder sie einzusetzen. Um Verzeihung bitten kann ich später.

Meine Augen springen von dem Gebäude zu Kael und überfliegen dann unsere Umgebung. Zur Linken erhebt sich eine gigantische Achterbahn, die unzählige Versteckmöglichkeiten bietet, und rechts von uns erspähe ich unter anderem die Fahrgeschäfte »Dodgem City« und »Tumble Bug«. Das Gelände, das er sich vorgenommen hat, ist riesig, viel ausgedehnter als die mir zugewiesene Fläche.

Ich öffne den Mund, um ihm zu widersprechen, doch er gibt mir keine Gelegenheit dazu. »Wir treffen uns wieder hier, um –«

Ein Lichtstrahl schneidet in meinen Oberschenkel, und ich schreie auf; meine Jeans reißt auf, zusammen mit meiner Haut, in der nun eine breite Wunde klafft. Ich klatsche eine Hand darauf und wirbele herum. Crew sprintet auf uns zu, mit Ward an seiner Seite; vier Sprecher in Tarnkleidung sind ihnen auf den Fersen. Die drei übrigen Sprecher aus Lengard werden weiterhin von den sechs Unbekannten der zweiten Gruppe in der kleinen Gasse in Atem gehalten – blitzende Lichter ihrer Gesprochenen Worte fliegen hin und her.

»Lauf!«, brüllt Kael, stößt mich voran und hetzt selbst nach links.

Eine zusätzliche Ermunterung brauche ich nicht, sondern stürze ebenfalls vorwärts, wobei ich leicht ins Stolpern gerate, da ein scharfer Schmerz durch mein Bein schießt. Das Adrenalin treibt mich weiter, die Türen der Coney-Island-Scheune krachen infolge meiner Gesprochenen Worte, die Ward nicht geblockt hat, auf und wieder zu. Anscheinend verfolgt er Kael oder hat zu viel damit zu tun, sich gegen die verbliebenen Angreifer zu verteidigen.

»Versiegeln!«, befehle ich den Türen und beobachte zufrieden, wie die Kanten der Türflügel vor meinen Augen miteinander verschmelzen. Wer nun hineinwill, wird – sofern er oder sie keine passende Gabe besitzt – einen anderen Eingang suchen müssen.

Erst als ich sicher bin, dass niemand mir nachkommen kann, schaue ich auf mein Bein hinunter und begutachte den Schaden. Obwohl meine Jeans inzwischen blutdurchtränkt ist, ist die Wunde weniger schlimm, als ich befürchtet habe – tief genug, um jede Bewegung schmerzen zu lassen, aber nicht so drastisch, dass sie mich ernsthaft behindert.

Kurz bin ich versucht, mich selbst zu heilen, doch wie schon bei Keedas Knöchel zögere ich, einen ersten Versuch ohne Camis Anleitung zu wagen.

»Verband«, sage ich stattdessen, und mit einem Lichtblitz wickelt sich eine weiße Mullbinde samt Kompresse um meinen Oberschenkel. Ich gehe ein paar vorsichtige Schritte und merke, dass ich nur minimal humpele. Das wird reichen.

Ohne tropfendes Blut, das mich ablenkt, kann ich meinen Fokus ganz auf den enormen Raum vor mir richten, der in seinen Dimensionen einer Lagerhalle gleicht. Wie der restliche Park ist er grell ausgeleuchtet, und ich unterdrücke einen Fluch angesichts seiner schieren Ausmaße.

Ich fühle mich wie … wie am Rand eines großen Indoor-Spielplatzes, vollgestopft mit den unterschiedlichsten Vergnügungsstationen, darunter – am auffälligsten – zwei lange Metallrutschen in der Mitte, die eine gerade, die andere gewellt. Die Wände hängen voll kitschiger Kunst – hauptsächlich Cartoons, die eine Farmidylle mit Kühen und Rodeo-Pferden zeigen. Außerdem entdecke ich Zirkusszenen mit Akrobaten, wilden Tieren und ihren Dompteuren. Und Clowns – so viele Clowns.

Während ich wachsam darauf zuhinke, hallt das Geräusch meiner Schritte von den Wänden wider. Ich sehe Durchgänge, die vom Hauptraum wegführen, und auch Stufen hinauf in ein Obergeschoss. Dieser Bau ist wesentlich komplexer, als ich gedacht habe, und entgegen meiner ersten Annahme könnte der Ausbrecher – falls er sich hier verbirgt – tatsächlich unauffindbar sein.

Mir ist schmerzlich bewusst, was sich in diesem Moment vielleicht vor den Türen der Halle abspielt, deshalb vergeude ich keine Zeit und rufe: »Hallo? Ist da jemand?«

Außer dem Echo meiner eigenen Worte erhalte ich keine Antwort.

»Du hast sicher Angst«, probiere ich es erneut und versuche dabei, mich in seine oder ihre Lage zu versetzen – mich daran zu erinnern, wie ich selbst mich gefühlt habe, als *meine* Kräfte zum ersten Mal in Erscheinung getreten sind. »Meine Freunde und ich sind gekommen, um dir zu helfen. Dir zu erklären, was mit dir passiert. Wir sind genau wie du – wenn wir Sprechen, geschehen Dinge. Du musst dich nicht vor uns fürchten.«

Stille.

Ich schleiche weiter, drehe mich in einem fort um die eigene Achse; meine Augen und Ohren fahnden nach dem winzigsten Anzeichen einer Bewegung.

»Ich will dich nicht beunruhigen, aber hier sind noch andere. Andere, die dir Böses wollen«, rufe ich. »Wir müssen dich in Sicherheit bringen, damit wir dir alles erläutern können. Wenn du hier bist, dann zeig dich bitte. Ich verspreche dir – ich *schwöre* dir, dass wir dich beschützen.«

Noch immer nichts.

Doch dann –

Ich fahre herum, als im Obergeschoss eine Tür quietscht, und haste halb hoppelnd, halb rennend zur nächsten Treppe und die Stufen hinauf.

»Hallo?«, rufe ich noch einmal und eile, so zügig mein verletztes Bein es erlaubt, einen Korridor entlang. »Wo bist du?«

Ich hüpfe über bewegliche Bohlen, die mich zum Stolpern bringen sollen, und wühle mich durch herabhängende Seile, denen ich sicherlich in meinen Albträumen wiederbegegnen werde, bis ich schließlich einen langen, leeren Flur erreiche. Nur kurz halte ich inne, da ich ein offenes Fenster erspähe, das einen Blick über den Park freigibt. Unten auf der Gasse schießen die Sprecher weiterhin mit Wortblitzen aufeinander, Lichter flammen auf. Von hier aus lässt sich unmöglich sagen, wer die Oberhand hat, und auch Gesichter erkenne ich keine. Ich habe nicht die leiseste Ahnung, wo Kael ist, ob Ward und Crew ihm auf den Fersen sind, ob er ins Kreuzfeuer Lengards und der fremden Sprecher geraten ist.

Ich weiß *überhaupt nichts.*

Nicht einmal, ob der Ausbrecher hier ist. Was, wenn Liana sich getäuscht hat? Was, wenn –

Eine weitere ächzende Tür lässt mich panisch in die Höhe springen, und ich zucke zusammen, als ich auf meinem verwundeten Bein lande. Diesmal ist das Geräusch deutlich näher gewesen. Und mehr noch: Ich vernehme gehetzte Schritte auf Holzplanken, die mich antreiben und aufs Neue rufen lassen: »Ich will dir nicht wehtun! Ich bin gekommen, um dir zu helfen!«

Ich biege um eine Ecke und finde mich auf einer Empore wieder. Von dort aus starre ich hinunter ins weitläufige Erdgeschoss, wo ich nun endlich einen Blick auf meine Beute erhasche. Alles, was ich sehe, ist der Rücken eines hochgewachsenen Jungen mit dunklem Haar, in Jeans und einem langärmeligem Oberteil – ob Jacke oder nur Shirt, ist bei seinem Tempo nicht auszumachen, denn er jagt die Treppe hinunter, so schnell seine langen Beine ihn tragen.

»Warte!«, brülle ich.

Er wartet nicht. Er schaut mich nicht einmal an.

Ich stöhne, wohl wissend, was ich zu tun habe. Ich öffne den Mund, um ihn reglos zu Sprechen, als er einen plötzlichen Haken schlägt und unter einer der Metallrutschen abtaucht.

Kaels Bemerkung von vorhin, dass ich mein Ziel sehen können muss, fällt mir wieder ein, und ich stoße zischend vor Wut die Luft aus und hetze ihm nach, breche mir auf den Stufen in meiner Hast beinahe den Knöchel. Ein neuerliches Stöhnen entkommt mir unwillkürlich, da abermals heißer Schmerz durch meine Wunde schießt, doch ich beiße die Zähne zusammen und renne weiter. Mein Mitgefühl für diesen neuen Sprecher schwindet von Sekunde zu Sekunde; bei nächster Gelegenheit werde ich meine Gabe auf ihn anwenden und uns beide – verdammt noch mal – endlich hier herausholen.

Ich finde die Tür, die er genommen hat, und sprenge sie mit einem Wort aus den Angeln, um direkt hindurchstürmen zu können. Im nächsten Raum bleibe ich jedoch schlitternd stehen.

Ich habe das Schild, an dem ich vorbeigehechtet bin, nicht gelesen, doch ein rascher Rundumblick verrät mir alles:

Ich bin im Spiegellabyrinth gelandet.

Der Raum ist beinahe pechschwarz, sodass meine Augen einen Moment brauchen, um sich an die Dunkelheit zu gewöhnen. Sobald ihnen das gelungen ist, bemerke ich vertikale blaue Linien entlang der Kanten der einzelnen Spiegelflächen, was die Illusion noch verwirrender macht.

Ich, ich, ich, ich, ich. Das ist alles, was ich sehe – verschiedene Versionen meiner selbst. Manche normal, andere größer, breiter, kleiner, dünner. Einige mit aufgeblasenen Köpfen und winzigen Körpern oder umgekehrt. Ein paar gekrümmt und verzerrt. Der Anblick ist derart schwindelerregend, dass es mich einige Sekunden kostet, den richtigen

Weg zu bestimmen. Doch selbst dann, als ich humpelnd wieder unterwegs bin, gerate ich ständig in Sackgassen des Labyrinths und muss die Richtung ändern.

Einzig die hallenden Schritte vor mir ziehen mich weiter; ich bin ihm so nah. Wenn ich ihn bloß wieder zu Gesicht bekomme, kann ich ihn aufhalten.

Aber ich sehe ihn nicht – ich sehe nur mich. Immer und immer wieder.

… Und ich gelange in weitere Sackgassen. Immer und immer wieder.

Knurrend vor Frust – und wachsendem innerem Drang, diesen Ort zu verlassen – verliere ich schließlich die Geduld und gehe das Risiko, meine Gabe zu benutzen, ein.

»Zeig mir den Weg«, sage ich, und ein Licht flammt auf.

Eigentlich habe ich mir eine Art erleuchteten Pfad vorgestellt, der mir jeweils die Abzweigungen weist – dann aber in letzter Sekunde meine Aufmerksamkeit abschweifen lassen, meiner Wut zu viel Raum gegeben. Und deshalb schreie ich nun auf und versuche, mein Gesicht zu bedecken, als die Spiegel rings um mich *explodieren*.

Glas zerbirst, und die verzerrten Versionen meiner selbst stürzen als tödliche Scherben zu Boden, schleudern durch die Luft und zerschneiden meine dünnen Handschuhe, während andere die ungeschützte Haut meines Halses und Gesichts aufreißen. Meine Kleider werden in Fetzen geschlitzt, größere Splitter bohren sich durch das Material und ritzen Arme und Oberkörper.

Endlich lässt der glitzrige, knisternde Glasregen nach, bis ich von vollkommener Stille umgeben bin.

Ich lasse langsam die Hände sinken und begutachte die Zerstörung, die ich verursacht habe; das Zimmer wird nun von einigen wenigen blauen Glühbirnen erhellt, die das Fiasko überlebt haben, zusammen mit den Funken sprühenden Enden zerrissener Drähte.

Ich bin entsetzt über meine Tat. Meine neuen Wunden spüre ich kaum, zu tief sitzen der Schock über den Schaden und die brutale Erinnerung daran, dass ich meine Schöpfergabe inzwischen zwar vielleicht unter Kontrolle habe, aber nichtsdestotrotz vorsichtig sein muss – *so, so vorsichtig*. Ein mentaler Ausrutscher, ein Augenblick der Unachtsamkeit, und alles kracht in sich zusammen.

In mir schlummert die Macht, eine Welt erstehen oder vergehen zu lassen. Das darf ich niemals vergessen.

Ich war mir meiner Sache so sicher. Heute Nacht habe ich so oft Gesprochen, mich in nie gekannten Situationen bewährt. Und alles hat – von ein paar Fehlern abgesehen – nach Plan funktioniert.

Aber das …

Ich schiebe meine Scham zur Seite und zwinge mich, loszulaufen, als ich die schemenhafte Gestalt des Jungen am anderen Ende des Raums entdecke, wo er sich gerade aus einer kauernden Schutzhaltung erhebt.

»Warte!«, schreie ich ihm nach, doch er sprintet davon. Diesmal jedoch habe ich nicht bloß das Wort gerufen, sondern ihm Macht mitgegeben, und das Licht meines Befehls erreicht ihn und verwurzelt ihn an Ort und Stelle.

… Für genau eine Sekunde.

Dann nämlich bricht Ward durch die Ausgangstür – die sich direkt vor dem Jugendlichen befindet. Er erfasst die Lage mit einem Blick, wirft sich nach vorn und packt den Jungen, macht sich dessen Lähmung zunutze, um den wehrlosen Teenager davonzuschleppen.

»Nein!«, brülle ich, renne auf ihn zu, ohne dabei auf den wieder stärker werdenden Schmerz in meinem Oberschenkel zu achten – oder das Pochen der unzähligen harmloseren Schnitte und Kratzer, die mittlerweile meinen gesamten Körper zieren. »Halt!«

Ward schützt sich vor meinen Worten, sie prallen wirkungslos an ihm ab. Aber ich habe nicht all das heute Nacht durchgestanden, um jetzt zu versagen. Ich werde nicht zulassen, dass er den Jungen kampflos mitnimmt. Schon gar nicht mehr, nachdem ich nun aus der Dunkelheit des Spiegellabyrinths in die helle Turnhalle geplatzt bin und dort zum ersten Mal sein Gesicht erhasche.

Er ist nicht so jung, wie er sein sollte, sondern vielleicht ein oder zwei Jahre älter als ich. Zu alt, um ein neu ausgebrochener Sprecher zu sein: Nach allem, was ich erzählt bekommen habe, entfalten sich unsere Gaben für gewöhnlich zu Beginn der Pubertät. Ich frage mich, wie lange er sich bereits versteckt gehalten hat, wie lange er einsam war, oder ob er schlicht ein Spätzünder ist. Allerdings verschwende ich nicht allzu viel Zeit mit solchen Grübeleien, da mein Blick auf seinem Gesicht landet und an seinen durchdringenden, leuchtend blauen Augen hängen bleibt.

Er wirkt panisch.

Nein, da ist noch mehr.

Er wirkt, als hätte er ein Gespenst gesehen.

Mein Befehl wirkt sich zwar auf seine Glieder aus, doch sein Mund funktioniert noch, da ich nicht daran gedacht habe, irgendetwas außer seinen Armen und Beinen zu lähmen. Bis unsere Augen sich getroffen haben, hat er Ward verflucht und verlangt, heruntergelassen zu werden. Aber jetzt ... die Worte sterben auf seinen Lippen, während ich ihm hinkend nachjage, als würde mein bloßer Anblick ihm die Kehle zuschnüren.

»Lyss?«

Der Laut, der ihm entkommt, ist so getränkt von Emotionen, dass ich ins Stolpern komme, vor Schmerz scharf aufkeuche und mit den Armen rudern muss, um nicht das Gleichgewicht zu verlieren. Ward ist schnell, sogar mit dem wehrlosen Jugendlichen im Griff – und er legt noch einen Zahn zu, sobald Crew aus dem Nichts auftaucht und ihm hilft, das Gewicht zu schultern. Ich schleudere ihnen weiter Worte entgegen – *»Stopp! Keine Bewegung! Wartet!«* –, doch abgesehen davon, dass Ward jeden Befehl blockiert, scheint mein Verfolgungsversuch weder ihn noch Crew zu kümmern. Ihre Aufmerksamkeit gilt allein dem Ausbrecher.

»Lyss!«, schreit der Junge erneut. Im Gegensatz zu der geflüsterten Frage zuvor hallt sein Ausruf diesmal laut in der Halle nach, wird von den Wänden zurückgeworfen und trifft mich genau in die Brust. »ALYSSA!«

Ich habe keine Ahnung, woher er meinen Namen kennt, aber das tut im Augenblick nichts zur Sache, denn Ward und Crew haben die Tür erreicht, die ich beim Betreten der Scheune versiegelt habe – eine Tür, in der inzwischen ein großes Loch klafft. Ich kämpfe gegen eine

Welle des Schwindels an, als mir klar wird, dass Crews Fähigkeit dafür verantwortlich sein muss – und dass mein verwundeter Oberschenkel leicht in ähnlich katastrophalem Zustand hätte enden können. Oder jeder andere Teil von mir.

Ich habe noch immer nicht verstanden, weshalb er mich nicht angreift. Lengard muss enormes Interesse an diesem Ausbrecher haben, wenn sie nicht einmal versuchen, mich wieder einzufangen – oder, was wahrscheinlicher ist: Vanik hat überhaupt nicht damit gerechnet, dass ich heute Nacht hier sein würde, weshalb Mannings mentaler Befehl an die angreifenden Sprecher keine Anweisung beinhaltet hat, mich zurückzubringen. So oder so ist diese Tatsache eine Erleichterung – eine kleine, aber immerhin.

»ALYSSA!«, brüllt der Ausbrecher wieder, während er durch das Loch geschleift wird. *»Ich dachte, du … Wie kannst du –«*

Er bricht ab, und der Grund dafür offenbart sich mir, als ich ebenfalls durch die Öffnung springe und bemerke, dass der Straßenkampf Coney Island erreicht hat. Im Freien tobt der reinste Affenzirkus: Sprecher schreien, und Licht blitzt aus sämtlichen Richtungen. Menschen rennen und ducken sich und hechten aus der Schusslinie, rufen sinnlose Worte, die ich in dem Chaos kaum unterscheiden kann. Eine Stimme jedoch erhebt sich über den Rest.

»Lyss!«, bellt Kael, und ich erspähe ihn hinter einem großen Müllcontainer, wo er Schutz gesucht hat.

»Kael! Ward hat den Ausbrecher!«, brülle ich zurück und tauche ab, als ein Lichtspeer auf meinen Kopf zurast. Ich bin mir nicht sicher, von wo – oder von wem – er gekommen ist. Ob von Lengard, den getarnten Unbekannten … jeder könnte ihn geschickt haben.

»ALYSSA!«, schreit der Junge wieder, und ich sehe Kael zusammenfahren und herumwirbeln, bis auch er unser Zielsubjekt ausfindig macht. »ICH DACHTE, DU BIST TOT!«

Ich strauchele – getroffen von einem Blitz der Lengard-Sprecher, der meine Schritte verlangsamt, sodass es sich anfühlt, als würde ich durch zähen Schlick waten – und bleibe schließlich vollends stehen. Meine Füße kleben am Boden, doch selbst wenn ich nicht erwischt worden wäre, hätte ich vermutlich keinen weiteren Meter laufen können – nicht nach dem, was ich gerade gehört habe. Der Schock ist so gewaltig, dass ich kaum wahrnehme, wie Kael flucht, gewiss aus Wut auf sich selbst, weil es ihm nicht gelungen ist, den Angriff auf mich zu zerstören.

»Was?«, japse ich, zu leise für alle anderen. Ich habe allein die fiebrigen, panischen Augen des Jungen im Blick, mit denen er mich anstarrt – noch immer, als wäre ich ein Geist.

Kael schimpft aufs Neue, und meine eigenen Augen springen zurück zu ihm; er zieht einen seiner präparierten Tennisbälle hervor und schleudert Ward die Betäubungswaffe in den Weg, als letztes Mittel, um ihn aufzuhalten.

Dafür, dass mir das nicht früher eingefallen ist, könnte ich mich in den Hintern beißen – obwohl ich natürlich gar keine Gelegenheit hatte, meine eigenen Bälle einzusetzen. Dennoch wurmt mich meine Unaufmerksamkeit, während ich Kaels Wurf verfolge, und mein Gesicht wird lang, da er schlecht gezielt hat: Statt Ward zu treffen, erwischt der Ball den Jungen am Oberkörper, und sofort verliert der Teenager das Bewusstsein.

Kael packt seinen zweiten Ball, zögert jedoch mit dem Wurf, da Ward sich der Gefahr nun bewusst ist und im Zickzack mit Crew die Gasse entlangjagt; der Ausbrecher hängt wie ein totes Gewicht zwischen ihnen. Die meisten der getarnten Sprecher nehmen die Verfolgung auf, doch dank Wards Gabe sind ihre Worte wirkungslos. Ein paar der Fremden bleiben zunächst in meiner und Kaels Nähe, noch immer im Duell mit den drei übrigen Sprechern aus Lengard. Sobald sie jedoch realisieren, dass der Ausbrecher gefasst ist, bewegen auch sie sich weiterkämpfend auf den Parkausgang zu, überwinden dabei geduckt, kletternd oder kriechend die Fahrgeschäfte und Freiflächen auf ihrem Weg.

Meine Füße haften noch immer am Boden; die Bestürzung über das, was gerade um mich herum geschehen ist und noch geschieht, lässt mich meine eigene Gabe vergessen, bis es beinahe zu spät ist.

»Frei!«, befehle ich und stolpere vorwärts, sobald der Druck um meine Knöchel sich löst.

»Los, komm!«, ruft Kael und stürzt auf mich zu. »Wir müssen ihnen hinterher! Wenn sie mit ihm verschwinden –«

Der zweite Teil seines Satzes geht in einem ohrenbetäubenden Knall unter, dem rasch ein knisterndes Geräusch folgt, als ein Hochspannungstransformator ganz in meiner Nähe explodiert. Sämtliche Lichter im Park flackern und ersterben dann gänzlich, sodass wir erneut im Dunkeln stehen.

Ehe ich Gelegenheit habe, zu fragen, was zur Hölle gerade passiert ist, trifft mich etwas hart am Kopf … und ich sacke bewusstlos zu Boden, bevor ich auch nur ein einziges Wort über die Lippen bringe.

KAPITEL 5

»Hallo? Miss? *Miss?*«

Arme umfangen mich.

Zwei Arme – einer unter meinen Knien, der andere um meinen Rücken – halten mich fest, und mein Körper wiegt sich im Rhythmus langer Schritte.

»Können Sie mich hören, Miss?«

Jemand müht sich, mich zu wecken, die Worte wabern mal lauter, mal leiser durch meinen Kopf, bis das Schaukeln endet und die Arme verschwinden. An ihre Stelle tritt eine kalte, harte Unterlage.

»Na los. So ist es gut. Wenn möglich, drücken Sie bitte meine Hand.«

Schwielige Finger legen sich sanft an meine, und ich begreife, dass es kein Schlaf ist, woraus diese Person mich zu holen versucht – sondern etwas Tieferes.

Meine Augenlider fliegen schlagartig auf, als die Erkenntnis mich durchflutet. Ein fremder Mann beugt sich über mich, und ich setze mich auf und rutsche zurück, presse mich gegen die metallene Lehne der Bank, auf der ich zu mir gekommen bin. Mein Herz hämmert mir so dröhnend in den Ohren, dass ich einen Moment brauche, um zu realisieren: Rings um mich ist alles still. Still und dunkel.

»Wo bin ich?«, keuche ich. »Was ist passiert? Wer sind Sie?«

Der Mann richtet sich auf und hebt langsam beide Hände. Mondlicht strömt durch die Streben eines Stahlgerüsts über uns und fällt auf eine Pistole, die er am Gürtel trägt, was mich scharf die Luft einziehen lässt. Mein Blick bleibt jedoch nur eine Sekunde lang daran hängen, ehe ich hochschaue und genauer in Augenschein nehme, was ich zuerst bemerkt habe.

Ein Stahlgerüst. Stützpfeiler. Geschwungene Schienen.

Eine Achterbahn.

Ich befinde mich noch immer in Luna Park, wenngleich ich nirgends einen der anderen entdecke. Keinen Kael. Keinen Ward oder Crew. Keinen einzigen Sprecher, von keiner der Fraktionen, die heute Nacht hier gekämpft haben. Ich bin allein mit diesem Mann, der mich aufgesammelt und – *ohne meine Einwilligung* – mitgenommen hat. Nach wo auch immer wir nun sein mögen.

»Ganz ruhig, Miss«, sagt er jetzt, und mein panischer Blick schnellt wieder zu ihm. Seine Stimme klingt tief, der leicht polternde Ton beruhigt meinen rasenden Puls. Er hat dunkle Augen und dunkles Haar, das an den Schläfen bereits grau wird. Seine Züge wirken gutmütig, und alles an ihm strahlt Frieden aus.

Abgesehen von der Waffe.

»Wer sind Sie?«, frage ich erneut, diesmal entschiedener, obwohl ich mich weiterhin gegen die Lehne der Bank drücke. Die Kälte des Metalls dringt sogar durch meine Kleider.

»Ich arbeite für den Sicherheitsdienst des Parks«, erklärt er mir, was mich minimal beschwichtigt. »Normalerweise bleibe ich im Büro und behalte dort die Monitore im Blick, aber ich habe Geschrei in der Nähe des Eingangs gehört – also bin ich herausgekommen, um nachzuforschen.«

Seine Hände schweben noch immer in der Luft, doch seine verwirrte Miene genügt, um meinen Herzschlag aufs Neue zu beschleunigen. Was hat er gehört? Was hat er *gesehen*? Muss ich sein Gedächtnis löschen? Mir schwirrt der Kopf – ich bin mir nicht sicher, ob es mir überhaupt gelingt, mich für ein solches Kunststück ausreichend zu konzentrieren, ohne Kaels Anleitung. Oder Wards. Der allerdings momentan ohnehin außer Frage steht, und ich –

Darüber darf ich jetzt nicht nachdenken.

Ich schiebe jegliche Überlegungen zu Ward beiseite, richte alle Aufmerksamkeit auf den Mann, der nun weiterspricht, und wappne mich für das, was er womöglich als Nächstes enthüllt.

»Viel war nicht auszumachen, bevor der Transformator in die Luft geflogen ist. Ich hätte schwören können, dass da Leute auf dem Gelände umhergerannt sind; allerdings hatte ich die ganze Nacht über alle Bildschirme im Blick, und zuvor ist definitiv niemand unbemerkt hereingeschlüpft.« Er kneift die Augen zusammen, fügt dann an: »Mit Ausnahme von dir.«

Die Enge in meiner Brust lockert sich ein wenig, als mir klar wird, dass er nichts Verdächtiges gesehen hat. Wie das sein kann, ist mir schleierhaft; ich frage mich, wo er wohl gerade war, als ich das Bewusstsein verloren habe, und wie ihm all die Lichtblitze und brüllenden Sprecher entgangen sind. Vermutlich hat jemand seine Gabe auf ihn angewandt, damit alle eine Chance hatten, unbehelligt zu fliehen.

Alle außer mir.

Kurz wandern meine Gedanken zu Kael, und ich grübele, ob es ihm wohl gut geht. Ist er ebenfalls ohnmächtig geworden? Ist er geflohen? Hat er den Ausbrecher verfolgt? Sucht er nach mir?

»Ich habe dich direkt neben dem explodierten Transformator entdeckt – ein Wunder, dass du überlebt hast, auch wenn es im ersten Moment nicht so schien«, erzählt der Mann weiter. »Willst du mir das mal erklären?«

Eine gewisse Schärfe schleicht sich nun in seinen besänftigenden Tonfall. Während ich meinen nächsten Schritt plane, lasse ich seine Hände nicht aus den Augen, um sicherzustellen, dass er nicht doch nach der Pistole langt.

Ich muss weg von hier, das ist alles, was ich weiß. Ich muss herausfinden, ob die Jacht noch am Kai liegt, ob die übrigen Relikte auf mich warten. Wie ich von Kael getrennt worden bin, habe ich noch nicht vollends durchschaut – im Augenblick durchschaue ich gar nichts. Sicher ist aber: Solange ich unter einer Achterbahn kauere, werde ich keine Antworten bekommen.

Behutsam stehe ich auf und unterdrücke ein Stöhnen, als heißer Schmerz durch meinen Oberschenkel schießt und mich an Crews Angriff erinnert. Der Mann beobachtet mich argwöhnisch, die Hände nach wie vor erhoben. Vielleicht fragt er sich, ob ich ebenfalls bewaffnet bin. Er kann unmöglich ahnen, dass ich keine Waffe brauche.

Ich werde meine Gabe auf ihn anwenden müssen. Das ist unvermeidlich – schließlich wird er mich kaum fröhlich meines Weges ziehen lassen, nicht nachdem er mich bewusstlos und unbefugt während seiner Schicht auf dem Gelände erwischt hat. Allerdings schwanke ich noch, was genau ich tun soll, wie ich am besten mit ihm umspringe. Das Sprechen ist weiterhin derart neu für mich – meistens improvisiere ich, nutze leichte, offenkundige Absichten. Öffne ein paar Türen ... schalte ein paar Lichter ein ... zertrümmere ein paar Spiegel ...

Letzteres lief nicht ganz nach Plan, und Übelkeit rumort in meinem Magen bei der Erinnerung an die Zerstörung, die ich unbeabsichtigt angerichtet habe – an den Glassplitterregen aus allen Richtungen, den Raum, den es zu einem Kaleidoskop aus zerbrochenen Glühbirnen und zerfetzten Drähten zersprengt hat. Meine Handflächen fangen in den Handschuhen zu schwitzen an; dabei mustere ich nach wie vor den Mann, und mir graut vor dem Desaster, dass ich womöglich herbeiführe, falls ich versuche, in seinem Gedächtnis herumzupfuschen. Doch wenn ich von hier entkommen will, bleibt mir keine Wahl.

»Es tut mir –«

»Alyssa!«

Mein Atem rauscht mir zischend aus dem Mund, als ich Kael nach mir rufen höre. Ich wende den Blick nicht von dem Sicherheitsmann, doch die herbeieilenden Schritte sind das schönste Geräusch, das ich heute Nacht bisher vernommen habe.

»Was zum Teufel, Baby? Ich habe mir solche Sorgen gemacht.«

Kaels Kosename lässt mich die Stirn runzeln, gerade als er in mein Sichtfeld tritt, das dunkle Haar vom Gefecht mit den anderen Sprechern zerzaust, die Kleider schmutzig und verzogen. Er würdigt den Wachmann kaum eines Blickes, ehe er mich an sich zieht, mein Kinn nach oben neigt ... und mich küsst.

Kael. *Küsst.* Mich.

Ich bin so überrumpelt, dass ich auf der Stelle festfriere, die Arme wie nutzlose Bretter an meiner Seite, die Lippen taub und unbeweglich gegen seinen warmen Mund gepresst.

Der Kuss ist kurz, Kael vertieft ihn nicht – und doch fühlt er sich wie eine Ewigkeit an.

»Ich weiß, wie viel dir dieser Ort bedeutet, aber ich bin vor Angst um dich fast gestorben«, sagt Kael, und seine Finger streichen sanft über meine Wange, bevor er sich zu einem zweiten Kuss – *einem zweiten Kuss!* – herunterbeugt und dann einen Schritt zurück macht, mir einen Arm um die Taille legt und sich endlich zu dem Sicherheitsmann umdreht.

»Hey, Kumpel. Danke, dass Sie mein Mädchen gefunden haben.«

Ich habe keine Chance, in diesem Moment meine Mimik zu kontrollieren. Keine Chance, anders als vollkommen baff dreinzuschauen.

Was.

War.

Das.

Gerade?

Ich bringe keinen einzigen klaren Gedanken zustande, da meine prickelnden Lippen all meine Aufmerksamkeit beanspruchen.

»Heute jährt sich der Tod ihres Vaters, und hierher haben die beiden ihren letzten gemeinsamen Ausflug unternommen, bevor er – tja, Sie verstehen schon«, fährt Kael fort, wendet sich rasch zu mir um und haucht mir einen dritten Kuss auf die Schläfe. Ich stehe noch immer stocksteif da, und meine Reh-im-Scheinwerferlicht-Miene untergräbt höchstwahrscheinlich bedenklich die Finte, an der Kael sich soeben versucht. Ich gebe mir die größte Mühe, mich zu fangen, da mir allmählich aufgeht, worauf er aus ist.

»Dieser Tag ist immer schwer für sie«, sagt Kael gedämpft, als würde er den Mann in ein Geheimnis über mich einweihen, ungeachtet meiner Gegenwart. »Mir ist klar, dass wir uns unerlaubt Zutritt verschafft haben, aber vielleicht könnten Sie nur dieses eine Mal darüber hinwegsehen?«

Da ich Kael völlig benommen angestaunt habe, ist mir die erste Reaktion des Wachmanns entgangen. Nun aber schnellt mein Kopf wieder zu ihm herum, und ich bemerke, dass er die Hände zwar gesenkt, jedoch nicht nach seiner Pistole gegriffen hat. Stattdessen mustert er uns mit gequältem, verständnisvollem Blick.

»Ich weiß, wie es ist, einen geliebten Menschen zu verlieren«, murmelt er. Der Schmerz färbt nicht nur seine Stimme – er durchdringt seine Züge, gräbt sich tief in seine Augen. Nach einem Räuspern sagt er: »Bring sie nach Hause, mein Sohn. Kümmere dich gut um sie.«

»Das werde ich, Sir«, gelobt Kael. Sein Blick landet auf mir, und leise schiebt er hinterher: »Immer.« Dann führt er mein sprachloses Selbst fort von dem Wachmann, löst die Hand von meinem Rücken, nur um unsere Finger miteinander zu verschränken.

Hand in Hand eilen wir wortlos durch den finsteren Park, werden jedoch immer schneller, je weiter wir uns von dem Sicherheitsmann entfernen. Kaels Lügenmärchen mag eine Saite in ihm zum Klingen gebracht haben, doch ohne einen Gesprochenen Befehl meinerseits wird es nicht lange dauern, bis der Mann realisiert, dass er zumindest hätte fragen sollen, wie wir beide in den Park gelangt sind. Und das, ohne von seinen Kameras erfasst zu werden.

»Einem geschenkten Gaul schaut man nicht ins Maul«, raunt Kael, dem offenbar ähnliche Gedanken durch den Kopf gehen.

Und er hat recht. Außerdem füllen gerade dringlichere Dinge meinen Kopf.

»Du hast mich geküsst.«

Nun ja, vielleicht nicht *objektiv* dringlichere Dinge. Aber ich stehe von dem, was gerade geschehen ist, nach wie vor unter Schock.

Kael schielt im Laufen zu mir herüber und zieht die Augenbrauen hoch. »Als Kuss würde ich das kaum bezeichnen, Prinzessin.«

»Zwei Mal. Du hast mich *zwei Mal* geküsst, Kael.«

Er dirigiert mich um eine breite Pfütze, da ich zu sehr damit beschäftigt bin, ihn anzusehen, um achtzugeben, wohin ich meine Füße setze. Im Moment bin ich geistig so wenig im Gleichgewicht, dass ich kaum auch nur humpele; die Verwirrung hat von meinem gesamten Körper Besitz ergriffen.

»Ich musste mir spontan etwas einfallen lassen«, sagt Kael. »Du schienst im Begriff zu Sprechen.«

»Ich *war* im Begriff zu Sprechen.«

Erst als wir durch das Tor des Parks treten und in den Schatten des plumpen Clowns über unseren Köpfen eintauchen, hält Kael an und dreht mich zu sich hin.

»Es ist großartig, dass du dich inzwischen so gut unter Kontrolle hast«, sagt er. »Dass du deine Gabe besser verstehst als je zuvor.«

Ich bin mir nicht so sicher, ob ich ihm darin zustimme; prompt steht mir das Spiegellabyrinth wieder vor Augen, doch ich unterbreche ihn nicht, um diesen Zwischenfall zu erwähnen – zu gespannt bin ich auf seine nächsten Worte.

»Aber sofern es sich vermeiden lässt, ist es immer besser, wir setzen unsere Fähigkeiten nicht ein«, redet Kael weiter. »*Vor allem* nicht gegen andere Leute. Wir haben keine Ahnung, wie sich das Sprechen langfristig auf sie auswirkt, ob es irgendwann in ferner Zukunft eventuell psychische Spätfolgen nach sich zieht. Stell dir vor, du würdest eines Tages feststellen, dass dein Gedächtnis lückenhaft ist oder du irgendwann einmal völlig untypisch gehandelt hast. So etwas könnte zu … Problemen führen.«

Ich nicke verstehend und sage dann: »Folglich war das Einzige, das dir in den Sinn gekommen ist, um uns beide davor zu bewahren, heute Nacht im Polizeiauto abtransportiert zu werden, mich für deine trauernde Freundin auszugeben?«

Kaels Mundwinkel zucken in die Höhe. »Ein paar Optionen gab es schon. Ich habe mich für die vergnüglichste entschieden.«

Ich bin dankbar für die Dunkelheit, weil sie die Röte verbirgt, die mir in die Wangen steigt. Vor gar nicht allzu langer Zeit standen wir auf der Jacht, und ich habe über meine romantischen Gefühle für Kael nachgedacht – und sie verworfen. Daran hat sich nichts geändert, da mich das, was ich in Bezug auf Ward empfinde, weiterhin viel zu sehr verwirrt, als dass ich irgendeine Art von Annäherung an den Jungen vor mir in Betracht ziehen könnte. Aber dieser Kuss …

Er hat mich überrascht. Ich habe keinen blassen Schimmer, was ich nun sagen oder wie ich mich verhalten soll. Ob wir darüber reden müssen.

Ein scharfes, bellendes Lachen bricht aus Kael hervor, und ich stelle fest, dass er mich mit belustigt funkelnden Augen beobachtet.

»Du solltest mal dein Gesicht sehen«, neckt er mit zähneblitzendem Grinsen.

»Was?«

Kael wirft mir einen Arm um die Schultern und führt mich vom Parkeingang in Richtung der Jacht, die wie durch ein Wunder noch immer auf uns wartet, mit gedimmten Lichtern, jedoch tuckerndem Motor, bereit für eine schnelle Abfahrt.

»Ich habe nicht vor, dir gleich einen Heiratsantrag zu machen, Prinzessin«, sagt Kael, und sein Körper zuckt vor unverhohlener Heiterkeit gegen meinen. »Es war bloß ein Kuss. Wenn überhaupt. Ich meine, ich weiß ja, dass du Hals über Kopf in mich verliebt bist, aber versuch, dich ein wenig zusammenzureißen, ja? Das ist echt peinlich.«

Erleichterung rumort mir im Magen. Kael wirkt vollends zufrieden damit, das Ganze unter »keine große Sache« abzuhaken, also entschließe ich mich, seinem Beispiel zu folgen. Seine Einstellung erleichtert es mir immens, meinen Schock beiseitezuschieben und mich Dingen zuzuwenden, die – unbestreitbar – wichtiger sind. »Was ist da drin passiert, Kael? Wo bist du gewesen? Wo ist der Ausbrecher?«

Kaels Humor verfliegt. Seufzend fährt er sich mit seiner freien Hand durch das zerzauste Haar und antwortet: »Lengard hat ihn. Ein Fahrzeug hat vor dem Park auf sie gewartet, und sie sind mit ihm davongerast.« Er wirft mir einen entschuldigenden Blick zu. »Tut mir leid, dass ich dich da drin im Stich gelassen habe, Prinzessin. Du warst bewusstlos, und ich dachte nicht, dass du wieder zu dir kommen würdest, bevor ich zurück wäre. Ich habe nicht damit gerechnet, dass irgendein Kerl antanzen und dich wegschleppen könnte.«

Ich unterdrücke ein Schaudern, da ich mir gar nicht ausmalen mag, welche Hintergedanken der Sicherheitsmann womöglich hatte. Hoffentlich wollte er tatsächlich bloß Abstand zwischen mich und den funkensprühenden Transformator bringen – der wohl überhaupt erst für meine Ohnmacht verantwortlich war.

»Erinnere mich daran, mit Pandora über diese elektrische Störung zu reden«, ergänzt Kael, der abermals meine Gedanken zu lesen scheint. »Ich vermute, dass ihre Spielerei mit den Kameras zu einer Überlastung des Systems geführt hat.«

Im Moment schert es mich nicht einmal, was genau passiert ist.

Ich bin so entmutigt davon, dass die komplette Aktion heute Nacht umsonst gewesen ist – dass Lengard am Ende doch den Ausbrecher geschnappt hat. Dass er sich nun in Vaniks Klauen befindet, ein weiterer Sprecher für seine Armee. Wenn Direktor Falon bloß wüsste, was sein Wissenschaftler in Wirklichkeit treibt … Wenn er ihm bloß weniger blind vertrauen und die Wahrheit erkennen würde. Aber nun ist es zu spät – Vanik ist in seinem Streben nach Allmacht bereits zu weit vorgestoßen.

Während wir hinunter zum Kai laufen, wälze ich alles im Kopf noch einmal hin und her. Arryn steht auf dem Deck der Jacht und behält uns beim Näherkommen angespannt im Auge.

»Wo zur Hölle habt ihr zwei gesteckt?«, herrscht sie uns an, als wir an Bord klettern.

»Es gab ein paar kleinere … Komplikationen, und wir sind voneinander getrennt worden«, erzählt Kael ihrem Rücken, der vor uns her schon wieder in die Kabine marschiert. »Lyss hat eine Kopfnuss eingesteckt, ist aber schon wieder fit – und hier sind wir.«

Seine Worte irritieren mich kurz, denn er hat zwar recht, aber in diesem Augenblick erst geht mir auf, dass ich überhaupt keine Kopfschmerzen habe. Ich entsinne mich dumpf, dass etwas mich am Kopf getroffen hat, kurz bevor ich das Bewusstsein verloren habe, aber als ich nun eine Hand hebe und meine Finger an die Schädeldecke drücke, spüre ich weder Schwellung noch Schmerz. Ist das normal bei Stromschlägen? Damit kenne ich mich nicht aus.

Gerade will ich nachfragen, da erreichen wir den Steuerraum, und die anderen werden auf uns aufmerksam. Keeda trägt noch immer den Stützschuh, den ich für sie heraufbeschworen habe, und Pandora liegt ohnmächtig quer über einer Reihe von Sesseln, woraus ich schließe, dass Cami – nach wie vor leichenblass – wohl noch nicht ausreichend zu Kräften gekommen ist, um die beiden zu heilen. Als ihr lethargischer Blick jedoch auf mir landet, springt sie auf die Füße und stolpert vorwärts, mit weit aufgerissenen, sorgenvollen Augen.

»Wir hatten solche Angst, dass sie dich mitgenommen haben«, schluchzt sie und wirft mir die Arme um den Hals. Sie zittert – ob aus

Furcht oder infolge der Gesprochenen Worte, die sie vorhin erwischt haben, vermag ich nicht zu sagen.

Vage registriere ich, wie Keeda dem Kapitän befiehlt, uns zurück zum Zoo zu bringen; ich mache mich von Cami los und bugsiere sie sanft zurück zu ihrem Sitz.

»Du siehst schrecklich aus«, meine ich und nehme neben ihr Platz.

Sie umklammert fest meine Hand und erwidert: »Das sagt die Richtige. Du schaust aus, als wärst du von einer Meute Wildkatzen angefallen worden. Und – guck dir nur dein Bein an! Lass mich –«

Mein Bein pocht in der Tat unangenehm; die Schnitte, die ich mir im Spiegellabyrinth zugezogen habe, hatte ich darüber völlig vergessen. Dennoch ignoriere ich meine Wunden und unterbreche Cami. »Mir geht es gut, Cam. Verrate mir einfach, wie ich dir helfen kann.«

Da ich nie zuvor versucht habe, jemanden zu heilen, blende ich nun Arryns und Kaels murmelnde Stimmen aus und lausche Cami, die mir Ratschläge erteilt und einbläut, dass meine Absicht und Konzentration das Wichtigste sind. Ihre weiteren Anweisungen sind klar und eindeutig, und sowie ich sie umsetze, flammt ein Licht zwischen uns auf, ihr Bibbern ebbt ab, und die Farbe kehrt auf ihre Wangen zurück.

»Danke, Lyss«, sagt sie – aus so tiefem Herzen, dass ich ahne, wie grauenvoll sie sich wirklich gefühlt haben muss.

Ihr Blick huscht hinüber zu Pandora und Keeda, doch ich sage: »Die beiden können noch ein bisschen warten.«

»Das glaubst auch nur du«, murrt Keeda.

Mir war nicht bewusst, dass sie uns zugehört hat, zumal ihre Augen starr auf dem Kapitän ruhen. Allzu viel Reue verspüre ich dennoch nicht, auch wenn Cami sofort schwankend zu Pandora hinübereilt, eine Hand auf ihre Stirn legt und sie wachflüstert. Unsere lilahaarige Freundin blinzelt einige Male und setzt sich dann auf, fragt: »Was ist passiert?«

Da wir nicht prompt reagieren, steht sie auf und stolpert auf Arryn und Kael zu, wohl um von den beiden Antworten zu verlangen. In der Zwischenzeit ist Cami bei Keeda angelangt, die auf einen heilenden Lichtblitz hin nach unten langt, um den Stützschutz zu entfernen. Mit einem erleichterten Lächeln lässt sie den Knöchel kreisen.

Camis Gesicht wirkt ausgezehrt vor Erschöpfung, als sie wieder neben mich tritt, und ich halte sie auf, ehe sie Gelegenheit hat, noch mehr ihrer Energie an mich zu verschwenden. Meine Beinverletzung ist nicht so übel, dass ich nicht warten könnte, bis sie sich erholt hat. »Was ist dir zugestoßen, Cam?«, frage ich.

Einen langen Moment bleibt sie stumm, während die Jacht unter der Brücke und am Opernhaus vorbeigleitet und auf unserem Rückweg zum Zoo allmählich Fahrt aufnimmt. Die blinkenden Lichter zu beiden Seiten des Hafens geben keinerlei Hinweis darauf, dass die schlafenden Einwohner der Stadt irgendetwas von dem mitbekommen haben, was sich heute Nacht zugetragen hat. Sie haben keine Ahnung von der Sprecherschlacht im Vergnügungspark. Keinen Schimmer von der Gefahr, die längst nicht mehr jenseits ihrer Stadtgrenzen, sondern in ihrer Mitte brodelt.

»Es war Harrison«, sagt Cami schließlich und benennt damit jenen Mann aus Lengard, der sie und vermutlich auch Pandora attackiert hat. »Er kann Leute mit einem einzigen Wort so außer Gefecht setzen, dass sie noch Stunden später mit den Nachwirkungen zu kämpfen haben.«

»Das tut jetzt nichts zur Sache«, meldet sich Arryn, die plötzlich mit in die Hüften gestemmten Händen vor uns stehen bleibt. Ihr Tonfall ist beißend. »Spulen wir lieber mal vor zu dem Punkt, an dem wir herausfinden, was mit *dir* geschehen ist.« Sie funkelt mich geradeheraus an. »Genauer gesagt, wieso es dir nicht gelungen ist, den Ausbrecher zu sichern, und weshalb du ihn mit Ward hast entkommen lassen.«

Bei der Erwähnung ihres Bruders zuckt Cami zusammen, doch in mir stockt alles.

»Wie bitte?«, entgegne ich, meine Stimme ein ungläubiges Zischen. Aus den Augenwinkeln nehme ich wahr, dass die anderen – Kael, Pandora und Keeda – sich um uns scharen, aber meine Aufmerksamkeit gilt allein Arryn.

»Du hast mich schon richtig verstanden.« Sie verlagert ihr Gewicht, kreuzt die Arme vor der Brust. »Eine schöne allmächtige Schöpferin bist du. Er ist dir geradewegs durch die Finger geschlüpft.«

Ich ringe meine aufsteigende Wut nieder und gebe mir alle Mühe, die leisen Zweifel in meinem Hinterkopf zu ignorieren. Ich habe alles in meiner Macht Stehende getan … oder nicht? Vielleicht, wenn ich besser mit meiner Schöpfergabe umzugehen gewusst hätte … Vielleicht, wenn ich mehr Übung gehabt hätte … Aber –

Nein. Ich weigere mich, in Selbstzweifeln zu versinken. Das ist sinnlos.

»So war es nicht«, halte ich ihr entgegen.

»Ach?« Ihre Augenbrauen schießen in die Höhe. »Dann klär mich auf. Denn nachdem ich diese drei hier wohlbehalten an Bord gebracht hatte« – sie stößt mit dem Finger in Richtung Cami, Keeda und Pandora – »und zurück in den Park gerannt war, um zu helfen, habe ich dich aus diesem Gebäude laufen sehen, dem Ausbrecher auf den Fersen, der deinen Namen gerufen hat – *deinen Namen, Alyssa!* Folglich musst du mit ihm geredet haben. Ihm von uns erzählt haben. Also, was zum Teufel ist passiert? Bist du erstarrt, als Ward aufgetaucht ist?« Sie durchbohrt mich mit ihrem Blick. »Oder … hast du ihn ausgehändigt? Ist es deine Schuld gewesen, dass die Lichter ausgegangen sind und sie alle entkommen konnten?« Ihre Augen werden noch schmaler. »Ich bin da hineingeraten, weißt du – ich habe es kaum zurück hierher geschafft, weil ich in dem Tumult festgesteckt habe. Habe ich *dir* das zu verdanken?«

Ebenso gut hätte sie mich ohrfeigen können – mehrfach. Cami schiebt sich solidarisch näher an mich heran, und ich spüre, wie auch sie bebt. Ob vor Wut, Kummer, Reue … da bin ich mir nicht sicher.

»Mach dich nicht lächerlich, Arryn«, mischt Kael sich mit fester Stimme ein und legt ihr eine warnende Hand auf die Schulter, die sie abschüttelt. »Natürlich hat Lyss Ward nicht geholfen.« Sein Blick nagelt mich fest. »Stimmt's?«

Ich öffne und schließe den Mund, sprachlos. Mein Hals fühlt sich an, als würde er vor Wut zuschwellen und mir die Luft abdrücken. Dennoch zwinge ich mich, beschwichtigend durchzuatmen, bis tief hinunter in die Lunge, und versuche, ruhig zu antworten. »Erstens: Ich war zu beschäftigt damit, den Ausbrecher, der *vor mir geflohen* ist, zu *fangen,* um auf die Idee zu kommen, ihn zu einer heißen Schokolade einzuladen und entspannt zu plaudern.« Ich blitze beide wütend an, ehe ich hinzufüge: »Ich hatte keine Gelegenheit, ihm auch nur *irgendetwas* zu erzählen, und am allerwenigsten etwas über uns.«

Erst nach einem weiteren beruhigenden Atemzug fahre ich fort: »Zweitens ist mir vollkommen schleierhaft, woher er meinen Namen kannte. Ich habe ihn in meinem ganzen Leben noch nicht gesehen. *Nie.*« Ich halte den zweifelnden Blicken, die mir begegnen, stand und bringe meine Rede zu Ende. »Und zu guter Letzt: Aus welchem Grund sollte ich ihn Ward aushändigen – *zumal* Ward eindeutig unter Mannings mentaler Kontrolle agiert hat? Wieso sollte ich irgendjemanden dem Schicksal einer Gefangenschaft in Lengard ausliefern, nach allem, was mir dort angetan wurde?«

»Dass Ward nicht er selbst war, ist irrelevant – wir wissen alle, dass du eine Schwäche für ihn hast«, beharrt Arryn unnachgiebig.

Ich frage mich, wie sie darüber im Bilde sein kann; immerhin sind wir uns heute Nacht zum ersten Mal begegnet. Allerdings habe ich nicht vor, mir von ihr Anschuldigungen an den Kopf werfen zu lassen, ganz gleich, welchen Rang sie innerhalb der Reihen der Relikte innehaben mag.

»Wenn du mit ›Schwäche‹ meinst, dass er mich wiederholt belogen, betrogen und verwirrt hat, dann – klar, da liegst du wohl richtig. Vollkommen logisch, dass ich dem Ausbrecher eine ähnliche Erfahrung ermöglichen wollen würde.«

Meine Stimme trieft vor Sarkasmus.

»Okay, okay, tun wir doch alle mal einen Schritt zurück«, meldet sich Keeda und schielt kurz zu dem Kapitän hinüber, ehe sie sich wieder auf uns konzentriert. »Brich es für uns herunter, Lyss. Beschreib uns in allen Einzelheiten, was sich zugetragen hat.«

Es kostet mich einige Anstrengung, meinen zornigen Blick von Arryn loszureißen, doch es gelingt mir, da ich darauf brenne, die Ereignisse der Nacht aus meiner Perspektive zu erzählen – einschließlich all dessen, was in der Coney-Island-Scheune passiert ist.

»Eins kapiere ich nicht«, sagt Pandora und mustert mich, während sie auf einem eingerissenen Fingernagel herumkaut. Ihr Nagellack hat fast exakt die gleiche Farbe wie ihr Haar. »Wenn du den Ausbrecher nie zuvor getroffen hast, woher wusste er dann, wie du heißt?«

»Vermutlich hat er uns vorher aus den Schatten heraus beobachtet und mitbekommen, wie einer von uns sie angesprochen hat«, meint Kael und macht eine wegwerfende Handbewegung. Stirnrunzelnd späht er zurück über das Wasser, doch Luna Park ist durch die Heckscheiben der Jacht längst nicht mehr zu erkennen; die Nacht hat den Park verschluckt. »Den Ausbrecher jedenfalls haben wir verloren, also müssen wir unsere Aufmerksamkeit stattdessen nun auf diese anderen Sprecher richten. Wenn sie nicht zu uns gehören und auch nicht zu Lengard, wer sind sie dann? Und wieso sind wir ihnen niemals zuvor über den Weg gelaufen?«

Besorgte Blicke folgen auf seine Frage, meiner eingeschlossen. Allerdings grübele ich nicht über die getarnten Sprecher nach. Meine Gedanken verweilen bei dem Ausbrecher.

»Er hat gerufen, dass er mich für tot gehalten hatte«, sage ich und wiederhole damit etwas, das ich bereits erwähnt habe – das mich aber einfach nicht loslässt. »Was, glaubt ihr, meint er damit?«

»Vermutlich wollte er dich bloß verunsichern«, antwortet Kael und dreht sich wieder zu mir um. Seine Augen wandern über meine Miene, und seine eigene wird weicher. Er legt mir eine tröstende Hand auf die Schulter. »Und wie es scheint, hat er damit Erfolg. Versuch, es nicht an dich heranzulassen, Prinzessin. Du hast selbst gesagt: Ihr seid euch noch nie im Leben begegnet.« Er hält kurz inne, schiebt dann überflüssigerweise hinterher: »Und offensichtlich bist du alles andere als tot.«

Alles, was Kael von sich gibt, leuchtet ein und klingt nach einer plausiblen Erklärung, und doch kann ich mich nicht damit zufriedengeben. Keiner der anderen hat den Ausdruck auf dem Gesicht des Jungen gesehen, seine blanke Ungläubigkeit, den Schock, die Fassungslosigkeit … das *Entsetzen*.

Wieder und wieder spielt die Szene auf unserem Rückweg zur Anlegestelle des Zoos in meinem Kopf, während Arryn, Kael, Keeda und Pandora über die fremde Sprechergruppe diskutieren und Theorien aufstellen, mit wem wir es zu tun haben könnten und welche neue

Bedrohung sie womöglich verkörpern. Cami sitzt stumm neben mir, ihr Gesichtsausdruck wirkt gequält. Ich ahne, welche Gedanken sie plagen, habe jedoch keine Möglichkeit, mich hier mit ihr darüber zu unterhalten – nicht nachdem ich soeben beschuldigt worden bin, mit ihrem ferngesteuerten Bruder unter einer Decke zu stecken.

Aber bald …

Bald sind wir allein und können frei reden. Und dann damit beginnen, Pläne zu schmieden.

Denn eines habe ich heute Nacht begriffen: Ganz gleich, was alle anderen behaupten – es ist an der Zeit, nach Lengard zurückzukehren.

KAPITEL 6

Eine gefühlte Ewigkeit vergeht, ehe die Jacht am Anlegeplatz des Zoos festmacht, und noch länger dauert es, bis wir von Bord gehen.

Als wir auf unserem schlurfenden Marsch durch die Tunnel der Katakomben die dreigabelige Kreuzung erreichen, ist mein innerer Drang, meine Überlegungen mit Cami zu teilen, beinahe übermächtig – auch wenn ich nicht die leiseste Ahnung habe, wie genau wir in Lengard einbrechen sollen. Davon, dass wir anschließend irgendwie ein zweites Mal entkommen müssen, ganz zu schweigen.

Wie üblich wählen wir die rechte Abzweigung und eilen den fackelerleuchteten Gang hinunter. Die linke führt, sofern ich mich recht erinnere, in die riesige Kammer, die ich bei meinem ersten Besuch hier auf dem Weg zur Kommandozentrale gesehen habe. Seitdem bin ich nicht mehr dort gewesen, habe jedoch erfahren, dass die Relikte in diesem gigantischen Gewölbe ihre Gruppentreffen abhalten, da der Platz ausreicht, um die gesamte unterirdische Bevölkerung zu fassen.

Wohin der mittlere Pfad führt, weiß ich nach wie vor nicht; wann immer ich bisher daran vorbeigekommen bin, lag er im Dunkeln.

Endlich gelangen wir in die Kommandozentrale; ich bin angespannt und von den Geschehnissen der Nacht noch immer voller Adrenalin, das durch meine Adern rauscht. Das Bedürfnis, *etwas zu tun*, zermürbt meine Geduld, und doch bin ich abermals zum Warten verdammt, während Kael und Arryn die zurückgebliebenen Relikte auf den neuesten Stand bringen. Trotz der späten Stunde sind alle erpicht darauf, zu hören, was passiert ist.

Genau wie auf der Jacht hakt Kael das Thema des Ausbrechers, den wir nicht retten konnten, rasch ab; was passiert sei, sei passiert, meint er, und nun sollten wir uns auf die unbekannten Sprecher konzentrieren. Beim Reden huscht sein Blick kurz zu mir, als fürchtete er, die Gruppe könnte wie zuvor Arryn reagieren und mir die Schuld an unserem Versagen geben, daher beschönigt er manches, um mich zu schützen.

Die Ungerechtigkeit des Ganzen brodelt in meinem Blut. Ich frage mich, ob Kael Arryn insgeheim recht gibt, ob er ebenfalls glaubt, dass der Verlust des Sprechers *meine* Schuld war. Allerdings ergäbe das keinerlei Sinn – denn er war *da*. Er hat gesehen, wie ich aus der Scheune gesprintet bin, und auch, dass ich versucht habe, Ward und Crew an der Flucht zu hindern.

Andererseits hat auch Arryn erwähnt, dass sie mich beim Verlassen des Gebäudes beobachtet hat. Sonst hätte sie schließlich nicht meinen Namen aus dem Mund des Ausbrechers hören können.

Spannungskopfschmerzen beginnen in meinen Schläfen zu pochen. Und damit nicht genug: Jetzt, da ich einfach tatenlos hier herumstehe, holt mich die Müdigkeit ein, zusammen mit einem wachsenden Schmerz in meinem Bein. Von den unzähligen kleinen Schnitten und Kratzern, die ich mir im Spiegellabyrinth zugezogen habe, ganz zu schweigen. Natürlich bin ich daran selbst schuld; obwohl ihre eigene Welt buchstäblich in sich zusammengestürzt ist, hat Cami noch auf der Fähre, gleich beim Anlegen am Zoo, versucht, mich zu heilen – aber ich habe sie abgewehrt.

Was mich dazu veranlasst hat, kann ich nicht mit Gewissheit sagen. Vielleicht brauche ich einfach dieses Gefühl einer körperlichen Bestrafung, nachdem auch ich bei der Ergreifung des Ausbrechers so glorreich versagt habe. So oder so: Mir scheint es richtiger, meine Wunden auf natürliche Weise heilen zu lassen und solange den Schmerz zu spüren, als Mahnung und Erinnerung an die Ereignisse dieser Nacht – an das, was uns begegnet ist, und das, was wir verloren haben.

Cami hat meine Gründe verstanden, Arryn dagegen – die meine geflüsterte Erklärung im Vorbeigehen gehört hat – hat bloß geschnaubt und hält mich zweifellos für albern.

Was sie denkt, schert mich nicht.

Ihre Anschuldigung allerdings nährt weiterhin meinen Frust, der beständig wächst, je länger sie und Kael damit beschäftigt sind, die anderen einzuweihen, mit gelegentlicher Unterstützung von Keeda und

Pandora. Sie erzählen gefühlt jedes Detail der vergangenen Nacht, bis sie letztlich beschließen, als Allererstes am kommenden Morgen eine Vollversammlung der Relikte einzuberufen.

Noch eine Besprechung.

Noch mehr Worte.

Keine Taten.

Ich höre Cami leise murren: »Wieso läuft hier alles so *langsam*?«

Damit hat sie nicht unrecht. Ich stehe kurz davor, jemanden grob zu schütteln, als Kael endlich die Gruppe auflöst und vorschlägt, alle sollen sich ein paar Stunden aufs Ohr legen, da sie bald alle verfügbaren Kräfte mobilisieren müssen, um so viel wie möglich über die neue Sprecherfraktion herauszufinden. Das immerhin verspricht ein wenig Bewegung, wenn auch nicht von der Sorte, die mir vorschwebt.

Ich drücke mich weiter in der Kommandozentrale herum, während die Menge ausdünnt, und packe Cami am Ärmel, um sie zurückzuhalten, da sie sich anschickt, dem kleinen Menschenstrom aus dem Raum zu folgen. Sie wirft mir einen fragenden Blick zu, aber ich sage nichts. Sie wird bald genug Bescheid wissen.

Ein paar der älteren Relikte nehmen wieder ihre Position hinter den Bildschirmen ein, und ich vermute, dass sie für die Nachtwache eingeteilt sind. Einen Augenblick beobachte ich sie, bevor ich mich Kael zuwende. Nach allem, was heute Nacht passiert ist, bin ich nicht bereit, noch länger zu warten. Und auch Cami soll sich nicht weiter vertrösten lassen. Es wird Zeit, ihn zu konfrontieren, und dazu müssen wir allein mit ihm sein. *Vor allem* ohne Arryn in der Nähe. Sie hat ohne jeden Grund von Anfang an etwas gegen mich gehabt, daher bin ich felsenfest davon überzeugt, dass sie nicht bereit sein wird, meinen Plan anzuhören. Oder eher meinen Mangel an einem Plan, wie ich mir ehrlicherweise eingestehe. So oder so: Sie würde es mir schwerer machen, Kael von dem zu überzeugen, was nötig ist.

Endlich bricht er auf und wünscht den Zurückbleibenden – darunter Arryn, Keeda und Pandora – im Gehen zerstreut eine gute Nacht.

»Hast du noch etwas auf dem Herzen, Prinzessin?«, fragt er, als Cami und ich uns gleich jenseits der Türschwelle an seine Fersen heften.

Eigentlich würde ich diese Unterhaltung lieber an einem privateren Ort führen, aber der dämmerige Tunnel ist in beide Richtungen leer, und ich bin mir außerdem bewusst, dass wir alle müde sind und Kael nach einer so langen Nacht vermutlich schleunigst ins Bett möchte. Also schließe ich rasch zu ihm auf; Cami bleibt dicht hinter mir.

»Kael, wir müssen zurück nach Lengard.«

Seine Schritte stocken nicht, beinahe so, als hätte er mit etwas Derartigem aus meinem Mund bereits gerechnet. Cami gibt keinen Ton von sich, doch ich weiß, dass sie konzentriert lauscht, und frage mich, ob sie vielleicht ihren eigenen Überfall vorbereitet hatte und ich ihr bloß zuvorgekommen bin.

»Das wäre kein besonders cleverer Schachzug, Lyss«, sagt Kael.

»Es ist der *einzige* clevere Schachzug«, widerspreche ich und mache längere Schritte, da er seinen Gang beschleunigt. »Du hast selbst gesehen, was heute Nacht dort draußen geschehen ist. Vanik hat offenkundig mehr Kontrolle über alles – *alle* – als angenommen, und er nutzt Mannings Gabe, um jeden in seiner Gewalt einer Gehirnwäsche zu unterziehen. Was bedeutet, dass wir Ward und die anderen dringlicher denn je da herausholen müssen. In Lengard sind sie nicht sicher.«

Kael schüttelt bereits den Kopf. »Wenn der heutige Abend uns überhaupt irgendetwas gezeigt hat, dann, dass sie dort sicher *sind.* Sicherer als sonst irgendwo, insbesondere hier.«

Vor ungläubigem Staunen klappt mir nur stumm der Mund auf.

Cami jedoch bringt eine Frage hervor: »Wie kannst du das behaupten?«

Kael bleibt abrupt stehen, und Cami läuft fast in mich hinein, weil ich ebenfalls ruckartig innehalte. Beide starren wir ihn mit geballten Fäusten an.

Kaels Blick streift Cami nur für eine Sekunde, dann wendet er sich mir zu, als hätte bloß ich geredet.

»Pass mal auf, Prinzessin«, sagt er, legt mir beide Hände auf die Schultern und geht ein wenig in die Knie, sodass wir auf Augenhöhe sind. Die Flammen der nächsten Fackel in ihrer Wandhalterung spiegeln sich in seinem Blick, wodurch seine dunkle Iris wirkt, als würde lebendiges Feuer darin tanzen. »Mir ist klar, dass du dich um alle in Lengard sorgst. Ich habe auch nicht vergessen, dass ich dir versprochen habe, sie zu befreien – und das *werden* wir. Aber vorerst muss diese neue Gruppe für uns Priorität haben. Bis wir wissen, wie gefährlich sie sind, konzentrieren wir uns auf sie, nicht auf Lengard.«

Seine Worte machen mich fassungslos. Ich mache einen Schritt zurück, um seine Hände loszuwerden, und sage: »Von Ward und all den übrigen Sprechern, die dort gefangen sind, einmal ganz abgesehen« – es kostet mich einiges an Willensstärke, nicht zu Cami, die sich neben mir versteift, hinüberzuschielen –, »ist da noch *Vanik.* Diese neue Sprecherfraktion mag gefährlich sein oder auch nicht. Vanik dagegen ist *definitiv* eine Bedrohung. Das wissen wir. Wir *wissen*, was er plant. Und wir *wissen*, dass wir ihn stoppen müssen.«

Dass er außerdem der einzige Mensch ist, der womöglich Informationen über meine Eltern hat – Informationen, die ich um jeden Preis erfahren will –, verschweige ich.

Kael legt den Kopf schief. »Und doch hast du damals, als du zum ersten Mal eine Rückkehr nach Lengard erwähnt hast, kein Wort darüber verloren, dass du Vanik aufhalten willst. Es ging dir lediglich darum, Ward zu retten.«

»Und die restlichen Sprecher«, fauche ich durch zusammengebissene Zähne und kämpfe gegen den Impuls an, mich zu verteidigen. Ich bin mir nicht sicher, weshalb Kael sich so verhält; eigentlich hatte ich gedacht, er sei auf unserer Seite. Ein Moment der Klarheit trifft mich, und ich komme ins Grübeln … könnte er *eifersüchtig* sein?

Bestimmt nicht. Und selbst wenn: Keinesfalls würde er ein derart kleingeistiges Gefühl Einfluss auf seine Entscheidungen nehmen lassen, nicht, wenn so viel auf dem Spiel steht. Unabhängig von allem anderen kenne ich Kael gut genug, um davon felsenfest überzeugt zu sein. Er ist ein guter Anführer – er muss lediglich erkennen, dass meine Strategie die richtige ist.

Ich atme tief durch und bemühe mich, den Frust aus meiner Stimme zu verbannen. »Ich war mehr als zweieinhalb Jahre lang dort eingesperrt; logischerweise möchte ich es also niemandem zumuten, auch nur eine Minute länger als nötig in Lengard zu verbringen – *besonders* wenn den Betroffenen nicht einmal bewusst ist, dass sie sich in Gefangenschaft befinden.« Ich mache eine kurze Pause, um meiner Argumentation Zeit zum Einsinken zu geben. »Aber es geht um mehr: Du weißt, wie wichtig es ist, dass wir Vanik das Handwerk legen. Er ist eine Bedrohung für die *ganze Welt*. Wir müssen zurück und uns ihm entgegenstellen.«

Mit überkreuzten Armen mustert Kael mich sorgsam. »Und sobald du Vanik in Lengard gegenüberstehst – was dann?«

Dass er zumindest gewillt scheint, mich zu Ende anzuhören, entkrampft etwas in mir – *minimal*. Zu Cami, die unser Gespräch genauestens verfolgt und abwartet, ob es mir gelingt, ihn umzustimmen, vermeide ich derweil weiterhin bewusst jeden Blick.

Ich achte darauf, mehr Selbstbewusstsein in meine Worte zu packen, als ich verspüre, und antworte: »Du hast es vorhin selbst gesagt: Mittlerweile bin ich in der Lage, meine Gabe zu kontrollieren. Ich bin stark genug, um Vanik zu besiegen. Und Manning auch.« Die Erinnerung an das Spiegellabyrinth verdränge ich; mag sein, dass ich meine Fähigkeiten beherrschen kann, doch bis ich sie kontrolliere, liegt noch ein langer Weg vor mir.

»Was dann?«, wiederholt Kael.

Meine Brauen ziehen sich zusammen. »Wie meinst du das?«

»Was hast du mit Vanik und Manning vor? Willst du sie töten?«

Ich zucke so heftig zurück, dass ich mir beinahe einen Halswirbel ausrenke. »Wie bitte?«

»Sofern du nämlich keine andere Idee hast, wie wir Manning dauerhaft unschädlich machen sollen, ist er nach meiner Einschätzung zu gefährlich, um am Leben zu bleiben. Er würde jeder Gefängniszelle mit nur einem Wort entkommen. Und Vanik hat zwar seine Sprechergabe verloren, aber er ist nach wie vor ein Genie, das sicherlich eine Möglichkeit finden würde, seine Wärter zu überlisten. Wie würdest du sie in Schach halten? *Wo* würdest du sie in Schach halten?«

»Ich –«

»Und was ist mit Falon? Mit seiner Familie? Vergiss nicht, dass er eine Frau und drei kleine Kinder hat – *Unschuldige*, Lyss. Was hast du mit ihnen vor?«

»Sie –«

»Und dann sind da die restlichen Lengard-Sprecher, die du zu retten planst. Viele der älteren Genesis-Generation sind längst über das Geschehen im Bilde. Sollen sie das gleiche Schicksal erleiden wie Vanik und Manning? Woher willst du wissen, wer auf welcher Seite steht? Wie würde ihre Strafe aussehen? Wärst du Anklägerin, Richterin und Henkerin zugleich?«

»Natürlich nicht –«

»Und was wird aus den Sprechern, die noch völlig im Dunkeln sind? Aus all den Exodus-Teenagern, die auf einen Schlag erfahren werden, dass sie über Lengard belogen worden sind? Dass jemand ihre Gedanken manipuliert und sie gegen ihren Willen zu Dingen gezwungen hat, an die sie sich nicht erinnern – was glaubst du, wie psychisch stabil sie im Anschluss an eine solche Offenbarung sein werden? Und wo sollen sie hin? Lengard ist inzwischen ihr Zuhause, ihr sicherer Hafen. Unterschätz nicht, dass du ihnen das nehmen wirst – wie stellst du dir ihre Reaktion darauf vor? Was, meinst du, werden sie –«

»*Stopp*, Kael!«, schreie ich mit einem Mal; ich ertrage seine Litanei nicht länger. »Ich habe es kapiert, okay? Hör einfach *auf.*«

Ich schlage mir beide Hände über den Mund, als ich meine Macht durch mich hindurchströmen spüre. Doch es ist zu spät – die Welt ist bereits eingefroren, und Kael wie auch Cami stehen steif und stumm wie Statuen vor mir.

Kael hat nicht versucht, meine Worte zu zerstören, vielleicht, weil er nicht damit gerechnet hat – oder um mir demonstrativ zu beweisen, dass er recht hat. So oder so fühlt mein Magen sich an wie mit Blei gefüllt, während ich ein Wort hervorwürge, um die Starre zu lösen und die Zeit weiterlaufen zu lassen.

Ich bringe es nicht über mich, ihm in die Augen zu schauen. Ich dachte, ich habe meine Gabe im Griff – *mich* im Griff. Mit aller Kraft bemühe ich mich, mir ins Gedächtnis zu rufen, dass eine lange Nacht hinter mir liegt, dass ich erschöpft bin und Schmerzen habe, dass, nüchtern betrachtet, nichts Schlimmes passiert ist. Mir ist bloß … ein Missgeschick unterlaufen. Ein kleiner Fehler.

Schwer atmend, warte ich auf Kaels Rüge, auf seine Maßregelung. Doch nichts dergleichen kommt. Vielmehr sagt er nur: »Wirklich? Hast du es wirklich kapiert, Lyss?«

Ich frage mich, ob ihm überhaupt klar ist, dass ich soeben die Welt angehalten habe – ob er es bemerkt hat oder ob er glaubt, es sei überhaupt keine Zeit vergangen.

Um die Frage laut zu stellen, habe ich zu viel Angst.

Schäme ich mich zu sehr.

Seine Worte – und meine Taten – haben mir mehr zugesetzt, als ich mir hätte vorstellen können. Ein schneller Blick zu Cami offenbart mir ihr weißes Gesicht und feucht glänzende Augen. Am liebsten würde ich sie in die Arme schließen und im Gegenzug von ihr gehalten werden, doch ich stehe da wie festgewurzelt. In meinem Kopf spielt alles, was Kael gesagt hat, ehe mir die Kontrolle entglitten ist, in Dauerschleife. Er hat ein sehr wirkungsvolles Bild gemalt – eines, das mit derart viel Unsicherheit beladen ist, dass ich nun *alles* anzweifele, sogar mich selbst. Insbesondere nach dem, was ich gerade getan habe.

Kael streckt sich erneut nach mir, und diesmal schüttele ich seine Hände, die erneut auf meinen Schultern landen, nicht ab. Seine Stimme klingt sanft, als er sagt: »Ich habe dir ein Versprechen gegeben, Prinzessin. Wir werden Ward und die anderen retten. *Ganz bestimmt.* Aber wir müssen es richtig angehen.«

Mein Hals ist zu eng, doch ich schiebe bewusst zur Seite, was soeben geschehen ist, und krächze: »Und was ist mit dem Jungen von heute Nacht?«

Kaels Finger zucken beinahe unmerklich, was mir nur auffällt, weil er mich berührt. »Was soll mit ihm sein?«

»Vergessen wir ihn einfach?«

Diesmal drückt er seine Finger absichtlich ein wenig auf mein Schlüsselbein, als wolle er mir Trost spenden. »Fürs Erste bleibt uns nichts anderes übrig. Aber versuch, dir nicht allzu viele Sorgen um ihn zu machen, Lyss. Er ist nicht der erste Ausbrecher, den wir an Lengard verloren haben.« Seine Lippen krümmen sich nach oben. »Wir haben es auch zu dir nicht vor ihnen geschafft, und schau nur, wo du jetzt bist. Gut möglich, dass dieser Junge ein weiterer knallharter Schöpfer ist, der Vanik schon längst in die Knie gezwungen hat.«

Mir ist klar, dass er das nur sagt, um mich aufzumuntern, und ich weiß, zur Antwort sollte ich mich zumindest an einem Lächeln versuchen, doch es will mir nicht gelingen. Stattdessen senke ich den Blick, deute ein Nicken an und bekunde meine Bereitschaft, mich zu fügen, mein Verständnis ... und mein widerwilliges Einlenken.

Kael nimmt mein schwaches Entgegenkommen an und tätschelt noch ein letztes Mal meine Schultern, bevor er mich loslässt. Die stumme Cami neben uns würdigt er kaum eines Blickes – kein einziges Mal hat er sie im Verlauf unserer Auseinandersetzung angesehen, und obwohl ich mittlerweile den Grund dafür kenne, bin ich nach wie vor der Meinung, die beiden müssen einen Weg finden, ihren Konflikt zu überwinden, wenn wir bis auf Weiteres gemeinsam hier unten leben wollen.

»Ich bin k. o.«, sagt Kael und versteckt ein Gähnen, das ich ihm nicht vollends abnehme, hinter vorgehaltener Hand. »In vier Stunden beginnt die Versammlung, also schlage ich vor, wir holen uns so lange noch eine Mütze Schlaf, ja?«

Ich nicke wieder, mit unvermindert zugeschnürtem Hals. Doch Kael ist zufrieden und lächelt aufs Neue, diesmal offenkundig zufrieden, dass ich nachgegeben habe und willens bin, auf die Stimme der Vernunft zu hören.

Während Cami und ich hinter ihm den Tunnel entlang bis zu unserem Zimmer trotten, wälze ich alles, was er gesagt hat, noch einmal im Kopf hin und her und muss anerkennen, dass seine Argumente schlagkräftig sind. Selbst wenn es uns gelänge, in Lengard einzubrechen, Vanik zu stoppen und die anderen Sprecher zu retten, blieben so viele unbekannte Variablen. Und wie genau sollen wir Vanik überhaupt »stoppen«? Denn es stimmt: Wir haben keine Möglichkeit, ihn im Zaum zu halten – und Manning genauso wenig.

Zu viele Löcher in einem ohnehin schwachen Plan.

Und doch: Nachdem Kael uns endlich in unserem dunklen Zimmer allein gelassen hat und ich den zittrigen Atemzug höre, den Cami aushaucht, realisiere ich, dass nichts davon einen Unterschied macht.

»Was tun wir jetzt?«, flüstert sie.

Meine Augen haben sich noch nicht an die Düsternis gewöhnt, deshalb sehe ich sie nicht. Aber ich höre den Herzschmerz in ihrer Stimme, und ich spüre die abgrundtiefe Verzweiflung, die sie ausstrahlt.

»Kael hat recht«, räume ich ein und vernehme einen weiteren gebrochenen Atemzug von ihr. »Wir können unmöglich alle aus Lengard befreien, ehe wir uns überlegt haben, wie wir mit ihren Reaktionen auf die Wahrheit umgehen sollen. Und gegen Vanik sind uns die Hände gebunden, bis wir eine Möglichkeit gefunden haben, ihn und Manning dauerhaft zu beherrschen.« Die Mordoption, die Kael in den Raum gestellt hat, will und werde ich nicht in Betracht ziehen – das steht außer Frage. Fast drei Jahre lang habe ich mich für eine Mörderin gehalten, und diese Überzeugung hat etwas in mir zerstört. Nun, da ich – möglicherweise – ein reines Gewissen besitze, werde ich um nichts in der Welt riskieren, an diesen dunklen Ort in meinem Kopf zurückkehren zu müssen. Um keinen Preis werde ich erwägen, vorsätzlich einen Menschen zu töten.

»Also sitzen wir einfach weiter hier herum und drehen Däumchen?«, fragt Cami heiser. »Helfen ihnen dabei, diese neue Sprecherfraktion zu identifizieren, und tun so, als wäre nicht jede Sekunde, in der wir nichts unternehmen, um unsere Freunde – meinen *Bruder* – zu retten, vergeudete Zeit?«

»Nein, das tun wir nicht«, erwidere ich ruhig.

»Dann *was, Lyss? Was tun wir jetzt?*«

Ich taste in die Dunkelheit und ergreife ihre Hände. »Ich habe gesagt, Kael hat recht damit, dass wir noch nicht in der Lage sind, alle zu befreien und Vanik Einhalt zu gebieten. Aber ich habe nie behauptet, dass wir nichts unternehmen.«

Ich spüre ihre Verwirrung, noch ehe sie sagt: »Das verstehe ich nicht.«

Entschlossen verkünde ich ihr: »Schlaf ein wenig, Cami. Denn morgen früh, im Anschluss an die Versammlung, gehen wir nach Lengard.«

Ihre Antwort ist kaum mehr als ein schockiertes Flüstern. »Was?«

»Mag sein, dass wir sie nicht alle befreien können, aber wir schleichen uns dort ein und holen Ward heraus. Er wird uns die beste Hilfe dabei sein, eine Strategie für unsere nächsten Schritte zu entwickeln – er kennt Lengard und weiß, wo wir ansetzen und wen wir ausschalten müssen. Und, noch wichtiger: *wie.*« Ich gebe ihre Hände frei und tappe blind zu meinem Bett. Über die Schulter wispere ich: »Und während wir schon mal da sind, nehmen wir auch diesen neu ausgebrochenen Sprecher mit.«

Ich sage es leichthin, da ich Cami nicht verraten möchte, wie verzweifelt ich den Jungen wiedersehen will.

Weil ich Fragen habe und weil mir etwas sagt, dass er die Antworten darauf hat.

KAPITEL 7

Obwohl ich nur ein paar Stunden geschlafen habe, erwache ich voller Energie; mein Blut pumpt in Erwartung des kommenden Tages doppelt so schnell wie sonst durch meine Adern. Auch Cami bewegt sich mit federnden Schritten, als wir unser Zimmer verlassen und einem Menschenstrom durch die Tunnel folgen.

»Hast du eine Ahnung, wie viele Relikte hier unten leben?«, frage ich, während wir uns wie Schafe mit der Herde voranschieben. Jemand rempelt mich an, und ein stechender Schmerz jagt durch mein Bein und erinnert mich so an meine Wunde, die ich vor dem Schlafengehen gesäubert und neu verbunden habe. Der Rest von mir schaut immer noch aus, als wäre ich von einer Käsereibe attackiert worden, aber der Schaden ist geringfügig genug, dass ich Camis Angebot, mich zu heilen, erneut mit der Begründung, ich könne mich im Bedarfsfall selbst darum kümmern, abgelehnt habe. Dem hat sie entgegengehalten, die primäre Einschränkung ihrer Gabe bestehe darin, dass sie eben nicht in der Lage sei, sich selbst Gesundzusprechen – und tatsächlich: Wenig später habe ich es bei einem meiner kleineren Kratzer versucht, und nichts ist passiert.

»Ich habe Keeda danach gefragt, an unserem ersten Tag hier, solange du noch –« Cami bricht ab, räuspert sich. »Sie meinte, wir sind hier nicht so viele wie in Lengard, aber annähernd. Ein paar aus der Genesis-Generation, aber hauptsächlich Exodus-Sprecher, die als Ausbrecher hierhergekommen sind. So werden sie hier allerdings nicht genannt – diese Einteilung fällt weg, meine ich.«

Interessant. Das »Genesis-Projekt« und das »Exodus-Projekt« waren – und sind – Lengards Trainingsprogramme, daher ergibt es Sinn, dass die Relikte auf diese Bezeichnungen verzichten.

Ich beäuge eine Gruppe in unserer Nähe und erkenne, dass nur ein oder zwei davon zur Genesis-Gruppe gehören – die Übrigen sind jünger. Ohne die wenigen Älteren in ihren Reihen würden die Relikte beinahe wie eine Horde rebellischer Teenager und junger Erwachsener wirken, die es sich in den Kopf gesetzt haben, die Welt zu retten. Ich schätze, gewissermaßen sind sie das, besonders wenn ich daran zurückdenke, was Kael mir bei meinem ersten Besuch in seiner Welt erzählt hat:

Wir haben es geschafft, hier etwas Gutes aufzubauen: Wir versuchen, die Sprecher der neuen Generation aufzuspüren, bevor Vanik sie in die Hände bekommt, und wir befreien andere aus seinen Fängen. Die Katakomben sind unser sicherer Hafen, ein Ort, an dem wir kommen und gehen können, wie es uns beliebt. Unsere Zufluchtsstätte. Und mehr noch: die Basis für all jene, die Teil des Kampfes gegen *Lengard sein wollen.*

Nun, da ich die entspannten, plaudernden Sprecher betrachte, die vor uns gehen, begreife ich es. Aber … gleichzeitig erdrückt mich die unterirdische Enge fast. Mag sein, dass die Relikte hier nach Lust und Laune umherspazieren können, aber was für ein Leben ist das denn – sich unter der Erde vor dem Rest der Welt zu verstecken? Ist dieser Ort hier wirklich ein sicherer Hafen – oder bloß eine andere Art von Gefängnis?

Darauf habe ich keine Antwort, und ich bezweifle, dass ich eine ehrliche bekäme, wenn ich fragen würde.

Endlich erreichen wir die dreigabelige Kreuzung, und Cami und ich nehmen mit der Menge die linke Abzweigung und gelangen in das großzügige Amphitheater. Wie bereits bei meinem ersten Besuch rufen die überwältigenden Dimensionen der Höhle Bilder antiker Kulturen in meinem Gedächtnis auf; die umlaufenden massiven Steinsäulen streben nach oben, um die tonnenschweren Felsmassen über unseren Köpfen zu stützen, und das gesamte Areal wird von unzähligen flackernden Fackeln erleuchtet. Der Anblick weckt Ehrfurcht in mir, zugleich jedoch auch einen Hauch Sehnsucht. Sosehr ich mich bemühe, so wenig gelingt es mir, die Erinnerungen in Schach zu halten – Erinnerungen an meinen Dad, der liebend gern Dokumentationen über Ausgrabungen uralter, lange verschütteter historischer Stätten angeschaut hat. Zwar habe ich diese Leidenschaft nicht mit ihm geteilt, mich allerdings oft neben ihm zusammengerollt, allein wegen des wunderschönen Gefühls, ganz nah bei ihm zu sein, während wir gemeinsam etwas genossen haben, das nur uns gehörte.

Diese Grotte hier vor mir … sofort springt mir die Miniserie über die Katakomben von San Gennaro in Neapel in den Kopf, die ich mit meinem Dad gesehen habe – einen Ort, den er unbedingt eines Tages besuchen wollte.

Beinahe drei Jahre habe ich in der Gewissheit gelebt, dass er diese Chance niemals bekommen wird.

Jetzt … weiß ich es nicht. Ich brauche ein paar Augenblicke, um meine Melancholie beiseitezudrücken, eile dann aber den übrigen Relikten nach, Cami hinterher bis zur rückwärtigen Tribüne und ganz nach oben, wo wir uns an die raue Kalksteinwand anlehnen. Unser Blick wird automatisch leicht aufwärts gelenkt, da der Boden sich dank einer natürlichen Steigung bis zur erhöhten Bühne in der Raummitte erhebt.

Sowie Kael und Arryn eintreffen, begeben sie sich direkt dorthin und stellen sicher, dass alle sie sehen können.

Zunächst nicke ich zu allem, was sie sagen, da es sich mit meiner eigenen Wahrnehmung der vergangenen Nacht deckt. Bald jedoch steigen Langeweile und Müdigkeit in mir auf, und mein Körper kapituliert vor dem trägen, stetigen Schmerzpochen unter meiner Haut.

Erst als Cami neben mir unruhig wird, bemerke ich, dass die Versammlung bereits ihrem Ende entgegengeht.

»Endlich«, flüstert Cami kaum hörbar; ich selbst muss ein Gähnen unterdrücken.

»Mmm-hmm«, murmele ich hinter vorgehaltener Hand und verfolge, wie die Menge von Kael entlassen wird, nachdem er die Anweisung gegeben hat, dass jeder Nachforschungen anstellen und alles, was er oder sie auftut, sofort melden soll.

Ich reiße mich zusammen und bündele wieder meine Aufmerksamkeit, wohl wissend, dass es nun an der Zeit für uns ist, die Initiative zu ergreifen.

»Entdeckst du sie irgendwo?«, frage ich Cami, und mein Blick wandert über die Gesichter, die sich zum Ausgang bewegen.

Ich brauche Cami nicht zu erklären, wen ich meine, da es erst wenige Stunden her ist, dass wir vor dem Einschlafen unseren halbgaren Plan flüsternd festgezurrt haben.

»Nein, ich – warte, da ist sie.« Cami deutet, doch ich habe unsere Zielperson ebenfalls bereits erspäht. Gerade winkt sie Pandora, die sich umdreht und davonrauscht, zum Abschied.

Wir schließen eilig zu ihr auf und hindern Keeda daran, sich der fortschwärmenden Menge anzuschließen.

»Hey, Leute. Anstrengender Morgen, was?«, sagt sie und nippt an einem Jumbobecher, auf dem das Logo des Zoos prangt. »Ich bin vollkommen erschlagen – ein Dornröschen von meinem Kaliber benötigt mehr als vier Stunden Schlaf, um funktionstüchtig zu sein, so viel steht fest.« Sie trinkt den letzten Schluck Kaffee und stiert finster in den leeren Becher, regelrecht empört, dass nichts mehr darin ist.

»Wir müssen dich etwas fragen.« Ich gestikuliere hinüber zu einer Nische in der Seitenwand der Kammer, da mir nur zu bewusst ist, wie sehr wir gerade auf dem Präsentierteller stehen – ringsum wuseln Leute, und Kael wird jeden Moment in unsere Richtung kommen und wenig erfreut über die Unterhaltung sein, die wir gleich führen werden. »Hast du einen Augenblick Zeit?«

Keeda seufzt, lässt sich jedoch von Cami und mir weglotsen. Das Seufzen verstehe ich nicht; zunächst schreibe ich es ihrem Mangel an Kaffeenachschub zu, aber sobald ich mich in der kleinen Nische umwende, stelle ich fest, dass ihre Augen argwöhnisch sind, ihr Gesichtsausdruck reserviert.

»Ich ahne schon, was du mich fragen willst, und ich kann euch nicht helfen.«

Cami und ich tauschen unsichere Blicke. »Wie –«

Keeda wirft ihren Zopf über die Schulter. »Kael hat gemeint, dass du mich vielleicht um Unterstützung bitten wirst – bei dem Versuch, in Lengard einzubrechen. Das hast du doch vor, nicht wahr?«

Ich beiße mir auf die Innenseite meiner Wange, frustriert darüber, dass Kael sie zuerst erwischt hat. Überrascht sollte ich wohl nicht sein, doch trotzdem ärgert es mich.

»Du hast uns dort herausgeholt, also wärst du auch in der Lage, uns wieder hineinzuschleusen«, sage ich und blicke ihr fest in die Augen, ehe ich anfüge: »Es ist wichtig. Und das weißt du.«

Sie seufzt erneut, diesmal viel emotionaler.

»Ich verstehe dich, wirklich.« Sie hebt erneut ihren Becher an die Lippen, bevor ihr mit einem Stirnrunzeln wieder einfällt, dass er leer ist. »Aber ich kann mich einem direkten Befehl nicht widersetzen. Es tut mir leid, Lyss. Ehrlich.«

Während unserer gesamten Unterhaltung schaut sie Cami nicht an. Kein einziges Mal. Erst als Cami sich zu Wort meldet, mit einer Stimme, die kaum mehr als ein inniges Krächzen ist. »Keeda, bitte. Wir brauchen deine Hilfe. Ward, Enzo, Sneak, Crew – sie alle brauchen deine Hilfe.«

»Ich wünschte, ich könnte etwas tun, Cami«, sagt Keeda und wirkt dabei immerhin aufrichtig bedauernd, mit zusammengezogenen Brauen und aufeinandergepressten Lippen. »Hättet ihr mich zuerst erreicht, sähe die Sache vielleicht anders aus. Aber ich kann nicht gegen Kaels ausdrückliche Anweisungen handeln. Dieser Ort hier« – sie beschreibt eine weit ausholende Bewegung mit ihrer freien Hand, lässt den Blick schweifen, ehe er sich wieder auf Cami fokussiert – »ist mein Zuhause. Etwas, wonach ich mich seit dem Tod meiner Eltern gesehnt habe. Es ist alles, was mir in dieser Welt geblieben ist, und ich werde nicht riskieren, es zu verlieren, für nichts und niemanden. Kael sagt Nein, also muss ich Nein sagen.«

Sie zuckt ein letztes Mal entschuldigend mit den Schultern, schlüpft dann flink aus der Nische. Ich versuche nicht, sie zurückzurufen; ich kenne Keeda gut genug, um mir darüber im Klaren zu sein, dass sie sich nicht umstimmen lassen wird.

»Und was jetzt?«, fragt Cami verzagt.

Einhunderttausend Möglichkeiten jagen mir durch den Kopf, doch keine davon bringt uns weiter. Cami kennt bloß die Hauptwege nach Lengard hinein und hinaus, und auf allen davon würden wir unter Garantie aufgegriffen werden. Was mich betrifft … ich bin während unserer Flucht ohnmächtig gewesen, genau wie damals, als ich vor Jahren nach Lengard gebracht wurde. Tatsächlich habe ich den Komplex nur zweimal bei Bewusstsein betreten, jeweils nach einem Ausflug an die Oberfläche während meiner Zeit als Gefangene – einmal mit Ward, als wir einen Nachmittag gemeinsam mit Falons Kindern an der Hafenpromenade verbracht hatten, und dann nach meinem ersten Zoobesuch mit einigen Freunden aus Lengard. Bei beiden Gelegenheiten haben wir den Aufzug benutzt, dessen Schacht in das Einkaufszentrum unter dem Centrepoint Tower führt, direkt im Herzen von Sydney. Diese Route birgt derart viele Sicherheitsanforderungen – Scans, biometrische Datenprüfungen, Stimmabgleiche … ich bezweifle, dass selbst meine einfallsreichsten Bemühungen, uns den Weg Freizusprechen, unbemerkt bleiben würden. Spätestens die ersten Wärter, auf die wir unvermeidlich treffen würden, wären sofort alarmiert.

Aber … Camis Miene in diesem Augenblick …

Ich habe ihr mein Wort gegeben – und im Gegensatz zu Kael nicht vor, es zu brechen.

Innerlich winde ich mich, da mir bewusst ist, dass ich ihm unrecht tue – *wieder einmal.* Erst vor ein paar Stunden hat er mir seine guten Absichten demonstriert. Ich glaube ihm auch durchaus, dass er das Beste für uns alle im Sinn hat und letztlich sein Versprechen einlösen will. Zugleich aber weiß ich, dass er als Anführer die Sicherheit seiner Leute im Blick behalten und über alles andere stellen muss. Das verstehe ich. Es *gefällt* mir bloß nicht. Genauso wenig wie die Tatsache, dass er, um mich zu beschützen, anderen Anordnungen erteilt, die mich aktiv daran hindern, meine eigenen Pläne in die Tat umzusetzen, bis er selbst dazu bereit ist. *Das* kann ich nicht akzeptieren – und ich *werde* es nicht akzeptieren. Ich weigere mich, der Typ Mädchen zu sein, der darauf wartet, dass ein Prinz auf einem weißen Pferd angeritten kommt, um heldenhaft den Tag zu retten. Wenn Kael momentan nicht in der Lage – oder gewillt – ist, uns zu helfen, und sogar so weit geht, dass er gegenüber einer gemeinsamen Freundin wie Keeda seine Autorität spielen lässt, um mir und Cami die Hände zu binden, bitte sehr. Aber wer meine Flügel stutzt, der wird feststellen, dass ich Wege finde, um dennoch zu fliegen.

»Das ändert überhaupt nichts«, versichere ich Cami. Mein Magen rumort, aber ich versuche, meine Nervosität nicht zu zeigen. »Wir werden uns einfach selbst einen Weg hinein suchen müssen.«

»Und wie genau stellst du dir das vor?«

Die neue Stimme lässt mich zusammenfahren, und ich wirbele herum, nur um Arryn mit in die Hüften gestemmten Händen in die Nische spähen zu sehen. Ihre Miene vermag ich nicht zu deuten – sie ist völlig ausdruckslos, mit abwägendem Blick.

»Falls du vorhast, uns aufzuhalten, spar dir die Mühe«, verkünde ich und ahme ihre Pose nach.

»Davon habe ich nichts gesagt.« Sie zuckt mit den Schultern und ergänzt: »Was schert es mich, ob ihr wieder geschnappt werdet?«

Ihr Ton ist so abfällig, so gleichgültig, dass ich stutze. Ich hatte angenommen, dass sie ähnlich wie Kael reagieren, uns den Marsch blasen und uns unsere vermutlich ohnehin zum Scheitern verurteilte Mission verbieten würde. Stattdessen wirkt sie vollkommen desinteressiert.

»Wenn du nicht gekommen bist, um uns zu stoppen, was willst du …?« Camis Stimme verliert sich.

Arryns Augen huschen von Cami zu mir, und sie sagt: »Ich habe mitgehört, wie Keeda euch abgewiesen hat. Also: Wie schaut euer Plan B aus? Wie plant ihr, eine geheime unterirdische Regierungseinrichtung zu infiltrieren?«

Unverhohlener Spott schwingt in ihren Worten mit.

»Das geht dich nichts an«, entgegne ich, in Ermangelung einer besseren Antwort.

»Tut es sehr wohl, falls ich euch begleite.«

Meine Überraschung steht mir zweifellos ins Gesicht geschrieben. Camis goldene Augenbrauen wandern so hoch, dass sie unter ihrem Pony verschwinden.

Arryn redet weiter: »Seien wir doch mal realistisch: Keine von euch hat auch nur den blassesten Schimmer von dem, was ihr da treibt. Ich bin eure einzige Chance, es nach Lengard hinein – *und* wieder herauszuschaffen.«

Ihrem ersten Satz würde ich gern widersprechen, doch der zweite macht mich zu neugierig. »Und wieso bist du dir da so sicher?«

»Weil es mir schon mehrfach gelungen ist«, sagt Arryn. Sie klingt dabei nicht selbstgefällig oder arrogant, sondern benennt lediglich eine Tatsache. »Ich gehe seit Jahren heimlich in Lengard ein und aus, ohne dass irgendjemand es mitbekommt.«

Ich bin ratlos, was ich darauf erwidern soll. Am liebsten würde ich sie fragen, *wieso* – doch ihr warnender Blick lässt mich ahnen, dass ich darauf keine Antwort bekäme. Also verenge ich die Augen und erkundige mich: »Warum willst du uns helfen? Dass dir nichts an uns liegt, hast du ja längst mehr als deutlich gemacht.«

»Wir sind keine Kinder auf dem Schulhof«, entgegnet Arryn. »Wie ich zu euch stehe, ist vollkommen nebensächlich; es zählt allein, dass wir unsere gescheiterte Mission von letzter Nacht zu Ende bringen. Ihr wollt Ward retten, und ich will den Sprecher befreien, der uns durch die Lappen gegangen ist. Wenn wir zusammenarbeiten, haben wir eine Chance, beides zu schaffen.«

Ich weise sie nicht darauf hin, dass wir in Bezug auf den jugendlichen Ausbrecher die gleichen Absichten verfolgen. Mir liegt ebenso viel daran, ihn aus Lengard herauszuholen, wie ihr – vielleicht sogar mehr.

»Wenn du ohne fremde Hilfe hinein- und hinauskommst, weshalb solltest du dich dann mit uns aufhalten?«, fragt Cami.

»Ich habe keine Ahnung, in welcher Verfassung der neue Sprecher sein oder was er zwischenzeitlich erlebt haben wird. Falls er bewusstlos ist, schaffe ich es nicht, ihn allein von dort fortzuschleppen. Aber du« – sie schaut Cami an – »kannst deine Heilergabe einsetzen, um sicherzustellen, dass er mobil ist, und du« – nun mustert sie mich – »kannst alles, was sonst noch für einen reibungslosen Ablauf der ganzen Aktion nötig wird, Herbeisprechen. So schlüpfen wir hinein und sind wieder zurück, ehe uns hier auch nur jemand vermisst.«

Das hört sich nach einem ziemlich perfekten Plan an. Bloß –

»Das klingt zu leicht«, wende ich ein.

»Was daran liegt, dass wir wohlbehütet hier unten darüber plaudern«, gibt Arryn zurück. »Vertrau mir, sobald wir durch die Gänge

Lengards um unser Leben rennen, wird die Sache ganz anders aussehen.«

Ich vertraue ihr nicht, nicht im Geringsten. Aber falls sie die Wahrheit sagt und tatsächlich Insiderwissen über Lengard besitzt, wären wir dumm, ihr Angebot auszuschlagen.

Kurz schiele ich zu Cami, deren Gedanken offenbar in die gleiche Richtung gehen, und wende mich dann wieder an Arryn: »Alles klar – wie lautet der Plan?«

Für eine Sekunde blitzt der Anflug einer Regung – ob Erleichterung, Vorfreude, Resignation, vermag ich nicht zu deuten – in ihren Zügen auf, dann hat sie ihre Mimik wieder im Griff.

»Folgt mir«, sagt sie.

Mehr nicht. Keine Erklärung, bloß der Befehl. Schon jetzt kommen mir Zweifel, ob dieser Zusammenschluss eine kluge Idee ist, doch nach einem weiteren schnellen Blickwechsel mit Cami hasten wir Arryn hinterher, die zielstrebig aus der Nische eilt und geradewegs quer durch das Amphitheater …

… hinüber zu Kael.

Meine Schritte stocken.

Als habe sie das gespürt, dreht Arryn sich um und durchbohrt mich mit ihren Augen. Mir ist völlig schleierhaft, was sie vorhat, ob sie uns gleich verraten wird, ehe wir die Katakomben auch nur verlassen haben. Doch ihr Blick spricht Bände, daher folge ich ihr weiter und bemühe mich, ihr Selbstbewusstsein zu spiegeln.

»Ich muss mich mit meinen Informanten draußen besprechen, um zu schauen, ob sie irgendetwas über diese neue Sprechergruppe wissen«, sagt Arryn, sowie Kael sich aus seiner Diskussion mit Dante und Jet ausklinkt. »Alyssa nehme ich mit, für den Fall, dass es Schwierigkeiten gibt«, fährt sie fort, ohne sich daran zu stören, dass sie ihn gerade unterbrochen hat. »Camelot auch – jedes Mal, wenn ich mich mit Shadow treffe, ist er nämlich von irgendeiner Auseinandersetzung übel zugerichtet. Unsere Unterhaltung wird sich einfacher gestalten, wenn ich ihm eine Gegenleistung anbieten kann.«

Ich wahre meine ausdrucksleere Miene, frage mich jedoch insgeheim, wie viel von dem, was sie erzählt, wohl der Wirklichkeit entsprechen mag – ob wir Camis Heilkräfte tatsächlich brauchen werden, um ihrer Kontaktperson zu helfen. In den besten Lügen steckt ein wahrer Kern; somit könnte dieser »Shadow« durchaus derjenige sein, der uns die Türen nach Lengard öffnet.

»Ich weiß nicht recht, ob das eine gute Idee ist«, sagt Kael, und sein Blick zuckt kurz zu mir, bevor er sie wieder ins Visier nimmt.

»Ich bitte dich nicht um Erlaubnis«, kontert Arryn.

Ich muss mich zusammenreißen, schaffe es jedoch, nicht auf ihre brüske Antwort zu reagieren. Wider Willen steigt mein Respekt für sie.

»Die beiden haben in letzter Zeit eine Menge durchgemacht, nicht bloß vergangene Nacht«, beharrt Kael.

»Wir stehen direkt neben euch«, meldet sich Cami. »Ihr braucht nicht über uns zu reden, als wären wir nicht da.«

Ich beiße mir auf die Lippe und brüte über dieser Wendung des Gesprächs. Frage mich, ob ich einhaken oder mich zurückhalten soll. Frage mich so viele Dinge – zum Beispiel, wie *Cami* ihr Verhältnis zu *Kael* definieren würde. Ich weiß, dass er sich – entgegen jeder Vernunft – für den Tod ihrer Eltern verantwortlich fühlt, aber die Frage bleibt, ob sie seine Sichtweise teilt. Ich kann es mir nicht vorstellen, doch die unveränderte Spannung zwischen den beiden lässt sich nicht leugnen. Allerdings fällt es mir schwer, einzuschätzen, wie viel davon allein von Kael ausgeht.

»Du hast recht – tut mir leid«, sagt er nun, wirft Cami einen flüchtigen Blick und ein schmales, entschuldigendes Lächeln zu. »Ich schätze, wir sind heute alle etwas müde. Trotzdem ist das keine Rechtfertigung für mein Verhalten.«

Das erinnert mich schon eher an den Kael, den ich kenne, und der Knoten in meiner Brust lockert sich ein wenig.

Er betrachtet uns drei der Reihe nach, bis seine Augen auf mir ruhen. Den Ausdruck darin wage ich nicht zu deuten, doch was er als Nächstes sagt, katapultiert meinen Magen zuerst in die Höhe, ehe er mir in die Kniekehlen sackt.

»Eigentlich hatte ich mir überlegt, dass wir beide heute Vormittag mit dem gemeinsamen Training beginnen könnten. Mir bleiben noch ein paar Stunden Zeit, bevor ich mit den ersten Berichterstattungen unserer Informanten rechne«, meinte er, nach wie vor ganz auf mich fokussiert. »Ich dachte, du hast vielleicht Lust, ein bisschen mit deinen Kräften herumzuspielen, auszutesten, wozu du fähig bist, wenn niemand wie Ward sich derart darauf versteift, dich zu beschützen, dass du keine Chance hast, etwas zu lernen.«

Der Kommentar sticht, da ich von Ward in Wirklichkeit jede Menge gelernt habe. Dank ihm und seinen albernen, stumpfsinnigen Aufgaben habe ich meine Gabe inzwischen unter Kontrolle. Dante hat es gestern treffend formuliert: Sprechen ist wie Muskeltraining – und Ward hat mich darin angeleitet, meine Muskeln aufzubauen.

Meine Mimik entlockt Kael ein schiefes Lächeln, und mir wird klar, dass er mich lediglich necken wollte, ganz so, als wäre er sich meiner emotionalen Verwirrung im Hinblick auf Ward vollends bewusst. Ich funkele ihn böse an, und sein Grinsen wird lediglich breiter. Seine Mitternachtsaugen lachen mich aus.

Am liebsten würde ich ihm einen Tritt in den Hintern verpassen.

Stattdessen bleibe ich ruhig und hoffe, dass niemand sonst meine Reaktion mitbekommen hat.

»Besonders nach den Vorfällen der letzten Nacht«, redet Kael weiter, als hätte es unsere kleine Nebenhandlung nie gegeben, »habe ich angenommen, du würdest jede zusätzliche Übungsgelegenheit nutzen wollen. Um deine Kreativität ein bisschen in Schwung zu bringen.«

Ich sehne mich geradezu verzweifelt danach, sein Angebot anzunehmen, mit ihm zu trainieren. Nicht bloß, weil es sich dabei zweifellos um eine Art Ölzweig – den Versuch einer Versöhnung in Form der Erfüllung eines seiner Versprechen – handelt, und nicht nur, weil er über so immense Erfahrung mit dem Sprechen und anderen Sprechern verfügt. Da ist noch mehr. Kaels Dad war ein Schöpfer, und das bedeutet, dass Kael in seiner Kindheit Zeuge des Ausmaßes von Jeremiah Roscaves schöpferischen Kräften geworden ist. Wenn es jemanden gibt, der mir auch nur eine erste Ahnung meiner eigenen Fähigkeiten vermitteln könnte, dann Kael.

Aber … sein Timing ist *erbärmlich.*

Im Kopf muss ich rasch abwägen: Training mit Kael oder ein Einbruch in Lengard.

Die Entscheidung ist eindeutig.

Ich hoffe, dass Kael sein Angebot wiederholen wird, aber Arryns Bereitschaft, uns zu helfen, ist womöglich ein einmaliges Ausnahmeereignis. Ich darf nicht riskieren, dass sie es sich anders überlegt.

Ich bemerke, dass alle mich anstarren und auf meine Antwort warten – Cami fast flehend, Arryn mit stechendem Blick und Kael schlicht gespannt. Also räuspere ich mich.

»Genau genommen«, sage ich und bohre meine Schuhspitze in den erdigen Boden, »hatte ich mich wirklich darauf gefreut, ein wenig frische Luft zu schnappen.« Ich werfe Kael einen aufrichtig bedauernden Blick zu. »Verschieben wir das Training auf ein andermal? Es – es ist mir wichtig, ehrlich, aber …« Meine Stimme wird schwächer und verliert sich kläglich.

Doch Kael betrachtet mich voller Verständnis, und seine Augen werden sanft. »Das geht schon klar, Prinzessin. Es dauert seine Zeit, bis man sich an das Maulwurfsdasein hier unten gewöhnt hat.«

Er ist mitfühlend genug, um nicht zu erwähnen, dass ich in Lengard mehr als zweieinhalb Jahre lang unterirdisch eingeschlossen war und mich daher längst damit arrangiert haben sollte. Ich fühle mich miserabler denn je und hasse es, ihn anzulügen. Kael ist mein Freund – und ich hintergehe ihn, indem ich mich heimlich davonschleiche.

Ich schlucke, unfähig, ihm in die Augen zu schauen; schließlich dreht er sich zu Dante, der knapp nickt. Kael seufzt und wendet sich wieder an Arryn.

»Seid zumindest vorsichtig, ja?«, sagt er zu ihr, als trüge sie die alleinige Verantwortung für unsere Sicherheit auf diesem Ausflug. »Lass nicht zu, dass sie sich völlig verausgaben.«

Ich habe nicht übel Lust, angesichts seiner übertriebenen Fürsorge die Augen zu verdrehen; dann aber springen mir die Worte, die er erst vor ein paar Stunden zu mir gesagt hat, wieder in den Kopf.

So viel liegt noch vor uns, und ohne dich schaffe ich es nicht.

Er sorgt sich um mich, das weiß ich. Er hat bereits so viel verloren, dass es nicht verwunderlich ist, wenn er Angst hat, noch jemandem, der ihm ans Herz gewachsen ist, könnte etwas zustoßen. Deshalb mache ich einen Schritt nach vorn und schließe ihn spontan in die Arme, flüstere ihm ins Ohr: »Wir sind im Nu wieder da.«

Die Umarmung ist kurz, doch nach dem Kuss in Luna Park kostet es mich einige Anstrengung, mich dabei nicht seltsam zu fühlen. Ihr keine größere *Bedeutung* beizumessen. Ich drücke Kaels Unterarm, während ich mich von ihm löse, und schenke ihm ein freundliches Lächeln – in der Hoffnung, dass er meine keineswegs romantischen Absichten daraus lesen kann.

»Wie, diesmal kein Kuss? Was für eine Enttäuschung.«

Ich erstarre, und Blut rauscht mir in die Wangen. Mein Blick durchbohrt ihn, doch auf seinem Gesicht breitet sich bloß ein freches Grinsen aus. Jet späht neugierig zwischen uns hin und her; Dante tritt rastlos von einem Fuß auf den anderen, und seine Schultern zucken vor unterdrückter Belustigung. Arryn tappt ungeduldig mit einer Schuhspitze auf den Boden, aber Cami starrt mich schockiert an.

Der Ausdruck in Kaels Augen lässt keinen Zweifel daran, dass er mich absichtlich aufzieht, daher zwinge ich meinen Puls, sich zu beruhigen, und bringe irgendwie eine schlagfertige Antwort zustande: »Die *wahre* Enttäuschung ist, dass es ein letztes Mal gegeben hat. Und glaub mir, es war *das* letzte Mal.«

Er lacht und zwinkert mir zu, seine vormalige Besorgnis scheint vergessen. »Wie du meinst, Prinzessin.«

»Könnt ihr zwei euch eure Flirts für später aufsparen?«, fragt Arryn scharf. Und fügt, bevor ich Gelegenheit habe, die Sache richtigzustellen, hinzu: »Mir kommt gleich mein Frühstück hoch.«

»Du hast nichts gefrühstückt«, sagt Jet.

»Das von *gestern*«, entgegnet Arryn. Murmelnd schiebt sie hinterher: »Und jedes andere davor.«

Meine Verlegenheit verfliegt, und ich presse die Lippen aufeinander, um mich vom Lachen abzuhalten, als Arryn Dante leicht und freundschaftlich auf den Arm boxt – offenbar ihre Version einer Verabschiedung – und davonmarschiert.

»Dann sehen wir uns später, schätze ich«, sage ich und eile mit Cami hinterher, um den Anschluss an unsere ungeduldige Führerin nicht zu verlieren.

»Lyss«, ruft Kael mir nach. Ich werfe einen Blick über die Schulter, laufe dabei jedoch weiter; er wiederholt, was er gerade bereits gesagt hat, diesmal jedoch mit mehr Nachdruck: »Seid vorsichtig.«

Ich erwidere nichts, hebe aber die Hand und salutiere – ein wenig spöttisch, das gebe ich zu. Dann wende ich mich wieder um, wobei ich über seinen so unverhältnismäßigen Beschützerinstinkt den Kopf schüttele. Dass ich seine Beweggründe nachvollziehen kann, macht das Ganze nicht weniger erdrückend.

Letzte Nacht habe ich Fehler gemacht. Allerdings auch einige Male richtig genial abgeliefert. Das kann ich jetzt sagen. Mag sein, dass wir mit unserer Mission gescheitert sind, doch ich habe meine Gabe in beispielloser Art und Weise erfolgreich eingesetzt. Das war nicht leicht, aber auch sehr … *befreiend*. Keinen einzigen Moment habe ich mich wie ein Monster gefühlt, keine Sekunde lang meine Kraft als Feind im eigenen Körper empfunden.

Diese Erkenntnis beschäftigt mich, während ich gemeinsam mit Cami Arryn den schwach beleuchteten Tunnel hinterherhaste. Ihr Gang ist so zügig, dass ich Mühe habe, humpelnd mit ihr Schritt zu halten, und mit verkniffenem, wenig begeistertem Blick bremst sie sich – minimal.

»Weihst du uns jetzt in deinen Plan ein?«, frage ich, teils, um mich von dem neuerlichen Pochen in meinem Oberschenkel abzulenken, aber vor allem auch, weil ich tatsächlich gern eine Erklärung hätte.

»Nein.«

Ich beiße die Zähne zusammen und greife nach ihrem Arm, doch sie springt abrupt von mir weg. Ich zucke zusammen, als hätte ich sie versehentlich verletzt, obwohl ich weiß, dass wir einander nicht einmal berührt haben.

»Fass mich nicht an«, sagt sie. Ihr Tonfall ist bestimmt, allerdings ohne jede Angst oder Wut oder andere Emotionen. Ein schlichter Befehl.

»Tut mir leid«, antworte ich rasch und frage mich dabei, was sie erlebt hat, das sie jetzt zu einer so heftigen Reaktion veranlasst. »Ich –«

»In einer Minute erkläre ich euch alles«, unterbricht sie mich. »Bloß – bloß bitte seid jetzt still und folgt mir.«

Ihr »Bitte« ist es, das mich den Mund halten und gehorchen lässt. Wir reden kein Wort, bis wir die dreigabelige Kreuzung erreichen. Automatisch wende ich mich in den Tunnel, der zu jenem uralten Aufzug führt, der uns bislang an die Oberfläche befördert hat.

»Nicht da entlang«, sagt Arryn, und mir wird bewusst, dass ich ohne sie vorangeprescht bin.

Ich halte inne. »Aber ... das ist der Weg zum Ausgang.«

Arryn späht den Tunnel hinunter, aus dem wir gerade gekommen sind, ehe sie ein paar Schritte in den rechten hineingeht und auch dort gewissenhaft lauscht. Im Flüsterton – so leise, dass ich sie kaum verstehe – raunt sie: »Aber nicht der einzige. Es gibt noch einen anderen Ausgang. Beeilt euch. Und was auch immer euch einfällt: Macht auf keinen Fall Licht.«

Ohne weitere Erklärung läuft sie in die dunkle, mysteriöse mittlere Abzweigung hinein, und Cami und mir bleibt nichts anderes übrig, als ihr nachzusetzen.

Bereits nach wenigen Metern sind wir so weit von den schwachen Fackeln entfernt, die den Rest des unterirdischen Labyrinths ausleuchten, dass um uns herum nur noch pechschwarze Dunkelheit herrscht. Mein Herz wummert in meiner Brust, während ich wenig anmutig den holprigen Pfad entlangstolpere und jedes Mal ein leises Zischen ausstoße, wenn dabei ein heißer Schmerz durch mein verletztes Bein jagt. Mit den Händen taste ich kontinuierlich zu beiden Seiten, um nicht geradewegs in eine Kalksteinwand zu rennen, und die sandpapierähnliche Oberfläche schürft meine Fingerspitzen auf. Hätte Arryn uns nicht ausdrücklich davor gewarnt, hätte ich längst einen Lichtball für uns Herbeigesprochen; so jedoch sind wir hier unten blind wie Maulwürfe.

Ich höre das schlitternde Geräusch eines Menschen, der strauchelt und sich wieder fängt, und dann Camis Grummeln: »Wir brechen uns hier noch den Hals.«

»Lauft einfach schnurgeradeaus«, ermuntert uns Arryn. »Wir dürfen es noch nicht riskieren, Licht zu machen. Und bitte, seid leise, damit ich mich konzentrieren kann.«

Dass sie wieder explizit ein »Bitte« verwendet, beunruhigt mich, zumal sie in der kurzen Zeit, die wir uns bereits kennen, noch nie ein solches Maß an Höflichkeit uns gegenüber an den Tag gelegt hat. Mehr noch verschlägt mir allerdings das Schimmern die Sprache, das mit einem Mal die Dunkelheit erhellt – ein Schimmern, das von *Arryn* auszugehen scheint. Es ist schwach, gerade ausreichend, um erkennen zu lassen, dass sie stehen geblieben ist; ihre Augen sind geschlossen, und die Lippen bewegen sich nahezu stumm.

Cami und ich halten vor ihr inne, warten, staunen.

Endlich kommen Arryns Lippen zur Ruhe, sie öffnet sie Augen, und um uns her wird es abermals finster.

»Okay, die Luft ist rein«, sagt sie in die Schwärze hinein.

»Rein *wofür*?«, fragt Cami entnervt. »Was tun wir hier? Ich habe erst vor ein paar Tagen versucht, diesen Tunnel zu erkunden, aber mir wurde erzählt, er sei eine Sackgasse – eingestürzt – und führe nirgendwohin.«

»Er *ist* eingestürzt«, bestätigt Arryn.

In der Dunkelheit kann ich ihr Gesicht nicht sehen, daher habe ich auch keine Chance, ihre Miene zu lesen und herauszufinden, ob sie uns lediglich zum Narren hält, ob sie uns von Anfang an zum Narren gehalten hat.

Als plötzlich eine Taschenlampe aufblitzt, muss ich meine Augen gegen den grellen Strahl abschirmen. Nachdem ich ein paarmal geblinzelt habe, offenbart sich mir, weshalb wir gestoppt haben: Der Tunnel ist in der Tat von schweren Gesteinsbrocken und felsigem Schutt versperrt.

»Und wie soll das bitte unser Ausgang sein?«, frage ich und starre auf den Geröllhaufen vor uns.

»Eins nach dem anderen«, sagt Arryn, ohne auf mich einzugehen.

Mit ihrer freien Hand berührt sie Camis nackten Unterarm, dreht sich anschließend zu mir um und legt mir ihre Finger an die Wange.

Überrumpelt schrecke ich instinktiv zurück, doch sie reagiert flink genug, um den Hautkontakt zu wahren, und Spricht nur ein schnelles Wort: »Heile.«

Licht flammt rings um uns auf, und ich spüre, wie mir ein wenig Wärme durch den Körper tröpfelt. All meine Schmerzen ebben ab, die Schnitte und Kratzer der vergangenen Nacht verschwinden innerhalb von Sekunden. Ich brauche mein Bein gar nicht probeweise zu beugen, um die Gewissheit zu haben, dass auch der Oberschenkel vollkommen intakt ist, die Wunde verschlossen. Sie klopft nicht mehr.

Ich stolpere rückwärts, doch Arryn hat ihre Hand bereits weggenommen.

»Was zur *Hölle*, Arryn?«, fauche ich.

»Ich weiß, du wolltest deine Wunden gern als Motivationshilfe und Aufputschmittel behalten oder so«, meint Arryn abfällig, »aber für das, was wir heute vorhaben, musst du im Vollbesitz deiner Kräfte sein. Es steht zu viel auf dem Spiel, als dass du wie eine Kriegsveteranin nach Lengard hineinhumpeln könntest – wir dürfen nicht riskieren, dass deine Verletzungen dich in irgendeiner Weise ermüden oder schwächen.«

Innerlich koche ich, so sehr, dass mir die Worte fehlen. Und die Tatsache, dass mir klar ist, wie recht Arryn hat, macht mich bloß noch wütender – trotz allem hätte es *meine* Entscheidung sein sollen.

»Du hast die gleiche Gabe wie ich?«, fragt Cami atemlos. »Ich habe noch nie eine andere Heilerin getroffen.«

»Ich bin keine Heilerin«, antwortet Arryn.

»Ach nein?«, knurre ich, verschränke die Arme und stemme die Füße in den Boden, ignoriere dabei, dass die Bewegung diesmal keinen scharfen Schmerz auslöst. Ich weigere mich, dankbar zu sein – schließlich hätte ich Cami jederzeit bitten können, mich zu heilen. Schließlich *wollte* Cami mich heilen, hat mich jedoch genügend respektiert, um mir die *Wahl* zu überlassen.

»Nein«, sagt Arryn und schüttelt den Kopf. Der Schein der Taschenlampe lässt ihre Züge in der Schwärze des Tunnels beinahe gespensterhaft wirken. »Meine Fähigkeit ist wie … wie ein Echo. Wenn ich einen Sprecher berühre, mit direktem Hautkontakt, dann überträgt sich seine – oder ihre – Gabe auf mich, und ich bin in der Lage, sie selbst zu nutzen. Allerdings funktioniert das nur ein einziges Mal, ehe ich denjenigen oder diejenige erneut berühren muss. Oder jemand anderen. Ich muss mich quasi nach jedem Gesprochenen Befehl neu aufladen.«

Ein Bild der blauen Flammenwand von letzter Nacht wabert mir durch den Kopf, und schlagartig begreife ich, weshalb Arryn sie nicht erneut heraufbeschworen hat. Als Keeda gegen sie gestolpert ist, hatten die beiden Hautkontakt, also hat Arryn Keedas Gabe übernommen und konnte den Schutzwall nicht wiederherstellen.

Obwohl es mir eine gewisse Befriedigung bereitet, dieses Puzzleteil nun einzupassen, bin ich noch immer verstimmt über das, was sie soeben getan hat.

Ich sage gar nichts, durchbohre sie aber weiter mit Blicken. Dann jedoch entspannt sich meine Mimik beinahe unbewusst, da mir noch etwas wieder in den Sinn kommt. »Dante – du hast ihn auf den Arm geboxt, bevor wir uns von den anderen verabschiedet haben.« Jetzt schließe ich die verbliebenen Lücken im Nu. »Und du wolltest vorhin nicht, dass ich dich berühre.«

»Ich musste sicherstellen, dass Kael uns nicht Jet hinterherschickt«, erklärt Arryn. »Dantes Gedankenlesergabe war das Beste, was mir auf die Schnelle eingefallen ist, da sie mir die Möglichkeit gegeben hat, den Tunnel hinter uns im Laufen abzutasten und mich zu vergewissern, dass sie uns nicht unsichtbar verfolgt.« Sie mustert mich kurz und bringt ihre Ausführung dann zu Ende. »Hättest du mich berührt, hätte ich seine Fähigkeit verloren und stattdessen deine übernommen. Und ich bin mir nicht sicher, ob es mir gelingen würde, den Umfang dessen, was du vollbringen kannst, zu fassen – geschweige denn, es zu kontrollieren. Nicht ohne ein wenig Übung.«

Ich *hatte* Übung und begreife das Ausmaß meiner Fähigkeiten nach wie vor nicht.

»Kommen wir mal wieder hierauf zurück«, meldet sich Cami und deutet auf den Tunneleinsturz. »Wieso hast du uns hierhergebracht, wenn wir nun bloß doch wieder umkehren müssen?«

Etwas wie Vorfreude blitzt in Arryns Augen auf, und sie reicht mir die Taschenlampe, geht in die Hocke und langt nach einem großen Felsbrocken am Rand der Blockade.

»Der Schein trügt mitunter«, meint sie, packt die Kanten des Steins und schiebt ihn zur Seite.

Cami und ich ziehen gleichzeitig scharf die Luft ein; Arryn wirft sich derweil auf den Bauch und windet sich in den Kriechstollen, den sie aufgetan hat. Er ist so eng, dass mir vom bloßen Zuschauen die Hände feucht werden, doch sowie Arryns Beine vollends verschwunden sind, hören wir sie nach uns rufen.

Schweißperlen treten mir auf die Stirn. »Kann ich nicht einfach – keine Ahnung – diesen Trümmerberg hier zum Verschwinden bringen oder so?«, gebe ich zurück, denn jede Faser meines Körpers sträubt sich dagegen, Arryn zu folgen.

»Klar«, hallt ihre Stimme aus dem Loch. »Wenn du uns den kompletten Tunnel auf den Kopf krachen lassen willst, nur zu.«

Und ich hatte geglaubt, schlimmer könnte es nicht werden.

Ich tausche einen ernüchterten Blick mit Cami, wobei keine von uns das Offenkundige ausspricht – dass jetzt kein guter Zeitpunkt ist, meine Kräfte zu testen. Da ich die Taschenlampe halte, gestikuliere ich hilflos in Richtung meiner Freundin und murmele: »Nach dir.«

Natürlich ist das eine Verzögerungstaktik, da ich mir mühelos mein eigenes Licht verschaffen und ihr die Lampe mitgeben könnte. Doch Cami stellt mich dafür nicht bloß; sie schluckt nur, nickt knapp und geht auf die Knie, schiebt sich dann ihrerseits in den schmalen Spalt.

»Du bist dran, Lyss«, ertönt Arryns Stimme. Zum ersten Mal benutzt sie meinen Spitznamen. »Wirf zuerst die Taschenlampe durch, damit du beide Hände frei hast.«

Ich knie mich hin, lege mich auf den Bauch und rolle die Lampe in den Gang. Nun, da ich die felsige Öffnung auf Augenhöhe vor mir habe, erkenne ich, dass der enge Durchlass nur etwa so lang ist wie zwei ausgestreckte Personen. Diese kurze Distanz bewahrt mich davor, wegen der Tausenden und Abertausenden Tonnen Gestein über mir in Panik zu geraten – und mir auszumalen, wie mit einem kleinen Ruck an der falschen Stelle alles auf mich herabstürzen könnte.

Nervositätsschweiß rinnt mir dennoch weiterhin in die Augenbrauen, während ich hineinrutsche. Ich ziehe und stoße mich, so gut es geht, mit Händen und Füßen vorwärts, bis ich endlich auf der anderen Seite bin: voller Staub und Schmutz, aber ansonsten unversehrt.

Cami schenkt mir ein erleichtertes Lächeln, das ihr nicht minder dreckverschmiertes Gesicht erstrahlen lässt, aber Arryn drängt sich bloß an mir vorbei und kriecht zurück in den Stollen. Ich wische mir über die Stirn und runzele sie dann, während ich ihr nachschaue und mich einmal mehr frage, ob sie uns lediglich an der Nase herumgeführt hat. Sowie sie sich jedoch erneut rückwärts aus dem Loch windet, begreife ich, dass sie den Stein vor der Öffnung wieder in Position gebracht haben muss, damit unser Ausgang verschlossen und unentdeckt bleibt, falls in unserer Abwesenheit irgendjemand bis zur Einsturzstelle des Tunnels vordringt.

»Alles klar«, sagt sie, steht auf und klopft sich die Hände ab. »Dann mal los.«

KAPITEL 8

Arryn lotst uns in flottem Tempo den Tunnel entlang und wird auch nicht langsamer, als der Gang sich allmählich in die Tiefe zu neigen beginnt und zunehmend steiler wird. Ich biete an, uns ein Licht Herbeizusprechen, doch Arryn meint, ich solle mir meine Kräfte aufsparen. Wenn ich so überdreht wie gerade im Moment bin, vergesse ich immer wieder, was passieren kann, sobald ich müde werde – wie anstrengend und schwierig das Sprechen dann wird. Angesichts dessen, was uns womöglich bald bevorsteht, hat Arryn recht mit ihrer Warnung, dass ich mich nicht früher als nötig verausgaben darf.

Zehn Minuten, zwanzig Minuten, dreißig Minuten verstreichen, bis das Gefälle, von dem mir inzwischen die Oberschenkel brennen, allmählich in die Waagerechte ausläuft. Inzwischen befinden wir uns tief unter der Erde, so tief, dass ich gegen meine aufwallende Klaustrophobie ankämpfen muss.

Ich ziehe meine Jacke enger um mich, da ich nach den Strapazen unseres Marschs in der feuchten, abgestandenen Winterluft des Tunnels gleichzeitig schwitze und friere. Zwar nehme ich Arryn ihr ungebetenes Heilkunststück noch immer übel, doch je weiter wir vordringen, desto stärker wird mir bewusst, dass ich ohne ihr Eingreifen niemals mit den beiden anderen hätte Schritt halten können. Schon so fällt mir das schwer genug. Wäre Enzo hier, würde er mir dafür, dass ich derart außer Form bin, in den Hintern treten.

»Laufen wir nach Neuseeland?«, keucht Cami direkt vor mir. »Was wir hier machen, insbesondere seit der Pfad nicht mehr abschüssig ist, grenzt an Power Walking.«

»Wir haben es eilig, aus diesen Tunneln herauszukommen, wenn wir unsere Mitfahrgelegenheit erwischen wollen«, ruft Arryn über die Schulter zu uns zurück. »Den üblichen Ausgang konnten wir nicht nehmen, da jemand uns gesehen hätte, entweder persönlich oder über die

Aufzeichnungen der Überwachungskameras. Das bedeutet auch, dass wir die Fähranleger am Zoo meiden müssen. Daher mag das hier« – sie wedelt mit der Taschenlampe umher – »eine kleine Wanderung sein, aber sie wird uns an unser Ziel bringen, ohne dass wir vorher entdeckt werden. Und keine Angst: Ungefähr die Hälfte der Strecke haben wir schon geschafft.«

Die Hälfte?

»Was hat es überhaupt mit diesen ganzen unterirdischen Gängen auf sich?«, fragt Cami, ehe ich Gelegenheit dazu habe. »Wohin führt dieser hier?«

»Von allen weiß ich es selbst nicht«, gibt Arryn zu und kickt einen Stein beiseite. »Aber die meisten wurden im späten 19. Jahrhundert gebaut; nachdem die Briten abgezogen waren, hatten die Leute hier Sorge, dass andere Nationen ins Land einfallen könnten – oder Räuberbanden. Unter der Stadt erstreckt sich ein richtiges Netzwerk; bis zum Zweiten Weltkrieg war es größtenteils verlassen. Im Krieg wurden die Tunnel dann als Abkürzung zwischen verschiedenen Schützengräben und Bunkern und als Lagerstätte für Munition benutzt.« Sie hält kurz inne und fährt dann mit ihrer Geschichtslektion fort: »Die meisten Tunnel sind mittlerweile in Vergessenheit geraten oder gelten als bedrohlich instabil, sodass niemand sein Leben riskiert und sie weiter erforscht. Insbesondere zu unserem ist der Zutritt strengstens verboten. Im Gegensatz zur Mehrheit der übrigen auf dieser Seite der Stadt führt er von der Landzunge Middle Head geradewegs bis in die Nähe von Cannae Point; deswegen wurde er versiegelt und für zu gefährlich erklärt –«

Cami gibt einen erschrockenen Laut von sich und bleibt so abrupt stehen, dass ich in sie hineinrenne, was uns beide beinahe zu Fall bringt.

»Cam! Was –«

»Machst du *Witze*?«, ruft Cami über meinen Kopf hinweg.

Arryn, die erst jetzt merkt, dass wir nicht mehr direkt hinter ihr sind, dreht sich zu uns um. Beim Anblick von Camis – wie auch immer gearteter – Miene zieht sie beide Augenbrauen hoch. »Wieso sollte ich?«

»Willst du damit sagen, dass wir uns unter dem *Ozean* befinden?«, haucht Cami.

Mein Blut gefriert mir in den Adern, als ich mir der kühlen Temperaturen und der Feuchtigkeit in der Luft erst vollends bewusst werde. Ich habe angenommen, dass es sich dabei lediglich um ein gewöhnliches unterirdisches Phänomen handelt, aber jetzt …

»Meines Wissens bezeichnet man als Ozean bloß das offene Meer, viel weiter weg von der Küste«, meint Arryn unbeeindruckt und eilt wieder weiter. »Aber wenn du es so ausdrücken willst – klar.«

Ein Schauder überläuft mich vom Scheitel bis zur Fußsohle, während ich mir Gedanken darüber mache, welcher Rattenschwanz dieser Enthüllung noch anhängt. Nun verstehe ich, weshalb der Pfad derart steil nach unten geführt hat – und welche Unmengen an Wasser gerade über unseren Köpfen schwappen.

»Wir werden hier unten sterben, ich weiß es«, flüstert Cami in die Dunkelheit.

Panik steigt in mir auf, doch ich dränge sie zurück. Ich bin stärker. Arryn wirkt nicht lebensmüde auf mich, also muss ich darauf vertrauen, dass sie uns nicht hierhergebracht hätte, wenn sie der Überzeugung wäre, dass dieser Weg in unseren verfrühten Tod führt.

Mit diesem beruhigenden Gedanken stupse ich Cami ermutigend in die Seite, um sie aus ihrer eigenen Angststarre zu holen, und wir fallen beide in den Laufschritt und schließen zu Arryn auf.

»Also … Cannae Point?«, zwinge ich mich zu fragen und klaube dabei in meinem Hinterkopf mühsam das spärliche geografische Wissen zusammen, das ich noch von Sydney besitze. »Das ist irgendwo in der Nähe von North Head, oder?«

»Ziemlich genau lotrecht zwischen North Head und Manly, ja«, antwortet sie.

»Und damit mitten in der alten Quarantänezone«, murmelt Cami unglücklich.

Überraschenderweise scheint Arryn amüsiert, als sie erwidert: »Ach ja, was das betrifft … je näher wir dem Ausstieg kommen, desto weniger würde ich euch empfehlen, irgendetwas zu berühren.«

Wieder überläuft es mich kalt, und ich sage: »Mir graut ja ein wenig vor dem Grund, aber – könnte mir das bitte jemand näher erläutern?«

»Ich habe kürzlich diesen Artikel darüber gelesen, dass ein paar der Seuchenopfer womöglich nicht dort begraben liegen, wo sie sollten, und einige Leichen sozusagen verschollen sind«, eröffnet uns Arryn und klingt dabei, als finde sie das höchst faszinierend. »Sie könnten also überall sein – zum Beispiel auch in den Wänden dieses Tunnels. Außerdem gibt es noch die, die nicht tief genug in der Quarantänezone bestattet wurden, und da sich die Landschaft ja stetig verändert – Stichwort Erosion und dergleichen –, driften sie allmählich zur Oberfläche.«

Das mögen beides unangenehme Vorstellungen sein, doch was ich von ihrer Warnung halten soll, weiß ich noch immer nicht recht. Befeuert von meiner Angst, gerät mein nächster Kommentar leicht schnippisch: »Du meint also, wenn mir irgendwo ein einhundert Jahre alter Leichnam ins Auge fällt, sollte ich ihn besser nicht anfassen? Das wäre nämlich mein allererster Impuls.«

Sie übergeht meinen Sarkasmus und erwidert ruhig: »Nein; was ich meine, ist, dass ihr nicht einmal die Wände berühren solltet, sobald wir uns in ein paar Minuten wieder nach oben bewegen. Diese Toten sind nicht an banalen Krankheiten gestorben, die sich mit moderner Medizin mühelos kurieren ließen. Wir reden hier von Geschichten wie Pocken, der Pest oder der Spanischen Grippe – deren Erreger teilweise noch lange nach dem Tod im Körper fortbestehen.« Sie gibt ihren Worten kurz Zeit, einzusinken, ehe sie abschließend ergänzt: »Ich habe ja keine Ahnung, wie es euch geht, bin selbst allerdings nicht allzu scharf darauf, Camis Heilkünste dieser Art von Test zu unterziehen. Folglich meiden wir besser das Risiko, indem wir nichts anfassen, okay?«

Diesmal reicht mein Zittern tiefer, schüttelt mich bis ins Mark. »Ist notiert«, sage ich leicht krächzend. Kurz geht mir die Idee durch den Kopf, eine schützende Blase um uns herum Herbeizusprechen, aber ich ahne, was Arryn zu einer solch überflüssigen Zurschaustellung meiner Kräfte sagen würde.

Wie von ihr angekündigt, beginnt der Tunnel anzusteigen, als wir uns dem Festland nähern.

Ich bemühe mich, nicht daran zu denken, welche Luft ich gerade einatme; der abgestandene Geruch erscheint mir inzwischen nicht mehr bloß unangenehm, sondern lebensbedrohlich. Grauen klammert sich wie ein Schraubstock um meine Brust, sodass ich kaum Luft bekomme. Doch es ist nicht nur meine Furcht, die mir das Atmen schwer macht – sondern auch die zunehmende Steigung unseres Pfads, der nach und nach so steil wird, dass ich kämpfen muss, um mit Arryns forschem Tempo Schritt zu halten.

Bald schon tritt meine Angst in den Hintergrund, da ich all meine Konzentration darauf verwenden muss, einen Fuß vor den anderen zu setzen.

Ich kann nicht genau sagen, wie lange wir unter dem Ozean aufwärts-, aufwärts-, aufwärtsstapfen – zwanzig Minuten, vielleicht auch dreißig oder mehr. Wieder einmal sehe ich widerstrebend ein, dass ich diese Anstrengungen ohne Arryns Zwangsheilung niemals bewältigt hätte.

»Sind wir –«, japst Cami, »– bald da?«

»Bloß noch –«, schnauft Arryn zurück, »– ein paar Minuten.«

Tatsächlich wird der Weg kurz darauf wieder eben. Somit haben wir es zwar wohl bis beinahe an die Oberfläche geschafft, doch unter der Erde befinden wir uns nach wie vor.

»Ich nehme an, wir sind immer noch in dem Bereich, in dem wir die Hände bei uns behalten sollten?«, keucht Cami, deren Atemzüge sich nun langsam beruhigen, während wir weiter durch die Dunkelheit marschieren.

»Dazu würde ich raten«, antwortet Arryn, die ebenfalls wieder mehr Luft zur Verfügung hat. »Dringend.«

»Wo kommt dieser Tunnel heraus?«, frage ich. »Ist es noch weit?«

»Wir sind fast da«, versichert sie mir. »Der Ausgang liegt im Herzen der Quarantänestation. Sobald wir im Freien sind, haben wir nur noch einen kurzen Spaziergang zum Kai am Quarantine Beach vor uns und können von dort eine Fähre zurück in die Stadt nehmen.« Sie zögert eine Sekunde. »Ich weiß, es ist frustrierend, dass wir diesen riesigen Umweg machen mussten. Aber angesichts dessen, was wir heute zu erreichen hoffen …«

Sie braucht ihren Satz nicht zu Ende zu bringen. Uns allen ist klar, dass wir es nicht riskieren dürfen, mit unserem Plan aufzufliegen. Verfolgt oder aufgehalten zu werden. Ein Gewaltmarsch durch einen zugegebenermaßen furchteinflößenden Tunnel scheint mir ein kleiner Preis, wenn wir dafür mit unserer Mission Erfolg haben.

»Es ist Jahre her, dass ich die Quarantänestation besucht habe«, sinniert Cami auf den letzten Metern. »Einmal habe ich eine der nächtlichen Gruseltouren mitgemacht, zusammen mit Landon und –« Kurz wirkt sie von ihrer eigenen Erinnerung überrumpelt. »– und Kael. Sein Dad war auch dabei; nur deshalb haben sie uns überhaupt erlaubt, an der Tour teilzunehmen, normalerweise muss man über achtzehn sein. Da wir aber in Begleitung von Jeremiah waren, haben sie uns drei Kids durchgewinkt.«

Sie legt den Kopf schief, und die Bewegung lässt ihr goldenes Haar in Wellen über ihren Rücken fließen. »Oder Jeremiah hat irgendetwas Gesprochen, damit sie die Regeln für uns ignorieren. Das war lange bevor … bevor …«

Bevor der Unfall im Labor Camis Eltern das Leben gekostet und dazu geführt hat, dass Kaels Familie Lengard für immer den Rücken gekehrt hat.

Cami räuspert sich und redet hastig weiter: »Jedenfalls ist es eine Weile her. Und bis gerade eben hatte ich es komplett vergessen.«

»Ich habe gehört, die Gruseltouren sollen richtig gut sein«, meint Arryn.

Wenn ich es nicht besser wüsste, würde ich sagen, sie versucht, Cami von dem düsteren Weg abzubringen, den ihre Gedanken gerade einschlagen, und sie zurück ins Licht zu holen. Wieder einmal wundere ich mich über Arryn und überlege, ob wir womöglich bloß einen schlechten Start miteinander hatten. Ich durchschaue sie noch immer nicht wirklich, bin unsicher, ob ich ihr vertrauen kann, also schiebe ich mein endgültiges Urteil vorerst auf.

»Ich war damals ziemlich jung, aber restlos begeistert«, sagt Cami. Plötzlich lacht sie auf. »Manche Stationen waren echt gruselig, vor allem wegen der Geschichten, die unsere Führerin erzählt hat – Geschichten über die Geister, die sich angeblich nach wie vor überall tummeln, gute wie böse. Selbst als Kind habe ich daran nicht geglaubt. Die Tour war unterhaltsam, kam mir aber ein wenig wie ein Witz vor. Landon und Kael ebenso. Jeremiah musste uns ständig ermahnen, uns zu benehmen.«

Sie gluckst erneut, und immer mehr Details fallen ihr ein. »Gekippt ist die Stimmung, nachdem wir die Leichenhalle betreten hatten. Die Führerin hat sämtliche Lichter ausgeknipst und uns dann von dem Geist berichtet, der dort mutmaßlich spukt – und davon, dass er eine gewisse … gewisse … *Vorliebe* dafür habe, junge Mädchen zu berühren. Sie konnte gut erzählen und hat alles so dramatisch klingen lassen, dass ich vollkommen in ihren Bann geschlagen war. Ich habe mich so stark auf das konzentriert, was sie gesagt hat, dass ich, als mit einem Mal Finger über meinen Arm gewandert sind, wie am Spieß losgekreischt habe und mit einem riesigen Satz in Landon hineingekracht bin. Alle um uns herum haben ebenfalls zu schreien angefangen und sind zur Tür gerannt – mit Ausnahme von Kael, der losgeprustet und triumphierend beide Fäuste in die Luft gestoßen hat.«

Ich schnaube unwillkürlich. »Nicht dein Ernst.«

»Und ob«, bekräftigt Cami und dreht sich grinsend zu mir um. »Sobald Landon aufgegangen ist, was passiert war, hat er prompt in sein Lachen eingestimmt. Mir war das Ganze wahnsinnig peinlich, aber nach dem ersten Schock musste ich auch ein bisschen kichern. Keiner der übrigen Tourteilnehmer hat begriffen, was los war – die dachten garantiert alle, wir sind besessen oder so. Ich bin mir ziemlich sicher, dass Jeremiah mit der Überlegung gespielt hat, einfach ihr Gedächtnis zu löschen, statt sich in einem fort für unser Verhalten zu entschuldigen.«

Auf ihr Gesicht tritt ein Lächeln, wie ich es noch nie an ihr gesehen habe: ein wenig wehmütig, zugleich aber ganz beseelt von den unerwartet süßen, verloren geglaubten Erinnerungen.

»Das war eine schöne Nacht«, sagt Cami. Und fügt leise an: »Und nur ein paar Tage später hat sich alles … verändert. Und dann, wiederum kurz darauf, sind Jeremiah, Kael und Caroline – Kaels Mum – verschwunden.«

Mir war nicht klar, dass all diese Ereignisse so dicht beieinanderlagen. Eine Erwiderung bleibt mir jedoch erspart, da der Tunnel um uns her merklich heller wird – ein eindeutiges Zeichen dafür, dass wir sein Ende beinahe erreicht haben.

Arryn hüstelt und holt uns so zurück in die Gegenwart. »In Anbetracht der Tageszeit sollten wir uns keine Sorgen darum machen müssen, dass wir irgendjemandem begegnen könnten, der uns für unbefugte Eindringlinge hält, denn die meisten Führungen finden nachts statt. Seid trotzdem wachsam. Und falls jemand fragt: Behauptet einfach, ihr wärt Teil eines Teams, das paranormale Phänomene auf dem Gelände untersucht.«

»Wie in *Ghostbusters*«, meint Cami.

Stille von Arryn, ehe sie antwortet: »Oder ihr überlasst einfach mir das Reden.«

Ich beiße mir auf die Lippe, um ein Grinsen zu unterdrücken.

Endlich gelangen wir zum Ausstieg, wo eine alte Holzleiter an die Wand gelehnt ist. Wohin sie führt, kann ich nicht erkennen, da der Gang sich zwischenzeitlich enorm geweitet hat, sodass sich die Decke nun weit über unseren Köpfen befindet.

»Ich gehe davon aus, die hier können wir anfassen, ohne eines sofortigen Todes zu sterben?«, frage ich mit einem Kopfnicken in Richtung der Leiter.

»Das wird sich gleich zeigen«, gibt Arryn zurück, doch ihre Augen funkeln verschmitzt – was mich überrascht, allerdings nicht im negativen Sinn.

Genau wie zuvor an der Einsturzstelle des Tunnels drückt sie mir ihre Taschenlampe in die Hand und bedeutet mir, die Sprossen hinaufzuleuchten. Ich verdränge den Gedanken daran, wie lange die Leiter wohl bereits hier unten steht und wie vermodert ihr Holz inzwischen sein mag, und warte stattdessen schlicht, bis ich an der Reihe bin, nachdem erst Arryn und anschließend Cami aus meinem Blickfeld geklettert sind.

Ungeschickt hantiere ich mit der Lampe und klemme sie mir letztlich zwischen die Zähne, bevor ich meinen beiden Gefährtinnen nachkraxele. Bald komme ich an ein Erdloch, aus dem Cami mir ins Freie hilft; Arryn steht bereit, um ein Metallgitter zurück über unsere

Ausstiegsstelle zu legen. Ich bin beeindruckt, wie rasch und mühelos der Tunnel sich verbergen lässt – wenn ich nichts von der Leiter unter dem Gitter wüsste, würde ich niemals vermuten, dass es sich dabei um etwas anderes als einen gewöhnlichen Belüftungsschacht oder Gully handelt.

»Los, kommt«, sagt Arryn, richtet sich wieder auf und klopft ihre Jeans ab. »Wenn wir uns beeilen, können wir die nächste Fähre nehmen. Andernfalls müssen wir eine ganze Stunde warten.«

Einen weiteren Anreiz brauche ich nicht und eile ihr hinterher eine grasbewachsene Böschung hinunter, zu einer unbefestigten Straße, die weiter bergab führt. Im Laufen passieren wir einige alte Gebäude – wir sind im Isolationsbezirk, wie Cami erklärt. Auf unserem weiteren Weg entlang der Straße, die zur Klinikzone führt, deutet sie auf die Quartiere für Patienten der zweiten Klasse. Als wir an jenem Bau vorbeikommen, den Cami als Leichenhalle wiedererkennt, schaudert meine Freundin, doch ihre Mundwinkel zucken dabei belustigt. Allerdings verflüchtigt sich ihr Humor bereits wenig später beim Anblick zweier eng zusammenstehender Gebäude.

»Das ist der Krankentrakt«, sagt Cami und zeigt auf das linke davon. »Unsere Führerin hat uns auf den alten Betten Platz nehmen lassen und uns ein paar gruselige Geschichten über Geisterschwestern erzählt, während wir dort drin waren.« Wieder schüttelt sie sich und bricht ab.

»Und der andere Bau?«, frage ich und nicke zum rechten Gebäude hinüber. Es wirkt moderner als alles andere, was wir bisher gesehen haben.

»Keine Ahnung«, gibt Cami zu. »Daran kann ich mich überhaupt nicht erinnern.«

»Was daran liegt, dass es relativ neu ist«, meldet sich Arryn. »Das ursprüngliche Gebäude ist bei einem Feuer bis auf die Grundmauern niedergebrannt. Es wurde als Isolationskrankenhaus bezeichnet, aber da es bereits einen Krankentrakt gab« – sie gestikuliert zu dem älteren Bau hinüber –, »haben die Leute gemunkelt, dass dort in Wirklichkeit eine Art Experimentierlabor untergebracht war. Das wiederum hat Gerüchte genährt, denen zufolge die dort spukenden Geister von ihrer wie auch immer gearteten Todesursache derart verstört waren, dass sie das Labor in Brand gesteckt haben.«

Ich ziehe beide Augenbrauen hoch, denn soweit meine Kenntnis paranormaler Phänomene reicht, handelt es sich bei Geistern eher nicht um körperliche Gestalten, die in der Lage wären, problemlos ein Streichholz anzureißen.

Arryn entgeht meine Miene nicht, und sie zuckt mit den Schultern. »Ich sage nicht, dass ich das glaube. Sondern gebe bloß wieder, was ich gehört habe.« Sie zeigt abermals auf den neueren Bau und ergänzt: »Es hat einige Jahre gedauert, aber letztlich hat man aus ›historischen Gründen‹ beschlossen, das abgebrannte Krankenhaus wiederaufzubauen. Allerdings: Sofern ich weiß, darf niemand hinein. Es dient lediglich als Kulisse für dramatische Spukgeschichten.«

Ich muss zugeben, dass das, was ich bislang von der Quarantänestation zu Gesicht bekommen habe, selbst mitten am Tag und bei strahlendem Sonnenschein schaurig ist. Alles daran, von den unbefestigten Wegen über die grasüberwucherten Freiflächen bis hin zu den dicht stehenden Bäumen, die die Schotterpisten säumen, und den halb eingestürzten Holzbauten. Ich bin von Natur aus argwöhnisch, doch selbst wenn man den Geisterfaktor außer Acht lässt, steht unbestreitbar fest, dass unzählige der hier festgehaltenen Menschen an ihren unterschiedlichen Krankheiten verendet sind. Der Boden unter meinen Füßen könnte buchstäblich blutgetränkt sein.

Ich schüttele den Gedanken ab und eile weiter, bis wir an einer Ansammlung von Gebäuden anlangen, bei denen laut Cami die Touren starten. Wir kommen an einer kleinen Gruppe Besucher vorbei, die aufgeregt miteinander tuscheln, und hasten dann an einem Gebäude mit jeder Menge touristischer Wegweiser und Anschlagtafeln vorüber, das an einen Landungssteg grenzt – von dem wiederum unsere Mitfahrgelegenheit in die Stadt ablegt.

»Das war der leichte Teil«, stellt Arryn fest, während wir die auf uns zusteuernde Fähre beobachten. »Ich hoffe, ihr seid beide bereit für das, was uns als Nächstes erwartet.«

KAPITEL 9

Wir besteigen die Fähre, die uns direkt zum Circular Quay bringt – also dorthin, wo wir auch herausgekommen wären, hätten wir den Ausgang am Zoo benutzt. Halb habe ich damit gerechnet, uns auf das Boot Sprechen zu müssen, doch Arryn hat genügend Geld aus der Tasche gezaubert, um unsere Fahrkarten ganz legal zu kaufen. Wieder einmal ruft mir das Kaels Mahnung ins Gedächtnis, dass wir unsere Fähigkeiten nur im äußersten Notfall auf Unbeteiligte anwenden sollen.

Bei unserer Ankunft in der Stadt schlage ich automatisch den Weg zum Centrepoint Tower ein. Cami ist mir direkt auf den Fersen, doch Arryn stoppt uns beide und bedeutet uns, ihr an der Hafenpromenade entlang in Richtung der Harbour Bridge zu folgen. Ich gehorche mit zunehmender Beklemmung und mühe mich, die Gänsehaut zu ignorieren, die mich beim Anblick von Luna Park im hellen Tageslicht, am jenseitigen Ufer überfällt. Ich frage mich, ob der Wachmann noch immer Dienst hat oder lediglich Nachtschichten dort schiebt. Sein gequälter Blick und seine Trauer – so greifbar, dass ich seinen Schmerz beinahe am eigenen Leib gespürt habe – stehen mir wieder vor Augen, und ich ertappe mich dabei, wie ich insgeheim hoffe, dass er nach einem langen Arbeitstag zu Hause liebevoll empfangen worden ist.

»Wo gehen wir hin?«, fragt Cami Arryn. »Lengard liegt dort drüben.«

»Wenn wir den Haupteingang nehmen, könnten wir ebenso gut an der Tür klingeln«, entgegnet Arryn. Sie führt uns weg vom Wasser und durch von hübschen alten Gebäuden und kitschigen Souvenirshops gesäumte Kopfsteinpflasterstraßen.

»Indem wir dagegen einen der Hintereingänge benutzen, erhöhen wir unsere Erfolgschancen beträchtlich. Der hier in The Rocks ist der sicherste – ich vermute, dass nicht einmal Falon davon weiß. Jedenfalls bin ich dort nie auf irgendwelche Sicherheitsvorkehrungen gestoßen.

Unbemerkt hinein und ebenso klammheimlich wieder raus, das ist unser Ziel.«

Ich habe geahnt, dass es andere Wege nach Lengard geben muss; bewusstlos, wie ich bei meiner Einlieferung war, hätte man mich unmöglich durch den Haupteingang am Centrepoint bugsieren können, ohne Aufmerksamkeit zu erregen.

»Wie hast du diesen geheimen Zugang gefunden?«, fragt Cami argwöhnisch. »Und wie oft hast du ihn schon benutzt? Und weshalb?«

Die Antworten auf diese Fragen interessieren mich ebenso brennend, doch Arryn tut, als hätte sie Cami überhaupt nicht gehört, und ignoriert ihre Fragen demonstrativ.

Cami und ich wechseln einen skeptischen Blick, können Arryn aber letztlich nicht zwingen, es uns zu verraten. Wobei … genau genommen, *könnte* ich es vermutlich. Allerdings erinnere ich mich noch gut daran, mit welchem Unbehagen ich Keeda vergangene Nacht dabei zugeschaut habe, wie sie ihre Kräfte auf den Kapitän angewandt hat. Bloß weil ich in der Lage bin, etwas zu tun, sollte ich es noch lange nicht tatsächlich ausführen. Und etwas sagt mir, dass ich jeden Versuch, Arryn durch einen Gesprochenen Befehl zum Antworten zu bringen, bereuen würde.

Wir eilen malerische Gässchen entlang und werden erst langsamer, als wir einen Straßenmarkt erreichen und uns durch Menschenmassen kämpfen müssen, die es uns erschweren, einander im Blick zu behalten. Sobald wir uns auf die andere Seite des Pulks gewühlt haben, ruckt Arryn mit dem Kopf und lotst uns unter einem steinernen Bogen hindurch und eine schmale Passage entlang – ein Sträßchen abseits der Touristenpfade, nahezu unsichtbar, sofern man es nicht kennt.

»Ich habe nie verstanden, wieso dieses Viertel ›The Rocks‹ heißt«, murmelt Cami. Zügig laufen wir den düsteren Weg hinunter; auf einer Seite verdeckt ein Restaurant die Sonne, auf der anderen ein Pub. »Es ist ja nicht so, als ob hier überall Felsbrocken herumliegen würden. Hier gibt es bloß Kopfsteinpflaster und alte Häuser.«

»Und von genau diesen alten Häusern rührt der Name«, erklärt Arryn abgelenkt, bremst uns und vergewissert sich mit einem raschen

Blick, dass wir allein sind. »Ursprünglich wurden sie aus Sandsteinblöcken gebaut, also haben die frühen Strafgefangenen die Bezeichnung der Ureinwohner – *Tallawoladah* – zu ›The Rocks‹ geändert. Meine Großeltern haben bis zu ihrem Tod den wahren Namen benutzt.«

Bevor Cami oder ich antworten können, fährt sie fort: »Haltet die Augen offen, ja?«

Ohne eine Bestätigung abzuwarten, geht sie neben einem kreisrunden Kanaldeckel in die Knie. Das Eisen hat über die Jahre Rost angesetzt, doch die eingeprägten Buchstaben sind nach wie vor lesbar: GEFAHR.

»Na, das klingt ja vielversprechend«, murmelt Cami.

Insgeheim stimme ich ihr vollkommen zu, bin aber zugleich bereits damit beschäftigt, vorauszudenken. Wir befinden uns nun ebenerdig an der Oberfläche, aber Lengard liegt mindestens zwei ewige Aufzugfahrten tief unter der Erde.

»Dafür, dass ich dich geheilt habe, kannst du so sauer auf mich sein, wie du willst, Lyss. Aber bis wir da unten angelangt sind, wirst du mich küssen wollen«, meint Arryn, während sie das Gitter fest packt und es unter angestrengtem Schnaufen aus der Verankerung wuchtet.

Das schabende Geräusch lässt mich zusammenzucken. Ich spähe umher, panisch, dass wir jemanden auf uns aufmerksam gemacht haben könnten, doch wir sind nach wie vor die Einzigen in dem schmalen Durchgang.

»Bevor du nun allerdings auf Ideen kommst«, fährt Arryn fort, »ich habe keinerlei Interesse an Berührungen jeglicher Art, also behalt deine Lippen bei dir.« Eine ihrer Augenbrauen wandert amüsiert in die Höhe. »Idealerweise auch, was Kael anbelangt.«

Die Erinnerung daran, dass sie – und die anderen – mitbekommen haben, wie er mich vorhin aufgezogen hat, treibt mir die Wärme in die Wangen. »Das war nicht so, wie es geklungen hat.«

Arryn wischt sich die Hände an ihrer Jeans ab und verschmiert den Stoff mit rötlichem Rost; dann sagt sie: »Offen gestanden, schert es mich nicht im Geringsten, was du in deiner Freizeit treibst. Bloß …« Sie zögert, bringt ihren Satz letztlich aber doch zu Ende. »Bloß sei vorsichtig bei Kael. Die Jahre seit dem Tod seiner Mutter waren nicht leicht für ihn. Ich habe ihn vorher nicht gekannt, aber die Leute, die das von sich behaupten können, sagen seit Kurzem, dass er allmählich wieder ganz der Alte wird.«

»Caroline war eine unheimlich liebenswerte Frau«, bemerkt Cami leise. »Kael stand ihr sehr nahe, als wir noch klein waren. Kein Wunder, dass ihr Verlust ihm so zugesetzt hat.«

»Auch sie habe ich nie kennengelernt«, sagt Arryn. »Sie ist vor meinem ersten Besuch in den Katakomben gestorben. Genau wie Jeremiah.«

Ich bin neugierig darauf, wo Arryn ihre Kindheit und Jugend verbracht hat, doch ihre Miene lädt nicht unbedingt zum Nachfragen ein, daher halte ich mich fürs Erste zurück. Stattdessen deute ich auf das Kanalloch und frage: »Wie tief geht es da nach unten?«

»Tief«, erwidert Arryn. »Aber keine Bange. Unterwegs gibt es Vorsprünge, an denen wir verschnaufen können.«

Kurioserweise breitet sich plötzlich ein Lächeln über ihr Gesicht aus.

»Was?«, frage ich.

»Mir ist gerade aufgegangen, dass diese Aktion gemeinsam mit euch beiden diesmal der reinste Spaziergang wird – ganz im Gegensatz zu den vorigen Malen.« Arryn wirkt sehr zufrieden. »Ihr zwei könnt immer abwechselnd bei jedem unserer Stopps jegliche Schmerzen oder Verletzungen heilen, die wir uns womöglich zuziehen. Das wird kinderleicht.«

Zweifelnd beäuge ich die Metallstreben, die an einer Seite des Schachts angeschweißt sind und als rostige Tritte in die Schwärze darunter verschwinden. »Kinderleicht« scheint mir kaum das richtige Wort für das zu sein, was vor uns liegt. Dennoch begebe ich mich als Erste auf die Leiter, sobald Arryn uns bedeutet, dass es Zeit für den Abstieg ist; Cami folgt mir, Arryn selbst bildet die Nachhut, damit sie den Kanaldeckel über uns schließen kann. Als ihr das gelungen ist, wird die Dunkelheit um uns herum derart überwältigend, dass ich wie eine Spinne an der Wand erstarre. Ich konzentriere mich auf all meine anderen Sinne, um nicht in Panik zu geraten – spüre die Beschaffenheit der rauen Sprossenoberfläche, an der ich mich mit aller Kraft festklammere; lausche auf die gedämpften Geräusche fernen Verkehrs über unseren Köpfen; inhaliere den Geruch nach Staub und Eisen und altem Zement, vermischt mit einem feuchten, schimmeligen Mief. Über Letzteren rümpfe ich die Nase, bin zugleich jedoch dankbar, denn immerhin könnte es schlimmer sein – etwa, wenn dieser Einstieg geradewegs in einen Abwasserschacht führen würde.

»Lyss, alles okay mit dir?«

Ich bin mir nicht sicher, woran Cami gemerkt hat, dass ich angehalten habe, doch ihre Aufmerksamkeit bewahrt sie letztlich davor, mir schmerzhaft auf die Hände zu treten. Was das zur Folge gehabt hätte, mag ich mir gar nicht ausmalen – womöglich hätte ich meinen Halt verloren und wäre abgestürzt. Arryn hat gemeint, es gebe Vorsprünge auf dem Weg nach unten, was zumindest eine gewisse Sicherheit *irgendwo* verspricht, doch ich habe keinerlei Anhaltspunkt dafür, wie weit über dem ersten wir noch sind. Ein Sturz aus dieser Höhe –

Nein, ich werde diesen Gedanken nicht weiterspinnen. Ich werde nicht zulassen, dass die Furcht mich übermannt. Ich werde mich ganz auf unsere Aufgabe fokussieren.

»Alles gut«, sage ich und setze mich langsam wieder in Bewegung, mit leichtem Zittern, aber dennoch festem Griff um die Stangen.

»Hast du vielleicht Lust, uns die ganze Angelegenheit ein bisschen zu vereinfachen?«, hallt Arryns Stimme zu mir herunter. »Ich weiß, vorhin habe ich dich davor gewarnt, aber wenn es sich vermeiden lässt, würde ich die Taschenlampe jetzt lieber nicht zwischen den Zähnen tragen.«

Ich brauche einen Augenblick, um zu begreifen, was sie von mir will, doch dann geht mir auf, dass wir nicht *zwangsläufig* im Dunkeln klettern müssen.

»Licht«, sage ich, und nach dem üblichen Blitz, der mein Gesprochenes Wort begleitet, umstrudelt uns ein bläulicher Schimmer, beinahe so, als hätten wir auf unserem Weg in die Eingeweide der Erde besonders leistungsstarke Leuchtstäbe bei uns. Eine andere Lösung als die schwebende Kugel, die ich zuvor in den Katakomben heraufbeschworen habe – und eine, die uns deutlich mehr Helligkeit bietet. Die neuerliche Erkenntnis, wie nützlich meine Schöpfergabe sein kann – zumindest dann, wenn ich daran denke, sie einzusetzen –, lockt mir ein Lächeln auf die Lippen.

»So ist es viel besser«, meint Cami, und ich höre die Erleichterung in ihrer Stimme.

Tiefer, tiefer und tiefer kraxeln wir hinab – eine endlose Reise entlang korrodierter Sprossen, in deren Verlauf die Luft zunehmend schlechter wird. Wie von Arryn versprochen, kommen wir immer wieder an kleinen Absätzen vorbei, an denen wir gelegentlich Pause machen, unsere verspannten Glieder lockern und darauf warten, dass Cami uns von den jüngsten Strapazen kuriert – und ich anschließend Cami heile. Mir ist unbegreiflich, wie Arryn all das in der Vergangenheit allein, aus eigener Kraft und ohne jede übernatürliche Unterstützung bewerkstelligt hat. Dabei befinden wir uns noch auf dem Weg nach *unten*. Hier wieder hinaufzuklettern, muss die Hölle sein.

Ich überlege, ob ich eine Art Rutsche heraufbeschwören oder uns sanft zum Tunnelboden hinabgleiten lassen könnte, doch da ich keine Ahnung habe, wie weit der entfernt ist, ahne ich bereits, dass ein solcher Versuch in einem Desaster enden würde. Schon so beschert mir unsere bevorstehende Rückkehr nach Lengard genug Herzrasen – da brauche ich keine zusätzliche Sorge darum, ob ich womöglich einer von uns unterwegs den Hals breche. Gefühlt – und vermutlich auch *tatsächlich* – vergehen Stunden, ehe wir endlich den Grund erreichen. Arryn zieht einen zerdrückten Eiweißriegel aus ihrem Mantel, bricht ihn in drei Stücke und teilt die dürftige Stärkung mit Cami und mir. Da sie sich zuvor nicht die Hände gesäubert hat, schmeckt der Riegel nach Metall und Dreck, doch nach den Anstrengungen unserer Klettertour bin ich derart ausgehungert, dass es mich nicht stört.

Sobald ich geschluckt habe, knurrt mein Magen noch schlimmer als zuvor. Ich ignoriere Arryns vorige Mahnung, keine Energie zu verschwenden, und riskiere es, uns drei Flaschen Wasser Herbeizusprechen, zusammen mit drei Sandwiches und einem Bund Bananen. Leider habe ich mir die Sandwiches vor meinem geistigen Auge nicht besonders sorgfältig ausgemalt, daher entpuppen sie sich als jeweils lediglich zwei Brotscheiben mit einem Salatblatt dazwischen. Ich beiße entschlossen hinein und tue so, als hätte ich genau das im Sinn gehabt. Cami und Arryn kommentieren das Missgeschick nicht, doch ich erhasche das Schmunzeln in Arryns Mundwinkeln beim Blick zwischen ihre beiden Brothälften, und Cami grinst, während sie ihr Brot beiseitelegt und einer Banane den Vorzug gibt.

»Können wir das bedenkenlos essen?«, fragt sie, kaut dabei jedoch munter weiter. »Ist das überhaupt echte Nahrung? Steckt darin irgendwelcher Nährwert?«

Ihr Sorge ist berechtigt. Ich bin mir nach wie vor nicht sicher, woher die Dinge, die ich erschaffe, kommen. Somit bleibt mir bloß, mit den Schultern zu zucken und den letzten Bissen meines Salatbrots in den Mund zu schieben, den ich dann mit der Hälfte meines Wassers hinunterspüle. Zumindest ist mein Magen nun gefüllt, und das genügt mir fürs Erste.

»Wir sind bald wieder an der Oberfläche«, sagt Arryn. »Und das hier« – sie wedelt ihr halb verzehrtes Sandwich durch die Luft –, »was auch immer es sein mag, wird uns so lange bei Kräften halten.«

Ich beschließe für mich, dass das wohl ihre Art ist, sich zu bedanken. Keine von uns ist nach der langen Nacht, die hinter uns liegt, im Vollbesitz ihrer Kräfte; das blaue Licht, das ich vorhin herbeizitiert habe, enthüllt Arryns Müdigkeit ebenso wie Camis. Beide haben kupferrote Schmutzstreifen auf Haut und Kleidern, und ich sehe mit Sicherheit nicht minder schmuddelig aus, nicht minder erschöpft. Gleichzeitig aber wirken beide entschlossen, mit durchgedrückten Schultern und erhobenem Kopf – eine Entschlossenheit, die auch mir selbst den Rücken stärkt, als ich nun unser kleines Picknick in Luft auflöse.

»Da vorne ist eine Tür«, sagt Arryn und marschiert wieder los, den beengten Zementtunnel entlang. Mein Kopf streift fast die Decke – jeder, der größer ist als ich, würde sich ducken müssen, um hindurchzupassen. »Sie führt direkt in die Einrichtung, also müssen wir von nun an auf der Hut sein. Der Ausbrecher von letzter Nacht wird sich in einer der Zellen befinden. Deshalb sollten wir uns dort zuerst umschauen.«

Ich denke zurück an den winzigen Raum, in dem ich mehr als zweieinhalb Jahre lang gelebt habe. Jenes nackte, elende Zimmer mit der Pritsche in einer Ecke, einer einzigen Decke und einem klumpigen Kissen. Ich bemühe mich, ein Erschaudern zu unterdrücken, doch es gelingt mir nicht.

»In diesem Bereich kenne ich mich gut aus«, sage ich, mit leiserer Stimme als beabsichtigt. Cami wirft mir einen besorgten Blick zu und drückt mitfühlend meine Hand.

Arryn nickt, sagt jedoch bloß: »Cami, findest du dich in den Gängen ebenfalls zurecht?«

»Ich bin oft genug heimlich umhergeschlichen; ich sollte also klarkommen, sobald ich mich erst einmal orientiert habe«, meint Cami. Auf die Frage, die mir ins Gesicht geschrieben stehen muss, erklärt sie: »Es war nicht gern gesehen, wenn Leute einfach so … herumspaziert sind.«

Das überrascht mich nicht. Selbst nachdem ich zu Cami gezogen war, hat mich weiterhin auf all meinen Wegen stets jemand begleitet – mit Ausnahme jenes verstohlenen kleinen Ausflugs, der dazu geführt hat, dass ich zuerst von Vanik erwischt worden und kurz darauf endgültig aus Lengard geflohen bin. Doch selbst dafür war ein Ablenkungsmanöver nötig, organisiert von Kael und seinen Kontaktleuten im Innern – allen voran Keeda, nehme ich an.

»Mag sein, dass wir wissen, wo der Ausbrecher ist – aber Landon könnte überall sein«, meldet sich Cami. »Ich habe keine Ahnung, wie wir –«

»Wir fangen mit dem offenkundigsten Ort – seinem Zimmer – an und arbeiten uns von dort voran. Jedes Problem zu seiner Zeit«, sagt Arryn. Sie hebt einen Arm und späht, wegen des schwachen Lichts mit zusammengekniffenen Augen, auf ihre Armbanduhr hinunter. Ihre Stirn legt sich in Falten. »Apropos Zeit … die läuft uns rapide davon. Deshalb: Planänderung. Wir sind schneller, wenn wir uns aufteilen. Ihr zwei sucht nach Ward, und ich mache mich auf zu den Zellen.«

Die vergangene Nacht springt mir wieder in den Kopf, und unsere Entscheidung für eine ähnliche Strategie in Luna Park. Was nicht allzu gut funktioniert hat.

»Weißt du, wie du dort hinkommst?«, fragt Cami, und eine leicht misstrauische Note schwingt in ihrem Tonfall mit.

»Wie schon gesagt: Ich gehe in Lengard ein und aus, häufiger, als ich zählen kann«, erwidert Arryn, noch immer ohne jede Erklärung, *weshalb* sie das tut. »Ich weiß ganz genau, wo ich hinmuss.«

Wir erreichen das Ende unseres Gangs und bleiben vor einer soliden Tür stehen. Zu unserer Rechten geht der Tunnel weiter und verschwindet im Schatten, doch unsere Reise scheint hier an ihrem Ziel zu sein.

»Seid vorsichtig, falls ihr Ward findet«, warnt uns Arryn, ihre dunklen Augen ernst. »Gut möglich, dass er nach wie vor unter Mannings Kontrolle steht, also solltet ihr auf alles gefasst sein.«

Cami und ich nicken grimmig.

»Und pass du mit dem Ausbrecher auf«, gebe ich die Warnung zurück. »Er ist unberechenbar – wir haben keinen blassen Schimmer, welche Fähigkeit er besitzt oder wie gut er damit umzugehen vermag. Fest steht nur, dass er letzte Nacht absolut nichts mit uns zu tun haben wollte.«

»Hoffentlich hat ihn die Einzelhaft hier unten in dieser Hinsicht mittlerweile ein wenig umgestimmt«, murmelt Cami.

Arryn bleibt stumm, nickt bloß ihrerseits verbissen. »Sobald wir die beiden haben, gibt es noch einen anderen, kaum genutzten Ausgang samt Fahrstuhl, der uns wieder an die Oberfläche befördern kann. Ich wollte das Risiko, ihn zu benutzen, lediglich nicht gleich doppelt eingehen. Wir treffen uns wieder hier und laufen dann gemeinsam dorthin.«

Die Erleichterung, die ihre Offenbarung, dass wir nicht die endlosen rostigen Sprossen ans Tageslicht werden hinaufsteigen müssen, mir beschert, ist überwältigend.

»Kinderspiel«, meint Cami, doch ich höre die Anspannung in ihrer Stimme.

»Ein Letztes noch«, sagt Arryn. Ihr Tonfall lässt mich aufhorchen.

»So schwierig es sein mag: Ihr dürft nicht vergessen, warum wir hier sind. Ward und dieser andere Typ – das war's. Mir ist bewusst, dass ihr euch um eure Freunde sorgt« – sie mustert uns beide, vor allem aber Cami –, »doch heute können wir nichts für sie tun. Bleibt auf unsere Mission fokussiert. Verstanden?«

Am liebsten würde ich ihr entgegenhalten, dass wir nicht unter ihrem Kommando stehen, verkneife mir jedoch einen Kommentar, da ich weiß, wie recht sie hat. Auch Kaels Tadel habe ich noch im Kopf: Jede Handlung zieht Konsequenzen nach sich, und bis wir über einen soliden Plan für alles, was vor uns liegt, verfügen, müssen wir uns in kleinen Schritten vorantasten. Ein solcher Schritt ist Wards Befreiung. Und die des Ausbrechers.

»Verstanden«, beteuere ich ihr, und Cami tut es mir nach, wenngleich einen Hauch widerstrebender.

Arryn durchbohrt uns beide weiter mit Blicken, gibt sich schließlich aber zufrieden und nickt. Sie schiebt die Tür auf und lugt in den Gang dahinter, ehe sie uns bedeutet, dass es sicher ist, ihr zu folgen. Gemeinsam treten wir aus dem feuchten Betontunnel und hinein in die vertrauten weißen Flure Lengards.

KAPITEL 10

Tatsächlich ist es nur eine Woche her, doch es fühlt sich an, als wären Jahre vergangen, seit ich zuletzt diese sterilen Gänge mit ihren schwarzen und weißen Fliesen und grellen Halogenlampen entlanggelaufen bin. In der Sauberkeit unserer neuen Umgebung komme ich mir dreckiger denn je vor, und mich überfällt das absurde Bedürfnis, mit meinen rostverschmierten Fingern die weißen Wände zu berühren. Dann jedoch rufe ich mir ins Gedächtnis, dass wir unbemerkt bleiben wollen. Vielleicht kann ich ein andermal zurückkehren und – buchstäblich – meine Spuren hinterlassen in dieser Makellosigkeit, bis sie von außen ebenso schmutzig und verdorben ist wie von innen.

»Hier hinunter«, flüstert Cami mir zu und deutet an der ersten Kreuzung, die wir erreichen, in den Gang zu unserer Rechten. Arryn nickt uns zum Abschied knapp zu, bevor sie selbst ohne ein weiteres Wort nach links abbiegt. Ich hoffe inständig, dass die Behauptung der beiden, sich in diesem unterirdischen Labyrinth mühelos auszukennen, der Wahrheit entspricht. Es wäre ein Leichtes, sich in Lengard zu verirren.

Wie lange wir uns kreuz und quer durch die Korridore bewegen, lässt sich unmöglich schätzen, aber schließlich wird mir unsere Umgebung wieder vertraut; je näher wir unserem Ziel kommen, desto stärker rührt sich eine unterbewusste Erinnerung in mir. Ich bin diese Wege bereits gegangen, und obwohl meine Handflächen schweißnass sind, wachsen meine Zuversicht und mein Selbstvertrauen. Arryns Warnung, dass Ward womöglich nach wie vor unter Mannings Kontrolle steht, klingt noch in meinen Ohren. Wenn das der Fall ist, wird sich seine Rettung erheblich kniffliger gestalten. Und falls nicht … tja, in Anbetracht der Umstände, unter denen wir uns vor einer Woche voneinander verabschiedet haben, dürfte das beinahe ebenso unangenehm werden, zumindest für mich. Doch das tut nichts zur Sache: Wir müssen ihn wohlbehalten hier herausholen, koste es, was es wolle.

Endlich halten wir vor der Tür zu Wards Wohnung an. Ich prüfe nervös, dass niemand in Sicht ist, und lausche angestrengt auf jegliche Anzeichen herannahender Schritte, doch die Luft ist rein. Also nicke ich Cami zu, wohl wissend, dass von uns beiden nur sie berechtigten Zutritt zu seinem Zimmer hat; Cami presst ihre Handfläche auf den Biosensor, woraufhin die Tür mit einem vertrauten Zischen zur Seite gleitet.

Seit unserer Trennung von Arryn haben wir kein Wort miteinander gewechselt, keine Vorgehensweise für den Fall vereinbart, dass wir Ward finden und ihn von hier fortschaffen müssen. Rückblickend erscheint mir das überaus leichtsinnig. Doch der Umstand, dass wir keine Ahnung haben, in welcher Verfassung er sein wird oder ob er mit uns kooperiert, macht die Planung schwierig. Zunächst einmal müssen wir ihn aufspüren – alles Weitere ergibt sich dann.

Nachdem wir durch die Tür getreten sind, brauchen wir nur wenige Sekunden, um zu begreifen, dass seine Wohnung leer steht. Niemand ist hier, und alles wirkt so sauber und ordentlich, als wäre es bereits einige Zeit her, dass zuletzt jemand diese Räume bewohnt hat. Mehrere Tage, womöglich.

»Wo kann er denn sonst stecken?«, wispert Cami und schaut sich um.

Da ich sehe, wie die Panik sich in ihr Gesicht schleicht, halte ich meine Stimme bewusst ruhig. »Keine Bange. Uns war klar, dass er vielleicht nicht hier sein würde.«

»Aber wo *ist* er?«, wiederholt sie, zunehmend verzweifelt.

Darauf habe ich keine Antwort, also frage ich stattdessen: »Was folgt an zweiter Stelle auf unserer Liste? Sollen wir versuchen, uns hinunter in die Trainingsräume zu schleichen?«

Das wäre ausgesprochen riskant – so riskant, dass ich eventuell auf meine Fähigkeit, die Welt um uns herum anzuhalten, zurückgreifen müsste, um uns vor einer Gefangennahme zu bewahren. Dieses Kunststück wiederum würde mich rasch auslaugen, deshalb müssen wir uns zuvor unbedingt auf einen Fluchtplan verständigen.

»Heute ist Samstag«, sagt Cami, und eine steile Sorgenfalte gräbt sich in ihre Stirn. »Die Wochenenden verbringt Landon meistens nicht dort unten.«

Ich stutze. »Als er mich trainiert hat, waren wir jedes Wochenende in der Halle.«

Der Blick, den sie mir zuwirft, spricht Bände. »Ja, weil *du* es warst, Lyss.«

Ich bin mir nicht sicher, wie ich ihren Kommentar auffassen soll. Die Andeutung darin ... ich ignoriere sie und beschließe, ihre Worte so auszulegen, dass ihm bewusst war, wie nötig ich jede nur verfügbare Hilfestellung hatte.

Aber ... auch das stimmt nicht. Kael hat mir erzählt, dass Ward beeindruckt davon war, wie schnell es mir gelungen ist, meine Fähigkeiten unter Kontrolle zu bringen – und dass er mir das bloß niemals offenbart hat, weil er sonst keinen Grund mehr gehabt hätte, weiterhin Zeit in meiner Nähe zu verbringen.

In ... meiner ... Nähe.

Aber um länger darüber zu brüten, ist jetzt definitiv der falsche Zeitpunkt.

»Wenn wir nicht dort unten nach ihm suchen, wohin gehen wir *dann*?«, frage ich.

Cami stößt einen frustrierten Laut aus und reibt sich über das Gesicht, wodurch sie noch mehr Rost auf ihren Wangen verteilt. »Ich habe keinen blassen Schimmer. Denkbar, dass er nicht einmal in Lengard ist – er könnte draußen unterwegs sein und alles Mögliche treiben. Oder in einer Sitzung mit den Genesis-Sprechern stecken. Oder einfach irgendwo mit Enzo und Sneak herumhängen, oder –«

»Okay, schon kapiert«, unterbreche ich sie behutsam. Während mein Blick durch das menschenleere Zimmer wandert, kommt mir eine Idee. »Ich kann nicht garantieren, dass das funktioniert, aber ...« Ich forme meine Hände zur Schale, konzentriere mich mit aller Macht und sage: »Kompass.«

Mit einem Lichtblitz landet ein kleiner, silbriger Gegenstand in meinen Handflächen.

»Was –«, setzt Cami an, ehe Verständnis sich über ihre Züge ausbreitet. »Du glaubst doch nicht etwa …?«

»Das lässt sich nur auf einem Weg herausfinden«, sage ich und betrachte eingehend den Kompass.

Letzte Nacht habe ich versucht, mithilfe meiner Gabe den Ausbrecher aufzustöbern, hatte aber keine Ahnung, wer er sein mochte; ich konnte kein Bild von ihm aufrufen, da ich ihn im wirklichen Leben noch nie zu Gesicht bekommen hatte. Deshalb haben meine Fähigkeiten versagt. Ward dagegen? Ihn habe ich glasklar vor Augen. So mühelos, dass es beinahe peinlich ist.

Ich sehe ihn in aller Deutlichkeit, mit seinem goldenen Haar und den grünen – *so unfassbar grünen* – Augen, die entsprechend seiner Stimmung heller oder dunkler werden. Ich erinnere mich daran, wie ich mich gefühlt habe, als wir uns zum ersten Mal begegnet sind – überrascht, dass er so jung war, und schockiert darüber, wie nett er sich mir gegenüber verhielt. Ich spüre noch seine erste Berührung – die Hand, die nach meiner gegriffen hat – und entsinne mich, dass ich zurückgezuckt bin, da ich nach derart langer Zeit menschliche Nähe überhaupt nicht mehr gewohnt war. Der Moment, in dem ich erfahren habe, dass er sich lediglich mit mir angefreundet hatte, um mich zum Sprechen zu bewegen, holt mich wieder ein. Danach der vernichtende Schmerz, die lähmende Ungläubigkeit über seinen Verrat und die quälenden Wochen im Anschluss. Zuletzt denke ich daran, wie er mich in seinen Armen aus Vaniks Labor getragen hat, mit mir die weißen Korridore entlanggerannt ist und seine Gabe genutzt hat, um Cami, Keeda und mich vor den Sprechern zu schützen, die uns auf den Fersen waren. Niemals werde ich die Worte vergessen, die er mir in jener Nacht zugeflüstert hat: *Alles, was ich getan habe, habe ich nur getan, um dich zu beschützen.* Niemals werde ich vergessen, was ich bei diesen Worten empfunden habe – und wie es sich wenig später angefühlt hat, die ganze Wahrheit aus Kaels Mund zu hören. Die Wahrheit, dass Ward zu keiner Zeit kalt und herzlos war … zu keiner Zeit mein Feind. Die Wahrheit, dass er immer an mich geglaubt und mich stets behütet hat.

Auf all diese Momente konzentriere ich mich, und mein ganzer Fokus gilt ihm, als ich nun flüstere: »Finde Landon Ward.«

Ein Licht berührt den Kompass, und Cami schnappt nach Luft, da die Nadel zu rotieren beginnt und schließlich hinaus in den Flur weist.

Ich schenke ihr ein halbes Lächeln und frage: »Lust auf eine Schatzsuche?«

Auch ihre Mundwinkel wandern nach oben, und ihr Mund verzieht sich zu einem verschmitzten Grinsen; sie marschiert vor mir her und wirft über die Schulter zurück: »Dir ist schon bewusst, dass du meinen Bruder gerade als ›Schatz‹ bezeichnet hast, oder?«

Ich gebe keine Antwort, fluche allerdings in mich hinein, während ich ihr aus der Tür folge.

»Das verkompliziert die Angelegenheit.«

Neben mir nickt Cami stumm, und gemeinsam starren wir auf die Tür vor uns.

Falons Bürotür.

Hierher hat der Kompass uns geführt. Natürlich: Bei unserem Glück muss Ward ausgerechnet jetzt mitten in einer Besprechung mit dem Direktor stecken. Ich bin ratlos, was das für uns bedeutet – ob wir uns gewaltsam Zugang zu dem Zimmer verschaffen und die beiden überrumpeln sollen, in der Hoffnung, dass niemand sonst mit ihnen im Raum ist, oder ob wir uns besser ein gutes Versteck suchen und dort darauf warten, dass Ward herauskommt.

Mir bleibt keine Zeit, die Optionen abzuwägen, denn Cami greift bereits nach dem Knauf.

Ich packe in letzter Sekunde ihre Hand. »Was *tust* du da?«

Sie blickt mich an, seelenruhig und beinahe ein wenig belustigt über meine Reaktion. »Heute ist der sechste Juni – Abbys Geburtstag. Jedes Jahr, ausnahmslos, wünscht sie sich einen Ausflug zum Strand. Die komplette Familie fährt gemeinsam, obwohl es für gewöhnlich elendig kalt ist; Onkel Rick enttäuscht sie nie.« Cami ruckt mit einem Daumen zur Tür. »Er ist nicht da drin, Lyss.«

Onkel Rick. Über allem, was geschehen ist, hatte ich vergessen, wie nah Cami den Falons steht – dass sie meine Freundin und Ward nach dem Tod ihrer Eltern quasi adoptiert haben.

»Wenn Falon nicht in seinem Büro ist, wieso sollte dann dein Bruder da drin sein?«, frage ich, schiele hinunter auf den Kompass und argwöhne, ob er wohl zuverlässig ist. Vielleicht weist er lediglich den Weg nach Norden. Dann aber trifft mich die Erkenntnis wie ein Schlag, und alles Blut weicht mir aus dem Gesicht.

»Was ist los?«, fragt Cami.

Ich gehe nicht auf sie ein, sondern starre stur geradeaus und sage: »Öffne.«

Licht flammt auf, und die Tür gehorcht meinem Befehl und gewährt uns Zutritt zu Falons Büro – seinem *leeren* Büro. So leer, wie ich es erwartet habe. Denn Ward ist nicht *im* Büro, sondern *dahinter*. Darüber.

Ich drehe mich zur Wand hinter dem Schreibtisch und nehme den Touchscreen neben dem geheimen Durchgang ins Visier; Cami keucht derweil leise, als auch bei ihr der Groschen fällt.

»Du glaubst … du glaubst, er ist im Labor?«, fragt sie. »Vanik könnte ihm alles Mögliche antun!«

Innerlich bin ich zu Eis erstarrt, doch äußerlich gebe ich mir die größte Mühe, gefasst zu wirken, Cami zuliebe. Ich lege ihr eine Hand auf die Schulter und sage: »Das wissen wir nicht mit Sicherheit.«

»Du hast seine Wohnung gesehen – wann ist er zum letzten Mal dort gewesen?«, schluchzt sie. »Was, wenn … wenn Vanik an ihm herumexperimentiert hat wie an einer Laborratte, die ganze vergangene Woche über? Du hast seine Tests kaum ein paar Stunden überlebt!«

Ich dränge die Bilder zurück, die mich zu überfallen drohen – die Erinnerungen an meine Zeit als Vaniks Versuchskaninchen. Auf der Zunge habe ich mit einem Mal den metallischen Geschmack von Angst, und meine Handflächen werden feucht. Unsere heutige Aufgabe besteht allein darin, Ward und den frisch ausgebrochenen Sprecher hier herauszuholen. Wir sollten uns nicht einmal in Vaniks Nähe begeben; wieder und wieder geht mir Kaels Warnung durch den Sinn. Mir ist nur zu bewusst, welch katastrophale Konsequenzen ein Zusammentreffen haben könnte. Aber nun … es scheint, als bliebe uns keine Wahl. Falls

Ward sich tatsächlich in Vaniks – oder Mannings – Gewalt befindet, ist eine Konfrontation womöglich unvermeidbar, wenn wir ihn retten wollen.

Obwohl mein Herz rast, gelingt es mir, meine Stimme ruhig zu halten. »Dann beeilen wir uns besser.«

Notfallpläne entstehen und zerfallen in meinem Kopf, während ich mir das Hirn nach Wegen zermartere, wie ich Vanik in eine Falle locken könnte – nach Befehlen, mit denen ich eine Chance hätte, ihm die Hände zu binden. Sofern wir uns ihm gleich entgegenstellen, muss ich vorbereitet sein. Und trotz der zweifellos alles andere als idealen Umstände habe ich Fragen zu meinen Eltern – *so viele Fragen*. Vielleicht bietet sich mir nun die perfekte Gelegenheit, ein paar Antworten zu bekommen.

Ich bläue mir selbst ein, dass ich stark genug und in der Lage bin, mit ihm fertigzuwerden, und trete dann nach vorn, bis ich unmittelbar vor dem verborgenen Wanddurchlass stehe. Bei meinem letzten Besuch hier war ich auf Pandoras präparierten Handschuh und die Brille angewiesen, um den Touchscreen zu überlisten und mir Zugang zu dem Aufzug am Ende des Geheimgangs zu verschaffen. Heute nicht.

»Öffne«, sage ich erneut, meine Absicht eindeutig. Und mit einem Lichtblitz gleitet die Wand zischend zur Seite.

Ich werfe Cami einen Blick zu und sehe, wie sie schluckt, ehe Entschlossenheit in ihren Augen aufglimmt und sie sich ebenfalls zielstrebig in Bewegung setzt.

Wir laufen zügig den abfallenden Gang hinunter, dessen Wände stetig dunkler und in der Nähe des Fahrstuhls schließlich kohlschwarz werden. Dort angelangt, drängen wir uns in die enge Metallkabine.

Dem Aufzug einen Befehl zu geben, erweist sich als kompliziert. Beim letzten Mal musste ich – nachdem ich mit Handschuh und Brille den Scanner bedient hatte – lediglich den Knopf drücken, der die Kabine nach oben schickt; gestoppt hat der Fahrstuhl von ganz allein. Heute jedoch werde ich mir sehr genau vorstellen müssen, was ich will.

»Worauf warten wir?«, fragt Cami ungeduldig.

»Gib mir eine Sekunde«, antworte ich. Und füge – da ich merke, dass sie im Begriff ist, zu argumentieren – rasch hinzu: »Es sei denn, du möchtest, dass wir an die Decke des Aufzugsschachts donnern und wie Käfer zerquetscht werden.«

Sie klappt abrupt den Mund zu, und ihre Züge werden weicher. »Tut mir leid«, murmelt sie. »Ich bin bloß –«

»Das verstehe ich«, falle ich ihr ins Wort. »Nur zu gut, glaub mir.«

Sie holt zitternd Luft und nickt, bedeutet mir, dass sie still sein wird, damit ich mich konzentrieren kann.

Ich schließe die Augen und bemühe mich, an alles zu denken, was der Aufzug nun tun soll – ich möchte, dass er nach oben fährt, immer weiter nach oben, und dann in jenem Stockwerk anhält, in dem sich Vaniks Labor befindet. Das Problem ist, dass ich nicht weiß, welche Etage die richtige ist – oder auch nur, wie viele es gibt. Auf dem Bedienfeld leuchten keine Zahlen, bloß der aufwärts gerichtete Pfeil. Wenn ich uns zu viel Schwung mitgebe oder zu wenig, stecken wir gleich irgendwo fest und verlieren wertvolle Minuten oder Stunden, während ich uns aufs Geratewohl in die richtige Position zu dirigieren versuche.

Außer …

Ein Gedanke regt sich in meinem Hinterkopf, viel simpler als mein erster Impuls, die Mechanik der Fahrstuhlkabine steuern zu wollen.

Ich fixiere das Bedienfeld und sage, ohne den blassesten Schimmer, ob die Idee funktionieren wird: »Akzeptiere Rick Falons ID.«

Mein Gesprochener Befehl lässt ein Licht aufblitzen, dann blinkt ein zweites auf der digitalen Tafel, das mir die Annahme von Falons ID bestätigt.

Ich stoße einen faszinierten Atemzug aus und drücke rasch den Aufwärtsknopf, und nun erledigt der Fahrstuhl alles Weitere.

Cami schenkt mir ein Lächeln. »Gut gemacht.«

Ich lächele zurück, beinahe schwindelig vor Verblüffung. »Hoffen wir, dass das Glück weiterhin auf unserer Seite ist.«

Die Übelkeit erregende Geschwindigkeit der Kabine vertreibt das Lächeln im Nu aus unseren Gesichtern. In meinen Ohren ploppt es, und noch immer steigen wir höher; ich muss mir eine Hand auf den Bauch und die andere gegen die Wand pressen, um das Gleichgewicht zu wahren. Endlich halten wir an, und es gelingt mir nur mit Mühe, ein Stöhnen zu unterdrücken, als wir in den blendend weißen Flur stolpern.

»Ich hatte ganz vergessen, wie sehr ich die Aufzüge hier hasse«, grummele ich, schüttele mein Unbehagen ab und vergewissere mich, dass mit Cami alles in Ordnung ist. Sie ist ebenfalls blass geworden, scheint aber sonst fit zu sein.

Der beißende Bleichmittelgeruch dringt mir in die Nase, und die Erinnerung an meinen letzten Besuch hier lässt meine Haut klamm werden. Leicht zitternd, ringe ich darum, meine Gedanken unter Kontrolle zu halten und der alten Furcht nicht nachzugeben.

»Komm«, krächze ich. »Hier entlang.«

Gemeinsam schleichen wir durch die verwinkelten Korridore und spähen auf dem Weg zu Vaniks Labor zunächst prüfend um jede Ecke. Wir begegnen niemandem – es ist geradezu gruselig still, genau wie auf den tieferen Ebenen Lengards. Bevor ich Ward kennengelernt habe, hatte ich zweieinhalb Jahre lang nie jemand anderen als meine Wärter und Gutachter zu Gesicht bekommen, daher erscheint mir der Mangel an Menschen, die frei durch die Einrichtung streifen, nicht ungewöhnlich. *Unheimlich* ist er trotzdem.

Sobald die einzelne Tür am Ende des Gangs auftaucht, frage ich mich, ob mein Herz mir jeden Moment aus der Brust springt. Unwillkürlich steht mir wieder vor Augen, wie hilflos ich mich nur eine Woche zuvor hier gefühlt habe, als ich festgezurrt auf Vaniks Operationstisch lag – unfähig, mich selbst zu befreien, unfähig, mich durch Worte oder Taten zu retten. Ich war schwach – so unfassbar schwach.

Aber heute nicht.

Heute bin ich stark.

Ich balle die Hände zu Fäusten, und der Schmerz, mit dem meine Fingernägel sich in die Handflächen bohren, hilft mir, fokussiert zu bleiben. Tief durchatmend, warte ich darauf, dass mein Herzschlag sich beruhigt, und schiele hinüber zu Cami.

»Bereit?«, frage ich.

Angst spiegelt sich in ihren Augen. Auch sie hat grauenvolle Erinnerungen an diesen Ort – und dazu *fehlende* Erinnerungen, die ihr genommen worden sind und sich wie ein leeres Loch in ihrem Kopf anfühlen müssen. Wir beide haben mit Vanik noch eine Rechnung offen. Und Manning. Aber Zahltag ist nicht heute.

»Nur Ward, weißt du noch?«, erinnere ich sie leise. Meinen Worten zum Trotz hoffe ich inzwischen insgeheim auf eine Chance, Vanik zu stellen und Antworten von ihm zu verlangen – auch wenn das töricht wäre, auch wenn es gefährlich wäre, auch wenn er fürs Erste hierbleiben muss. Unversehrt.

Mir entgeht nicht, wie Camis Kiefer sich verkrampft, doch sie nickt zustimmend. Ich habe keine Bedenken, dass sie unsere Vereinbarung brechen könnte – ihr Bruder ist ihr zu wichtig, deshalb wird sie keine Rache riskieren. Ihre Zeit wird kommen.

Genau wie meine.

»Sei auf alles gefasst«, warne ich, während ich die Hand ausstrecke und gegen die Tür drücke, die auf meine Berührung hin mit einem Zischen aufgleitet. Meine Muskeln sind angespannt, mein ganzer Körper instinktiv bereit, zu kämpfen oder zu fliehen, je nachdem, was uns im Labor erwartet.

Mein erster Blick in den Raum beschert mir allerdings vor allem heillose Verwirrung. Ich bin irritiert und alarmiert, jedoch aus ganz anderen Gründen als erwartet.

Cami zieht scharf und nicht minder überrascht die Luft ein, und gemeinsam treten wir vorsichtig über die Schwelle und starren beide stumm und unfähig, irgendetwas anderes zu tun, auf die Szene vor uns.

KAPITEL 11

Das Labor ist verwüstet.

Vollkommen verwüstet.

Tische sind umgeworfen, Utensilien, Behälter und deren Inhalt über den Boden verteilt – zerbrochene Glasphiolen, ausgerissene Notizbuchseiten, Skalpelle und Spritzen und feuchte Flecken verschiedenfarbiger Flüssigkeiten, verspritzt über sämtliche Fliesen. Die größeren, frei stehenden medizinischen Geräte sind allesamt kaputt, zerstört, als hätte jemand mit einem Baseballschläger auf alles in seiner Reichweite eingedroschen. Scanner und Apparaturen – und weiß der Himmel, was noch – alles, alles zertrümmert.

Glas splittert und knirscht unter unseren Füßen, als wir uns weiter in den Raum vorwagen. Das klebrige Schmatzen meiner Schuhsohlen in den Pfützen lässt mich erschaudern; ob die Flüssigkeit aus einem der geborstenen Röhrchen oder einem menschlichen Körper stammt, vermag ich nicht zu sagen. Ich sehe nicht zu genau hin, da ich schon beim bloßen Gedanken daran, dass es sich um etwas Organisches handeln könnte, Galle hinunterschlucken muss. Ich weiß, welche Proben Vanik von mir genommen hat. Ich kenne die Möglichkeiten nur zu gut.

»Was, glaubst du, ist hier passiert?«, flüstert Cami.

Mir bleibt nur, den Kopf zu schütteln, denn ich bin völlig ratlos. Kein Anzeichen von irgendjemandem. Kein Vanik, kein Manning. Auch kein Ward.

Mein letzter Gedanke lenkt meinen Blick zurück auf den Kompass. Die Nadel rotiert inzwischen im Kreis. Was das bedeuten soll, ist mir nicht ganz klar, aber wenn ich raten müsste, würde ich vermuten, es heißt, dass wir unser Ziel erreicht haben.

»Schau«, sage ich und halte Cami meine Hand hin.

Sie nimmt den Kompass an sich und tippt mit einem Fingernagel auf das Glas. Kneift die Augen zusammen und fragt dann: »Ist er kaputt?«

»Hat er überhaupt je funktioniert?«, gebe ich zweifelnd zurück. Schließlich habe ich keinerlei Erfahrung mit Aufspürgeräten – von solchen, die ich selbst Herbeigesprochen habe, ganz zu schweigen. »Vielleicht hat er uns einfach komplett in die Irre –«

Ehe ich Gelegenheit habe, meinen Satz zu Ende zu bringen, gleitet ein Element der Wand zurück.

Panik überfällt mich; meine Lungen krampfen sich zusammen. Fliehen, bleiben, verstecken – ich habe keine Ahnung, was ich tun soll, bin auf diesen Überfall aus dem Hinterhalt gänzlich unvorbereitet. *Wir* sind diejenigen, die das Überraschungsmoment auf ihrer Seite haben wollten. *Wir* wollten jene überrumpeln, von denen wir dachten, sie hier im Labor zu finden. Aber jetzt … Cami und ich stehen inmitten eines demolierten Zimmers, ohne jede Deckung. Ebenso gut hätten wir uns Zielscheiben auf den Rücken malen können.

Starr wie Salzsäulen ziehen wir beim Anblick der Person, die durch die Geheimtür kommt, gleichermaßen heftig die Luft ein.

Es ist Ward.

Er ist allein.

Und wirkt, im Gegensatz zu uns, von unserem Zusammentreffen nicht im Mindesten überrascht.

»Ich habe mich schon gefragt, wann ihr hier aufkreuzt.«

Seine Stimme. Der tiefe, samtige Ton überspült mich mit seiner Vertrautheit, und beinahe schließe ich die Augen vor Erleichterung. Allerdings nur beinahe. Denn –

»Landon?«, haucht Cami. Ein halbes, unterdrücktes Schluchzen kommt ihr über die Lippen, als könne sie nicht recht glauben, dass er leibhaftig vor uns steht. Heil und unversehrt. Genau wie vergangene Nacht.

Vergangene Nacht.

Heil und unversehrt.

Als Cami einen Schritt vorwärts macht, packe ich ihren Arm, um sie zurückzuhalten. Fast instinktiv rufe ich »Schild!«, und eine schimmernde Wand erscheint zwischen uns und Ward – ein erbärmlicher Schutz, aber dennoch minimal tröstlich.

Mir bleibt kaum ein Moment, um mich darüber zu wundern, dass er meinen Befehl nicht blockiert hat, dass er mich jetzt beinahe amüsiert betrachtet, ehe Camis Augen zu mir herüberzucken. Sie runzelt die Stirn. »Lyss –«

»Warte«, bitte ich sie und halte dabei den Blickkontakt mit ihrem Bruder.

Ward schlendert nun lässig auf uns zu. Seine Lippen krümmen sich leicht nach oben, der Anflug eines Lächelns spielt um seine Mundwinkel. Allerdings zeigt sich kein Grübchen. Und seine Augen …

Seine Augen sind leer.

»Lyss –«, versucht Cami es noch einmal.

Ich umgreife ihren Arm fester, während Alarmglocken in meinem Kopf schrillen. Obwohl meine schillernde Wand noch immer zwischen uns und Ward aufragt, ziehe ich Cami rückwärts, doch sie wehrt sich gegen mich, und ihr Stirnrunzeln wird zur wütenden Grimasse.

»Was soll das?«, will sie von mir wissen. »Lass mich los!«

Wards Lächeln wird breiter, und er verlängert seine Schritte. Nichts an seinem Ausdruck wirkt natürlich, und seine attraktiven Züge weisen keinerlei Sanftheit oder Humor oder vertraute Regung auf. Er ist nicht mehr als eine Marionette; ich habe nicht den geringsten Zweifel daran, dass jemand anders die Fäden in der Hand hat.

»Cami, *schau ihn dir an*«, dränge ich sie und verziehe das Gesicht, bugsiere sie weiter über das zerbrochene Glas in Richtung der Tür. »Er steht noch immer unter Mannings Kontrolle.«

»Sei nicht albern, Chip«, sagt Ward. »Manning ist nicht mächtig genug, um meine Schutzgabe zu überwinden.«

Nicht seine Behauptung ist es, die mich innehalten lässt. Sondern der Name, den er benutzt hat.

Chip.

Ein Name, den ich einst gehasst und zugleich insgeheim geliebt habe. Ein Name, den nur Ward je für mich gebraucht hat.

Ein Name, der sich jetzt falsch anfühlt – geformt von seinen Lippen, ohne jedes Bewusstsein der ihm zugrunde liegenden Bedeutung in seinem grünen Blick. Keine Emotionen, keine Rührung, *nichts*.

Dieser Name, aus dem Mund dieser Hülle von Ward, überrumpelt mich dermaßen, dass die Schutzwand zwischen uns sich flackernd verflüchtigt. Cami nutzt meine Ablenkung, um sich von mir loszumachen, und bevor ich erneut nach ihr greifen kann, eilt sie zu ihrem Bruder.

»Oh, Landon, ich habe mir solche Sorgen gemacht!«, weint sie und rennt mit offenen Armen auf ihn zu – vollkommen geblendet von ihrer Liebe zu ihm, ihrer Angst um ihn, ihrer Hoffnung für ihn. Geblendet von dem Vertrauen in seine Schutzgabe, von den Lügen, die ihm so mühelos über die Lippen kommen.

Ich dagegen bin all das nicht. Und im Unterschied zu Cami habe ich begriffen, dass etwas hier *ganz und gar nicht* stimmt.

Diese Gewissheit wächst, als eine Spur Triumph in Wards Augen aufblitzt, während er seiner Schwester entgegenblickt.

»Cami!«, rufe ich und hechte ihr hinterher, obwohl jede Faser meines Körpers mich anschreit, in die Gegenrichtung zu laufen. »Cami, *stopp*!«

Ich lege Absicht in meine Worte, und mein Gesprochener Befehl erzeugt einen Lichtblitz – doch nichts passiert. Ward ist mir zwei Schritte voraus und nutzt diesmal seine eigenen Fähigkeiten, um meinen ihre Wirksamkeit zu rauben.

Er wird niemals zulassen, dass ich meine Gabe einsetze – darum bleibt mir nur eines.

Ich bin dicht hinter Cami, als sie sich ihm an die Brust wirft und beide Arme um ihn schlingt. Dass er die Geste nicht erwidert, sondern steif wie eine Metallstange bleibt, bemerkt sie überhaupt nicht.

Sie sieht nicht, was ich sehe.

Nicht den kalkulierenden, mörderischen Ausdruck, der nun aus seinen Augen strahlt.

»*Cami!*«, schreie ich erneut, bekomme sie endlich zu packen und reiße sie, mit einem Arm um ihre Taille, nach hinten von ihm weg.

Er versucht nicht, mich daran zu hindern.

Sie allerdings durchaus.

»Lyss, *hör auf*!«, brüllt sie mir ins Gesicht.

»Das ist nicht dein Bruder!«, brülle ich zurück und kämpfe gegen sie an, weiterhin in dem Bemühen, Abstand zwischen uns und Ward zu bringen.

»So theatralisch, Sechs-Acht-Vier«, meint Ward, seine Stimme sanft und glatt wie Seide.

Cami erstarrt in meinen Armen.

Sechs-Acht-Vier.

So hat mich Ward bisher nur ein einziges Mal genannt, und nie in Gegenwart seiner Schwester. Immerhin: Dank des schrecklichen Namens scheint sie nun endlich zur Besinnung zu kommen.

»Landon?«, wispert sie mit ängstlicher Stimme.

»Camelot?«, flüstert er zurück. Spöttisch. Gefühllos.

Sie erschaudert in meinen Armen, doch zumindest muss ich mich nun nicht mehr anstrengen, sie gegen ihren Willen zu bewegen. Stattdessen weicht sie mit mir zurück, jetzt aus freien Stücken.

Aber Ward folgt uns, zermalmt mit seinen dicken Sohlen die Trümmer am Boden, schluckt die Länge des Raums geradezu, während wir uns mühen, zu entkommen.

»Nein, nein, nein. Hier wird nicht geflohen«, sagt er. »Schließlich habe ich euch genau da, wo ich euch haben will.«

Er *klingt* nicht einmal mehr wie Ward. Wenn Manning der Puppenspieler ist, dann ist Vanik der Bauchredner. Zusammen üben sie totale Kontrolle über Ward aus. Er könnte ebenso gut eine Maschine sein. Ein Roboter.

Ein Roboter, der nach wie vor auf uns zumarschiert.

Ich schleudere eine Hand in seine Richtung und wiederhole meinen vorigen Befehl: »Stopp!«

Nichts geschieht.

»Schlaf!«, versuche ich es.

Wieder flammt ein Licht auf, doch Ward geht einfach weiter.

»Stolpere!«

Es ist zwecklos – ganz gleich, was ich sage, seine Gabe schützt ihn vor mir.

Das haben wir nicht bedacht. Wir haben nicht bedacht, wie wenig trainiert ich bin, insbesondere im Kampf gegen jemanden von Wards Kaliber, der meine Gabe ebenso mühelos blockiert, wie er Atem holt.

»Mein Meister hat noch etwas mit dir vor, Alyssa Scott«, sagt Ward. »Er hat mir aufgetragen, dir eine Botschaft zu überbringen.«

Mein Meister.

Die widerwärtige Formulierung jagt mir einen eiskalten Schauder über den Rücken.

»Wo ist er?«, frage ich. »Wo ist Vanik?«

Cami stößt ein alarmiertes Quietschen aus, und ich werfe einen Blick über die Schulter, nur um festzustellen, dass wir die Rückwand des Labors erreicht haben.

»Mein Meister möchte, dass du weißt, wie sehr er sich darauf freut, dich bald wiederzusehen«, sagt Ward und bleibt kaum einen halben Meter vor uns stehen. »Und ich soll dir seinen Dank ausrichten. Ohne dich hätte er mit seinen Plänen niemals Erfolg haben können.«

… hätte er mit seinen Plänen niemals Erfolg haben können.

Ich erlaube mir nicht, darüber nachzudenken, was das womöglich bedeutet – nicht hier, nicht jetzt. Für den Augenblick muss ich ganz auf die Gegenwart konzentriert bleiben, auf die momentane Bedrohung.

Auf *Ward.*

»Und eine letzte Sache soll ich dir von meinem Meister noch mitgeben.«

Ich habe darauf gewartet, dass er mich angreift, daher bin ich vorbereitet.

Mag sein, dass meine Worte gegen Ward nichts auszurichten vermögen, aber ich habe zweieinhalb Jahre lang mit Enzo trainiert und gelernt, mich gegen einen Gegner zu behaupten – und ihn meinerseits zu attackieren, wenn es sein muss.

Als Ward sich nun also auf mich stürzt, als er nach mir langt, ducke ich mich unter seinem Arm hinweg, wirbele um ihn herum und nehme beide Hände schützend nach oben. Jetzt befindet er sich zwischen mir und Cami, doch sie ist für ihn praktisch unsichtbar; er hat ihr den Rücken zugewandt, als wäre sie nicht einmal da.

»Du willst nicht gegen mich kämpfen, Alyssa Scott«, meint Ward, und in seiner Stimme schwingt eine Warnung mit.

»Stimmt«, kontere ich. »Aber wenn ich muss, werde ich es tun.«

Etwas blitzt in seinen Augen auf. Ein Funken aufrichtiger Emotionen – Schmerz, Bedauern, Kummer –, da und wieder weg, so rasch, dass ich mich frage, ob ich ihn mir eingebildet habe. Doch er treibt mich dazu, die Hände sinken zu lassen und zu flüstern: »Ward? Bist du – bist du da drin?«

Ein barsches Lachen rollt ihm aus dem Mund, und mir ist klar, dass, was auch immer ich gerade gesehen habe, wieder fort ist. Falls Ward gegen den geistigen Zwang, dem er unterworfen ist, rebelliert, dann verliert er soeben.

Kurz ziehe ich in Erwägung, einen Versuch zu starten, ihn davon zu befreien – so wie Cami, die ich vor wenigen Tagen in ebendiesem Labor gleichfalls aus Mannings Kontrolle geeist habe; doch ich weiß, dass er sich bloß abermals vor meinen Worten schützen würde. Falls wir es schaffen, ihn zu den Relikten zu bringen, gelingt es Kael vielleicht, Wards Macht so lange zu zerstören, bis ich ihn erlöst habe. Aber *wie* wir ihn in die Katakomben bekommen sollen … ist mir ein Rätsel.

Ich hebe erneut die Hände, zu allem Nötigen bereit – selbst wenn das bedeutet, dass ich Ward mit Fäusten statt mit Worten niederstrecken muss. Der Gedanke, Ward zu schlagen, Ward *anzugreifen* – mein Magen füllt sich mit Blei. Allerdings ist es das Einzige, was mir einfällt – das Einzige, das ihn ausreichend außer Gefecht setzen würde, um uns eine kampflose Flucht aus Lengard zu ermöglichen.

Cami jedoch scheint einen anderen Plan zu haben.

Einen dummen, leichtsinnigen, idiotischen Plan.

Einen, der mir erst aufgeht, als ich sehe, wie sie sich von der Wand abstößt und von hinten auf ihren Bruder wirft.

»Lyss, *jetzt*!«, schreit sie, während sie in ihn hineinkracht.

Ward hat einen Fokus, und dieser Fokus ist nicht seine Schwester – dieser Fokus bin *ich*. Er ignoriert sie praktisch noch immer, selbst jetzt, da sie auf seinem Rücken hängt und nicht loslässt; Ward greift einfach in eine Tasche seiner Lederjacke, zieht etwas hervor und nutzt den

Schwung von Camis Angriff, um sich selbst nach vorn zu katapultieren, genau auf mich zu.

Ich hechte zur Seite, stolpere über ein Becherglas, das unter meinen Fuß rollt. Meine Arme rudern in dem Versuch, mein Gleichgewicht wiederzufinden; dabei setze ich zudem das um, von dem ich *glaube*, dass Cami es im Sinn hatte, und brülle: »Stopp!« – im selben Moment, in dem Cami eine Handfläche an die Schläfe ihres Bruders klatscht und befiehlt: »Schlaf!«

Und augenblicklich sackt Ward zu Boden.

Allerdings nicht von meinem Gesprochenen Wort. Nein, dagegen war er gewappnet.

Allerdings ist es ihm nicht gelungen, sich zeitgleich gegen den Befehl seiner Schwester zu schützen.

… Ebenso wenig, wie es mir gelingt, mich vor den beiden in Sicherheit zu bringen, die nun direkt auf mich stürzen. Ward packt mich, mit dem eindeutigen Ziel, mir noch den Gegenstand, den er aus seiner Jacke geholt hatte, in den Körper zu rammen, ehe er das Bewusstsein verliert.

Er schafft es.

»*Verdammter* –« Ich klappe den Mund zu; Cami rappelt sich bereits wieder hoch, und ich schiebe Wards lebloses Gewicht von mir herunter. Schmerz jagt durch die Schnitte, die ich mir bei der Landung auf den Glasscherben zugezogen habe, doch meine Hauptsorge ist eine andere. Viel stärker beunruhigen mich das Brennen, das meinen Arm hinaufschießt, und das, was noch immer aus meiner Haut hängt. Ich reiße es heraus und drehe es zwischen den Fingern, schlucke die aufsteigende Panik hinunter.

Es handelt sich um eine Spritze.

Und sie ist leer.

KAPITEL 12

Cami und ich keuchen heftig und starren einander an, mit weißen Gesichtern. Adrenalin pulsiert durch unsere Adern.

Ich komme langsam auf die Füße, lasse Ward – bewusstlos nach Camis Befehl – auf dem Boden liegen. Er ist keine Bedrohung mehr. Aber die Spritze in meiner Hand …

»Was ist das?«, flüstert Cami. Ihre Stimme bebt. Sie weiß genau, was es ist. Aber was *darin* war, ist eine vollkommen andere Frage.

Ich schlucke und reiche ihr die Spritze. Mit zitternden Fingern hält sie sie ins Licht, kneift die Augen zusammen und betrachtet die wenigen Tropfen klarer Flüssigkeit, die es nicht in meinen Körper geschafft haben.

»Bist du … merkst du irgendwas davon?«, drängt sie, steigt über ihren Bruder hinweg und eilt an meine Seite.

Ich horche in meinen Körper hinein. Mein Herz rast, und ich fühle mich wie elektrisiert, doch das sind Folgen der Konfrontation mit Ward, die hinter uns liegt. Mir ist weder übel noch schwindelig …

»Mir geht es gut«, antworte ich. Und schiebe angesichts ihrer skeptischen – und besorgten – Miene hinterher: »Wirklich. Ich fühle mich völlig normal.«

Sie beißt sich auf die Lippe, nimmt meine Hand und sagt: »Nur zur Sicherheit … *heile*.«

Ein Lichtblitz folgt ihrem Befehl, und die Einstichstelle wie auch der zugehörige Schmerz in meinem Arm verschwinden, zusammen mit den Schnitten und Kratzern, die ich mir beim Sturz auf den scherbenübersäten Boden zugezogen habe.

»Danke«, sage ich.

»Bedank dich nicht zu früh«, murmelt Cami, ihre Züge noch immer bang. »Ohne Gewissheit darüber, was hier drin war« – sie wedelt die Spritze durch die Luft – »kann ich nichts tun, um das aufzuhalten, was vielleicht in diesem Moment durch deine Adern rauscht. Da bleibt uns bloß, abzuwarten.«

Besonders ermutigend ist das nicht. Aber trotzdem: Ich *fühle* mich gut, also hat es wenig Sinn, mir bereits jetzt darüber den Kopf zu zerbrechen, auch wenn ich Schwierigkeiten habe, meine Panik zu ersticken. Ebenso gut könnte die ganze Aktion lediglich eine Einschüchterungstaktik gewesen sein – eine Spritze mit irgendeiner Nocebomischung, die mir Angst einjagen sollte; womöglich etwas, womit Ward mir drohen wollte, falls ich nicht kooperiert hätte. Ich habe keine Chance, herauszubekommen, was er mir injiziert hat, also bringen Grübeleien mich im Augenblick nicht weiter.

Dennoch gehen mir Wards Worte nicht mehr aus dem Kopf.

Und eine letzte Sache soll ich dir von meinem Meister noch mitgeben.

Eine letzte Botschaft. Nicht in Form von Worten – sondern einer Tat.

Es kostet mich größte Anstrengungen, doch ich schaffe es, die unheilverkündende Stimme beiseitezuschieben, und begutachte stattdessen die Schnittwunden, die Cami sich bei ihrem eigenen Fall geholt hat, konzentriere mich darauf und wiederhole ihren Gesprochenen Befehl: »Heile.«

Sie schenkt mir ein dünnes, dankbares Lächeln, doch die Sorge in ihren Augen hält sich – eine Sorge, die nur wächst, nun, da sie auf ihren Bruder am Boden hinabsieht.

»War ich auch so?«, fragt sie leise. »Als Manning – als Vanik –«

»Ja«, antworte ich. Und achte darauf, dass meine Stimme bei den nächsten Worten fest klingt: »Aber wir haben dich befreit, und das Gleiche wird uns auch bei ihm gelingen. Okay?«

Ihre Erwiderung kommt ihr ein wenig verzagt, aber dennoch unmissverständlich über die Lippen: »Okay.«

Ich beuge mich hinunter und schiebe einen Arm unter Wards Schultern, wuchte seinen Oberkörper in eine aufrechte Position und verziehe das Gesicht ob der Glassplitter, die dabei von seiner Jacke rieseln. »Wir sollten ihn besser zum Treffpunkt bringen, ehe er aufwacht.«

Cami schüttelt den Kopf, sucht die Fliesen nach irgendetwas ab. »Er wird erst wieder zu sich kommen, wenn ich es ihm befehle. Oder … du könntest es auch tun, vermutlich. Doch solange keine von uns ihn wieder zu Bewusstsein Spricht, wird er in diesem Zustand bleiben.«

Das wird uns seinen Transport in die Katakomben definitiv erleichtern, in mancherlei Hinsicht zumindest.

Cami gibt ein »Aha!« von sich und lehnt sich vor, um nach etwas zu greifen – nach einem Stopfen, den sie über die Nadel der Spritze steckt, bevor sie sie sich in die Tasche schiebt. Auf meine fragende Miene hin erklärt sie: »Vielleicht kennt einer der Relikte sich gut genug in solchen Dingen aus, um die Reste der Flüssigkeit zu testen und herauszufinden, worum es sich handelt.«

Das ist clever – und etwas, worauf ich selbst hätte kommen können.

»Hilf mir mal hier, ja?«, erwidere ich und deute auf Ward. »Wir sind schon eine Weile unterwegs; ich bezweifle, dass Arryns Geduld noch viel länger reicht.«

Cami stimmt mir stumm zu, langt nach unten und umfasst Wards andere Seite. Gemeinsam hieven wir ihn in die Höhe und stöhnen dabei beide unter seinem Gewicht.

»Was um alles in der Welt hat er bloß gegessen?«, presst Cami hervor.

Ich sage nicht, was ich denke – dass Muskeln mehr wiegen als Fett, und dass Ward … definitiv muskulös ist. Was Cami in eine solche Feststellung hineinlesen könnte, will ich mir lieber gar nicht vorstellen. Dabei ist es nicht *meine* Schuld, dass mir der Körperbau ihres Bruders so vertraut ist. Wir haben viele Stunden miteinander trainiert. Und selbst solange ich davon überzeugt war, dass er mich verraten hatte, habe ich mich zu ihm hingezogen gefühlt. Das lässt sich nicht leugnen. Und daran hat sich nichts geändert.

Ein Mangel an – gegenseitiger – Anziehung ist nie unser Problem gewesen. Bloß … alles andere.

»So funktioniert das *nicht*«, keucht Cami, während wir uns damit abmühen, Ward durch das Labor zur Tür zu bugsieren.

Sie hat recht.

»Leg ihn ab«, weise ich sie an, und gleichzeitig senken wir Ward auf die Fliesen. Ich zucke ein wenig zusammen beim Knirschen der Glassplitter unter seinem Körper, beim Anblick der kleinen Schnitte auf seinen Händen und Armen. Doch es wäre sinnlos, ihn jetzt zu heilen. Ebenso wenig, wie es Cami gelungen ist, mich im ohnmächtigen Zustand zu heilen, werden wir in der Lage sein, Ward zusammenzuflicken, bis er wieder wach ist. Deshalb ist mir auch klar, dass jeder Versuch, ihn Mannings Kontrolle zu entreißen, misslingen wird, ehe er das Bewusstsein zurückerlangt hat. Eines aber *sollte* ich bereits bewirken können.

»Schweb«, sage ich, und ein Licht blitzt auf mein Gesprochenes Wort hin auf.

Ward erhebt sich vor uns in die Luft, in einer perfekten Waagerechten, genau so, wie ich es mir vorgestellt habe.

Cami gibt einen anerkennenden Laut von sich und positioniert sich hinter seinen Füßen; ich bleibe in der Nähe seiner Schultern, bereit, zuzupacken, falls mein Plan nicht aufgeht. Doch sowie Cami ihren Bruder leicht anstößt, gleitet er vorwärts durch die Luft, als läge er auf einer unsichtbaren Trage.

»*Viel* besser«, befindet Cami.

Ich bin ziemlich stolz auf mich, werfe ihr jedoch bloß den Anflug eines schnellen Grinsens zu und konzentriere mich dann wieder auf Wards Schultern, dirigiere ihn hinüber zur Tür und hinaus in das Labyrinth verwinkelter Gänge.

Keine von uns erwähnt, was vor uns liegt; keine von uns stellt die Frage, wie wir ihn unbemerkt aus Lengard hinausschaffen wollen – vom Transport durch die Straßen Sydneys zurück zum Zoo, ohne dass *irgendjemand* seinen schwebenden Körper bemerkt, ganz zu schweigen. Fürs Erste gilt, was Arryn vorhin gesagt hat: jedes Problem zu seiner Zeit.

Am Aufzug angekommen, manövrieren Cami und ich Ward vorsichtig in die Kabine; anschließend wiederhole ich den Gesprochenen Befehl, der uns überhaupt erst hierhergebracht hat.

»Akzeptiere Rick Falons ID.«

Ich rechne damit, dass das Bedienfeld reagiert, doch nichts tut sich.

Erst in diesem Moment wird mir bewusst, dass ich auf mein Gesprochenes Wort keinen Lichtblitz gesehen habe.

Stirnrunzelnd versuche ich es erneut.

»Akzeptiere Rick Falons ID.«

Diesmal flammt ein Licht auf, und das Bedienfeld erstrahlt, ehe der Aufzug zügig nach unten sinkt. Ich muss allmählich müde werden, warne ich mich selbst, obwohl ich mich nach wie vor gut fühle. Oder vielleicht war ich lediglich nicht ausreichend auf meine Absicht fokussiert. In jedem Fall bläut der Vorfall mir nachdrücklich ein, wie wichtig es ist, dass ich konzentriert bleibe, einen klaren Kopf bewahre und meine Gedanken geordnet halte, wenn wir es wohlbehalten zurück in die Katakomben schaffen wollen.

Als wir erneut Falons Büro betreten, ist er noch immer nirgends zu entdecken, und ich realisiere, dass wir uns keinen besseren Tag für unseren Abstecher nach Lengard hätten aussuchen können, nicht einmal mit wochenlanger Vorlaufzeit zur Planung. Ich verstehe Kaels Zögern, seine Sorge, doch bislang läuft alles wie am Schnürchen.

Überwiegend, berichtige ich mich, blicke auf Ward hinunter und ignoriere den Phantomschmerz der Spritze, die sich in mein Fleisch gebohrt hat.

Falons Büro zu verlassen und uns abermals in die Hauptkorridore Lengards zu begeben, ist womöglich der gefährlichste Teil unseres Rückwegs. Doch wie zuvor begegnen wir niemandem und gelangen nahezu geräuschlos über die schwarz-weißen Fliesen zu unserem Treffpunkt.

Erst nachdem wir über die Schwelle in den dunklen Tunnel getreten sind, den wir auf dem Hinweg benutzt haben, atme ich wieder frei; wir schieben die Tür hinter uns zu, versiegeln uns gegen die makellos weißen Wände Lengards.

Die Sache hat lediglich einen Haken.

»Wo zur Hölle ist Arryn?«, fragt Cami, nimmt die Hände von Wards Füßen und stemmt sie sich in die Hüften. »Du glaubst doch nicht, dass sie ohne uns verschwunden ist, oder?«

Zwar hat Arryn uns gegenüber bislang wenig Herzlichkeit gezeigt, aber dass sie uns einfach hier zurücklassen würde, kann ich mir nicht vorstellen. Trotzdem: Sie hätte schon lange vor Cami und mir wieder hier sein sollen, da ihre Route zur Zelle des frisch ausgebrochenen Sprechers nicht annähernd so schwierig war wie unsere.

Es sei denn …

Es sei denn, auch bei ihr ist etwas schiefgegangen.

»Warte hier«, bitte ich Cami. »Ich suche nach ihr.«

»Du kennst dich in Lengard nicht aus.«

»Muss ich auch nicht.« Ich ziehe den Kompass aus meiner Tasche und wedele ihn kurz unter ihrer Nase hin und her, bevor ich den Schwebebefehl, der Ward in der Luft hält, aufhebe. Sobald er auf dem Boden ruht, rufe ich mir alles ins Gedächtnis, was ich über Arryn weiß – so erschreckend wenig das auch sein mag –, und sage: »Finde Arryn.«

Exakt wie zuvor blitzt ein Licht auf, und die Kompassnadel rotiert, ehe sie sich auf eine Richtung festlegt, von der ich hoffe, dass sie mich direkt zu Arryn führen wird.

»Bis gleich«, verabschiede ich mich von Cami, so zuversichtlich wie nur möglich.

»Sei *vorsichtig*, Lyss.«

Ich stoße die Tür auf und zwinge mich zu einem Grinsen, das ich ihr über die Schulter zuwerfe. »Vorsicht ist mein zweiter Vorname.«

Dann stehe ich wieder im Gang, und sie und Ward bleiben in der relativen Sicherheit des dunklen Tunnels zurück.

Diesmal, allein, empfinde ich meinen Streifzug durch die Flure als wesentlich nervenaufreibender. Erinnerungen an jene Nacht vor einer Woche, in der ich losgegangen bin, um in Vaniks Labor zu spionieren, drängen sich mir auf. Ich frage mich, wo er jetzt sein mag, wieso sein geheimes Reich zerstört ist. Befindet er sich überhaupt noch in Lengard, oder hat er seine Experimente an einen anderen Ort verlegt? Und was hat Ward damit gemeint, dass sein Meister »Erfolg« gehabt habe – bedeutet das, dass es Vanik gelungen ist, mein Genom zu entschlüsseln? Ist er gerade irgendwo dort draußen und baut seine eigene Sprecherarmee auf? Ist er inzwischen *selbst* ein Schöpfer?

Ich habe zu viele Fragen, und der einzige Mensch, der sie mir beantworten könnte, liegt bewusstlos auf dem dreckigen Boden eines finsteren Tunnels. Sogar nach dem Erwachen wird Ward zunächst noch unwillig sein, mit uns zu kooperieren, solange wir keinen Weg finden, ihn aus Mannings Kontrolle zu eisen. Meine einzige Hoffnung besteht darin, dass Kael in der Lage sein wird, mir dabei zu helfen, Ward wieder zur Vernunft zu bringen. Sollte das nicht klappen …

Es bringt nichts, mir darüber den Kopf zu zerbrechen – nicht jetzt schon.

Ich eile Flure hinunter, gleite unter den Halogenlampen entlang und vorbei an verschlossenen Türen. Ich sehe niemanden, höre nichts, folge nur dem Wegweiser in meiner Hand.

Bis ich plötzlich *doch* etwas höre.

Schritte.

Ich drücke mich gegen die Wand, schaue mich hektisch nach einem Versteck um. Es gibt keines – ich stehe in einem langen Gang, und die nächste Ecke ein Stück weit voraus ist die, hinter der die Geräusche entspringen. In meinem Rücken: keine Türen, keine Winkel, bloß ein kerzengerader Korridor.

Mein Herz donnert mir in den Ohren, während ich mich bereitmache, den herannahenden Verursacher bewusstlos zu Sprechen. Mein Puls hämmert so laut, dass mir fast das angestrengte Schnaufen entgeht, das Schleifen von etwas Schwerem über die Fliesen.

Ich schiele hinunter auf die Kompassnadel, die nun im Kreis rotiert, gerade als eine Gestalt um die Ecke biegt – nein, zwei Gestalten sind es.

Der Atemzug, den ich ausstoße, ist zittrig, und Arryns Anblick lässt mich vor Erleichterung beinahe schwindelig werden; sie zerrt den schlaffen Körper des Ausbrechers mit sich. Er trägt noch immer dieselben Kleider wie vergangene Nacht, lediglich die Schuhe hat man ihm abgenommen, gemäß Lengards Initiationsprotokoll.

Arryn wirkt ebenso überrascht, wie ich mich fühle, und heilfroh darüber, mich zu sehen.

»Ich habe nach dir gesucht«, erzähle ich ihr, haste auf sie zu. Wie zuvor bei Ward Spreche ich rasch den Schwebebefehl, und der ohnmächtige Junge erhebt sich in die Luft. Arryn stöhnt leise und schüttelt ihre Hände aus, woraus ich schließe, dass sie ihn bereits eine Weile hinter sich hergeschleppt hat.

»Es gab Komplikationen«, meint sie und zeigt auf den Jungen – genauer auf seinen Nacken, wo ich eine kleine Einstichstelle erkenne, umgeben von einem erblühenden Bluterguss. »Sie haben ihm irgendwas gespritzt – eine Art Beruhigungsmittel. Er war schon bewusstlos, als ich ihn gefunden habe. Also musste ich ihn die ganze Strecke ziehen.«

In Anbetracht der Tatsache, dass er etwa so groß ist wie Ward, brauche ich wenig Fantasie, um mir vorzustellen, wie schwierig das gewesen sein muss. Cami und ich hatten Probleme, und wir waren zu *zweit.*

Beim Gedanken an meine eigene Nadelwunde überläuft mich unwillkürlich ein Schauder. Zwar ist sie äußerlich inzwischen spurlos verschwunden, aber das ändert nichts daran, dass ich nach wie vor nicht weiß, *was* nun durch meinen Körper zirkuliert.

»Was glaubst du, weshalb er –«

Ich bekomme keine Gelegenheit, meine Frage danach, wieso er außer Gefecht gesetzt wurde, zu Ende zu bringen, da rings um uns mit einem Mal ein Alarm losschrillt. Ein lauter, grässlicher Ton, der nur eines bedeuten kann.

Ich tausche einen panischen Blick mit Arryn. »Sie haben uns bemerkt.«

Arryn schiebt den schwebenden Ausbrecher vorwärts. »Wir müssen hier raus. *Sofort.*«

Das braucht sie mir nicht zweimal zu sagen.

Im Gegensatz zu dem stetigen Tempo, in dem Cami und ich Ward durch die Gänge laviert haben, sprinten Arryn und ich nun die Korridore entlang und stoßen den Ausbrecher zwischen uns voran.

Endlich taucht einige Meter vor uns der verborgene Ausgang auf, doch laute Stimmen hinter der nächstgelegenen Ecke lassen uns schlitternd innehalten. Meine Augen weiten sich, als jemand um die Ecke gerannt kommt – jemand, der mitten in der Bewegung festfriert, sobald er uns dort stehen sieht.

»JD?«

Enzo starrt mich an, als wären wir uns noch nie leibhaftig begegnet. Seine dunklen Augen zucken zu dem Ausbrecher, dann zu Arryn, schließlich wieder zu mir.

Seine heillose Verwirrung ist ihm so offenkundig ins Gesicht geschrieben, als hätte er sie laut artikuliert. Doch das tut er nicht. Stattdessen huscht sein Blick erneut zu Arryn, anschließend zurück zu mir, ehe er den Mund öffnet und bellt: »Sie müssen umgekehrt sein! Schnell, in die andere Richtung!«

Ein letztes Mal nimmt er mich bohrend ins Visier; im nächsten Moment wirbelt er herum, rennt von uns fort, und ich vernehme überstürzte Schritte, die ihm nachfolgen und deren Lärm verklingt, je weiter sie sich entfernen.

»Was war das gerade?«, hauche ich.

»Beeil dich«, zischt Arryn und reißt den Ausbrecher nach vorn.

Ich stolpere den beiden nach, meine Beine noch schwach vom Schock und von der Angst, die unser knappes Entkommen mir beschert haben.

Erst als wir zu dritt durch die Geheimtür getaumelt sind und sie hinter uns versiegelt haben, ebbt das Brüllen in meinen Ohren allmählich ab.

»Was war das gerade?«, wiederhole ich japsend.

Camis Augen springen zwischen Arryn und mir hin und her, und sie wringt die Hände. »Was ist passiert? Dieser Alarm – hat euch jemand gesehen?«

»Nein.«

»Ja.«

Arryn und ich antworten genau gleichzeitig. Ich werfe ihr einen scharfen Blick zu, irritiert von der Verneinung – wo Enzo uns doch eindeutig geradeheraus angeschaut hat.

»Wir haben Enzo getroffen«, gestehe ich Cami, ehe Arryn Gelegenheit hat, sich irgendeine Lüge auszudenken – obwohl mir völlig schleierhaft ist, *weshalb* sie das tun sollte.

»Ihr habt *was*?«

»Alles ist gut. Er – er hat uns gerettet.«

»Wie kann das gut sein?«

Camis Frage ist berechtigt. Ich habe keine Ahnung, warum Enzo sich so verhalten hat, wie er sich nun einmal verhalten hat. Es sei denn …

Nur eine sinnvolle Erklärung kommt mir in den Sinn, und langsam wende ich mich zu Arryn um; währenddessen geht mir etwas durch den Kopf, das Kael mir einmal verraten hat.

Wir haben ein paar Leute eingeschleust …

Dass Keeda eine Informantin der Relikte war, ist eine Sache … aber *Enzo*?

Ich halte Augenkontakt mit Arryn, während ich frage: »Er arbeitet mit euch zusammen, nicht wahr?« Noch ein Puzzleteil fügt sich ins Bild, und ich schnappe nach Luft: »Moment – ist er … ist er *Shadow*? Euer Kontaktmann?«

»Nein, er ist nicht Shadow«, erwidert Arryn, und etwas in ihrem Tonfall lässt mich ihr glauben.

»Aber dann … was –«

Arryn unterbricht mich mit einem lauten Seufzen, reibt sich mit einer Hand über das Gesicht. Sie scheint ihre Antwort abzuwägen, späht kommentarlos auf Ward und den Ausbrecher hinunter und fällt dann eine Entscheidung. »Hat Enzo euch jemals seinen kompletten Namen anvertraut?«

Ich tausche einen raschen Blick mit Cami, die ebenso perplex ist wie ich.

Da keine von uns antwortet, sagt Arryn: »Er heißt Enzo Oberon.«

Oberon. Wieso kommt mir dieser Name so bekannt vor –

Du bist Dante Oberon.

Sneaks Stimme hallt in meinem Kopf nach, und ich staune Arryn ungläubig an.

»Enzo ist Dantes Bruder«, bestätigt sie leise. »Und er hat uns soeben den Hintern gerettet.«

Cami keucht auf. »Enzo hat einen *Bruder*?«

»Einen Zwilling, um genau zu sein«, sagt Arryn und schiebt den Ausbrecher dichter an Ward heran. »Zweieiig, versteht sich. Euch werden ein paar Gemeinsamkeiten auffallen, sobald ihr das nächste Mal vor einem von ihnen steht, aber wenn man sie nicht direkt nebeneinander sieht, sticht es nicht sofort ins Auge.«

Sie redet beiläufig, als hätte sie uns nicht gerade vollkommen aus den Socken gehauen.

»Dann … dann arbeitet Enzo also mit dir zusammen?«, kommt Cami auf meine vorige Frage zurück, mit noch immer schockierter Stimme. »Er ist ein Verbündeter der Relikte?«

Arryn versteift sich kaum merklich, doch dann entspannt sich ihr ganzer Körper; das Geheimnis endlich teilen zu können, scheint ihr eine Last von den Schultern zu nehmen. »Ja, er arbeitet mit mir zusammen.«

»Unglaublich.« Cami streicht sich eine Haarsträhne hinters Ohr. »All die Jahre lang – ich hatte keine Ahnung.«

Ich kann nicht sagen, ob sie sich hintergangen fühlt oder nicht. Im Grunde genommen steht Enzo also auf unserer Seite – mehr noch, als wir gedacht haben. Eine Person weniger, die wir von der Wahrheit über Lengard werden überzeugen müssen. Und als Kontaktmann im Innern der Einrichtung verfügt er unter Umständen über unschätzbare Informationen. Ich frage mich, ob *er* weiß, wo Vanik sich aufhält. Ob *er* eventuell einige der Antworten kennt, die wir suchen.

Dann aber fällt mein Blick wieder auf Ward und den Ausbrecher, und mir wird klar, dass jetzt nicht der richtige Zeitpunkt für solche Überlegungen ist. Durch die massive Tür schrillt noch immer gedämpft der Alarm; somit haben wir keine Chance, Enzo zeitnah zur Rede zu stellen. Eine andere Gelegenheit dafür wird sich ergeben – *muss* sich ergeben. Ich schaue hoch und bemerke, dass Arryn mich mustert.

Sie nickt knapp, als verstehe sie meine Gedanken nur zu gut – ein Nicken, das beinahe einer Ermutigung gleichkommt.

»Wir müssen los«, sage ich, so schwer es mir auch fällt. »Und diese beiden in Sicherheit bringen.«

Wir müssen Ward befreien … und ich muss mich mit dem Ausbrecher unterhalten. Etwas an ihm – selbst in diesem Moment, da er starr wie der Tod zwischen uns liegt – lässt mir keine Ruhe, ruft mir immerzu aufs Neue sein Entsetzen ins Gedächtnis, als er mich letzte Nacht erkannt hat. Meinen Namen geschrien hat. Ich will verstehen, *wieso*.

Halb bin ich versucht, ihn hier und jetzt, auf der Stelle, zu wecken, doch in Anbetracht der Tatsache, dass er in Luna Park vor mir geflohen ist, wäre es wohl unvernünftig, hier unten ein ähnliches Szenario zu riskieren. Sollte er durch die Tunnel vor uns fliehen, würden wir ihn womöglich nie wiederfinden.

Nein, das Beste wird sein, wir schaffen *beide* zunächst in die Sicherheit der Katakomben; dort bietet sich mir dann endlich die Chance, ein paar Antworten zu erhalten.

Antworten auf *alles*.

»Also … haben wir einen Plan dafür, wie wir hier herauskommen?«, wendet Cami sich an Arryn und schiebt gleich hinterher: »Du hast einen zweiten Aufzug erwähnt?«

Arryn nimmt ihren Blick von mir und nickt abermals. Zu meiner Überraschung windet sie sich allerdings auch ein wenig, als sie entschuldigend gesteht: »Der ist, ähm, einen kleinen Fußmarsch von hier entfernt.«

Sie deutet nach links, wo der Tunnel sich in der Dunkelheit verliert.

»Großartig«, murmelt Cami. »Einfach fabelhaft.«

Ich sammele meine Kräfte und dirigiere Ward wieder in die Höhe, bis er und der Ausbrecher nebeneinander vor uns schweben. Die Übung verlangt mir derart viel Konzentration ab, dass in meinen Schläfen ein Pochen einsetzt, doch ich beiße die Zähne zusammen und erinnere mich selbst daran, dass wir nun immerhin auf dem Rückweg sind. Nicht mehr lange, dann habe ich Gelegenheit, mich auszuruhen.

Weder Cami noch Arryn oder ich vertiefen die Frage, was wir mit den schwerelosen Jungen machen, sobald wir das Ende des verborgenen Gangs erreicht haben. Ein paar Ideen schwirren mir durch den Kopf, keine davon ideal. Unsere Strategien waren nicht darauf ausgelegt, dass wir einen Bewusstlosen im Schlepptau haben würden, von zweien ganz zu schweigen.

Da mein Fokus vollkommen darauf gerichtet ist, die beiden nicht zu Boden krachen zu lassen, und mein Geist ohnehin bereits schreit, versuche ich gar nicht erst, aufs Neue die schimmernde Lichtkugel herbeizuzitieren, und wir nutzen stattdessen Arryns Taschenlampe, mit der sie den Pfad ausleuchtet. Folglich läuft Arryn an der Spitze unserer Gruppe, mit langen, energischen Schritten zwischen den breiten Schultern der Jungen; Cami und ich dagegen folgen dahinter und schieben deren Füße an, um sie schneller voranzutreiben.

Ein Gurgeln dringt an meine Ohren, und ich wende mich mit hochgezogenen Brauen Cami zu.

Sie zuckt mit den Schultern, zwinkert dann und meint: »So schlimm, dass ich auf das Salatbrot angewiesen wäre, ist es noch nicht.«

Meine Lippen kräuseln sich ebenfalls zu einem Grinsen, als das Rumoren erneut ertönt, doch dann knurrt mein eigener Magen, und meine Belustigung verflüchtigt sich. Wie meine Gefährtinnen habe ich einen Bärenhunger und brauche dringend etwas zu essen – etwas, das nicht aus dem Nichts heraus erschaffen wurde. Sobald wir den Zoo erreicht haben, wären ein Happen zwischen die Zähne und ein Abstecher auf eine Toilette wirklich nett.

»Zumindest schaffen wir heute unsere täglichen zehntausend Schritte.«

Ich schnaube über Camis zynischen Optimismus. Arryn gluckst leise in sich hinein und beweist so, dass sie *durchaus* Humor besitzt – und wesentlich angenehmere Gesellschaft ist als noch ein paar Stunden zuvor. Beinahe glaube ich, dass sie eventuell anfängt, uns zu mögen. Und dieses Gefühl beruht auf Gegenseitigkeit.

»Erzähl mal, Arryn«, wage ich einen Vorstoß. »Wie bist du bei den Relikten gelandet?«

Einen Moment lang bleibt sie stumm, scheint erst abzuwägen, ob sie antworten will oder nicht. Halb rechne ich damit, dass sie meine Frage übergeht, daher bin ich positiv überrascht, als sie schließlich sagt: »So ziemlich die übliche Leidensgeschichte: Meine Mum hatte Schwierigkeiten, schwanger zu werden, also hat sie sich für die Xanaphan-Studie gemeldet – und irgendwann bin dann ich dahergekommen.«

Es entsteht eine kurze Pause, in der außer dem Tröpfeln von Wasser kein Laut durch den finsteren Tunnel hallt.

Arryn räuspert sich und redet weiter: »Mit sieben war ich im Familienurlaub auf den Whitsunday Islands. Wir haben in einem Hotel auf Hamilton Island gewohnt – meine Eltern, meine Großmutter und ich. An unserem letzten Tag sollten wir eigentlich mit dem Helikopter über das Riff fliegen, aber morgens beim Aufwachen war mir speiübel, und ich habe mir dank eines Virus die Seele aus dem Leib gereihert. Meine Großmutter hat Fliegen ohnehin gehasst und daher angeboten, mit mir im Hotel zu bleiben, aber darauf bestanden, dass meine Eltern den Flug trotzdem ohne uns antreten.«

Wieder eine Pause, diesmal vielsagender.

»Sie sind nie zurückgekehrt«, flüstert Arryn, und die Härchen auf meinen Armen stellen sich auf. »Ihr Hubschrauber ist knapp vor der Küste von Whitehaven Beach abgestürzt. Motorversagen. Keine Überlebenden.«

Sie leiert die Fakten herunter wie Schlagworte aus einem offiziellen Polizeiprotokoll. Ich fühle mit ihr, da ich nur zu gut nachempfinden kann, was es bedeutet, so jung einen derartigen Verlust zu erleiden. Und ohne Cami anzusehen, weiß ich, dass es ihr genauso geht – schließlich hat auch sie im Alter von nur acht Jahren, kaum älter als Arryn damals, beide Eltern verloren.

»Meine Großmutter war meine letzte lebende Verwandte, also hat sie sich um mich gekümmert, zurück in Sydney«, fährt Arryn fort und klingt dabei, als wollte sie ihre Erzählung möglichst schnell zu Ende bringen; jegliche Emotionen hat sie aus ihrer Stimme verbannt. »Aber als ich zehn war, ist in ihrem Gehirn ein Aneurysma geplatzt. Ohne jede Vorwarnung – in der einen Minute war sie am Leben, in der nächsten tot.«

Ich habe … keinen blassen Schimmer, was ich darauf erwidern soll. Keine Ahnung, wie ich meine Aufforderung, ihre Geschichte mit uns zu teilen, zurücknehmen soll. Keine Idee, wie ich diesen unfassbar tiefen Schmerz in ihrer Seele lindern soll.

»Danach hatte ich niemanden mehr, folglich bin ich von Pflegefamilie zu Pflegefamilie geschoben worden. Ihr wisst ja, wie das läuft – genau wie in den Filmen. Manche Leute haben Glück und landen in einer großartigen Familie. Ich … nicht.«

Wir gelangen an eine Kreuzung im Tunnel, und Arryn führt uns nach rechts; der Schein ihrer Taschenlampe tanzt weiter vor uns her und erhellt die Dunkelheit.

»Drei Tage nach meinem sechzehnten Geburtstag ist mein Pflegevater betrunken nach Hause gekommen und …« Ihre Stimme verliert sich kurz, ehe sie sie wieder einfängt. »Tja, die Lücken könnt ihr sicher selbst füllen.«

Galle steigt in meiner Kehle auf.

»Ich habe es geschafft, ihn abzuwehren, bevor er Gelegenheit hatte, zu weit zu gehen, aber an diesem Punkt hatte ich die Nase voll. Ich bin abgehauen – habe alles zurückgelassen und mich nie mehr umgedreht. Danach habe ich auf der Straße gelebt, die Schule abgebrochen, täglich darum gekämpft, etwas zu essen und einen Platz zum Schlafen zu finden. Bis sich eines Tages alles verändert hat.« Sie legt dem Ausbrecher eine Hand auf die Schulter, korrigiert leicht seine Position, damit er die Bahn hält. »Diesen Tag werde ich nie vergessen: Es regnete in Strömen – ein derart heftiges Unwetter, dass ich im Eingang der State Library Schutz suchen musste. Ich lehnte an einer der Säulen vor dem Hauptportal, mit dreckigen Klamotten, ungewaschenem Körper und verfilzten Haaren. Nicht einmal Schuhe hatte ich an. Ich war beinahe siebzehn, also seit einem knappen Jahr auf mich allein gestellt. Ohne einen Grund, am Leben zu bleiben – letztlich scherte sich ja niemand darum, ob ich lebendig oder tot war. Das war … der absolute Tiefpunkt, die einzige Zeit, in der ich je ernsthaft mit dem Gedanken gespielt habe, dass es sich vielleicht gar nicht lohnt, mich durch einen weiteren Tag zu quälen.«

Was sie gerade beichtet – der Schmerz, den sie ertragen hat –, lässt mich scharf die Luft einziehen. Ich schiele zu Cami hinüber und bemerke, wie sie rasch einige Tränen wegblinzelt.

»Während ich also dort stand und meine … Optionen abwog, ist ein Typ auf mich zugekommen und hat meine Hand in seine genommen. Ihm war ganz gleichgültig, in welch erbärmlichem Zustand ich mich befand; es hat ihn nicht gekümmert, wie übel ich gerochen oder wie versifft ich gewirkt haben muss. Er hat mich einfach angelächelt und gesagt: ›Du hast ja keine Ahnung, wie lange ich schon nach dir suche.‹ Und in diesem Augenblick habe ich sie gespürt – eine Energie, die durch meinen ganzen Körper geströmt ist, ausgehend von dort, wo seine Haut meine berührte.« Wieder schubst sie den Ausbrecher an, bringt ihn erneut auf Kurs. »Ich hatte schon immer tief in meinem Innern gefühlt, dass ich anders war, auch wenn ich diese konkrete Empfindung noch nie erlebt hatte. Ich wollte wissen, was es damit auf sich hatte, was all das bedeutete. Und, ganz ehrlich: In meiner damaligen Situation hatte ich nichts mehr zu verlieren. Jedenfalls habe ich ihm aus irgendeinem Grund vertraut, und so bin ich ihm gefolgt, als er mich gebeten hat, mitzukommen.«

»Lass mich raten: Dieser Junge war Kael?«, vermutet Cami.

Arryn lacht leise. »Nein, nicht Kael. Jemand, dem ihr noch nicht vorgestellt worden seid.«

»Aber er hat dich mit zu den Relikten genommen, richtig?«, vergewissert sich Cami. »Hatte Liana gesehen, dass du eine frisch ausgebrochene Sprecherin warst, wie bei diesem Kerl hier?«

»Lianas Gabe ist unglaublich«, nickt Arryn.

Ich hoffe, sie stellt mir den Jungen, der ihren Lebensweg so grundlegend umgelenkt hat, bald vor. Es gibt so viele Relikte, denen ich noch nicht begegnet bin.

»Das war's im Grunde«, meint Arryn mit gezwungener Leichtigkeit in der Stimme. »Ich habe herausgefunden, wie meine Sprechergabe funktioniert, und bin dann im Verlauf der letzten beiden Jahre nach und nach in den Rängen aufgestiegen, bis ich schließlich die Verantwortung für unsere Sicherheit übertragen bekommen habe. Tja, und da bin ich nun.«

Das Ende ihrer Geschichte wirkt abrupt, doch ich unterdrücke alle Fragen, die ich noch habe, da ich sie nicht über Gebühr bedrängen will.

»Und da sind *wir* nun«, ergänzt sie, und ihre Betonung bringt mich dazu, aufzuschauen; der Lichtstrahl ihrer Taschenlampe prallt vom Ende des Gangs vor uns ab. »So schlimm war unser Marsch doch gar nicht, oder?«

Camis einzige Reaktion ist ein Grummeln darüber, dass ich die

Blasen an ihren Füßen werde heilen müssen, sobald wir wieder in den Katakomben sind. Ich widerstehe dem Drang, zu antworten, dass sie das Gleiche für mich übernehmen darf.

»Jetzt kommt der knifflige Teil«, sagt Arryn und dreht sich zu uns um. »Es gibt hier eine Tür, die geradewegs wieder nach Lengard hineinführt; sie spuckt uns direkt neben dem Aufzug aus, der uns an die Oberfläche befördert. Aber danach …«

Danach brauchen wir eine Taktik, um Ward und den Ausbrecher zum Zoo zu transportieren, ohne dass jemand auf uns aufmerksam wird. Eine unmögliche Aufgabe, in Anbetracht der Tatsache, dass sie *vor uns herschweben.*

»Ich habe eine Idee«, sage ich und kaue dabei auf der Innenseite meiner Wange herum. »Allerdings fürchte ich, sie wird euch nicht gefallen.«

KAPITEL 13

Zum Glück ist der weiße Korridor, den wir betreten, menschenleer. Ich frage mich, ob wir dafür Enzo Dank schulden – einmal mehr.

Zu fünft quetschen wir uns in die Fahrstuhlkabine, und sobald sie sich in Bewegung gesetzt hat und zügig nach oben rauscht, senke ich unsere bewusstlosen Gefährten auf den Boden ab und hebe meinen Befehl über sie auf. Eine Woge des Schwindels überrollt mich, und ich gerate leicht ins Schwanken.

»Erklärst du es bitte noch einmal?«, fragt Cami, die sich derweil an der Wand abstützt und von unserer rasanten Fahrt offenkundig auch alles andere als begeistert ist.

»Ich bin mir ziemlich sicher, dass ich es schaffe, uns alle zu verhüllen«, sage ich. »Wie Sneak oder Jet – oder eine Mischung aus deren beiden Techniken. Auf jeden Fall kann ich uns für fremde Augen unsichtbar machen. Ähnlich wie Pandora vergangene Nacht mit ihrem präparierten Schal.«

»Bis ich alles ruiniert habe«, meint Cami düster und schlägt die Augen nieder.

Arryn öffnet den Mund, doch ich schicke ihr einen bösen Blick, und sie klappt ihn schnell wieder zu. Das nämlich habe ich befürchtet – dass Cami sich mit ihrem Fehler ewig selbst geißeln wird. Zugleich weiß ich jedoch auch, dass ich ebenso versucht hätte, zu Ward zu laufen, wenn ich an ihrer Stelle gewesen wäre – wenn es *mein* Bruder gewesen wäre.

»Getan ist getan«, sage ich und gebe ihr keine Zeit, länger darüber nachzusinnen. »Hoffentlich gelingt es mir, den Teil der Nacht nachzubilden, in dem wir noch verborgen waren.« Mein Kopf pocht schmerzhaft, und ich presse eine Hand an die Schläfe, atme scharf ein und gestehe: »Die Sache ist die: Mir geht langsam der Saft aus. Es fällt mir immer schwerer, mich zu konzentrieren, und wenn ich uns alle verstecken *und* diese zwei in der Luft halten muss …« Ich bringe den Satz nicht zu Ende, doch Arryn und Cami begreifen beide, was ich andeuten will.

»Falls die Anstrengung dich so erschöpft, dass du die Kontrolle verlierst, hat niemand etwas davon«, befindet Arryn, und ich nicke zustimmend.

Müdigkeit bedeutet Fehler. Und wir sind Lengard nach wie vor so nah, dass Fehler katastrophale Folgen haben könnten. In meinem momentanen Zustand traue ich mir zwar zu, unsere Unsichtbarkeit auf die Reihe zu bekommen, nicht aber gleichzeitig das Schwebekunststück. Entweder das eine oder das andere.

»Dann werden wir sie einfach selbst schleppen müssen«, verkündet Cami. Ihre Feststellung klingt sachlich genug, um mir nicht das Gefühl zu geben, meine Begleiterinnen im Stich zu lassen. »Wir sind immerhin zu dritt – das kriegen wir hin.«

Arryn reibt sich das Kinn. »Gut, dass dieser Aufzug direkt am Darling Harbour herauskommt. Von dort ist es nur ein kurzer Fußweg bis zum Fähranleger. Und dort ist es nicht halb so voll wie am Circular Quay, was das Risiko, angerempelt zu werden und irgendwelche Leute zu Tode zu erschrecken, erheblich minimiert.«

Zumindest ein Faktor zu unseren Gunsten.

»Bist du sicher, dass du nicht probieren willst, meine Fähigkeit zu übernehmen?«, frage ich Arryn. »Dann könntest du die Jungs schweben lassen, während ich uns verhülle?«

Sie schüttelt den Kopf, noch bevor ich zu Ende geredet habe. »Ich habe noch nie eine so mächtige Gabe wie deine zu kontrollieren versucht – ich denke nicht einmal, dass mir das *gelingen* würde. Und ich habe auf keinen Fall das Bedürfnis, es auszutesten, wenn derart viel auf dem Spiel steht.«

Meine Achtung vor ihr wächst angesichts solcher Selbsterkenntnis – wie sie sich weigert, unsere Sicherheit zu gefährden, bloß um etwas Neues zu erproben, beeindruckt mich. Allerdings folgt daraus eben auch, dass wir uns mit den Jungen werden abmühen und sie irgendwie zur Fähre wuchten müssen. Hätte ich ein paar Minuten, um mich auszuruhen und etwas zu essen, würde ich mir eher zutrauen, Schwerelosigkeit und Unsichtbarkeit gleichzeitig in Angriff zu nehmen. Aber da sich meine Befehle auf fünf von uns – fünf echte, lebendige Menschen – auswirken werden, könnte ein einziger irrläufiger Gedanke eine Katastrophe anrichten. Die Jungen könnten meilenweit in die Höhe katapultiert werden, oder ich könnte uns nicht nur unsichtbar machen, sondern vollends von hier verschwinden lassen. Keedas Kommentar über »irreversible Schäden« hallt mir nach wie vor in den Ohren … und ich bin mit der derzeitigen Position meiner Organe ganz zufrieden, vielen Dank auch.

»Wie genau soll das klappen?«, fragt Cami und beäugt ihren Bruder und den Ausbrecher nun doch skeptisch.

Sie sind ähnlich gebaut – beide groß, beide breitschultrig.

»Den hier habe ich ja schon durch halb Lengard geschleift«, meint Arryn und tätschelt dem Ausbrecher die Schulter – eine seltsam zärtliche Geste. »Da bringen ein paar Meter mehr mich nicht um, solange ihr zwei glaubt, ihr kommt zusammen mit Ward klar.«

»Das kriegen wir schon hin«, sage ich entschlossen. Letztlich bleibt uns keine andere Wahl.

»Wir sind fast da«, merkt Arryn an; sie bückt sich, umgreift den Rücken des Ausbrechers, schlingt sich seinen Arm über die Schulter und wuchtet ihn in die Höhe.

Ich habe keine Ahnung, woher sie weiß, dass der Fahrstuhl die Oberfläche beinahe erreicht hat, vertraue jedoch auf ihr Urteilsvermögen.

Rasch nehmen Cami und ich unsere jeweilige Position neben Ward ein und hieven ihn ebenfalls nach oben. Sein Körper ruht warm und fest an meiner Seite. Ich weigere mich, darüber nachzudenken, wie gut er sich anfühlt, wie gut er riecht, und staune stattdessen, wie *schwer* sein lebloses Gewicht auf mir lastet.

»Dein Einsatz, Lyss«, sagt Arryn. »Lass deine Magie spielen.«

Ich atme tief durch und sammele meine Konzentration. Als Jet ihre Gabe auf mich angewandt hat, war ich in der Lage, meine Umwelt ganz normal wahrzunehmen, konnte jedoch keinen der anderen sehen, die sie ebenfalls verborgen hatte. Wir waren allesamt für fremde Augen – und füreinander – unsichtbar. In gleicher Weise hat letzte Nacht Pandoras präparierter Schal gewirkt. Ich habe nicht vor, das exakt nachzuahmen, da es zu viele Komplikationen gäbe, wenn Arryn, Cami und ich weder einander noch die Jungen, die wir tragen, erkennen würden. Daher stelle ich mir präzise vor, was ich erreichen möchte – dass unsere Körper transparent werden, und zwar für alle *außer* uns –, und Spreche das erste Wort, das mir in den Sinn springt: »Verstecken.«

Licht bricht aus mir hervor, und ich spüre ein Prickeln, das an meinem Scheitel beginnt und bis hinunter in meine Zehen wandert – unerwartet, aber nicht unbedingt unangenehm. Als ich zu meinen Gefährten hinüberblicke, sind ihre Umrisse verschwommen; sie muten an wie verschmierte, zum Leben erwachte Ölgemälde. Ich hoffe, das ist ein Zeichen dafür, dass mein Befehl gewirkt hat – Gewissheit werden wir gleich haben, da der Fahrstuhl schon langsamer wird.

»Dann mal los!«, sage ich, als die Tür aufgleitet und wir ins schwindende Nachmittagslicht treten.

Ich brauche eine Sekunde, um den Schock darüber zu verwinden, dass die Sonne schon untergeht – *Wie lang sind wir bloß dort unten gewesen?* –, und bin kurz irritiert, ehe es mir gelingt, mich zu orientieren. Überrascht stelle ich fest, dass ich mich hier *auskenne*: Wir befinden uns direkt neben dem Sydney Aquarium. Arryn hat nicht zu viel versprochen – weit ist es nicht von hier bis zum Kai, Pier 26 liegt unmittelbar vor uns. Und, was noch besser ist: Am Anleger schaukelt bereits eine *Zoo-Express*-Fähre und scheint jeden Moment die Leinen losmachen zu wollen.

»Schnell«, drängt Arryn und wankt schnaufend mit dem Ausbrecher voran. »Wenn wir uns beeilen, erwischen wir sie.«

Ich widerstehe dem Drang, ihr zu sagen, dass sie den Mund halten soll. Zwar sind wir – *hoffentlich* – unsichtbar, aber unhörbar habe ich uns nicht gemacht.

Mit Wards leblosem Gewicht in unserer Mitte stolpern Cami und ich Arryn hinterher. Kaum haben wir den Aufzug verlassen, werfe ich nervöse Blicke nach allen Seiten, überzeugt davon, dass irgendjemand uns bemerken oder zumindest über die seltsamen Kapriolen des Aufzugs stutzen wird. Doch es sind so viele Leute unterwegs, dass solch kleine Unstimmigkeiten nicht auffallen; zu viele Touristen, die aus dem Aquarium hasten oder hineinströmen oder in der Schlange vor Madame Tussauds Wachsfigurenkabinett stehen. Andere sind abgelenkt vom malerischen Panorama des Hafens und der Pyrmont Bridge, die sich über das Wasser spannt – eine Brücke, über die ich vor fünf Wochen mit Falons Kindern und Ward gelaufen bin, am selben Tag, an dem ich meine Schöpfergabe offenbart und erfahren habe, dass ich mit meinen Fähigkeiten nicht allein bin.

Nein, die Menschen um uns herum sind zu beschäftigt damit, alles andere anzustarren, um uns wahrzunehmen, obwohl wir keuchen und japsen, da es alles andere als leicht ist, zwei bewusstlose Jungen zum Kai zu bugsieren. Mein Gesprochener Befehl muss funktioniert haben; wir sind getarnt.

Doch daraus ergibt sich ein neues Problem: Wie kommen wir auf das Boot?

Arryn scheint diese Frage keine Sorgen zu bereiten; sie marschiert, ohne zu zögern, über die Landungsbrücke, als der müde wirkende Aufseher gerade drei vorbeischlendernden Mädchen nachblickt. Cami und ich tun es ihr nach, was sich etwas schwieriger gestaltet, weil wir die schmale Planke nur seitlich, im Krabbengang und mit Ward zwischen uns überwinden können. Der Aufseher bekommt dennoch nicht mit, wie wir an ihm vorbeischlüpfen; die Geräusche des schwappenden Wassers und der Menschenmenge übertönen mühelos das Schleifen von Wards Schuhen auf der Brücke.

Mein Rücken und Genick brüllen, während wir Ward stumm hinter Arryn mit dem Ausbrecher herschleppen. Wir folgen ihr an der Reling der Fähre entlang in Richtung Heck, wo sie erst anhält, nachdem sie sich vergewissert hat, dass niemand sonst auf die absurde Idee gekommen ist, bei den rapide abfallenden Temperaturen die Überfahrt an Deck zu verbringen.

Cami und ich verfrachten Ward unsanft auf eine hölzerne Bank, Arryn legt den Ausbrecher ebenfalls ab – eventuell ein wenig sanfter.

Sie zieht ihr Handy hervor, betrachtet mit leicht gerunzelter Stirn das Display und fängt an zu tippen.

»Hat Kael sich gemeldet?«, rate ich.

»Wir *sind* schließlich schon eine Weile weg«, antwortet sie, ohne aufzusehen.

Und er will mich beschützen. Das fügt sie nicht hinzu, und ich bin ihr dankbar dafür. Er hat keinen Grund, sich so … anhänglich zu verhalten. Doch nach allem, was er verloren hat – nach *allen*, die er verloren hat –, sollte ich wohl ein wenig nachsichtiger mit ihm sein.

»Zumindest sind wir jetzt auf der Zielgeraden«, meint Arryn, schickt ihre Nachricht ab und steckt das Handy wieder ein. Dann steht sie von ihrem Platz an der Schulter des Ausbrechers auf und lehnt sich an die Reling, gerade als die Fähre sich vom Anleger löst und auf ihrem Weg durch den Hafen Fahrt aufnimmt.

Da niemand sich zu uns nach draußen gesellt hat, können wir frei und offen reden. Und somit auch rückhaltlos jammern. »Bis wir am Zoo ankommen, sind uns ganz bestimmt Eiszapfen gewachsen. Vielleicht schreibst du Kael besser noch einmal an, damit er Heizlüfter bereithält, um uns aufzutauen.«

Arryn grinst bloß, doch Cami schlingt ihren Mantel enger um den Körper und gibt zu: »Es *ist* ein bisschen frisch.«

Ein bisschen frisch? Nun, da die Sonne allmählich hinter dem Horizont verschwindet und Wind aufkommt, sind die Temperaturen mit ziemlicher Sicherheit nur noch einstellig. Wenn überhaupt. Trotzdem hat die Luft, die über meine Haut fegt, in Verbindung mit dem Meersalzkitzeln in meiner Nase eine angenehm belebende Wirkung auf mich. Nachdem ich in Lengard so lange unter der Erde gewesen bin und mit meinen eigenen dunklen Erinnerungen gerungen habe, beschert mir jeder Ausflug an die Oberfläche ein überwältigendes Gefühl des Friedens. Des Friedens und der Befreiung.

Dafür kämpfen wir. *Das* wünsche ich mir für die Sprecher in Lengard – und auch für die Relikte. Für *alle* Sprecher. Nicht unter der Stadt verbarrikadiert zu sein, sondern *in ihrer Mitte* zu leben, ein blühender *Teil* davon zu sein.

Aber zuerst müssen wir Vanik stoppen. Wo auch immer er ist.

Gedankenverloren reibe ich mir über den Arm, spüre erneut den Phantomschmerz der Nadel, die sich in meine Haut bohrt. Kurz schiele ich zu dem Ausbrecher hinüber und frage mich, wie lange es noch dauern mag, bis seine Betäubung abklingt und er wach wird. Ich kann mich nicht entscheiden, welche Frage ich ihm zuerst stellen will: *Woher kennst du meinen Namen? Wieso bist du vor mir davongerannt? Wie lange hast du dich versteckt?* Wieso *hast du dich versteckt?*

Die letzten beiden Fragen entspringen meiner wachsenden Gewissheit, dass er – ganz gleich, wie oft wir ihn so bezeichnen – eben *kein* frisch ausgebrochener Sprecher ist. Wie es mir schon beim ersten Blick in sein Gesicht aufgefallen ist: Dieser Junge – oder vielmehr junge Mann – ist zu alt. Ich nehme inzwischen an, dass er seit Jahren über seine Sprecherfähigkeiten Bescheid weiß. Ein Rätsel ist mir nur, wie er es geschafft hat, bis gestern unter dem Radar zu fliegen. Unentdeckt auch von Lengard, nicht nur den Relikten.

Wobei … Arryn hat erwähnt, dass sie bereits siebzehn war, als sie gefunden wurde. Allerdings benötigt sie andere Sprecher, um von ihrer Gabe Gebrauch machen zu können – sie spiegelt *deren* Fähigkeiten, und den ersten anderen Sprecher hat sie nun einmal erst mit siebzehn getroffen. Die Wahrscheinlichkeit, dass das Gleiche auf diesen Jungen zutrifft …

Vielleicht sollte ich mich bei Liana danach erkundigen. Womöglich kann sie ein wenig Licht ins Dunkel bringen.

Ich versuche, meine Gedanken nicht allzu sehr mit mir durchgehen zu lassen, während unsere Fähre einen kurzen Zwischenstopp am Circular Quay einlegt und anschließend Fort Denison ansteuert, ehe wir Kurs auf den Zoo nehmen. Noch ist es recht hell, aber schon bald wird es zu dunkel sein, um viel zu erkennen. Hätten wir noch ein wenig länger gewartet, wäre es uns vielleicht gelungen, unbemerkt von Bord zu gehen und in die Tunnel zu gelangen, ohne auf die zeitweilige Unsichtbarkeit angewiesen zu sein. Aber so ist das zu riskant.

Also wiederholen wir, was uns an Bord gebracht hat: Cami und ich schleppen Ward, Arryn stolpert mit dem Ausbrecher voran. Ehe wir die Fähre verlassen, wirft Cami Arryn einen scharfen Blick zu; Arryn seufzt, dann legt sie ein wenig Geld auf einen Sitz.

Alles läuft nach Plan. Trotz unserer schweren Last gelingt es uns, über den Landungssteg auf den Kai zu stolpern und uns dort der fortströmenden Menge anzuschließen.

Wir warten, bis die Menschenmassen sich verflüchtigt haben, und machen uns dann auf den Weg die Straße hinunter, die uns zu dem Pfad führt, der am Hintereingang des Zoos endet – ganz in der Nähe des Haupttunnels in die Katakomben.

Wir sind im Begriff, die Straße zu überqueren, als ein tiefes männliches Stöhnen uns in der Bewegung einfrieren lässt.

Ich starre angespannt auf Wards Kopf hinunter, der ihm noch schlaff auf der Schulter liegt – voller Sorge, er könnte Camis Schlafbefehl jeden Moment abschütteln. Falls er so weit zu sich kommt, dass er in der Lage ist, seine Gabe zu benutzen, schaffen wir es niemals, ihn in die Katakomben zu bringen. Er wird kein zweites Mal auf den gleichen Trick hereinfallen.

Aber … als ich den Laut erneut – und diesmal lauter – höre, wird mir klar, dass er nicht von Ward stammt.

Ich wirbele gerade rechtzeitig herum, um zu sehen, wie sich die leuchtend blauen Augen des Ausbrechers mit flatternden Lidern öffnen; gerade rechtzeitig, um die Panik darin zu sehen, als er sich seiner neuen, fremden Umgebung bewusst wird.

Instinktiv schlägt er um sich, stößt Arryn von sich weg und müht sich strauchelnd, sein Gleichgewicht zu halten. Arryn stolpert ebenfalls, kracht in Cami, Ward und mich hinein und schreit auf, als wir zu viert in einem Knäuel aus Armen und Beinen zu Boden gehen.

Wir liegen noch auf der Erde, da klappt dem Ausbrecher der Mund auf, und er japst ein einziges Wort.

»Arryn?«

Seine Lippen formen ihren Namen wie ein Gebet; unverhohlenes Erstaunen schwingt in seinem Ton mit. Dann jedoch zuckt sein Blick zu mir, und alle Farbe weicht ihm aus dem braun gebrannten Gesicht.

»Du *bist* es«, haucht er. »Ich dachte – ich dachte, ich habe es mir eingebildet. Ich dachte, du bist ein Traum gewesen. Ein unmöglicher Traum.«

Ward und Arryn nageln mich mit ihrem Gewicht am Boden fest; ich versuche, mich unter ihnen hervorzuwinden, drücke und schiebe, bis ich aufstehen kann.

»Wer bist du?«, frage ich ihn, mit merkwürdig zittriger Stimme. »Woher kennst du mich?«

Eine steile Falte erscheint auf seiner Stirn, und er macht einen Schritt auf mich zu. »Was – Lyss, *ich* bin es.«

Verschwommen nehme ich wahr, dass auch Arryn und Cami hinter mir wieder auf die Beine gekommen sind und sich bemühen, Ward ebenfalls aufzurichten. Mein Fokus ruht jedoch einzig auf dem Ausbrecher.

»Wer, *ich*?«, frage ich und mustere sein dunkles Haar, die robuste Statur, die strahlenden Augen. »Ich habe dich noch nie im Leben gesehen.«

Seine Miene – er wirkt, als ob … als ob ich ihn geohrfeigt hätte. Tatsächlich taumelt er rückwärts.

»Ich bin es«, sagt er noch einmal. »Lyss, ich – ich bin es, Riley.«

Riley.

Immerhin habe ich jetzt einen Namen, auch wenn mich das nicht wirklich weiterbringt.

»Und woher kennst du mich, Riley?«, wiederhole ich meine ursprüngliche Frage.

Sein Ausdruck wird bloß noch schmerzerfüllter. Er starrt mich genau so an wie vergangene Nacht – als stünde er einem Geist gegenüber. Einem Geist, der die Macht hat, ihm unermessliche Schmerzen zuzufügen.

Ich werde aus den Emotionen, die über sein Gesicht jagen, nicht schlau. Ich begreife nicht, wieso er über meine Schulter zu Arryn und Cami späht und zu erwarten scheint, dass eine von ihnen sich einmischt und ihm erklärt, was hier vor sich geht.

»Lyss –«

Was auch immer ihm auf der Zunge liegt, wird vom Geräusch eines aufjaulenden Motors geschluckt, als ein schwarzer Van aus dem Nichts heranrast und mit kreischenden Bremsen anhält. Ehe ich Zeit habe, zu erfassen, was gerade passiert, gleitet die Seitentür auf, und zwei Gestalten mit Sturmhauben springen heraus, beide von Kopf bis Fuß in Schwarz gehüllt.

Nein – nicht bloß in Schwarz.

In schwarze *Tarnuniformen*.

Genau wie die Sprecher, denen wir letzte Nacht in Luna Park begegnet sind.

Sie sind nicht zufällig hier – sondern unseretwegen.

Das sollte nicht möglich sein. Wir sind im Augenblick unsichtbar, für alle außer füreinander, das bestätigen mir die Schlieren, die nach wie vor um unsere Silhouetten wabern. Doch die beiden getarnten Sprecher tragen eine Art Infrarotbrillen. Sie scheinen keinerlei Schwierigkeiten damit zu haben, uns zu sehen, was umso deutlicher wird, als sie den Ausbrecher – *Riley* – packen und mit sich zerren.

»Nein!«, brüllt er und windet sich in ihrem Griff.

Sein Schrei reißt mich aus meiner Trance, und ich löse rasch meinen Verhüllungsbefehl auf, um all meine Konzentration für einen neuen zur Verfügung zu haben: »Loslassen!«

Licht flammt auf, doch das Kommando bleibt wirkungslos. Die Fremden schleifen ihn bloß weiter in Richtung des wartenden Vans.

Ich versuche es erneut, blende meinen schmerzenden Kopf aus und bündele allen Fokus stärker denn je, bevor ich aufs Neue Spreche: »Lasst ihn los!«

Abermals ein Blitz, doch der Griff der Entführer lockert sich nicht im Geringsten.

Es gibt keinen Grund, aus dem meine Gabe nicht funktionieren sollte. Keinen einzigen – außer …

Außer einer der zwei verfügt über Fähigkeiten, mit denen er meine Worte zu entkräften vermag. Wie Kael, wie Ward.

Sobald mich diese Erkenntnis trifft, setze ich ihnen nach, verzweifelt entschlossen, Riley nicht jemandem in die Hände fallen zu lassen, der nur ein Feind sein kann.

Zumindest nehme ich das an, bis –

»Hör auf, dich gegen uns zu wehren, Riles!«, höre ich eine Männerstimme keuchen. Etwas an ihr ist mir beinahe vertraut, doch es gelingt mir nicht, sie zuzuordnen. »Wir sind hier, um dich zu retten, du Riesentrottel!«

Meine Schritte werden zögerlicher; Verwirrung schlägt über mir zusammen.

»Nein – stopp!«, ruft Riley, als die drei den Van erreichen. »Ihr versteht das nicht! Ich muss ihr sagen –«

»Riles, jetzt *komm*«, drängt eine weibliche Stimme, und ihre verhüllte Gestalt schiebt ihn in das Fahrzeug.

»Wartet!«, schreie ich und lege so viel Absicht wie nur möglich in das Wort. Das Licht, das aufblitzt, ist fast blendend grell, doch noch immer zeigt es keinerlei Effekt. Niemand wartet – sie rammen die Tür zu; die Reifen rotieren bereits, um im nächsten Moment schnell davonzubrausen. »Nein!«

Ich sprinte dem Wagen hinterher, wohl wissend, dass das zwecklos ist. Ohne meine Sprechergabe habe ich keine Chance, sie an der Flucht zu hindern.

Eine getönte Scheibe fährt nach unten, und Rileys Kopf taucht aus dem Innern des Autos auf.

»Lyss – du musst dich erinnern!«, schreit er mir zu.

»Mich *woran* erinnern?«, brülle ich zurück.

Seine Miene wirkt gequält, und was er als Nächstes sagt, lässt mich mitten auf der Straße schockstarr innehalten, während der Van um eine Ecke verschwindet.

»Ich bin Riley Scott! *Ich bin dein Bruder!*«

KAPITEL 14

Ich bin dein Bruder.
Ich bin dein Bruder.

Ich
bin
dein
Bruder.

I
C
H

B
I
N

D
E
I
N

B
R
U
D
E
R.

Die Worte hallen durch meinen Kopf, immer und immer wieder, während ich Cami und Arryn voran durch den Zoo eile und schließlich hinein in das unterirdische Tunnelsystem, das zu den Katakomben führt.

Die beiden schleppen Ward mit sich, als wüssten sie intuitiv, dass ich gerade nicht in der Lage bin, noch zusätzliches Gewicht zu schultern. Nicht solange Rileys Offenbarung noch wie ein Paukenschlag in meinen Ohren dröhnt.

Sie ergibt keinen Sinn. Ich *habe* keinen Bruder. Ich komme beim besten Willen nicht dahinter, weshalb er so etwas behauptet.

Lyss – du musst dich erinnern!

Wie soll ich mich an etwas erinnern, das nicht einmal *wahr* ist?

Und … wieso hält *er* es für die Wahrheit?

»Wo zum *Teufel* habt ihr gesteckt?«

Kaels wutentbrannte Stimme reißt mich aus meinen Gedanken; er stürmt den fackelerleuchteten Tunnel entlang auf uns zu, und ich sehe, wie ihn die Erkenntnis trifft, als sein Blick an mir vorbeigeht und er die Antwort auf seine Frage in meinem Rücken erspäht. Ungläubig stockt er und bleibt dann stehen.

»Sagt mir, dass ich halluziniere«, zischt er.

»Getan ist getan«, erklärt Arryn ihm mit fester Stimme und wiederholt damit exakt die Worte, die ich vorhin Cami gegenüber gebraucht habe. »Du kannst so angepisst sein, wie du willst, aber dass wir erfolgreich waren, lässt sich kaum bestreiten.«

Sie deutet auf Ward, doch das scheint Kael allenfalls *noch* wütender zu machen. »Habt ihr auch nur die leiseste Ahnung, wie riskant das war?«

Seine zornigen Worte entfachen auch in mir ein Brodeln, besonders da der Blick aus seinen dunklen Augen sich nun in meinen bohrt. Ich bin nicht in der Stimmung, mir irgendeinen beschützerinstinktgesteuerten Alphamännchenquatsch anzuhören. Nicht nach dem Tag, der hinter mir liegt.

Er linst an uns vieren vorbei, scheint in der Dunkelheit nach einem weiteren Neuankömmling zu suchen. »Wo ist der Ausbrecher?« Weil keiner von uns antwortet, ergänzt er: »Ich nehme an, ihr habt eure Freiheit nicht *nur* für Ward aufs Spiel gesetzt?«

Cami schürzt die Lippen, und ich flehe sie stumm an, sich zurückzuhalten. Mag sein, dass wir beide uns auch »*nur* für Ward« nach Lengard gewagt hätten; jetzt allerdings scheint mir nicht der beste Zeitpunkt, um Kael weiter zu reizen. Vor allem nicht, da auch ich kurz davor bin, die Beherrschung zu verlieren.

»Offensichtlich ist nicht alles exakt nach Plan verlaufen«, erkläre ich und gestikuliere in Richtung des nach wie vor bewusstlosen Ward. »Er steht noch immer unter Mannings Kontrolle, und ich kann ihm nicht helfen, da er meine Worte sofort blockiert. Ich hoffe, dir fällt eine Lösung dafür ein.«

Kael erwidert nichts; er verschränkt lediglich die Arme und wartet weiter darauf, seine Frage beantwortet zu bekommen.

Ich gebe nach, wenn auch zähneknirschend. »Wir haben den Ausbrecher befreit« – etwas Undefinierbares flackert in Kaels Augen auf –, »aber auf unserem Rückweg hat plötzlich ein Van dieser fremden Sprecher neben uns gehalten, und sie haben ihn geschnappt und mitgenommen.«

Ich sage bewusst nicht »entführt« oder »gekidnappt«, weil Riley die beiden Getarnten eindeutig kannte. Mehr noch: Er stand ihnen *nahe.* – *Wir sind hier, um dich zu retten, du Riesentrottel!*

Was auch immer es war, das kurz durch Kaels Blick gezuckt ist: Nun ist es wieder verschwunden. Ob er noch immer kocht oder sich allmählich beruhigt – unergründlich.

Es gelingt mir nicht, mich zu zügeln; ich lege den Kopf schief und sage: »Es überrascht mich ja, dass deine Überwachungskameras nichts von all dem erfasst haben, zumal du doch so scharf darauf bist, möglichst viel über diese neue Sprechergruppe in Erfahrung zu bringen. Ich dachte, der ganze Zoo sei mit Kameras gespickt.«

Ein Muskel zuckt in Kaels Wange. »Wir hatten nicht gerade damit gerechnet, dass sie unangekündigt direkt an unserer Türschwelle auftauchen.« Er schnauft einmal entschieden durch, wie um sich selbst am Riemen zu reißen. »Aber das ist ein berechtigter Vorwurf, Prinzessin. Ich werde mir die Aufnahmen später noch einmal genau ansehen und schauen, ob sie uns irgendetwas verraten.«

Die Tatsache, dass er mich »Prinzessin« nennt, macht mich zuversichtlich, nicht gleich erneut angeschrien zu werden. Ein Glück, denn in diesem Fall stünden die Chancen gut, dass ich zurückschreie.

Als hätte er meine Gedanken gelesen, sagt Kael: »Ich bin so sauer auf euch – auf euch *alle* –, dass ich Feuer spucken könnte. Was ihr getan habt, war verantwortungslos – ganz zu schweigen davon, dass ihr mich belogen *und* einen direkten Befehl missachtet habt.« Nun funkelt er insbesondere Arryn finster an, doch sie drückt bloß die Schultern durch, und mir fällt wieder ein, dass sie ihm keine Rechenschaft schuldig ist.

»Was ihr getan habt, war dumm«, ereifert er sich weiter. »So, so dumm. *Aber*«, fügt er mit Nachdruck hinzu, als ich den Mund öffne, um dagegenzuhalten, »ihr wirkt alle erschöpft, daher lasse ich es dabei bewenden. Ihr seid wohlbehalten zurückgekehrt – und das ist das Wichtigste.«

Die Erleichterung in seinen Zügen nimmt mir den Wind aus den Segeln. Ich weiß, dass er sich nur so verhält, weil er sich Sorgen um unsere Sicherheit macht. Um *meine* Sicherheit. Solange Vanik dort draußen frei herumläuft, klebt mir quasi eine Zielscheibe am Hinterkopf – und es ist absolut denkbar, dass ich jetzt nicht hier stehen würde, wären wir heute aufeinandergetroffen. Wobei mir einfällt …

»Vanik ist verschwunden, Kael.«

Er versteift sich, sein Blick schnellt zu mir. »Wie meinst du das – *verschwunden*?«

Sogar Arryns Augen ruhen nun aufmerksam auf mir, da Cami und ich bisher gar nicht genauer auf das eingegangen sind, was wir im Labor vorgefunden haben.

Nun erzählen wir es beiden, geben abwechselnd in allen Einzelheiten unsere Begegnung mit Ward wieder. Cami achtet darauf, sämtliche Details zu ergänzen, die ich vergesse – einschließlich derer, die ich lieber ausgespart hätte.

»Zeigt mir die Spritze.«

Kaels dunkler Tonfall richtet meine Nackenhaare auf. Als Cami die Subkutannadel aus ihrer Jacke zieht und ihm reicht, hält er sie ins Licht der nächsten Fackel und starrt auf die wenigen verbliebenen Tropfen der klaren Flüssigkeit darin. Seine Miene ist steinern.

»Und du bist sicher, dass du dich nicht irgendwie anders fühlst?«, fragt er mich.

Ich hebe beide Hände. »Ich fühle mich vollkommen normal, ehrlich. Hungrig und müde, aber ansonsten bestens.«

Wie zur Bestätigung meiner Worte lässt mein Magen ein lautes Knurren hören. Ich fasse es nicht, dass mein Körper nach allem, was ich in der letzten halben Stunde durchgestanden habe, ausgerechnet nach Nahrung verlangt, aber offenbar hält er nicht mit meinem Kopf Schritt.

Das Geräusch erweicht Kaels Züge ein wenig, und er steckt die Spritze ein. »Mal schauen, ob Pandora daraus schlau wird. Durchaus möglich, dass es harmlos ist, deshalb bringt es nichts, sich schon vorher Sorgen deswegen zu machen.«

Auf der Skala der Dinge, derentwegen ich mir gerade Sorgen mache, rangiert die Injektion einer unbekannten Flüssigkeit in meine Adern seltsamerweise tatsächlich nicht sonderlich weit oben. Was natürlich bloß unterstreicht, wie übel alles andere ist, von daher …

»Los, bringen wir Ward an einen Ort, wo er vorerst gut aufgehoben ist«, unterbricht Kael meine Gedanken. »Danach sehen wir zu, dass ihr drei etwas zu essen bekommt. Und ein wenig Schlaf.«

Ich schüttele den Kopf. »Zuerst müssen wir ihn befreien.«

»Du kannst ihm nicht helfen, wenn du vor Erschöpfung zusammenklappst.«

»Ich bin nicht erschöpft.«

Kael zieht eine Augenbraue hoch. »Ach, nein? Wieso schleppen Cami und Arryn ihn dann – wo du ihn doch angeblich durch Lengard hast schweben lassen?«

Ich öffne den Mund, schließe ihn wieder. Die ehrliche Antwort darauf ist, dass es mir nach Rileys abruptem Abgang überhaupt nicht in den Sinn gekommen ist, Ward wieder in die Luft zu heben. Ebenso wenig, wie ich daran gedacht habe, uns erneut zu verhüllen – immerhin hatten wir das Glück, dass die Menge sich bereits verlaufen hatte, ehe der Van kam, sodass niemand uns aus dem Nichts hat auftauchen sehen.

Im Anschluss bestand schlicht keine Notwendigkeit, uns aufs Neue zu tarnen, da wir uns schon ganz in der Nähe des Tunneleingangs befanden.

»Das hat nichts mit Erschöpfung zu tun«, erkläre ich Kael. Müde, ja, das bin ich. Und brutale Kopfschmerzen habe ich – davon, dass ich mich so stark konzentrieren musste. Aber erschöpft? Ausgelaugt? Nein. Echte Erschöpfung kenne ich, und so weit bin ich im Moment noch nicht – noch nicht so weit, dass ich nicht mehr in der Lage wäre, zu Sprechen. Zum Beweis sage ich: »Schwebe.«

Als nichts passiert, wandert Kaels Braue bloß höher. »Wie du meinst, Prinzessin.«

Ich mustere stirnrunzelnd den bewusstlosen Ward, der noch immer von Cami und Arryn gestützt wird und auf den mein Gesprochenes Wort keinerlei Effekt hat. Es ist auch kein Licht aufgeblitzt, was bedeutet, dass Kael meinen Befehl nicht zerstört hat – weil da keine *Wirkung* war, die er hätte zerstören können.

»Ich bin nicht erschöpft«, wiederhole ich, ehrlich erstaunt. Ich horche noch einmal in mich hinein, bleibe jedoch bei meiner Überzeugung, dass ich nicht einmal ansatzweise jenen Punkt erreicht habe, an dem ich überhaupt nicht mehr zum Sprechen fähig bin.

»Du hast eine harte Woche hinter dir«, ruft Kael mir sanft ins Gedächtnis. »Vermutlich hast du dich heute bloß ein wenig zu sehr verausgabt.« Er legt mir eine Hand auf die Schulter, beugt sich dicht zu mir heran und flüstert: »Ich verstehe, dass du Ward helfen möchtest, aber hier ist er in Sicherheit. Da kann er noch ein wenig länger warten, bis du dich etwas ausgeruht hast.«

Ich möchte nicht, dass Ward »noch ein wenig länger warten« muss. Er hat bereits sieben Tage auf uns warten müssen. Aber … Kael hat recht – ich habe mir selbst in den vergangenen Stunden wohl zu viel abverlangt. Mehr, als mir klar war.

Eine *kurze* Pause ist vielleicht keine schlechte Idee.

»Abendessen und eine Mütze voll Schlaf«, gestehe ich mir zu. »Eine *kleine* Mütze. Dann befreien wir Ward. Noch heute.«

Kael hält meinen Blick und erkennt, dass ich nicht bereit bin, nachzugeben. Schließlich nickt er ergeben.

»Schön, dass das geklärt ist«, meint Arryn mit leicht spöttischem Unterton. »Besonders, da ihr zwei vergessen zu haben scheint, dass wir auch noch da sind.«

»Ihr hättet jederzeit etwas sagen können«, kontert Kael und schiebt mich behutsam beiseite, um sich an mir vorbeizudrängen. Seine Augen huschen prüfend über Arryn zu Cami, ehe er Letzterer durch ein knappes Nicken bedeutet, dass er ihren Platz einnehmen wird.

Cami wirkt über die geradezu höfliche Geste schockiert – was ich ihr angesichts der Kälte, die er sonst ihr gegenüber an den Tag gelegt hat, nicht verübeln kann –, rückt jedoch dankbar von Wards Schulter ab, sodass die Hälfte seiner Last nun auf Kael ruht.

»Bringen wir ihn in eine der Arrestzellen«, beschließt Kael – an Arryn gewandt, da weder Cami noch ich den blassesten Schimmer haben, wo sich diese Zellen befinden.

»Ist das wirklich notwendig?«, fragt Arryn, während die beiden sich an der Spitze unserer Gruppe in Bewegung setzen, die linke Abzweigung des Tunnels hinunter.

»Vorsicht ist besser als Nachsicht«, meint Kael. »Wir wollen ja nicht riskieren, dass er einen Fluchtversuch wagt, sobald er zu sich kommt.«

Fluchtversuch.

Das klingt, als wäre Ward unser Gefangener.

Andererseits … solange er noch unter Mannings Fuchtel steht, ist er das wohl.

»Er wird erst aufwachen, wenn Lyss oder ich es ihm befehlen«, sagt Cami leise, und ich ahne, dass auch ihr die dunkle Note in Kaels Stimme nicht entgangen ist. »Oder wenn du es ihm befiehlst, mit deiner Zerstörergabe.«

»Also werde ich umso mehr darauf achten, was ich in seiner Gegenwart sage«, erwidert Kael.

Ich schätze, er zielt mit seinem Kommentar darauf ab, die Atmosphäre zu lockern, doch es gelingt ihm nicht.

»Im Ernst, Leute, das ist bloß eine Vorsichtsmaßnahme«, betont Kael. Unsere Skepsis steht uns zweifellos ins Gesicht geschrieben. »Nur bis er wieder sein altes, arrogantes Selbst ist. Okay?«

Die Vorstellung von Ward in irgendeiner Zelle gefällt mir ganz und gar nicht, aber ich weiß, dass Kaels Worte – abgesehen von dem stichelnden Kommentar, der völlig unangebracht war – wohlüberlegt sind, also bekunde ich verhalten meine Zustimmung. Sofern alles nach Plan läuft, wird Ward ohnehin nur ein paar Stunden dort verbringen, bis ich wieder ausreichend bei Kräften bin, um wirkungsvoll zu Sprechen. Dann können Kael und ich herausfinden, wie wir ihn aus Mannings Kontrolle loseisen.

Als wir den großen, säulengestützten Versammlungssaal erreichen, bin ich überrascht, dass Kael uns genau in seine Mitte lotst und dort innehält. Arryn übergibt Ward behutsam komplett an Kael, geht in die Hocke und zieht an einer Falltür, die in den felsigen Boden geschnitten ist.

Eine kurze Leiter führt nach unten, und ich betrachte noch einmal Wards leblose Gestalt, ehe ich frage: »Hältst du das wirklich für eine gute Idee?«

»Das habe ich nie behauptet«, entgegnet Kael. »Aber es *ist* die vernünftigste Lösung. Einen sichereren Ort gibt es für ihn in den Katakomben nicht.«

»Vorausgesetzt, wir fügen ihm auf dem Weg dort hinunter keinen Hirnschaden zu«, murmele ich in mich hinein.

Ehrlicherweise muss ich mir jedoch eingestehen, dass ich die Herausforderung, Ward heil die Leiter hinunterzubugsieren, als willkommene Ablenkung empfinde. Zu viert balancieren wir sein Gewicht und geben unser Möglichstes, um ihm keine Gehirnerschütterung zu verpassen. Die Aktion hält mich davon ab, weiter über Rileys Worte nachzugrübeln – darüber, weshalb er gesagt hat, was er gesagt hat, und was er damit gemeint haben kann. Ich würde das Ganze als Humbug abtun, wäre da nicht die Tatsache, dass er meinen Namen kennt – und hätte ich nicht den Ausdruck in seinen Augen gesehen.

Augen in exakt dem gleichen Blauton wie meine.

»Schau, so übel ist es hier gar nicht.«

Wie, ist mir schleierhaft, aber es ist uns gelungen, Ward wohlbehalten die Leiter hinab und in die darunterliegende Kammer zu schaffen. Als ich mich darin nun umblicke, ist sie … ganz anders als erwartet.

»Hier sieht es haargenau aus wie in einer der Zellen von Lengard«, bemerkt Cami misstrauisch. Und fügt beinahe unhörbar an: »Oder wie in *Star Trek*.«

Eine gläserne Wand trennt den Kalkstein, der uns umgibt, von der ultramodernen, sterilen Zelle jenseits der durchsichtigen Barriere ab. Der vom Boden bis zur Decke weiße Raum ist leer, lediglich eine erhöhte Matratze liegt in der Mitte – eine Matratze, die zu meinem Schrecken mit Fesseln für Hand- und Fußgelenke ausgestattet ist.

Mir dreht sich der Magen um, und mein Geist springt eine Woche zurück, zu dem Operationstisch in Vaniks Labor, auf dem ich angekettet war.

»Mein Dad hat diesen Raum gebaut«, sagt Kael und holt mich mit seiner Stimme wieder in die Gegenwart. »Pandora hat ihm geholfen, indem sie die Wände mit meiner Gabe präpariert hat. Kein Wort, das in dieser Zelle Gesprochen wird, durchdringt das Glas – jedes einzelne wird zerstört, bevor es jenseits davon eine Wirkung entfalten kann.«

Der Funke einer Idee flackert in mir auf, doch Kael fasst mich ins Auge und fährt fort: »Schöpfer allerdings bilden eine Ausnahme: Dad wollte sich nicht versehentlich selbst hier unten einsperren.«

Das ergibt Sinn, zermalmt jedoch zugleich meine Hoffnung, dass wir eines Tages Vanik dort drinnen einsperren könnten, falls Wards Kommentar über seinen »Erfolg« darauf angespielt hat, dass er bereits selbst zum Schöpfer geworden ist.

»Wenn also zum Beispiel Crew da drin wäre …«, fängt Cami an.

»Sollte er versuchen, mit seiner Schlächtergabe jemandem außerhalb der Zelle Leid zuzufügen, würde nichts geschehen«, bekräftigt Arryn. »Der- oder diejenige wäre vollkommen sicher.«

»Natürlich wirkt die Zelle nicht auf Ward, da er keine aktive Gabe besitzt«, sagt Kael und wuchtet ihn voran, während Arryn eine Hand auf das Glas legt und eine Tür aufgleitet. »Trotzdem: Dieser Raum ist zugleich einer der wenigen in den Katakomben, die sich absperren lassen.«

»Daher also dein ›Vorsicht ist besser als Nachsicht‹«, wiederhole ich seine Worte.

Er nickt. »Exakt.«

Ich verspüre eine absurde Erleichterung darüber, dass er Ward auf die Matratze bettet, ohne ihn jedoch darauf festzubinden. Auch Cami scheint neben mir den Atem angehalten zu haben, bis Kael sich umgedreht hat, wieder zu uns zurückkehrt und Ward einschließt – ungefesselt. Vielleicht würdigt er damit ihre Aussage, dass Ward nicht von allein aufwachen wird. Oder er hat die Spannung in der Luft gespürt und begriffen, wie es mir beim Anblick von jemandem, der genauso fixiert ist, wie ich es war, gehen würde – begriffen, wie Cami sich fühlen würde, wenn ihr Bruder wie ein Krimineller behandelt würde.

»Kommt, jetzt besorgen wir euch etwas zu essen.«

Ich blinzele, erst einmal, dann ein zweites Mal, als Kael entschieden eine Hand auf meinen Rücken legt und mich zur Leiter schiebt.

»Aber –«

»Du siehst doch selbst, dass er hier vollkommen sicher ist. Die Zelle geht nur von dieser Seite auf; er wird sich nicht einfach aus dem Staub machen. Also haben wir jetzt Zeit für unser Abendessen und ein Nickerchen – wie vereinbart, schon vergessen?«

Ich tausche einen schnellen Blick mit Cami. Sie beißt sich auf die Lippe, schielt erneut zu ihrem Bruder, stößt dann aber die Luft aus und nickt widerwillig, ehe sie sich ebenfalls in Bewegung setzt.

»Gut«, meint Kael beifällig. »Und während ihr drei gleich esst, will ich alles über den Ausbrecher hören. Jedes kleine Detail. Hoffentlich bringt uns irgendetwas davon auf unserer Suche nach ihm weiter – und nach jenen, die ihn verschleppt haben.«

Denn die unbekannten Sprecher sind Kaels dringlichste Sorge, rufe ich mir ins Gedächtnis. Nicht Riley, auch nicht Ward. Seine Priorität liegt darauf, die Relikte vor dieser vermeintlichen neuen Gefahr zu schützen.

Allerdings bin ich mir gar nicht so sicher, dass die fremden Sprecher eine Gefahr *darstellen.*

Es gibt überhaupt nichts, dessen ich mir noch sicher bin. Und während ich Kael die Leiter hinauf und zurück durch den fackelbeleuchteten Tunnel folge, echot einmal mehr Rileys Stimme in meinem Kopf:

Lyss – du musst dich erinnern!

Die Frage bleibt: *Woran?*

KAPITEL 15

»Sekunde mal. Er hat behauptet, dein *Bruder* zu sein?«

Kael klingt genauso fassungslos, wie ich es noch immer bin.

Ich nicke und schlucke, genieße den Kürbisgeschmack, während die cremige Suppe meinen leeren Magen füllt. »Riley Scott. Er hat gesagt, das sei sein Name.«

Kael schnaubt abfällig durch die Nase. »Du hast keinen Bruder. Du bist ein Einzelkind.«

Diese Bestätigung aus Kaels Mund erleichtert mich. Er kannte meine Familie; tatsächlich ist er von allen Menschen, denen ich nahestehe, der *Einzige*, der sie kannte. Er war es, der mir meine eigene Geschichte erzählt hat – dass meine Eltern Lengard verlassen haben, als ich noch ein Baby war. Cami war damals noch nicht einmal geboren, und Ward ist kaum ein Jahr älter als ich, also muss er damals zu jung gewesen sein, um sich an mich zu erinnern. Das Gleiche gilt für all meine anderen Freunde aus Lengard. Nur Kael ist mir später noch weitere Male begegnet, hat aus der Ferne ein Auge auf mich gehabt, wann immer seine und meine Eltern sich getroffen haben. Wenn irgendjemand Rileys Behauptung glaubhaft widerlegen kann, dann er.

Und doch … auch wenn seine Bekräftigung eine Beruhigung ist, bringt sie mir nicht den Frieden, den ich mir erhofft hatte. Ich denke, das liegt daran, dass Kael den Schmerz in Rileys Stimme heute nicht gehört hat. Und vergangene Nacht auch nicht.

ICH DACHTE, DU BIST TOT!

Ein Schauder läuft meine Wirbelsäule hinunter, und ich lege den Löffel zur Seite, greife nach meinem Glas Apfelsaft. Nehme mir einen Moment Zeit, um meinen Blick durch den mittelgroßen Raum schweifen zu lassen, in dem wir uns befinden und der mich an eine Schulmensa erinnert – eine Art unterirdischer Speisesaal mit Reihen steinerner Tische und Bänke. Entlang der Wände ziehen sich mehr brennende Fackeln als überall sonst hier, ganz so, als wäre den Architekten der Katakomben klar gewesen, dass es leichter fällt, beim Essen Kontakte zu knüpfen, wenn man einander sehen kann.

Links führt ein Kalksteinbogen aus dem Esszimmer in eine voll ausgestattete Küche. Der Mann, der dort das Sagen hat, heißt Gustav und ist ein Sprecher der Genesis-Generation mit einer körperlichen Gabe, die es ihm erlaubt, Nahrung zu vervielfältigen – *genießbare* Nahrung, im Gegensatz zu dem, was ich heute erschaffen habe. In Anbetracht der Dutzenden von Relikten, die in den Katakomben leben, sind seine Fähigkeiten von unschätzbarem Wert. Er kocht eine kleine Mahlzeit, und plötzlich ist – wie bei der Speisung der Fünftausend – mehr als genug für alle da. Dazu kommt, dass er ein begnadeter Koch ist, wofür sich mein Magen gerade in größter Dankbarkeit ergeht.

»Er schien sich seiner Sache ziemlich sicher zu sein«, meldet sich Cami, die rechts von mir sitzt, zum ersten Mal seit unserer Ankunft im Speisesaal zu Wort. Obwohl sie vorhin hörbar hungrig war, hat sie in ihrer eigenen Suppenschüssel bislang nur herumgestochert. Ihre Gedanken sind anderswo – noch immer in der gläsernen Zelle bei ihrem Bruder. Das kann ich ihr kaum verdenken – nicht jetzt, da wir so kurz davorstehen, den echten Ward wieder in unserer Mitte zu haben. Und damit all die Antworten zu bekommen, die er hoffentlich bereithält.

»Das stimmt«, bestätigt Arryn. Sie hat mir gegenüber, neben Kael, Platz genommen und spielt mit ihrem Brötchen herum, reißt schmale Streifen davon ab. Eine steile Furche steht zwischen ihren Brauen; irgendetwas wühlt sie zweifellos auf.

Und ich glaube zu wissen, was es ist. Allerdings scheint mir im Augenblick nicht der richtige Zeitpunkt, um es anzusprechen. Nicht hier.

»Überzeugung schafft keine Fakten«, hält Kael dagegen. Sein Handy vibriert, er fingert es aus der Tasche und starrt stirnrunzelnd auf das Display hinab. »Tut mir leid, das muss ich annehmen.« Sein Blick landet auf mir, und er ergänzt: »Hol mich, wenn du bereit für Ward bist.«

»Ich bin bereit.«

»In einer Stunde. Frühestens«, erwidert er, erhebt sich und presst sich im Weggehen das Telefon ans Ohr.

Eine Stunde. Das ist frustrierend, aber diese kurze Wartezeit halte ich aus. Auch wenn ich bezweifle, dass ich die Pause brauche. Meine Kopfschmerzen sind bereits abgeklungen, und ich könnte zwar mühelos einschlafen, bin allerdings längst nicht mehr so müde wie während unserer Odyssee durch die Stadt. Meinem Gefühl nach wäre ich schon jetzt problemlos in der Lage, alles zu Sprechen, was zu Wards Befreiung nötig ist. Und dann könnten wir uns in die strategische Planung der nächsten Schritte stürzen.

»Salz«, sage ich, wie um mir ebendas selbst zu beweisen. Ein Lichtblitz, und der Salzstreuer vom Nebentisch verschwindet und taucht direkt vor meiner Nase wieder auf, genau so, wie ich es im Sinn hatte. »Pfeffer«, kommandiere ich, und das Gleiche passiert mit dem dunklen Behälter.

Ich schiele zu Arryn und Cami hinüber und stelle fest, dass beide mich beobachten.

»Seht ihr? Mir geht es gut.«

Sie nicken verhalten, erwähnen jedoch nicht, was geschehen ist, als ich versucht habe, Ward schwebend durch die Katakomben zu manövrieren. Oder eher, was *nicht* geschehen ist. Womöglich war daran weniger meine Erschöpfung als vielmehr Unachtsamkeit schuld. Ich muss mich konzentrieren, wenn ich Spreche, und zu diesem Zeitpunkt hatte ich *just* von meinem Nicht-Bruder erfahren. Dass da meine Aufmerksamkeit unter Umständen nicht zu einhundert Prozent Ward galt, ist wohl verständlich.

»Wie auch immer, Kael hat recht – nach dem Tag, der hinter uns liegt, könnten wir alle eine Stunde Ruhe gebrauchen«, sagt Arryn.

Da Kael ohnehin bereits davongerauscht ist, bringt es wenig, dagegen zu argumentieren.

Ich schiebe meine Schüssel von mir weg und will aufstehen; mittlerweile tut mir der Bauch weh, weil er derart voll ist. Gustavs Cremesuppe war so köstlich, dass ich nun kurz davor bin, zu platzen, und dennoch am liebsten die Schale auslecken würde.

»Lass uns für eine Weile zurück auf unser Zimmer gehen«, schlage ich Cami vor, die nach wie vor viel zu still ist. »Sechzig Minuten, dann schnappen wir uns Kael. Okay?«

Zur Antwort rückt sie ihren eigenen Suppenteller in Richtung Tischmitte und kommt auf die Füße.

Ich werfe Arryn einen sorgsam beiläufigen Blick zu und frage: »Legst du dich auch einen Moment hin? Oder musst du dich um irgendwelche Sicherheitsangelegenheiten kümmern?«

Meine mangelhafte Kenntnis ihrer genauen Aufgaben hier unten scheint sie zu amüsieren. »Ich muss mal in der Überwachungszentrale nach dem Rechten sehen und in Erfahrung bringen, was in unserer Abwesenheit dort so angefallen ist, aber dann nehme ich vermutlich ein heißes Bad, bevor wir uns wieder zur Arrestzelle aufmachen. Nach unserem Abenteuer fühle ich mich nicht mehr ganz frisch.«

Da ist sie nicht die Einzige. Cami und ich sind beide dreck- und schweißverkrustet von unserem Marsch durch die verschiedenen Tunnel und insbesondere dem Abstieg über die rostige Leiter, hinein nach Lengard. Wie Arryn freue auch ich mich sehr auf ein ausgiebiges Bad in den Thermalquellen der Katakomben. Und wenn sie ebenfalls dort ist … könnte das die perfekte Gelegenheit für die Unterhaltung sein, die wir dringend führen müssen.

»Dann treffen wir uns wohl in einer Stunde wieder«, sage ich, ohne zu verraten, dass ich plane, sie lange *vorher* wiederzusehen. Zunächst aber folge ich der stillen Cami aus dem Speisesaal.

Ihr ist das unterirdische Labyrinth inzwischen ausreichend vertraut, sodass sie mühelos den Weg zu unserem Zimmer findet, ohne ein einziges Mal falsch abzubiegen – was in meinen Augen ein Wunder ist. Erst nachdem wir die Tür hinter uns geschlossen haben, schaue ich ihr ins abgespannte Gesicht und sage: »Wir sind so nah dran, Cam. Ich weiß, du sorgst dich um ihn – das tue ich auch. Aber wir sind so nah dran, ihn zu befreien. Eine Stunde, dann ist er wieder bei uns.«

Ich bin mir nicht sicher, ob sie mir glaubt oder nicht, aber mit ihren nächsten Worten rechne ich definitiv nicht.

»Das ist es nicht. Ich meine, klar, ich mache mir Sorgen. Aber vor allem bin ich *wütend*.«

Verdutzt verfolge ich, wie sie sich auf ihr Bett fallen lässt, ein Kissen an die Brust zieht und ihre Fingernägel hineingräbt. Behutsam nehme ich auf meiner eigenen Matratze Platz – sorgsam darauf bedacht, Schrödinger, der sich am Fußende zusammengerollt hat, nicht zu stören. Er öffnet ein Auge und schenkt mir ein schläfriges *Miau*, ehe er aufsteht, kurz in Katzenmanier den Rücken krümmt, sich streckt, herbeitapst und mir in den Schoß springt, wo er sich abermals zu einem schnurrenden Häufchen einkringelt.

Oh, ein solches Leben möchte ich auch haben.

Ich streichele sein seidiges schwarz-weißes Fell und frage dabei Cami: »Wütend, weil wir warten müssen?«

Sie schüttelt einmal entschieden den Kopf.

Ein zweiter Versuch: »Wütend, weil wir so lange gebraucht haben, um ihn aus Lengard herauszuholen?«

Wieder Kopfschütteln.

»Wütend, weil …« Meine Stimme verliert sich; mir gehen die Ideen aus. Ich wälze alles, was wir in der vergangenen Woche erlebt haben, im Kopf hin und her und frage dann zaghaft: »Wütend auf mich?«

Ihre entsetzte Miene –

»Nein!«, ruft sie, schleudert das Kissen beiseite, hüpft vom Bett und hechtet quer durch den Raum zu mir herüber. »Natürlich nicht!«

»Aber was hast du dann –«

»Auf *mich*«, fällt sie mir ins Wort. »Ich bin wütend auf mich *selbst*.«

Meine Brauen ziehen sich zusammen.

»Ich habe heute alles vermasselt«, erklärt sie. »Wir wussten schon beim Betreten des Labors, dass Landon womöglich noch immer von Manning gelenkt wird. Wir *wussten* es. Wir hatten ihn vergangene Nacht gesehen. Und sogar heute hast du uns immer wieder gewarnt – hat Arryn uns gewarnt. Aber als er durch diese Tür getreten ist, war mein Kopf auf einmal wie leer gefegt. Nichts war für mich mehr von Bedeutung – ich habe bloß noch meinen Bruder vor Augen gehabt.« Sie muss schlucken. »Bloß noch den Jungen, der mich nach dem Tod unserer Eltern in den Schlaf gesungen hat, der die ganze Nacht lang meine Hand gehalten und auf einem Stuhl neben meinem Bett gesessen hat, wann immer ich mich ängstlich und einsam gefühlt habe. Den Jungen, der mich jedes Mal, wenn es mir schlecht ging und ich eine Aufmunterung nötig hatte, an die Oberfläche geschmuggelt hat und ausnahmslos jedes Jahr an meinem Geburtstag mit mir in meine Lieblingseisdiele gegangen ist. Den Jungen, der sämtliche Ergebnisse meiner Kochversuche aufgegessen und beteuert hat, sie wären köstlich, auch wenn sie in Wirklichkeit wie Kerzenwachs geschmeckt haben. Den Jungen, der meine Schuld auf sich genommen hat, als ich versehentlich Tante Esthers liebste Weingläser zerbrochen hatte, und dafür einen Monat lang an meiner Stelle Hausarrest aushalten musste. Den Jungen, der –« Sie senkt den Blick auf Dinger und krächzt beim Weiterreden ein wenig. »Den Jungen, der mir wieder und wieder versichert hat, dass meine Eltern ungeheuer stolz auf mich wären. Der sie mir wieder und wieder beschrieben hat, als ich aufhörte, mich an ihre Gesichter zu erinnern und im Traum ihre Stimmen zu hören. Den Jungen, der nicht zugelassen hat, dass ich sie vergesse, selbst nachdem meine eigenen Bilder von ihnen zu verblassen begonnen hatten.«

Mag sein, dass sie mein Kätzchen betrachtet, doch die einzelne schimmernde Träne, die ihre Wange hinunterläuft, entgeht mir nicht.

»*Diesen* Jungen hatte ich heute im Labor vor Augen«, flüstert Cami heiser. »Sogar noch, als du geschrien hast, dass er es nicht ist, dass er noch immer unter Mannings Kontrolle steht, unter Vaniks Fuchtel. Ich habe mich geweigert, das zu glauben. Ich wollte es nicht wahrhaben. Weil – weil –«

Weil er ihr Bruder ist. Und weil sie ihn liebt.

»Das verstehe ich, Cam«, versichere ich ihr leise. »Wirklich, glaub mir.«

Besser, als sie ahnt. Besser, als ich eingestehen möchte.

Auch mir selbst.

»Ich habe alles vermasselt, Lyss«, wiederholt Cami, ebenso gedämpft.

Ich nehme ihre Hand in meine und drücke sie, bis sie mich anschaut. »Wir alle machen Fehler. Darüber darfst du aber das Wichtigste nicht vergessen: Es geht uns gut – mir, dir und Ward. Wir sind heil und unversehrt aus Lengard entkommen.« Ich umfasse ihre Finger noch ein wenig fester. »Du kannst wütend sein, aber nicht auf dich. Sei wütend auf all die, die die Schuld an diesem ganzen Schlamassel tragen – auf Vanik, auf Manning, auf Lengard. Aber sei nachsichtig mit dir selbst, Cam. Du hast eine Menge durchgestanden. Wie wir alle.«

Sie schnieft leise, erwidert aber meinen Händedruck, ehe sie mich loslässt, um sich die Augen zu wischen.

»Ich wünsche … ich wünsche mir bloß, dass es endlich vorbeigeht«, flüstert sie. »Ich will meinen Bruder zurück. Ich will meine Freunde in Sicherheit wissen. Ich will wieder eine ganz normale Achtzehnjährige sein.« Sie hält kurz inne und ergänzt dann: »Oder so normal, wie es jemand mit der übernatürlichen Gabe, andere Menschen zu heilen, eben sein kann.«

Ich kämpfe gegen das Grinsen an, das in meinen Mundwinkeln zuckt, da ich spüre, dass für Humor gerade nicht der richtige Zeitpunkt ist. »Das wirst du, bald. Sobald Ward wieder Ward ist, wird er hoffentlich in der Lage sein, uns zu sagen, wo wir Vanik finden. Und anschließend können wir einen Plan schmieden, um ihn aufzuhalten.«

»Und die Welt zu retten?«

Ich ignoriere ihren sarkastischen Tonfall und sage: »Das auch, ja.«

So weit vorauszudenken wage ich jedoch noch nicht. Es erscheint mir nach wie vor verrückt, dass wir so etwas tatsächlich versuchen. Mit dem Gedanken, Vanik zu stoppen, kann ich umgehen, aber der Druck, die Welt retten zu müssen, fühlt sich ein wenig überwältigend an, auch wenn beide Aufgaben letztlich auf dasselbe hinauslaufen.

»Ein guter Aspekt des Ganzen ist, dass – mal angenommen, Manning und Vanik sind zusammen untergetaucht – nur Onkel Rick befindet sich noch in Lengard«, stellt Cami fest. Eine Spur Schmerz liegt bei Falons Erwähnung in ihrer Stimme. »Das bedeutet, Crew, Sneak und die übrigen Exodus-Rekruten sollten in Sicherheit und einfach mit ihrem gewohnten Alltag beschäftigt sein. Sie werden keine Ahnung haben, was gerade wirklich vor sich geht, aber auch nicht jede Nacht als Versuchskaninchen missbraucht werden. Und Enzo …«

Sie bringt den Satz nicht zu Ende, also übernehme ich es. »Enzo ist ebenfalls außer Gefahr. Obwohl *er* die Wahrheit kennt.«

Dank seiner Verbindungen zu den Relikten. Zu Arryn.

Ich frage mich, wie lange er bereits für sie spioniert. Ich frage mich, wieso sie ihn statt Dante in Lengard eingeschleust haben. Eigentlich wäre doch ein Gedankenleser die logischere Option gewesen – nicht jemand, dessen Gabe darin besteht, andere besonders effektiv ermutigen zu können. Weitere Fragen, die ich zu meiner unaufhaltsam wachsenden Liste hinzufügen kann.

»Weißt du, ich glaube, Arryns Idee mit dem Bad war gar nicht schlecht«, sage ich und schiebe Dinger sanft von meinem Schoß; auf sein grummeliges *Miau* hin tätschele ich ihm tröstend den Kopf.

»Du sollst dich doch ausruhen«, mahnt Cami.

»Was ist entspannender als ein Besuch in einem unterirdischen Whirlpool?«, kontere ich und eile bereits hinüber zu dem frei stehenden Kleiderschrank vor der Wand. Ich habe keinen blassen Schimmer, woher die Klamotten darin stammen – sie waren schon da, als ich zum ersten Mal in diesem Raum aufgewacht bin, und Cami hat mir erzählt, dass die Relikte sie uns beiden gegeben haben.

Ich schnappe mir einen Badeanzug und entferne das Etikett, ziehe dann frische Unterwäsche, Jeans, ein T-Shirt und einen bequemen Hoodie hervor. Auf dem Weg zur Tür frage ich: »Möchtest du mitkommen?«

Cami erschaudert sichtbar. »Nein, danke. Ein Pool tief unter dem Zoo scheint mir wie die Steilvorlage für eine klassische Szene aus *Der weiße Hai*.«

Ich grinse. »Dir ist schon klar, dass dieser Vergleich überhaupt keinen Sinn ergibt?«

»Und *dir* sollte klar sein, dass du mich nicht einmal gegen Bezahlung dazu bewegen könntest, dort zu schwimmen.«

Das ist es tatsächlich. Genau genommen, habe ich sogar darauf spekuliert. Sosehr ich Cami liebe: Bei dem Gespräch, das ich mit Arryn führen will, möchte ich sie nicht dabeihaben.

»Ich bin im Nullkommanichts wieder da«, sage ich, bevor ich in den Tunnel trete.

Die heißen Quellen waren der erste Ort, an den ich nach meinem Erwachen vor vier Tagen gebracht worden bin. Dem Architekten der Katakomben – wer auch immer er gewesen sein mag – ist es zwar gelungen, Rohrleitungen so tief unter der Erde zu verlegen, aber der Wasserdruck in den Badezimmern ist miserabel. Wenn Cami die schwankenden Temperaturen und launenhaften Bedingungen dort den Risiken des tiefen Wassers der Quellen vorzieht, ist das ihre Sache, aber ich bade eindeutig lieber in den angenehm warmen Fluten. Zwar sind sie für alle zugänglich, doch in der riesigen unterirdischen Höhle – beinahe so groß wie das Amphitheater – verläuft sich der Andrang, und bei den seltenen Gelegenheiten, da ich zeitgleich mit anderen dort gewesen bin, hatte ich keine Schwierigkeiten, genügend Privatsphäre zu finden.

Der überwiegende Teil der Katakomben ist für mich noch immer ein undurchschaubares Labyrinth; die Route zu den Quellen bin ich inzwischen allerdings oft genug gegangen, um mich ohne fremde Hilfe zu orientieren. Ich zähle die Anzahl der Tunnel, durch die ich im Zickzack laufe, bis ich einen steilen Abschnitt erreiche. Der Gang wird zunehmend dunkler, und bald dringt Wasserplätschern an meine Ohren.

Am Ende des Tunnels betrete ich die provisorische Umkleidekabine und schäle mich aus meiner staubigen, schmierigen Kluft. Ich schlüpfe in meinen Badeanzug, greife mir eines der frischen Handtücher von einem Stapel in der Ecke und gelange dann, wieder über den Hauptgang, in die eigentliche Höhle.

Ich wedele die Dampfschwaden beiseite und warte, bis meine Augen sich an das Dämmerlicht gewöhnt haben; die flackernden Fackeln sind hier nur in unregelmäßigen Abständen entlang der Wände befestigt und genügen bei Weitem nicht, um den kompletten Raum zu erhellen. Camis Angst vor den Quellen kann ich durchaus nachvollziehen – die Mitte des unterirdischen Sees lässt sich nicht einmal erkennen, da der Schein der Fackeln nicht so weit vordringt. Eines Tages werde ich vielleicht einmal dorthinschwimmen, bloß des Gefühls wegen, von völliger Schwärze umschlossen zu sein – aber den Mut dafür muss ich erst noch zusammenkratzen.

Und außerdem bin ich heute in anderer Mission unterwegs.

Ich atme erleichtert aus, als ich Arryn erspähe: Halb untergetaucht, lehnt sie am felsigen Rand des Beckens, ein Stück von mir entfernt. Ich schlendere zu ihr hinüber, ohne mir die Mühe zu machen, leise aufzutreten. Niemand außer uns ist hier – noch etwas, wofür ich dankbar bin.

»Ich hatte schon mit dir gerechnet.«

Ihre Augen sind geschlossen, ihr Kopf ruht auf der Kante. Sie hat nicht einmal nachgeschaut, wer sich ihr nähert – ganz so, als hätte sie längst Bescheid gewusst.

»Wenn das so ist«, sage ich, lege meine Klamotten und das Handtuch auf die Erde und gleite neben ihr ins Wasser, »dann ahnst du vermutlich auch, weshalb ich gekommen bin.«

Sie öffnet ein Auge und späht zu mir herüber, schließt es dann wieder. »Ich habe nicht die Antwort, die du suchst.«

»Er hat deinen *Namen* gesagt, Arryn.«

Und da ist er – der Punkt, der mich seit Rileys Aufwachen nicht mehr losgelassen hat. Mag sein, dass er Arryn in seiner anfänglichen Verwirrung weggestoßen hat, doch sobald er sich orientiert hatte, hat er ihren Namen beinahe ehrfürchtig ausgesprochen.

»Und deinen ebenso, Lyss«, gibt sie ungerührt zurück. »Vielleicht hält er sich auch für meinen Bruder.«

»Das ist nicht witzig.«

Diesmal schlägt sie beide Augen auf und blickt mich geradeheraus an. »Wirke ich amüsiert?«

Nein, sie wirkt vollkommen ernst. Ihre Miene ist offen, ehrlich.

»Erzähl mir die Wahrheit, Arryn. Woher kannte er deinen Namen?«

»Woher kannte er *deinen*? Du scheinst sicher zu sein, dass ihr nicht miteinander verwandt seid – angenommen, du hast recht, woher weiß er dann, wer du bist?« Der Blick ihrer dunklen Augen bohrt sich in meinen. »Wenn du das nicht beantworten kannst, wieso erwartest du dann, dass ich eine Antwort für dich habe? Warum sollte ich wissen, woher er meinen Namen kennt?«

Ich stoße mich vom Beckenrand ab, bis ich tief genug bin, um Wasser treten zu müssen. Die Temperatur ist perfekt, fast schon zu warm, allerdings ein Segen für meine strapazierten Muskeln und meinen frustrierten Geist. Als ich Cami gegenüber behauptet habe, die Quellen seien der ideale Ort, um zu entspannen, war das nicht gelogen. Das Problem ist, dass sie mir keine Erkenntnisse bieten.

Ich schwimme zurück ins seichtere Wasser und frage Arryn unumwunden: »Hattest du ihn vor heute schon einmal gesehen?«

Sie zögert nicht. »Ja.«

Ich blinzele, schockiert.

Doch dann ergänzt sie: »In Luna Park, schon vergessen?«

Ihr Tonfall legt nahe, dass sie sich um meinen Verstand sorgt, und ich kann es ihr nicht einmal übel nehmen. Ich kneife die Augen zu und massiere meine Schläfen, bemühe mich, das Durcheinander in meinem Hirn zu entknoten. Nach unserer Rückkehr aus dem Park hat Kael gemutmaßt, dass Riley womöglich meinen Namen aufgeschnappt haben könnte, während er im Schatten vor uns verborgen war. Für Arryns würde das gleichermaßen infrage kommen. Somit wäre tatsächlich denkbar, dass alles bloß ein gigantischer Schwindel ist, ein Versuch, uns – zu welchem Zweck auch immer – auf dem falschen Fuß zu erwischen.

Einen Augenblick lang frage ich mich, ob die neue Sprechergruppe wohl für Vanik arbeitet. Oder, noch schlimmer: Sofern Wards Andeutung, dass es Vanik gelungen ist, das Schöpferserum zu gewinnen, stimmt, könnten Riley und die übrigen getarnten Sprecher bereits Rekruten seiner neuen Armee sein.

Aber – nein. In diesem Fall hätte Lengard Riley nicht gefangen genommen. Ich kann mir beim besten Willen nicht vorstellen, dass dann auch nur einer von uns Luna Park lebend verlassen hätte, denn sie waren uns zahlenmäßig weit überlegen – und wären mit Ward in ihren Reihen und seiner Gabe, *meine* Worte unschädlich zu machen, mühelos in der Lage gewesen, uns aufzuhalten. Außerdem hätten sie nicht gegen Ward, sondern *mit* ihm gekämpft.

Folglich habe ich nach wie vor keinen blassen Schimmer, mit wem wir es zu tun haben. Welche Rolle die getarnten Sprecher in all dem spielen. Welche Rolle *Riley* spielt, und weshalb er es offenbar auf mich abgesehen hat. Und auf Arryn, selbst wenn er nicht behauptet hat, *ihr* vergessener Bruder zu sein.

»Ich hasse das«, murmele ich unwillkürlich.

Arryns Züge werden weicher, und sie patscht einladend auf die Wasseroberfläche neben sich.

Ich schwimme erneut an ihre Seite, lehne mich gegen den rauen Stein, lege den Kopf in den Nacken und starre hinauf in die Dunkelheit über uns. Dampf umwabert mein Gesicht, so hypnotisch, dass ich in einen Zustand drifte, der Entspannung immerhin nahekommt.

Schließlich frage ich leise: »Wieso ›Arryn‹?«

Ich höre die Verwirrung, den *Argwohn*, in ihrer Stimme, als sie antwortet. »Wieso – was?«

»Arryn – dein Name«, erkläre ich. »Ich bin noch nie zuvor jemandem begegnet, der so heißt.«

Was auch immer sie gerade noch misstrauisch gemacht haben mag: Nun ist es verflogen, und sie lacht. »Ja, besonders verbreitet ist der Name nicht.« Sie verlagert ihre Position im Wasser, reibt sich den Nacken. »In der Sprache meiner Vorfahren bedeutet er so viel wie ›Echo‹. Meinen Eltern zufolge habe ich bei meiner Geburt dermaßen laut geschrien, dass mein Gebrüll durch das gesamte Krankenhaus gehallt hat. Daher fanden sie den Namen passend.«

Ich erhasche ihr Grinsen und erwidere es. Dann sinne ich noch ein wenig eingehender darüber nach und sage: »Interessant auch, wenn man bedenkt, wie deine Sprechergabe funktioniert.«

»Du meinst, weil sie quasi ein Echo der Fähigkeiten anderer ist?« Sie schnaubt. »Es gibt schon komische Zufälle, was?«

Ich gluckse mit ihr, hebe dann die Hände aus dem Wasser, rubbele meine verschrumpelten Fingerkuppen aneinander und stoße einen langen Seufzer aus.

Arryn versteht mich, ohne dass ich es aussprechen muss. »Zeit zu gehen?«

»Sosehr ich diesen Moment der Ruhe genieße: Richtig entspannen kann ich mich erst, sobald Ward wieder sein altes Selbst ist.«

»Dir liegt wirklich viel an ihm, nicht wahr?«

Die Frage überrumpelt mich derart, dass ich zusammenzucke und Wasser aufspritzt. »Es ist … kompliziert.«

Einer ihrer Mundwinkel krümmt sich zu einem halben Grinsen nach oben. »Das glaube ich dir sofort.« Das Grinsen wächst, als sie hinzufügt: »Gut aussehen tut er jedenfalls. Wäre ich nicht schon vergeben, hätte ich kein Problem damit, wenn es zwischen uns ebenfalls ›kompliziert‹ wäre.«

Ich ignoriere ihren letzten Satz – und die belustigte Miene, mit der sie mich mustert – und frage: »Du hast einen Freund? Kenne ich ihn?«

Sie dreht sich um, drückt sich aus dem Becken, nimmt auf dem Rand Platz und greift nach ihrem Handtuch, bevor sie antwortet: »Ihr seid einander noch nicht vorgestellt worden.«

Ich folge ihr aus dem Wasser, wickele mir mein eigenes Handtuch um den tropfenden Körper. »Exakt das Gleiche hast du gesagt – *Sekunde.*« Ich werfe ihr einen überraschten Blick zu. »Ist dein Freund der Typ, der dich vor der Bibliothek gefunden hat?«

Ein leicht wehmütiges Lächeln stiehlt sich auf ihr Gesicht, doch da ist noch etwas anderes in ihren Augen. Eine Art Angespanntheit, Angst vielleicht. »Genau der. Du bist gut darin, die Punkte zu verbinden.«

Meine innere Romantikerin freut sich unbändig darüber, dass sie ihr persönliches Happy End leben darf.

»Bloß … ist das gewissermaßen ein Geheimnis«, gesteht Arryn, was die Sorge in ihrem Ausdruck erklärt. »In Anbetracht meiner Position als leitende Sicherheitsverantwortliche hier könnten die Leute unsere Beziehung für … unangemessen halten. Denken, dass wir dadurch kompromittiert werden.«

Das erscheint mir reichlich absurd. Ich habe Arryn vor weniger als vierundzwanzig Stunden kennengelernt, und sogar *mir* ist längst klar, wie ernst sie ihre Rolle nimmt. Mir fällt nur ein einziger Mensch ein, der in der Lage wäre, sie zu kompromittieren. Allerdings hat sie bereits geleugnet, dass er derjenige ist, der sie einst aufgespürt hat. Trotzdem …

»Bist du *sicher*, dass wir nicht von Kael reden?«

Ein perplexes Lachen entkommt ihr, so authentisch, dass ich ihr ihre nächsten Worte sofort glaube. »Das kann ich dir hoch und heilig versprechen.« Sie legt den Kopf schief. »Ehrlich gesagt, so besessen, wie er von dir ist, hatte ich gedacht …« Sie lässt den Satz vielsagend im Raum stehen.

»Besessen?«, wiederhole ich schnaubend. »Ich bitte dich.«

Arryn zuckt mit den Schultern. »Okay, ›besessen‹ ist vielleicht ein wenig übertrieben. Aber ich lebe nun seit annähernd zwei Jahren in den Katakomben, und es stimmt wirklich: In deiner Gegenwart verhält er sich anders. Ich kann es nicht genau festmachen – nicht einmal zwingend *romantisch*, denke ich, obwohl ihr euch ja anscheinend geküsst habt. Jedenfalls … anders, irgendwie.«

»Kael und ich sind befreundet«, sage ich, ohne auf den Kusskommentar einzugehen. »Gut befreundet. Mehr ist da nicht zwischen uns. Definitiv.«

Sie wirft sich ein T-Shirt über und steigt in eine Jeans, dabei antwortet sie: »Was auch immer es sein mag – es ist interessant.«

»Was *interessant* ist«, kontere ich, pfeffere mein Handtuch beiseite und schlüpfe in meine eigenen Kleider, »ist, dass du ihn für besessen von mir hältst.«

»Merkst du das nicht?«

Darüber muss ich nicht einmal nachdenken. »Er hat einen starken Beschützerinstinkt, das durchaus. Aber dass er irgendwie … verknallt wäre, habe ich noch nicht bemerkt.«

Sie nickt gemessen. »Oh ja, das bekommt man schwer mit, wenn man an den Lippen zusammenklebt.«

Ich feuere einen giftigen Blick auf sie ab, und sie prustet los. Derart gelöst habe ich sie bisher nie erlebt.

Dennoch wiederhole ich meine vorigen Worte. »Das ist nicht witzig.«

»Dreiecksgeschichten sind nie witzig«, erwidert sie ernst, wenn auch nach wie vor mit einem Glucksen in der Stimme.

Ich schnappe nach Luft. »Hier läuft *keine* Dreiecksgeschichte.«

»Ich benenne bloß, was ich sehe.«

»Pass auf«, sage ich, streiche mir die feuchten Haare aus dem Gesicht und fasse sie zu einem unordentlichen Knoten zusammen. »Ein für alle Mal: Ich empfinde keine solchen Gefühle für Kael. Also – keine Dreiecksgeschichte.«

»Dann also nur Ward. Eine schnurgerade Liebeslinie.«

Zum Antworten brauche ich eine halbe Sekunde länger, als ich sollte – lange genug, um ihr ein wissendes Grinsen zu entlocken.

Somit bleibt mir nur, was ich schon zuvor gesagt habe: »Es ist kompliziert.«

Wundersamerweise gibt sie sich damit zufrieden, marschiert einfach mir voran zum Ausgang der Höhle und meint: »Kompliziert oder nicht: Bist du bereit, den alten Ward zurückzuholen?«

Ja. Den Ward von früher. Den Ward, der geduldig und verständnisvoll mit mir umgegangen ist, solange ich noch zu viel Angst hatte, um auch nur den Mund aufzumachen: Ja. Den Ward, der Cami, Keeda und mir in Vaniks Labor zu Hilfe gekommen ist: Ja. Den Ward, der sich selbst geopfert hat, um uns die Flucht zu ermöglichen: Ja. Aber den Ward aus den Tagen und Wochen dazwischen? Den, der mich verraten und verletzt hat?

Nein.

Wenn das der wahre »alte Ward« ist, dann will ich ihn nicht zurück.

Ich muss einfach darauf hoffen, dass er die Wahrheit gesagt hat – dass er all diese Dinge tatsächlich nur getan hat, um mich zu beschützen. Daran muss ich glauben, denn sollte er mir aufs Neue wehtun …

Kompliziert. Ja, unser Verhältnis ist definitiv kompliziert.

Und dennoch antworte ich Arryn jetzt im Brustton der Überzeugung: »Ich bin bereit.«

KAPITEL 16

Pure Energie pulsiert durch meine Venen, während ich zusammen mit Kael, Arryn und Cami die Leiter zur Arrestzelle hinunterklettere.

Wie versprochen, befindet Ward sich genau da, wo wir ihn zurückgelassen haben. Noch immer ist er bewusstlos und hat sich entsprechend keinen Zentimeter von der Stelle bewegt.

Ich durchquere mit langen Schritten den Raum und bleibe an der gläsernen Barriere stehen. »Kann jeder diese Wand öffnen?«, frage ich Kael.

»Von dieser Seite – ja«, bestätigt er.

Ich presse meine Handfläche an das Glas, wie zuletzt Arryn, und dasselbe Scheibenelement gleitet zur Seite. Ohne zu zögern, trete ich sofort hindurch in die weiße Zelle, wende mich allerdings um, als ich Kael zu Cami und Arryn sagen höre: »Wir brauchen nicht alle hineinzugehen. Ihr zwei solltet sicherheitshalber hier warten.«

Cami wirkt über seine Worte beunruhigt, doch Arryn legt ihr eine beschwichtigende Hand auf die Schulter, ruckt mit dem Kopf in Richtung der durchsichtigen Wand und meint: »Wir werden alles sehen und hören können. Da ist es doch besser, wir stehen nicht im Weg herum und lassen die beiden ihre Arbeit tun.«

Camis Kiefer verkrampft sich, aber sie nickt knapp, stellt sich unmittelbar vor die Scheibe; die Beine schulterbreit und mit vor der Brust verschränkten Armen starrt sie durch das Glas ihren Bruder an.

»Er ist im Nu wieder ganz der Alte, Cam«, versichere ich ihr.

Meinen Worten zum Trotz beschleunigt sich mein Herzschlag, als Kael ebenfalls die Zelle betritt und die Tür hinter uns versiegelt. Besonders bei seinen nächsten Worten.

»Wir müssen ihn festbinden.«

»Was?«, stammele ich. *»Wieso?«*

Kaels dunkle Augen blicken fest und tröstend, und er antwortet: »Weil er wach sein muss, damit wir ihn aus Mannings Gewalt befreien können, und sobald er zu sich kommt, könnte er auf uns losgehen und sich zu wehren versuchen. Das ist bloß eine Vorsichtsmaßnahme – ein paar Sekunden, dann lassen wir ihn wieder frei.«

Ich schlucke; ich verstehe, dass er recht hat. Trotzdem bringe ich es nicht über mich, die Gurte um Wards Handgelenke und Knöchel festzuzurren. Während Kael es tut, muss ich mich abwenden, und mein Blick landet auf Cami, deren Gesicht selbst durch die Scheibe erkennbar blass wird.

»Das wäre erledigt«, meint Kael und fängt so meine Aufmerksamkeit wieder ein.

Ich schaue nach unten und betrachte Wards fixierten Körper, seine langen Beine in den Jeans, sein eng anliegendes weißes T-Shirt unter der Lederjacke, die breiten Schultern, die gebräunte Haut, das zerzauste goldene Haar. Die kleinen Schnitte, die er sich beim Sturz in Vaniks Labor zugezogen hat, haben Blutflecken auf seiner zerrissenen Kleidung hinterlassen – Wunden, die Cami oder ich heilen können, sobald er die Augen wieder aufschlägt.

Ich weiß, dass wir ihn in diesem bewusstlosen Zustand den kompletten Weg von Lengard hierhergeschleppt haben, aber erst jetzt wird mir wirklich klar, dass ich ihn nie zuvor so gesehen habe. Niemals derart verletzlich.

Er wirkt so jung, ganz und gar nicht wie der zukünftige Leiter Lengards. Er wirkt wie der Neunzehnjährige, der er ist.

»Bereit, Prinzessin?«

Ich schlucke erneut, drücke dann den Rücken durch. »Bereit.«

»Dann überlasse ich dir die Ehre. Sobald er wach ist, müssen wir schnell sein – ich zerstöre seine Schutzgabe, sodass du ihn Freisprechen kannst. Womöglich bleibt uns nur dieser eine Versuch, also gib alles.«

Gib alles.

Das habe ich vor.

Ich strecke eine Hand aus und lege sie auf Wards Unterarm; der Körperkontakt erdet mich. Ich habe den Eindruck, durch die gläserne Wand hindurch Camis abgehackten Atem zu hören, und hole selbst tief Luft, bündele meine Konzentration.

Mit angespanntem Körper, und auf alles gefasst, flüstere ich: »Wach auf.«

… Und knirsche mit den Zähnen, als nichts geschieht.

Ich ignoriere den Blick, den Kael mir zuwirft, und richte erneut meinen ganzen Fokus auf Ward, schelte mich selbst dafür, dass ich offenbar einmal mehr nicht ausreichend bei der Sache gewesen bin. Ich *weiß*, dass ich nicht erschöpft bin; ich *weiß*, dass ich es schaffen kann.

»*Wach auf*«, befehle ich, und diesmal fährt ein Licht aus meinem Körper in Wards.

Im einen Moment ist er steif und still wie der Tod, im nächsten fliegen seine Augen auf, und er bäumt sich von der Matratze hoch, zurückgehalten lediglich durch die Fesseln an seinen Gelenken.

Sein abruptes Erwachen überrumpelt mich, und ich stolpere hastig zurück. Dann gelingt es mir, mich wieder zu fangen, und ich schiele hinüber zu Kael, der Ward mit ausdrucksloser Miene anstarrt.

»Lasst mich frei!«, verlangt Ward und kämpft gegen die Gurte. »Sofort!«

»Wie du willst«, sage ich zu ihm. Erst da schaut Kael mich an, nickt knapp, um mir zu bestätigen, dass er bereit ist.

Ich rufe mir ins Gedächtnis, wie ich Cami Mannings Kontrolle entrissen habe, wie ich alle Aufmerksamkeit auf sie – und nur auf sie – gerichtet habe. Diesmal mache ich es bei Ward genauso.

Ich denke an jenen ersten Tag, an dem ich ihn in der Bibliothek getroffen habe; an sein Lächeln mit dem Grübchen in der Wange. Ich denke daran, wie ich in seinem Zimmer – in seinem *Bett* – zu mir gekommen bin und er sich um mich gekümmert hat, dafür gesorgt hat, dass ich nicht gefroren habe und nicht hungrig war. Ich denke daran, wie er mich nach meiner Panikattacke ins Badezimmer getragen und dort im Arm gehalten hat. Daran, wie wunderbar er mit Abby, Ethan und Isaac umgeht, wie abgöttisch er die drei liebt und behütet. Ich denke daran, wie er mich angesehen hat, selbst damals, als er die Rolle des gefühlskalten Gutachters spielen musste – selbst während er mich glauben machen wollte, er hätte mich verraten. Ich denke an die letzten Worte, die er mir zugeflüstert hat, bevor er sich an meiner Stelle geopfert, sich Vanik ausgeliefert hat:

... ganz gleich, wie ich mich verhalten habe, nachdem du angefangen hattest zu Sprechen – jede Sekunde, jeder Augenblick, den wir vorher miteinander verbracht haben, war echt. Daran darfst du niemals zweifeln, Chip.

Ich klammere mich an diese Erinnerungen, an das Versprechen dessen, wer Ward ist, blicke in seine grünen Augen und sage: »Sei frei.«

Ein Licht bricht aus mir hervor und trifft ihn frontal in die Brust.

Ich halte den Atem an, warte, *warte*.

Bei Cami hat sich die Veränderung prompt eingestellt.

Aber Ward ... stiert mich bloß an.

Sein Blick zuckt zu Kael, dann wieder zu mir, ehe ein selbstgefälliges Grinsen sein Gesicht überzieht. »Da wirst du dich schon mehr anstrengen müssen, Sechs-Acht-Vier.«

Mein Magen fühlt sich an wie ausgehöhlt.

»Sei *frei*!«, schreie ich, wieder und wieder; Licht flammt rings um uns auf, gleißend hell.

Ein tiefes, dunkles Glucksen steigt aus Wards Kehle auf, seine ganze Miene wirkt unverhohlen amüsiert, und er wendet sich mit einer hochgezogenen goldenen Augenbraue zu Kael um. »Da scheinst du ja gerade noch mal die Kurve gekriegt zu haben, Roscave.«

Mein panischer Blick zuckt ebenfalls zu Kael. »Wieso funktioniert es nicht?«

Er fährt sich mit einer Hand durchs schwarze Haar und gesteht: »Keine Ahnung. Er ist stark – zu stark. Stark genug, sich gegen uns beide zu schützen.«

Mein Herz rutscht mir in die Kniekehlen. Was mir mit Cami im Labor gelungen ist, muss ein Glückstreffer gewesen sein – Ward hat offenbar daraus gelernt und irgendwie ausgearbeitet, wie er sich zukünftig gegen etwas Vergleichbares wappnen kann. Aber das bedeutet ...

»Wie sollen wir ihn jetzt freibekommen?«

Die Worte stammen nicht von mir. Sie stammen von Cami, die mit Verzweiflung in den Augen durch die Glasscheibe späht.

Kael lässt den Kopf kreisen, sichtbar frustriert. Er denkt einen Moment nach, ehe er sagt: »Der räumliche Abstand von Manning sollte die Bande zwischen ihnen mit der Zeit schwächen. Schließlich kann Manning ihm aus der Ferne keine neuen Anweisungen geben, daher müsste die Verbindung von allein schwinden.« Er hält kurz inne. »Im schlimmsten Fall können wir es einfach in ein paar Tagen erneut probieren – vielleicht schaffe ich es dann, seine Schutzgabe zu überwinden. Wahrscheinlicher ist, dass er die geistigen Fesseln von selbst abschüttelt, sobald genügend Zeit verstrichen ist.«

Ein weiteres finsteres Lachen von Ward.

Ich drehe mich erneut zu ihm um und stelle fest, dass er mich ins Visier genommen hat.

»Zu deinem Pech ist die Zeit nicht auf deiner Seite.«

Es gibt so vieles, worauf er mit dieser höhnischen Warnung anspielen könnte: auf Vanik, der bereits seine Sprecherarmee aufbaut; auf all die offenen Fragen, deren Antworten wir dringend brauchen. Doch ich sehe das Glitzern in seinen sonst leeren Augen – die, wie ich erst jetzt realisiere, nicht auf mein Gesicht gerichtet sind.

Sondern auf meinen *Arm*.

Exakt auf die Stelle, wo er mir die Spritze ins Fleisch gejagt hat.

Kael bemerkt es ebenfalls, und er springt nach vorn, packt Ward an der Schulter, ballt den Stoff seiner Jacke zusammen. Zornfunkelnd herrscht er ihn an: »Was soll das heißen? Was hast du ihr angetan?«

»Ich?« Die Belustigung durchdringt nun auch Wards Stimme.

Kael verstärkt seinen Griff; seine Knöchel werden weiß. »Beantworte die verdammte Frage!«

Ward bleibt vollkommen unbeeindruckt, vollkommen *ruhig* im Angesicht der Wut, die Kael abstrahlt. »Das wirst du bald genug herausfinden.« Sein Mund verzieht sich zu einem emotionslosen Lächeln, seine Augen wandern wieder zu mir, und er ergänzt: »Ich wage zu behaupten, dass die Wirkung bereits eingesetzt hat.«

Mein Blick huscht zwischen Kael, Arryn und Cami hin und her, verwirrt. Ich bin zuvor ehrlich mit ihnen gewesen – ich fühle mich in keiner Weise anders als sonst. Es geht mir sogar wesentlich besser als erwartet, in Anbetracht des Tages, der hinter uns liegt, und der langen Nacht davor. Ich bin nicht einmal müde, nicht einmal –

Ich schnappe nach Luft, wirbele wieder zu Ward herum.

Ich bin nicht müde.

Ich bin nicht erschöpft.

Niemand außer mir beobachtet ihn. Kael, Cami und Arryn sehen einander an, wie um gemeinsam auszuknobeln, was er meint. Aber Wards und mein Blick verkeilen sich ineinander, und deshalb bemerke ich es: Für den Bruchteil einer Sekunde verschwindet die ungerührte Fassade, und aufrichtige Emotionen spiegeln sich in seinem Gesicht. Schmerz, Entsetzen, Reue. Da und sofort wieder weg – und doch genug, um mir die Gewissheit zu geben, dass er noch immer dort drin ist, noch immer gegen Mannings Kontrolle ankämpft. Genug, dass ich genau verstehe, was er mir gerade enthüllt hat – vielleicht mehr, als er zu sagen in der Lage hätte sein sollen, vielleicht, nur vielleicht, eine Warnung des echten Ward an mich. Er hat mir das Beste geschenkt, was er mir zu bieten hatte, getan, was er konnte, in der Hoffnung, dass ich den Rest allein herausbekomme.

Sein Wagnis hat sich gelohnt. Wenn ich seine Worte richtig interpretiere …

Eine Welle des Schwindels überrollt mich, und ich muss mich auf der Matratze neben seinem gefesselten Arm abstützen, um nicht das Gleichgewicht zu verlieren. Sein Blick ruht noch immer auf mir, nun wieder leer. Sein Feixen ist bloß breiter geworden, als wäre ihm klar, dass lediglich ich allein das volle Ausmaß dessen begreife, was er mir gerade eröffnet hat.

Ich balle meine Hand zur Faust, stemme mich von der Matratze hoch, drücke die Schultern durch. Mein erster Impuls drängt mich dazu, ein paar Antworten aus ihm herauszuschütteln, doch ich ahne, dass das zwecklos wäre. Er wird mir nicht verraten, was ich wissen muss, nicht jetzt. Nicht vor Publikum.

»Er versucht bloß, dir zuzusetzen, Lyss«, knurrt Kael und zieht somit den von außen wohl logischsten Schluss. »Pandora untersucht den Inhalt der Spritze, während wir uns hier unterhalten – ganz bestimmt gibt sie uns bald Bescheid und bestätigt, dass wir uns keinerlei Sorgen zu machen brauchen.«

»Ganz bestimmt«, echoe ich mit nur leicht kratziger Stimme. Wards unaufhaltsam wachsendes Grinsen ignoriere ich.

Das hier ist nicht Ward, rufe ich mir ins Gedächtnis. Kein aufrichtiger Humor, kein Grübchen.

Das hier ist jemand Widerwärtiges, *etwas* Widerwärtiges.

Kael legt mir eine Hand auf den Rücken, und ich bin so in meine zunehmend düsteren Gedanken versunken, dass ich zusammenfahre.

»Es hat keinen Sinn, noch länger zu bleiben«, sagt er in sanftem Tonfall, der im krassen Kontrast zu dem steht, mit dem er eben noch Ward angeredet hat. »Bis er von Mannings Kontrolle befreit ist, dürfen wir keinem Wort aus seinem Mund Glauben schenken. Es ist spät – wir sollten gehen. Eine ordentliche Nachtruhe wird uns allen guttun, und dann können wir frisch und mit klarem Kopf morgen früh wiederkommen.«

Ich nicke automatisch, versuche, mir nicht anmerken zu lassen, wie verzweifelt ich diese Zelle verlassen möchte, wie dringend ich dem klaustrophobisch engen Raum und dem, was Ward mir eben offenbart hat, entfliehen muss – einer Enthüllung, die niemand sonst als solche erkannt, die niemand sonst verstanden hat.

»Bis bald, Sechs-Acht-Vier«, meint Ward spöttisch.

Ich antworte nicht, sondern drehe mich auf dem Absatz um und marschiere durch die Tür, die Arryn in der gläsernen Wand öffnet, ohne einen Blick zurückzuwerfen.

Cami braucht Stunden, um einzuschlafen. Ich zähle die Minuten, warte ungeduldig darauf, dass sie endlich wegdämmert.

Ich weiß, dass sie am Boden zerstört ist; ich weiß es, weil es mir genauso geht. Es hätte funktionieren müssen – Kaels Gabe hätte Wards lange genug außer Kraft setzen sollen, um mir die Zeit zu geben, ihn zu befreien. Ich habe das Licht aufblitzen sehen, bin mir sicher, dass meine Absicht fokussiert und stark genug war. Meine Worte waren voller Macht, ganz gewiss.

Was ich *nicht* weiß, ist, wie Ward es geschafft hat, sich gegen meinen Befehl zu schützen.

Seit wir uns hingelegt haben, wälze ich mich rastlos von einer Seite auf die andere, doch nun, da Cami leise zu schnarchen begonnen hat, bin ich zuversichtlich, dass ich mich davonstehlen kann, ohne sie zu wecken. Es gibt einen Ort, den ich aufsuchen, eine Person, mit der ich reden muss. Allein.

Ich schwinge die Beine aus dem Bett, streife einen Hoodie über meinen Pyjama, schlüpfe in ein Paar Stiefel und schleiche nahezu lautlos aus dem Zimmer.

Ehe ich Gelegenheit habe, mich selbst davon zu überzeugen, dass es eine schlechte Idee ist, öffne ich bereits die Falltür und klettere die Leiter hinunter; erst als mein Blick durch das Glas in Wards Zelle hineinfällt, halte ich inne.

Er ist nicht da, wo wir ihn zurückgelassen haben.

Er ist nicht mehr an die Matratze gefesselt, sondern auf den Beinen, lehnt an der Wand, als hätte er auf mich gewartet. Seine Jacke hat er ausgezogen, das körperbetonte weiße T-Shirt entblößt die Schnitte aus Vaniks Labor und zudem zornrote Linien um seine Handgelenke, wo die Haut roh und geschwollen ist von was auch immer er getan hat, um die Fesseln loszuwerden. Der einzige Grund, aus dem er sich noch im Innern der Zelle befindet, ist, dass sie sich nur von außen öffnen lässt. Kaels Prinzip der Vorsicht statt Nachsicht zahlt sich aus.

»Ich habe mich schon gefragt, wann du auftauchst.«

Meine Augen schließen sich, als seine Worte mich treffen – so ähnlich denen, die er bei meinem und Camis Anblick in Lengard gewählt hat. Aber ich habe nicht vor, irgendwelche Psychospielchen mit ihm zu spielen. Nicht, solange ich das Gefühl habe, jeden Moment einzuknicken.

»Wie lange?«, krächze ich.

Er fragt nicht nach, was ich meine. »Vierundzwanzig Stunden. Eventuell mehr. Eher weniger.«

Nun tragen meine Beine mich tatsächlich nicht mehr; ich stolpere hinüber zu der Stelle, an der Kalksteinwand und Glasscheibe aufeinandertreffen, und gleite zu Boden. Der grobe Stein scheuert durch den Stoff meines Hoodies hindurch meinen Rücken wund. Ich spüre es kaum, ziehe stattdessen meine Knie an die Brust und schlinge beide Arme darum. Mir ist klar, wie erbärmlich ich in diesem Moment zweifellos ausschaue. Ich habe nicht die Kraft, mir darüber Gedanken zu machen.

»Sie wird immer unzuverlässiger werden, deine Gabe«, erklärt Ward, jetzt ganz freigebig mit seinen Informationen. Wäre seine Miene nicht nach wie vor völlig ausdruckslos, könnte ich fast denken, er wollte mir helfen. Aber ich weiß, dass er lediglich den Rest der Botschaft überbringt, weiter dem Protokoll folgt, das Manning ihm eingegeben hat.

»Also hat Vanik wirklich ausgetüftelt, wie er mein Schöpfergen isolieren kann?«, flüstere ich – ich muss es aus seinem Mund hören.

Ward stößt sich von der Wand ab und schlendert herüber, bis er durch das Glas von oben auf mich heruntersehen kann. Sein Gesicht zeigt keinerlei Mitgefühl. Er ist kaum einen halben Meter von mir entfernt, könnte aber genauso gut auf einem anderen Planeten stehen. »In der Tat. Und anschließend ist es ihm gelungen, es zu replizieren. Und außerdem festzustellen, was bei seinen vorigen Versuchen schiefgelaufen war.«

»Dann ist er nun in der Lage, Schöpfer zu erschaffen. Und andere Sprecher.«

»Wir wissen beide, dass er viel mehr kann als das, Sechs-Acht-Vier.«

Ward starrt abermals auf meinen Arm, als blickte er durch den Hoodie direkt auf die verheilte Einstichstelle.

Ich widerstehe dem Drang, eine Hand darüberzulegen, und hauche dafür ein einziges Wort: »*Wie?*«

»Im Grunde war es ganz simpel«, meint Ward, lässt sich mir gegenüber zu Boden sinken, mit bequem vor sich ausgestreckten Beinen. Er ist völlig entspannt, während meine Welt in sich zusammenstürzt. »Nachdem er herausgefunden hatte, wie das Serum wirkt, musste er bloß noch die relevanten Stammzellen hinzufügen, um den gewünschten Effekt zu erzielen. Sich selbst hat er zum Schöpfer gemacht, indem er die Zellen verwendet hat, die er letzte Woche von dir geerntet hatte.

Für die übrigen Sprecher hat er von anderen Subjekten geerntete Zellen genutzt.«

Geerntet.

Galle steigt in meinem Hals auf; ich schlucke sie zurück.

»Sein Serum ist zwar ein voller Erfolg, doch er hat realisiert, dass ein Problem weiterhin besteht – *du.* Er musste dich ausschalten, dafür sorgen, dass du dich ihm nie mehr entgegenstellen kannst«, fährt Ward fort. »Also hat er ein zweites Serum kreiert, mithilfe der Zellen eines weiteren Sprechers – eines Sprechers mit der Fähigkeit, anderen die Sprechergabe zu nehmen.«

Neue Galle wallt auf. Diesmal fällt es mir schwerer, sie im Körper zu behalten.

»Aber das hast du ja bereits verstanden – schließlich bist du mit der Frage, wie lange dir noch bleibt, hier hereingeplatzt«, stellt Ward fest. »Ich hatte recht mit meiner Einschätzung vorhin, nicht wahr? Du spürst die Wirkung bereits.«

Es wäre zwecklos, das zu leugnen. Er weiß Bescheid. Und ich ebenso.

Dass meine Fähigkeiten seit unserer Begegnung im Labor nicht mehr verlässlich funktioniert haben, hat nichts mit meiner Erschöpfung zu tun. Sondern mit Vaniks Serum.

Einem Serum, das dazu da ist, mir meine Sprechergabe zu rauben.

KAPITEL 17

»Ach, komm schon, Alyssa Scott«, höhnt Ward, der meine Miene liest. »So tragisch ist das auch wieder nicht. Bis vor fünf Wochen hast du deine Gabe so sehr gehasst, dass du um nichts in der Welt den Mund aufmachen wolltest. Damals hättest du diese Entwicklung als Geschenk empfunden.«

Bis vor fünf Wochen hatte ich keinerlei Kontrolle. Ich konnte weder Licht noch Schutzschilde heraufbeschwören, keine Unsichtbarkeit bewirken. Ich war nicht in der Lage, Menschen schweben zu lassen oder in der Bewegung einzufrieren. Ich hatte keine Ahnung, wie ich ein Salat-Sandwich aus dem Nichts herbeizaubern oder eine komplette Höhle in ein Ebenbild des Nachthimmels verwandeln sollte.

Er hat recht: Bis vor fünf Wochen habe ich meine Gabe verabscheut.

Aber jetzt, jetzt bin ich von ihr abhängig. Jetzt schätze ich sie. Jetzt *genieße* ich sie.

… Es ist wichtig, dass du deine Gabe ganz und gar annimmst und sie dir zu eigen zu machst … Sie ist genauso ein Teil von dir wie dein Arm oder Bein.

Camis Worte hallen in meinem Kopf wider, und ich begreife, wie richtig sie damit lag. Das Sprechen gehört zu mir. Und die Vorstellung, es zu verlieren …

»Die Dinge haben sich geändert«, bringe ich heiser hervor, ohne den blassesten Schimmer, weshalb ich mir überhaupt die Mühe mache. Schließlich rede ich nicht wirklich mit Ward – *meinem* Ward. »Falls Vanik tatsächlich ein Schöpfer ist, dann muss ich fähig sein –«

»Du scheinst ganz besessen von Vanik.«

Ich runzele die Stirn. »*Natürlich* bin ich das. Und wärst du gerade selbst Herr über deine Sinne, ginge es dir genauso.«

»Ich glaube eher, dass ich das größere Gesamtbild im Blick behalten würde. Die größere Bedrohung.«

Die genmodifizierte Sprecherarmee.

Da ist was dran.

Aber da zweifellos Vanik sie anführt, ist nach wie vor er derjenige, den wir aufhalten müssen. Und sofern wir ihn nicht finden, ehe meine vierundzwanzig Stunden – die vermutlich in dem Moment begonnen haben, in dem sich die Spritze in meinen Arm gebohrt hat – abgelaufen sind, dann werde ich dabei niemandem mehr eine Hilfe sein können. Zumindest nicht auf übernatürliche Weise.

»Wieso erzählst du mir das alles auf einmal?«, frage ich und mustere Ward aus zusammengekniffenen Augen durch das Glas.

Er zuckt lässig mit den Schultern. »Ich bin angewiesen worden, dir ausreichend Informationen zu geben, um dir Angst zu machen, ohne dabei alles zu verraten. Ich führe lediglich meine Befehle aus.«

»Das klingt, als hättest du es darauf angelegt, von uns hierher mitgenommen zu werden.«

Ein böses Lächeln huscht über sein Gesicht. »Genau so klingt es, nicht wahr?«

Noch mehr Psychospielchen. Ich hasse diese manninggesteuerte Version von Ward aus tiefstem Herzen.

»Du solltest mir dankbar sein, weißt du?«, redet Ward weiter. »Alles, was ich dir offenbart habe – betrachte es als Präsent meines Meisters an dich.«

Ich erschaudere unwillkürlich. »Hör auf, ihn so zu nennen. Das ist verstörend.«

Ein neuerliches Schulterzucken von ihm. »Er ist nun einmal mein Meister.«

»Manning ist *nicht* dein Meister, Ward.«

Eine Pause, dann bohren sich seine grünen Augen durchdringend in meine. »Ich habe mich nicht auf Dr. Manning bezogen. Dass seine Fähigkeiten nicht stark genug sind, um über meine zu triumphieren, habe ich dir heute Abend bereits gesagt – wieso also sollte ich seinen Befehlen gehorchen?«

Eine rhetorische Frage – und dennoch starre ich ihn nun verblüfft an.

Zwar fällt es mir schwer, auch nur irgendetwas von dem, was dieser fremdbestimmte Ward behauptet, zu glauben, aber zugleich geht mir nicht aus dem Kopf, dass auch Vanik einst erwähnt hat, Mannings Fähigkeiten können Ward nichts anhaben. Unter *irgendjemandes* Einfluss steht er allerdings definitiv. Wer sonst –

Ich schließe die Augen, als die Erkenntnis mich trifft. »Lass mich raten: Ein ausreichend mächtiger Schöpfer wäre in der Lage, deine Gabe zu überwinden.«

»Treffer beim ersten Versuch, Sechs-Acht-Vier.«

Ich reibe mir die Stirn, murmele: »Du kannst aufhören, mich so zu nennen.«

»Wäre dir ›Chip‹ lieber?«

Ohne auf seine höhnische Stichelei zu reagieren, sage ich: »War es das, was heute schiefgelaufen ist – der Grund, aus dem wir es nicht geschafft haben, dich zu befreien? Kael meinte, er sei nicht stark genug, um deine Schutzgabe zu zerstören, aber … ist ihm das in Wirklichkeit gelungen, und im Grunde war ich es, die zu schwach war, gegen Vaniks neue Schöpfergabe anzukommen?« Meine Stirn kräuselt sich stärker, je länger ich darüber nachdenke. »Aber das ergibt keinen Sinn. Vanik hat als Schöpfer keinerlei Übung – er war Gedankenleser, bevor er seine Sprecherfähigkeiten verloren hat. Dass er nach zehn Jahren ohne jede Praxis derart geschickt …«

»Mag sein, dass die Kräfte meines Meisters erst kürzlich wieder erwacht sind, doch er hat bereits Gesprochen, ehe du geboren wurdest. Sein Maß an Kontrolle ist ohnegleichen, Sechs-Acht-Vier, wohingegen du kaum begonnen hast, das Ausmaß deiner Macht überhaupt zu begreifen.« Er schenkt mir ein herablassendes Lächeln. »Schade, dass du nun niemals die Chance haben wirst, einen ähnlich meisterhaften Umgang damit zu erlangen.«

Er versucht, mich zu provozieren, aber ohne Erfolg. Ich bin taub für seine Worte, empfindungslos in Anbetracht dessen, was mir bevorsteht. Und dann ist da noch das plötzliche Verständnis, dass ich – sofern *nicht* Manning derjenige ist, der Ward kontrolliert, sondern Vanik mit seiner neuen Schöpfergabe – nicht den Hauch einer Ahnung habe, wie ich Ward jemals von seinen geistigen Fesseln befreien soll. Greift Kaels Theorie über Zeit und Entfernung auch noch, wenn wir es mit der Macht eines Schöpfers zu tun haben? Ich weiß es nicht – ich weiß *gar nichts*.

»Du schaust so traurig aus, Sechs-Acht-Vier«, bemerkt Ward. »Du tust ihm leid.«

Ich seufze, überzeugt, dass er bloß erneut darauf aus ist, mich zu ködern. »Wem?«

»Mir. Ihm. Deinem Ward.«

Mein Körper versteift sich.

»Er ist hier drin, weißt du. Schließlich ist er ich – ebenso sehr, wie ich er bin.« Ein amüsiertes Grinsen. »Er hasst sich dafür, dass er dir das Serum injiziert hat. Er hasst es, dich so verzweifelt zu sehen, so hoffnungslos. Er möchte dich daran erinnern, wie stark du bist – dass deine Worte auch ohne deine Sprechergabe mächtig sind. Er hört dich, sogar, wenn du still bist.« Ward bricht ab und blinzelt, beinahe überrascht, ehe er erneut ein dunkles Glucksen hören lässt. »Oh – wie interessant. Er hätte nicht in der Lage sein sollen, das zu sagen. Im Augenblick kämpft er. Kämpft gegen die Befehle unseres Meisters an. Aber ohne Hilfe wird er nicht gewinnen.«

Ich sitze zitternd da. Es ist surreal, diesem marionettenhaften Ward dabei zu lauschen, wie er von sich selbst spricht, seinem *wahren* Ich, gefangen im eigenen Geist.

Wards Feixen verzieht sich zu etwas Grauenvollem, etwas Monströsem, als er fortfährt: »Dr. Manning hat versucht, ihm zu helfen, musst du wissen. Mir zu helfen. Uns zu helfen. Er wollte deinem Ward helfen, bevor es zu spät war. Ihm ist aufgegangen, in welch katastrophale Verstrickungen er geraten war, und er hat alles darangesetzt, Wiedergutmachung zu leisten. Mich aus Lengard herauszuholen, Kael zu warnen, dich zu warnen. Aber mein Meister hat seine Absichten aufgedeckt und kurzen Prozess mit ihm gemacht. Armer Dr. Manning.«

Alles in mir wird kalt. Ich flüstere: »Was ist mit ihm geschehen?«

Wards Miene wird wieder ausdruckslos. »Mein Meister hat ihn natürlich getötet.«

Getötet.

Getötet.

Getötet.

Manning ist tot.

Manning ist tot.

Mein ganzer Körper bebt, doch irgendwie gelingt es mir, auf die Füße zu kommen. Ich bin zu zermürbt, um noch länger hierzubleiben. So wenig ich auch für meinen einstigen Therapeuten – insbesondere nach seinem Auftritt in Vaniks Labor vergangene Woche – übriggehabt haben mag: Er war trotz allem ein Mensch. Trotz allem jemand, der mehr als zweieinhalb Jahre lang täglich ein Teil meines Lebens gewesen ist. Und Vanik –

Vanik hat ihn *getötet.*

Ich kann nicht sagen, was schlimmer ist: zu wissen, dass sich in Manning ein Sinneswandel vollzogen und er versucht hat, das Richtige zu tun, oder die Gewissheit, dass ich – wäre er tatsächlich gekommen, um uns zu warnen – ihm womöglich nicht geglaubt hätte … und er am Ende ebenfalls tot gewesen wäre.

Darüber darf ich jetzt nicht nachdenken. Ich weigere mich, um einen Mann zu trauern, der mir und meinen Freunden derart schreckliche Dinge angetan hat. Aber es tut mir leid um den Mann, zu dem er hätte werden können, wenn er die Chance dazu gehabt hätte.

Eine Chance, die Vanik ihm gestohlen hat.

Dass Vanik ein Psychopath ist, war mir bereits klar – ebenso, wie mir klar war, dass er keinerlei Skrupel besitzt, Menschenleben auszulöschen. Das tut er seit Jahren, stets im Namen seiner Experimente. Aber das? Ein Mord an seinem *Freund*?

Er ist gefährlicher denn je.

Und mir bleiben weniger als vierundzwanzig Stunden, um ihn zu stoppen.

Halb erstickt von meinen Gedanken und Ängsten, wirbele ich auf dem Absatz herum und haste zur Leiter, getrieben von dem dringenden Bedürfnis, diesen Raum zu verlassen.

Ich habe ihren Fuß bereits erreicht, greife nach den ersten Streben, da hält Wards Stimme mich auf.

»Es war nett, mit dir zu plaudern, Sechs-Acht-Vier. So nett, dass ich noch ein Sahnehäubchen für dich habe.«

Ich werfe einen Blick über die Schulter zurück, keineswegs überzeugt, dass ich erpicht auf etwas bin, das er als »Sahnehäubchen« bezeichnet.

»Hast du dich nicht gefragt, wieso ich letzte Nacht in Luna Park war? Wie Lengard Wind von dem Sprecher bekommen hatte?«, zieht er mich auf.

Ich wende mich ein winziges Stückchen weiter zu ihm um. »Auf die gleiche Weise wie wir, nehme ich an – und du hattest den Befehl, ihn in die Reihe der Kandidaten der Initiationsstufe des Exodus-Projekts zu integrieren. Nachwuchs für Vaniks Armee.«

Ward legt den Kopf auf die Seite. »Du und ich, wir wissen beide, dass er kein Ausbrecher ist.«

Ich schüttele den Kopf, auch wenn ich das längst selbst geschlussfolgert habe, und fasse wieder nach der Leiter. »Wie du meinst.«

»Ich hatte noch keine Gelegenheit, das, was ich dir jetzt erzählen werde, meinem Meister zu übermitteln – andernfalls bezweifle ich, dass er mir erlaubt hätte, es dir zu verraten. Und du willst es erfahren, glaub mir. Es ist nämlich hochinteressant.«

Das lässt mich einmal mehr innehalten; ich drehe mich allerdings nicht um.

»Es ist interessant, Sechs-Acht-Vier, weil ich über den Aufenthaltsort des angeblichen Ausbrechers durch einen anonymen Fingerzeig informiert worden bin. Interessant, weil er überhaupt kein Ausbrecher war. Interessant, weil er während seines Verhörs aufrichtig verstört gewirkt hat – das Einzige, was ihm wieder und wieder über die Lippen gekommen ist, war: ›Sie ist am Leben. Meine Schwester ist am Leben.‹ Und als die Medikamente endlich Wirkung gezeigt haben und er uns seinen Namen offenbart hat, war es noch interessanter, zu entdecken, dass er von *dir* sprach.«

Ich bin mit beiden Händen auf den Leitersprossen erstarrt, schaffe es kaum, zu atmen.

»Aber ahnst du, was am allerinteressantesten war, Alyssa Scott?«

Ich sage nichts, nehme jedoch meine Arme zurück und wende mich nun wieder komplett zu Ward um.

»Wie sich herausgestellt hat, stammte der anonyme Hinweis von

Riley Scott selbst. Er *wollte* von uns gefangen werden.« Ward lässt seine Worte einen Moment einsinken. »Und ich wette, dabei hat er sehr wohl einkalkuliert, dass deine Relikte ihn retten würden. Vielleicht also solltest du diesen Umstand im Hinterkopf behalten – im Umgang mit deinen neuen Freunden, diesen Leuten, denen du glaubst vertrauen zu können.« Seine Mundwinkel zucken nach oben. »Und somit wären wir bei dem Sahnehäubchen, das ich dir versprochen habe: Alle lügen dich an, Sechs-Acht-Vier. *Alle.*«

Die Stille, die seiner Verkündung folgt, ist vollkommen. Sein letzter Satz hallt in meinen Ohren nach.

Alle

lügen

dich

an.

Es reicht. Ich werde ihm nicht länger zuhören. Ich *kann* ihm nicht länger zuhören, nicht ohne eine Gelegenheit, das, was ich heute Nacht erfahren habe, in meinem Kopf zu ordnen.

Ward hat sich als Quell des Wissens erwiesen, doch alles, was er mir verraten hat, nährt lediglich meine Hoffnungslosigkeit. Mir ist klar, dass genau das sein Ziel war – dass er Anweisungen befolgt, die exakt darauf ausgerichtet sind, aber trotzdem … im Moment ist mir derart übel, dass die Suppe, die ich vor Stunden gegessen habe, sich zurückzumelden droht. Der Drang, mich zu übergeben, wird beinahe überwältigend, und sobald ich das obere Ende der Leiter erreicht und die Luke hinter mir geschlossen habe, muss ich mich auf den Boden legen und meine Stirn gegen die kalte, harte Erde pressen, nur um das Rumoren in meinem Magen und das Brüllen in meinem Kopf zu besänftigen.

Alle. Lügen. Dich. An.

Zu viel.

Es ist zu viel.

Ward hat mir so viele Antworten gegeben, und doch habe ich jetzt nur noch mehr Fragen als zuvor.

Aber vor allem … auch in Anbetracht all dessen, worauf ich mich jetzt in erster Linie konzentrieren sollte, komme ich nicht über das hinweg, was er von Riley erzählt hat:

… Interessant, weil er während seines Verhörs aufrichtig verstört gewirkt hat – das Einzige, was ihm wieder und wieder über die Lippen gekommen ist, war: »Sie ist am Leben. Meine Schwester ist am Leben.«

Dass Riley – weshalb auch immer – versucht haben könnte, mich aus der Fassung zu bringen, ist eine Sache. Aber dieselbe Behauptung Ward gegenüber zu äußern, ohne jeden nachvollziehbaren strategischen Grund, ohne jede Garantie, dass ich jemals von dieser Unterhaltung erfahren würde … das ist vollkommen paradox.

Ich habe keinen Bruder.

Ich *hatte nie* einen Bruder.

Sogar Kael hat das bestätigt.

Da waren stets bloß meine Mum, mein Dad und ich. Wir drei, eine völlig normale Familie.

Allerdings … stimmt das so nicht ganz. Denn »normal« waren wir nicht.

Meine Eltern waren Sprecher.

Sind Sprecher.

Mächtige noch dazu, laut Kaels Aussage. Über die Gabe meines Dads konnte er mir nichts sagen, aber meine Mum …

Ich schnappe nach Luft und setze mich so rasch auf, dass Blitze an den Rändern meines Sichtfeld zucken.

Deine Mum hatte die stärkste Suggestionsgabe, von der ich je gehört habe.

Das hat Kael mir eröffnet, als ich vor vier Tagen zum ersten Mal in den Katakomben zu mir gekommen bin.

… Sie konnte anderen einen Gedanken einpflanzen, der Wurzeln geschlagen hat und gewachsen ist, sodass diese Leute daran geglaubt *haben …*

Damals hat er spekuliert, dass meine Mum ihre Fähigkeiten dazu genutzt haben könnte, mich glauben zu lassen, ich hätte sowohl sie als auch meinen Dad umgebracht. Doch was, wenn sie sogar noch mehr getan hat? Was, wenn sie mir nicht bloß die Überzeugung eingepflanzt hat, dass meine Eltern tot sind … sondern auch die Gewissheit, ein Einzelkind zu sein?

Was, wenn sie mich Riley hat vergessen lassen?

Was, wenn er *tatsächlich* mein Bruder ist?

ICH DACHTE, DU BIST TOT!

Wieder dröhnt das Echo seiner Worte durch meinen Kopf, und diesmal überfällt mich die Übelkeit so heftig, dass es mir nicht mehr gelingt, mein Abendessen bei mir zu behalten. Tränen strömen aus meinen Augen, während ich mich nach vorn beuge und würge – befeuert von der brutalen Leerung meines Magens in Verbindung mit dem Schrecken dessen, was ich womöglich soeben begriffen habe. Dem Entsetzen über die Frage, ob meine Mum ihre Gabe eventuell nicht nur auf mich, sondern auch auf Riley, auf Kael und alle anderen Menschen angewandt hat, die wussten, was wirklich aus meiner Familie geworden ist – wie auch immer diese Wahrheit aussehen mag.

Bloß ... *wieso?*

Was hätte sie zu einem derart drastischen Schritt bewegen können? Welches Motiv könnte sie dafür gehabt haben?

Wieso?

Wieso?

Wieso?

Wieso?

Wieso?

Wieso?

Wieso?

Wieso?

Ich habe keine Antworten. Ich habe nicht einmal eine Garantie dafür, dass ich mit meiner Schlussfolgerung richtigliege. Aber als ich mir den Mund abwische und schwankend aufstehe, kommt mir eine Idee.

Mir ist klar, dass es mitten in der Nacht ist. Und auch, dass ich gerade mit unfassbar vielen Problemen konfrontiert bin – Problemen, deren bloße Vorstellung in mir das beinahe übermächtige Bedürfnis weckt, mich zu einer schluchzenden Kugel zusammenzurollen. Das Serum ... meine Sprechergabe ...

Darüber darf ich nicht nachgrübeln. Noch nicht.

Aber das …

Das kann ich nicht ruhen lassen. Das kann ich nicht ignorieren. Nicht, ehe ich die Wahrheit kenne.

Und ich ahne, dass es hier jemanden gibt, der mir helfen kann, sie zu ergründen.

KAPITEL 18

Mit zittrigen Schritten mache ich mich auf den Rückweg von der Arrestzelle, halte schließlich zitternd an der dreigabeligen Kreuzung inne, strecke eine zitternde Hand vor mir aus und flüstere: »Kompass.«

Ein erleichterter Atemstoß entfährt mir, als Licht aufflammt und ein kleiner, silbriger Gegenstand in meiner Handfläche landet, identisch mit jenem, den ich in den Fluren Lengards erschaffen habe.

»Finde Smith«, befehle ich.

Als nichts geschieht, rede ich mir ein, dass ich nicht genug über ihn weiß, mich nicht so intensiv konzentriert habe wie bei der Suche nach Ward und später nach Arryn. Dass es genauso ist wie letzte Nacht bei meinem Versuch, den Ausbrecher – nein, keinen Ausbrecher, sondern *Riley* – zu orten.

Aber ich belüge mich selbst, denn der wahre Grund dafür, dass soeben kein Licht aufgeblitzt ist und der Kompass nun still in meiner Hand liegt, ist ein anderer. Nach meiner Unterhaltung mit Ward bin ich mir der tickenden Uhr bewusst, die über meinem Scheitel hängt. Vierundzwanzig Stunden, hat er geschätzt, allerdings auch angedeutet, dass mir unter Umständen weniger Zeit bleibt – und die Wirkung des Serums zudem zunehmend stärker werden wird. Auf meine Gabe ist schon jetzt kein Verlass mehr. Und bald wird sie vollkommen verschwunden sein.

Ich kann nicht …

Ich kann nicht …

Ich fülle meine Lungen mit Luft, lasse sie langsam entweichen, zwinge meine bebenden Glieder und meinen Geist gleichermaßen, sich zu beruhigen.

Mit geschlossenen Augen stelle ich mir Smith detailliert vor: sein zerzaustes rotes Haar, die hellgrauen Augen, die Brandnarben, die die Hälfte seines Körpers und Gesichts bedecken. Ich rufe mir ins Gedächtnis, wie er seine schwarze Hornbrille mit den rechteckigen Gläsern die Nase hochgeschoben hat – und das seltsame Déjà-vu-Gefühl, das die Geste in mir ausgelöst hat. Ich denke zurück an unser Gespräch im Tunnel nahe der Kommandozentrale, an seine Feindseligkeit gegenüber Cami, gegenüber mir. Ich konzentriere mich mit äußerster Anstrengung auf all das und versuche es erneut.

»*Finde Smith.*«

Meine Knie knicken unter dem erlösenden Gefühl, das den aus mir hervorbrechenden Lichtstrahl begleitet, beinahe ein; er trifft den Kompass, und die Nadel beginnt zu kreiseln, bis sie entschieden den Gang zu meiner Rechten hinunterweist. Ich eile zielstrebig in die anzeigte Richtung, laufe im Zickzack durch das verzweigte Labyrinth, den Blick immerzu auf das silberne Instrument in meiner Hand geheftet.

Gerade als ich ins Grübeln darüber komme, wie weit sich die Katakomben wohl erstrecken, fängt die Kompassnadel erneut zu rotieren an und zeigt mir so, dass ich mein Ziel erreicht habe. Ich schiebe den Kompass in meine Tasche, trete dann vor die einzige Tür, die in diesem Abschnitt des Tunnels in die Wand gehauen ist, und klopfe.

Einige Momente warte ich stumm, doch nichts regt sich auf der anderen Seite; also klopfe ich aufs Neue.

Als von drinnen weiterhin nur Stille zu vernehmen ist, verlege ich mich aufs Rufen: »Smith? Ich bin es – ähm, Alyssa. Alyssa Scott.«

Meinen eigenen Namen – meinen echten Namen – auszusprechen, fühlt sich sonderbar an. Zwar gewöhne ich mich allmählich daran, dass andere ihn benutzen, aber seit ich mich zuletzt selbst jemandem vorgestellt habe, seit ich selbst die beiden Worte zusammen und nacheinander gesagt habe, sind Jahre vergangen.

»Smith?«, rufe ich noch einmal, lauter.

Diesmal dringt ein schlurfendes Geräusch durch die Tür, doch eine Antwort erhalte ich noch immer nicht.

Stirnrunzelnd dränge ich: »Ich weiß, dass du da drin bist. Und wenn ich muss, lasse ich mich selbst rein.«

Drohungen sind an dieser Stelle vermutlich nicht das beste Mittel, aber ich bin verzweifelt. Und die Taktik funktioniert, denn drei Sekunden später wird die Tür aufgerissen und ein wütender Smith reckt seinen Kopf in den Gang.

Wobei wütend unter Umständen eine Untertreibung ist.

Er ist *fuchsteufelswild*.

Und das kann ich ihm nicht wirklich vorwerfen.

»Was zur Hölle willst du?«, spuckt er und mustert mich aus zusammengekniffenen Augen. Eine Seite seines roten Haarschopfs ist platt gedrückt, die andere noch wirrer als bei unserer letzten Begegnung. Im blassen Licht stechen die Narben, die die Hälfte seines Gesichts überziehen, im schonungslosen Kontrast zu den unversehrten Hautpartien hervor, und unwillkürlich frage ich mich, wobei er wohl eine so schwere Verletzung erlitten haben mag.

»Entschuldige – schon klar, es ist spät.«

»Es ist nicht *spät*. Es ist *früh*.« Seine Augen werden noch schmaler. »*Zu* früh.«

»Tut mir leid«, beteuere ich nochmals aufrichtig. »Aber ich brauche deine Hilfe.«

»Dann komm in ein paar Stunden wieder.«

Er will mir die Tür vor der Nase zuschlagen, doch ich schaffe es, meinen Fuß gerade rechtzeitig zwischen Tür und Rahmen zu schieben. Der Schmerz lässt mich zusammenzucken, und ich bin dankbar, dass die Stiefel die Wucht des Anpralls größtenteils abfangen.

»Nimm deinen Fuß da weg«, knurrt Smith durch zusammengebissene Zähne.

»Erst, wenn du dich bereit erklärst, mir zu helfen.«

Ich warte seine Antwort gar nicht ab, sondern drücke die Tür auf und zwänge mich an ihm vorbei in sein Zimmer. Er darf mich hassen, so sehr er mag – mir ist bewusst, dass ich wahnsinnig unhöflich bin, und ich wünschte, das wäre nicht nötig. Bis zum Morgen kann ich allerdings nicht warten. Solange ich die Wahrheit nicht kenne, werde ich keinen Schlaf finden.

»Du kannst nicht einfach hier hereinplatzen und –«

»*Bitte*, Smith«, flehe ich ihn an, und meine Stimme bricht. »Bitte hör mich erst an, bevor du mich hinauswirfst.«

Ich bin mir nicht sicher, was den Ausschlag gibt – ob mein Betteln ihn erweicht oder die unverhohlene Qual in meiner Stimme. Jedenfalls stößt er einen tiefen Seufzer aus und geht mir durch die Dunkelheit seines Zimmers voran. Sekunden später flackern drei Fackeln auf, deren Flammen dem Raum genügend Licht spenden, dass wir einander richtig erkennen können.

Ich muss mich mit aller Macht zusammenreißen, um nicht seinen Batman-Pyjama zu kommentieren. Stattdessen gelingt es mir, eine neutrale Miene zu wahren, während ich meinen Blick von ihm abwende und durch das Zimmer schweifen lasse. Wie sein Haar ist auch der Raum chaotisch, und in der Luft hängt ein penetrantes Maischips-Aroma – dessen Ursprung, eine halb leere Tüte, auf seinem unordentlichen Schreibtisch liegt. Ich rümpfe die Nase über Kleider und Papiere, die überall verstreut sind, doch dann leuchten meine Augen auf: Entlang einer kompletten Kalksteinwand reiht sich Bücherregal an Bücherregal. Darin einsortiert sind so viele dicke Wälzer, mit einer Sorgfalt und Akribie, die im krassen Gegensatz zu allem Übrigen ringsum steht. Der Sessel neben einem der Regale, gemütlich in eine Ecke gezwängt, zieht mich wie magisch an. Bei anderer Gelegenheit, unter anderen Voraussetzungen, würde ich schnurstracks hinüberlaufen, es mir darin bequem machen und stundenlang in einem Buch versinken, selbst bei diesem Gestank.

Heute Nacht jedoch ist dafür keine Zeit.

»Ich hoffe, dein Anliegen ist wirklich wichtig«, grummelt Smith und fängt so meine Aufmerksamkeit wieder ein. Er hat sich seine Brille gegriffen und schiebt sie nun den Nasenrücken hinauf – die Geste abermals eigenartig vertraut. Seine Augen allerdings bleiben zusammengekniffen, seine Miene ungehalten.

»Ich möchte verstehen, wie deine Gabe funktioniert.«

Seine Brauen wandern beinahe bis zu seinem Haaransatz. »Und das kann nicht zu einem humaneren Zeitpunkt passieren?«

»Ich weiß, dass du Menschen an andere Orte und sogar in Träume projizieren kannst, wie du es bei Kael und mir getan hast, aber … ist das *alles*?«

»Ich bin nicht in der Stimmung für Ratespielchen, Alyssa«, bellt er regelrecht. »Wie lautet die eigentliche Frage?«

So viel hängt von meiner Idee – von seiner Antwort – ab, dass meine Handflächen vor Nervosität, vor Erwartung, trotz der kühlen Raumtemperatur schweißnass sind.

Ich mühe mich, Hoffnung wie Angst aus meiner Stimme zu verbannen, und frage: »Hast du je versucht, jemanden *nach innen* zu projizieren? In seinen oder ihren *eigenen* Geist hinein?« Ich zögere kurz. »In … in die eigenen *Erinnerungen*?«

Smith starrt mich bloß stumm an.

Ich grabe die Fingernägel in meine Handflächen, unentschlossen, ob ich meine Erklärung weiter ausführen soll. Einen Moment warte ich und öffne dann den Mund, doch er ist schneller.

»Nein, das habe ich noch nie probiert.«

Ich sacke ein wenig in mich zusammen; der Funken Zuversicht, den ich genährt hatte, erlischt.

»Aber … das bedeutet nicht, dass ich es nicht *könnte.*«

Mein Atem stockt, während ich beobachte, wie seine klaren grauen Augen sich nachdenklich verschleiern.

»Meine Gabe funktioniert wie jede andere Sprechergabe: Ich bin darauf beschränkt, das Bewusstsein anderer auf die Reise zu schicken – aber *wohin* diese Reise geht, bestimme ich. Wie bei allen Fähigkeiten kommt es auf die Absicht an. Ich hätte nie herausgefunden, dass ich in der Lage bin, in Träume hineinzuprojizieren, wenn ich nicht eines Tages einfach beschlossen hätte, es auszuprobieren. Das Gleiche könnte für Erinnerungen gelten.« Er tippt sich einen Finger ans Kinn und ergänzt: »Zumindest in der Theorie.«

Die Theorie ist besser als nichts. Genau genommen, ist die Theorie derzeit meine einzige Chance.

»Du musst es an mir versuchen«, bitte ich ihn, erinnere mich an meine Manieren und hänge ein rasches »Bitte« an.

Smith schürzt die Lippen. »Weiß Kael davon?«

»Natürlich nicht. Es ist mitten in der Nacht.«

Er wirft mir einen demonstrativ ausdruckslosen Blick zu.

Schuldgefühle rumoren in meinem Bauch. »Es tut mir *wirklich* leid. Aber, wie schon gesagt: Es ist wichtig. Sonst hätte ich dich nicht geweckt.«

Smith grummelt etwas Unverständliches in sich hinein, und ich bin klug genug, nicht zu verlangen, dass er es wiederholt; ein nettes Kompliment war es mit Sicherheit nicht. Er ruckt mit dem Kopf in Richtung des Sessels vor dem Bücherregal, bedeutet mir so, darin Platz zu nehmen. Dann zieht er einen Schreibtischstuhl heran, schiebt ihn quer durch das Zimmer und lässt sich neben mir darauffallen.

»Je zügiger wir das hinter uns bringen, desto eher lässt du mich wieder schlafen, versprochen?«

Ich nicke. »Versprochen.«

»Also, dann: Welche Erinnerung möchtest du noch einmal durchleben?«

Ich zwirbele die Kordel meines Hoodies und gestehe: »Das, ähm, kann ich nicht genau sagen.«

Eine Pause.

»Soll heißen?«

Mehr als ein Flüstern bringe ich nicht zustande: »Ich glaube – ich glaube, dass mein Gedächtnis eventuell manipuliert worden ist. Dass ich unter Umständen mit dem Befehl belegt worden bin, gewisse … Ereignisse in meinem Leben zu vergessen. Gewisse … Leute. Und ich hoffe, mit deiner Hilfe gelingt es mir, mich wieder an sie zu erinnern.«

Eine neuerliche Pause, diesmal länger.

»Mal schauen, ob ich das richtig verstanden habe«, sagt er schließlich trocken. »Du möchtest, dass ich dein eigenes Bewusstsein in eine Erinnerung projiziere, die du *vergessen* hast?« Seine Miene spricht Bände. »Dir ist schon klar, wie irrwitzig das klingt, oder?«

Durchaus. Und doch … »Schaffst du das?«

Er rauft sich die Haare, die platte Seite steht nun genauso in alle Richtungen wie die zuvor bereits zerzauste. Unwillkürlich muss ich an eine Cartoonfigur denken, wage es jedoch nicht, meine Assoziation mit ihm zu teilen, aus Sorge, das könnte ihn dazu bringen, mich in hohem Bogen aus seinem Zimmer zu werfen.

»Keine Ahnung«, antwortet er nach einem Augenblick. »Noch mal: Entscheidend ist die Absicht, demnach sollte es – *hypothetisch* – machbar sein, solange ich mich bloß ausreichend konzentriere.«

Hypothetisch. Theoretisch. Keines dieser Worte klingt sonderlich vertrauenerweckend, aber ich bin bereit, es zu versuchen, sofern er bereit ist.

Ich zucke mit den Schultern. »Was könnte schlimmstenfalls passieren?«

Die Frage ist halb im Scherz und eher rhetorisch gemeint, doch der Ausdruck, mit dem er mir antwortet, wirkt alles andere als belustigt. »Du könntest in deinem eigenen Geist stecken bleiben, ins Koma fallen und nie wieder aufwachen.«

Ich starre ihn an, würge dann hervor: »Im Ernst?«

Er macht eine wegwerfende Handbewegung. »Keine Sorge, das Risiko ist gering – vielleicht rund zwanzig Prozent.«

Zwanzig Prozent? Und das betrachtet er als *gering*?

»Das ist eine Wahrscheinlichkeit von einem Fünftel, Smith!«, rufe ich leicht hysterisch.

»Womit eine Vier-Fünftel-Wahrscheinlichkeit bleibt, dass alles reibungslos klappt«, kontert er. Sein Blick bohrt sich in meinen. »Du hast gemeint, es sei wichtig – die Entscheidung, ob du dieses Risiko eingehen willst, liegt bei dir.«

Ich schließe die Augen, beruhige mich. Über meine Wahl selbst muss ich nicht nachdenken. Ich bin nicht grundlos hierhergekommen, und ich werde diese Sache durchziehen.

»Tun wir's.«

Einen Moment lang beäugt Smith mich kritisch, als rechnete er damit, dass ich meine Meinung noch ändere; dann nickt er zufrieden und fordert mich mit einer Geste auf, seine Hand zu nehmen. Es fühlt sich merkwürdig an, auch wenn unsere Haltung ansonsten überhaupt nicht intim ist.

Offenbar spürt er mein Unbehagen, denn er erklärt: »Das hilft mir, mich zu erden. Mich zu fokussieren. Normalerweise schicke ich die Leute allein an ihren Zielort, aber manchmal muss ich sie begleiten.

In diesem Fall – da du nicht weißt, *wo* du hinwillst – wird die Gefahr, dass du unterwegs verloren gehst, geringer sein, wenn ich mit dir reise.«

Ich spinne den Gedanken weiter und frage: »Aber riskierst du so nicht, mit mir gemeinsam in meinem Geist eingesperrt zu werden?«

Er schneidet eine Grimasse. »Oh, du kannst dir sicher sein, dass eine ideale Ausgangssituation anders aussieht. Aber wenn ich nicht zur Stelle bin, um dich im Bedarfsfall herauszuziehen, schnellt die Wahrscheinlichkeit, dass das Ganze ein Desaster wird, hoch auf fünfzig Prozent.«

Mein Herz macht einen panischen Hüpfer. Ich schlucke gegen meinen plötzlich trockenen Hals an und packe seine Hand noch fester als zuvor, ganz gleich, wie sonderbar das anmuten mag.

»Alles klar«, krächze ich heiser. »Dann bleiben wir lieber bei zwanzig Prozent.«

»Exakt mein Gedanke«, entgegnet er und nutzt seine freie Hand, um erneut seine Brille den Nasenrücken hinaufzuschieben. »Zuerst muss ich allerdings noch einmal betonen, dass es vielleicht nicht klappt. Ich würde unser Vorhaben bestenfalls als experimentell, eher als eine Art blindes Herumprobieren bezeichnen. Und ich warne dich: Ich habe keine Ahnung, ob du irgendwelche Nachwirkungen körperlicher oder geistiger Natur davontragen wirst. Gut möglich, dass du –«

»Schon kapiert, Smith«, schneide ich ihm das Wort ab. »Tu einfach, was du tun musst.«

Er stößt die Luft aus, und ich frage mich, ob er in Wirklichkeit gar nicht so selbstbewusst ist, wie er sich gern gibt. Ob er sich womöglich allen Ernstes aufrichtig *Sorgen* um mich macht. Dann jedoch sagt er: »Sollte dir irgendetwas zustoßen, bringt Kael mich um. Das ist dir schon bewusst, oder?«

Ah. Er sorgt sich wegen Kael. Typisch.

»Überlass Kael ruhig mir.«

»Du hast gut reden«, murmelt er. »Falls du ins Koma fällst …«

Dankenswerterweise führt er den Gedanken nicht weiter aus. Was *eventuell* damit zu tun haben könnte, dass ich meinen Griff nun wie einen Schraubstock um seine Finger schließe – bis ich regelrecht spüre, wie seine Knochen aneinanderreiben. Sein schmerzvolles Zusammenzucken versetzt mir nur einen winzigen reumütigen Stich; vor allem bin ich froh, dass meine unausgesprochene Botschaft angekommen ist.

»Also, dann … fange ich einfach mal an, und wir schauen, ob es klappt«, meint er. »Okay?«

Ich lasse mir nicht anmerken, dass mir mein Puls inzwischen in den Ohren dröhnt. Ich lasse mir nicht anmerken, dass ich Schwärme von Motten und Nachtfaltern im Bauch habe. Ich lasse mir nicht anmerken, wie groß meine Angst ist, dass die zwanzig Prozent gewinnen. Stattdessen sage ich einfach: »Okay.«

Ohne jede weitere Vorwarnung nagelt Smith mich mit seinem Blick fest und sagt: »Besuchen wir eine vergessene Erinnerung.«

Licht bricht aus ihm hervor und trifft mich in die Brust, und mit einem Mal sitze ich nicht mehr im Sessel – ich falle, hinein in eine endlose Dunkelheit.

Tiefer.

Tiefer.

T

I

E

F

E

R.

Ich fühle mich wie Alice auf ihrem Weg durch das Kaninchenloch, verliere jedes Gefühl dafür, wo oben und wo unten ist – eine Orientierungslosigkeit, wie ich sie noch nie zuvor erlebt habe. Bis das Fallen aufhört, von einem Moment auf den anderen, und ich wieder festen Boden unter den Füßen habe. Sehen kann ich nach wie vor nichts, aber die drückende Stille wird allmählich von Lauten durchbrochen, die mir so vertraut sind, dass meine Stirn sich in Falten legt.

Langsam, ganz, ganz langsam, lichtet sich die Finsternis, verblasst zu einem gräulichen Nebel, den eine unsichtbare Brise davonträgt und so die Szenerie der Erinnerung enthüllt, in der ich gelandet bin.

Meine Augen weiten sich, während ich meine Umgebung in mich

aufnehme, und mein erster Gedanke ist, dass Smiths Befehl nicht funktioniert hat. Oder vielmehr: Er hat funktioniert, allerdings nur insoweit, als er mich in eine Erinnerung transportiert hat, die ich *kenne*. Eine Erinnerung an einen Kindheitsbesuch in Luna Park mit meinen Eltern – genau die, die ich vor kaum vierundzwanzig Stunden noch einmal durchlebt habe und nun offenbar erneut gezeigt bekomme.

Ich kann kaum fassen, wie *real* sich alles um mich herum anfühlt. Die Dampforgelmusik klingt in meinen Ohren, die Sonne brennt grell vom Himmel, der Geruch fettigen Fast Foods steigt mir in die Nase. Überall sind Kinder – sie schreien ihre Eltern oder einander an, manche lachen, andere weinen. So viel Lärm, so viele Farben, so viel Leben: Menschen jedes Alters schlendern über die Wege des Parks und erkunden jede Ecke und jeden Winkel.

»Interessant.«

Ich fahre zusammen; aus dem Nichts nimmt Smith neben mir Gestalt an, seine Hand noch immer in meiner, als wäre er die ganze Zeit bei mir gewesen.

»Ich glaube, es hat nicht geklappt«, gestehe ich ihm. »Das hier hatte ich nicht vergessen – daran erinnere ich mich ohne Hilfestellung.«

Das letzte Wort hat meine Lippen noch nicht verlassen, da fällt mir das Karussell ins Auge, und ein Lächeln zieht meine Mundwinkel nach oben. Allerdings friert meine Mimik schon in der nächsten Sekunde ein, denn beim näheren Hinschauen erspähe ich meine Eltern: Dort stehen sie, unverkennbar, gleich hinter dem niedrigen Palisadenzaun um das Fahrgeschäft. Beide strahlen und winken begeistert.

Ich folge ihrer Blicklinie und schnappe nach Luft; wie ferngesteuert setze ich mich in Bewegung, laufe auf sie zu und schleife Smith mit mir, weil ich mir dringend bessere Sicht auf das Geschehen verschaffen muss. So wird mir klar, dass meine Eltern *mir* zuwinken – nicht älter als fünf oder sechs Jahre, wippe ich auf einem bemalten Kunstharzpferdchen auf und ab. Meine kleinen Arme habe ich ihm um den Hals geschlungen, und mein Mund steht lachend offen, doch ich schaue nicht zu meinen Eltern – sondern zu dem Reiter neben mir.

Stolpernd halte ich inne, und mein Atem stockt.

Der Reiter ist ein Junge.

Ein Junge mit dunklem Haar.

Ein Junge mit blauen Augen.

Meinen Augen.

»*Riley*«, hauche ich.

Trotz seines jungen Alters ist jede Verwechslung ausgeschlossen.

Tränen lassen meinen Blick verschwimmen, als die unleugbare Wahrheit mich mit voller Wucht trifft. Ich hebe eine zittrige Hand, um meine Wange trocken zu wischen, und nehme dabei nur vage wahr, dass die Umrisse meines Arms unscharf geworden sind, ebenso wie meine gesamte Silhouette. Diese Tatsache ist die einzige Warnung, die ich bekomme, ehe ein fröhliches Kind mit Luftballon geradewegs *durch mich hindurch*rennt. Ich knicke in der Mitte ein, als hätte es mir seine Faust in den Magen gerammt, und richte mich erst wieder auf, nachdem das unbeschreibliche, unangenehm prickelnde Gefühl verflogen ist.

»Tut mir leid. Davon hätte ich dir vorab erzählen sollen«, meint Smith und klingt dabei nicht im Mindesten so, als täte es ihm leid. Er nickt hinüber zum Karussell, fragt: »Das bist du, vermute ich?«

Ich bringe mühsam ein Nicken zustande.

»Und du sagst, das hattest du noch in Erinnerung?«

Ich antworte mit engem Hals: »Ja. Aber … aber nicht alles.«

»Was heißt das?«

Ich zeige auf den Jungen. »Ihn. Ihn hatte ich vergessen.«

Smith fragt: »Wer ist das?«

Nun ist meine Stimme nicht mehr als ein Flüstern: »Mein Bruder. Ich glaube, das ist mein Bruder.«

KAPITEL 19

Smith und ich halten uns nicht viel länger in der Erinnerung auf, sobald klar geworden ist, dass mein jüngeres Ich keinerlei Absichten hegt, das Karussell in absehbarer Zeit zu verlassen. Riley bleibt an ihrer – an *meiner* – Seite; die beiden stehen sich offenkundig nahe. Sehr nahe.

Bruder und Schwester.

Das vollends zu begreifen und zu verarbeiten, fällt mir schwer.

Was allerdings auch daran liegen könnte, dass mein Kopf *hämmert.*

In dem Moment, in dem Smith die Projektion abbricht und mein Bewusstsein in sein Zimmer zurückkehrt, dreht sich alles um mich herum so schnell, dass ich zu Boden getaumelt wäre, hätte ich nicht in seinem Sessel gesessen. Sogar Augenblicke später noch hocke ich mit in die Hände gestütztem Kopf da, massiere meine pochenden Schläfen und warte darauf, dass der Schmerz abklingt.

Er hatte erwähnt, dass ich mit Nebenwirkungen rechnen muss; Kopfschmerzen sind ein kleiner Preis für das, was ich gerade gesehen, gerade erfahren habe. Und verglichen mit einem potenziellen Koma ein Witz.

Als ich mich genügend erholt habe, um aufzustehen, rappele ich mich schwankend hoch und torkele zur Tür.

»Oha, oha – wo willst du denn hin?«, fragt Smith, kommt ebenfalls auf die Füße und packt meinen Arm.

»Ich muss mit Kael reden.«

»Nein, was du musst, ist ins Bett gehen.«

»Diese Sache kann nicht warten.« Ich schüttele seinen Griff ab und öffne die Tür, bin bereits halb hindurch, da stocke ich und werfe einen Blick über die Schulter zurück. »Danke, Smith. Wirklich.«

Was ich ihm nicht verrate, ist, dass ich bald zurück sein werde. Mir fehlen Jahre an Erinnerungen, die ich wieder zusammenstückeln muss – klaffende Gedächtnislücken, die die Antworten bereithalten, nach denen ich schon so lange suche.

Ich stolpere die Tunnel entlang, noch immer mit dumpf dröhnenden, aber langsam abklingenden Kopfschmerzen. Erst als mir bewusst wird, dass ich nicht den blassesten Schimmer habe, wo sich Kaels Zimmer befindet, halte ich an und fingere den Kompass aus meiner Tasche – unendlich erleichtert, dass er auf meinen Gesprochenen Befehl hin, mir den Weg zu weisen, zum Leben erwacht.

Einige scharfe Wendungen nach links und rechts später erreiche ich die hoffentlich richtige Tür. So früh es auch sein mag, so wenig lasse ich mich – wie zuvor bei Smith – durch die Uhrzeit vom Klopfen abbringen. Im Gegensatz zu Smith erscheint Kael allerdings im Türrahmen, bevor ich Gelegenheit habe, erneut die Faust zu heben. Sein dunkles Haar steht in alle Richtungen vom Kopf ab, und seine Augen sind klein und verschlafen, doch als er mich im Gang erkennt, wirkt er auf einen Schlag hellwach.

»Was ist passiert?«, fragt er, und Sorge schwingt in seiner vom Schlaf rauen Stimme mit.

»Viel zu viel.«

Er stellt die Frage kein zweites Mal, sondern zieht einfach wie zur Einladung die Tür weiter auf. Ich trete hindurch und verspüre eine flüchtige Dankbarkeit dafür, dass sein Schlafanzug aus einem knittrigen T-Shirt und einer langen Jogginghose besteht, kein Superheld in Sicht.

Der Unterschied zwischen seinem und Smiths Privatbereich ist bemerkenswert. Hier liegen keine Kleider herum, sind keine Papiere verstreut – der Raum ist geradezu zwanghaft ordentlich. Alarmierenderweise fehlt ihm auch jegliche persönliche Note; er ist beinahe identisch mit dem Gästezimmer, in dem Cami und ich untergebracht sind. Keine persönlichen Gegenstände, kein Hinweis darauf, dass es sich um Kaels *Zuhause* handelt – und das immerhin schon, seit er und seine Familie Lengard verlassen haben. Tatsächlich bildet ein Foto an der Wand den einzigen Farbtupfer in dem fast kasernenhaften Ambiente: Das Bild zeigt einen vielleicht dreizehnjährigen Kael neben einer atemberaubend schönen Frau – ein authentischer Schnappschuss, denn beide lachen von Herzen. Die Ähnlichkeit zwischen ihnen ist so frappierend, dass es sich ohne jeden Zweifel um seine Mutter handeln muss. Caroline. Ich spähe umher, rechne fast mit weiteren Aufnahmen, zumindest einer von seinem Vater, doch – nichts.

»Was ist los, Lyss? Was ist geschehen?«

Kaels Beunruhigung lenkt meine Aufmerksamkeit wieder auf ihn. Ich ignoriere den hölzernen Stuhl, den er mir anbietet, und tigere stattdessen rastlos durch das Zimmer.

Da ich keine Ahnung habe, womit ich anfangen soll, sage ich: »Es geht um meine Mum.«

»Was ist mir ihr?«, fragt er. Sein ganzer Körper ist angespannt, als könnte er sich nicht erklären, weshalb ich ihn mitten in der Nacht geweckt habe, um ausgerechnet über dieses Thema zu reden.

»Weißt du noch, was du mir von ihr erzählt hast? Von ihrer Gabe?« Als er nickt, presche ich voran. »Ich habe darüber nachgedacht – darüber, wie du angedeutet hast, dass womöglich sie diejenige gewesen sein könnte, die mir die Gewissheit eingepflanzt hat, ich hätte sie und meinen Dad umgebracht –« Ich kämpfe nach wie vor damit, die Worte auszusprechen, und meine Stimme bricht auf halbem Weg. »– und dann bin ich ins Grübeln gekommen, habe mich gefragt, was sie mir noch eingegeben haben könnte. Ob sie mich vielleicht genauso davon überzeugt hat, dass ich nie einen Bruder hatte.«

Die Spannung weicht aus Kaels Zügen, und seine Miene wird weich, beinahe so, als bemitleide er mich. »Prinzessin …«

»Verwirf es nicht direkt, Kael«, bitte ich ihn inständig. »Wenn sie so mächtig ist, wie du behauptet hast, und wenn sie tatsächlich einmal meine Erinnerungen manipuliert hat, was sollte sie dann davon abgehalten haben, mir nicht *nur* ihren eigenen Tod vorzugaukeln? Sondern auch andere Dinge? Und nicht bloß mir – was, wenn sie ihre Fähigkeiten gleichermaßen auf Riley angewandt hat, auf dich, auf jeden, der je etwas von meinem Bruder wusste?«

»Darüber haben wir uns schon unterhalten. Riley ist nicht dein Bruder.«

»Doch, Kael, das *ist* er. Ich weiß es.«

Kael tritt dicht an mich heran und legt mir eine Hand auf die Schulter. Mit unendlich sanfter Stimme sagt er: »Nach dem Wahnsinn, den du in letzter Zeit durchgemacht hast, ist es völlig normal, dass du alles infrage stellst, unsicher und verwirrt bist. Aber, Lyss, selbst wenn deine Mum ihre Gabe gegen dich und uns alle gerichtet haben sollte: Vergiss nicht, dass Liana eine Vision vom Tod deiner Eltern hatte, und einen Bruder hat sie nie erwähnt. Meinst du nicht, er hätte darin ebenfalls auftauchen müssen?«

Dafür habe auch ich keine Erklärung. Allerdings: »Du hast selbst gesagt, dass das, was Liana gesehen hat, unter Umständen falsch interpretiert worden ist. Womöglich sind ihr Details entgangen. Oder … oder vielleicht war Riley damals gerade in einem anderen Zimmer oder unterwegs. Du hast mir berichtet, dass Liana bloß erlebt hat, wie ich meine Eltern angeschrien habe und dann die Treppe hinaufgerannt bin, nur um beide wenig später beim Herunterkommen tot vorzufinden. Daraus habt ihr dann eure Schlüsse gezogen – aber du hast selbst gesagt, ihr könntet euch irren. Tja, was Riley anbelangt, irrt ihr euch definitiv.«

Das Mitgefühl in Kaels Blick treibt mir beinahe Tränen in die Augen. Er hat offenkundig Angst, dass ich verletzt werde – was seiner Einschätzung nach wohl unweigerlich passieren wird. Und deshalb sagt er, in noch immer behutsamem, aber nachdrücklichem Tonfall: »Ich *versichere* dir, dass Riley nicht –«

»Ich war bei Smith.«

Vier Worte, und Kael erstarrt.

»Er hat mich in meine eigenen Erinnerungen projiziert. Riley war dort, Kael. Er war *dort.*«

Seine Hand krallt sich kurz in meine Schulter, bevor er mich loslässt und sich durchs Haar fährt. »Das ist unmöglich.«

»Smith hat mich begleitet – er kann es bestätigen.«

»Smith ist Riley noch nie im Leben begegnet. Woher sollte er wissen, ob Riley dein Bruder ist oder nicht?«

»*Ich* weiß es«, beharre ich und halte seinen dunklen Blick. Flüsternd füge ich hinzu: »Ich habe keine Ahnung, wie es meiner Mum gelungen ist, und auch nicht, was sie sonst noch verändert hat – oder *wieso*. Aber Riley hat die Wahrheit gesagt. Er ist mein Bruder. Und aus irgendeinem Grund wurde ihm eingegeben, ich sei tot, während ich dazu gebracht wurde, ihn vollkommen zu vergessen.«

Kael schüttelt stur den Kopf. Als könnte er es nicht glauben. Als *wollte* er es nicht glauben. »Tut mir leid, aber das klingt einfach zu –«

Also schlage ich das Einzige vor, von dem ich die vage Hoffnung habe, dass es ihn überzeugen wird. »Komm mit mir, und schau es dir selbst an.«

Er friert ein. »Du … du gehst zurück zu Smith?«

»Ich muss. Ich muss mehr erfahren.«

Er überlegt einen Moment und nickt schließlich. »Na schön. Aber wenn ich danach noch immer auch nur den Hauch eines Zweifels hege, hörst du auf mich und lässt es gut sein, okay?«

»Klar«, erwidere ich, zuversichtlich, dass meine vergessenen Erinnerungen ihm mehr als genügend Beweise liefern werden.

Gemeinsam nehmen wir denselben Weg, den ich von Smiths Zimmer zu Kael gelaufen bin, trotten schweigend durch die Dunkelheit. Mein Kopf ist vollauf mit meiner und Rileys Karussellszene beschäftigt, wieder und wieder läuft wie ein Film unser gemeinsames Lachen vor meinem geistigen Auge ab.

Als wir vor Smiths Tür stehen, winde ich mich innerlich, klopfe aber entschieden an. Ich ahne bereits, dass er wenig begeistert sein wird, und bedauere tatsächlich aufrichtig, seinen Schlaf zu stören – erneut.

Wie beim ersten Mal braucht es drei Anläufe, bis die Tür aufgerissen wird.

»*Was?*«, faucht Smith. Selbst der Anblick Kaels an meiner Seite besänftigt ihn nicht – seine grauen Augen spucken Feuer.

»Es tut mir leid – wirklich, wirklich leid«, sage ich rasch. »Aber du musst mich noch einmal projizieren.«

»Hat dir niemand je die Uhr beigebracht?«

Ich beiße mir auf die Zunge, um nicht zurückzupampen.

»Und jetzt – was? Ihn willst du nun auch mit in diese Geschichte hineinziehen?« Smith ruckt mit dem Kinn in Kaels Richtung. »Das soll ja wohl ein Scherz sein.«

Er schickt sich an, uns die Tür vor der Nase zuzuhauen, doch wie schon zuvor klemme ich meinen Stiefel in den Spalt.

»*Bitte*, Smith.«

In der Gewissheit, dass allein meine fadenscheinigen Versprechungen diesmal nicht ausreichen werden, schiebe ich hastig hinterher: »Dieser Junge, den wir gesehen haben – ich habe dir schon erzählt, dass er Riley heißt. Und dass er mein Bruder ist. Aber aus irgendeinem Grund erinnere ich mich nicht an ihn. Nicht nur in Bezug auf diesen konkreten Tag – sondern *gar nicht.* Ich muss wissen, was ich noch vergessen habe. Und *weshalb.* Und du bist der Einzige, der mir helfen kann. Ich flehe dich an, bitte lass uns rein.«

Ich bin mir nicht zu schade dafür, mich vor ihm auf die Knie zu werfen, sollte es nötig werden.

Zum Glück jedoch bleibt es mir erspart – denn mit einem leidgeprüften Seufzer zieht Smith die Tür auf und winkt uns in sein Zimmer.

Wir warten in der Düsternis, während er erneut die Fackeln entzündet und seine Brille aufsetzt. Als er zu uns zurückkommt, wendet er sich an Kael: »Ich nehme an, du stehst in dieser Sache hinter ihr?«

Kael hat die Arme vor der Brust verschränkt; seine Miene ist ausdruckslos. »Im Gegenteil: Ich bin skeptisch. Aber falls Lyss allen Ernstes gesehen hat, was sie behauptet, dann will ich es mit eigenen Augen bezeugen können. Schaffst du es, uns beide zu projizieren?« Nach einer kaum wahrnehmbaren Pause verbessert er sich: »Uns drei, meine ich? Gemeinsam?«

Smith runzelt die Stirn. »Mit mehreren Personen auf einmal habe ich schon Erfahrung. Allerdings ist das hier ein Sonderfall – wir reisen in Alyssas *Gehirn.* Ich habe keine Ahnung, welche Auswirkungen das auf sie haben könnte. Auf uns alle. Beim ersten Versuch waren wir nur zu zweit, und schon da schien es eine ziemliche Belastung für sie zu sein, was uns jedoch erst im Nachhinein bewusst geworden ist.«

Die Kopfschmerzen. Angenehm waren sie nicht, aber inzwischen sind sie beinahe gänzlich verflogen. Mit Sicherheit kein Anlass zur Sorge.

»Mir geht es gut«, sage ich abwinkend. »Schlimmstenfalls kann ich direkt zu Cami gehen, und sie bringt mich wieder in Ordnung.«

»Ich merke, du hast keinerlei Skrupel, *sämtliche* deiner Freunde zu unchristlichsten Uhrzeiten aus dem Bett zu holen«, grummelt Smith.

Ich ignoriere ihn und steuere direkt auf den Sessel zu, nehme wieder darin Platz.

»Ich habe nur einen freien Stuhl, aber wenn du nicht sitzt, läufst du Gefahr, zu stürzen«, warnt Smith Kael.

Smith schaut mich vielsagend an.

Ich verstehe seinen Wink und sage: »Stuhl.«

Wärme steigt mir in die Wangen, als kein Licht aufflammt und Kael fragend die Augenbrauen hochzieht.

Ich räuspere mich. »Tut mir leid. Ich bin ... ein bisschen müde«, lüge ich, da ich mich noch nicht bereit fühle, die Wahrheit über das Serum und seine Wirkung auf mich zu teilen. Vielmehr konzentriere ich mich und probiere es erneut. »Stuhl.«

Ein Stuhl – identisch mit dem von Smith – erscheint und landet vor uns, begleitet von einem Lichtblitz, und ich lasse einen langsamen Atemzug entweichen.

Beide Jungen setzen sich; Smith reibt sich die Augen unter seiner Brille, aber Kael taxiert mich scharf. Zu scharf. Ich lege mir eine weitere Lüge zurecht, rechne jeden Moment damit, dass er nachhakt, doch vielleicht spürt er, wie sehr ich ohnehin schon – im wörtlichen und übertragenen Sinn – auf der Sesselkante balanciere. Jedenfalls übergeht er meinen Ausrutscher. Seine Besorgnis spiegelt sich allerdings unverhohlen in seinem Gesicht, und mir ist klar, dass er mich künftig noch stärker im Blick behalten wird. Ich bin mir nicht sicher, wie lange ich so mein Geheimnis noch werde bewahren können; ich weiß nicht einmal genau, *warum* ich es für mich behalten will. Gut möglich, dass ich mich erst selbst abfinden muss mit dem, was mir gerade zustößt, ehe ich darüber sprechen kann. Vorerst aber weigere ich mich weiterhin, es zu akzeptieren.

»Hände«, kommandiert Smith und reicht uns seine. Sobald wir alle verbunden sind, fragt er mich: »Dieselbe Erinnerung?«

Ich schüttele den Kopf. »Es gibt zu vieles, was ich nicht weiß. Nehmen wir lieber eine andere. Können wir – können wir versuchen, herauszubekommen, was mit mir geschehen ist? Wie, wann und wieso ich Teile meines Gedächtnisses verloren habe?«

»Versprechen tue ich nichts«, warnt Smith. »Aber ich gebe mein Bestes.«

Sein »Bestes« war beim letzten Mal genug, also bin ich gewillt, ihm erneut zu vertrauen.

Kael dagegen …

»Entschuldige, aber nun muss ich doch fragen«, sagt er und nimmt mich fest ins Visier, mit vor Sorge gespannten Zügen. »Ist das wirklich eine kluge Idee? Was, wenn wir etwas auftun, das schlimmer ist als alles, was du bislang glaubst? Was, wenn es einen guten Grund dafür gibt, dass bestimmte Ereignisse aus deinem Kopf gelöscht worden sind?«

»Nichts kann schlimmer sein, als die Wahrheit nicht zu kennen«, entgegne ich ihm; es ist nett, dass er sich Sorgen macht, aber ich werde mich nicht von meinen Gefühlen gängeln lassen. Um etwaige Nachwirkungen kümmere ich mich später. Jetzt brauche ich Antworten.

Zu Smith gewandt, dränge ich: »Los.«

Kaels Blick bleibt auf mich geheftet, während Smith Spricht. »Finden wir heraus, was mit Alyssa Scott passiert ist.«

Seine Worte sind so vage – sie könnten *alles* bedeuten; also muss ich hoffen, dass seine Absicht fokussiert genug ist. Ein Licht bricht aus ihm hervor, und genau wie zuletzt stürze ich durch endlose Dunkelheit. Sobald die Schwärze sich zu einem grauen Nebel lichtet und dann vollkommen verzieht, finde ich mich in einem vertrauten Zimmer wieder – mit vertrauten *Menschen.*

Ich stehe in dem Haus, in dem ich mit meinen Eltern gelebt habe – in dem Haus, in dem sie meiner festen Überzeugung nach gestorben sind.

Sie sind hier im Wohnzimmer. Meine Mum und mein Dad.

Ich selbst bin ebenfalls da, jünger.

Und Riley ist da.

Und … auch Direktor Falon, ausgerechnet.

Meine Mum trägt ihr liebstes Sonntagskleid, das gelbe mit den weißen Gänseblümchen. Mein Dad hat ein gestärktes weißes Hemd und eine Hose mit Bügelfalten an.

Sie hier zu sehen, in diesen Kleidern, und mich selbst, im passenden Alter … mir ist ohne jeden Zweifel klar, um welchen Tag es sich handelt.

Wir erleben den Tag, an dem ich sie getötet habe.

Und nun werde ich alles noch einmal mitverfolgen.

Und den Schleier dessen lüften, was *wirklich* passiert ist.

Flüchtig nehme ich wahr, dass Kael und Smith an meiner Seite landen, doch meine Konzentration gilt ganz der Szene vor mir. Ich höre, wie Kael scharf die Luft einzieht – ob es der Anblick Rileys oder Falons ist, der ihn dazu veranlasst, vermag ich nicht zu sagen. Er hat beteuert, dass in Lianas Vision lediglich ich und meine Eltern aufgetaucht sind. Keine Spur von meinem Bruder oder dem Leiter Lengards. Damit ist klar, dass das, was sich nun abspielen wird, all unser vermeintliches bisheriges Wissen völlig über den Haufen werfen wird.

»Ich weiß ja nicht, was ihr zwei zu essen kriegt, aber jedes Mal, wenn wir uns treffen, könnte ich schwören, dass ihr mindestens zehn Zentimeter gewachsen seid«, sagt Falon zu meinem Erinnerungs-Ich und Riley.

Die zwanglose Vertrautheit zwischen uns überrumpelt mich. Ich bestaune das Lächeln, das mein fünfzehnjähriges Ich ihm zuwirft, als sie antwortet – als *ich* antworte: »Würdest du uns öfter besuchen, müsstest du dich nicht wundern, Rick. Du solltest häufiger aus Lengard herauskommen. Riles und ich könnten babysitten, sodass du und Esther Gelegenheit habt, mit Mum und Dad auszugehen.«

Rick.

Ich habe ihn gerade *Rick* genannt.

Und – ich habe *Lengard* erwähnt, einen Ort, von dessen Existenz ich bis zu meiner Gefangenschaft dort überhaupt keine Ahnung hatte.

Was *läuft* hier?

Falon lacht ausgelassen, ein Laut, den ich bisher nie aus seiner Kehle vernommen habe. »Das sagst du jetzt, Lyss, aber verbring erst einmal fünf Minuten am Stück mit ihnen, und du reißt dir die Haare aus. Oder sie übernehmen es für dich, das ist wohl fast wahrscheinlicher. Abby ist mit einem Jahr Verspätung nun mitten in der Trotzphase und eine Bedrohung für die Allgemeinheit. Im Vergleich zu ihr sind Ethan und Isaac die reinsten Engel – allerdings *trotzdem* kleine Teufel. Ganz ehrlich: Ich habe schlimme Gewissensbisse, weil ich mich heute davongeschlichen und Esther im Kampf mit ihnen allein gelassen habe.«

»Mach dir keine Gedanken, Kumpel, da wachsen sie schon noch heraus«, meint mein Dad.

Zum ersten Mal seit annähernd drei Jahren höre ich seine Stimme. Tränen steigen mir in die Augen, während ich ihn anstarre, wie er dort auf der marineblauen Wildledercouch sitzt, einen Arm um die Schultern meiner Mum gelegt.

»Da bin ich mir nicht so sicher«, neckt meine Mutter mit Blick auf Riley und mich. »Unsere brauchen dafür jedenfalls ziemlich lange.«

»Hey!«, protestiert Riley. Er fläzt sich Falon gegenüber in einem Sessel; mein Erinnerungs-Ich hockt neben seinen Beinen auf dem Boden, den Rücken gegen das Möbelstück gelehnt.

»Das war nur ein Scherz, Liebling«, sagt Mum. Ihre blauen Augen funkeln verschmitzt. »Ich würde euch um nichts in der Welt ändern wollen.«

Das ist absolut surreal. So unfassbar surreal.

»Und was das Davonschleichen anbelangt: Das hat hoffentlich bald ebenfalls ein Ende«, fügt mein Dad an.

Falon nickt ernst. »Es wäre angenehmer, wenn ich all das nicht länger vor meiner Frau geheim halten müsste. Aber mit euch beiden an der Spitze von SPARK« – er neigt den Kopf in Richtung meiner Eltern – »und mir als eurem Spion in Lengard darf ich es noch nicht riskieren, sie ins Vertrauen zu ziehen. Oder meine Kinder. Erst, wenn ich garantieren kann, dass sie sicher sind – dass *alle* Sprecher sicher sind. Ich werde nicht zulassen, dass sie zu Zielscheiben werden.«

SPARK – was ist das? Wieso behauptet Falon, dass meine Eltern etwas damit zu tun haben? Meine Mum war Grundschullehrerin, mein

Dad Immobilienmakler. Sie haben ein völlig unspektakuläres Leben geführt. Ein *normales* Leben.

»An deiner Stelle würden wir genauso entscheiden«, erwidert meine Mutter verständnisvoll. Sie schielt zu mir und Riley hinüber und fügt mit einem Schatten von Angst in den Augen hinzu: »Bei zwei Kindern mit derart mächtigen Fähigkeiten – ich würde alles dafür geben, sie verstecken zu können, bis diese ganze Geschichte ausgestanden ist. Die Vorstellung, dass er sie in seine Gewalt bekommt –«

»Es bringt nichts, sich jetzt mit solchen Sorgen zu quälen«, unterbricht mein Dad sie behutsam, drückt sie enger an sich und wirft Riley und mir ein kleines, beruhigendes Lächeln zu. »Wir sind hier, wir sind alle in Sicherheit. Und nichts sonst zählt.«

»Ich wünschte, ich wäre gekommen, um das zu bestätigen«, sagt Falon, und die Atmosphäre wird schlagartig angespannter. »Aber ich habe Neuigkeiten. Und sie werden euch nicht gefallen.«

Mein Dad seufzt und fährt sich mit einer Hand durch das ergrauende dunkle Haar. »Lass mich raten – unser alter Freund macht wieder Probleme?«

Alter Freund. Damit muss Vanik gemeint sein.

Zur Bestätigung drehe ich mich zu Kael, nur um festzustellen, dass er mit geradezu absurd weit aufgerissenen Augen quer durch den Raum starrt. Auf Riley, Falon, meine Eltern. Mich sieht er nicht an; er scheint mich nicht einmal wahrzunehmen, verloren in seiner Trance.

Als ich mich wieder umwende, erhasche ich eben noch Falons Nicken. »Ich habe Grund zu der Annahme –«

Ein Klopfen an der Haustür schneidet ihm das Wort ab, und jeder im Zimmer – Kael, Smith und ich eingeschlossen – fährt herum; hinter der Milchglasscheibe zeichnen sich zwei verschwommene dunkle Umrisse ab.

»Ich mache auf!«, bietet mein jüngeres Ich an, springt auf und hechtet zur Tür.

Kael zuckt zusammen, als könnte er nicht glauben, dass er sie vor Augen hat, *mich* vor Augen hat. Das Gefühl verstehe ich bestens.

»Nein – Lyss – *nicht*!«, ruft Falon, der offenbar etwas weiß, das er uns noch nicht verraten hat.

Doch es ist zu spät, denn mein Erinnerungs-Ich dreht bereits den Türknauf, öffnet schon die Tür, um nachzuschauen, wer davorsteht.

Ich halte den Atem an, sicher, dass ich nun erfahren werde, was wirklich geschehen ist. Dies ist der Moment, ich spüre es. Der Moment, in dem sich alles verändert hat, in dem mein Leben aus der Bahn geworfen wurde. Endlich bekomme ich Antworten.

Dann aber, als wäre eine Glühbirne explodiert, wird die Szene ringsum schlagartig in Schwärze getaucht, und ich falle, falle, *falle*.

Ich schreie »*Nein!*« in die Leere der Stille um mich, höre nicht einmal meine eigene Stimme, während ich durchs Dunkel stürze.

Ich nehme an, dass Smith mich aus der Erinnerung herauszieht, und Wut steigt in mir auf, da sie noch so viel mehr Wissen bereithält. Allerdings ist es nicht sein Zimmer, in dem ich wieder lande. Sobald die Finsternis lichter wird und der Nebel sich verzogen hat, wird mir klar, dass mein Bewusstsein sich noch immer in einem Gedächtnis befindet – bloß nicht länger in *meinem*. Sondern in *Kaels*.

Wir stehen irgendwo in den Katakomben, in einem von flackernden Fackeln nur spärlich erleuchteten Raum, und meine Augen brauchen einen Moment, um sich anzupassen. Als ich meine Umgebung genauer wahrnehme, schnappe ich nach Luft beim Anblick des einige Jahre jüngeren Kael, der am Bett einer Frau sitzt.

Seiner Mutter.

Zwar erkenne ich sie von dem Foto an seiner Wand wieder, doch sie gleicht kaum noch der Schönheit, die sie zum Zeitpunkt der Aufnahme war. Ihr dunkles Haar ist schlaff, ihre Augen wirken glasig. Ein dünner Schweißfilm überzieht ihr blasses Gesicht, und mit den eingefallenen Wangen und spröden Lippen wirkt sie, als wäre nahezu alles Leben bereits aus ihr herausgesaugt worden. Ihre Atmung geht stockend, so qualvoll stockend, dass Kael ihre Brust fixiert, als könnte er sie allein durch seine Willenskraft dazu bringen, sich weiter zu heben und zu senken.

Seine Hand umfasst ihre fest, auch wenn offenkundig ist, dass sie nicht die Kraft besitzt, den Druck zu erwidern. Dennoch lächelt sie ihn an, und ein wenig ihrer einstigen Anmut schimmert durch ihre verhärmten Züge.

»Du musst mich loslassen, mein Liebling«, flüstert sie.

»Niemals«, wispert er zurück, und Tränen bahnen sich langsam ihren Weg aus seinen Mitternachtsaugen.

Es schmerzt mich körperlich, ihn derart leiden zu sehen. Ich schiele an Smith vorbei hinüber zum echten Kael, nur um festzustellen, dass er das Geschehen genauso verfolgt wie zuvor meine Erinnerung – wie in Trance. Diesmal jedoch ahne ich, dass er dabei in seinem eigenen Kopf gefangen ist, den Moment buchstäblich noch einmal durchlebt.

Den Moment, in dem seine Mutter gestorben ist.

Sie ist gestorben. Vor fast drei Jahren … Eine seltene, unheilbare Krankheit. Sie hatte unvorstellbare Schmerzen. Aber es – es war … schnell vorbei.

»Du musst durchhalten«, beschwört sie der jüngere Kael. »Wir – wir finden jemanden, der dir helfen kann. Bloß noch ein bisschen länger musst du stark bleiben.« Ein abgehackter Atemzug. »Du darfst – du darfst mich nicht verlassen. Dad –«

Seine Stimme versagt, und er bricht ab, als brächte er es nicht über sich, den Satz zu Ende zu führen. Laut auszusprechen, dass er – nach dem Tod seines Vaters bereits Halbwaise – ganz allein sein wird, sobald nun auch seine Mutter stirbt.

Meine eigenen Augen schwimmen in Tränen, während Caroline ihre Hand aus Kaels zieht und die Finger nach seinem Gesicht streckt. Sie ist schwach – so schwach –, und ihr Arm zittert sichtlich vor Anstrengung, und doch schmiegt sie seine Wange sanft in ihre Handfläche.

»Du wirst niemals allein sein, mein lieber Junge.« Ihr Arm fällt nach unten, kraftlos, und mit allerletzter Macht haucht sie ihre letzten drei Worte: »Ich liebe dich.«

Und dann schließen sich ihre Augen, und ihre Brust hebt sich nicht mehr, nachdem ihr letzter Atem entwichen ist.

Kaels gequälter Schrei, als er ihr seine Arme um den Hals wirft, sie anfleht, zurückzukommen, ist alles, was ich noch höre, alles, was ich noch sehe, bevor mich erneut Schwärze umfängt und ich abermals falle, falle, *falle* – hinein in die Dunkelheit.

KAPITEL 20

Ich habe keine Ahnung, was gerade geschieht. Ich hätte Smith danach fragen sollen, aber es hätte sich falsch angefühlt, eine von Kaels zweifellos schmerzhaftesten Erinnerungen zu unterbrechen – selbst wenn ich vollkommen ratlos bin, wie wir aus meinem Geist in seinen gesprungen sind. Ich überlege, ob Smith die Kontrolle über seine Gabe verloren hat oder aus seiner Konzentration gerissen worden ist, ob er jetzt versucht, uns zurückzuholen, doch als der Nebel sich lichtet, bin ich noch immer nicht wieder in seinem Zimmer. Sondern in einer neuen Erinnerung. Und obwohl ich mich nicht sofort orientieren kann, weiß ich, dass es eine meiner eigenen ist.

»Lyss, *Lyss*, wach auf!«

Riley rüttelt mein Erinnerungs-Ich wach, und die Panik in seinem Gesicht zeichnet sich deutlich in dem merkwürdigen orangeroten Licht ab, das durch das Fenster fällt. Ich bin diesmal vermutlich etwa zwölf oder dreizehn, ein paar Jahre jünger als in der vorigen Szene aus meiner Vergangenheit. Allerdings befinden wir uns im selben Haus, nun in meinem Zimmer, dessen Wände mit Postern von Boygroups und Filmstars geschmückt sind, in dessen Regalen sich Bücher stapeln, während der Boden mit Klamotten übersät ist.

»Lyss!«, brüllt Riley und schüttelt mich immer grober.

»Geh weg, Riles«, nuschelt mein jüngeres Ich und schiebt ihn von sich. »Es ist mitten in der Nacht.«

Ich muss den Blick nicht von den beiden abwenden, um zu wissen, dass Smith, der inzwischen neben mir aufgetaucht ist, die Ironie der Situation wohl kaum entgeht. Dennoch drehe ich mich zu ihm hin, in der Absicht, ihn wegen unseres sprunghaften Ortswechsels zur Rede zu stellen. »Was soll das? Wieso sind wir –«

Bevor ich Gelegenheit habe, meine Frage zu Ende zu bringen, sagt Riley etwas, das mich wieder herumwirbeln lässt.

»Nebenan war ein Gasleck – das ganze Haus steht in Flammen!«

Mein Erinnerungs-Ich braucht einen Moment, um seine Worte zu verarbeiten; dann aber springt die jüngere Lyss aus dem Bett und rennt zum Fenster. Ich folge ihr auf steifen Beinen, begreife erst jetzt, dass das orangefarbene Licht von dem Feuer rührt, das unser Nachbarhaus verschlingt.

»Lyss – Theo ist noch da drin«, schreit Riley. »Sie kommen nicht an ihn heran.«

»Was?«, keucht mein jüngeres Ich. Aber dann stürzt Lyss – stürze *ich* – aus dem Zimmer, mit Riley dicht auf den Fersen.

Verschwommen nehme ich wahr, dass Smith und Kael mit mir rennen, als ich meinem jüngeren Ich und Riley die Treppen hinunter und hinaus in die Nacht nachsetze.

Die immense Hitze des Feuers trifft mich wie eine Wand; der beißende Rauch brennt in meiner Nase und treibt mir Wasser in die Augen.

»Riley! Bring deine Schwester ins Haus! *Sofort!*«

Ich folge der Stimme meiner Mum und erspähe sie und meinen Dad in der Nähe eines älteren Ehepaars, das die Arme umeinandergeschlungen hat und gemeinsam ängstlich zu dem lodernden Haus blickt. Alle vier Erwachsenen tragen Pyjamas; die der Älteren sind rußbefleckt.

Ich bin verwirrt – mir ist völlig schleierhaft, weshalb wir hier sind, diese Erinnerung erleben. Mag sein, dass ich sie vergessen hatte, aber abgesehen vom Unglück meiner Nachbarn scheint sie mir nichts zu beinhalten, was für mich jetzt von Bedeutung wäre. Ich wende mich zu Smith, um ihn zu bitten, seine Absicht neu auszurichten und uns zurück in meine erste Erinnerung zu transportieren, doch seine Miene lässt mich innehalten.

»Smith?«, frage ich vorsichtig. »Ist alles … in Ordnung?«

Er wirkt nicht, als wäre alles in Ordnung. Er schaut aus, als wollte er sich übergeben. Sein Gesicht ist weiß, der ganze Körper bebt unübersehbar.

»Theo!«

Auf den verzweifelten Schrei meines Erinnerungs-Ichs hin schnelle ich erneut herum.

»Theodore, wo bist du?«

Riley hat die Anweisung unserer Mutter ignoriert, hat mich nicht zurück ins Haus geschleift, sondern steht schreckensstarr neben mir, in Bann geschlagen von den zornigen Flammen.

»THEO!«

Am liebsten würde ich mein jüngeres Ich schütteln. Wieso um alles in der Welt schreie ich nach diesem Theo? Sofern er tatsächlich im Haus gefangen ist, kann ich – selbst wenn er mich hört – wohl kaum erwarten, dass er in der Lage ist, mir zu –

»Lyss! Hilf mir – *bitte*!«

Alles in mir verkrampft sich, meine Augen werden groß und ungläubig beim Anblick des Jungen, der soeben wie aus dem Nichts vor uns aufgetaucht ist.

Smith.

Eine jüngere Ausgabe von ihm, aber unverkennbar Smith. Allerdings ohne seine Narben. Seine Haut weist keinerlei Verbrennungen auf.

Meine Augen huschen zum echten Smith, der das Geschehen mit einem Ausdruck blanken Entsetzens beobachtet.

»Wo bist du, Theo?«, schreit mein jüngeres Ich ihm zu. »*Sag mir genau, wo du bist*!«

Mein Kopf ruckt gerade rechtzeitig wieder herum, um zu erhaschen, wie der auf den Rasen projizierte Theo – *Smith* – zum Dach hinaufzeigt.

»Ich bin auf dem Dachboden! Ich habe versucht, nach draußen zu rennen, aber die Flammen –«

Mein jüngeres Ich wartet seine Erklärung nicht ab, sondern sprintet los – dem Feuer *entgegen*.

»Lyss, *nicht*«, brüllt Riley und hechtet ebenfalls nach vorn.

»Nein!«, kreischt sie, und ein Licht bricht aus ihr hervor; eine Druckwelle schiebt ihn rückwärts, hält ihn in sicherer Distanz zu dem Feuer, das sie inzwischen beinahe erreicht hat.

»*Alyssa*! NEIN!«

Sie ignoriert die Schreie unserer Eltern und befiehlt stattdessen: »Schütze mich!«, bevor sie geradewegs in das brennende Gebäude läuft.

Weitere Lichter blitzen, und die Flammen, die alles in Reichweite verschlingen, werden von ihrem Körper abgestoßen, prallen buchstäblich von ihr ab, während sie durch das Inferno hastet.

Kael, Smith und ich rennen ihr hinterher, allesamt sprachlos, und werden ebenfalls vom Feuer verschluckt. Ich spüre die überwältigende Hitze, bekomme durch den Rauch kaum Luft, bin jedoch vor der Gefahr der Flammen geschützt – innerhalb meiner eigenen Erinnerung kann ich nicht verletzt werden. Das Gleiche gilt für Kael und Smith, obwohl Letzterer aussieht, als würde er jeden Moment in Ohnmacht fallen.

»Theo! *Theo*!«, kreischt mein jüngeres Ich nun und stürmt die Treppe hinauf, immer zwei Stufen auf einmal nehmend. Über dem Knacken und Tosen des Feuers, den ächzenden Lauten des einstürzenden Hauses ist sie kaum zu verstehen. »THEODORE!«

Wir gelangen ins Obergeschoss, wo die Flammen noch heftiger wüten. Heiße Luft strebt aufwärts, fällt es mir wieder ein – und Feuer ebenso. Ich habe keine Ahnung, was Smith sich dabei gedacht hat, auf den Dachboden zu fliehen. Er hätte nach *unten* laufen sollen, nicht nach oben. Ein schneller Blick ringsum lässt mich allerdings ahnen, dass er vielleicht gar keine Wahl hatte. Dass er womöglich Glück hatte, überhaupt einen freien Weg gefunden und es hier hinaufgeschafft zu haben.

Endlich erkennen wir die Deckenluke samt der Leiter zum Speicher, die bereits heruntergezogen ist. Mein jüngeres Ich springt die Sprossen hinauf, ruft dabei unermüdlich Theos Namen. Je länger keine Antwort ertönt, desto verzweifelter werden ihre Schreie.

Weshalb Theo nicht antwortet, begreife ich, sobald wir die oberste Stufe erklommen haben: Der komplette Raum steht bereits in Flammen, und der Qualm ist unvorstellbar dicht. Ohne jeden Schutz …

»THEO!«

Diesmal ist es ein Aufschrei der Erleichterung, der sich jedoch in ein gebrochenes Schluchzen verwandelt, als sie den Jungen entdeckt, nur um festzustellen, dass er sich nicht rührt. Flammen lecken an seinen Kleidern … an seiner Haut.

»NEIN!«, kreischt sie.

Und mit ihrem Schrei wird die Welt weiß.

Kein bloßer Lichtblitz, sondern eine grelle Explosion von der Wucht einer Supernova bricht aus ihr hervor. Aus *mir*.

Als hätte jemand eine Kerze ausgepustet, erlischt die gesamte Feuersbrunst von einer Sekunde auf die andere, und lediglich der Rauch hängt noch immer schrecklich dick in dem Gebäude, das nun nicht mehr von erbarmungslosen Flammen verzehrt wird.

Es ist pechschwarz, und zuerst mache ich dafür das Verschwinden des Feuers verantwortlich, doch dann wird mir klar: Mein jüngeres Ich hat das Bewusstsein verloren. Ich schließe es daraus, dass ich mich von einem Augenblinzeln zum nächsten nicht mehr auf dem verkohlten Dachboden, sondern in einer Art Krankenhauszimmer befinde, dessen Konturen sich nur allmählich schärfen, während mein Erinnerungs-Ich langsam die Lider öffnet. Gemeinsam mit ihr nehme auch ich meine neue Umgebung in mich auf, erspähe das Schild an der offenen Tür, auf dem »SPARK – stationäre Therapie« steht. Darunter verkündet ein von Hand bekritzeltes kleines Whiteboard meinen Namen.

SPARK – wieder dieses Wort. Aber jetzt ist nicht der richtige Zeitpunkt, um es zu hinterfragen – nachzuhaken, was es ausgerechnet hier zu suchen hat. Ich sehe, wie mein jüngeres Ich in Panik zu geraten droht, sobald die Erinnerung an jene Ereignisse zurückkehrt, die sie hierhergebracht haben. Sie setzt sich im Bett auf und blickt sich mit schreckensweiten Augen um.

Plötzlich ist Riley an ihrer Seite. Ich hatte ihn in seinem Stuhl zuvor überhaupt nicht bemerkt; wie ein Schutzengel hat er darauf gewartet, dass sie zu sich kommt. Dass *ich* zu mir komme.

»Hey, hey, schon gut«, sagt er leise. »Ich bin da.«

Er rutscht zu ihr auf die Matratze, schließt sie in die Arme und hält sie fest, bis ihr Zittern nachlässt.

»Theo?«, krächzt sie.

»Er ist in Sicherheit. Du hast ihn herausgeholt – du hast ihn gerettet, Lyss.«

»Ich – ich –« Sie windet sich aus seiner Umarmung und schaut ihm ins Gesicht; Tränen strömen über ihre Wangen. »Ich habe keine Ahnung, was passiert ist. Ich wusste bloß, dass ich in dieses Haus musste. Dass ich ihm helfen musste und es irgendwie … irgendwie auch *konnte.* Ergibt das Sinn?«

»Nein«, erwidert Riley und streicht ihr eine Haarsträhne hinters Ohr. Allerdings fügt er lächelnd hinzu: »Und gleichzeitig: doch. Genau so ging es mir auch, als ich zum ersten Mal Gesprochen habe. Etwas in mir wusste einfach, was zu tun war und dass es funktionieren würde. Und das hat sich beängstigend angefühlt, aber zugleich auch ganz natürlich. Eine instinktive Reaktion.« Seine Augen verengen sich, ehe er seine kleine Rede zu Ende bringt: »Was nicht heißt, dass wir nicht noch ein Wörtchen darüber reden werden, wie du mich durch die Luft geschleudert hast. Aber damit warten wir, bis du dich ein bisschen erholt hast.«

Sie beißt sich auf die Lippe, und die Geste ist mir so vertraut, als hätte ich einen Spiegel vor mir. »Tut mir leid. Das war – genau, wie du es beschrieben hast – eine instinktive Reaktion. Mir war klar, dass du mir sonst gefolgt wärst.«

»Natürlich wäre ich dir gefolgt. Ich würde dir überallhin folgen, Lyss. Selbst in ein brennendes Gebäude.«

Die Gewissheit in seiner Stimme, diese felsenfeste Überzeugung … Tränen springen mir in die Augen.

»*Eben*«, sagt sie. »Und ich wollte nicht, dass du verletzt wirst.«

»Na, ich weiß nicht. Mein Rücken ist grün und blau dank dir«, kontert Riley. »Von meiner Würde ganz zu schweigen.«

Sie grinst. »Das wird schon wieder.«

Ich muss mir die Wangen trocken wischen, während ich ihrem liebevollen Gekabbel zusehe – *unserem* Gekabbel. So sind wir also miteinander umgegangen, Riley und ich. Mein *Bruder* und ich. Ich fasse es nicht, dass ich so etwas in meinem Leben hatte. Dass ich es vergessen habe. Und ich kann gar nicht sagen, wie sehr ich es mir *zurückwünsche.*

Das Lächeln auf Rileys Gesicht verblasst bei ihren Worten.

»Was?«, fragt sie.

Er räuspert sich, gibt jedoch keine Antwort.

»Riles, *was?*«, wiederholt sie, und ein wenig ihrer vorigen Panik meldet sich zurück.

Er seufzt und reibt sich mit einer Hand über das junge Gesicht. »Es ist wegen Theo.«

Sie erstarrt. »Du hast gesagt, mit ihm sei alles in Ordnung.«

»Ich habe gesagt, dass du ihn gerettet hast. Aber – Lyss …«

Durch taube Lippen flüstert sie: »Sag es mir.«

Riley nimmt ihre Hände. »Er hat Verbrennungen erlitten. Schlimme Verbrennungen. Die SPARK-Heiler haben getan, was sie konnten, aber der Schaden …« Er stößt die Luft aus. »Die Narben werden ihm für den Rest seines Lebens bleiben.«

Ihre Unterlippe bebt. »Aber … aber es geht ihm gut, oder? Abgesehen … abgesehen von den Narben?«

»Er wird noch etwas Zeit brauchen, um sich völlig zu erholen, aber er kommt wieder auf die Beine.«

Einen Moment lang verarbeitet sie diese Neuigkeiten im Stillen, ehe sie fragt: »Nana Smith? Papa Smith? Sind sie –«

»Beide heil und unversehrt, zumindest körperlich«, sagt Riley. »Du weißt ja, dass Theos Eltern vor Jahren bei einem Feuer getötet worden sind, daher wühlt sie das zusätzlich auf. Mum und Dad wollten hier sein, wenn du aufwachst, aber sie haben sich solche Sorgen um die Smiths gemacht, dass es ihnen am besten schien, bei ihnen zu bleiben und sicherzustellen, dass sie zurechtkommen. Alle.«

Mir ist nach wie vor schleierhaft, weshalb wir diese Erinnerung erleben, aber ich lerne so viel daraus. Allerdings vermeide ich es, Smith anzusehen; zu sehr fürchte ich, was ich in seinem Gesicht lesen könnte. Zu sehr fürchte ich die Gründe, aus denen er mir nie von unserer gemeinsamen Geschichte erzählt hat – ich habe zu viel Angst, herauszufinden, ob er bis gerade eben Erinnerungen an diese Ereignisse hatte oder ob sein Gedächtnis ebenfalls manipuliert und er dazu gebracht worden war, sie zu vergessen.

»Ich weiß, dass Theo dein bester Freund ist«, sagt Riley nun, »deshalb wird dir nicht gefallen, was ich dir jetzt sagen muss.«

Ich zucke vor Überraschung zusammen. Bester Freund? *Smith?* Das ist schlicht … Das ist schlicht *bizarr.*

Diesmal kann ich nicht umhin, aus dem Augenwinkel zu ihm hinüberzuschielen. Ich bin beeindruckt, dass er noch immer aufrecht steht, in Anbetracht seiner Miene. Zwar ruht seine Hand weiterhin in meiner, doch er scheint Millionen Meilen entfernt zu sein. Kurz erwäge ich, ihn zu fragen, ob es ihm gut geht, doch die Antwort kenne ich bereits.

»Sag es mir einfach«, wispert mein jüngeres Ich und wappnet sich eindeutig für das Schlimmste.

Riley wirkt, als würde er alles andere lieber tun, doch er überwindet sich: »Theo ist vor dir wieder zu sich gekommen. Es war ... es war kein schönes Erwachen. Wie gesagt, schon Nana und Papa Smith sind durch den Wind, aber Theo ... Theo war außer sich. Nach der ganzen Geschichte mit seinen Eltern ...« Er bringt den Satz nicht zu Ende, sondern seufzt bloß laut, bevor er beichtet: »Er möchte, dass ich meine Gabe auf ihn anwende.«

Die Augen meines jüngeren Ichs werden handtellergroß – ob vor Schreck oder Angst, vermag ich nicht zu bestimmen. Vielleicht ein wenig von beidem.

»*Nein.*«

»Ich will es nicht tun, das schwöre ich«, beteuert Riley. »Aber Mum und Dad und seine Großeltern sind allesamt auf seiner Seite. Sie meinen, er hat die Wahl. Ich habe es nur geschafft, sie hinzuhalten, bis du wach bist, aber jetzt ...«

Sie schließt die Augen, und als sie sie wieder öffnet, spiegelt sich darin eine Mischung aus Gefühlen – Kummer, Sorge ... und Wut. Letztere brennt wie blaue Flammen, und sie zischt: »Bring mich zu ihm.«

Riley nickt; er hat offenbar mit nichts anderem gerechnet, steht auf und hilft ihr auf die Füße.

Ich folge den beiden aus dem Zimmer und einen Gang entlang, der gruselige Ähnlichkeit mit jenen in Lengard hat. Kael und Smith laufen stumm neben mir her.

Wir passieren zwei geschlossene Türen und umrunden eine Ecke, ehe wir vor einer weiteren Tür haltmachen, auf der ebenfalls »SPARK – stationäre Therapie« zu lesen ist, diesmal jedoch mit der Ergänzung »*kritischer Zustand*« in Kursivschrift daneben. Darunter ist Smiths

Name in ausgreifenden Großbuchstaben auf das Whiteboard gekrakelt: THEODORE SMITH.

Riley klopft verhalten an und drückt die Tür auf, lässt mein jüngeres Ich vorangehen, bevor er ebenfalls hindurchschlüpft.

Smith ist allein in dem Raum, er liegt auf einem sterilen Bett, das Gesicht so weiß wie sein Laken, die grauen Augen tief eingesunken und starr auf seine Hände gerichtet, die beide in klobigen Verbänden stecken. Seine Brille fehlt, wodurch er deutlich jünger und eher wie ein Kind als ein Teenager wirkt.

»Theo?«, fragt mein jüngeres Ich zaghaft, als fürchtete sie, ihn zu erschrecken.

Sein aufgewühlter Blick schnellt nach oben, sodass zum ersten Mal die zornroten Narben auf einer Seite seines Gesichts zum Vorschein kommen – die Verbrennungen mögen geheilt worden sein, aber sie haben Spuren hinterlassen.

Über dem Schaden, den die Flammen angerichtet haben, gerät mein jüngeres Ich kurz ins Stocken, doch es ist ein kaum wahrnehmbares Zögern, fast unmöglich zu erhaschen. Sie gibt sich alle Mühe, sich vor Smith nichts anmerken zu lassen, und eilt mit langen Schritten zu ihm hinüber, bis sie auf seinem Bett sitzt und eine seiner bandagierten Hände in ihre nimmt.

»Wozu brauchst du die?«, fragt sie und tippt auf den Verband, als fiele ihr keine andere Frage ein.

»Damit ich nicht sehen muss, was darunter ist.«

Seine Stimme – wie zerbrochenes Glas. Ich bin mir nicht sicher, ob daran der Rauch schuld ist, den er eingeatmet hat, oder die Albträume, die noch in seinen Augen toben.

»Na, das ist doch Blödsinn«, entgegnet sie, aber mir entgeht die Verzweiflung in ihrem Blick nicht. Das Grauen. Die Panik. »Jeder weiß, dass Narben die besten Geschichten erzählen.«

»Und die schlimmsten«, murmelt Smith leise und schlägt erneut die Augen nieder.

Während all dessen steht Riley stumm im Türrahmen, beobachtet, ohne sich einzumischen.

Smith räuspert sich. Seine Stimme klingt noch immer gebrochen: »Danke, Lyssie. Dass du mich gerettet hast.«

Sie macht eine wegwerfende Handbewegung, als wäre das nicht der Rede wert. »Du hättest das Gleiche für mich getan.« Ihre Augen verengen sich zu Schlitzen, und spitz fügt sie an: »Und du kannst dich revanchieren, indem du einsiehst, wie dumm deine Idee ist.«

Smith späht zu Riley hinüber, der unbehaglich von einem Fuß auf den anderen tritt, und wendet sich dann wieder meinem jüngeren Ich zu. Er dreht seine verbundene Hand um, verschränkt seine Finger mit ihren und ruckt leicht daran, damit sie ihm ins Gesicht schaut, ehe er wieder ansetzt: »Du hast mich gerettet, und du hast das Feuer gelöscht, aber wir haben kein Haus mehr, Lyss. Unser Zuhause ist zerstört.«

Das scheint sie lediglich zu verärgern. »Na und? Es ist bloß ein Haus, Theo. Das lässt sich wiederaufbauen … oder ihr kauft ein neues. Dafür musst du nicht –«

Smith schüttelt den Kopf; seine Stimme wird lauter. »Und sonst? Soll ich einfach wieder zur Schule gehen, so, wie ich aussehe? Wie ein Freak? Und all die Fragen beantworten und all das Mitleid in den Gesichtern ertragen und mir all das Getuschel anhören, von wegen ›Genau wie damals bei seinen Eltern – wieder hat nur *er* überlebt‹? Glaubst du, darauf habe ich Lust? Auf auch nur *irgendwas* davon?«

Tränen glitzern in den Augen meines jüngeren Ichs. Sie erwidert nichts, starrt ihn bloß an, mit zitternder Unterlippe.

»Jetzt habe ich die Chance, von vorn anzufangen, auf einen Neustart«, erklärt Smith ruhiger. »Nan und Pops sind damit einverstanden, ans andere Ende der Stadt zu ziehen. Eine neue Schule, ein neues Leben. Niemand dort wird meine traurige Geschichte kennen.« Und flüsternd ergänzt er: »Nicht einmal ich selbst.«

Ein Hicksen entkommt meinem jüngeren Ich, als versuche sie, ein Schluchzen zu unterdrücken. Ich habe immer noch Mühe, den Geschehnissen zu folgen, zu begreifen, weshalb Smith seine eigene Geschichte nicht mehr kennen sollte. Doch dann tut Riley auf Smiths Wink hin einen Schritt nach vorn, mit grimmiger Miene.

»Bitte, Theo«, fleht mein jüngeres Ich. »Bitte, tu es nicht. Tu dir das nicht an. Tu es mir nicht an. *Uns.*« Wieder hickst sie. »Du bist mein bester Freund. Schon seit Ewigkeiten. Du bist launisch, und dein Zimmer ist immer unordentlich, und du hasst es, vor dem Weckerklingeln wachgerüttelt zu werden. Du schiebst dir viel zu oft die Brille die Nase hoch und kannst so bissig sein, dass Fremde dich für fies halten, und ich finde *nichts* davon toll, aber ich liebe dich *trotzdem*, weil du *mein bester Freund bist.*« Sie klammert sich an ihn, während Riley das Bett erreicht. »Wie kannst du das wollen? Wirst du ... wirst du mich nicht vermissen?«

Inzwischen laufen ihr die Tränen in Strömen über die Wangen. Riley sieht aus, als hätte er körperliche Schmerzen, als würde er sie am liebsten hochnehmen und aus dem Zimmer tragen. Doch er tut es nicht; er steht einfach nur da und wartet.

»Das ist es ja, Lyssie«, flüstert Smith. Mit seiner freien Hand tupft er ihr das Gesicht ab, bis die Bandage ganz nass ist. »Etwas, an das ich mich nicht erinnere, kann ich nicht vermissen.«

Der Moment, in dem die Erkenntnis mich endlich trifft, fühlt sich an wie ein Schlag in die Magengrube. Neben mir zittert der echte Smith wie Espenlaub, und unbewusst drücke ich seine Hand fester. Er erwidert die Geste und zermalmt dabei beinahe meine Fingerknochen.

Mein jüngeres Ich gibt den Versuch, Smith zu überzeugen, offenbar auf und wendet sich stattdessen bettelnd an Riley: »Bitte, Riles, tu es nicht.«

Rileys Kiefer verspannt sich merklich, und er meidet ihren Blick, sagt aber: »Es ist seine Entscheidung, Lyss. Seine – und die seiner Großeltern. Ich musste es ihnen versprechen. Nur deshalb durfte ich dich hierherbringen – damit du Gelegenheit hast, dich zu verabschieden. Weil ich mich einverstanden erklärt habe ...«

Noch einmal wirbelt sie zu Smith herum, fleht inständig: »*Bitte,* Theo. *Bitte, bitte nicht.*«

Seine grauen Augen wirken noch immer gequält, werden jedoch weich, als er sagt: »Wenn ich könnte, würde ich dich jeden Tag meines Lebens vermissen. Aber das wäre so schmerzhaft, dass ich – dass ich mich darauf freue und dankbar bin, zu vergessen. Bitte, Lyss. Gesteh mir das zu. Gesteh mir einen Neubeginn zu.«

Nun fehlen ihr die Worte; sie schaut ihn bloß an, von stummen Schluchzern geschüttelt, reißt dann aber abrupt ihre Hand aus seiner, springt auf und flieht aus dem Zimmer.

Verloren in ihrer – *meiner* – Erinnerung, sind Kael, der echte Smith und ich gezwungen, ihr zu folgen; wir sprinten zunächst zurück in den Raum, in dem wir zuerst erschienen sind, ohne jede Möglichkeit, zu erfahren, was unterdessen aus dem jüngeren Smith wird. Allerdings bleibt das nicht lange ein Rätsel, denn nur Minuten später taucht Riley ebenfalls wieder auf, nimmt seine Schwester – *mich* – erneut in die Arme und hält sie fest an sich gedrückt, solange ihre Tränenflut andauert.

»Es tut mir so leid, Lyss«, flüstert Riley in einem fort. »Es tut mir leid. So, so leid. Er hat es sich so gewünscht. Jetzt ist es vorbei, und er kann von vorn anfangen. Glücklich sein.«

Ich wische mir übers Gesicht und bekomme undeutlich mit, dass Smith an meiner Seite das Gleiche tut – mit der Schulter, da er keine Hand frei hat.

Mein jüngeres Ich braucht eine ganze Weile, um sich so weit zu beruhigen, dass ihre Tränen versiegen, doch schließlich löst sie sich von Riley, und aus ihrer Miene spricht nicht mehr Kummer, sondern vor allem Entschlossenheit. Trotz ihrer rot geweinten Augen und der geschwollenen Wangen klingt ihre Stimme erstaunlich fest: »Du musst das Gleiche für mich tun.«

Einen Herzschlag lang herrscht absolute Stille, ehe Riley haucht: *»Was?«*

»Du hast ihn vergessen lassen, Riles. Du hast ihm seine Erinnerungen genommen, also musst du das Gleiche nun für mich tun.«

Du hast ihm seine Erinnerungen genommen … Du hast ihn vergessen lassen …

Mehr Bestätigung brauche ich nicht.

Eine so große Macht. Riley muss ähnliche Fähigkeiten wie unsere Mutter besitzen – vielleicht nicht ihre Suggestionsgabe, aber etwas Vergleichbares. Hätte er mich nicht angefleht, mich an ihn zu erinnern, hätte er mich nicht selbst für tot gehalten, würde ich mich nun fragen, ob womöglich er für meine eigenen Gedächtnislücken verantwortlich zeichnet. Aber ich glaube weiterhin, dass er in dieser Geschichte ebenso Opfer ist wie ich.

»Ich werde deine Erinnerungen nicht löschen«, sagt Riley mit Nachdruck. »Auf keinen Fall.«

»Du *musst*, Riles. Wenn Theo« – ihre Stimme bricht an dem Namen –, »wenn er mich schon vergessen hat, dann kann ich nicht – dann will ich nicht …«

Sie schluchzt auf, und Riley schließt sie erneut in eine Umarmung, zieht sie eng an sich.

Leise sagt er: »Du hast heute Abend zum ersten Mal Gesprochen, Lyss. Das lasse ich dich nicht vergessen.«

»Ich habe den Rest meines Lebens, um zu Sprechen. Den Rest meines Lebens, um auszutüfteln, wozu ich fähig bin und wie ich meine Gabe unter Kontrolle bekomme. Wie ich es schaffe, dabei nicht das Bewusstsein zu verlieren. Da kann ich es mir leisten, eine einzige Nacht zu vergessen.«

Ein Wimpernschlag Stille von Riley, ehe er leise gesteht: »Mum und Dad denken, du bist eine Schöpferin.«

Sie wirkt unverhohlen schockiert. Dann schlägt die Angst ein. *»Nein.«*

»Von jetzt an musst du so, *so* vorsichtig sein. Wenn ich deine Erinnerungen an heute Nacht löschen würde, hätte das womöglich zur Folge, dass du diese Erfahrung irgendwann auf sehr schmerzhafte Weise machst.«

Sie stößt einen zittrigen Atemzug aus, drückt dann jedoch den Rücken durch. »Selbst in diesem Fall wärst du da, um mir zu helfen. Du – du wirst doch immer bei mir sein, nicht wahr?«

»Immer«, verspricht er ihr, ohne auch nur die Spur eines Zweifels in der Stimme. Ohne jede Ahnung dessen, was letztlich passieren wird, ohne eine Vorstellung davon, dass er von ihr – von *mir* – getrennt werden wird. »Nie, nie, niemals werde ich dich verlassen, Lyss. Das *schwöre* ich.«

Unter dem Gewicht seiner Worte, dem Blick in seinen Augen, knicken mir die Knie ein. Er sieht sie an, aber sie ist *ich*. Sein Versprechen gilt *mir*.

Dumpf spüre ich, wie Smith erneut meine Finger drückt, und sein

Schraubstockgriff ist nach wie vor schmerzhaft, doch diesmal weiß ich, dass er versucht, mir Trost zu spenden. Selbst inmitten dieser ganz gewiss auch für ihn überwältigenden Enthüllungen – seiner eigenen verlorenen Erinnerungen – zeigt er mir, dass er versteht. Dass er bei mir ist. Ich beginne zu ahnen, dass wir nicht ohne Grund einst beste Freunde waren. Auch wenn es mir ebenso schwerfällt wie meinem jüngeren Ich, seine egoistische Entscheidung zu akzeptieren, das Geschehene zu vergessen. *Mich* zu vergessen.

Allerdings … falls seine Eltern wirklich bei einem Feuer ums Leben gekommen sind … und nach dem, was er selbst in jener Nacht erlebt hat … Ein Teil von mir hat Verständnis für ihn. Zu oft habe ich mir selbst nichts mehr ersehnt als die Chance auf einen Neubeginn. Wenn mein Bruder ihm diese Chance bieten konnte, was gibt mir dann das Recht, ihn für seine Wahl zu verurteilen?

»Bitte, Riles. Tu es für mich.«

Ich konzentriere mich gerade rechtzeitig wieder auf die Szene vor mir, um den neuesten Bettelversuch meines jüngeren Ichs zu verfolgen. Ich wünschte, ich könnte sie von dieser Idee abbringen – sie beschwören, *niemanden* in ihrem Gedächtnis herumpfuschen zu lassen, doch es ist zu spät, um in meine eigene Vergangenheit einzugreifen.

»Ich denke, darüber sollten wir erst mit Mum und Dad reden«, versucht Riley Zeit zu schinden.

»*Bitte*, Riles«, wiederholt sie.

Er seufzt ergeben, und der Laut verrät mir, dass es ihm offenbar grundsätzlich schwerfällt, ihr etwas abzuschlagen. *Mir* etwas abzuschlagen. »Versprichst du mir, dass du mich nicht eines Tages dafür hassen wirst?«

»Ich verspreche, dass ich vergessen werde, dich dafür zu hassen«, entgegnet sie mit dem Anflug eines Lächelns.

Er erwidert es nicht. Stattdessen wird seine Miene ernst, er fokussiert sich ganz auf ihr Gesicht und sagt: »Vergiss heute Nacht. Und vergiss Theodore Smith.«

Licht flammt auf.

Und dann umfängt uns Dunkelheit, da die Erinnerung zu Ende ist, und ich falle, falle, *falle* einmal mehr.

Als die Schwärze sich verzieht, befinde ich mich erneut in meinem alten Kinderzimmer, diesmal jedoch am helllichten Tag, und anstelle von Riley liegen beide meiner Eltern neben mir auf dem Bett, die Arme um mich geschlungen.

Ich bin etwa so alt wie in der vorigen Erinnerung, zwölf oder dreizehn. Ich weine; meine Augen sind blutunterlaufen, und mein Gesicht ist geschwollen, woraus ich schließe, dass ich – genau wie schon eben – bereits einige Zeit lang in Tränen aufgelöst sein muss.

»Ich hasse sie«, schluchze ich. »Ich h-hasse sie, ich hasse sie, *ich hasse sie.*«

»Schhh, alles wird gut, du schaffst das«, flüstert meine Mum und streicht mir mit der Hand übers Haar. Meine Wange ist an ihre Schulter gepresst, meine Hände krallen sich in ihre grüne Bluse. Der Stoff ist bereits tränengetränkt, doch sie scheint es gar nicht zu bemerken; sie hält mich bloß fest.

»Lass es raus, Schätzchen. Wir sind bei dir«, sagt mein Dad und tätschelt meinen bebenden Rücken.

»Im Moment mag es sich nicht danach anfühlen«, meint meine Mum, »aber deine Gabe ist ein Geschenk, mein wunderschönes, tapferes Mädchen.«

»Sie f-fühlt sich an wie ein F-fluch«, wimmere ich zwischen zwei Schluchzern.

»So ging es mir auch damit, als ich zu Sprechen begonnen habe«, gesteht meine Mum. »Ich hatte solche Angst, den Mund aufzumachen, solche Panik, versehentlich jemandem zu suggerieren, etwas wäre geschehen oder nicht geschehen, dass ich eine ganze Woche geschwiegen habe.« Beim Gedanken daran zucken ihre Mundwinkel belustigt nach oben.

»W-was hat dich dazu gebracht, w-wieder zu reden? W-wieso hast du es r-riskiert?«

»Tja, eines Tages habe ich beschlossen, dass ich mich nicht von meiner Gabe kontrollieren lassen wollte – vielmehr würde *ich* diejenige sein, die *sie* kontrollierte.« Sie neigt meinen Kopf sanft nach hinten, bis ich ihr in die Augen sehe, und sagt: »Mit dir verhält es sich genauso, mein Liebling. In dir schlummert immense Macht, also musst du nun lernen, sie zu beherrschen. Und sobald dir das gelungen ist – dann, meine Süße, können deine Worte die Welt verändern.«

Meine Miene stürzt in sich zusammen. »D-das ist es ja, wovor ich mich f-fürchte. Ein f-falsches Wort, und – und –«

»Die Tatsache, dass du dich fürchtest, ist etwas Gutes, Lyssie«, meldet sich mein Dad. »Denn darum wirst du immer darauf bedacht sein, deine Macht nicht auszunutzen. Du wirst sie niemals für falsche Zwecke oder in falscher Absicht einsetzen.«

»Aber m-meine Kontrolle –«

»Wir helfen dir, mein Herz«, sagt meine Mum. »Und Riley hilft dir auch. Du bist nicht allein. Du wirst *niemals* allein sein. Verstehst du mich?«

»Wir lieben dich, Kleines«, flüstert meine Mum und drückt mir einen sanften Kuss auf die Stirn. »Und wir werden bei dir sein und dich begleiten, auf jedem Schritt deines Weges.«

Die Szene um mich herum löst sich auf, Schwärze rollt heran, zusammen mit der Orientierungslosigkeit des bereits vertrauten Sturzes durchs Dunkel. Diesmal jedoch spüre ich kein Unwohlsein; ich bin zu taub von allem, was ich soeben gesehen habe – von allem, was ich *gefühlt* habe.

Ich hatte es vergessen. Vergessen, wie sehr ich meine Eltern geliebt habe, wie sehr sie mich geliebt haben. Seit Tagen zerbreche ich mir den Kopf darüber, weshalb meine Mum mir wohl die Überzeugung aufgezwungen hat, ich hätte sie und meinen Dad umgebracht. Aber … nach dieser Erinnerung … nach ihrem Versprechen, mich nie alleinzulassen …

Es ergibt keinen Sinn.

Nichts

davon

ergibt

den

geringsten

Sinn.

Wir landen nicht in einer weiteren Erinnerung. Tatsächlich erleichtert mich das, da ich Zweifel habe, ob ich im Augenblick in der Lage wäre, noch mehr zu verkraften. Doch sobald mein Bewusstsein in Smiths Zimmer zurückkehrt, geht das ganze verwirrende Spektrum meiner Emotionen in dem stechenden Schmerz unter, der mir durch den Schädel fährt.

Er ist bedeutend schlimmer als beim letzten Mal, peinigt mich derart, dass mir unwillkürlich ein Wimmern entkommt, während ich mich vornüberkrümme, den Kopf zwischen die Hände presse und mit tiefen Atemzügen gegen den Drang ankämpfe, mich zu übergeben.

»Lyss? *Lyss!*«

Ich möchte Kael bitten, leiser zu reden, mir einen Augenblick Zeit zu geben, mich nicht an der Schulter zu rütteln. Doch an den Qualen bringe ich kein Wort vorbei.

Er kniet sich vor mich, kippt meinen Kopf nach hinten, flucht laut; dann zieht er den Reißverschluss seiner Jacke auf, zerrt sie sich von den Schultern und drückt sie gegen mein Gesicht.

Ich muss meine ganze Kraft aufbieten, um weder zu würgen noch das Bewusstsein zu verlieren, daher hinterfrage ich seine Aktion nicht, sondern konzentriere mich stattdessen einfach darauf, die Folterwellen durchzustehen, die nun langsam – *langsam* – abebben.

Endlich sehe ich aus meinen tränenden Augen wieder klar, das Hämmern in meinem Kopf ist nur noch ein stetiges, dumpfes Pochen.

Ich stemme mich gegen Kael, kläglich schwach, doch er versteht meine Botschaft und zieht sich zurück. Dabei bemerke ich, dass seine Jacke von Blut getränkt ist. *Meinem* Blut.

Was auch immer gerade mit mir passiert sein mag, es war so heftig, dass ich Nasenbluten bekommen habe.

»Und … glaubst du mir jetzt?«, frage ich heiser und schaffe es mit Mühe, nicht zusammenzufahren, da ein stechender Schmerz sich wie ein Dolch durch meinen Schädel bohrt.

»Was Riley anbelangt?«, erwidert Kael. Meine Antwort wartet er nicht ab. »Das muss ich wohl, nach allem, was wir soeben erlebt haben.«

Ich verspüre einen gewissen Triumph, doch als ich mich zu Smith umwende, schaut er mich mit der gleichen entsetzten Miene an wie zuvor im Innern meiner Erinnerungen.

»Smith …« Ich habe keine Ahnung, was ich sagen soll.

Sein Name lässt ihn aufschrecken, als würde er aus einer Trance gerissen. Er schüttelt den Kopf und schiebt seine Brille den Nasenrücken hinauf – ein nun nachvollziehbares Déjà-vu –, ehe er sich wieder zu fangen scheint. »Alles klar. So war das also.«

»Möchtest du –« Ich habe vor, ihn zu fragen, ob er reden will über das, was wir gerade gesehen, gehört, *getan* haben, aber er schneidet mir das Wort ab.

»– jetzt schlafen? Ja, das möchte ich sehr gern. Sofern du nichts dagegen hast …« Er gestikuliert in Richtung der Tür, eine unmissverständliche Aufforderung.

Würde seine Hand nicht derart zittern, hätte ich nicht übel Lust, ihn noch ein wenig länger zu drangsalieren. Aber ich erkenne, dass er kurz davorsteht, die Fassung zu verlieren, und er scheint mir nicht der Typ zu sein, der Wert darauf legt, von seiner vergessenen einstigen besten Freundin und einem Kerl, der mit einem Mal unbeabsichtigt genauso viel über seine Vergangenheit weiß wie er selbst, getröstet zu werden.

Ich stehe aus meinem Sessel auf. Meine Beine sind so schwach, dass ich Kaels Arm, der sich um meine Taille legt, nicht abschüttele. Er stützt mich hinüber zur Tür.

»Danke für … für alles, Smith«, sage ich. Und frage nach einer kurzen Pause: »Was ist am Ende der ersten Erinnerung passiert? Wieso haben wir … Wieso haben wir sie *verlassen*?«

Ich verkneife mir jeden Kommentar dazu, wohin wir als Nächstes geraten sind, da Kaels Finger sich bei meiner Frage verkrampft haben. Die Erinnerung an den unverhofften Besuch am Sterbebett seiner Mutter ist auch mir noch schmerzlich präsent, daher ahne ich, was er empfinden muss.

»Ich bin mir nicht ganz sicher«, gesteht Smith und späht mit gerunzelter Stirn von mir zu Kael.

Der Anblick seiner Narben wirkt jetzt surreal auf mich, nachdem ich den jüngeren Smith ohne sie kennengelernt habe, nachdem ich erfahren habe, woher sie stammen. Ich schlucke, als die Szene erneut durch meinen Kopf jagt, und verbanne das Bild.

»Ich kann mir nicht erklären, was uns so plötzlich aus der Projektion gerissen hat«, fährt er fort. »Und auch nicht, weshalb ich danach nicht in der Lage war, uns wieder hineinzubringen. Das hatte ich nämlich vor, aber …« Er zuckt entschuldigend mit den Schultern, kaut dann auf der Innenseite seiner Wange und schlägt vor: »Falls du später noch einmal vorbeikommen willst, nachdem wir beide ausgeschlafen haben, können wir … können wir einen neuen Versuch wagen.«

Sein Angebot verwundert mich. Ein Teil von mir fragt sich, ob es etwas mit unserer gemeinsamen Geschichte zu tun hat – der Geschichte, an die sich keiner von uns erinnert. Oder ob auch er womöglich neugierig ist. Ob er ein ebenso starkes Bedürfnis verspürt, das Puzzle zusammenzusetzen, wie ich.

»Klingt gut«, sage ich.

»Auf gar keinen Fall.«

Kaels Worte sind so nachdrücklich, dass mein Körper sich an seiner Seite unwillkürlich versteift. Ich drehe mich zu ihm hin, nur um festzustellen, dass er Smith zornfunkelnd niederstarrt.

»Du hast erlebt, was gerade mit ihr geschehen ist«, zischt Kael durch zusammengebissene Zähne. »Je tiefer sie in ihre Erinnerungen eintaucht, desto gravierendere Nachwirkungen hat das eindeutig zur Folge.«

Smith öffnet den Mund, doch ich bin schneller.

»Mir geht es gut, Kael.«

Leider straft die Tatsache, dass er mich nach wie vor stützen muss, mich Lügen. Selbst wenn es mir gelingt, meine stumpfen Kopfschmerzen vor ihm zu verbergen, ist offensichtlich, dass ich mich noch nicht gänzlich erholt habe.

»Lyss, noch vor einer Sekunde ist dir Blut aus der Nase geströmt. *Geströmt.* Meine Jacke ist durchweicht davon. Es geht dir *nicht* ›gut‹.«

»Dann wird es mir nach dem Schlafen wieder gut gehen«, beharre ich. »Ein paar Stunden Ruhe, dann bin ich bereit für einen neuen Anlauf.«

Kael ignoriert mich und herrscht Smith an: »Betrachte es als Befehl:

Ich verbiete dir unter allen Umständen, sie erneut in ihre Erinnerungen zu projizieren. Solltest du es dennoch tun, bist du hier in den Katakomben nicht länger willkommen. Verstanden?«

Smiths Kiefer verkrampft sich, aber er nickt knapp.

Ich staune Kael mit offenem Mund an, fassungslos über die harte Strafe, mit der er droht. »Das meinst du nicht so.«

»Oh doch, Prinzessin.«

Und damit schleift er mich aus dem Raum, schlägt die Tür hinter uns zu.

Ich bin so wütend, dass ich erst an der Schwelle zu meinem eigenen Zimmer wieder Worte finde.

»Du kannst mich nicht davon abhalten –«

»Schon klar«, unterbricht er mich. »Du würdest alles tun, sogar deinen eigenen Tod riskieren, um Antworten zu finden. Aber das werde ich nicht zulassen. Das war ein Eingreifen zu deinem eigenen Besten – vertrau mir.«

Am liebsten würde ich mit dem Fuß aufstampfen wie ein kleines Kind. »Kael, wir standen *unmittelbar davor*. Diese erste Erinnerung – ich habe es gespürt. Im nächsten Moment hätten wir alles erfahren, die Antworten auf sämtliche Fragen bekommen. Du *musst* mir erlauben, noch einmal dorthin zurückzukehren.«

»Nein, was ich *muss*, ist, dich am Leben halten. Wir finden deine Antworten auch auf anderem Weg.«

»Und wie?«, verlange ich.

»Indem wir deinen Bruder aufspüren.«

Das nimmt mir den Wind aus den Segeln. »Riley? Wir suchen nach ihm?«

Etwas in Kaels Gesichtsausdruck verschiebt sich. Ich kann seine Miene nicht deuten, doch schließlich wird sie weich, und er sagt: »Das tun wir bereits. Wir fahnden mit sämtlichen Kräften und Mitteln nach der Sprechergruppe, die ihn entführt hat. Wir finden ihn – das schwöre ich dir. Und dann kriegst du deine Antworten.«

»Aber diese Erinnerung – die mit Falon –«

»Riley hat lediglich gesagt, er habe dich für tot gehalten, nicht wahr?

Tja, im Gegensatz zu dir hat er den Rest vielleicht nicht vergessen und wird hoffentlich in der Lage sein, die Lücken dieser spezifischen Erinnerung zu schließen.« Meinen Versuch, zu argumentieren, erstickt Kael, indem er mir eine Hand über den Mund legt. »Und falls er das nicht kann, dann – und *nur* dann – werde ich in Erwägung ziehen, dich abermals mit Smith dein Leben aufs Spiel setzen zu lassen. Einverstanden?«

Glücklich bin ich nicht, aber es ist ein Kompromiss. Und nachdem ich Zeugin des Tods seiner Mutter geworden bin und die Tränen auf seinem Gesicht gesehen habe, als er sie angefleht hat, ihn nicht zu verlassen, verstehe ich, weshalb er so große Angst davor hat, noch jemanden zu verlieren, der ihm am Herzen liegt. Also kann ich ihm das zugestehen. Vorerst zumindest.

»Na schön. Aber falls Riley die Antworten nicht kennt –«

»Was habe ich gerade gesagt?«

Offenbar ist er nicht in der Stimmung, sich zu wiederholen, also nicke ich mein Einverständnis, während er die Tür zu meinem Zimmer öffnet.

»Versprich mir, dass du dir jetzt ein wenig Schlaf gönnst.«

Die Sorge in seinen Augen beschwichtigt mich, und mir liegt genug an seinem Seelenfrieden, um zu antworten: »Versprochen.«

Und ohne ihm Gelegenheit zu geben, diese Lüge zu enttarnen, schließe ich die Tür zwischen uns und stolpere durch die Dunkelheit des Zimmers, das ich mit Cami teile.

Versprechen hin oder her: An Schlaf wage ich nicht einmal zu denken. Zu sehr fürchte ich mich davor, am Morgen aufzuwachen und feststellen zu müssen, dass das Serum ganze Arbeit geleistet hat und ich keinerlei Sprecherfähigkeiten mehr besitze, wenn ich jetzt einfach ins Bett gehe. Mit dieser Aussicht habe ich mich nach wie vor nicht abgefunden; ich brauche mehr Zeit, das und alles Weitere, was ich heute Nacht aufgedeckt habe, zu verarbeiten.

Doch mein Körper hat andere Pläne. Und in der Stille des Zimmers, nach einem so unvorstellbar langen, anstrengenden Tag, bin ich machtlos dagegen, dass ich wegdämmere und im Nu in einen tiefen, heilsamen Schlaf falle, der mich bis weit in den Vormittag gefangen hält.

KAPITEL 21

Ich fahre aus dem Schlaf hoch und setze mich ruckartig auf; mein Herz klopft, klopft, *klopft*, und ich mühe mich, mir darüber klar zu werden, wo ich mich befinde, was mit mir geschehen ist.

Das dauert einen Moment, und meine Orientierungslosigkeit erdrückt mich fast, bis ich die fremden Kalksteinwände wieder mit den Katakomben in Verbindung bringe und mir einfällt, dass ich bei den Relikten in Sicherheit bin. Bis alles, was mich hierhergeführt hat und seitdem passiert ist, zu mir zurückkehrt.

Bis ich mich wieder an die Ereignisse der vergangenen Nacht erinnere.

Ich reibe mir die Müdigkeit aus den Augen; dass ich fest genug geschlafen habe, um derart verwirrt aufzuwachen, beunruhigt mich. Zweifellos hatte ich die Erholung bitter nötig, aber … ich habe keine Ahnung, wie spät es ist. Einzig die brennenden Fackeln, die Cami nach dem Aufstehen entzündet haben muss, verraten mir, dass der Morgen offenbar bereits angebrochen ist. Oder womöglich schon ein weiterer Abend.

»Hey, Schlafmütze.«

Ich blicke zu Camis Bett hinüber, wo sie im schwachen Licht liest; Schrödinger hat sich zufrieden in ihrem Schoß eingeringelt.

Ich betrachte ihn stirnrunzelnd und frage laut – und mit reichlich Verspätung: »Füttert ihn eigentlich irgendjemand?« Meine Augen huschen durch das Zimmer, halten nach einem Napf oder auch nur einem Katzenklo Ausschau – vergeblich.

»Liana hat sich bislang um ihn gekümmert«, erklärt Cami und blättert eine Seite um. »Wenn er nicht hier ist, verbringt er die meiste Zeit bei ihr.«

Das überrascht mich. Seit ich in den Katakomben das Bewusstsein wiedererlangt habe, bin ich Liana nicht mehr begegnet, daher ist es seltsam, zu hören, dass mein Kätzchen von jemandem versorgt wird, den ich kaum kenne. Ich fühle mich wie eine verantwortungslose Mutter, auch wenn ich *tatsächlich* anderweitig beschäftigt gewesen bin, und nehme mir fest vor, sie aufzuspüren und mich zu bedanken … und bei dieser Gelegenheit direkt ein paar Fragen loszuwerden.

Der auf mich einstürzende Trubel der vergangenen Stunden beginnt sich in meinem Kopf zu sortieren, und ich strecke eine Hand aus, halte kurz den Atem an und sage dann: »Licht.«

Ein Strahl schießt wie das Aufblinken einer Taschenlampe aus meiner Handfläche empor, und ich stoße überstürzt und heftig die Luft aus, unendlich erleichtert, dass ich nach wie vor Sprechen kann.

»Alles okay da drüben?«

Ich schiele zu Cami hinüber, die mich völlig perplex anstarrt.

Mit einem Räuspern hebe ich meinen Befehl auf. »Bloß ein komischer Traum«, lüge ich. »Ich wollte kurz etwas überprüfen.«

»Dass du Lichtblitze aus deiner Hand feuern kannst? Ja, das klingt nach einem *sehr* komischen Traum.«

Ich verbessere sie nicht, sondern schlage stattdessen die Decke zurück und stehe auf. Bei dem Gedanken daran, dass ich mich in der Nacht mitsamt den schmutzigen Stiefeln, in denen meine Füße noch immer stecken, hingelegt haben muss, verzieht sich unwillkürlich mein Gesicht. In dem verzweifelten Bedürfnis, so viel wie möglich zu Sprechen, solange es mir noch gelingt, deute ich auf mein Bett und sage: »Sauber.«

Licht flammt auf, und schlagartig sind meine Laken blütenweiß.

»Du benimmst dich heute wirklich merkwürdig.«

»Weil ich eine wirklich merkwürdige Nacht hinter mir habe.«

Auf ihren fragenden Blick hin lasse ich mich zurück auf mein Bett sacken und erzähle ihr eine Kurzfassung dessen, was sich in Smiths Zimmer zugetragen hat. Meine vorangegangene Begegnung mit Ward in seiner Arrestzelle spare ich aus, da ich mich noch immer nicht bereit fühle, alles, was er mir eröffnet hat, zu teilen. Allerdings sorge ich dafür, dass sie in allen Einzelheiten von meinen vergessenen Erinnerungen erfährt – und von meinem Bruder.

»Das ist *irre*«, flüstert sie. »Nicht nur die Sache mit Riley – das muss dich völlig umgehauen haben –, sondern auch, dass du Smith das Leben gerettet hast. Ich fasse es nicht, dass ihr zwei euch vor Jahren so nahestandet und das beide völlig *vergessen* habt …« Ihre Stimme verliert sich, das Staunen verschlägt ihr die Worte.

»Ich weiß«, seufze ich. »Das ist wirklich irre.«

Danach gibt es nichts mehr zu sagen, bis mein knurrender Magen mir die Frage danach aufdrängt, wie spät es ist.

»Kurz nach dem Mittagessen.«

Ich stutze. »*Nach* dem Mittagessen? Wieso hast du mich nicht geweckt?«

Sie zuckt mit einer Schulter, sorgsam darauf bedacht, Dinger nicht zu stören. »Du hast die Ruhe eindeutig dringend gebraucht, nach allem, was hinter dir liegt – du hast geschlafen wie eine Tote. Und wir werden schließlich nirgends erwartet, nachdem Landon« – sein Name bringt sie kurz ins Stocken – »nun hier ist und alle Übrigen nach der fremden Sprechergruppe fahnden. Denen wären wir bloß im Weg.«

Sie hat recht. Und täuscht sich doch. »Was ist mit Vanik?«

»Was soll mit ihm sein?«

Ich öffne den Mund und schließe ihn wieder, da mir bewusst wird, dass im Augenblick niemand außer mir das wahre Ausmaß der Bedrohung kennt, die er darstellt – aufgrund meiner privaten Unterhaltung mit Ward letzte Nacht.

Der Unterhaltung, in die ich sie nicht eingeweiht habe.

Ein Anflug von Schuld nagt an mir, aber immerhin lüge ich sie nicht aktiv an – ich halte lediglich gewisse Informationen zurück, bis ich mich entschieden habe, wie ich Cami am besten ins Vertrauen ziehe. So oder so war sie in Vaniks Labor gestern dabei und hat Wards erste Warnung mitbekommen, wenn auch nicht die Bestätigung. Das sollte genügen.

»Ihn aufzuhalten muss weiterhin höchste Priorität für uns haben«, sage ich. »Wir dürfen nicht vergessen, was Ward angedeutet hat: dass Vanik mit seinen Plänen Erfolg hatte – *dank mir*. Das klingt, als sei es ihm bereits geglückt, ein Serum herzustellen, mit dem er seine Sprecherarmee aufbauen kann.«

Ich rechne mit einer besorgten Reaktion, doch Camis Miene wird vielmehr skeptisch. »In weniger als einer Woche? Das scheint mir recht fragwürdig, meinst du nicht?«

»Nicht, falls er vorher schon kurz vor dem Durchbruch stand. Nicht, falls meine Zellen so einzigartig sind, dass sie ihm prompt offenbart haben, was ihm noch fehlte.«

Cami tippt sich nachdenklich mit einem Finger ans Kinn. »Das stimmt. Und überhaupt müssen wir ganz grundsätzlich wissen, wo er ist, was er treibt. Wir müssen ihn aufspüren, damit wir zu gegebener Zeit die Chance haben, ihn zu stoppen.«

Die Zeit drängt bereits jetzt, möchte ich rufen. Doch ich tue es nicht. Denn das würde zu Fragen führen, die ich noch nicht beantworten will. Fürs Erste will ich die Wahrheit über das, was mit mir passiert, für mich behalten. Es geht mir nach wie vor gut – meine Sprechergabe funktioniert vollkommen normal. Was, wenn Ward sich in Bezug auf das Serum getäuscht hat? Niemand soll sich unnötig um mich sorgen. Ich selbst will *mich* nicht überflüssigerweise deswegen verrückt machen.

… Wobei ich zugleich nicht so naiv bin, meine Hoffnungen in bloßes Wunschdenken zu setzen.

»Genau genommen, habe ich inzwischen über Vanik nachgedacht«, fährt Cami fort, mit ernstem Ausdruck. »Was ist unser Plan für eine etwaige Konfrontation mit ihm? Wie Kael gestern festgestellt hat: Manning ist zu mächtig, als dass wir ihn einsperren könnten –« Wieder meldet sich mein schlechtes Gewissen, da ich ihr auch Mannings Tod verschwiegen habe; allerdings habe ich keinen blassen Schimmer, wie ich ihr davon erzählen soll, ohne den Rest preiszugeben. »– und sofern Vanik tatsächlich bereits über ein funktionstüchtiges Serum verfügt, wird er sich ja wohl zuallererst selbst mit deiner Schöpfergabe ausgestattet haben.«

Genau das hat er Ward zufolge getan.

»Deine Gabe ist stark, Lyss«, meint Cami weiter, »aber du bist allein, und gegen die beiden gemeinsam –«

Bloß gegen einen, da Manning tot ist – aber womöglich hat Vanik eine komplette Armee hinter sich, die seinem Befehl gehorcht.

»– und falls Vanik die gleichen Fähigkeiten besitzt wie du, dann kommen ihm zusätzlich noch Jahrzehnte der Erfahrung im Sprechen zugute. Seine Kontrolle wird ohnegleichen sein.«

Ich fühle mich zurück in die Arrestzelle versetzt, so sehr ähnelt unser Gespräch jenem, das ich nur Stunden zuvor mit ihrem Bruder geführt habe. Einem Gespräch, das ich mich ihr nicht zu schildern traue, aus Angst vor dem, was es für mich bedeuten könnte.

Ich bin egoistisch, das ist mir bewusst.

Aber ich fürchte, dass alles schlagartig *real* wird, sowie ich es laut ausspreche.

»Es ist bloß …« Sie beißt sich auf die Lippe. »Ich habe volles Vertrauen in dich, da kannst du dir sicher sein. Aber wenn ihr miteinander kämpft, und selbst *falls* du siegreich daraus hervorgehst, … was dann?«

Eine gute Frage, in der Tat.

Manning hat ein Schicksal ereilt, das ich ihm niemals gewünscht hätte, doch zumindest ist er nicht länger eine Bedrohung. Sollte Vanik allerdings mittlerweile *wirklich* ein Schöpfer sein, könnte eine Sprecherschlacht zwischen uns beiden in einer Katastrophe enden. Und das unter dem Vorbehalt – und in der *Hoffnung* –, dass ich bei unserem Aufeinandertreffen überhaupt noch in der Lage sein werde, zu Sprechen.

»Ich nehme an …«, sage ich langsam und wäge beim Reden schnellstmöglich unsere Optionen ab. »Ich nehme an, wir würden ähnlich vorgehen wie bei Ward. Vanik betäuben und dafür sorgen, dass er außer Gefecht bleibt, bis wir uns den nächsten Schritt überlegt haben. Es muss doch machbar sein, ihn irgendwie in Schach zu halten.«

Hätte Kaels Dad vor all den Jahren doch bloß eine Arrestzelle gebaut, die auch Schöpfern standhält. Dann wäre die Lösung ganz einfach – wiederum vorausgesetzt, dass es uns gelingt, Vanik überhaupt erst einmal zu *fangen*.

Doch es gibt noch einen anderen Weg.

Ich kaue auf der Innenseite meiner Wange und sage dann vorsichtig: »Falls … falls er ein Serum fabriziert hat, das Sprecher erschaffen kann, dann ist ihm vielleicht auch etwas gelungen, womit man die Gaben anderer zerstören kann.« Diese Wahrheit, die ich enthülle, ohne sie als solche *zu erkennen zu geben*, treibt meinen Puls für ein paar Schläge in die Höhe. »Wenn wir das in die Hände bekämen, hätten wir ein Mittel, ihm seine Fähigkeiten wieder zu nehmen, und dann bestünde auch nicht die Gefahr, dass er sich selbst Freispricht.«

»Trotzdem bliebe er ein Genie, das einen anderen Fluchtplan austüfteln könnte.«

»Es wäre besser als nichts. Wir müssen ihn einfach … gut im Auge behalten.«

Cami mustert mich ein wenig argwöhnisch von der Seite. »Du hast gerade ziemlich oft ›wenn‹ und ›falls‹ benutzt.«

Damit hat sie nicht unrecht.

»Und was ist mit Manning?«, bohrt sie weiter.

Ich schlucke, und neue Schuld rumort in meinem Magen. »Konzentrieren wir uns besser auf ein Problem nach dem anderen. Vanik als mutmaßlicher Schöpfer ist die größte Bedrohung, und Manning kommt an zweiter Stelle.«

Und damit meine ich: nie.

Bald. Ich muss es ihr bald sagen.

»Und was kommt, nachdem all das geschafft ist?«

Ich blinzele. »Nachdem all *was* geschafft ist?«

Ein schiefes Lächeln stiehlt sich auf ihr Gesicht. »Nachdem wir die Welt gerettet haben. Was kommt danach?«

Ich starre sie bloß an; mein Gehirn ist völlig leer gefegt.

»Denk mal darüber nach«, meint sie, klappt resolut ihr Buch zu und schwingt die Beine aus dem Bett. Dinger wirft ihr einen wenig begeisterten Blick zu, bequemt sich jedoch nicht, aufzustehen. »Spulen wir mal nach vorn: Vanik und Manning sind aus dem Bild – was passiert als Nächstes?« Sie macht eine ausschweifende Handbewegung. »Das hier ist nicht unser Zuhause, Lyss. Das ist eine Übergangslösung.« Ihr Hals zieht sich sichtbar zusammen. »Für mich zumindest. Mein Zuhause ist Lengard. Mir ist klar, dass das vollkommen verkorkst klingt, in Anbetracht all der Dinge, die dort geschehen sind – all der Lügen und Experimente und anderen Schrecken. Aber ich habe mein gesamtes Leben dort verbracht. Trotz allem ist Lengard der Ort, an dem ich mich *geborgen* fühle. Jeder, der mir am Herzen liegt, ist dort. Und ganz gleich, welche falschen Versprechungen die übrigen Sprecher in die Einrichtung gelockt haben: Ihnen geht es genauso. Lengard ist ein sicherer Hafen für uns, wo wir wachsen und Kontrolle erlernen und uns gegenseitig unterstützen können, wie eine Familie. Lengard ist ... tja, wie schon gesagt – unser *Zuhause.*« Sie zögert, fügt dann aber doch an: »Und ich weiß – ich weiß, du hast gerade erst erfahren, dass eventuell deine richtige Familie noch am Leben ist, aber ... irgendwie hatte ich gehofft, du könntest Lengard eines Tages auch als Zuhause betrachten.«

Meine Brust wird eng. Eine solche Wendung unserer Unterhaltung habe ich nicht erwartet. So viele Ereignisse haben sich in so kurzer Zeit überschlagen, dass ich mir nie Gedanken über ein *Danach* gemacht habe. Ich habe mir nie ausgemalt, wie ein normales Leben für mich aussehen könnte, wie es sich anfühlen sollte.

... Ich habe keinen blassen Schimmer, was der Begriff *Zuhause* für mich überhaupt bedeutet.

Es ist so lange her, dass ich etwas Derartiges erlebt habe, aber Cami hat recht: So albtraumhaft der Großteil der Zeit, die ich in Lengard gefangen war, auch gewesen sein mag, die Einrichtung ist auch zu *meinem* sicheren Hafen geworden, nachdem ich bei ihr eingezogen war.

Zu meinem ... *Zuhause.*

Vor Ewigkeiten war mein Zuhause bei meiner Familie. Doch selbst wenn sie in diesem Moment auf magische Weise durch die Tür treten sollte, wären wir einander wohl längst fremd geworden. Ein gemeinsames Zuhause gibt es für uns nicht mehr. Lengard dagegen ... irgendwie ist es mir in den neun Wochen mit Ward, und insbesondere den letzten sieben davon, in der Wohngemeinschaft mit Cami ... ans Herz gewachsen.

Und trotzdem ...

Was ich in meinen vergessenen Erinnerungen entdeckt habe, geht mir nicht mehr aus dem Kopf: das Haus mit den Sesseln im Wohnzimmer; die ungezwungene, vertrauliche Unterhaltung Falons mit meiner Familie, ich dabei bequem gegen Rileys Beine gelehnt; mein Kinderzimmer mit den Postern und der sich abschälenden Tapete; die Bettdecke, darauf ich, zusammengerollt in den Armen meiner Eltern.

Das war einst mein Zuhause. Das alles.

Nicht nur der Ort, nicht nur die Menschen, sondern die Empfindung, die die Szene in mir geweckt hat.

Ein Gefühl bedingungsloser Liebe.

So sollte ein Zuhause sich anfühlen.

Und so etwas möchte ich wieder spüren.

Eine andere Erinnerung regt sich – erst gestern entstanden, an Bord der Fähre auf dem Rückweg von Lengard. Der Wind in meinem Haar und die Freiheit, die er zu versprechen schien … *das* wünsche ich mir für mein Leben. Nicht unter der Erde gefangen zu sein, weder in den Katakomben noch in Lengard. Sondern draußen in der echten Welt zu leben, genau so, wie ich es früher getan habe. Wie meine Eltern und mein Bruder es getan haben – und vielleicht noch *tun*.

Von einer solchen Zukunft träume ich.

Aber … nicht nur für mich, sondern auch für meine Freunde.

Und ich will, dass sie dasselbe für sich selbst wollen.

Als ich stumm bleibe, schiebt Cami eilig hinterher: »Ich meine, mir ist schon klar, dass es in Lengard Probleme gibt. Wir müssten herausbekommen, ob irgendwelche weiteren Genesis-Rekruten in Vaniks Pläne eingeweiht waren oder seine Philosophie unterstützt haben – Onkel Rick eingeschlossen; was ihn anbelangt, bin ich neugieriger denn je, nachdem er in deiner Erinnerung aufgetaucht ist. Hoffentlich hält seine Geschichte noch mehr bereit als das, was wir bereits wissen – vor allem eine gute Erklärung für die Rolle, die er gespielt hat.« Gedankenverloren streichelt sie Dingers Rücken. »Wir müssten allen erklären, welche Lüge sie gelebt haben – dass Lengard nie mit der Regierung verbündet war –, und auf die Reaktionen und Konsequenzen vorbereitet sein. Aber *nach* all dem … glaube ich … glaube ich, dass wir dort eine Menge Gutes erreichen könnten. Uns vielleicht sogar mit den Relikten verbünden, um zusammenzuarbeiten statt getrennt. Um für das Wohl sämtlicher Sprecher überall zu arbeiten.«

Der Traum, den sie da skizziert … ich sehe ihn vor mir. Bis zu diesem Moment habe ich nie realisiert, wie unbedingt ich Teil von so etwas sein will. Teil einer so wichtigen, so allumfassenden Vision, die das Leben verändern wird. Die Sehnsucht, die ich spüre … ein Bedürfnis, ein verzweifelter Drang steigt in mir auf, dabei zu helfen, ihre Vorstellungen Wirklichkeit werden zu lassen.

Aber ich will noch *mehr* tun.

Denn ich habe eine *größere* Vision.

Ich möchte Sprecher befreien – aus Lengard, aus den Katakomben.

Von sich selbst und von anderen.

»Hältst du … hältst du das für möglich?«, flüstert sie. »Meinst du, dass uns all das gelingen kann?«

Ich brauche einen Augenblick, um die Worte zu formen, doch dann krächze ich leise: »Ich glaube, dass alles möglich ist. Wenn man es sich nur innig genug wünscht.«

»Das tue ich.« Sie wispert noch immer. »Aber … was ist mit dir? Was wünschst *du* dir?«

Was wünsche ich mir?

Ich will die Wahrheit herausfinden über das, was mir zugestoßen ist.

Ich will meinen Bruder wiedersehen, und meine Eltern.

Ich will meiner Mum in die Augen schauen und erfahren, weshalb sie getan hat, was sie getan hat – weshalb sie mein Gedächtnis manipuliert hat. Wieso sie Riley eingegeben hat, ich wäre tot. Warum sie mich hat vergessen lassen, dass es ihn gibt.

Ich will mir keine Sorgen mehr machen müssen wegen eines Verrückten, der die Weltherrschaft anstrebt.

Ich will, dass Ward nicht länger von Vanik kontrolliert wird.

Ich will meinen verwirrten Gefühlen für ihn eine Chance geben, sich zu *entwirren*.

Ich will, dass Camis Traum wahr wird und für Sprecher – *sämtliche* Sprecher – eine bessere Zukunft heraufzieht.

Ich will … ich will …

Ich will nach Hause, wo auch immer das für mich sein mag.

Und ich will Cami dort bei mir haben.

… Und Ward.

Aber nicht bloß die beiden. Auch Enzo. Sogar Crew und Sneak und Keeda. Die kleine Abby, Ethan und Isaac. Esther. All die Menschen, bei denen ich mich sicher und geliebt und willkommen gefühlt habe inmitten der farblosen, stummen Hölle, die ich so lange durchlebt habe. Sie haben Licht in meine Dunkelheit gebracht, mir beigebracht, wieder zu hoffen. Und genau das möchte ich an andere weitergeben.

Und dann sind da noch die Relikte. Pandora und Jet und Dante. Liana und Smith. Arryn und Kael. Alle, die mir geholfen haben, meine Gabe anzunehmen – die mir gezeigt haben, wie viel innere Stärke ich besitze, und mir beigebracht haben, an mich zu glauben.

Ich möchte frei leben, nicht im Verborgenen – eine Zukunft im Licht, nicht im Schatten. Und ich möchte all jene, die mir am nächsten stehen, dabei dicht an meiner Seite wissen.

»Ich wünsche mir eine andere Welt für Sprecher, Cam«, antworte ich schließlich. »Eine bessere Welt für uns alle, diejenigen in Lengard und genauso die Relikte.«

In gedämpftem Ton erkläre ich ihr alles, was mir gerade durch den Kopf gegangen ist, teile meine Vorstellungen mit ihr. Als ich fertig bin, glitzern Tränen in ihren Augen, und sie haucht: »Ich glaube, dein Traum gefällt mir noch besser als meiner.«

Meine Augen sind ebenfalls feucht, und ich erwidere leise: »Wenn du magst, können wir ihn gemeinsam träumen.«

»Nein«, sagt sie kopfschüttelnd, und eine Träne tropft ihre Wange hinunter. »Nicht nur träumen. Wir können ihn verwirklichen.«

»Gemeinsam«, wiederhole ich, und mein Hals wird so eng, dass mir das Atmen schwerfällt.

Allerdings wird es gleich wieder leichter, da Cami sich die Tränen abwischt und den Rücken durchdrückt; ihre Lippen kräuseln sich zu einem verschlagenen Grinsen. »Ich bin mir nicht sicher, ob es dir bewusst ist«, meint sie, »aber du hast sehr explizit meinen Bruder in deiner Zukunft erwähnt.«

Ich erstarre, versuche mich hektisch zu erinnern, was genau ich in meinen leidenschaftlichen Schilderungen über Ward gesagt habe.

Camis Feixen wird angesichts meiner Panik nur breiter. Erbarmungslos stichelt sie: »Falls du glaubst, ich bin zu blind, um zu erkennen, dass du und Landon *du und Landon* seid, dann wirst du dich ziemlich wundern, sobald alles wieder normal läuft. Ich bin unangefochtene Kuppelkönigin, und ihr zwei seid schon *lange* füreinander bestimmt.«

Ich feuere einen Blick auf sie ab, der sie in ihren Stiefeln erzittern lassen sollte, doch stattdessen bricht ihr strahlendes Gesicht in ein entzücktes Lachen aus.

»Denk nicht einmal daran, Cam«, warne ich.

»Oh, ich denke seit *Wochen* daran«, gibt sie vergnügt zurück. »Und du auch, das weiß ich, also spar dir die Mühe, es abzustreiten.« Sie wackelt mit den Augenbrauen und ergänzt: »Außerdem kann ich *definitiv* bezeugen, dass es Landon genauso geht. Der arme Kerl vergisst, dass andere Menschen überhaupt existieren, sobald ihr zwei im selben Zimmer seid. Das könnte regelrecht erbärmlich sein, wäre es nicht so niedlich. Der Beziehungstraum jedes Mädchens.« Sie stößt einen sehnsüchtigen Seufzer aus.

Läge mein Kätzchen nicht zufrieden schlummernd in ihrem Schoß, würde ich ihr mein Kissen ins Gesicht pfeffern.

»Wir *führen keine* Beziehung«, erkläre ich ihr nachdrücklich. »Also sind wir *ganz sicher* nicht der ›Beziehungstraum jedes Mädchens‹.«

So, wie die Dinge zwischen Ward und mir liegen, verkörpern wir eher eine »dysfunktionale Beziehung« als alles andere. Genau genommen, würde er derzeit wohl nichts lieber sehen als meinen Untergang. Das scheint mir kaum ein begehrenswertes Verhältnis zwischen Freund und Freundin und ist sicher nichts, wonach irgendjemand anders streben sollte.

»Jetzt vielleicht noch nicht«, erwidert Cami, »aber die Chemie zwischen euch sprengt jeden Rahmen. Selbst *während* sein Hirn fremdgesteuert ist.«

»Dieses Gespräch endet hier«, verkünde ich ihr und wende mich zum Schrank.

»Fürs Erste, vielleicht«, droht sie fröhlich. »Ich gewähre dir eine Schonfrist, bis er nicht länger von einem bösen Genie beherrscht in einer Zelle sitzt. Danach allerdings …« Sie lässt den Satz in der Luft hängen, wackelt wieder vielsagend mit den Augenbrauen.

Diesmal bin ich es, die seufzt, jedoch alles andere als sehnsüchtig. Ich schnappe mir einen Stapel sauberer Klamotten, ziehe mich rasch um und sage dann: »Also, zurück zu tatsächlich wichtigen Dingen« – ich schieße noch einen finsteren Blick in ihre Richtung –, »ich gehe jetzt in die Kommandozentrale und höre nach, ob es irgendwelche Neuigkeiten gibt. Anschließend können wir unsere nächsten Schritte planen.«

Cami schiebt sich Dinger vom Schoß und kommt auf die Füße, tätschelt meinem verstimmten Kätzchen entschuldigend den Kopf. Er miaut mürrisch, springt dann vom Bett und stolziert zur Tür. Als ich sie für ihn öffne, rennt er hindurch und verschwindet um die Ecke.

Kopfschüttelnd drehe ich mich wieder zu meiner Freundin um, die gerade ihre Jacke zuknöpft.

»Ich stoße später zu dir«, sagt Cami. »Zuerst will ich noch einmal nach Landon sehen.«

»*Noch einmal?*«, frage ich.

Sie weicht meinem Blick aus, was mich ahnen lässt, dass der unbeschwerte Moment, den wir soeben geteilt haben, endgültig vorüber ist. »Ich war ganz früh heute Morgen bei ihm. Kein … angenehmer Besuch.«

Mein Puls beschleunigt sich. »Hat er … irgendwas zu dir gesagt?«

»Er hat ziemlich viel gesagt«, gesteht Cami, und ihre Miene verfinstert sich bei dem Gedanken daran. »Manning hat ihn noch immer eisern im Griff, das steht fest.«

Ich schlucke und rate: »Gib ihm Zeit.«

Ich hasse es, sie anzulügen. Ihr nicht die Wahrheit zu sagen – dass es Vanik ist, der ihren Bruder kontrolliert. Aber bald – *bald* werde ich es tun.

»Zeit«, wiederholt Cami, und in ihrer Stimme schwingt Frust mit. »Ich bin es so leid, zu warten. Ich möchte einfach, dass alles einen Zahn zulegt und vorbeigeht, damit wir den Startschuss für unser Happy End geben können.«

Mit dem Bild jener Zukunft im Kopf, die wir gerade zusammen entworfen haben, muss ich ihr voll und ganz zustimmen. Ich mache einen Schritt auf sie zu und ziehe sie in eine Umarmung. »Bald ist das alles vorbei, Cam.«

Oder zumindest ... mein Anteil an all dem. Denn falls das Serum in diesen Minuten tatsächlich in meinem Körper seine Wirkung entfaltet, dann werde ich bei der Besiegung Vaniks überhaupt keine Rolle mehr spielen.

Cami und ich trennen uns im Gang vor unserer Zimmertür; sie wendet sich in Richtung der Arrestzelle, ich marschiere zur Kommandozentrale. Den Weg habe ich von gestern – *ist es wirklich erst gestern gewesen?* – noch im Kopf, und so eile ich zielstrebig durch die gewundenen Tunnel.

Endlich erreiche ich den Eingang; dass er verschlossen ist, verwundert mich nicht – so war es auch bei meinem und Camis letztem Besuch hier. Ich fokussiere mich auf das Schloss und befehle: »Öffne.«

Eine böse Vorahnung rieselt meine Wirbelsäule hinunter, als kein Licht aufblitzt, die Tür sich nicht bewegt. Ich hätte mir gar keine Hoffnungen machen sollen, aber trotzdem ...

Ich kneife mich in die Nasenwurzel, ehe ich erneut meine Konzentration sammele und einen zweiten Versuch wage: »Öffne.«

Immer noch nichts.

Mein Herz hämmert mir in den Ohren. Gerade will ich es ein drittes Mal probieren, da geht die Tür von innen auf.

»Oh! Hey!«, sagt Keeda und presst sich eine Hand auf die Brust. »Mit dir habe ich gar nicht gerechnet.«

Das ist offensichtlich, doch ich verrate ihr nicht, wie lange ich mich schon bemühe, mir Zutritt zu verschaffen. »Ich bin gerade erst angekommen.«

Sie zieht die Tür weiter auf, lässt mich ein und drängt sich gleichzeitig an mir vorbei hinaus in den Gang. Kurz hält sie dabei inne, senkt die Stimme zu einem Flüstern und raunt: »Tut mir leid wegen gestern, aber ich bin froh, dass ihr es auch ohne meine Hilfe heil nach Lengard hinein- und wieder herausgeschafft habt. Und auch, dass ihr Ward mitbringen konntet. Einer ist somit in Sicherheit, bleiben nur noch Dutzende mehr.« Sie schenkt mir ein halbes Lächeln. »Wir kriegen das hin, Lyss. Und wenn wir jeden einzeln retten müssen – wir kriegen das hin.«

Ich erwidere ihr Lächeln ein wenig gequält, da ich mir eindringlicher denn je des Stundenglases bewusst bin, das über meinem Kopf hängt und dessen Sand stetig nach unten rieselt – »jeden einzeln« zu retten wird nicht funktionieren. Nicht, sofern sie dabei auf meine Hilfe zählen – auf meine Schöpfergabe.

Keeda eilt ohne ein weiteres Wort davon, und ich betrete den Raum. Arryn redet auf einen Mann mittleren Alters ein, der dabei auf einem Tablet herumtippt und – wozu auch immer – zustimmend nickt; sie heißt mich mit einem Kinnrucken willkommen, unterbricht ihren Wortschwall jedoch nicht. Also schlendere ich zu Kael und Dante hinüber, die beide angespannt auf einen der Bildschirme starren.

»Irgendetwas Interessantes?«, frage ich.

»Falls du ›interessant‹ mit ›frustrierend‹ gleichsetzt, dann ja«, entgegnet Dante.

Ich seufze matt. »Was ist denn nun los?«

Kael scheint kurz vor dem Platzen zu stehen. »Weißt du noch, wie du vorgeschlagen hast, wir sollten uns das Bildmaterial von gestern noch einmal anschauen, um zu sehen, ob es eventuell über die Sprecher, die Riley entführt haben, in irgendeiner Weise Aufschluss gibt?«

Ehe ich auch nur Gelegenheit habe, zu bejahen, fällt Dante ein: »Es ist weg. Alles weg – komplett gelöscht.«

Ich schließe die Augen. »Wie das?«

»Jeder könnte es gewesen sein«, sagt Kael. »Da derzeit sämtliche Relikte nach jedem Informationsfitzelchen über diese Gruppe fahnden, haben viel zu viele Leute Zugang zu diesem Raum.«

»Vermutlich ist es aus Versehen passiert – irgendjemandem, dem die Bedeutung der Aufnahmen gar nicht klar war. Aber trotzdem …« Dante schiebt die Tastatur von sich, unverhohlen verärgert. »Jetzt fangen wir wieder ganz von vorn an.«

Zwar will ich dringend meinen Bruder finden – besonders jetzt, nachdem ich die Gewissheit habe, dass er mein Bruder *ist*; dennoch glaube ich nach wie vor, dass wir unser Hauptaugenmerk darauf richten sollten, Vanik zu stoppen. Diese neue Sprechergruppe ist eine untergeordnete Bedrohung, eine, die warten kann. Ich wünschte, Kael würde das begreifen. Schon bevor ich das Serum injiziert bekommen habe, war er nicht bereit, mich anzuhören. Und nun ... sobald er erfährt, was mit mir geschieht, wird er zweifellos in seinen übertriebenen Beschützermodus verfallen, mich vielleicht sogar in eine Arrestzelle sperren wie Ward, bloß damit ich keine Chance habe, Vanik nachzuspüren.

Nein. In dieser Sache bin ich auf mich allein gestellt. Ich darf nicht riskieren, von irgendetwas – oder irgendjemandem – aufgehalten zu werden.

»Also keine neuen Entwicklungen?«, frage ich. Dantes Kommentar stimmt wenig zuversichtlich. Ich hoffe, er neigt zu Übertreibungen.

»Nichts«, bestätigt Kael. »Sie sind ungreifbar wie Geister.«

»Und was ist mit Vanik?«, wage ich einen vorsichtigen Anlauf. »Irgendeine Idee, wo er sein könnte?«

»Keine neue seit gestern, Prinzessin. Gib der Angelegenheit Zeit.«

Ich *habe* keine Zeit.

»Wenn dein Goldjunge sich endlich berappeln würde, könnte er uns vielleicht ein paar nützliche Dinge verraten«, grummelt Dante. »Aber er aalt sich so zufrieden in seiner Zelle wie eine Eidechse am Teich.«

Ich ignoriere bewusst die Tatsache, dass er von *meinem* Ward geredet hat, und frage stattdessen: »Bist du bei ihm gewesen?«

»Ich habe versucht, an seiner Schutzgabe vorbeizukommen«, gesteht Dante. »Ohne Erfolg. Er hat mich praktisch ausgelacht, bis ich abgezogen bin.«

Das überrascht mich nicht; vielmehr bin ich erleichtert, dass Ward aus unerfindlichen Gründen nichts von dem, was er über mich weiß, weitererzählt und seine Geheimnisse – *meine* Geheimnisse – sogar vor Dantes Gedankenleserfähigkeiten bewahrt hat. Weshalb er nicht alles in seiner Macht Stehende unternimmt, um mir zusätzliche Probleme zu bescheren, ist mir ein völliges Rätsel, zumal doch Vanik sein Denken und Handeln lenkt.

»Vielleicht sollte ich ihn einmal besuchen und schauen, ob er Lust hat, noch ein wenig mehr herumzuprotzen. Womöglich rutscht ihm ja versehentlich etwas heraus«, sage ich. Ich habe keine Absicht, Ward schon so bald wieder einen Besuch abzustatten, doch ich brauche eine glaubhafte Ausflucht, um die Kommandozentrale zu verlassen, ohne verdächtig zu wirken. »Ich gebe euch Bescheid, falls ich etwas in Erfahrung bringe.«

Kael nickt anerkennend mit dem Kopf; Dante stiert bloß weiter auf den Monitor, als hoffte er, die verlorenen Sequenzen könnten auf magische Weise wiederauftauchen.

Bei eingehender Betrachtung bemerke ich nun vage Ähnlichkeiten zwischen ihm und Enzo – genug, um an etwas erinnert zu werden: »Ich bin gestern deinem Bruder begegnet. In Lengard.«

Dante versteift sich, und seine dunklen Augen schnellen hinauf zu meinen. »Du hast Enzo getroffen?«

Etwas an seinem scharfen Tonfall alarmiert mich. Ich schiele zu Arryn hinüber, die Dantes Frage gehört zu haben scheint und mich bereits ins Visier genommen hat. Angesichts ihrer ausdruckslosen Miene – beinahe so, als habe sie mit Bedacht jede Regung aus ihren Zügen verbannt – runzelt sich meine Stirn; ich wende mich wieder um und bemerke, dass sowohl Dante als auch Kael mich argwöhnisch beobachten.

»Ähm, ja. Nur kurz, auf dem Weg nach draußen.« Ich schlucke nervös; die plötzliche Spannung in der Luft ist regelrecht greifbar. »Ich hatte keine Ahnung, dass ihr verwandt seid.«

»Sind wir nicht«, sagt Dante entschieden. »Nicht mehr.«

Ich spüre, dass ich mich auf heikles Terrain vorwage, frage aber dennoch zögernd: »Ich dachte, ihr seid Zwillinge?«

»Mag sein, dass wir als Brüder geboren wurden; jetzt sind wir das nur noch dem Namen nach. Niemand, der zu meiner Familie gehört, würde sich je als Verräter dem Feind anschließen.«

Ich blinzele. Einmal. Zweimal. »Reden wir von demselben Enzo?«

»Er hatte die Wahl zwischen Lengard und uns. Er hat Lengard gewählt. Seit diesem Tag habe ich ihn nicht mehr gesehen – und ich hege keinerlei Bedürfnis, das zu ändern.«

»Aber ich dachte …« Mein Blick springt zwischen Dante und Kael hin und her, und meine Verwirrung wächst. »Ist er denn … ähm, ist er denn kein Spion der Relikte?«

Die beiden könnten nicht perplexer sein.

»Wie zum Teufel kommst du denn darauf?«, fragt Dante.

Dann arbeitet Enzo also mit dir zusammen? Er ist ein Verbündeter der Relikte?

Ja, er arbeitet mit mir zusammen.

Ich höre Camis Frage und Arryns Antwort in unmissverständlicher Deutlichkeit in meinem Kopf. Zu Letzterer drehe ich mich um, in der Absicht, sie in unsere Unterhaltung einzubeziehen, doch sie steht nicht mehr hinter mir. Tatsächlich ist sie gänzlich aus dem Raum verschwunden.

Erneut wirbele ich zu Dante und Kael herum, bemühe mich dabei, die aufwallende Panik in meiner Brust im Zaum zu halten. Ich will Arryn nicht ans Messer liefern, ehe ich eine Gelegenheit gefunden habe, mit ihr zu reden und herauszufinden, weshalb sie mich angelogen hat, also sage ich: »Ähm, na ja, Kael, du hast erwähnt, dass ihr Verbindungsleute in Lengard habt … und als ich mitbekommen hatte, dass Enzo dein Bruder ist, Dante, habe ich einfach angenommen …«

»Damit waren Keeda und Ward gemeint«, erklärt Kael. »Die beiden waren unsere Augen im Innern. Ward erst seit Neuestem, versteht sich – er hat sich uns angeschlossen, kurz nachdem du zu Sprechen angefangen hattest. Keeda allerdings hat über zwei Jahre lang für uns spioniert.«

»Wie kam es denn dazu – dass sie zu eurer Spionin geworden ist, meine ich?«, frage ich aus aufrichtiger Neugier – zugleich jedoch auch, um von Enzo abzulenken, bis ich Arryn konfrontiert habe. Schließlich stellt sich zusätzlich noch die Frage, weshalb er uns hat entkommen lassen, wenn er doch nicht mit den Relikten verbündet ist.

Alle lügen dich an, Sechs-Acht-Vier. Alle.

Ich schiebe Wards Warnung beiseite und presche voran: »Keedas Eltern sind bei diesem Laborunfall ums Leben gekommen – wie hat sie es geschafft, sich mit Jeremiahs Rolle in diesen Geschehnissen ausreichend zu arrangieren, um mit euch zusammenzuarbeiten? Haben nicht alle ihn dafür verantwortlich gemacht, dass so viele Menschen gestorben sind? Weil er Vaniks Experimente nicht unterbunden hatte? Weil er, der allmächtige Schöpfer, tatenlos zugesehen hat?«

Bei der Erwähnung seines Vaters versteift sich Kael, doch er antwortet: »Mein Dad war bereits fort, als sie zu uns gestoßen ist – und ganz gleich, wie sehr sie ihn als Schöpfer gefürchtet hatte: Ihr war immer klar, wer wirklich die Schuld am Tod all dieser Leute trug. Außerdem ist Keedas Gabe der von Manning derart ähnlich, dass sie eine natürliche Immunität gegen seinen Einfluss besitzt – daher hat sie vor Jahren entdeckt, was er trieb, und begriffen, dass jemand ihn aufhalten muss. Folglich hat sie sich aus freien Stücken an uns gewandt, und es ist ihr gelungen, über die Vergangenheit hinwegzusehen, um für eine bessere Zukunft zu kämpfen.«

Deshalb also war Manning nicht in der Lage, sie zu unterwerfen.

»Das … freut mich für sie«, antworte ich ein wenig unbeholfen. »Und, hey, immerhin ist sie hier nun in Sicherheit, selbst wenn ihr eure Spionin in Lengard verloren habt.« Ward in seiner Arrestzelle kommt mir in den Sinn, und ich ergänze: »Beide eurer Spione.«

»Tja, somit wissen wir momentan zwar nicht, was in der Einrichtung vor sich geht, aber sobald wir mit dieser neuen Gruppe fertig sind, werden wir einen Weg finden, uns wieder hineinzuschleichen und so viel wie möglich herauszufinden«, verspricht mir Kael. »Mach dir keine Sorgen, Lyss. Alles wird sich am Ende fügen.«

Er sagt es mit solcher Überzeugung, dass ich bloß nicken kann.

»Natürlich«, antworte ich und wünsche mir insgeheim, ich könnte dabei nur halb so sicher klingen wie er.

Ich winke den beiden zum Abschied und haste zur Tür, will sie allein ihrer Jagd nach dem verlorenen Filmmaterial überlassen. Meine Hand schwebt beinahe schon über dem Knauf, als Kael meinen Namen ruft und herübergeeilt kommt.

»Geht es dir heute Morgen besser?«, fragt er mit gedämpfter Stimme. »Fühlst du dich erholt? … Normal?«

»So gut wie neu«, lüge ich, um seine besorgte Miene ein wenig zu glätten.

Meine Antwort entspannt ihn sichtbar – genug, um mich zu vergewissern, dass meine Entscheidung, ihm nichts von dem Serum zu erzählen, die richtige war. Er trägt bereits eine so schwere Last auf den Schultern – da muss ich seine Bürde nicht noch vergrößern. Und am allerwenigsten kann ich es gebrauchen, dass er mich zu meiner eigenen Sicherheit wegsperrt.

»Was ist mit dir?«, frage ich zurück und erkläre auf seinen verdutzten Blick hin: »Letzte Nacht haben wir nicht bloß meine Erinnerungen gesehen. Deine Mutter … Kael, ich kann mir gar nicht ausmalen, wie sich das angefühlt haben muss – diesen Moment noch einmal zu durchleben. Ich weiß, du sorgst dich um mich, aber was ist mir *dir*?«

Bei der Erwähnung seiner Mum verhärtet sich seine Miene kurz, doch schon ehe ich meine kleine Rede zu Ende gebracht habe, hat er sich wieder gefasst.

»Es war … nicht leicht, damit konfrontiert zu werden«, gibt er zu. »Aber … in mancher Hinsicht bin ich froh, ihr noch einmal begegnet zu sein, und sei es bloß in einer Erinnerung. Es hat mir wieder vor Augen geführt, was im Leben wirklich wichtig ist. Dass alles, was ich tue, für sie ist.«

Seine Rolle als Führer der Relikte, dass er sie bewacht und beschützt und alles gibt, um andere Sprecher zu retten – das alles tut er seiner Mutter zu Ehren. Aber die Trauer in seinen Augen ist so tief und schmerzhaft, dass ich mich spontan nach vorn lehne und ihn in die Arme schließe.

Er braucht eine Sekunde, bis er die Umarmung erwidert, drückt mich dann aber ebenso fest an sich.

Als wir uns voneinander lösen, räuspert er sich und sagt: »Wo wir gerade von wichtigen Dingen reden: Ich bin zurzeit ein bisschen eingespannt damit, all diese Angelegenheiten auseinanderzuklamüsern« – er gestikuliert mit einer Hand durch die Kommandozentrale –, »aber bald sollte ich mir ein wenig Zeit freischaufeln können, um unser verschobenes Training nachzuholen. Was meinst du?«

Ich erstarre, zwinge mich dann aber, mich zu entspannen, und kratze mich an der Nase, um ihn hinzuhalten.

Vor ein paar Tagen hätte ich alles gegeben, um mit Kael zu üben.

Heute allerdings …

Bis ich mir im Klaren darüber bin, was das Serum mit mir anstellt – bis ich ohne jeden Zweifel weiß, dass Ward nicht gelogen und die Wirkung nur vorübergehend ist …

Ich kann es nicht riskieren. Ich kann nicht riskieren, dass Kael es vorher entdeckt – bevor ich bereit bin, es ihm zu offenbaren.

Ich biete mein überzeugendstes Lächeln auf und sage: »Das wäre wunderbar, aber lass uns damit doch warten, bis der ganze Trubel sich ein wenig gelegt hat, oder?« Nach einem raschen Schlucken lüge ich weiter: »Schließlich haben wir ja jede Menge Zeit.«

»Das ist vermutlich ein kluger Vorschlag«, meint Kael und klingt selbst erleichtert. Er fährt sich mit den Fingern durchs Haar, weicht meinem Blick aus. »Und genau genommen, … na ja, wenn wir nicht trainieren …« Er stößt die Luft aus und schaut mir wieder in die Augen. »Ich habe mir vorgenommen, mit Cami zu reden. Ich möchte ihr gern … mein Verhalten erklären und den Unmut zwischen uns aus der Welt räumen. Dafür würde sich heute Nachmittag dann vielleicht anbieten.«

Das zu hören, verblüfft – und erfreut – mich. »Das halte ich für eine ausgezeichnete Idee.«

»Hast du eine Ahnung, wo ich sie finde?«, fragt Kael. »Ich will vorher noch ein paar Dinge hier zu Ende bringen, aber danach hat es ja keinen Sinn, das Ganze weiter aufzuschieben.«

Ich beneide Kael nicht um die Unterhaltung, die ihm bevorsteht. Ich erinnere mich, wie schwer es ihm gefallen ist, mir gegenüber einzugestehen, dass er sich schuldig fühlt wegen der indirekten Rolle, die sein Vater beim Tod ihrer Eltern gespielt hat. Zugleich zeugt es von seinem Rückgrat, dass er bereit ist, sich mit ihr auszusprechen, ihr zu erklären, weshalb er sich in ihrer Gegenwart derart unwohl fühlt. Wenn es den beiden gelingt, ihre Vergangenheit zu überwinden, wird das für uns alle hier das Zusammenleben leichter machen.

»Soweit ich weiß, ist sie gerade bei Ward«, informiere ich ihn. »Aber anschließend wollte sie sich hier mit mir treffen – bleib also am besten einfach, wo du bist, und lass sie zu dir kommen.« Ich lege den Kopf auf die Seite, ergänze: »Und nach eurer Aussprache, kannst du sie dann wieder in unser Zimmer schicken? Ich warte dort auf sie.«

Kael nickt, und wir verabschieden uns voneinander. Sobald ich im Gang stehe, überlege ich mir meinen nächsten Schritt. Ich könnte nachsehen, ob Cami bei Ward fertig ist, und – falls ja – schauen, ob er mir noch mehr zu erzählen hat. Oder ich gönne mir eine Auszeit in den Thermalquellen, die ich bitter nötig habe. Oder –

Ein leises *Miau* bricht in meine Grübeleien ein, und ich spähe den Tunnel hinunter; Dinger sitzt mitten auf dem Weg und starrt mich an. Kaum hat er meine Aufmerksamkeit, springt er auf, dreht sich um und verschwindet um die nächste Ecke.

Zwar bin ich sicher, dass die Relikte sich inzwischen daran gewöhnt haben, mein Kätzchen in den Katakomben herumstreunen zu sehen; nichtsdestotrotz schäme ich mich dafür, dass ich Dinger während der vergangenen Woche sich selbst überlassen habe. Klar, die ersten drei Tage war ich bewusstlos, aber auch seither habe ich ihn selten zu Gesicht bekommen. Die Tatsache, dass ich mich heute früh bei Cami erkundigen musste, wer ihn versorgt, hat mir nur umso eindringlicher vor Augen geführt, wie sehr ich meine Pflichten vernachlässigt habe. Und darum jogge ich ihm hinterher, als er nun immer schneller den Tunnel entlanghüpft, fest entschlossen, ihn zurück in die Geborgenheit meines Zimmers zu holen.

Dinger hat jedoch andere Pläne: Mit jeder verwinkelten Abzweigung, die wir nehmen, wird deutlicher, dass er mich irgendwo hinführt. Schließlich quetscht er sich durch eine Tür, die bloß einen Spalt breit offen steht; ich zaudere unsicher auf der anderen Seite.

Hier bin ich bereits einmal gewesen – bei meinem ersten Besuch in den Katakomben. Ich weiß genau, vor wessen Zimmer ich mich befinde. Allerdings hadere ich noch mit mir, ob ich die Bewohnerin tatsächlich stören möchte.

Die Entscheidung wird mir abgenommen, als Lianas merkwürdige Stimme von innen ruft: »Steh nicht den ganzen Tag da draußen herum, Alyssa Scott. Komm herein und iss ein Stück Kuchen mit mir.«

Zögerlich drücke ich die Tür auf und betrete den schummrigen Raum, in dem eine Frau mittleren Alters in einem Sessel sitzt. Dinger hat sich längst auf ihrem Schoß eingerollt, den Kopf genießerisch überstreckt, und lässt sich unter dem Kinn kraulen.

»Cami hat mir erzählt, dass Sie sich um ihn gekümmert haben«, sage ich zu Liana, um die Stille zu füllen. »Danke dafür.«

»Er ist ein kleiner Schatz«, erwidert sie, und ihr fahles Haar leuchtet im Schein der an die Wände montierten Fackeln. Sie wirkt ebenso zart und flüchtig wie bei unserer ersten Begegnung, und ich staune aufs Neue über ihre farblosen Augen mit den schwarzen Pupillen – Augen, wie ich sie nie zuvor gesehen habe.

Liana deutet auf den Sessel, der ihrem eigenen gegenübersteht, und ich nehme unschlüssig Platz und frage mich insgeheim, was mich bloß dazu getrieben hat, Dinger hierher zu folgen. Während ich mich verstohlen im Zimmer umblicke, versuche ich, mir eine Ausrede für mein plötzliches Auftauchen einfallen zu lassen, und bemerke unterdessen zahllose Dinge, die mir beim letzten Mal entgangen sind: die Acrylgemälde an den Wänden, das ordentlich gemachte Bett, die antike Kommode. Meine Augen bleiben an dem Terrarium in der Ecke hängen, in dem drei Schildkröten wohnen – zwei schwimmen gerade in dem großzügigen Wasserbecken, die dritte döst auf einem Stein inmitten des kleinen Sees, umgeben von Wasserpflanzen.

Es ist ein hübsches Zimmer – gemütlich. Liana hat es in ein wahres Zuhause verwandelt.

»Tee?«, fragt sie und nickt zu der dampfenden Kanne auf dem Kaffeetischchen zwischen uns hinüber.

Zwei Tassen und zwei Teller mit üppigen Kuchenstücken hat sie schon bereitgestellt, beinahe so, als hätte sie gewusst –

Die Erkenntnis trifft mich wie ein Schlag. »Sie haben mich kommen sehen, nicht wahr?«

Sie lächelt bloß, gießt den Tee in eine Tasse, fügt einen Schuss Milch und einen halben Zuckerwürfel hinzu – haargenau so, wie ich es am liebsten mag.

»Danke«, sage ich, als sie mir die Tasse zusammen mit einem

der beiden Kuchenteller reicht. Roter Samtkuchen mit Frischkäseüberzug – mein Lieblingskuchen. Auch das muss sie gesehen haben. Allein der Duft lässt mir das Wasser im Mund zusammenlaufen und erinnert mich daran, dass ich seit gestern Abend nichts mehr gegessen habe.

Ich nippe am Tee, mümmele am Kuchen und muss mich zurückhalten, um nicht genussvoll aufzustöhnen.

»Ich habe immer davon geträumt, Konditorin zu werden«, erzählt mir Liana, die selbst mit einer Gabel sorgsam ein Eckchen ihres Kuchenstücks abteilt. »Schon solange ich denken kann, backe ich leidenschaftlich gern.«

»Das sollten Sie unbedingt noch verwirklichen«, sage ich und kämpfe mit meiner Selbstbeherrschung; am liebsten würde ich mir mein ganzes Stück auf einmal in den Mund schieben. »Es schmeckt unglaublich.«

Ihr Lächeln ist ebenso dankbar wie traurig, voller Sehnsucht. »Leider lässt sich meine Gabe nicht so leicht kontrollieren wie die der meisten Sprecher: Ich habe keinerlei Einfluss darauf, wann meine Visionen mich überfallen. Das macht eine normale Karriere – ein normales Leben – schwierig. Also bleibe ich hier unten, geschützt vor der Welt, und helfe, wo ich kann.«

Unmittelbar fühle ich mit ihr, doch dann wird ihr Lächeln leichter und aufrichtiger, und sie fügt hinzu: »Außerdem gibt Gustav mir in seiner Küche freie Hand, wann immer mir der Sinn danach steht. Mag sein, dass er ein großartiger Koch ist, aber in einem Backduell gegen mich hätte er keine Chance, was ihn ungemein wurmt. Das ist eine mehr als angemessene Entschädigung für alles, was ich vielleicht verpasst habe.«

Über die Vorstellung eines Backduells zwischen Liana und Gustav muss ich beinahe kichern und beiße mir in die Wange.

»Aber du bist nicht gekommen, um dir Geschichten über mein Faible fürs Backen anzuhören, oder?«, meint Liana und setzt ihre Tasse ab.

Im Grunde bin ich überhaupt nicht mit der Absicht zu plaudern hierhergekommen. Aber nachdem ich nun schon einmal da bin …

Ich stelle meine eigene Tasse neben ihre und frage: »Könnten Sie mir unter Umständen die Vision schildern, die Sie gesehen haben? Die, aus der Sie geschlussfolgert haben, dass ich meine Eltern umgebracht habe?«

Liana legt den Kopf beinahe unmerklich schief; ihre kristallklaren Augen mustern mich, ohne zu blinzeln.

Als sie nicht antwortet, presche ich voran. »Es ist bloß … ich habe kürzlich entdeckt, dass mein Gedächtnis verändert worden ist. Deshalb wäre hilfreich, wenn Sie mir ein paar zusätzliche Details verraten könnten, auch wenn ich im Groben bereits weiß, was Sie gesehen haben. Alles, woran Sie sich noch erinnern, würde mich weiterbringen.«

Noch immer schweigt sie. Also rede ich weiter: »Mir wurde gesagt, Sie haben verfolgt, wie ich meine Eltern angeschrien habe und dann die Treppe hinaufgestürmt bin, nur um kurz darauf wieder hinunterzurennen und sie – sie tot vorzufinden.«

Der Kuchen klebt mir im Hals, während meine eigenen Erinnerungen an jenen Tag erneut auf mich einstürzen – oder vielmehr das, was in meinem Kopf *abgespeichert* ist, auch wenn es nicht der Wahrheit entspricht. Was es in mir *auslöst*, ist immerhin echt. Seit nahezu drei Jahren lebe ich nun damit – mit der Schuld, dem Schmerz. Selbst wenn es mir gelingt, aufzudecken, was wirklich geschehen ist, werde ich niemals die dunklen Tage in Lengard vergessen, in denen ich geglaubt habe, die Mörderin meiner Eltern zu sein.

»Ich kann nachvollziehen, wie diese Vision Sie zu dem voreiligen Schluss geführt hat, dass ich für ihren Tod verantwortlich sein muss, dass ich ihnen das Leben Abgesprochen habe«, fahre ich fort. »Aber mittlerweile habe ich gelernt, dass meine Gabe so nicht funktioniert. Ich wäre gar nicht in der Lage gewesen, eine so mächtige Absicht zu fassen, dass ich sie hätte … hätte ermorden können.«

Das bloße Wort ist grauenvoll, von dem darin mitschwingenden Vorsatz ganz zu schweigen.

»Daher versuche ich nun herauszufinden, was an jenem Tag tatsächlich passiert ist«, bringe ich meine kleine Rede zu Ende. »Und ich hoffe auf Ihre Hilfe.«

Lianas Miene ist völlig ausdruckslos, ihr Körper stocksteif.

Ich winde mich in meinem Sessel.

Endlich öffnet sie den Mund. Und im nächsten Moment implodiert meine Welt:

»Es tut mir leid, dir das sagen zu müssen, Alyssa Scott, aber diese Vision hat es nie gegeben.«

KAPITEL 22

Diese Vision hat es nie gegeben.

Die Wände scheinen von allen Seiten näher zu kommen.

»Wie bitte – wie meinen Sie das?«

»Nichts von dem, was du gerade beschrieben hast, stammt von mir«, sagt Liana.

»Aber … aber das muss es«, entgegne ich. Meine Stimme klingt viel zu hoch. »So haben Sie – so haben die Relikte – mich doch aufgespürt. So haben sie erfahren, dass ich in Lengard gelandet war. So haben sie mich all die Jahre über im Auge behalten.« Meine Stirn legt sich in Falten, und ich ergänze: »Ich meine, Kael kannte mich natürlich schon seit Kindertagen, aber diese Vision …« Meine Worte verlieren sich. »Er hat mir erzählt … Er hat mir erzählt …«

Alle lügen dich an, Sechs-Acht-Vier. Alle.

Wards Worte treffen mich wie ein Faustschlag in den Magen.

Wieso hätte Kael mir eine Vision vorschwindeln sollen, die es nie gegeben hat? Woher hätte er wissen können, was mir zugestoßen war, wenn Liana ihm keine Details anvertraut hätte? Es ergibt keinen Sinn – sie *muss* irgendetwas von diesem Tag gesehen haben.

Also … also bedeutet das, dass *sie* diejenige ist, die lügt.

Bloß … *warum?*

Ein schrecklicher Gedanke überfällt mich.

Was, wenn Vanik sich auch Lianas bemächtigt hat? Was, wenn sie – genau wie Ward – unter seiner Kontrolle steht? Was, wenn er sie dazu gezwungen hat, so zu handeln, solcherlei Behauptungen zu verbreiten?

Oder … was, wenn überhaupt nicht Vanik dahintersteckt? Was, wenn meine *Mutter* sie irgendwie erreicht und auch ihre Erinnerungen manipuliert hat, ähnlich wie meine, wie Rileys, wie Kaels – und wer weiß wessen noch?

Das sind zu viele Unbekannte. Zu viele lose Fäden.

Und ich habe nur eine Möglichkeit, Gewissheit zu erlangen. Eine Chance, ohne jeden Hauch eines Zweifels die Wahrheit aufzudecken.

»Tut mir leid, da muss ich etwas falsch verstanden haben«, krächze ich und drücke mich aus dem Sessel hoch. »Der Kuchen war köstlich, aber jetzt sollte ich mich besser auf die Socken machen.«

Am liebsten würde ich aus dem Zimmer stürmen, doch ich zwinge meine Beine, sich langsam und natürlich zu bewegen.

»Alyssa?«

Ich will nicht stehen bleiben, aber auch nicht ihr Misstrauen wecken, daher halte ich inne und wende mich um. Meine Augen werden groß, als ich bemerke, dass ihre ins Leere starren – als ein Licht aus ihr herausbricht und sie den Mund öffnet und Spricht:

»Deine Zukunft liegt in Lied und Schatten, und Echos füllen dein Schicksal.«

Ihre seltsame Stimme haucht dieselben Worte, die sie mir gegenüber in ebendiesem Zimmer bereits zweimal gebraucht hat.

»Was uns erwartet, weiß niemand. Doch von allen Wegen, die ich je gesehen habe, ist deiner der unergründlichste.«

Auch das hat sie mir bereits zuvor gesagt. Ein Schauder läuft meine Wirbelsäule hinunter, und Gänsehaut breitet sich über meinen gesamten Körper aus, so viel Macht liegt in ihren Worten. Ihren *Gesprochenen* Worten.

Mit noch immer unscharfem Blick lächelt sie mich traurig an, ehe sie in ihrem wunderlichen Tonfall Weiterspricht: »Die Antworten werden zu dir kommen, Alyssa Scott. Und wenn es so weit ist, wirst du dir wünschen, nie danach gesucht zu haben. Aber nur Mut – denn wenn du deinen Weg weiterverfolgst, wirst du Sprechern überall Hoffnung bringen. Solltest du jedoch scheitern, erwartet uns alle nur Dunkelheit. Unsere Zukunft ruht auf deinen Schultern, und dein Handeln wird unsere Rettung sein … oder unser Verderben.«

Damit verblasst das Licht um sie, und sie neigt den Kopf und beginnt, Dinger zu streicheln – eine eindeutige Abschiedsgeste.

Auf Beinen wie aus Wackelpudding wanke ich aus ihrem Zimmer und den Gang entlang, während ihre Worte in meinem Kopf nachhallen.

Rettung oder Verderben.

Rettung

oder

Verderben.

Ich zwinge mich, tief einzuatmen, einmal, zweimal, dreimal, und lasse jeden einzelnen Atemzug langsam entweichen.

Letztlich hat Liana mir nichts Neues offenbart. Sofern Vanik sich selbst tatsächlich bereits in einen Schöpfer verwandelt hat, dann bin ich die *Einzige*, deren Macht seiner ebenbürtig ist. Die Einzige, die in der Lage wäre, ihn zu stoppen – *falls* meine Gabe mir lange genug erhalten bleibt, um ihn zu finden.

Eine neue Dringlichkeit ergreift Besitz von mir, und ich eile zielstrebig durch die Tunnel. Dabei werde ich den immer stärker werdenden Eindruck nicht los, dass alles miteinander verknüpft ist – meine verlorenen Erinnerungen, Lianas Warnungen und die Lügen, die mich umstrudeln, scheinen allesamt auf einen gemeinsamen Punkt zuzulaufen. Auf Vanik. Diese Hoffnung mag trügerisch sein, doch eine andere Spur habe ich nicht, und mein Bauchgefühl hat mich bisher kaum je im Stich gelassen – zumindest nicht in wirklich entscheidenden Situationen.

Deshalb zögere ich diesmal nicht vor der Tür, die mir mittlerweile regelrecht vertraut ist, sondern klopfe laut und rufe: »Ich bin es. Bitte mach auf.«

Als Smith im Türspalt erscheint, lese ich aus seiner Miene, dass mir eine Diskussion bevorsteht.

»Du solltest nicht hier sein.«

»Laut Kael.«

»Er hat gedroht, mich zu verbannen, Alyssa«, sagt Smith spitz. »Ich kann es nicht riskieren, das einzige Zuhause zu verlieren, das ich habe. Ich *werde* es nicht riskieren.«

»Ich habe dir einmal das Leben gerettet, Smith. Du bist mir etwas schuldig.« Ich hasse mich dafür, dass ich unsere gemeinsame Geschichte dazu missbrauche, mir seine Unterstützung quasi zu erpressen, aber ich bin verzweifelt. Mit einem aufgesetzten Grinsen, um die Atmosphäre zu entspannen, füge ich hinzu: »Und außerdem: Solange du nichts verrätst, verrate ich auch nichts.«

»Ich bin mir ziemlich sicher, dass er es allein herausbekommt, wenn du plötzlich *tot* bist.«

Mein Magen zieht sich zusammen, doch ich drücke die Schultern durch. »Dann sollten wir uns beeilen und einen solchen Ausgang nach Möglichkeit vermeiden.«

Ich ahne, dass er vorhat, weiter zu argumentieren, darum schiebe ich rasch hinterher: »Willst du etwa nicht herausfinden, was geschehen ist? Bist du nicht genauso neugierig auf die Wahrheit wie ich?«

»Nein. Bin ich nicht.«

Er lügt. Ich weiß es – und er selbst weiß es ebenso. Er vermeidet es krampfhaft, mir in die Augen zu schauen. Also warte ich einfach, hoffe und bete, dass er einknickt.

Und dann –

»*Schön*«, faucht er und öffnet die Tür für mich. »Aber wenn ich deinetwegen obdachlos werde –«

»So weit wird es nicht kommen«, verspreche ich ihm und dränge mich hastig in sein Zimmer. »Im schlimmsten Fall – sollte er uns ertappen, was *nicht* passieren wird – erzähle ich Kael, ich hätte dich mit meiner Gabe gezwungen, mir zu helfen. Er kann dir keinen Vorwurf machen, wenn du gar keine Wahl hattest.«

»Aber ich *habe* eine Wahl, und ich bezweifle, dass das eine kluge Idee ist«, sagt Smith, nimmt die Brille ab und poliert sie an seinem blauen T-Shirt.

»Sie muss nicht klug sein, nur informativ«, kontere ich und marschiere schnurstracks hinüber zum Sessel. »Hast du die Erinnerung noch vor Augen? Die, in die wir zurückkehren müssen?«

»Unser letzter Ausflug ist ja erst ein paar Stunden her«, erwidert er bissig, und einmal mehr frage ich mich insgeheim, wie wir je befreundet sein konnten. Dann jedoch springt mir sein jüngeres Ich aus der Krankenhausszene wieder in den Sinn – wie er mich angefleht hat, ihn zu verstehen, ihm einen Neubeginn zu gönnen. Wie ich mir anschließend die Seele aus dem Leib geweint und schließlich mein eigenes Opfer gebracht habe, weil es mir unerträglich war, mich an jemanden zu erinnern, der mich bereits vergessen hatte. Unsere Freundschaft – sie muss stark gewesen sein, um solche Gefühle zwischen uns ausgelöst zu haben. Und das bedeutet … dass irgendwo in unserem Unterbewusstsein womöglich noch ein Rest davon schlummert.

Ich versuche, diesen Rest zu wecken, als ich Smith nun fest in die Augen sehe und sage: »Bitte, Smith. Hilf mir, die Wahrheit zu ergründen.« Ich strecke ihm meine Hand entgegen. »Hilf mir, mich zu erinnern.«

Mit einem tiefen Seufzer verschränkt er seine Finger mit meinen.

»Ich hoffe, das ist es wert«, murmelt er.

Ehe ich Gelegenheit habe, zu antworten, Spricht er seinen Befehl, und ich stürze in die Finsternis – unsicher, was ich gleich aufdecken werde, aber gewiss, dass es alles verändern wird.

Smith kommt meiner Bitte tadellos nach, und wir landen exakt dort, wo – und *wann* – wir zuletzt unsere Reise in meine Vergangenheit begonnen haben.

Fasziniert verfolge ich abermals, wie zwanglos und vertraut meine Familie mit Falon umgeht. Wie zwanglos und vertraut *ich* mit ihm umgehe. Nach wie vor empfinde ich es als vollkommen surreal, dass ich ihn vor Lengard gekannt habe – und er mich. Bei unserem ersten Aufeinandertreffen in der Einrichtung hat er sich davon nicht das Geringste anmerken lassen, und obwohl ich später erfahren habe, dass er von Beginn an meinen richtigen Namen wusste, halte ich an dem Glauben fest, dass der Moment, in dem ich sein Büro betreten habe, ein aufrichtiger war. Ich glaube noch immer, dass er sich ebenso wenig an unsere einstige Bekanntschaft erinnern konnte wie ich.

Woraus folgt, dass auch sein Gedächtnis verändert worden sein muss.

Aber *wieso*?

Während die Unterhaltung dahinplätschert, mühe ich mich, irgendetwas aufzuschnappen, das mir zuvor entgangen ist. Als meine Mum erwähnt, welch mächtige Gabe Riley und ich besitzen, trifft mich ein Gedanke so unvorbereitet, dass ich aufkeuche.

»Was?«, flüstert Smith.

Ich wende mich hölzern zu ihm um. »Ich wusste es. Ich wusste Bescheid über Sprecher.«

Seine Augenbrauen heben sich über den Rahmen seiner Brille. »Und das fällt dir erst *jetzt* auf?«

Im Chaos der anderen Erinnerungen, die wir durchlebt haben, ist mir nie in den Sinn gekommen, mich darüber zu wundern, wie völlig selbstverständlich, wie absolut *normal* all das – die Welt der Sprecher – für mein jüngeres Ich zu sein scheint. Ich muss bereits in dem Wissen um die Wahrheit über meine Eltern, meinen Bruder, *mich selbst* aufgewachsen sein. Das Ausbrechen meiner Gabe – sowohl damals, als ich Smith aus dem Feuer gerettet habe, als auch später, in der Szene, in der ich weinend auf meinem Bett gelegen habe und von meinen Eltern getröstet worden bin – war niemals eine Überraschung, weil ich damit *gerechnet* hatte. Weil ich davon *wusste*.

Meine gegenwärtigen Erinnerungen dagegen … jahrelang bin ich der Überzeugung gewesen, an jenem Tag, an dem meine Eltern gestorben sind, zum ersten Mal Gesprochen zu haben. Bis ich Abby vor fünf Wochen das Leben gerettet habe, hatte ich keinen blassen Schimmer, dass es überhaupt andere Sprecher gibt. Dass ich nicht allein bin.

Aber … das war ich nie. Weil ich *immer* Bescheid wusste.

Bloß hat jemand es mich vergessen lassen.

Mein ganzes Leben – nicht nur ein paar manipulierte Erinnerungen, sondern der Kern meines Daseins. Alles, woran ich mich erinnere – *alles* –, ist eine Lüge.

»Hey, beruhige dich. Du brichst mir die Hand.«

Smiths Worte haben den gewünschten Effekt: Ich atme aus und lockere meinen Schraubstockgriff. Dann aber ertönt das Geräusch der zwei schemenhaften Gestalten, die an die Tür klopfen, und prompt zucken meine Finger wieder, als mein jüngeres Ich aufspringt, um zu öffnen.

»Nein – Lyss – *nicht*!«, schreit Falon, genau wie beim letzten Mal. Und genau wie beim letzten Mal kommt seine Warnung zu spät, da sie bereits den Türknauf dreht.

Aber anders als zuletzt verschwinden Smith und ich nicht. Sondern verfolgen stattdessen, wie die Tür aufgeht und Angst das Gesicht meines Erinnerungs-Ichs überflutet; sie wird grob zur Seite gestoßen, und ein groß gewachsener Mann drängt sich an ihr vorbei ins Haus. Die zweite Person bleibt draußen, wie ein Bodyguard, dem jemand befohlen hat, zu warten. Da er oder sie sich seitlich an der Schwelle positioniert hat, erkenne ich nichts, was mir einen Hinweis auf seine oder ihre Identität geben könnte.

Klar ist jedoch, dass die wahre Bedrohung von dem Mann ausgeht, der hereingewalzt ist, also richte ich meine Aufmerksamkeit auf ihn; mein Herz fängt zu hämmern an, während er ins Licht des Wohnzimmers tritt und ich ihn erstmals gut in den Blick bekomme.

Sämtliche Luft entweicht aus meinen Lungen.

»*Was?*«, zischt Smith.

»Ich kenne ihn«, sage ich durch taube Lippen. Ich habe ihn erst ein Mal gesehen, doch auch drei Jahre jünger erkenne ich ihn mühelos wieder.

Dieser Kerl ist der Sicherheitsmann aus Luna Park.

Was

zur

Hölle?

Den anschließenden Geschehnissen zu folgen ist mir beinahe unmöglich; ich begreife nicht einmal ansatzweise, was vor sich geht.

Kaum ist der Mann ins Haus geplatzt, fahren alle in die Höhe – meine Eltern, mein Bruder, Falon. Ich spüre die Panik in der Luft, als drei von uns exakt zeitgleich den Mund öffnen, um zu Sprechen: mein jüngeres Ich, meine Mum und Riley. Gleißend helles Licht bricht aus uns hervor, und zwar habe ich keinen blassen Schimmer, welche Worte Mum und Riley benutzt haben, aber meinen eigenen Schrei höre ich klar und deutlich über den anderen: »*Stopp!*«

Der Mann jedoch stoppt nicht.

Gerade als das Licht meines Befehls ihn trifft, scheint eine unsichtbare Barriere es abzublocken. Und *zurückzuwerfen.* Das Licht prallt von ihm ab und schnellt erneut in meine Richtung,

Nein – in *unsere* Richtung.

Der Mann wird nicht gestoppt.

Aber wir Übrigen.

Falon erstarrt mitten in der Luft, auf halbem Weg aus seinem Sessel. Riley, der auf mich zugerannt ist, friert in der Vorwärtsbewegung ein; einzig seine furchtsamen blauen Augen können sich noch bewegen und springen von dem Mann zu mir und wieder zurück. Meine Eltern stehen Seite an Seite, haben einander an den Händen gefasst, und der Mund meiner Mutter ist noch geöffnet von dem Wort, das sie geschrien hat. Was mein jüngeres Ich betrifft: Ich bin kaum Zentimeter von dem Mann entfernt, recke ihm beide Arme entgegen, als wollte ich damit meinen Gesprochenen Befehl, ihn auszubremsen, unterstützen – einen Befehl, der gewirkt hat, allerdings nicht auf *ihn*.

»Ihr macht es mir viel zu leicht«, meint er. Seine Stimme klingt ebenso tief und polternd wie vor wenigen Tagen unter der Achterbahn, doch diesmal empfinde ich sie keineswegs als beruhigend. Vielmehr hat sie eine unheilvolle Schärfe, brodelt unterschwellig vor Wut.

Er durchschreitet den Raum, lässt den Blick über Falon und Riley zu meinen Eltern wandern, ehe seine Augen erneut auf mir landen.

»Oh, Alyssa. Du hast ja keine Ahnung, was ich mit dir vorhabe.«

Ich spüre Smiths Anspannung neben mir, aber sie ist nichts im Vergleich zu dem, was ich fühle, nichts, gemessen an dem Schock und Grauen, die durch meinen Körper zirkulieren.

»Aber zuerst«, sagt der Mann, wendet sich von mir ab und meinen Eltern zu. Er schmunzelt über die beiden Lichtbälle meiner Mum und Rileys, die mitten in der Luft hängen wie schwebende Leuchtkugeln. Ich weiß, dass mein Bruder die Gabe besitzt, Erinnerungen auszulöschen, und meine Mutter eine starke Suggestionsgabe, doch es ist, als ob sich ihre Gesprochenen Befehle meinem »Stopp!« unterordnen, als ob sie abwarten, bis sie selbst an der Reihe sind, ihr Ziel zu finden.

»Hast du je gedacht, dass es einmal so weit kommen würde, alter

Freund?«, fragt der Sicherheitsmann und nimmt dabei meinen Dad ins Visier. »Taten haben Konsequenzen. Was du mir angetan hast – der Preis, den ich zahlen musste, war zu hoch. Und nun wirst du mit den Deinen ebenso leiden, wie ich es getan habe. Wie ich es *tue.*« Seine Stimme bricht, erschüttert von so tiefreichenden Emotionen – so roh, so real –, dass bereits das Zuhören schmerzt.

Was auch immer diesem Mann widerfahren ist, es hat ihn schwer getroffen.

Zu schwer.

Schwer genug, um ihm den Verstand zu rauben.

Und doch, obwohl ich das instinktiv begreife, bin ich in keiner Weise vorbereitet auf das, was als Nächstes passiert.

Ich erwarte nicht, dass er eine Pistole aus der Jacke zieht, sie entsichert …

… und auf meinen Dad schießt, genau in die Brust.

Verschwommen nehme ich wahr, dass ich schreie, dass Smith mich umklammert, mich daran hindert, nach vorn zu stürzen, während Blut sich unerbittlich über das blütenweiße Hemd meines Dads ausbreitet.

»Nein! *Nein!*«

Niemand hört mich. Niemand außer Smith, der – ebenso heftig zitternd wie ich – mit mir ringt, um mich an Ort und Stelle zu halten.

»Du hast mir genommen, was ich geliebt habe, Christopher«, sagt der Wachmann zu meinem Dad, seine Stimme kaum mehr als ein bedrohliches Flüstern. »Und nun werde ich dir das Gleiche zuteilwerden lassen.«

Tränen strömen über mein Gesicht – mein gegenwärtiges und auch das meines jüngeren Ichs, so reglos sie auch sein mag. Mein Dad ist noch auf den Füßen, steht weiterhin Hand in Hand mit meiner Mum da, unfähig, sich zu bewegen, unfähig, in sich zusammenzusacken, trotz der zweifellos tödlichen Wunde.

»Ich werde deine Familie ebenso zerstören, wie du meine zerstört hast«, fährt der Mann erbarmungslos fort. »Ich werde mir zurückholen, was du mir gestohlen hast. Und dann werde ich es anderen stehlen. *Allen* anderen.«

Dieser Mann – er ist gestört. Ich habe keinen blassen Schimmer, was er glaubt, an meinen Dad verloren zu haben, nicht die leiseste Idee, weshalb er auf Rache sinnt.

»Und das Schönste ist«, redet er weiter, »dass niemand in der Lage sein wird, das zu vereiteln. Weil niemand sich daran erinnern wird, was hier wirklich geschehen ist. Nur ich. Und ich werde diese Erinnerung für immer in Ehren halten.«

Er kehrt meinem Dad den Rücken zu und schlendert zu Falon hinüber. »Du wirst diesen Tag vollends aus deinem Gedächtnis verbannen. Du wirst vergessen, dass du je Verbindungen zu SPARK hattest, zu den Scotts. Du hast sie nicht mehr gesehen, seit sie Lengard vor fünfzehn Jahren verließen, aber du weißt, dass sie eine Tochter mit einer mächtigen Gabe haben: Alyssa. Und sobald du feststellst, dass sie sich bereits in deiner Obhut befindet, wirst du behaupten, man hätte sie in einer Psychiatrie entdeckt, in die sie sich auf eigenen Wunsch hatte einweisen lassen. Du wirst alles Notwendige tun, um sie vor sich selbst und anderen zu schützen, aber du wirst ihren Gutachtern zugleich freie Hand zugestehen, um an ihr herumzuexperimentieren.«

Die beiden Lichter, die eingefroren in der Luft hängen, pulsieren wie ein schlagendes Herz. Falons zornfunkelnder Blick wird glasig, als die Gesprochenen Befehle, die sie transportieren, ihn erreichen. Aber ihr Licht verlischt nicht, denn der Mann ist noch nicht fertig.

Nun wendet er sich an Riley; sein Blick huscht zwischen ihm und meiner Mutter hin und her, als er sagt: »Wie tragisch, Christopher und Alyssa am selben Tag zu verlieren. Ihr werdet beide glauben, dass sie einer willkürlichen Gewalttat zum Opfer gefallen sind – einem schiefgelaufenen Einbruchsversuch. Die Schuldigen haben die Leichen mitgenommen, um ihre Spuren zu verwischen. Ihr beiden seid die einzigen Zeugen, die einzigen Überlebenden. Die Polizei tappt im Dunkeln, und wenn die Akte geschlossen wird, werdet ihr keinen Einspruch dagegen einlegen. Sondern einfach euer Leben weiterführen.« Er neigt den Kopf ein wenig und fixiert meine Mum. »Dir, Melody, werde ich SPARK nicht wegnehmen. So herzlos bin ich nicht – und zu viele Leute würden Fragen stellen, solltest du plötzlich ausscheiden. Also wirst du vielmehr jeden Tag mit dem schmerzlichen Verlust deines Ehemanns und deiner Tochter leben. Nichts wird diese Leere jemals füllen, ganz gleich, wie hart du arbeitest und wie vielen Sprechern du hilfst. Tief in deinem Herzen wird dir klar sein, dass du eine verlorene Schlacht schlägst; du wirst ahnen, dass noch etwas heraufzieht, und eines Tages wird dir alles, wofür du geschuftet hast, geraubt werden. Bis dahin jedoch wirst du keine weiteren Erinnerungen an den heutigen Tag haben und auch nicht wissen, dass Maverick Falon jemals mit SPARK im Bunde war – ebenso wenig wie dein Sohn.«

Wie bei dem Direktor läuft ein rhythmischer Puls durch die zwei Lichter: die Kraft von Rileys erinnerungslöschendem Befehl, verbunden mit Mums Suggestionsgabe, die nun irgendwie der Mann vor mir kontrolliert. Ich bin völlig ratlos, wie er das anstellt, wie es ihm gelingt, unsere eigenen Gesprochenen Worte gegen uns zu richten. Aber neue Tränen steigen mir in die Augen, als ich sehe, wie die meiner Mutter und meines Bruders glasig werden, sobald der Befehl seine Wirkung entfaltet.

Rileys Schrei hallt mir erneut durch den Kopf.

ICH DACHTE, DU BIST TOT!

Das also ist geschehen. Deshalb war er davon überzeugt.

Auf einen Schlag bin ich ihm damals entrissen worden. Meiner Mum entrissen worden.

Ich habe mich in ihr getäuscht. So, *so* getäuscht.

Sie hat niemals meine Erinnerungen manipuliert. Mir niemals eingegeben, ich hätte sie und meinen Dad umgebracht.

Ein Schluchzer bricht aus mir hervor, und ich muss mir über das Gesicht wischen, um wieder klaren Blicks verfolgen zu können, wie der Sicherheitsmann sich jetzt meinem jüngeren Ich nähert. Ich wappne mich; ich weiß bereits, was geschehen wird. Dass dies der Moment ist, in dem ich selbst unwiderruflich und unverzeihlich verändert werde.

»Du tust mir von allen am meisten leid, liebste Alyssa«, meint der Mann und streicht sanft mit einem Finger über meinen Wangenknochen.

Der Rote Samtkuchen, den ich vorhin gegessen habe, droht mir bei dieser zärtlichen Geste wieder hochzukommen. Ich muss mich zusammenreißen, um den Kerl nicht anzuschreien, seine Finger wegzunehmen, mich in Ruhe zu lassen. Doch das wäre sinnlos – denn alles ist längst passiert.

»Dank deines Dads habe ich am eigenen Leib erlebt, wie es ist, einen geliebten Menschen zu verlieren«, flüstert er mir zu.

Schlagartig fühle ich mich zurück nach Luna Park versetzt.

Ich weiß, wie es ist, einen geliebten Menschen zu verlieren.

Genau das hat der Mann in jener Nacht zu Kael und mir gesagt. Das Leid in seiner Stimme ist in der Erinnerung ebenso deutlich, wie ich es im realen Leben empfunden habe, Jahre später.

»Was du nun durchmachen wirst«, fährt er fort, »wird wehtun und deinen Geist brechen. Aber du wirst überleben, du wirst es akzeptieren und stärker daraus hervorgehen.« Er beugt sich noch dichter an mich heran. »Und stärker brauche ich dich, Alyssa, weil du diejenige sein wirst, die niemand auf dem Schirm hat. Du bist meine Geheimwaffe.«

Bei diesen Worten bleibt mir das Herz stehen.

Du bist meine Geheimwaffe.

Meine Geheimwaffe.

Meine

Geheimwaffe.

Mein Körper fühlt sich so kalt an, dass mir im Schluchzen die Zähne klappern.

Ich bin niemandes Waffe, am allerwenigsten die dieses Mannes.

Ich beobachte, wie er meinem Dad über die Schulter einen Blick zuwirft und zu ihm sagt: »Deinetwegen werde ich das, was ich verloren habe, niemals zurückbekommen. Aber ich kann dafür sorgen, dass du es ebenfalls verlierst – und mehr. Alles, was von nun an geschieht, hast du selbst verschuldet, Christopher. Niemand sonst trägt die Verantwortung dafür.«

Und damit dreht er sich wieder zu mir um und Spricht die Worte, die den Kurs meines ganzen Lebens ändern. Er malt mir ein Bild vom Tod meiner Eltern in den Kopf, genau so, wie mein Gedächtnis die Szene über zweieinhalb Jahre lang abgespielt hat. Er pflanzt mir die

Vorstellung ein, dass wir vor langer Zeit aus Sydney fortgezogen waren, um anderswo zu leben, und suggeriert mir, ich wäre von meiner eigenen Gräueltat derart entsetzt gewesen, dass ich mich auf eigenen Wunsch in eine örtliche Psychiatrie hätte einweisen lassen, nur um dort zwei Wochen später von Agenten der Regierung eingesammelt und in eine unterirdische Versuchseinrichtung namens Lengard verfrachtet zu werden. Zuletzt befiehlt er mir, die Geschehnisse dieses Tages komplett zu vergessen – sein Gesicht, Riley, Falon und alles, was ich je über Sprecher gewusst habe. Er gibt mir ein, dass ich allein bin – und es immer sein werde.

Das Letzte, was ich sehe, als Licht aufflammt und mein jüngeres Ich berührt, sind die fahlen Augen meines Dads, die sich im selben Moment schließen, in dem der Sicherheitsmann mir zuraunt: »Bald komme ich dich holen, meine kleine Waffe. Und dann, mit deiner Hilfe, wird die Rache mein sein.«

Und damit hebt der Mann seine Pistole und lässt sie auf meinen Hinterkopf niedersausen, und das Zimmer wird schwarz, während Smith und ich gemeinsam durch endlose Dunkelheit fallen und die Erinnerung hinter uns zurückbleibt.

KAPITEL 23

Ich kann nicht atmen.

Ich.

Kann.

Nicht.

Atmen.

»Alyssa! Komm zu dir!«

Ich werde grob an den Schultern geschüttelt und sauge verzweifelt Luft in meine Lungen. Mein Gesicht ist tränennass und klebrig vom Blut, das mir aus der Nase tropft. Mein Kopf brüllt, als hätte jemand mir einen Pfahl hindurchgetrieben, doch der Schmerz ist nichts gegen den Sturm aus Emotionen, der mich überrollt.

Endlich kenne ich die Wahrheit über jenen Tag.

Und doch ... Die Antworten, die ich gefunden habe, werfen nur weitere Fragen auf.

Wer ist dieser Sicherheitsmann? Wofür will er Rache üben? Was, glaubt er, hat mein Dad ihm gestohlen?

Mein Dad ...

Neue Tränen laufen meine Wangen hinunter, als ich mich daran erinnere, wie das Blut sein Hemd getränkt hat ... wie seine Haut fahl geworden ist ... seine Augen sich geschlossen haben ...

Dieser Mann ... er hat meinen Dad umgebracht.

Er hat meinen Dad *ermordet.*

Mein Dad ist tot.

»ALYSSA! Reiß dich zusammen!«

Smith rammt mir eine Schachtel Taschentücher gegen die Brust, und seine Geste holt mich endlich ganz zurück in sein Zimmer. Wie ferngesteuert mache ich mich daran, das Blut von meinem Gesicht zu tupfen, und zwinge mich, zu atmen und im Hier und Jetzt zu bleiben.

Mehr als zweieinhalb Jahre lang hatte ich um meinen Dad getrauert, und doch war in der vergangenen Woche Hoffnung in mir aufgekeimt. Hoffnung darauf, dass er und meine Mum am Leben sein könnten.

Diese Hoffnung ist nun zerschlagen.

Aber … meine Mum, mein Bruder – sie sind noch immer dort draußen. Für uns besteht nach wie vor die Chance, zueinanderzufinden, eine Familie zu sein.

Bald komme ich dich holen, meine kleine Waffe.

Die abschließende Drohung des Sicherheitsmannes hallt in meinem Kopf nach, und ich frage mich unwillkürlich, welche Pläne er für mich hat. Welche Pläne er *schon die ganze Zeit über* mit mir hat. Ich weiß jetzt, dass er der Grund dafür ist, dass ich in Lengard gelandet bin – bloß *wieso?*

Du wirst alles Notwendige tun, um sie vor sich selbst und anderen zu schützen, aber du wirst ihren Gutachtern zugleich freie Hand zugestehen, um an ihr herumzuexperimentieren.

Meine Lungen verkrampfen sich, als mir die an Falon gerichteten Worte wieder einfallen.

Gutachtern … wie *Vanik.*

Ich würde all meinen Besitz darauf verwetten, dass er etwas mit dieser ganzen Sache zu tun hat. Dass er mit dem Sicherheitsmann zusammenarbeitet – oder der Sicherheitsmann mit ihm. Wie sie miteinander verbunden sind, ist mir noch schleierhaft, aber irgendwie, *irgendwie*, stecken sie unter einer Decke. Dieser neue Mann, diese neue Bedrohung, muss in Vaniks Mission, eine Sprecherarmee aus der Taufe zu heben, eingeweiht sein und ebenfalls eine neue evolutionäre Ära der Menschheit einleiten wollen.

… mit deiner Hilfe wird die Rache mein sein.

Doch … Rache *wofür*? Wie passen Vaniks Pläne zu jenen dieses Mannes?

In Dr. Mannings Fall habe ich die Zusammenhänge verstanden: Er hat nach Vergeltung gestrebt für das, was ihm und der ersten Generation von Sprechern angetan wurde. Er wollte, dass der Rest der Welt die gleiche Hilflosigkeit empfindet wie er, die gleiche Machtlosigkeit.

Aber der Wachmann?

Ich habe keine Ahnung.

Ich.

Habe.

Keine.

Ahnung.

»Verdammt, Alyssa!«

Eine schallende Ohrfeige trifft meine Wange, lässt mich zurückfahren und Sterne sehen. Ich blinzele sie weg, presse mir eine Hand auf die brennende Stelle, starre Smith fassungslos an und krächze: »Du hast mich gerade geschlagen.«

Er beugt sich über mich, so dicht, dass ich direkt in seine durch die Brille vergrößerten Pupillen blicke. »Tut mir leid – du standest unter Schock. Ich schwöre, normalerweise schlage ich keine Frauen. Ich meine, normalerweise schlage ich überhaupt niemanden. Ich bin Pazifist. Nicht einmal brutale Filme kann ich mir anschauen.« Sein Adamsapfel hüpft, und seine Haut hat einen ungesunden grünlichen Ton angenommen. Beinahe abwesend flüstert er: »Oh Gott, da war so viel Blut auf seinem Hemd.«

Ich schließe die Augen, während das Bild meines Dads sich in mein Hirn brennt, schiebe es dann aber fort, ehe ich mich wieder darin verliere.

Nach einem langen Moment gelingt es auch Smith, sich wieder unter Kontrolle zu bekommen, und er drückt merklich den Rücken durch, bevor er seine ganze Aufmerksamkeit abermals mir widmet. »Wie kann ich dir helfen?«

Ich bin dankbar, dass er nicht fragt, ob alles in Ordnung mit mir sei. Die Antwort darauf kennen wir beide.

»Kael«, sage ich. »Ich muss Kael finden.«

Ich muss ihm von der Erinnerung erzählen. Ihn vor dem Sicherheitsmann warnen. Kael war mit mir zusammen in Luna Park, er hat den Kerl mit eigenen Augen gesehen – vielleicht gelingt es uns gemeinsam, dahinterzukommen, wer er ist und was er im Schilde führt.

»Hast du eine Idee, wo er sein könnte?«, fragt Smith.

»Er ist –« Ich breche fluchend ab, denn ich weiß genau, wo er ist. Oder vielmehr, mit wem er zusammen ist.

Cami.

Nachdem ich mich von ihm verabschiedet hatte, wollte er ein paar Angelegenheiten im Kontrollraum zu Ende bringen und sich dann mit ihr aussprechen, die Differenzen zwischen den beiden aus der Welt schaffen.

Zwar halte ich meine neuen Erkenntnisse für durchaus vorrangig, aber wo die zwei im Augenblick wohl stecken, kann ich nicht sagen. Allerdings …

Ich ziehe den Kompass aus der Tasche und flüstere heiser: »Finde Kael.«

Kein Licht blitzt auf. Kein Funken Macht regt sich in mir.

Ich versuche es kein zweites Mal, denn ich bin nach wie vor nicht bereit für die Gewissheit, dass meine Sprechergabe vollends erloschen ist. Lieber bilde ich mir ein, dass mein Körper noch immer gegen das Serum ankämpft.

Ohne auf die Neugier – und Sorge – in Smiths Miene einzugehen, antworte ich: »Zuletzt habe ich mich in der Kommandozentrale mit ihm unterhalten, aber wo er jetzt sein mag … keine Ahnung.«

Smiths Blick bohrt sich in meinen, doch dann fasst er in einer überraschend liebenswürdigen Geste nach meiner Hand und drückt sie tröstend.

»Pass auf, dann machen wir Folgendes«, sagt er und übernimmt die Regie. »Du solltest dich erst einmal frisch machen, denn im Moment schaust du aus, als hättest du nur knapp ein Kettensägenmassaker überlebt.«

In Anbetracht des beachtlichen Haufens blutgetränkter Taschentücher kann ich mir den zweifellos furchterregenden Zustand meines Gesichts vage ausmalen. Von meinem restlichen Körper ganz zu schweigen – auch meine Klamotten sind üppig rot gesprenkelt.

»Und während du damit beschäftigt bist«, fährt er fort, »finde ich Kael und schicke ihn zu dir in die Thermalquellengrotte. Okay?«

Ich nicke, da ich keinen besseren Plan habe.

»Versuch, fürs Erste nicht weiter nachzugrübeln über das, was wir soeben durchlebt haben«, rät mir Smith, zieht mich auf die unsicheren Füße und begleitet mich langsam durch das Zimmer. Seinen Worten zum Trotz erkenne ich, dass er am liebsten selbst darüber reden, es analysieren würde – sich jedoch um meinetwillen am Riemen reißt. »Atme einfach tief weiter und denk an … an … Welpen. Irgendetwas. Was auch immer.«

»Ich bin eher Katzenmensch.«

»Dann *Kätzchen*, Alyssa.« Sein Geduldsfaden ist zum Zerreißen gespannt. Wie ausdauernd er sich beherrscht, ist bemerkenswert, zumal ich mit seinem aufbrausenden Temperament inzwischen vertraut bin. Er gibt sich offenkundig Mühe – für mich.

»Schaffst du es allein zu den Quellen?«, fragt er in besorgtem Tonfall, sobald wir an seiner Türschwelle stehen.

Ich nicke stumm und schicke mich an loszugehen, doch seine Hand schließt sich behutsam um meinen Arm.

»Es macht vielleicht keinen Unterschied«, sagt er leise. »Aber – es tut mir leid. Was wir gerade gesehen haben. Und außerdem –« Er holt tief Luft. »Dass ich nicht für dich da gewesen bin. Dass ich das Vergessen gewählt habe.«

Mein Hals ist für Worte zu eng, deshalb lege ich meine Hand über seine und nicke, bekunde so mein Verständnis – und meine Vergebung.

»Wir kriegen heraus, was passiert ist, Lyss«, beteuert er mir und schiebt mich dann sanft aus der Tür. »Das verspreche ich dir.«

Und damit marschiert er zügigen Schrittes in die entgegengesetzte Richtung davon, und ich muss frische Tränen zurückblinzeln, während ich den Gang hinunterstolpere.

Was würde ich nicht dafür geben, jetzt in jemandes Umarmung sinken zu können und zu hören, dass alles gut wird. Was würde ich nicht dafür geben, in diesem Moment meine Mum bei mir zu haben, meinen Bruder. Selbst Kael oder Cami.

Sogar Ward.

Vielleicht *besonders* Ward.

Ich hab dich, Chip.

Ich bin machtlos gegen die einsame Träne, die meinem Augenwinkel entkommt, als ich daran zurückdenke, wie er mich in seinen Armen geborgen hat, mich an sich gedrückt hat, mich beschützt und von allem Unheil abgeschirmt hat. Es war so leicht, Hass zu empfinden für den Verrat, den er an mir begangen hatte ... aber *ihn* wirklich zu hassen, habe ich nie übers Herz gebracht. Und jetzt gerade würde ich alles dafür tun, ihn an meiner Seite zu wissen, von ihm gehalten zu werden, mir seine Stärke borgen zu können und von ihm versichert zu bekommen, dass ich stark genug bin, um all das durchzustehen.

Ich lenke all meine Gedanken auf ihn, während ich wie benommen eine frische Garnitur Kleider aus meinem Zimmer hole und auf tauben Beinen in Richtung der Quellen stakse. Unterwegs begegne ich nur wenigen Leuten, die alle vor meinem erbarmungswürdigen Zustand zurückschrecken. Ein paar erkundigen sich verhalten, ob es mir gut gehe, doch andere beschleunigen lediglich ihre Schritte, wie aus Sorge, sich bei mir anzustecken. Ihre Reaktion lässt mich in der Umkleide jeden Blick in den Spiegel meiden, und ich tausche bloß eilig mein blutverschmiertes Outfit gegen den Badeanzug, ehe ich mich mit einem Hechtsprung ins Wasser stürze und tief, tief, *tief* hinabstoße, als böte sich mir dort unten eine Zuflucht vor meinen Problemen.

Ich muss mit Kael reden. Ich muss ihm alles erzählen – von dem Serum, dem Sicherheitsmann und meiner Gewissheit, dass alle Fäden bei Vanik zusammenlaufen. Sobald er Bescheid weiß, wird er begreifen, wie wichtig es ist, dass wir sämtliche Kräfte darauf bündeln, ihn zu finden – *sie* zu finden.

Gemeinsam. Wir werden es gemeinsam tun. Mit seinen Zerstörerfähigkeiten und meiner Schöpfergabe – oder dem, was davon übrig ist. Zusammen haben wir eine reale Chance, Vanik zu stoppen, den Wachmann zu stoppen. Und dann die Lücken zu füllen, Antworten auf die verbliebenen Fragen zu finden.

Versuch, fürs Erste nicht weiter nachzugrübeln über das, was wir soeben durchlebt haben.

Dabei versage ich soeben kläglich, also strenge ich mich noch mehr an, erlaube dem warmen Wasser, das unbarmherzige Frösteln zu verjagen, das ich seit dem Wiederauftauchen aus meinen Erinnerungen verspüre. Je länger ich unter der Oberfläche bleibe, desto mehr entspannt sich mein Körper, desto ruhiger wird mein Geist.

Erst als meine Lungen zu brennen beginnen, katapultiere ich mich wieder nach oben. Während ich nach Luft schnappe, wird mir bewusst, dass ich weiter denn je hinausgeschwommen bin, geradewegs hinein in die undurchdringliche Schwärze im Zentrum der Quellen. Ich sehe absolut nichts. Die Vorstellung, dass ich ganz allein auf der Welt bin, dass niemand mich finden kann und meine Sorgen weit, weit fort sind, ist gruselig und friedvoll zugleich.

Mich überkommt der plötzliche Drang, für immer hier auszuharren.

»Was *treibst* du hier? Bist du *wahnsinnig*?«

Die geflüsterten Worte einer vertrauten Stimme ganz in der Nähe lassen mich im Wasser erstarren. Im ersten Moment nehme ich an, dass sie an mich gerichtet sind, doch dann begreife ich: Solange ich selbst praktisch blind bin, wird zugleich niemand in der Lage sein, mich zu sehen. Im Augenblick bin ich so gut wie unsichtbar.

»Ich musste nach dir schauen. Mich vergewissern, dass es dir gut geht. Dass deine Tarnung nicht aufgeflogen ist.«

Auch diese Stimme kenne ich. Obwohl ich sie hier so wenig erwartet habe, dass ich meinen Ohren kaum traue.

»Sie *wird* auffliegen, wenn sie uns beide zusammen erwischen, Shadow. Du sollst den Tunnel, den ich dir gezeigt habe, ausschließlich *im Notfall* benutzen.«

»Das zählt als Notfall, Echo.«

Echo. Shadow. Sie verwenden Codenamen. Trotzdem weiß ich genau, mit wem ich es zu tun habe.

Arryn.

Die mit Riley redet.

Mit *meinem* Riley.

Mein Bruder ist hier. In den Katakomben.

Er ist Shadow. Er ist Arryns *Informant.*

Aber … Informant *wofür*?

Leise sagt sie: »Du hast recht. Entschuldige – ich wollte dir eigentlich eine Nachricht zukommen lassen, aber seit gestern stehe ich unter akribischer Beobachtung. Glaub mir: Ich hatte nicht die leiseste Ahnung, dass sie deine Schwester ist. Das schwöre ich dir; sonst hätte ich dir sofort von ihr erzählt, nachdem ich zum ersten Mal von ihr gehört hatte. Wir hätten – wir hätten sie aus Lengard herausholen und zu SPARK bringen und vor diesem ganzen Chaos bewahren können.«

Arryn.

Riley.

SPARK.

Mir schwirrt der Kopf, und meine Ohren lauschen angestrengt auf mehr.

»Schon klar, Ryn«, erwidert Riley sanft. »Du hättest es unmöglich wissen können – ich begreife *selbst* noch nicht, wie es möglich ist, dass sie lebt.«

»Du hast mir erzählt, sie sei vor fast drei Jahren gestorben, Riles.«

»Ich war dabei. Keine Ahnung, wie ich es erklären soll, aber *ich war bei ihrem Tod dabei.*«

Der Schmerz in seiner Stimme … vorsichtig schwimme ich näher heran, gleite lautlos durch das Wasser.

»Hast du es Melody gesagt?«

»Mum glaubt mir nicht«, antwortet er. »Sie meint, dass es sich um irgendeinen neuen Trick handelt, eine Doppelgängerin oder so. Allerdings war sie nicht dabei – sie hat nicht gesehen, was ich gesehen habe.« Er stockt. »Sie – sie hat meine Augen, Ryn.«

Ich schiebe mich gerade rechtzeitig aus der Finsternis, um mitzubekommen, wie Arryn meinen Bruder in die Arme schließt, in zu sich zieht und küsst – zärtlich, beruhigend, tröstend.

Ist dein Freund der Typ, der dich vor der Bibliothek gefunden hat?

Genau der. Bloß … ist das gewissermaßen ein Geheimnis. In Anbetracht meiner Position als leitende Sicherheitsverantwortliche hier könnten die Leute unsere Beziehung für … unangemessen halten. Denken, dass wir dadurch kompromittiert werden.

Riley und Arryn … Er ist derjenige, der sie aufgespürt hat, als sie ganz unten war. Er ist es, der sie vom Unsäglichen abgehalten hat. Er hat ihr einen Platz und Sinn im Leben gegeben.

Doch er ist eindeutig *keiner* der Relikte.

Unangemessen und kompromittierend. Zwei treffende Schlagwörter.

Alle lügen dich an, Sechs-Acht-Vier. Alle.

Schmerz und Wut lodern in mir auf; einmal mehr erweist Wards Warnung sich als wahr. Auch wenn Arryn mich niemals offen angelogen hat: Sie hat mich irregeführt. Und nicht nur, indem sie mir suggeriert hat, ihr Freund – mein *Bruder* – sei Bewohner der Katakomben, sondern ebenso im Hinblick auf unsere Begegnung mit Enzo, was auch immer sich dahinter verbergen mag.

Und ich habe es satt, im Dunkeln auf Antworten zu warten.

Mit kraftvollen Zügen kraule ich auf die beiden zu, die zu sehr in ihren Kuss vertieft sind, um mich zu bemerken, bis ich mich aus dem Wasser hieve, neben ihnen auf einem Vorsprung lande und mich resolut aufrichte. Dass ich bloß einen Badeanzug trage und Wasser in Strömen von mir auf den Höhlenboden hinunterstürzt, ist mir gleichgültig. Die zwei schnellen mit geweiteten Augen auseinander, und ich stemme beide Hände in die Hüften und verlange: »Und jetzt fängt einer von euch besser zu reden an. Sofort.«

KAPITEL 24

»*Lyss*«, haucht mein Bruder. Mein Name kommt ihm wie ein Gebet über die Lippen.

Ich bin mir nicht sicher, wie es mir gelingt, doch irgendwie wahre ich meine Fassung und erwidere: »Riley.«

Er macht einen Schritt auf mich zu – doch ganz gleich, wie sehr ich mich danach sehne, ihm nahe zu sein: Noch bin ich nicht bereit, meinen Ärger, meine Verwirrung, meine Angst loszulassen, und weiche zurück.

»Ich will eine Erklärung«, sage ich und schaue zwischen den beiden hin und her.

Arryn wirkt panisch; selbst im schwachen Licht der Höhle ist ihr Gesicht leichenblass. »Es ist nicht, wonach es aussieht.«

Ich ziehe eine Augenbraue hoch. »Es *sieht aus*, als hätte ich dich beim Kuss mit einem Typen erwischt, von dem du noch gestern behauptet hast, du würdest ihn nicht kennen.«

Sie schüttelt den Kopf. »Das habe ich nicht behauptet.«

»Oh doch.«

»Als du mich gefragt hast, ob ich ihm schon einmal begegnet sei, habe ich das bejaht.«

Ich versuche, mir unsere exakte Wortwahl ins Gedächtnis zu rufen, und schürze die Lippen, da mir mit einem Mal aufgeht, wie geschickt sie mich ausgespielt hat. »Du hast lediglich Luna Park erwähnt. Mehr nicht.«

Sie zuckt wenig reuevoll mit den Schultern. »Du hast dich damit zufriedengegeben.«

Womit sie nicht unrecht hat. Aber nun frage ich mich, wie oft sie mich sonst noch bewusst einer falschen Interpretation ihrer Aussagen hat aufsitzen lassen.

»Ihr kennt euch seit Jahren«, stelle ich fest. »Er ist derjenige, der dir als Erster von den Sprechern erzählt hat.«

»Ja«, bestätigt sie, beißt sich auf die Lippe und schielt zu ihm hinüber, wie um seine Erlaubnis einzuholen, ehe sie sich wieder mir zuwendet und hinzufügt: »Wären Riley, deine Mum und SPARK nicht gewesen, wäre ich heute nicht hier.«

»Was *ist* SPARK?«

Wieder späht Arryn zu Riley, doch er steht steif und stumm da, als könnte er noch immer nicht fassen, dass wir in diesem Augenblick tatsächlich alle zusammen hier sind.

Dieses Gefühl verstehe ich zu gut. Doch während ein Teil von mir am liebsten in seine Arme laufen würde, braucht ein anderer – größerer – Teil zuerst Antworten.

»SPARK ist die Sprecher-Aufgriffs-und-Resozialisierungs-Kommission«, sagt Arryn. Und ergänzt dann zögerlich, als fürchte sie meine Reaktion: »Das – das ist die ›unbekannte Sprechergruppe‹, nach der alle hier wie wahnsinnig fahnden.«

Ich starre sie ungläubig an. Die ganze Zeit – *die ganze Zeit* – war sie im Bilde.

»SPARK ist all das, von dem man dir weisgemacht hat, Lengard wäre es – und mehr«, erläutert Arryn weiter. »Nämlich der offizielle Regierungszweig, der über die Sprechergemeinde wacht.«

Sie bemerkt meinen Blick und rudert rasch zurück. »Warte – damit meine ich nicht – vergiss, was ich gerade gesagt habe. Lengard war ein schlechter Vergleich.« Sie stößt die Luft aus und wagt einen neuen Anlauf. »SPARK wurde gegründet, um Sprecher zu *schützen*. Ein Programm von Sprechern *für* Sprecher. Wann immer ein neuer Ausbrecher auftaucht, tun wir unser Möglichstes, zuerst zur Stelle zu sein und denjenigen oder diejenige darin anzuleiten, die Kontrolle über seine oder ihre Kräfte zu erlangen. In dieser Hinsicht sind wir Lengard und den Relikten ähnlich. Allerdings helfen wir auch anderen Sprechern, nicht bloß den neuen – wir helfen *allen* Sprechern, die gern zur größeren Gemeinschaft gehören möchten. Wir stellen medizinische Versorgung, Bildungsangebote und finanzielle Unterstützung bereit; wir bringen Sprechern bei, wie sie ihre Macht für sich und andere positiv nutzen können. Vor allem aber begleiten wir sie bei der Wiedereingliederung in die echte Welt, damit sie jedes Leben führen können, das sie sich wünschen, wo und wie auch immer sie es gestalten wollen.«

Mit einem Mal hämmert mein Herz in meiner Brust.

Sie hat soeben meine Vision beschrieben – meinen Traum für die Zukunft.

Arryn redet weiter: »Außerdem schirmen wir die allgemeine Bevölkerung vor Sprechern ab, die womöglich eine Gefahr verkörpern. Sprechern wie Kendall Vanik und Alvin Manning. Unsere Priorität besteht darin, Leute wie sie daran zu hindern, ihre Pläne in die Tat umzusetzen. Das ist die Aufgriffs- und Resozialisierungskomponente unseres Namens: Wir bemühen uns, diesen Sprechern dabei unter die Arme zu greifen, ihr Leben zu ändern und sich wieder in die Gesellschaft einzufinden – falls sie sich dem jedoch verweigern, verfügen wir zusätzlich über eine behördlich zugelassene Haftanstalt, in der selbst die mächtigsten Sprecher sicher verwahrt werden können.« Sie hält kurz inne. »Wir haben keine verborgenen Motive – unser Ziel ist einfach, sämtlichen Sprechern Sicherheit und die Chance auf ein erfolgreiches, erfülltes Leben in der normalen Welt zu bieten, anstelle eines Daseins als Gefangene im Untergrund oder in einem antiken Gewölbesystem.«

Wir.

Wir.

Wir.

Von allem, was sie soeben dargelegt hat, trifft mich ihre wiederholte Verwendung dieses Pronomens am härtesten.

»Du gehörst überhaupt nicht zu den Relikten, oder?«

Sie schüttelt den Kopf und flüstert: »Nein. Meine Treue gilt SPARK. Ich folge direkten Anweisungen von Melody Scott – deiner Mutter.«

Auf diese Enthüllung hin drehe ich mich zu Riley um, rechne damit, dass er etwas – *irgendetwas* – sagen wird. Als er weiter schweigt, erinnere ich mich an Wards Worte und krächze: »Wieso warst du in Luna Park, Riley?«

Sein Name aus meinem Mund lässt ihn zusammenfahren, doch er versucht kein zweites Mal, die Distanz zwischen uns zu schließen.

Stattdessen schluckt er, drückt dann die Schultern durch und reißt sich sichtbar zusammen.

»Unser Kontakt innerhalb Lengards war verstummt«, sagt er, und seine tiefe Stimme überspült mich mit einer neuen Vertrautheit, die mir einen Schauder über den Rücken schickt. »Wir haben uns um ihn gesorgt, besonders nachdem ...« Er zögert, offenbar unschlüssig, wie viel er mir verraten soll, und sagt schließlich: »Alvin Manning ist tot, Lyss. Wir haben vor fünf Tagen seinen Leichnam entdeckt.«

Sein Tod ist für mich keine Neuigkeit, daher wahre ich eine neutrale Miene und warte darauf, dass er weiterredet.

»Aufgrund dieser ... Entwicklung ... waren wir beunruhigt um unseren Kontaktmann, als wir nichts mehr von ihm gehört haben«, fährt Riley fort. »Außerdem brauchten wir Informationen über den aktuellen Stand von Vaniks Fortschritten mit den – den Gewebeproben, die er dir entnommen hatte –« Wieder schluckt er. »– und mussten dringend in Erfahrung bringen, wie weit er mit der Kreation seines Schöpferserums vorangekommen war.«

Bei der Erwähnung des Serums setzt mein Herz einen Schlag aus. »Ihr scheint ja bestens Bescheid zu wissen.«

»Wir beobachten die Situation innerhalb Lengards schon länger, als du es dir vorstellen kannst.«

»Und trotzdem habt ihr mich in mehr als zweieinhalb Jahren nie ins Vertrauen gezogen?«

Das ist ein Tiefschlag, und sofort verachte ich mich selbst dafür, vor allem, als er wie geohrfeigt zusammenzuckt.

»Entschuldige«, murmele ich hastig. »Das war nicht so gemeint. Ich weiß, dass deine Erinnerungen manipuliert wurden. *Unsere* Erinnerungen. Uns beiden sind Dinge eingegeben worden, die sich tatsächlich nie ereignet haben.«

Angesichts der Verzweiflung in seinen Zügen empfinde ich am eigenen Leib nach, wie er sich fühlen muss – seine Unsicherheit, seine Verwirrung. Ich weiche seinem Blick aus und schildere in knappen Worten, was Smith und ich soeben mit angesehen haben. Ich erzähle ihm, wie genau sein Gedächtnis verändert worden ist – und wie ich ihn vollends verloren habe. Am Ende bringe ich es weiterhin nicht über mich, ihn anzuschauen. Dann jedoch flüstert er meinen Namen, und ich blinzele vorsichtig in seine Richtung, nur um festzustellen, dass er näher gekommen ist und nun mit Tränen in den Augen unmittelbar vor mir steht.

»Du hast keine – *nicht die leiseste* – Ahnung, wie sehr ich dich vermisst habe«, würgt er hervor.

Und dann liege ich in seinen Armen.

Es kümmert ihn nicht, dass ich seine Klamotten durchweiche oder ihn so krampfhaft umklammere, dass es wehtun muss. Er hält mich einfach fest, wispert in einem fort meinen Namen, als wollte er sich selbst vergewissern, dass ich wirklich hier, wirklich *am Leben* bin.

Als wir uns endlich voneinander lösen, müssen wir beide unsere Wangen trocken tupfen – ebenso wie Arryn, die beinahe so überwältigt wirkt wie wir.

Ich räuspere mich; eine andere Frage fällt mir ein, obwohl ich ahne, dass ich mir die Antwort bereits denken kann. »Enzo ist euer Kontaktmann in Lengard, nicht wahr? Er arbeitet undercover für SPARK, nicht für die Relikte, richtig?«

Arryn nickt bloß, wenn auch ein wenig verlegen; zweifellos erinnert sie sich bestens daran, wie sie mich und Cami auch in dieser Angelegenheit in die Irre geführt hat.

Dann arbeitet Enzo also mit dir zusammen?

Ja, er arbeitet mit mir zusammen.

Einmal mehr hat sie nicht explizit *gelogen*, und unter anderen Umständen würde ich ihr für ihr Talent, Halbwahrheiten zu verbreiten, Anerkennung zollen.

»Enzos und Dantes Eltern haben sich getrennt, als die beiden noch sehr jung waren«, vertraut Arryn mir an. »Dante ist bei seiner Mum geblieben, Enzo zu ihrem Vater, Malik, gezogen, der ein hochrangiger Militärbeamter war – *ist*.«

Riley steuert nun ebenfalls sein Wissen bei: »Aufgrund seiner regierungsnahen Position war Malik in sämtliche Belange von SPARK eingeweiht; folglich hat er, als Enzos Gabe sich erstmals gezeigt hat, dafür gesorgt, dass wir zur Stelle waren und ihm dabei helfen konnten, sie kontrollieren zu lernen. Wenig später allerdings haben sich in Lengard erste Gerüchte geregt – darüber, dass Vanik seine Experimente nie hatte ruhen lassen, wie man uns allen weisgemacht hatte. Darum haben Mum und Dad beschlossen, dass wir jemanden innerhalb der Einrichtung brauchten. Enzo hat sich freiwillig gemeldet, und dass er ein Xanaphan-Kind und der Genesis-Generation bislang unbekannt war, hat ihn zum perfekten Kandidaten gemacht, um sich, getarnt als Exodus-Rekrut, einzuschleichen und durch die Ränge nach oben zu arbeiten.«

»Im Lauf der Jahre hat er Dutzende von Sprechern bei der Flucht aus Lengard unterstützt«, sagt Arryn. »So viele Leute führen dank ihm heute ein besseres Leben – ein *normales* Leben.«

Rileys Blick findet meinen, und er ergänzt leise: »Er hat versucht, auch dich freizubekommen. Er hatte – wie wir alle – keinen blassen Schimmer, wer du wirklich bist oder welche Fähigkeiten in dir schlummerten, aber immerzu hat er von dem stummen Mädchen mit den traurigen Augen erzählt, das einen beachtlichen rechten Haken schlagen konnte. Er hat alles in seiner Kraft Stehende getan, um dir zu helfen, aber du warst stets zu gut bewacht, als dass er eine Chance gehabt hätte, dich zu befreien. Aber er wollte es, Lyss.«

Enzo war der einzige Lichtblick, den ich in Lengard hatte, bis Ward mein Gutachter wurde. Ohne seine Ermutigung – die Gesprochene, aber auch die anderweitige – und sein Mitgefühl …

Ich schiebe mir eine nasse Haarsträhne hinters Ohr und bringe uns wieder auf Kurs. »Enzo gehört also zu SPARK, aber Dante ist einer der Relikte?«

Mehr noch: Dante *weiß* offenbar nicht einmal von SPARK, da er weiterhin zusammen mit den übrigen Relikten nach der »unbekannten Sprechergruppe« fahndet. Entweder tappt er völlig im Dunkeln, oder er ist ein verdammt guter Schauspieler.

»Seine Mum war nach der Scheidung entschlossen, jeden Kontakt zu Malik abzubrechen, daher sind die beiden völlig untergetaucht«, erläutert Arryn. »Malik hat Jahre gebraucht, um sie ausfindig zu machen, und bis dahin waren die Zwillinge beide in ihre jeweilige Sprechergabe hineingewachsen, und Dante hatte sich bereits den Relikten angeschlossen. Er und Enzo standen sich schon als Kinder nie besonders nahe, doch sobald Dante erfahren hatte, dass sein Bruder sich in Lengard befand, war für ihn der Bruch mit Enzo besiegelt. Er hat alle Bande zu ihm gekappt.«

Nachdem ich eine komplette Kindheit voller gemeinsamer Erinnerungen mit meinem eigenen Bruder verloren habe, finde ich es noch trauriger, dass Enzo und Dante eine so komplizierte Beziehung zueinander haben. Doch ich bemühe mich, das Wesentliche im Blick zu behalten. »Also … hast du Lengard einen anonymen Hinweis gegeben, dass du in Luna Park sein würdest, bloß um in die Einrichtung zu gelangen und sicherzustellen, dass es Enzo gut geht?« Rasch schiebe ich hinterher: »Und um nach Vanik zu schauen?«

Auf Rileys Nicken hin fahre ich fort: »Und die Relikte haben durch Liana von dir erfahren, die aus ihrer Vision geschlussfolgert hatte, dass du ein Ausbrecher sein musst?« Mir fällt wieder ein, dass Liana unentschieden war, dass irgendetwas an dem, was sie gesehen hatte, sie zweifeln ließ. Und tatsächlich war Riley ja *kein* Ausbrecher – doch auf meine Frage nickt er erneut. »Und … SPARK …?«

»Wir mussten sie hinzuziehen, um euch abzulenken und dafür zu sorgen, dass es in jedem Fall die Leute aus Lengard waren, die mich ›fingen‹«, erklärt Riley. »Wäre Lianas Vision nicht gewesen, hätten wir keine Ablenkung gebraucht. Allerdings wäre ich dann auch dir nie begegnet, insofern …« Er lässt den Satz schulterzuckend in der Luft hängen.

»Und ich hätte nie dabei geholfen, dich aus Lengard zu befreien«, bemerke ich. »Der Tipp war ein riskanter Schachzug.« Ich lege den Kopf schief, komme ins Grübeln. »Sekunde mal. Wieso musstest du dich überhaupt schnappen lassen? Warum hast du dich nicht einfach durch irgendeinen Hintereingang geschlichen und aufgepasst, dass niemand dich erwischt?« Ich halte inne, gehe noch weiter zurück. »Und weshalb überhaupt Luna Park?«

»Die Antwort auf deine zweite Frage«, sagt Riley und tritt ein wenig unbehaglich von einem Bein auf das andere, »ist, dass ich mich in Luna

Park gut genug auskenne, um eine glaubwürdige Flucht hinzulegen, ehe sie mich ›überwältigten‹, aber keinerlei Kollateralschäden zu verursachen, sollte einer ihrer Sprechversuche querschlagen.«

Ich erinnere mich an Arryns Worte – dass SPARK auch dafür Sorge trägt, die Nichtsprechende Bevölkerung zu schützen – und grummele mein Verständnis. »Und wieso die Gefangennahme?«

»Wie schon erwähnt«, meint Riley, »war es uns nicht gelungen, Kontakt zu Enzo herzustellen, nicht einmal dann, wenn wir uns nach Lengard hineingestohlen hatten – denn das hatten wir getan, sogar einige Male.« Er kratzt sich an der Stirn. »Jetzt wissen wir, dass das dem ganzen Tumult rund um deine Flucht und Vaniks Verschwinden und Mannings Tod geschuldet war – Falon hatte in der gesamten Einrichtung die höchste Sicherheitsstufe aktiviert, sodass es uns unmöglich war, an Enzo heranzutreten, ohne aufzufliegen, und umgekehrt. Deshalb musste jemand – ich – tiefer hineingelangen. Mich als Ausbrecher auszugeben, schien uns der einfachste Weg dazu. Selbst wenn die Tarnung nur für ein paar Stunden funktioniert hätte – in dieser Zeit hätte Enzo gewiss von meiner Anwesenheit Wind bekommen und mir eine Nachricht übermitteln können.«

»Der Plan war immer, dass ich Riles kurz nach seiner Verhaftung wieder befreien sollte«, hakt Arryn ein. Wieder wirkt sie ein wenig verschämt. »Da war es schlicht praktisch, dass du ohnehin einen Grund hattest, mich begleiten zu wollen – auch wenn ich annehme, dass es dir einzig um Wards Rettung ging. Wie es scheint, bin ich nicht die *Einzige* gewesen, die nicht die ganze Wahrheit gesagt hat.« Sie lässt das einen Moment sacken, ehe sie ihre Ausführungen abschließt. »Melody – deine Mum – hat sehr, *sehr* hart gearbeitet, um SPARK geheim zu halten und die Sicherheit all jener zu garantieren, die unter dem Schutz der Kommission stehen. Deshalb konnten wir kein Team losschicken, um Riles zu holen, sobald er Kontakt mit Enzo aufgenommen hätte, und ebenso wenig riskieren, dass es Enzo womöglich nicht gelingen würde, ihn zu befreien … daher hing alles an mir. Und an dir und Cami, letztlich. Im Grunde mussten wir ihn nur zurück zum Zoo schaffen, wo ein Team von SPARK auf meine

Textnachricht gewartet hat, um bei unserer Ankunft zuzugreifen. Und, tja, was dann passiert ist, weißt du.«

Mir schwirrt der Kopf von allem, was ich in so kurzer Zeit erfahren habe.

Die unbekannte Sprechergruppe … mein Bruder … meine Mutter … Enzo … Arryn … SPARK …

Unfassbar, dass all das direkt unter meiner Nase geschehen ist. »Die gelöschten Aufnahmen – das warst du, nicht wahr?«, frage ich Arryn.

Ein halbes Lächeln huscht über ihr Gesicht. »Du bist echt gut darin, die Punkte zu verbinden.«

»Wenn dem so wäre, hätte ich all das schon wesentlich früher durchschaut. Vom Rest ganz zu schweigen. Ich habe nach wie vor keine Ahnung, wieso –«

»Lyss? Bist du das?«

Arryn, Riley und ich werden steif wie Statuen. Die beiden starren mich mit großen Augen an, bedeuten mir, auf Keedas Ruf zu reagieren.

»Gib mir nur eine Sekunde! Ich – ich bin nackt!«

Riley schneidet eine Grimasse, während Arryn sich eine Hand über den Mund schlägt, um ihr Lachen zu unterdrücken.

»Hat dir keiner gesagt, dass du ausschließlich im Badeanzug in die Quellen steigen sollst? Das ist eine ungeschriebene Regel, aber … du weißt schon – Anstand und Sittlichkeit im öffentlichen Raum und so.«

Diesmal: Pandoras Stimme. Keeda ist nicht allein.

»VERSCHWINDET!«, forme ich lautlos mit den Lippen, an meinen Bruder und Arryn gewandt. Letztere macht ein paar Schritte rückwärts, doch Riley kommt stattdessen *dichter* an mich heran. Gerade will ich ihm einen warnenden Schubs in die Gegenrichtung geben, da zieht er sein Handy aus der Tasche und presst es in meine Handfläche.

Er beugt sich vor, bis sein Mund an meiner Ohrmuschel liegt, und wispert: »Solltest du in Schwierigkeiten geraten, drück die Kurzwahltaste Nummer eins.« Noch einmal schließt er mich eilig in eine innige Umarmung, die mir beinahe die Rippen bricht, und fügt hinzu: »Wir sehen uns bald wieder – *versprochen*.« Dann eilt er Arryn hinterher, und die zwei verschwinden in den Schatten.

Ich blicke ihnen nach, ehe mir klar wird, dass es meines Wissens nur einen einzigen Ein- und Ausgang gibt – jenen Tunnel, aus dem sich Keeda und Pandora nähern.

Hastig ziehe ich mir T-Shirt und Jeans über den Badeanzug, schiebe das Handy in meine Tasche und balle meine blutverschmierten Kleider unter einem Arm zusammen; ich werfe einen letzten prüfenden Blick zurück, um mich zu vergewissern, dass Arryn und Riley in den finsteren Ecken der Höhle gut verborgen sind, bevor ich in meine Stiefel schlüpfe und rufe: »Okay, ich bin wieder angezogen!«

Kaum Sekunden später tauchen Keeda, Pandora *und* Jet vor mir auf, alle drei in Badesachen und mit Handtüchern über den Schultern.

Ich bewege mich unmittelbar am Beckenrand entlang, achte sorgsam darauf, ihre Aufmerksamkeit auf mich und weg von Rileys und Arryns Versteck zu lenken, in der Hoffnung, dass die beiden die Ablenkung nutzen können, um so schnell – und leise – wie möglich zu fliehen.

»Ähm, hey, Leute«, sage ich. »Ich habe bloß – bloß ein wenig Selbstgespräche geführt. Reinigt die Gedanken.«

Sie nicken, als wäre das völlig logisch; vermutlich hat Kael ihnen eingetrichtert, in Anbetracht der Ereignisse der vergangenen Woche nachsichtig mit mir zu sein. In jedem Fall bin ich dankbar, mir keine bessere Ausflucht dafür einfallen lassen zu müssen, dass ich bei ihrer Ankunft geredet habe.

»Du scheinst die gleiche Idee gehabt zu haben wie wir«, meint Keeda, lässt ihre Klamotten und das Handtuch auf die Steine fallen und stippt die Zehen ins warme Wasser. Jet und Pandora tun es ihr nach, und ich beobachte sie aufmerksam, während Angstschweiß mir den Nacken hinunterrinnt.

»Die gleiche Idee?«

»Dir mal eine Pause von dem Wahnsinn hier – der irren Suche nach dieser neuen Sprechergruppe – zu gönnen. Ein wenig Entspannung für eine frische Perspektive«, erklärt Pandora, laut gähnend. »Kael treibt uns rund um die Uhr an.«

»Zu unserer eigenen Sicherheit«, betont Keeda und klingt dabei, als würde sie ein Mantra wiederholen, das ihr genau so eingebläut worden ist.

»Mag sein, aber andere Dinge sind ebenfalls wichtig«, kontert Pandora und gähnt erneut. »Schlaf, zum Beispiel.«

»Ich denke, wenn es sich bei diesen Leuten um wirklich abgrundtief böse Menschen handeln würde, hätten wir bereits wesentlich früher von ihnen erfahren«, meldet sich Jet. »Mein Tipp ist, dass sie uns ziemlich ähnlich sind – bloß ein Haufen Sprecher, die versuchen, den Fängen Lengards zu entgehen.«

Kurios, dass ausgerechnet die Jüngste von uns am vernünftigsten und einsichtigsten ist.

»Vielleicht hast du recht, J, vielleicht auch nicht – so oder so brauchen wir Gewissheit«, sagt Keeda.

Sie schwenkt auf den Fußballen herum, gerade als ich aus dem Augenwinkel erhasche, wie Arryn und Riley sich durch den Lichthof einer Fackel schieben, also rufe ich halb panisch und viel zu laut: »Da bin ich ganz deiner Meinung!«

Keeda hält in der Bewegung inne und beäugt mich mit hochgezogenen Augenbrauen. »Das freut mich, Lyss«, entgegnet sie trocken. »Allerdings war ich nicht auf Zustimmung aus.«

Bis sie sich weiterdreht, sind Riley und Arryn bereits in einem neuen dunklen Abschnitt angelangt, allerdings noch ein beträchtliches Stück von der Sicherheit des Tunnels entfernt. Ich muss die drei eine Weile länger hinhalten.

Jet macht es mir leicht, indem sie mir ein verschmitztes Grinsen zuwirft und dann mit einem Kopfsprung ins Wasser hechtet. Keeda folgt ihr prompt, fordert sie zu einem Wettschwimmen heraus, um zu küren, wem es zuerst gelingt, an der gegenüberliegenden Seite des Beckens anzuschlagen. Somit sind die beiden aus dem Weg; Pandora jedoch steht unverändert vor mir und schwankt regelrecht, als ihr Mund sich zu einem neuerlichen Gähnen öffnet.

»Du wirkst total übermüdet.«

»Wie gesagt: Kael lässt mich Tag und Nacht durcharbeiten«, nuschelt sie, löst ihre Zopfgummis und zwirbelt sich im Weiterreden das lilafarbene Haar zu einem Knoten oben auf dem Kopf. »Ich bin unser IT-Nerd, entsprechend dirigiere ich quasi sämtliche unserer Überwachungsteams. Solange wir diese Typen nicht klar verorten können, habe ich praktisch einen Vierundzwanzig-Stunden-Job.«

Ich verziehe mitfühlend das Gesicht und überlege dann, ob ich sie um Hilfe hätte bitten sollen bei meinem Versuch, die Relikte davon zu überzeugen, ihren Fokus auf Vanik statt SPARK zu legen. In dieser Sache wäre sie eine gute Verbündete gewesen. Sollte mein nächstes Gespräch mit Kael keine Wirkung zeigen, werde ich mich definitiv an sie wenden.

Pandora macht nach wie vor keinerlei Anstalten, ins Wasser zu steigen, also lenke ich sie weiter ab, indem ich sage: »Tut mir leid, dass ich dir zusätzlich noch die Analyse der Spritze aufgebürdet habe. Ich schätze, du hast bisher nicht herausgefunden, was drin war?«

Dass es so sein muss, ahne ich bereits, da sie sonst bestimmt Kael Bescheid gegeben hätte. Immerhin bin ich froh, dass er somit die Wahrheit über das Serum zuerst von mir hören wird – nun, da ich mich bereit fühle, sie ihm anzuvertrauen.

Pandora reibt sich den Schlaf aus den Augen und fragt: »Spritze?«

Sie ist wirklich groggy. »Die Spritze, die Kael dir zum Testen gegeben hat.«

Sie schüttelt den Kopf, beteuert: »Kael hat mir keine Spritze gegeben.«

Außer den entfernten Geräuschen spritzenden Wassers, die Keeda und Jet bei ihrem offenbar noch unentschiedenen Wettschwimmen verursachen, folgt nichts als Stille auf ihre Aussage.

Ich runzele die Stirn. »Bist du sicher?«

Sie langt nach oben, spielt mit ihrem Haarknoten. »Ich bin so kaputt, dass ich im Moment gar nichts mehr beschwören wollen würde. Aber an eine Spritze erinnere ich mich nicht.« Sie mustert mich aus zusammengekniffenen Augen. »Wieso sollte ich sie testen?«

Ich versuche, mir Kaels exakte Worte ins Gedächtnis zu rufen: Er hat definitiv gesagt, dass er Pandora bitten werde, das Serum zu identifizieren. Entweder hat er es am Ende doch vergessen, oder sie ist so müde, dass es in den Tiefen ihrer übrigen Arbeit untergegangen ist. Sollte Letzteres zutreffen, wird Kael wenig begeistert sein.

Ein rascher Blick über Pandoras Schulter offenbart mir, dass Arryn und Riley endgültig den Tunnel erreicht haben und beinahe außer Sicht sind, daher stoße ich erleichtert die Luft aus und antworte: »Das muss dann wohl ein Missverständnis gewesen sein. Ich werde ihn mal suchen und nachhaken.«

»Ich habe ihn gerade erst zusammen mit Smith gesehen«, meint sie und tritt nun ebenfalls an den Beckenrand. »Die beiden waren allem Anschein nach in eine recht hitzige Diskussion verwickelt, also würde ich vielleicht ein wenig warten, wenn dein Anliegen nicht allzu dringend ist.«

»Gute Idee«, erwidere ich, pflastere mir ein Lächeln ins Gesicht und verabschiede mich, ehe sie sich abstößt und ins Wasser taucht.

Wenn Smith sich mit Kael unterhalten hat, wieso hat er ihn dann nicht zu mir geschickt? Smith wusste, wie wichtig es mir war, mit ihm zu reden ... wo bitte *stecken* die beiden?

Mein Bauchgefühl sagt mir, dass etwas hier ganz und gar nicht stimmt. Irgendein Instinkt, irgendeine Intuition brüllt geradezu ihre Warnung:

Beeil dich, beeil dich, beeil dich.

Ich jogge den Gang hinunter, überlege mir im Laufen, wohin ich mich wenden soll. Da ich davon ausgehe, dass Kael sich mit Cami ausgesprochen hat, bevor es Smith gelungen ist, ihn abzupassen – oder die beiden womöglich zu unterbrechen –, beschließe ich, zuerst meine Freundin ausfindig zu machen. Bestenfalls kann sie mir dann dabei helfen, Kael aufzuspüren. So oder so muss ich außerdem Cami von der Erinnerung erzählen, die ich nun in ihrer Gänze kenne, und von der Rolle, die der Sicherheitsmann bei all jenen Ereignissen gespielt hat, die mich nach Lengard gebracht haben. Und zu guter Letzt von dem Serum, weil sie – wie auch Kael – die Wahrheit erfahren muss über das, was mit mir vorgeht.

Zuerst einmal gilt es jedoch, sie zu finden.

Ich renne schneller, komme erst vor unserem Zimmer schlitternd zum Stehen, doch im Innern wartet keine Cami auf mich. Kael wollte ihr nach ihrer Unterhaltung ausrichten, sie solle sich hier mit mir treffen – folglich bin ich nun ratlos, wo sie sein könnte.

Ich werfe meine schmutzigen Kleider auf mein Bett und murmele ein – an wen auch immer gerichtetes – leises Stoßgebet, während meine Finger in der blutigen Jacke wühlen und schließlich den Kompass umschließen.

»Finde Cami«, befehle ich. Als nichts passiert, wiederhole ich die Worte ein zweites Mal, dann ein drittes und sogar viertes Mal, ehe ich aufgebe und das silberne Instrument quer durch das Zimmer schleudere.

Tränen stechen in meinen Augen, da die Wahrheit mich nun endgültig und gnadenlos trifft und einsinkt: Das Serum hat seine Arbeit getan.

Meine Zeit ist abgelaufen.

Ich bin keine Sprecherin mehr.

Meine Worte tragen keine Macht mehr in sich.

Ward hatte recht: Es ist kaum ein paar Wochen her, dass ich alles für diesen Zustand gegeben hätte. Jede Nacht habe ich in meiner Zelle wach gelegen und darum gefleht, dass ich am nächsten Morgen von meinem Fluch befreit aufwachen würde.

Genau so habe ich meine Gabe empfunden – als Fluch.

Doch seitdem ist mir die Wahrheit klar geworden: Sprechen ist ein Geschenk.

Ein unschätzbares, unbeschreibliches Geschenk.

Eines, das mir nicht länger gehört.

Der Kummer, den ich über das, was ich verloren habe – was mir *genommen* wurde –, verspüre, ist überwältigend. Aber ich darf mich nicht darin verlieren, noch nicht. Nicht solange der Alarm in mir immer lauter schrillt und meine aufwallende Panik mir die Gewissheit gibt, dass irgendetwas furchtbar, furchtbar falsch läuft.

Ich muss Cami finden. Kael finden. *Jetzt.*

»Denk nach«, sporne ich mich murmelnd selbst an, tigere durch den Raum. »*Denk.*«

Ruckartig bleibe ich stehen, als mir aufgeht, dass ich an Camis Stelle nur an einem anderen Ort sein wollte – selbst wenn ich ihn heute bereits zweimal besucht hätte.

Ich stürze aus unserem Zimmer.

Beeil dich, beeil dich, beeil dich, drängt meine innere Stimme.

Ich sprinte, so schnell meine Beine mich tragen, den dunklen Gang entlang, wende mich an der Gabelung nach links und stürme weiter in Richtung der Arrestzelle. Mein Herz hämmert mir in der Brust, und das ist zweifellos nicht nur der Anstrengung geschuldet. Meine ungute Vorahnung lässt sich einfach nicht abschütteln.

Allerdings legt sie sich ein wenig, als ich das Ende des Tunnels erreiche und Cami über der offenen Falltür stehen sehe. Meine Panik verflüchtigt sich teilweise, wenn auch nicht ganz. Meine innere Stimme mahnt mich unbeirrbar zur Vorsicht.

Ich drücke sie beiseite und sage: »Ich habe nach dir –«

Mein Satz bricht abrupt ab, da er sich in mein Blickfeld schiebt. Erst sein Kopf, dann die Schultern, dann der Rest seines Körpers, Sprosse um Sprosse. Ward klettert die Leiter empor und hinaus in den Tunnel.

Schockstarr und wie angewurzelt verfolge ich, wie er neben Cami innehält, lässig an ihrer Seite aufragt.

»*Was hast du getan?*«, verlange ich, ohne genau zu wissen, wem die Frage gilt.

»Ich musste ihn herausholen«, sagt Cami. »Ich *musste.*«

Ward ist frei.

Ward ist frei, und ich bin nicht mehr in der Lage, zu Sprechen, habe keine Möglichkeit, ihn wieder einzusperren, ohne mich auch auf ein körperliches Kräftemessen einzulassen – das ich wohl kaum gewinnen würde.

»Ich brauche ihn, Alyssa«, beharrt Cami. »Du verstehst das nicht.«

Sie täuscht sich – ich verstehe es *doch*. Denn während ich ihn betrachte, wie er geduldig an ihrer Seite wartet, keinerlei Anstalten macht zu fliehen, wiederhole ich ihre Worte im Kopf, und eines fällt mir besonders auf.

»Du hast mich noch nie bei meinem vollen Namen genannt«,

krächze ich, und mein ganzer Körper versteift sich vor Grauen. Seit sie von meiner wahren Identität erfahren hat, hat sie mich niemals »Alyssa« gerufen, stets bloß »Lyss« – so, wie ich sie niemals mit »Camelot« angesprochen habe.

Als würde ein Schalter umgelegt, verwandelt sich ihr flehendes Gesicht in eine selbstzufriedene Miene, und sie sagt: »Du warst schon immer cleverer, als es dir guttut, liebste Alyssa.«

Nein.

Nein, nein, *nein.*

Das kann nicht sein – sie kann nicht unter Vaniks Kontrolle stehen. Das hätte ich bemerkt. *Das hätte ich bemerkt.*

Sie flüstert ein leises Wort, sodass ein Licht um sie herum aufflammt und meine Gedanken bestätigt – sie wird keineswegs von Vanik gesteuert. Das begreife ich, weil ihre Haut zu schmelzen beginnt wie Kerzenwachs, sich verzieht und verändert, bis jemand völlig anderer an ihrer Stelle steht und mich, süffisant schmunzelnd, anschaut.

Ich schaffe es nur mit Mühe, mich auf den Beinen zu halten, als ich seinen Namen herauskeuche.

»Vanik.«

KAPITEL 25

»Überraschung«, säuselt Vanik, die eingesunkenen Augen voller Schadenfreude.

Weitere Lichtblitze brechen aus ihm hervor, und statt nach vorn zu hechten, wie ich es vorhatte, kann ich mich im nächsten Moment nicht mehr rühren. Meine Füße kleben am Boden, genau wie damals in Luna Park. Bloß dass ich diesmal keine Chance habe, mich Freizusprechen.

»Ich würde ja liebend gern bleiben und ein Schwätzchen mit dir halten«, meint Vanik, »aber ich werde anderswo erwartet. Komm mit, Landon.«

»Nein!«, schreie ich, während die beiden auf mich zukommen und dann schnurstracks an mir vorbeimarschieren. »Stopp! *Stopp!*«

Ein tiefes, finsteres Glucksen steigt aus Vaniks Kehle auf, und im Vorübergehen schimmert sein schmieriges Haar im Fackelschein. »Netter Versuch, aber wir wissen beide, dass das nicht mehr funktionieren wird.«

Mir ist vollkommen gleichgültig, was er sagt. Egal, ob er recht hat. Ich schere mich nicht darum, dass es ihm irgendwie gelungen ist, die Kontrolle über seine neue Schöpfergabe zu erlangen, wohingegen ich nicht einmal mehr in der Lage bin, ein einziges Wort mit Absicht aufzuladen.

Meine Chancen gehen gegen null. Ich bin *buchstäblich* unfähig, mich zu bewegen. Aber … Er ist *so nah*. Und falls er mir entwischt … Falls er Ward mitnimmt …

Ich darf nicht aufgeben.

Ich *werde* nicht aufgeben.

»*Frei!*«, brülle ich, im selben Moment, in dem die zwei in den Tunnel einbiegen und ihn federnd entlangeilen. Das Wort hallt laut zwischen den Kalksteinwänden nach.

Doch nicht nur das.

Denn ein Licht flammt auf, und mit einem Mal gehorchen mir meine Beine wieder.

Ich … ich kann noch Sprechen.

Was bedeutet … ich bin womöglich immer noch imstande, Vanik aufzuhalten.

»Keinen Schritt weiter!«, rufe ich. Abermals zuckt ein Licht, und meine Erleichterung zwingt mich beinahe in die Knie – bis ich Wards Feixen ausmache und erkenne, dass Vanik munter weiterspaziert, dank der Schutzgabe seines Gefährten.

»So, so, da hast du also doch noch ein Fünkchen Kampfgeist in dir«, ruft Vanik über die Schulter zu mir zurück, und in seinem Gesicht spiegelt sich der Reiz einer Herausforderung. »Nun ja, deine Zeit wird bald genug ablaufen. Fang uns doch, wenn du kannst, Alyssa Scott.«

Und damit rennt er los, sprintet den Gang entlang; Ward hält an seiner Seite locker mit.

Mit einem derart abrupten Abgang habe ich nicht gerechnet, doch ich brauche nur eine Sekunde, um die Verfolgung aufzunehmen. Eine Sekunde, um zu begreifen, dass ich sie um keinen Preis entkommen lassen darf, Vorsprung hin oder her.

»Stopp!«, brülle ich versuchsweise noch einmal, in der Hoffnung, sie damit auszubremsen; zwar ahne ich bereits, dass Ward Vanik und sich selbst vor meinem Befehl schützen wird, doch jede noch so kleine Verzögerung könnte mir bei meiner Aufholjagd zugutekommen. Und vielleicht, wenn ich nur genügend Befehle ausschicke, wird Ward irgendwann schwächeln und einer davon sein Ziel treffen.

»Halt!« – »Keine Bewegung!« – »Wartet!« – »Festgefroren!« – »Kuschelhase!«

Der letzte Ruf soll sie überrumpeln, sie aus dem Tritt bringen, zumal meine Wortwahl belanglos ist, sofern meine Absicht stimmt. Leider erzeugt jedoch nur ein einziger meiner Gesprochenen Befehle einen Lichtblitz – der mühelos von Ward abgeblockt wird.

Mein Körper kämpft gegen das Serum an, die Adrenalinschübe helfen nach Kräften, aber Vanik *hat* recht: Meine Zeit läuft tatsächlich ab. Ich dachte, sie *sei* bereits abgelaufen, daher danke ich allen guten

Mächten, während ich weiter den Gang entlanghaste, und bin unendlich erleichtert, dass es mir zumindest gelungen ist, mich vom Boden loszueisen. Nun bleibt mir nur zu hoffen, dass ich im entscheidenden Augenblick noch immer genügend Stärke in mir haben werde, um zu tun, was getan werden muss – und mir rechtzeitig darüber klar werde, was *genau* das überhaupt sein wird.

Ich schiebe meine Unsicherheit beiseite, und als ich die Weggabelung erreiche und sehe, dass die beiden den dunklen Mittelgang gewählt haben, den ich selbst erst ein Mal betreten habe, folge ich ihnen in die tintige Schwärze hinein, ohne einen Gedanken daran zu verschwenden, wohin der Tunnel wohl führt. Ohne eine Umkehr in Erwägung zu ziehen, um Hilfe zu holen, weil mir dazu die Zeit fehlt. Die Bedrohung, die Vanik verkörpert, ist zu groß, als dass ich riskieren dürfte, ihn zu verlieren.

Allerdings ... ich darf auch nicht leichtsinnig werden. Es steht zu viel auf dem Spiel, um Vanik allein und ohne Unterstützung zu konfrontieren. Selbst *falls* ich im Kampf gegen ihn noch auf meine Gabe zurückgreifen kann, brauche ich im Grunde nicht einmal versuchen, zu Sprechen, solange Ward abschirmt. Wenn ich auch nur den Hauch einer Chance haben will, ihn – sie *beide* – zu stoppen, ist Hilfe unverzichtbar.

Ein vager Plan formt sich in meinem Kopf – etwas, wofür ich mich später bei meinem Bruder bedanken werde, da er mir unwissentlich zwei Schritte voraus war, als er mir sein Handy in die Hand gedrückt hat. Ebenjenes Handy nämlich werde ich benutzen, sobald diese Jagd ihr Ende findet.

»Renn, renn, renn, so schnell du kannst!«, erreicht mich Vaniks Singsang durch die Dunkelheit.

Vor mir erspähe ich ein hüpfendes Licht – eine Leuchtkugel, die er Herbeigesprochen haben muss, um ihren Weg zu erhellen. Mein Versuch, eine eigene zu erzeugen, bleibt erfolglos; ich könnte genauso gut stumm sein. Allerdings dient mir Vaniks und Wards Licht als Orientierung, auch wenn es zu weit weg ist, um mich in meinem wilden Verfolgungssprint vor Stolpersteinen und Vertiefungen im unebenen Tunnelboden zu bewahren.

Schließlich gelangen die beiden an die Einsturzstelle und kriechen hindurch; das Licht verschwindet gemeinsam mit ihnen, was die Sache für mich deutlich verkompliziert. Langsamer zu werden kann ich mir nicht leisten, also behalte ich mein Tempo bei und vertraue ganz auf meine Erinnerung an den gestrigen Morgen, als Arryn Cami und mich dieselbe Strecke entlanggelotst hat. So viel ist seither passiert, dass Jahre vergangen zu sein scheinen.

Meine hastige Vorwärtsbewegung wird abrupt ausgebremst, da ich den Abstand zwischen mir und dem felsigen Schuttberg in meinem Weg falsch eingeschätzt habe; obwohl meine Hände sicherheitshalber ausgestreckt waren, pralle ich mit solcher Wucht hinein, dass ich mir Handflächen und Gesicht an hervorragenden Steinen aufschürfe. Schmerz explodiert über meiner linken Augenbraue und in meiner Wange, und klebriges Blut vermischt sich mit den Tränen, die mir in die Augen steigen, während zugleich ein Schrei meinen Mund verlässt.

Ich zwinge mich, in Bewegung zu bleiben, ignoriere die Sterne, die nun durch mein Sichtfeld tanzen. Auf Knien taste ich in der Finsternis hektisch nach dem verrückbaren Felsbrocken, der den Eingang des engen Tunnels verbirgt; ein erleichterter Atemzug entfährt mir, als ich feststelle, dass der niedrige Stollen bereits freigelegt ist. Weder Vanik noch Ward haben Zeit damit vergeudet, den Stein wieder an seinen Platz zu rücken.

In Rekordzeit zwänge ich mich unter dem Geröll hindurch, komme stolpernd wieder auf die Füße und jage aufs Neue den Gang entlang. Vaniks und Wards Lichtball wirkt nun näher als auf der anderen Seite, was mir die Hoffnung gibt, ein wenig aufgeholt zu haben.

Für jemanden in seinem Alter legt Vanik eine beachtliche Geschwindigkeit an den Tag. Bei Ward erstaunt mich das nicht; er ist jung und fit. Vanik dagegen – ein Wissenschaftler mittleren Alters – mutet beileibe nicht wie ein Athlet an. Unwillkürlich drängt sich mir die Frage auf, ob er irgendeinen Sprecherkniff ausgeklügelt hat, der ihm eine bessere Kondition verschafft.

Wie auch immer er es vollbringt: Ich kämpfe auf jedem Meter darum, nicht abgehängt zu werden, zumal der nun abschüssige Streckenteil jeden einzelnen Schritt zum halsbrecherischen Unterfangen macht.

Gestern hat uns die vergleichsweise gemächliche Wanderung in die Tiefe, von der mir bereits die Oberschenkel gebrannt haben, fast eine halbe Stunde gekostet, ehe der Weg unter dem Meeresboden wieder eben wurde. Heute dauert es kaum halb so lange, bis ich den einmal mehr in der Waagerechten verlaufenden Gang entlangkeuche; vor der Steigung, die mich in Kürze erwartet, graut mir schon jetzt.

Ich muss mithalten.

Ich muss mithalten.

Ein wenig Auftrieb verschafft mir der Gedanke, dass auch den beiden die Strapazen des Wegs mittlerweile zusetzen müssen.

Aufwärts, aufwärts, *aufwärts* führt der Tunnel wenig später, und ich mobilisiere letzte Reserven in dem Versuch, den Abstand zwischen uns zu verkürzen. Mag sein, dass ich in der vergangenen Woche – seit meiner Flucht aus Lengard – nur begrenzten Bewegungsspielraum hatte, aber davor liegen zweieinhalb Jahre Training mit Enzo, einschließlich seiner erbarmungslosen Ausdauerdrills.

Ich kann es schaffen.

Ich kann es schaffen.

Ich stolpere und bleibe nur mit Mühe auf den Füßen, indem ich einen Arm zur Seite werfe und mich an der Wand abfange. Im nächsten Moment reiße ich meine Hand zurück, und mein Gesicht verzieht sich zu einer Grimasse, da mir Arryns Warnung, so nah der alten Quarantänezone nichts zu berühren, wieder einfällt.

Auf dem ansteigenden Pfad ringe, ringe, *ringe* ich um Luft und schluchze beinahe vor Erleichterung, als das tanzende Licht vor mir verschwindet. Vanik und Ward haben offenbar den Ausstieg erreicht, was bedeutet, dass auch ich bald am Ziel bin.

Ich lege noch einmal einen Spurt ein, sobald der Untergrund sich ebnet, in vollem Bewusstsein, dass ich den beiden beim Verlassen des Tunnels dicht genug auf den Fersen sein muss, um zu erkennen, wohin sie sich wenden – dicht genug, um ihnen zu folgen und einen Anlauf zu wagen, sie aufzuhalten. Auch wenn ich nach wie vor keine konkrete Vorstellung davon habe, wie ich das anstellen soll.

Vom Sprechen sehe ich ab – ich bin kaum noch in der Lage, Luft in meine Lungen zu ziehen, daher hätte ich keine Chance, ein Wort über die Lippen zu bringen, ob Gesprochen oder nicht. Vielmehr ist es bereits ein Wunder, dass es mir weiterhin gelingt, einen Fuß vor den anderen zu setzen.

Kurz darauf erhellt sich der Tunnel ringsum, und noch einmal verlängere ich meine Schritte; neues Adrenalin pumpt durch meine Adern, während ich mich meinem Ziel nähere: dem Ende des Pfads, das ich nun *vor Augen* habe. Allerdings erscheint mir das Tageslicht in diesem Abschnitt merklich schummriger als gestern, was mich ahnen lässt, wie spät es inzwischen sein muss.

Endlich gelange ich an die alte hölzerne Leiter und erhasche gerade noch Wards Beine, die sich in dem Moment von der letzten Sprosse abdrücken, in dem ich nach der ersten greife. Nun bin ich ihm so nah – *so nah*.

Ich turne die Stufen hinauf wie ein Äffchen, taumele durch das Loch im Boden und rolle mich ungraziös über das Metallgitter ab, das zurückzurücken Ward sich nicht die Mühe gemacht hat.

Es dämmert schon, die Sonne ist bereits hinter den Horizont abgetaucht. Ich kann von Glück reden, dass *überhaupt* ein wenig Licht bis in den Tunnel gedrungen ist – ein paar Minuten später, und ich wäre blind in die Leiter hineingerannt.

Ich springe auf die Füße und wirbele um die eigene Achse; die unscharfen Silhouetten Wards und Vaniks stürmen den grasbewachsenen Hügel ins Herz der Quarantänestation hinunter, während der sich stetig verdunkelnde Himmel Schatten über das Gelände wirft und ihnen so auf ihrer Flucht zu Hilfe kommt.

Beeil dich.

Beeil dich. Beeil dich. Meine innere Stimme treibt mich unermüdlich an, peitscht mich voran bei meinem Sprint über das Gras und den unbefestigten Hauptweg, immerzu Ward und Vanik hinterher. Ich fliege an denselben gruseligen Gebäuden wie gestern vorbei, den Blick fest auf die beiden Gestalten direkt vor mir geheftet.

Ich konzentriere mich so genau auf sie, dass mir nicht entgeht, wie sie den Pfad verlassen und die Stufen eines der beiden Gebäude in der Klinikzone hinaufstürmen. Prompt fällt mir wieder ein, was Arryn und Cami darüber erzählt haben – hier befinden sich einerseits der alte Krankentrakt, zum anderen das Isolationskrankenhaus, das vor Jahren abgebrannt und erst kürzlich wiederaufgebaut worden ist. Letzteres betreten Ward und Vanik nun, und in dem Moment, als sie durch die Tür platzen, erinnere ich mich an noch etwas, das Arryn gesagt hat.

… haben die Leute gemunkelt, dass dort in Wirklichkeit eine Art Experimentierlabor untergebracht war … Sofern ich weiß, darf niemand hinein …

Ein kalter Schauder läuft meine Wirbelsäule hinunter. Ich habe keine Ahnung, weshalb Vanik sich entschlossen hat, Lengard den Rücken zu kehren, aber einen besseren Ort als ein bereits betriebsfertig eingerichtetes Labor, das von der Öffentlichkeit abgeschirmt wird, hätte er sich als neues Versteck nicht aussuchen können. Von der Tatsache, dass es dort angeblich spukt, ganz zu schweigen.

Ich verlangsame meine Schritte und bemühe mich, ruhiger zu atmen, nähere mich vorsichtig dem Bau – in vollem Bewusstsein, dass ich höchstwahrscheinlich geradewegs in eine Falle tappe. Vanik hätte auf unserer irren Verfolgungsjagd hierher jederzeit Gelegenheit gehabt, mich anzugreifen. Er weiß, dass meine Sprechergabe versagt; er weiß, dass er mich mühelos daran hätte hindern können, ihnen nachzukommen. Stattdessen hat er mich hierhergeführt. Und sogar noch angespornt, mich wiederholt aufgefordert, nicht aufzugeben. Also scheint er einen größeren Plan im Sinn zu haben, einen Grund, aus dem er mich an diesen Ort gelockt hat. Und doch: Dieses Risiko habe ich bereits unterwegs abgewägt, schon bevor ich mich entschieden habe, den beiden nachzusetzen. Meine Wahl ist getroffen, egal, was mich jenseits dieser Türschwelle erwarten mag.

Nichts von all dem gefällt mir, und ich wünschte, ich wäre nicht allein. Ich wünschte, Kael wäre hier. Ich wünschte, Ward wäre *Ward*. Ich wünschte, Arryn oder Riley oder Cami oder *irgendwer* stünde in diesem Moment an meiner Seite.

Doch das tun sie nicht. Ich bin allein.

Allerdings hoffentlich nicht mehr lange.

Ich wahre einen gewissen Abstand zu dem Gebäude, ziehe das Handy aus meiner Tasche und stelle erleichtert fest, dass es keinen Entsperrcode verlangt. Riley hat mir eingebläut, die Kurzwahl zu verwenden, doch ich habe keinen blassen Schimmer, mit wem sie mich womöglich verbindet – vermutlich einem Kontakt bei SPARK. Ich brauche Menschen hier, denen ich vertrauen kann, nicht irgendwelche vermummten Unbekannten, daher zögere ich, seinen Rat zu befolgen. Aber Kael hat mir niemals seine Nummer verraten, und Camis Handy liegt nach wie vor in Lengard. Mir fällt lediglich eine Person ein, die Riley zweifellos in seinem Telefonbuch gespeichert hat.

Sie steht ganz oben in der Liste, und ich presse meinen Finger sofort auf den Button neben Arryns Namen. Es dauert eine Sekunde, bis das Klingeln einsetzt, und meine Stirn legt sich in Falten, als die Melodie nicht bloß aus dem Lautsprecher an meinem Ohr ertönt, sondern auch aus dem Gebäude vor mir schallt.

Dem Gebäude, in das Vanik und Ward gelaufen sind.

Eis flutet durch meine Adern, während ich den Anruf hastig abbreche, bete, dass ich mich verhört habe, und auf einen bizarren Zufall hoffe. Zitternd drücke ich das Symbol erneut, warte ein zweites Mal auf den Klingelton.

Kaum kommt er, da ramme ich meinen Finger auf den roten Abbruchknopf; am ganzen Körper bebend, stakse ich auf steifen Beinen voran. Ein kleiner Teil von mir ist immerhin so wachsam, dass ich beim Heranpirschen in den langen Schatten, die sich inzwischen wie lebendige Wesen über den Boden erstrecken, Deckung suche. Der größere Rest jedoch fühlt sich an wie gelähmt – von dem Ton aus dem Krankenhausbau und dem, was er bedeuten könnte.

Ich schiebe mich dichter an das plumpe Gebäude heran, das – wenn auch erst vor Kurzem wiederaufgebaut – wirkt, als wäre es Jahrhunderte alt. Mit seinen hölzernen Jalousien und zugenagelten Fenstern gleicht es der Kulisse eines Horrorfilms, doch auf eines ebendieser Fenster schleiche ich nun zu, da mir ein Schlitz zwischen den Lamellen ins Auge gefallen ist, durch den ich zu spähen plane. Das Glas ist dreckverschmiert – jedoch nicht so sehr, dass es mir die Sicht auf das verwehren würde, womit ich bereits gerechnet habe.

Ich hatte recht.

Und habe mich zugleich getäuscht.

Denn was sich im Innern verbirgt, ist noch weitaus schlimmer als meine Befürchtung.

Die Innenräume sind wesentlich sauberer als das Äußere des Gebäudes und großzügig geschnitten. An Möbeln sehe ich lediglich einen kleinen Tisch, den Fußboden bedeckt ein braun melierter Teppich, dessen Muster den Anschein vermittelt, die Wände mit der abblätternden Farbe würden einen See aus Blut begrenzen. All das nehme ich nur flüchtig wahr, bevor mein Blick auf etwas landet, das mir alle Luft aus den Lungen presst.

Arryn sitzt am Boden, an die gegenüberliegende Wand gelehnt; ihre Hände und Füße hält sie wie gefesselt, obwohl ich weder Seil noch Draht ausmachen kann. Ihr Mund bewegt sich, als versuchte sie zu reden, doch kein Laut dringt heraus. Mit einem Aufwallen von Übelkeit wird mir klar, was passiert sein muss: Sie ist mit einem Gesprochenen Befehl gefesselt und geknebelt worden und ihrem Schöpferhäscher und seiner gnadenlosen Fantasie vollkommen ausgeliefert.

Doch sie ist nicht die Einzige.

Riley befindet sich ebenfalls im Raum, blutet aus einem Schnitt auf der Stirn; sein linkes Auge ist blau und zugeschwollen, sein Kopf zur Seite geneigt, als schaffte er es kaum, ihn aus eigener Kraft aufrecht zu halten.

Cami hockt neben Arryn, ihr Gesicht tränenüberströmt und die Augen panisch aufgerissen.

Dann erkenne ich Smith, dessen bewusstloser Körper mit zerbrochener Brille an ihrem lehnt.

Und zuletzt ist da Kael, genau wie die anderen mit unsichtbaren Fesseln und Knebeln; seine Mitternachtsaugen glühen, während er quer durch das Zimmer vermutlich dorthin stiert, wo Ward und Vanik außerhalb meines Sichtfelds hantieren.

Arryn, Riley, Cami, Smith, Kael.

Sie alle hier, alle Köder.

Für *mich.*

Bloß … *wieso?* Worauf zur *Hölle* ist Vanik aus? Habe ich ihm nicht schon alles geliefert, was er braucht? Er hat sein Serum längst hergestellt … warum also zieht er meine Freunde mit in diese Angelegenheit hinein? Was kann er noch von mir wollen?

Nachdem ich mir ein Bild der Lage – deutlich schlimmer als in meinen finstersten Träumen – verschafft habe, haste ich ein Stück weit von dem Bau weg, bis ich halb von einer kleinen Baumgruppe verborgen bin. Von dort halte ich nach allen Seiten Ausschau, hebe dabei abermals das Handy und drücke die »1«; wer abhebt, ist mir mittlerweile völlig gleichgültig, solange bloß *irgendjemand* sich meldet. Meine Freunde sind in einem Raum mit einem Psychopathen gefangen. Die Menschen, die mir mehr bedeuten als alle anderen auf der Welt, angebunden wie Tiere auf dem Weg zum Schlachthof. Falls ihnen etwas zustößt … auch nur *einem* von ihnen …

»Du hättest schon vor Stunden zurück sein sollen, Riley. Geht es dir gut? Ist Arryn in Sicherheit?«

Alles in mir wird taub, als die melodische weibliche Stimme an mein Ohr dringt.

»Riley? *Hallo?*«

Ich hatte erwartet, dass die Kurzwahl mich mit irgendeiner Rezeptionistin von SPARK verbinden würde. Mir ist nicht einmal in den Sinn gekommen, dass eventuell, unter Umständen, möglicherweise die »1« auf dem Telefon meines Bruders mit der Nummer meiner Mutter verknüpft sein könnte. Aber ihre Stimme würde ich überall wiedererkennen.

»Bist du das, Riley?«

Ich hole stockend Luft; mir ist klar, dass ich rasch etwas sagen muss, ehe sie auflegt – dass ich mich um meiner Freunde willen zusammenreißen muss. Um Rileys willen.

»Mum?«, flüstere ich. Das Wort kommt mir halb abgewürgt, kaum hörbar über die Lippen.

Eine Pause am anderen Ende. Dann ihre Antwort in hartem Ton: »Wer ist da?«

Ich räuspere mich – oder versuche es zumindest. Mein Hals fühlt sich an wie mit Sandpapier ausgekleidet. »Ich – ich bin es. Alyssa.«

Ihr Tonfall wird allenfalls noch barscher. »Das ist nicht witzig. Geben Sie mir meinen Sohn. Auf der Stelle.«

Mein Blick klebt nach wie vor an der Gebäudefassade, doch vor meinen Augen zuckt ein Bild meines Bruders, verschrammt und blutig. »Das … das geht nicht.« Ich atme noch einmal tief durch, dann rede ich weiter, bevor sie Gelegenheit hat, erneut einzuhaken. »Ich lüge nicht – ich bin es wirklich. Ich muss dir so viel erklären, aber im Moment bitte ich dich einfach nur, mir zuzuhören. Riley steckt in Schwierigkeiten, Mum. Er und Arryn und meine restlichen Freunde befinden sich allesamt in Vaniks Gewalt. Ich weiß nicht, wie er sie geschnappt hat, und auch nicht, was er will. Ich weiß nur –«

»Das war ein Fehler.«

Die Worte stammen nicht von meiner Mutter.

Sondern von Ward, der wie aus dem Nichts vor mir auftaucht.

Ein Quietschen entfährt mir, ehe ich es zurückhalten kann. Schlagartig wird mir mein Fehler bewusst: Ich habe Vanik unterschätzt – der die Geduld verloren und Ward befohlen haben muss, sich getarnt an mich heranzupirschen.

Mir bleibt keine Gelegenheit, meiner Mum zu erzählen, dass Vanik ein Schöpfer ist – dass sie Hilfe zur Quarantänestation schicken soll.

Mir bleibt keine Gelegenheit, auch nur *ein weiteres Wort* zu sagen, bevor Ward mir den Ellenbogen gegen die Schläfe rammt, das Handy aus meinen Fingern rutscht und ich zu Boden gehe.

KAPITEL 26

Ich bin nicht ohnmächtig.

Allerdings auch nicht ganz bei Bewusstsein.

Ich befinde mich irgendwo dazwischen, während Ward meinen schlaffen, widerstandslosen Körper zum Gebäude hinüberschleift, die ausgetretenen Stufen hinauf und nach drinnen.

Ich bin benommen, schwindelig und nicht in der Lage, mich aus eigener Kraft auf den Beinen zu halten, gebe jedoch mein Bestes, meinen verschwommenen Blick scharf zu stellen und den Raum mitsamt den Leuten darin wahrzunehmen.

Meine Freunde wirken ebenso alarmiert darüber, mich zu sehen, wie ich es von ihrem Anblick war.

Ich versuche, den Mund zu öffnen – nicht um zu Sprechen, sondern bloß, um ihnen zu sagen, dass es mir gut geht. Um die Angst, die ihnen ins Gesicht geschrieben steht, zu lindern, auch wenn die Worte eine Lüge wären. Denn es geht mir nicht gut.

Keinem von uns.

Aber die Anstrengung, die nötig wäre, um meine Lippen zu bewegen und die Laute herauszubringen, übersteigt im Moment ohnehin meine Kräfte. Allein der Versuch lässt Sterne vor meinen Augen tanzen, und der Raum dreht sich so rasant, dass ich mich frage, ob ich doch noch bewusstlos werde. Womöglich wäre das ein Segen, sofern es mich ein wenig länger von Vaniks Plänen verschont. Ich würde mich zwar liebend gern der Dunkelheit hingeben, blinzele sie aber dennoch fort, kämpfe gegen meinen hämmernden Schädel und die flackernde Sicht an. Meine Freunde brauchen mich wach, mein Bruder braucht mich wach. Ich muss bei Sinnen bleiben. Ich *muss*.

Ward schleppt mich weiter durch den Raum, wobei … er mich von den anderen *fortbugsiert*. Smith ist noch immer ohnmächtig, und Riley sieht so betäubt aus, wie ich mich fühle, daher bin ich nicht sicher, ob er überhaupt wirklich mitbekommt, was gerade passiert. Aber die anderen … sie wehren sich.

Arryn und Cami zerren an ihren unsichtbaren Fesseln, reißen scheinbar an Luft, bäumen ihre Körper von der Wand weg und mühen sich ab, um freizukommen. Camis Bewegungen sind so kraftvoll, dass Smith von ihrer Schulter rutscht und ganz zu Boden sackt, doch sie nimmt es kaum wahr. Stattdessen fängt sie meinen verschwommenen Blick auf und ruckt wieder und wieder mit dem Kinn zu Kael hinüber. Ich versuche, ihr zu vermitteln, dass ich verstehe, doch meine Glieder gehorchen mir nicht.

Ich begreife, was sie mir bedeuten will: Gelänge es bloß Kael, sich zu befreien – oder auch nur den Mund zum Sprechen zu öffnen –, würden seine Zerstörerfähigkeiten unsere Chancen schlagartig verbessern. *Immens* verbessern. Er könnte Ward so weit ablenken, dass seine Gabe nicht mehr wirkt und Vanik schutzlos ist. Natürlich wäre der Wissenschaftlicher auch allein noch ein mächtiger Feind, jedoch längst nicht mehr so unantastbar wie im Augenblick.

Zudem darf ich nicht vergessen, wozu Arryn imstande ist. Wenn sie es schafft, Kael – oder auch Ward – nahe genug zu kommen, um ihn zu berühren, könnte sie dessen jeweilige Gabe in sich aufnehmen und sich in den Kampf stürzen, *uns* Schutz bieten. Oder … ich weiß, sie hat gemeint, sie könne sich nicht vorstellen, meine Schöpfergabe zu nutzen, aber falls sich ihr die Gelegenheit böte, Hand an Vanik oder mich zu legen, wären sie und ich vielleicht, *eventuell*, in der Lage, das Blatt zu unseren Gunsten zu wenden. Vorausgesetzt, es gelingt ihr, ihre Worte zu kontrollieren – und ich kann überhaupt noch Sprechen.

Dann noch Cami mit ihrer Heilergabe – sie hat bereits bewiesen, dass sie ihrem Bruder mehr als ebenbürtig und dazu fähig ist, ihn mit einem einzigen Wort in den Schlaf zu schicken. Ein ähnliches Szenario ist auch hier unser Ziel, rufe ich mir ins Gedächtnis: Wir wollen die beiden außer Gefecht setzen, nicht mehr, nicht weniger.

Bevor ich von Arryn und Riley die Wahrheit über SPARK erfahren habe, gab es in meinem Plan keine Vision für »Was kommt als Nächstes?« – aber ich habe nicht vergessen, was die beiden bei den heißen Quellen gesagt haben:

… verfügen wir zusätzlich über eine behördlich zugelassene Haftanstalt, in der selbst die mächtigsten Sprecher sicher verwahrt werden können.

Das ist es. Mag sein, dass es damals nicht konkret um Vanik ging; dennoch ist mir klar, dass so unsere Lösung aussieht. So machen wir ihn unschädlich – indem wir ihn in der ausbruchssicheren SPARK-Einrichtung wegsperren.

Was geschehen wird, sollten wir versagen, wage ich mir nicht auszumalen. Stattdessen konzentriere ich all meine Hoffnung auf diese neue Strategie.

Doch während Ward mich weiter zur gegenüberliegenden Wand schleift, während Arryn und Cami unermüdlich um ihr Leben kämpfen, Kael still und stumm wie der Tod dahockt – seine Miene eine Maske der Wut – und seine Kräfte für den richtigen Moment aufspart … da begreife ich, dass einen Plan zu haben und ihn in die Tat umzusetzen zwei völlig verschiedene Dinge sind.

»Irgendwelche Schwierigkeiten?«, fragt Vanik, der in diesem Moment aus einer Seitentür in den Raum tritt. In meinem benebelten Zustand war mir seine Abwesenheit nicht einmal aufgefallen. Nun starre ich ihn an, als er neben dem kleinen Holztisch innehält.

Außer ihm – außer *den beiden* – ist niemand sonst hier, was mich überrascht. Ich hatte angenommen, dass Vanik sofort anfangen würde, sein Serum zu *nutzen*, sobald es die erwünschte Wirkung zeigte. Besonders nach dem, was er in seinem Labor zu mir gesagt hat:

Indem ich dich studiere, habe ich die Gelegenheit, unserer Rasse einen Neustart zu ermöglichen – und am Anfang wird meine Sprecherarmee stehen, die zu mir aufschaut, sich an mir orientiert und meinem Willen unterworfen ist.

Wo ist diese Armee? Hat er sie bereits ausgeschickt in die Welt, oder … wartet er? Und in letzterem Fall: worauf?

Wieso hat er mich hierhergelockt?

»Sie hat jemanden angerufen«, antwortet Ward in teilnahmslosem

Tonfall. »Ihre Mutter. Ich bin mir nicht sicher, wie viel sie ihr mitgeteilt hat, ehe ich sie unterbrochen habe.«

Mit »unterbrochen« meint er »ihr meinen Ellenbogen ins Gesicht gerammt«. Das ist etwas, das ich ihm so bald nicht verzeihen werde, selbst wenn es uns auf wundersame Weise gelingen sollte, ihn aus Vaniks Kontrolle zu befreien.

Die Züge des Wissenschaftlers werden straff, sein dunkler Blick bohrt sich in meinen. »Ich dachte, du hast behauptet, sie hat kein Handy?«

Ward antwortet nicht, beinahe so, als wäre die Frage nicht an ihn gerichtet gewesen.

Vanik schnaubt frustriert, dreht sich vom Tisch weg und rauscht zu uns herüber. Dann scheint er sich wieder zu fangen, verfällt abermals in seine gewohnte Selbstzufriedenheit und deutet auf eine geschlossene Tür direkt gegenüber der, durch die er hereingekommen ist. »Wirf sie zu ihm dort hinein, und behalte sie gut im Auge; ich sorge unterdessen dafür, dass wir nicht gestört werden. Dass Melody und ihr Team hier aufkreuzen, um heldenhaft den Tag zu retten, will und werde ich nicht riskieren. Nicht ehe ich bereit für sie bin.«

Wäre ich in der Lage zu reden, würde ich ihm jetzt trotzdem nicht sagen, dass meine Mum nicht auftauchen wird, dass sie keine Ahnung hat, wo wir sind. Wenn die Bedrohung, die sie darstellt, Vanik ablenkt – und sei es nur für ein paar zusätzliche Minuten, in denen ich die Chance habe, mich ein wenig zu erholen, einen klaren Gedanken zu fassen, meine Glieder dazu zu bringen, mir wieder zu *gehorchen* –, dann nehme ich alles, was ich kriegen kann. Während Ward mich fortschleift, wendet Vanik sich noch einmal an mich: »Genießt euer kleines Familientreffen«, meint er mit süffisantem Grinsen. »Soweit ihr könnt.«

Seine Worte ergeben keinen Sinn. Riley befindet sich in *diesem* Zimmer, und meine Mum ist überhaupt nicht hier. Doch mein vernebeltes Hirn hält sich nicht damit auf, Vaniks Aussage zu hinterfragen – denn im selben Moment, in dem Ward die Tür aufdrückt und mich in den Nebenraum stößt, erhasche ich etwas Unmögliches.

Vaniks Gesicht – es *verändert* sich.

Genau wie zuvor in den Katakomben, als Camis Umrisse geschmolzen sind wie Wachs. Nun geschieht das Gleiche wieder.

Innerhalb von Sekundenbruchteilen steht nicht mehr Vanik vor mir.

Sondern der Sicherheitsmann.

Der Mann, der meine Erinnerungen gestohlen hat.

Der Mann, der mich nach Lengard gebracht hat.

Der Mann, der *meinen Vater ermordet hat.*

»Fast drei Jahre lang habe ich auf diesen Tag gewartet«, verkündet er mir, mit einer Stimme wie Öl und Augen von tiefstem Nachtschwarz. »Wie schön, dich wiederzusehen, meine kleine Waffe.«

Und dann fällt die Tür zwischen uns ins Schloss.

Ich starre sie an; starre, starre, *starre* und versuche, zu erfassen, was ich soeben erlebt habe. Was soeben geschehen ist.

Wenn der Mann im anderen Raum nicht Vanik war …

»Sechs-Acht-Vier?«

Ich bemühe mich, Ward zur Seite zu stoßen, aber meine Arme sind nach wie vor nutzlos, mein vernebeltes Hirn nicht in der Lage, den Unterschied zwischen Traum und Realität zu erkennen. Genau das nämlich – eine Art Halluzination – muss es sein, denn als Ward einen Schritt zur Seite macht und ich auf den kalten Fliesenboden gleite, ist die nächste Person, die in mein Blickfeld tritt, derjenige, von dem ich geglaubt habe, ich hätte ihn durch die Katakomben bis hierher gejagt.

»Sechs-Acht-Vier?«, wiederholt Vanik – der *echte* Vanik – und nähert sich mir langsam. Er wirkt deutlich mitgenommener als der vermeintliche Vanik nebenan: Sein Kinn ist stoppelübersät, tiefe Schatten liegen unter seinen eingesunkenen, blutunterlaufenen Augen, und seine hohlen Wangen sind kaum mehr als papierdünne Haut, die sich über die Knochen spannt. »Kannst du reden? Kannst du dich bewegen?«

Weder noch, dank meiner zweifellos medizinisch bereits bedenklichen Gehirnerschütterung. Doch selbst wenn ich dazu in der Lage wäre, würde mein derzeitiger Schock mich ohnehin daran hindern.

»Halt still«, sagt er und begutachtet mich. »Nur – nur noch einen Moment durchhalten, Sechs-Acht-Vier.«

Ich ignoriere ihn und versuche, mich zu rühren. Schmerz schießt von meiner Schläfe aus den Nacken hinunter und meine Wirbelsäule entlang, während es mir zugleich kaum auch nur gelingt, ein paar Zentimeter nach hinten zu rutschen. Meine Panik potenziert sich mit jeder Sekunde. Ward taucht in meinem Augenwinkel auf und verschwindet wieder, und immer mehr Blitze zucken durch mein Sichtfeld. Er tut nichts weiter, als mich zu beobachten, befolgt stumpf Vaniks Anweisungen – nein, die des *Wachmanns*.

Es war niemals Vanik.

Aber … das ändert nichts an der Tatsache, dass der wahre Vanik dennoch hier ist. Auf meine Intuition ist Verlass – es gibt eine Verbindung zwischen den beiden. Was bleibt, ist die Frage nach dem *Wie*. Und dem *Warum*.

»Beweg dich nicht, sonst machst du es bloß schlimmer«, sagt Vanik, tritt kurz von mir weg und eilt sofort wieder heran. Er trägt seinen Laborkittel, der jedoch nicht wie üblich blütenweiß ist, sondern dreckig und verschmiert.

Ich habe nach wie vor Schwierigkeiten, durch den pochenden Schmerz scharf zu sehen, erkenne jedoch genug, um mich aufs Neue zu winden, als der Wissenschaftler vor mir auf die Knie geht und an meinem Ärmel zerrt.

Ein angsterfüllter, unverständlicher Laut gurgelt mir aus dem Mund, aber meine nutzlosen Glieder gehorchen mir nicht genügend, sodass ich an dem Versuch, meinen Arm fortzureißen, scheitere – und eine Nadel sich mit einem brennenden Stich in mein Fleisch bohrt.

Nein.

Nein, nein, nein, nein, *nein*.

Nicht schon wieder.

Nicht schon wieder.

»Ganz ruhig, Sechs-Acht-Vier. Ich weiß, du hast jeden Grund, mir zu misstrauen, aber gerade will ich dir helfen«, behauptet Vanik und weicht mit erhobenen Händen vor mir zurück.

Hielte er nicht in einer dieser Hände eine leere Spritze, würde ich ihm eher glauben.

Er folgt meinem panischen Blick und beteuert: »Das war bloß ein Aufputschcocktail. Hauptsächlich Adrenalin, dazu ein Analgetikum gegen die Schmerzen. Das Mittel wird dich nicht heilen, sollte aber deine Qualen ein wenig lindern und dir einen Energieschub verpassen, der dich wieder auf die Füße holt.«

Ich vertraue ihm nicht. Nicht nach allem, was er getan hat. Vor kaum einer Woche lag ich festgeschnallt auf einem Operationstisch, und er hat mich regelrecht gefoltert. Nachdem er zuvor *jahrelang* an mir herumexperimentiert hatte. Mir fällt kein einziger plausibler Grund ein, aus dem er sich plötzlich dazu entschließen sollte, mir zu helfen, statt mir wehzutun.

Und doch ... ebbt der Schmerz ab. Die zuckenden Lichtblitze verschwinden. Meine Arme und Beine gehorchen mir wieder.

Ich krabbele rückwärts, während der Inhalt der Spritze seine Wirkung entfaltet, halte erst an, als mein Rücken gegen die Tür stößt. Ich zittere am ganzen Körper, aber ich kann mich wieder bewegen. Wieder denken.

»W-w-was tun S-sie hier?«, stammele ich. »Wer ist dieser Mann?«

Vanik steht nach wie vor mit erhobenen Händen da, beäugt mich, als wäre ich ein wildes Tier. Sein Verhalten erinnert mich schlagartig an die Reaktion des Wachmanns in Luna Park auf mich. Schon damals – schon damals war ihm klar, wer ich bin, welche Fähigkeiten ich besitze. Dass ich mit einem einzigen Wort die Welt retten oder ins Unglück stürzen könnte.

»Beruhige dich, Sechs-Acht-Vier«, weist Vanik mich an. »Du solltest jetzt nichts sagen, was einer von uns bereuen wird.«

Er weiß es nicht. Er weiß nicht, dass ich womöglich überhaupt nicht mehr in der Lage bin zu Sprechen.

»Beantworten Sie meine Fragen«, verlange ich.

Ward mischt sich nicht ein. Verhindert das Gespräch nicht. Sein Befehl lautet, mich zu bewachen, also tut er genau das, stiert mich, gegen die Wand gelehnt, an, mehr nicht.

Vanik nimmt die Hände nach unten, bewegt sich jedoch keinen Zentimeter. »Ich bin hier, weil er« – sein Kopf ruckt in Wards Richtung – »mich in dem Moment überwältigt hat, in dem ich eine vielversprechende Formel für mein Schöpferserum gefunden hatte. Das Nächste, woran ich mich erinnere, ist, dass ich hier aufgewacht bin, und dass Alvin ... Alvin ...«

Er bricht ab, schlägt den Blick nieder, und seine Miene wirkt bei der Erwähnung Dr. Mannings aufrichtig verstört. Nie zuvor habe ich Vanik anders als abgebrüht, emotionslos und gefasst erlebt, doch allmählich beschleicht mich der Verdacht, dass seine Augen nicht nur von Erschöpfung geädert sind.

»Alvin hat versucht – versucht, mich zu retten, und er hat ihn ermordet.«

Entsetzt schaue ich zu Ward. Ob Marionette oder nicht – er wird sich selbst niemals verzeihen können, wenn er aus diesem Albtraum aufwacht und feststellt, dass er Dr. Manning umgebracht hat.

Erneut wandert Vaniks Blick mit meinem, und er sagt: »Nein, nicht Landon. Der andere. Er hat Alvin seine Pistole gegeben und ihn – ihn gezwungen, sich selbst zu erschießen.« In gequältem Flüsterton fügt er hinzu: »Wenigstens ging es – ging es schnell.«

Ich hege weder für Manning noch für Vanik auch nur irgendwelche innigen Gefühle, aber ich habe ein Herz, und ich sehe, dass seines gebrochen ist. Er schauspielert nicht – was auch immer Vanik und Manning verbunden haben mag, ging über ein Arbeitsverhältnis hinaus. Das unbändige Leid in Vaniks Miene verrät mir, dass er eine Wunde davongetragen hat, die nicht heilen wird – dass dieser Tod ihm mehr bedeutet hat als jeder andere.

»Seit fünf Tagen bin ich hier gefangen, und er droht, mich zu erledigen, wenn ich nicht exakt das tue, was er verlangt«, beichtet Vanik mir leise. Dann wird seine Stimme wieder fester. »Ich habe darauf gewartet, dass du kommst. Ich wusste, du würdest kommen. Und nun bist du da und kannst mich befreien; du kannst mich retten.«

»Wieso sollte ich das tun?«, krächze ich.

»Weil du ein besserer Mensch bist als ich, Sechs-Acht-Vier«, gibt er zurück. »Und weil dir sicherlich allmählich aufgeht, dass nicht ich hier der Bösewicht bin.«

Er neigt den Kopf zur geschlossenen Tür hin.

»Wer ist dieser Kerl?«, frage ich. »Und was will er?«

»Ich weiß es nicht.«

Ich starre ihn an. »Sie lügen.«

Vanik hält meinem wütenden Blick stand. »Nein. Er war von Anfang an darauf bedacht, mir sein Gesicht nicht zu zeigen. Bevor er sich selbst mein Serum injiziert hatte, habe ich nur Landon zu Gesicht bekommen. Danach sah er aus wie *ich*. Ich habe tatsächlich keine Ahnung, wer er wirklich ist. Keine Ahnung, was er will. Ich weiß bloß, dass es etwas mit dir zu tun hat.« Er deutet zur gegenüberliegenden Wand hinüber und ergänzt zögerlich: »Und mit ihm.«

Ich verstehe sein Stocken nicht, bis ich seinem Finger folge und mich dabei zum ersten Mal im Zimmer umsehe.

Im Gegensatz zu dem nahezu leeren Raum, aus dem wir gekommen sind, ist es ausgestattet wie ein Labor – genau genommen, haargenau so, wie ich mir Vaniks Versteck nach seinem Fortgang aus Lengard ausgemalt habe. Vom gefliesten Boden über die Halogenschienen an der Decke bis hin zu den kalten Metallschränken und medizinischen Apparaturen – Petrischalen, Mikroskopen, Zentrifugen und einer Reihe anderer Geräte – besitzt dieser Raum die komplette erforderliche Ausstattung, um ein Schöpferserum herzustellen und zu vervielfältigen.

Doch Vanik zeigt nicht auf die Gerätschaften.

Er zeigt auf das weiße Krankenhausbett am anderen Zimmerende.

Ein belegtes Krankenhausbett.

Meine Beine fühlen sich an wie aus Wasser, als ich mich aufrichte. Ward hindert mich nicht daran, mit wackeligen Knien über die Fliesen zu schlurfen, bleibt dabei jedoch dicht hinter mir, ebenso wie Vanik.

Mit jedem Schritt wächst mein Grauen. Meine Atmung wird unregelmäßig, sobald ich die Gestalt eines Mannes ausmache, der an so viele Maschinen angeschlossen ist, dass sie sein Gesicht beinahe verdecken. Dass ich seine Züge fast nicht erkenne.

Aber als ich direkt neben ihm stehe, weiß ich es.

Genießt euer kleines Familientreffen, hat der Wachmann zu mir gesagt. *Soweit ihr könnt.*

Ich blicke auf den Mann hinunter und bringe nur ein einziges, gehauchtes Wort über die Lippen.

»*Dad.*«

KAPITEL 27

Trotz der Apparate, mit denen er verkabelt ist, und ungeachtet der Tatsache, dass er nur noch aus Haut und Knochen besteht und seine Haut so fahl ist wie das über ihn gebreitete Tuch, weiß ich ohne jeden Zweifel, dass ich meinen Vater anschaue.

»Ist er – ist er –«

Ich bringe es nicht einmal über mich, die Frage zu stellen. Ich habe panische Angst, mich zu bewegen, ihn zu berühren.

Ich habe gesehen, wie ihm aus nächster Nähe in die Brust geschossen wurde. Ich habe gesehen, wie seine Augen sich geschlossen haben. Wie sein letzter Atemzug ihn verlassen hat.

»Es tut mir leid, Sechs-Acht-Vier«, sagt Vanik leise. »Nach allem, was ich seit meiner Ankunft hier festgestellt habe, steckt die Kugel nach wie vor in seinem Herzen. Er ist klinisch tot – nicht einmal Camelot mit ihren Heilkünsten wäre in der Lage, ihn noch zurückzuholen. Die lebenserhaltenden Maschinen, an die er angeschlossen ist, dienen lediglich dazu, seine Zellen in einem Stadium zu bewahren, in dem sie … in dem sie …«

Geerntet werden können.

Das ist es, was Vanik nicht ausspricht. Als fürchtete er meine Reaktion.

Zu Recht.

»*Wieso?*«

Er versteht, wie die eigentliche Frage lautet. »Hat dir jemals jemand erzählt, welche Gabe dein Vater besaß?«

Ich reiße den Blick von meinem Dad – meinem *klinisch toten* Dad – los, um Vanik damit zu erdolchen. Obwohl – oder vielleicht gerade weil – Tränen in meinen Wimpern hängen, zuckt er merklich vor mir zurück.

»Seitdem *Sie* mir vor einer Woche suggeriert hatten, er sei am

Leben, ich dann aber *heute Morgen* erfahren habe, dass er vor *annähernd drei Jahren* von einem Mann ermordet wurde, an den *sich niemand erinnert*, habe ich leider noch keine Gelegenheit gehabt, jemanden ausfindig zu machen, der bereit wäre, mir diese Information zu liefern.«

»Zu meiner Verteidigung: Ich dachte *wirklich*, er lebe noch«, sagt Vanik. Wüsste ich es nicht besser, würde ich seine Worte beinahe als Versuch einer Entschuldigung werten. »Christopher Scott war ein guter Mann. Ein guter Sprecher. Dir ein guter Vater, zumindest bevor er und Melody dir die Überzeugung eingepflanzt haben, sie wären tot, und dich auf einen Kurs geschickt haben, der dich letztlich nach Lengard befördert hat.«

»So war es nicht«, sage ich, ohne jedoch eine nähere Erklärung dazu abzugeben. Im hintersten Winkel meines Gehirns registriere ich beeindruckt, wie weit das Netz aus Lügen und Täuschungen reicht, welche Kreise die Manipulation des Wachmanns gezogen hat. Kein einziges Mal hat Vanik Riley erwähnt, als wäre ihm überhaupt nicht – oder eher: *nicht mehr* – bewusst, dass meine Eltern vor mir bereits ein anderes Kind hatten. Ich frage mich, was er noch vergessen hat, wie stark sein eigenes Leben womöglich von dem Unbekannten beeinflusst worden ist.

»Tja, was auch immer geschehen sein mag«, fährt Vanik bedächtig fort, »soweit es sich mir erschließt, ist der Grund, aus dem er hier liegt, der, dass wir alle seit Jahren zum Narren gehalten werden. Du, ich, dein Vater. Weiß der Himmel, wer noch. Und allesamt wegen unserer jeweiligen Gabe.«

»Welche Gabe *hat* mein Vater?«, frage ich. Dann verbessere ich mich leise: »Welche Gabe *hatte* er?«

»Christopher Scott war der vielleicht mächtigste Sprecher aller Zeiten. Sogar noch mächtiger als du mit deiner Schöpfergabe. Allerdings habe ich nie auch nur das geringste Bedürfnis verspürt oder einen Nutzen darin gesehen, das, wozu er in der Lage war, chemisch nachzubilden und zu vervielfältigen.«

»Beantworten Sie meine Frage, Vanik«, fauche ich.

Er wirft mir einen warnenden Blick zu – den ich erwidere – und offenbart endlich: »Dein Dad besaß die Fähigkeit, anderen ihre Sprechergabe zu nehmen, Sechs-Acht-Vier. Mit einem einzigen Wort.«

Aufs Neue fängt der Raum an, sich um mich zu drehen.

»Das Serum«, hauche ich. »Nachdem Sie mein Sprechergen isoliert und erfolgreich in Ihr Schöpferserum integriert hatten, war diesem – diesem Mann klar, dass Sie das Gleiche mit anderen Sprechern und *deren* Fähigkeiten tun könnten. Er hat meinen Dad in diesem Zustand bewahrt, seine Zellen am Leben gehalten, um handlungsbereit zu sein, sobald Sie ihren Prozess perfektioniert hätten. Jahrelang hat er nur *darauf* gewartet.«

Vanik nickt ernst. »Ich habe von einer besseren Welt für Sprecher geträumt, Sechs-Acht-Vier. Einer Welt, die von mir, von ihnen, von *uns* gelenkt würde. Doch er will das genaue Gegenteil.« Mit einer ausschweifenden Handbewegung fasst er das ganze Labor. »Drei Tage hat es mich nach deiner Flucht gekostet, eine Vorform des Schöpferserums herzustellen, doch seit es mir geglückt ist und Landon mich vor fünf Tagen entführt hat, werde ich in diesem Raum dazu gezwungen, in Massen eine Version mit Christophers Zellen zu produzieren. Ein Serum, das unser Gestaltwandler auf Sprecher anzuwenden plant – auf *sämtliche* Sprecher. Ein Serum, das, sobald es ihnen gespritzt wird, ihnen ihre Gabe rauben wird. Unwiederbringlich.«

Ich starre auf meinen Dad hinunter. Starre und mühe mich, die Tränen zu beherrschen. Ich war davon ausgegangen, ihn niemals wiederzusehen. Aber jetzt … Jetzt liegt er hier vor mir. Angeschlossen an eine Maschine, die seine Zellen gerade so weit am Leben hält, dass sie für ein krankes Experiment genutzt werden können. Er selbst ist tot. Seit Jahren. Und das hier …

Nur ein Monster würde so etwas tun.

»Ich hatte mit einer stärkeren Reaktion auf mein Geständnis gerechnet.«

Ich wende mich zu Vanik um. Aus dem Augenwinkel bemerke ich, dass Ward mich nach wie vor akribisch beobachtet, stumm. Einfach nur abwartend sicherstellt, dass ich keinen Fluchtversuch wage.

»Von dem Serum wusste ich bereits«, antworte ich Vanik heiser. Und strecke dann, wie zum Beweis, die Hand aus und sage: »Licht.«

Dass nichts geschieht, überrascht mich längst nicht mehr.

Vanik dagegen … der Blick aus seinen eingesunkenen Augen huscht zwischen mir und Ward hin und her. »Blockt er –«

»Nein«, sage ich. »Er blockiert meine Worte nicht. Das muss er gar nicht.«

Der Wissenschaftler zieht scharf die Luft ein, als die Erkenntnis ihn trifft. »Du hast es gespritzt bekommen.«

Ich nicke bloß. »Gestern. Vor mehr als vierundzwanzig Stunden.«

Seit der Hetzjagd durch die Tunnel habe ich mich an die Hoffnung geklammert und gebetet, dass irgendwo in mir womöglich noch ein Funken Macht übrig ist, noch eine letzte Chance schlummert, zu Sprechen. Nur ein Wort, mehr bräuchte ich nicht. Doch nun gestehe ich mir die Wahrheit ein. Denn ich spüre es – das klaffende Loch, einst gefüllt mit etwas Wertvollem, das ich verloren habe. Es fühlt sich anders an als heute Morgen; einen neuerlichen falschen Alarm kann ich ausschließen. Ich muss nicht erneut zu Sprechen versuchen, um zu wissen, dass es nicht funktionieren wird.

Meine Gabe ist fort.

Vanik schüttelt den Kopf. Schüttelt und schüttelt und schüttelt ihn, als könnte er es nicht glauben. Als *weigerte* er sich, es zu glauben. Er hat gesagt, ich solle ihm dabei helfen, sich zu befreien, doch nun geht ihm auf, dass ich niemandem helfen kann. Nicht einmal mir selbst.

Oder … zumindest *nehme ich an*, dass er deshalb den Kopf schüttelt. Bis –

»Das ist nicht möglich.«

»Sie haben das Serum selbst fabriziert«, sage ich. »Wenn Sie also einen Schuldigen suchen –«

»Nein, ich meine, es ist nicht *möglich*«, unterbricht er mich. Wieder schielt er zu Ward, als fürchtete er dessen Einschreiten, ehe er eilig weiterredet: »Es gab einen ganz bestimmten Grund, aus dem es mir gelungen ist, dein Schöpfergen zu identifizieren, Sechs-Acht-Vier. Einen Grund dafür, dass es der Schlüssel war, den ich benötigte, um ein wirksames Serum herzustellen, nachdem ich jahrelang daran gescheitert war. Du bist anders als alle Sprecher, die mir je begegnet sind – dein Erbgut ist einzigartig. Die Macht, die du in dir trägst, geht über deine Worte *hinaus*.«

Aus dem Augenwinkel nehme ich wahr, wie Ward die Arme entkreuzt und einen Schritt auf uns zukommt.

»Was soll das heißen?«, zische ich.

»Entscheidend war nie das, was du gesagt hast, sondern immer deine Absicht.«

»Das *weiß* ich«, sage ich, mit der Geduld beinahe am Ende. »So funktioniert das Sprechen nun einmal. Bei jedem, nicht bloß bei mir.«

»Du verstehst es nicht.«

»Dann *erklären* Sie es mir.«

»Du bist nicht wie andere Sprecher, Sechs-Acht-Vier«, wiederholt Vanik eindringlich. »Du bist nicht denselben Regeln unterworfen. Sondern von Geburt an außergewöhnlich – eine genetische Anomalie. Die Tochter zweier extrem mächtiger Eltern – du bist ein Wunder der Evolution. Und daher –«

Ehe er Gelegenheit hat, seine kleine Rede zu vollenden, fliegt die Tür auf. In Reih und Glied marschieren Kael, Cami, Arryn und Riley in den Raum, die Hände wie von unsichtbaren Fesseln vor dem Körper gebunden, mit roboterhaften Schritten – ferngesteuerte Marionetten. Smith ist nicht bei ihnen, doch ein schneller Blick durch die offene Tür zeigt mir, dass er nach wie vor auf dem Boden liegt, bewusstlos. Riley zumindest wirkt weniger benommen als zuvor; blaues Feuer lodert in seinem ungeschwollenen Auge, bis sein Blick auf unseren Dad in dem Krankenhausbett fällt und alle Farbe aus seinem Gesicht weicht.

»An die Wand«, befiehlt der Sicherheitsmann, der hinter ihnen auftaucht, und ein Lichtblitz begleitet seinen Gesprochenen Befehl. »Kein Laut, keine Bewegung.«

Als er sich zu mir umdreht, ist es nicht die Drohung in seiner Stimme, die mich einen Schritt zurücktreibt.

Sondern die Pistole in seiner Hand.

Die Pistole, die meinen Dad umgebracht hat.

»*Nein*«, haucht Vanik, der nun zum ersten Mal unseren Entführer zu Gesicht bekommt. »*Das kann nicht sein.*«

Seine nächste Handlung verschlägt mir die Sprache: Vanik tritt *vor* mich, als wollte er mich mit seinem Körper abschirmen. Es gelingt mir beim besten Willen nicht, sein Verhalten mit dem Mann in Einklang zu bringen, den ich kenne – dem Mann, der mich jahrelang gefoltert hat. Dass er nun versucht, mich zu *beschützen*, sprengt mein Fassungsvermögen.

Der Wachmann legt den Kopf schief. »Oh, Kendall. Wie kommst du darauf, dass die Kugel für sie bestimmt sein könnte?«

Ein Schrei entfährt mir im selben Moment, in dem das Echo eines Schusses durch das Labor hallt, gefolgt von einem zweiten, da Vanik zu meinen Füßen auf dem Boden aufschlägt.

»Du hast alles geleistet, was ich mir von dir erhofft hatte, und mehr«, meint der Sicherheitsmann zu ihm, so beiläufig, als hätte er nicht soeben den Abzug betätigt und das Leben eines Mannes beendet. »Aber da ich nun alles habe, was ich brauche, fehlt mir für dich jede weitere Verwendung. Ich kann nicht riskieren, dass du einen Weg findest, deine eigenen törichten Pläne weiterzuverfolgen. Mein Weg ist der einzige, alter Freund. Die Formel des Serums muss mit dir sterben.«

Ich falle neben Vanik auf die Knie, presse meine Hände gegen seinen Brustkorb. Da ist so viel Blut – *zu viel Blut.* Ich muss keine Ärztin sein, um zu begreifen, dass ihm höchstens Sekunden bleiben.

Er nutzt diese Sekunden, um seinen schmerzerfüllten Blick in meinen zu versenken.

»Entscheidend waren nie deine W-Worte, Alyssa Scott«, keucht Vanik, seine Stimme kaum mehr als ein Flüstern. »Sondern deine G-Gedanken. Sie haben deinen Worten M-Macht verliehen.« Er hustet, und Blut besprenkelt seine Lippen. »Was du dir *vorgestellt* hast, hast du ins Leben G-Gesprochen. Deine Z-Zunge war bloß ein Werkzeug. Aber deine Gedanken, dein G-Geist –« Wieder röchelt er, und seine Lungen erzeugen einen scheußlich rasselnden Laut, während er verzweifelt um Luft ringt. Um einen letzten Atemzug – den er darauf verwendet, mir zu sagen: »Dein Geist ist die mächtigste Waffe überhaupt.«

Und damit rollen seine Augen in ihren Höhlen nach hinten, und seine Brust regt sich nicht mehr.

»Wie bedauerlich.«

Meine Hände beben. Mein ganzer *Körper* bebt, und ich hebe den Kopf und sehe den Sicherheitsmann an, der dasteht und auf uns herabschaut. Eine Spur belustigter Neugier zuckt in seinen Mundwinkeln, als habe er Vanik lediglich zugestanden, seine letzten Atemzüge zum Reden zu vergeuden, weil er gespannt darauf war, was der Wissenschaftler sagen würde.

»*Wieso?*«, frage ich und komme langsam auf die Füße.

Vaniks Blut klebt an mir – meine Hände und Kleider sind davon getränkt. Seine letzte Tat vor seinem Tod war der Versuch, mich zu schützen. Was auch immer zuvor zwischen uns passiert sein mag, selbst in Anbetracht all der unaussprechlichen, unverzeihlichen Dinge, die er mir angetan hat: Das ist etwas, das ich ihm niemals vergessen werde.

»*Wieso*?«, wiederhole ich, und meine Stimme zittert vor Wut, während ich zuerst hinunter auf den toten Wissenschaftler deute, dann hinüber zu meinem Vater, zu Ward, meinen Freunden und meinem Bruder, die uns mit weit aufgerissenen, entsetzten Augen anstarren. »WIESO?«

»Weißt du, was ich so großartig an dieser ganzen Sache finde?«, fragt der Mann, und seine dunklen Augen glimmen. »Dass du die Zusammenhänge noch immer nicht durchschaut hast. Dass du noch immer keine Ahnung hast, wer ich bin, liebste Alyssa. Sogar nachdem du deine Erinnerungen an jenen schicksalhaften Tag zurückgewonnen hast –« Er bemerkt meinen baffen Blick und schiebt kurz ein: »Oh ja, mit der richtigen … *Motivation* … hat Theodore Smith gezwitschert wie ein Vögelchen und mir alles erzählt, was ihr zwei heute Morgen erlebt habt.« Mein Blut gefriert mir in den Adern und beginnt im nächsten Moment beim Anblick seines selbstgefälligen Grinsens zu kochen, bevor er weiterredet: »Selbst damit, mit all den Hinweisen, hast du nach wie vor keinen blassen Schimmer, weshalb ich all das getan habe, weshalb ich seit fast drei Jahren auf diesen Tag warte – darauf, deine Familie leiden zu sehen und Sprecher überall in die Knie zu zwingen.«

Ich habe keinerlei Geduld mehr für seine Ratespielchen. »Dann *sagen Sie es mir.*«

Sein Mund verzieht sich zu einem Lächeln: ein Echo des sanften, mitfühlenden Mannes, den ich zum ersten Mal in Luna Park getroffen habe. Des Mannes, der eindeutig nicht zum Sicherheitspersonal gehört.

»Oh, natürlich«, sagt er, »aber nur, weil du, von allen Menschen ausgerechnet du, es verdienst, die Wahrheit zu kennen, zu verstehen. Schließlich wäre ohne dich nichts hiervon möglich gewesen.« Sein Lächeln wird breiter. »Alyssa Scott, meine Geheimwaffe.«

»Hören Sie auf, mich so zu *nennen*«, presse ich durch zusammengebissene Zähne hervor. »Ich bin nicht Ihre Waffe – ich *kenne* Sie nicht einmal.«

»Das ist ja das Schöne daran, was? Du kennst mich *tatsächlich* nicht. Selbst vor dieser ganzen Geschichte hast du mich bloß vom *Hörensagen* gekannt. Das hat es so einfach gemacht.« Er späht zu meinem Dad hinüber, und sein Lächeln wird zu einer finsteren Miene. »Dafür haben wir deinem Vater zu danken. Mit einem einzigen Wort hat Christopher Scott mein Leben ruiniert. Aber ich war nicht der Einzige, der den Preis bezahlt hat. Sondern meine ganze Familie.«

Seine Augen bohren sich wieder in meine, und er erklärt: »Wegen dem, was dein Dad mir gestohlen hat, ist meine Frau gestorben. Sie wurde mir genommen, meinem Sohn genommen. Und heute werden wir beide endlich die Rache üben, die uns zusteht.«

Er wendet sich zu meinen Freunden um, und mir rutscht das Herz in die Kniekehlen, als wüsste ich bereits, was er als Nächstes sagen wird, auch wenn ich es nicht glauben kann. Nicht glauben *will.* Doch das ändert nichts an den Worten, die aus seinem Mund kommen – Worten, die mit keinerlei Absicht aufgeladen sind und doch die Macht in sich tragen, mich zu zerschmettern.

»Nicht wahr, Kael?«

KAPITEL 28

Am liebsten würde ich die Augen schließen. Am liebsten würde ich die Augen schließen, meine Ohren zuhalten und die Zeit zurückdrehen, damit ich das, was er mir gerade offenbart hat, nicht hören muss – damit ich nicht sehen muss, wie Kael vortritt. Dazu braucht es keinen Gesprochenen Befehl, denn er war niemals gefesselt, niemals unterworfen wie die anderen. Er war die ganze Zeit frei, hat bloß geschauspielert, damit ich keinen Verdacht schöpfe.

Cami hat versucht, es mir begreiflich zu machen. Sie hat mit dem Kopf auf ihn gedeutet, weil sie es *wusste*. Ich dachte, sie wolle mich darauf aufmerksam machen, dass seine Gabe uns helfen könnte, sofern es ihm bloß gelänge, sich zu befreien. Doch das war es nicht. Sie wollte mich *warnen*.

Mir mitteilen, dass er uns verraten hat – *mich* verraten hat.

»Ich muss gestehen, ich bin enttäuscht«, meint Kael zu mir, während er zu dem Mann hinüberschlendert. Zu seinem *Dad*.

Jeremiah.

Ich stehe Jeremiah Roscave gegenüber.

»Sie sollten tot sein«, krächze ich und starre ihn an – unfähig, irgendetwas anderes zu sagen, zu *denken*.

Jeremiahs Blick huscht demonstrativ zu meinem Bruder, ehe er wieder auf mir landet. »Manche Leute würden das Gleiche von dir behaupten.«

Ich überwinde mich, Kael anzuschauen. »Du hast mir *gesagt*, er sei tot.«

Er schüttelt den Kopf. »Oh, nein, das habe ich nicht. Ich habe nur gesagt, dass er nicht mehr bei uns ist. Und das stimmte. Dad hat die Katakomben schon vor Jahren verlassen. Die meisten Relikte sind davon ausgegangen, er sei tot, und Lengard ebenso, doch das war niemals der Fall. *Du* hast deine eigenen vorschnellen Schlüsse gezogen – wie immer. Ich habe dich niemals angelogen.« Er hält kurz inne, und ein finsteres Lächeln spielt um seine Lippen. »Na ja, zumindest in dieser Sache nicht.«

Sein Lächeln ist es, das das Fass zum Überlaufen bringt, mich nach vorn treibt; ich springe mit ausgestreckten blutverschmierten Händen auf ihn zu, bereit, ihm das Gesicht zu zerkratzen, den Körper, jeden Zentimeter von ihm, den ich erreiche. Ich bin so wütend, so *verletzt*, dass mein Verstand aussetzt. Ich kann diese Wahrheit nicht verarbeiten, sie ist zu groß, zu – zu *schmerzhaft*.

»Bändige sie.«

Ich bin keinen halben Meter mehr von einem Zusammenstoß mit Kael entfernt, als sich zwei starke Arme um meine Mitte legen, mich zurückreißen an eine warme, muskulöse Brust. Ich kämpfe gegen Ward an, winde mich in seinem Griff, doch er lässt mich nicht los, hält mich schraubstockfest, ohne jeglichen Spielraum oder eine Chance, ihm zu entschlüpfen.

»Das war nicht sehr nett, liebste Alyssa«, tadelt Jeremiah spöttisch. »Nicht nach allem, was mein Sohn für dich getan hat. Jahrelang hat er auf dich achtgegeben, weißt du? Er war es, der alles ins Rollen gebracht hat. Der dich an jenem Tag im Zoo abgefangen hat, nur damit du letztlich in Vaniks Fängen enden würdest – genau dort, wo ich dich von Anfang an brauchte.«

Meine Atemzüge durchbohren meine Lungen wie Eissplitter.

Die ganze Zeit über – Kael hat *die ganze Zeit über* ein falsches Spiel mit mir getrieben.

»Und, nicht zu vergessen, Luna Park«, plaudert Jeremiah weiter. »Hat dich diese Nacht nicht ins Grübeln gestürzt? In der einen Minute warst du bewusstlos, in der nächsten bist du in meinen Armen aufgewacht.« Er gluckst düster, und ich muss Galle hinunterwürgen. »Zugegeben, Kael war nicht allzu begeistert über mein Auftauchen – er meinte, es sei zu riskant gewesen. Doch ich wollte dich kennenlernen; ich musste überprüfen, ob du dich an mich erinnern würdest, ehe wir mit unserem Plan fortfahren konnten. Als er mir also geschrieben hatte, dass ihr auf der Fähre wart, auf der Jagd nach einem Ausbrecher, da ahnte ich, dass der perfekte Augenblick für unser Treffen bevorstand.«

Mein Herz hämmert mir in den Ohren, und ich drehe mich erneut zu Kael um, während ein Film der Ereignisse jener Nacht in meinem Kopf abläuft – ich erinnere mich an den Schlag auf den Kopf, von dem ich bewusstlos geworden bin. Und daran, dass ich beim Aufwachen seltsamerweise keinerlei Schmerzen verspürt habe.

Ich schließe die Augen, als die Erkenntnis mich trifft.

Pandoras präparierte Tennisbälle.

Kael hatte noch einen übrig.

Er war schuld an meiner Ohnmacht, nicht der Funken sprühende Transformator – den, wie mir jetzt klar wird, Jeremiah beschädigt haben muss, um Dunkelheit und Verwirrung unter den kämpfenden Sprechern zu stiften, damit Kael Gelegenheit hatte, mich bewusstlos zu schlagen und persönlich seinem Dad auszuliefern.

Jeremiah redet noch immer. »Rileys Auftritt hat die Angelegenheit verkompliziert. Ihr solltet einander nicht bereits so früh begegnen. Und SPARK war in jener Nacht schon gar keine Rolle zugedacht. Kael war folglich gezwungen, zu improvisieren – sicherzustellen, dass Landon mit Riley entkam, ehe wir beide uns begegneten.«

Mir fällt der Moment wieder ein, in dem Kael den Ball auf Ward geschleudert hat. Ich habe geglaubt, er habe sein Ziel unglücklich verfehlt; nun aber geht mir auf, dass er nie vorhatte, Ward zu treffen. Er hat Riley getroffen, weil er Riley treffen *wollte*. Um ihn von mir fernzuhalten. Und selbst am nächsten Tag hat er versucht, uns an der Rückkehr nach Lengard zu hindern – weil er *Bescheid wusste*.

Von Beginn an wusste er, dass Riley mein Bruder ist.

Und mehr noch. Wenn Kael längst über SPARK informiert war, dann war »die unbekannte Sprechergruppe«, die er die Relikte hat jagen lassen, nicht mehr als eine Ablenkung – etwas, das sie beschäftigt hielt, damit Jeremiah ungestört seinen Plan verfolgen konnte. Den Plan, den er *zusammen mit Kael* in Gang gesetzt hatte.

Alles, *alles* ist eine einzige, gigantische Verschwörung.

»Der Kuss war eine hübsche kleine Einlage, das muss ich zugeben«, schmunzelt Jeremiah. »Deine Miene danach … du warst völlig perplex. Derart überrumpelt, dass dir gar nicht in den Sinn gekommen ist zu hinterfragen, weshalb ein Wachmann zwei unbefugte Eindringlinge wohl ohne Strafe laufen ließ.«

Da irrt er sich. Ich *habe* es hinterfragt. Aber … dann einfach auf Kael gehört und mir keine weiteren Sorgen gemacht.

So, wie ich immer auf Kael gehört habe.

Weil ich ihm *vertraut* habe.

»Wieso?«, frage ich, ersticke beinahe an dem Wort. »Sag mir, *wieso*.«

Obwohl ich die Frage an Kael gerichtet habe, ist es Jeremiah, der antwortet. »Das *habe* ich dir doch schon verraten, Alyssa«, meint er und schlendert zu meinem Dad hinüber.

»Haben Sie nicht.« Ich rebelliere erneut gegen Wards Klammergriff, der sich daraufhin nur noch verstärkt. »Sie machen meinen Dad für den Tod Ihrer Frau verantwortlich – was überhaupt keinen Sinn ergibt.«

Flehend blicke ich Kael an. Appelliere an den Menschen, von dem ich dachte, dass ich ihn kenne – den Freund, der sich vermeintlich um mich gesorgt hat.

Von diesem Kael jedoch ist nichts übrig, als er erwidert: »Nach dem Laborunfall in Lengard vor zehn Jahren ist meine Familie aus der Einrichtung verbannt worden.«

Mir ist vollkommen schleierhaft, weshalb er das erwähnt; dennoch erwidere ich: »Du hast mir erzählt, ihr wärt freiwillig gegangen.«

»Dass ich dich bereits seit einiger Zeit anlüge, haben wir doch schon geklärt, Prinzessin.«

Der so intime Spitzname – in dem nur noch ein höhnischer Abglanz der Zuneigung mitklingt, die er einst zu transportieren schien – lässt mich zusammenfahren.

»Wir sind von Falon hinausgeworfen worden; er hat behauptet, Dads Schöpfergabe sei zu labil, zu unkontrollierbar«, sagt Kael, und ein Schatten huscht über sein Gesicht. »Wir wären zurechtgekommen, hätten einen Weg gefunden, uns durchzuschlagen – doch dann ist SPARK auf den Plan getreten. Sie wollten uns helfen, ein *normales* Leben zu führen.« Inzwischen ist sein Ton mehr als bitter. Beißend. »Wir wollten kein *normales* Leben. Und als wir uns ihren Anstrengungen widersetzt haben, galt Dad auf einmal als zu gefährlich. Eine Bedrohung für die Allgemeinheit.« Er ruckt mit dem Kinn in Richtung meines Vaters. »Also haben sie Christopher seine Schöpfergabe Wegsprechen lassen.«

Mit einem einzigen Wort hat Christopher Scott mein Leben ruiniert.

Ich schlucke. Allmählich beginne ich die Zusammenhänge zu durchschauen.

»Wir haben unser Bestes getan: die Relikte gegründet, eine Gemeinschaft von Sprechern aufgebaut, deren Anführer selbst keine Gabe mehr besaß. Irgendwann ist Dad gegangen, da er nach allem, was er verloren hatte, die Gesellschaft anderer Sprecher nicht mehr ertrug. Aber er hat uns heimlich Besuche abgestattet, so oft wie möglich. Wir hatten kein schlechtes Leben«, erzählt Kael. »Bis vor drei Jahren meine Mutter erkrankt ist.«

Diesen Teil der Geschichte kenne ich. Ich habe ihn gesehen.

»Es hätte Dad eine halbe Sekunde gekostet, sie zu heilen«, flüstert Kael heiser; sein Blick ist verschleiert, als befände er sich wieder tief in der Erinnerung. »*Jeden* passend begabten Sprecher hätte es nur eine halbe Sekunde gekostet. Ein Wort – mehr brauchten wir nicht. Ein einziges Gesprochenes Wort. Allerdings wuchs die Gruppe der Relikte zwar stetig, doch einen Heiler hatten wir nicht in unseren Reihen. Der einzige uns bekannte Mensch mit derartigen Fähigkeiten befand sich in Lengard.«

Ich folge seinem Blick, der auf Cami landet. Ihr Gesicht ist so weiß, dass ich von der anderen Seite des Raums ihre Sommersprossen erkenne.

Zum ersten Mal wendet er sich nicht ab, und mir wird klar –

»Du hattest niemals Schuldgefühle, weil ihre Eltern gestorben sind, oder?«, hauche ich. »Nicht deshalb hast du es kaum ertragen, in ihrer Nähe zu sein.«

… wann immer ich sie anschaue, denke ich an das, was an jenem Tag passiert ist … und an alles, was danach kam. »Ein Wort«, wiederholt Kael nachdrücklich, mit schmerzgetränkter Stimme. »Nur ein Wort wäre nötig gewesen, um meine Mum zu retten. Aber wir hatten keinen Zu-

tritt zu Lengard. Keinen Zugang zu der einzigen Person, die in der Lage gewesen wäre, sie zu heilen.«

Jeremiahs Stimme ist hart, als er sagt: »Meine Frau ist gestorben, obwohl sie hätte leben können. Dafür hat Christopher gesorgt, auch wenn er die Verantwortung nicht allein trägt.«

»In Ihren Augen sind sämtliche Sprecher schuldig«, sage ich. Mein Kopf schwirrt. »Denn sie haben Sie im Stich gelassen, als Sie ihre Fähigkeiten am dringendsten gebraucht hätten.«

»Exakt«, bestätigt Jeremiah. »Und dank dir wird sie alle nun das gleiche Schicksal ereilen wie mich.«

Er dreht sich von meinem Dad weg und geht zielstrebig zu einem großen Kühlschrank an der Wand hinüber, hinter dessen Glastür Dutzende, vielleicht Hunderte von Röhrchen mit klarer Flüssigkeit aufgereiht sind. Jeremiah greift hinein, holt eines heraus und bringt seine kleine Rede zu Ende: »Genau so, wie dein Dad mir meine Sprechergabe geraubt hat, werde ich jetzt allen verbliebenen Sprechern die ihre nehmen. Einem nach dem anderen. Bis keiner mehr übrig ist.«

KAPITEL 29

In der langen Pause, die auf Jeremiahs Erklärung folgt, geht mein Atem zunehmend schwerer. Wie gedankenverloren betrachtet er die Phiole in seiner Hand, also wage ich einen raschen Blick hinüber zu Riley, Arryn und Cami. Ihre Mienen sind schreckensstarr. In meinem Kopf hallt noch immer Vaniks Stimme nach:

… seit es mir geglückt ist und Landon mich vor fünf Tagen entführt hat, werde ich in diesem Raum dazu gezwungen, in Massen eine Version davon mit Christophers Zellen zu produzieren. Ein Serum, das unser Gestaltwandler auf Sprecher anzuwenden plant – auf sämtliche *Sprecher. Ein Serum, das, sobald es ihnen gespritzt wird, ihnen ihre Gabe rauben wird. Unwiederbringlich.*

Ich kämpfe mich durch das in mir aufwallende Grauen und sage: »Ich verstehe nach wie vor nicht, was ich mit all dem zu tun hatte. Wieso Sie mein Gedächtnis manipuliert und mich nach Lengard verpflanzt haben.«

»Du stellt nach wie vor die falschen Fragen, Alyssa«, tadelt Jeremiah. »Du solltest darüber nachgrübeln, *wie* ich es vollbracht habe, zumal du ja soeben erfahren hast, dass ich an jenem Tag, an dem ich deinen Vater gestellt und dich von deiner Familie fortgeholt habe, längst nicht mehr im Besitz meiner Schöpfergabe war.«

Lägen Wards Arme nicht unvermindert fest um mich, würde ich in diesem Augenblick zu Boden gleiten. Arryn hat mehrfach mein Talent, die Punkte zu verbinden, gelobt, aber *das hier* – das ist etwas, worauf ich niemals allein gekommen wäre, nicht ohne Jeremiahs spöttische Worte, nicht ohne den vielsagenden Blick, den er zu Kael hinüberwirft.

»Hast du dich nie gewundert, wie es mir gelungen ist, all eure Fähigkeiten gegen euch selbst zu richten?«, fragt Jeremiah in unerträglich selbstgefälligem Ton. »Wie ich es geschafft habe, deinen Gesprochenen Befehl zu nutzen, um euch alle einzufrieren? Wie ich mithilfe von

Melodys und Rileys Worten euer aller Erinnerungen verändert habe? Wie konnte ich all das tun, wo doch dein Dad mir bereits meine Gabe genommen hatte?«

Der zweite Schatten, den ich durch das Glas gesehen habe.

Die Person, die ich für eine Art Bodyguard gehalten habe. Die draußen und außer Sicht geblieben ist. Aber nicht außer Hörweite. Nicht außer Sprechweite.

»*Nein*«, hauche ich und schaue nun ebenfalls zu Kael. Tränen steigen mir in die Augen, während ich endlich begreife. »Das warst *du*?«

Jeremiah antwortet an seiner statt. »Kael war an jenem Tag entscheidend. Ohne seine Zerstörergabe, mit der er die Gesprochenen Befehle deiner Familie umgelenkt hat, wäre es uns nicht gelungen, dich von ihnen fort und nach Lengard zu schaffen. Und das war schließlich von Beginn an der Plan. Ich wusste, dass Vanik seine Experimente nach dem Laborunfall nicht eingestellt hatte. Ich wusste, dass er kurz davorstand, ein Serum zu entwickeln, allerdings jemanden mit enormer Macht – jemanden mit Schöpferfähigkeiten – benötigte, um es fertigzustellen. Er brauchte *dich*.« Mit der Phiole, zu der sich inzwischen noch eine Spritze gesellt hat, in der Hand schreitet er nun auf meine Freunde zu. »Und somit, liebste Alyssa, siehst du: Du *warst* seit jeher meine Geheimwaffe. Der einzige Zweck, zu dem wir dich in Lengard platziert haben, war der, Vanik uneingeschränkten Zugang zu dir zu gewährleisten, damit er beizeiten – unbeabsichtigterweise – derjenige wäre, der mich in einen Schöpfer zurückverwandeln und all das hier ermöglichen würde.« Er fasst mit einer ausschweifenden Handbewegung das ganze Labor, meinen Dad, Arryn, Riley und Cami, dazu den Kühlschrank voller Anti-Sprecher-Serum. Sein Mund verzieht sich zu einem Lächeln, als er erneut die Spritze und das Glasröhrchen betrachtet. »Und da sind wir nun.«

Ich kann nicht mehr atmen. Es gelingt mir nicht, meine Lungen zu füllen, und daran trägt Wards Klammergriff keine Schuld. Ich hasse es, dass er es ist, der mich festhält. Jeremiahs Grausamkeit spiegelt sich auch in der Wahl meines Bewachers – beinahe, als ahne er, wie viel mir Wards Berührung unter anderen Umständen bedeuten würde.

Ich starre Kael an, wünsche mir verzweifelt, aus seinem Mund zu hören, dass nichts von all dem real ist, dass nichts davon wirklich geschieht. Dass die Zeit, die wir zusammen verbracht haben, keine Lüge gewesen ist. Dass er mich nicht von Anfang an manipuliert hat. Schon länger, als meine *Erinnerung* zurückreicht.

Alle lügen dich an, Sechs-Acht-Vier. Alle.

Ward hatte recht. Ob er mich warnen oder bloß prahlen wollte, weiß ich nicht. Aber er hatte *recht.*

Und nicht nur er.

Die Antworten werden zu dir kommen, Alyssa Scott. Und wenn es so weit ist, wirst du dir wünschen, nie danach gesucht zu haben.

Lianas Stimme hallt mir in den Ohren. Jetzt begreife ich, dass sie nicht gelogen hat; sie hat tatsächlich niemals eine Vision gesehen, in der ich meine Eltern töte – auch das hat Kael erfunden, auch damit hat er mich getäuscht.

Mit zitternden Lippen halte ich seinen Blick, warte auf eine Reaktion.

Er zuckt lediglich mit den Schultern. »Sorry, Prinzessin. War nicht persönlich gemeint.«

War nicht persönlich gemeint.

War … nicht … persönlich … gemeint.

Mein ganzes Wesen fokussiert sich auf diese vier Worte, und ein roter Schleier legt sich über mein Sichtfeld. Noch Augenblicke zuvor hatte ich Angst auseinanderzufallen, einzuknicken und, in Tränen aufgelöst, zu Boden zu sinken. Jetzt jedoch …

»›*War nicht persönlich gemeint*‹*?*«, kreische ich, blind vor Wut.

Meine Reaktion ist impulsiv, regelrecht fanatisch. Ich ramme Ward meinen Ellenbogen in den Bauch, stampfe auf seinen Fuß, und der Überraschungseffekt meines Angriffs bewirkt, dass er seinen Schraubstockgriff ausreichend lockert, um mich nach vorn stürzen und Kael zu Boden ringen zu lassen.

»DU HAST MIR ALLES GENOMMEN!«, brülle ich. Allerdings gelingt mir lediglich ein einziger Schlag – eine Faust gegen die Wange, die seinen Kopf zur Seite schleudert und einen befriedigenden

Schmerzimpuls durch meine Knöchel jagt –, ehe Ward mich von ihm herunterzerrt.

»LASS MICH LOS!«, verlange ich, winde mich abermals in seinen Armen, kämpfe, wie ich noch nie in meinem Leben gekämpft habe. Er ächzt, als ich es schaffe, eine Hand freizubekommen und in seine Nierengegend zu rammen – Vergeltung für das, was er mir zuvor angetan hat –, greift dann aber fester zu, bis ich erneut wie in einer Schraubzwinge gefangen bin.

»Nun hast du deine Antworten. Du solltest glücklich sein«, verhöhnt mich Kael, der inzwischen wieder auf den Beinen ist und sich die Wange reibt, auf der bereits ein roter Abdruck erblüht. »War es nicht das, was du dir die ganze Zeit so sehnlich gewünscht hast?«

Meine Brust hebt und senkt sich ruckartig, das Blut rauscht mir laut in den Ohren, doch so verzweifelt ich mich auch danach sehne, ihn für seine Taten bezahlen zu lassen, so klar bin ich mir im Grunde auch darüber, wie hoffnungslos die Situation ist.

Eine Träne schlüpft aus meinem Augenwinkel, dann eine zweite beim Blick hinüber zu meinen Freunden, meinem Bruder. Ich hasse es, mich derart schwach, derart nutzlos zu fühlen. Doch selbst wenn ich nach wie vor Sprechen *könnte*, hätte ich nicht den Hauch einer Chance gegen einen Schöpfer, einen Zerstörer und einen Beschützer. Es gibt keine Worte, die uns vor allen dreien gleichzeitig retten würden.

Entscheidend waren nie deine W-Worte, Alyssa Scott.

Vaniks ersterbende Stimme echot durch mein Bewusstsein.

Deine Z-Zunge war bloß ein Werkzeug.

Ich verstehe noch immer nicht, was er mir zu vermitteln versucht hat. Was er –

Du bist nicht wie andere Sprecher, Sechs-Acht-Vier. Du bist nicht denselben Regeln unterworfen. Sondern von Geburt an außergewöhnlich – eine genetische Anomalie … du bist ein Wunder der Evolution.

Eine Idee beginnt in meinem Kopf Gestalt anzunehmen. Etwas Unwahrscheinliches – etwas Unmögliches.

Dein Geist ist die mächtigste Waffe überhaupt.

Jeremiah hat mich seine Waffe genannt.

Vielleicht hat er recht.

Vielleicht *bin* ich eine Waffe.

Aber ich bin nicht *seine* Waffe.

Nicht mehr.

Entscheidend waren nie deine W-Worte, Alyssa Scott, höre ich Vanik noch einmal sagen. *Sondern deine G-Gedanken.*

Ich habe keine Ahnung, was ich tue. Ich bin mir nicht einmal sicher, ob der Versuch überhaupt lohnt, denn Hoffnung habe ich beinahe keine mehr. Doch als Kael mich süffisant angrinst und zum Kühlschrank hinübergeht, konzentriere ich mich nicht auf ihn. Nicht auf das, was er nun vorhat.

Sondern lege meinen gesamten Fokus auf die Arme, die um mich geschlungen sind. Auf den Menschen, der mich so unerbittlich an sich presst, dass ich blaue Flecken am Brustkorb davontragen werde. Ich rufe vor meinem geistigen Auge Bilder von anderen Gelegenheiten auf, bei denen er mich im Arm gehalten hat – um mich zu trösten, mich zu beschützen. Ich stelle mir sein Lächeln vor, mit dem Grübchen in der Wange, das humorvolle Glitzern seiner grünen – *so grünen* – Augen. Ich erinnere mich an unser erstes Treffen, bei dem er mich stundenlang hat sitzen und lesen lassen – ein unwissentlich gemachtes Geschenk. Ich denke daran, wie ich in seinem Bett aufgewacht bin, in seinen *Klamotten*, und wie er sich um mich gekümmert hat, mich behandelt hat, als wäre ich aus dem kostbarsten Glas, und ein falsches Wort, eine falsche Berührung könnten mich zum Zerspringen bringen. Und ich klammere mich an die Gewissheit, dass er selbst jetzt, während jemand anders ihn lenkt, nach wie vor dort drin ist, und dass er kämpft. Das *weiß* ich.

Also werde ich mit ihm kämpfen. *Für* ihn.

Weil er für mich gekämpft hat, sogar damals, als ich es nicht realisiert habe.

Er möchte dich daran erinnern, wie stark du bist – dass deine Worte auch ohne deine Sprechergabe mächtig sind. Er hört dich, sogar, wenn du still bist.

Selbst damals, selbst in der Arrestzelle unter Jeremiahs Kontrolle, hat Ward alles gegeben, um mir eine Botschaft zukommen zu lassen. Dieselbe Botschaft, die Vanik mir einzubläuen bemüht war.

Es ist an der Zeit, dass ich sie umsetze.

Glasklar und stechend scharf visualisiere ich ein Band zwischen Ward und Jeremiah, eine Art dünnes, goldenes Seil. Dann stelle ich mir vor, wie es zerschnitten wird, und denke: *Sei frei, Ward.*

Ich sage kein Wort. Kein Laut verlässt meine Lippen, kein Lichtblitz begleitet den Gedanken. Aber ich sehe vor mir, wie das Band in der Mitte durchtrennt wird und sich in nichts auflöst. Und im selben Moment, in dem es verschwindet, vernehme ich einen schnappenden Atemzug neben meinem Ohr. Und ein Flüstern, so leise, dass ich mich frage, ob es ebenfalls meiner Vorstellungskraft entspringt.

»*Chip.*«

KAPITEL 30

Ein Wort, und ich erstarre auf der Stelle.

Ich wage nicht zu atmen, nicht zu *hoffen*. Doch als die Arme, die noch immer um mich liegen, sanft zudrücken, fühlt es sich anders an als zuvor – nicht beengend, sondern tröstend.

Ward ist zurück.

Dessen bin ich mir so sicher wie meines eigenen Namens.

Er ist zurück. Und er ist frei.

Meine Beine geben unter mir nach, aber er ist da, fängt mein Gewicht auf, stützt mich. So, wie er es stets getan hat, selbst als es mir nicht klar war, selbst als ich das Gegenteil geglaubt habe.

Er zieht mich an seinen warmen Körper, hält mich in seiner Umarmung. Für Kael und Jeremiah sehen wir nicht anders aus als vor wenigen Augenblicken, doch in Wirklichkeit ist alles anders.

Alles ist anders.

Ward ist frei.

Und nun muss ich das Gleiche für meine restlichen Freunde bewerkstelligen.

Ehe ich jedoch Gelegenheit habe, vollends zu begreifen, was ich soeben vollbracht habe, oder ein neuerliches Wunder in Angriff nehmen kann, langt Kael nach einer eigenen Phiole und Spritze und gesellt sich an die Seite seines Vaters. Cami, Riley und Arryn stehen nach wie vor an der Wand, verfolgen mit schreckensbleichen Gesichtern das Geschehen.

Ihnen ist bewusst, was als Nächstes kommt – genau wie mir.

»Du warst unser erstes Testsubjekt, und nachdem wir nun festgestellt haben, dass das Serum seinen Zweck erfüllt, ist es nur fair, dich dabei zuschauen zu lassen, wie wir es mit deinen Freunden teilen«, sagt Kael und gestikuliert mit der Nadel in Camis Richtung, bevor er sich abermals mir zuwendet. »Was meinst du, Lyss? Die Sprecherin, die meine Mum nicht gerettet hat – sie sollte die Erste sein, oder?«

Er tritt auf sie zu, und mein Kopf ist von dem Ausdruck blanken Entsetzens in ihren Augen schlagartig wie leer gefegt.

»*Chip*«, haucht Ward mir ins Ohr – eine flüchtige Silbe, allein für mich bestimmt. Ein Drängen, etwas zu unternehmen, zu verhindern, dass Cami das Unwiderrufliche zustößt. Seiner *Schwester*. Meiner engsten Freundin.

»Eines verstehe ich nach wie vor nicht«, bringe ich krächzend hervor, in der Hoffnung, Kael hinzuhalten, bis ich meine Sinne ausreichend beieinanderhabe, um mein Kunststück zu wiederholen. Etwas, worin ich keinerlei Übung habe. Mir ist gänzlich schleierhaft, *wie* es mir überhaupt geglückt ist, zu Sprechen, ohne zu Sprechen. Und ein Rätsel, wie ich es aufs Neue schaffen soll.

»Ward«, sage ich und spüre, wie er sich hinter mir verspannt, als fürchtete er, dass ich all unsere Karten – oder eher: unsere *einzige* Karte – vorschnell auf den Tisch lege. Doch das ist nicht meine Absicht. Stattdessen fahre ich, an Kael gewandt, fort: »Als wir beide, du und ich, bei ihm in der Arrestzelle waren und uns gemüht haben, ihn aus der Kontrolle von –« Mannings Name will mir über die Lippen kommen, dann Vaniks, doch auch damals schon war es Jeremiah. »– aus seinen geistigen Fesseln zu befreien …«

»Ward in die Katakomben zu schaffen war von Beginn an Teil des Plans, damit du letztlich hier landen würdest«, erklärt Kael und hält dabei auf seinem Weg hinüber zu Cami inne, dreht sich wieder zu mir um. »Er ist deine größte Schwäche, Lyss. Du wärst ihm überallhin gefolgt, hättest immer versucht, ihn zu retten.« Ein dunkles Glucksen. »Den Grund dafür willst du nicht einmal dir selbst eingestehen. Darum war es umso amüsanter, dich zu küssen – bloß um deine Reaktion darauf zu erleben. Wie besessen du von ihm bist, ist für alle offensichtlich – außer für dich.«

Sofern wir diesen Raum in einem Stück verlassen, werde ich bei der Erinnerung an diesen Moment vor Scham im Boden versinken. Und womöglich sogar Riley bitten, noch einmal mein Gedächtnis zu verändern. Oder Wards. Aber ich darf mir nichts anmerken lassen – nicht einmal, als die Arme, die mich umfassen, unwillkürlich zucken. Ich bemühe mich, nichts in Wards Reflex hineinzuinterpretieren, und konzentriere mich stattdessen ganz darauf, die Röte, die mir in die Wangen zu steigen droht, zurückzudrängen.

»Es war also klar, dass er in den Katakomben enden würde, so oder so«, redet Kael weiter. »Deshalb hat mein Dad ihm für diesen Fall eindeutige Anweisungen erteilt – dir das Serum zu injizieren und gerade so viel zu erzählen, dass du verzweifelt nach mehr Antworten lechzen würdest.« Er hält kurz inne, ergänzt dann: »Unser Problem bestand darin, dass wir dich irgendwie daran hindern mussten, ihn zu befreien, sobald er schließlich dort wäre. Und natürlich durftest du auch nicht realisieren, dass es nicht seine Gabe war, die ich zerstörte – sondern *deine*.«

Da scheinst du ja gerade noch mal die Kurve gekriegt zu haben, Roscave.

Wards Stimme hallt in meinem Kopf nach, und mir wird klar, dass Kael niemals versucht hat, mir bei seiner Befreiung zu *helfen*.

Vielmehr hat er mich dabei *blockiert*.

»Danach hat sich alles wie von selbst ergeben«, meint Kael. Er legt den Kopf schief und räumt ein: »Nun ja, dass du so erfinderisch werden und dich an Smith wenden würdest, um deine Erinnerungen zurückzuerlangen, war nicht einkalkuliert. *Das* hat beinahe vorzeitig alles ruiniert. Allerdings war es keine sonderlich große Herausforderung für mich, seine Macht umzulenken, sowie mir aufgegangen war, in welcher Episode wir gelandet waren; ich habe uns schlicht allesamt in meinen eigenen Geist geworfen, ehe wir in deinen zurückgekehrt sind. Zu diesem Zeitpunkt hatte er die Kontrolle bereits so weit verloren, dass es ihm unmöglich war, uns erneut in die Ausgangsszene zu befördern – Gefahr abgewendet.«

Er lässt mich nicht aus den Augen, während er den Verschlussstopfen von der Spritze löst und die Nadel in die Phiole stößt, das Glasröhrchen auf den Kopf dreht, um langsam das Serum herauszuziehen.

»Ich wusste, du würdest mir nicht gehorchen; ich wusste, du würdest ihm einen neuerlichen Besuch abstatten, damit er dich abermals in die Erinnerung projizierte – dass es nur eine Frage der Zeit wäre, bis du dir alles zusammenreimen würdest«, erläutert er weiter. »Wenn Dads Rache – *unser beider* Rache – wirklich gelingen sollte, mussten wir dir alles nehmen, genau wie deine Familie uns alles genommen hatte. Deine Freunde, deine Lieben.« Er ruckt mit dem Kopf zu Cami, Arryn, Riley und sogar Ward hinüber. »Es war beinahe zu einfach, sie alle hierherzulocken. Cami ist mir blind gefolgt, als ich so getan habe, als wollte ich mich für mein Verhalten entschuldigen« – er schnaubt spöttisch –, »aber Smith hat mich entdeckt, kurz nachdem ich sie mit einem von Pandoras überzähligen Tennisbällen außer Gefecht gesetzt hatte. Er hat mir alles gestanden, was du gesehen hattest, und gemeint, du müssest dringend mit mir reden, doch ich konnte das Risiko nicht eingehen, dass ihr einander wieder begegnen würdet, ehe ich Cami hierher verfrachtet hatte. Also habe ich auch ihn bewusstlos geschlagen und die zwei gemeinsam Dad übergeben, der draußen auf mich gewartet hat, um sie zu verhüllen und auf die Fähre zu schleifen.«

Die Lässigkeit, mit der er all das zugibt, widert mich an. Wie habe ich mich so in ihm täuschen können? Wie habe ich ihn jemals für einen Freund halten können?

Regelrecht vergnügt, klinkt sich Jeremiah aufs Neue ein. »Das war zumindest der ursprüngliche Plan, der sich jedoch geändert hat, als dein Bruder und seine Spionin ausgerechnet diesen Moment gewählt haben, um sich aus den Katakomben zu schleichen. Unter dem Schutz von SPARK war Riley quasi unantastbar, besonders seit ihr ihn aus Lengard herausgeholt hattet. Ich hatte die Suche nach einem Weg, ihn ebenfalls in diese hübsche Geschichte einzubinden, im Grunde schon aufgegeben – bis er sich uns geradezu auf dem Silbertablett serviert hat.« Er grinst meinen vor Wut kochenden Bruder an. »Statt Camelot und Theodore selbst hierher zu eskortieren und Kael nach dir und Landon zu schicken, habe ich Riley und Arryn befohlen, Kael dabei zu helfen, die beiden auf die Fähre zu bringen, während *ich* mich um dich und Landon gekümmert habe. Solange du damit beschäftigt warst, uns nachzujagen, hatte Kael alle Zeit und Ruhe, sich mit den anderen hier gemütlich einzurichten – und abgesehen von einem kleinen Gerangel mit deinem Bruder, der versucht hat, sich an meinem Befehl vorbeizumogeln und Kaels Erinnerungen Wegzusprechen, hat alles reibungslos funktioniert.«

Diesmal gilt Jeremiahs Feixen mir, und meine Finger jucken danach, es ihm aus dem Gesicht zu schlagen. »Wie schon gesagt: Nichts von all dem wäre ohne dich möglich gewesen, liebste Alyssa. Daher gebührt dir auch die Ehre, höchstpersönlich Zeugin all dessen zu werden, was nun folgt.«

Mein Blut gefriert mir in den Adern, als er Kael zunickt, und auch ohne Wards warnendes Zudrücken weiß ich, dass unsere Zeit abgelaufen ist. Wenn ich vorhabe, einzugreifen, dann *jetzt*.

Ich fokussiere mich auf Cami, Arryn und Riley, stelle mir ihre unsichtbaren Fesseln vor, die unsichtbaren Knebel. Wie zuvor bei Ward denke ich sie mir als Bänder, als Seile, die gekappt werden müssen. Allerdings fällt es mir schwer, im Geist ganz bei diesem Bild zu bleiben, während Kael nun mit erhobener Spritze auf Cami zugeht; es fällt mir schwer, meine Panik einzudämmen, während Wards Umarmung unerträglich fest wird und sich dann gerade so weit lockert, dass mir klar wird: Er wird jeden Moment losspringen, sich verraten, um seine Schwester zu retten. Das darf ich nicht zulassen. Ich darf nicht –

»Sie sind ein ziemlicher Scheißkerl, das ist Ihnen schon bewusst, oder?«

Mein Kopf schnellt zur Seite, und der Mund klappt mir auf beim Anblick von Smith, der bei vollem Bewusstsein im Türrahmen steht und alle Aufmerksamkeit auf sich lenkt.

»Was haben Sie denn geglaubt?«, redet er weiter, tritt vor, ignoriert die Gefahr, in die er sich begibt. »Dass Sie einfach so damit davonkommen? Dass Sie einfach sämtlichen Sprechern ihre Fähigkeiten rauben können, ohne Konsequenzen? Dass Sie Leute *umbringen* können« – er deutet auf Vanik und meinen Dad – »und dafür nicht hinter Gittern landen?« Er schnaubt. »Sie träumen doch. Alle beide.«

Ich starre ihn ebenso ungläubig an wie alle anderen, daher entgeht mir, wie Jeremiah mit seiner freien Hand seine Pistole aus dem Halfter an seiner Hüfte zieht. Ich verpasse den Augenblick, in dem er zielt und den Abzug betätigt. Doch ich höre den Knall, dessen Echo durch den Raum hallt; ich schreie, als ich die Kugel in Smiths Bauch einschlagen sehe.

… Und verstumme abrupt, da sie geradewegs durch ihn *hindurch*-fliegt. Smith verschwindet, nur um Sekundenbruchteile später direkt zwischen Kael und Jeremiah wiederaufzutauchen, was die zwei zusammenfahren lässt.

Nein – nicht Smith taucht wieder auf. Nur eine *Projektion* von ihm.

»Netter Versuch, Arschloch«, meint er selbstzufrieden. »Aber um mich umzunieten, müssen Sie früher aufstehen.«

Dank seines perfekten Ablenkungsmanövers gelingt es mir, die imaginären Seile zu durchtrennen.

Und dann bricht die Hölle los.

KAPITEL 31

Innerhalb von Wimpernschlägen herrscht heilloses Chaos im Labor.

Cami, Arryn und Riley stürzen nach vorn, werfen sich auf Jeremiah, der so überrumpelt ist, dass er instinktiv abwehrend die Hände ausstreckt, wobei ihm das Röhrchen mit dem Serum aus den Fingern rutscht und auf dem Boden zerplatzt.

Kael sprintet herbei, um seinem Dad zu helfen, doch Ward hechtet hinter mir hervor; noch bevor er Kael in eine Bank voll medizinischer Gerätschaften rammt, fasst Arryn kurz nach seiner Hand, um seine Gabe in sich aufzunehmen. Die beiden Jungen taumeln in einem Regen aus Glassplittern und Flüssigkeiten zu Boden, und Kaels aufgezogene Spritze fliegt ihm aus der Hand und rollt außer Reichweite.

Überall blitzen Lichter auf, da meine Freunde nun ihre Sprecherfähigkeiten einsetzen und anfangen, Befehle zu brüllen. Camis und Rileys Worte zerstört Kael im Nu; zugleich beschützen Ward und Arryn uns sowohl vor Kaels als auch vor Jeremiahs Kommandos. Wir sind vier gegen zwei, allerdings sieht es trotz dieser zahlenmäßigen Überlegenheit nicht gut für uns aus. Nicht gegen einen Schöpfer und einen Zerstörer.

Ich versuche zu helfen, mir etwas – *irgendetwas* – Nützliches vorzustellen, doch ich kann mich unmöglich konzentrieren, unmöglich ausreichend fokussieren, während Adrenalin meinen Körper flutet und ich verfolge, wie meine Freunde um ihr Leben kämpfen.

Ich kann mich unmöglich konzentrieren beim Anblick von Ward, der Kael einen Kinnhaken verpasst, nur um im Gegenzug einen nicht minder brutalen Schlag einzustecken.

Ich kann mich unmöglich konzentrieren beim Anblick von Jeremiah, der mit dem Ellenbogen Camis Nase zertrümmert, woraufhin sie zu Boden sackt und ihr Blut in alle Richtungen spritzt.

Ich kann mich unmöglich konzentrieren beim Anblick von Riley, dem die Füße weggerissen werden, sodass er neben ihr auf den Fliesen landet, wobei sein Kopf so heftig mit der Keramik kollidiert, dass er nicht wieder aufsteht.

Ich kann mich unmöglich konzentrieren beim Anblick von Smith – dem echten, leibhaftigen Smith –, der heransprintet, in Jeremiah kracht und von ihm wie eine Stoffpuppe gegen die Wand geschleudert wird, wo er sich benommen bemüht, wieder auf die Beine zu kommen.

Ich kann mich unmöglich konzentrieren beim Anblick von Arryn, die alles in ihrer Kraft Stehende tut, um eine Gabe zu meistern, die sie nie zuvor benutzt hat, mit blassem Gesicht und panischen Augen, die fest auf die reglose Gestalt ihres Freunds – *meines Bruders* – geheftet sind.

Ich kann mich unmöglich konzentrieren, während sich *all das* vor mir abspielt.

Und meine Gedanken zusammenzuhalten wird bloß noch unmöglicher, als ein halbes Dutzend maskierter, getarnter Sprecher in das Labor platzt.

Lichtblitze flammen auf, zusammen mit ihren eigenen Gesprochenen Befehlen, doch ihre Ankunft beschert Jeremiah lediglich neue Zielscheiben – Zielscheiben, die Ward und Arryn nicht noch zusätzlich schützen können. Jeremiah schafft es, ein Wort abzufeuern, das keiner meiner Freunde rechtzeitig aufzuhalten vermag, und plötzlich wendet die Hälfte der Neuankömmlinge sich gegen ihre eigenen Gefährten und beginnt, sie anzugreifen, ohnmächtig dem fremden Willen unterworfen.

Ein einziger, höllischer Hexentanz. Und ich stehe, wie festgefroren, inmitten des Tumults, *tatenlos*, während die Menschen, die mir am meisten bedeuten, verzweifelt versuchen, die beiden gefährlichsten Sprecher der Welt zu überwältigen.

Aber … *ich habe keine Ahnung, wie ich helfen kann.*

Ich bin niemals im Umgang mit dieser fremden, neuartigen Gabe, die ich offenbar besitze, trainiert worden und weiß nicht einmal, wie sie überhaupt funktioniert, welche Grenzen sie hat. Falls ich mir die Dinge wirklich nur auszumalen brauche, um sie wahr werden zu lassen, falls ich mich bloß auf die Absicht meiner Gedanken konzentrieren muss, dann sollte mir alles gelingen, solange ich mich ausreichend konzentriere. Im Augenblick jedoch ist es mir unmöglich, mich auf auch nur *irgendetwas* zu konzentrieren, von einem glücklichen Ausgang dieses Szenarios ganz zu schweigen. Nicht, während so viel passiert. Nicht, während –

»GENUG!«

Das Licht, das Jeremiahs Gesprochenen Befehl begleitet, ist so gleißend hell, dass ich die Augen schließen muss, um nicht geblendet zu werden. Als ich sie wieder öffne, ist der komplette Raum erstarrt, sämtliche Leute steif und still.

Ward, Cami, Smith, Arryn und Riley. All die getarnten Sprecher. Jeder von ihnen mitten in der Bewegung eingefroren.

Jeder außer Jeremiah und Kael.

Und, mit einem einzigen Gedanken, jeder außer *mir*.

Mehr war nicht nötig. Ein Sekundenbruchteil der Ruhe, der Versenkung, um mich zu befreien.

Ich bleibe bewegungslos stehen, sorgsam bedacht darauf, mich nicht sofort zu verraten, und plane meinen nächsten Schachzug. Mein erster Impuls drängt mich, alle Übrigen aus ihrer Starre zu erlösen, doch ich unterdrücke ihn, weil mir klar ist, dass uns das lediglich in ein ähnliches Chaos stürzen würde wie zuvor, mit vergleichbarem Ergebnis. Jeremiah ist ein zu mächtiger Gegner, besonders mit Kael an seiner Seite, und ich kann derweil beim besten Willen nicht abschätzen, ob ich bereits wieder so stark bin, wie ich es als Sprecherin war, und in der Lage wäre, seine Gesprochen Befehle mit meinen Gedachten aufzuheben. Und ohne diese Gewissheit –

»Welch heroischer Einsatz – aber keiner von euch kann gegen einen Schöpfer gewinnen«, meint Jeremiah, leicht keuchend. Er durchquert das Zimmer mit langen Schritten, eilt geradewegs auf die getarnte Sprecherin zu, die das Labor als Erste betreten hat, und reißt ihr die Sturmhaube vom Kopf.

Ich muss den Atem anhalten, um keinen Laut entschlüpfen zu lassen, als das Gesicht meiner Mutter darunter zum Vorschein kommt.

Sie schaut nicht Jeremiah an, obwohl er unmittelbar vor ihr aufragt.

Sie schaut mich an.

Starrt mich an.

Tränen fluten ihre Augen, als könnte sie nicht fassen, was sie sieht. Tränen, die zahlreicher werden, sobald ihr Blick erst zu Rileys bewusstlosem Körper hinüberschwenkt und anschließend über uns beide hinweg zu dem Bett, in dem unser Vater liegt. Beim Anblick des Leids, des Grams, der tiefen Trauer in ihren Zügen drohen mir die Beine zu versagen.

»Jetzt haben wir ein *richtiges* Familientreffen«, kräht Jeremiah.

Kael schiebt mit steinerner Miene den bewegungsunfähigen Ward von sich herunter und kommt auf die Füße; Glasscherben regnen von seiner Kleidung. Sein Gesicht ist blutverschmiert, und dort, wo Ward ihn mit seiner Faust getroffen hat, zeigt sich bereits eine Schwellung. Ich begutachte den Schaden ohne ein Unze Mitleid für ihn, zumal er nun die verlorene Spritze aufhebt und an sich nimmt, noch bevor er neben seinen Vater tritt.

»All meine Lieblingsmenschen an einem Ort«, spöttelt Jeremiah weiter und wischt sich dabei Blut vom Kinn – ob Camis oder Rileys Verdienst, lässt sich nicht sagen. »Perfekter könnte es nicht sein.«

Während er die Spritze von Kael entgegennimmt und nach dem Arm meiner Mum langt, überkommt mich eine stählerne Entschlossenheit, zusammen mit einem absurden Gefühl innerer Ruhe.

Dies ist der Punkt, an dem ich handeln muss. Etwas unternehmen – *irgendetwas*. Denn in diesem Augenblick bin ich die Einzige, die es *kann*. Und ich will verdammt sein, wenn ich nicht alles in meiner Macht Stehende tue, um diesem Albtraum jetzt und auf der Stelle ein Ende zu bereiten.

»Genau genommen, *könnte* es perfekter sein«, sage ich und mache einen Schritt nach vorn.

Jeremiah und Kael wirbeln gleichzeitig zu mir herum, doch zu mehr bleibt ihnen keine Chance. Denn ebenso, wie Jeremiah das Labor eingefroren hat, visualisiere ich nun das Gleiche – mit dem Unterschied, dass in meiner Vorstellung auch die beiden erstarrt sind.

Kein Licht blitzt auf, kein Warnsignal ertönt. Kein Gesprochenes

Wort, gegen das Kael angehen, das er zerstören könnte. Im einen Moment sind sie mitten in der Bewegung, im nächsten hängen sie fest. Genau wie alle anderen.

Alle außer mir.

»Sie haben recht, Jeremiah«, sage ich und schlendere langsam auf ihn zu. »Keiner von uns kann gegen einen Schöpfer gewinnen. Denn ein Schöpfer vereint zu viel Macht in einer einzigen Person. Zu viel einer Art von Macht, die korrumpiert – einer Art von Macht, die tötet.«

Mein Blick wandert hinüber zu dem Bett und der leblosen Gestalt darin, ehe ich leise weiterrede. »Mein Dad wusste das. Jahrelang haben Sie ihm die Schuld gegeben für eine Entscheidung, die jeder vernünftige Mensch getroffen hätte. Was Ihrer Frau zugestoßen ist, war nicht seine Schuld. Sondern die Konsequenz *Ihres* Handelns. Caroline Roscave ist gestorben, weil *Sie* labil geworden waren, weil *Sie* die Kontrolle über Ihre Schöpfergabe verloren hatten. Weil *Sie* zur Gefahr für die Welt geworden waren. Sie betrachten meinen Dad als Ihren persönlichen Schurken, doch für alle anderen ist er der Held.«

Jeremiahs Mitternachtsaugen – die einzige Ähnlichkeit, die ich zwischen ihm und Kael finde – funkeln vor loderndem Zorn. Dennoch fahre ich fort: »Carolines Tod war eine Tragödie. Aber die wahre Tragödie ist, was Sie im Anschluss daran getan haben. Statt ihr Leben zu würdigen, haben Sie versucht, sie zu rächen, indem Sie noch mehr Menschen den Tod gebracht haben.« Die lachende Frau auf dem Foto kommt mir wieder in den Sinn, und dann die von ihrer Krankheit gezeichnete Person aus Kaels Erinnerung – todgeweiht und doch nach wie vor voller Liebe. »Ich bin mir nicht sicher, ob ich sie je getroffen habe, aber ich muss Caroline nicht kennen, um zu wissen, dass sie sich so etwas nicht für ihren Mann gewünscht hätte – und ganz bestimmt nicht für ihren Sohn.«

Mein Blick springt zwischen Jeremiah und Kael hin und her, und verhalten ergänze ich: »Ich kann Ihre Frau – deine Mutter – nicht zurückbringen. Ebenso wenig wie meinen Dad, oder auch Manning und Vanik. Ich kann all den Schmerz, den Sie meiner Familie und meinen

Freunden zugefügt haben, nicht zurücknehmen. Aber ich *kann* dafür sorgen, dass Sie niemals wieder etwas Vergleichbares verbrechen.«

Bei meinen letzten Worten schaue ich Jeremiah unverwandt in die Augen. »Sie wollten eine Waffe? Hier bin ich.«

Beinahe zu mühelos gelingt es mir, das Bild aufzurufen. Beinahe zu leicht sehe ich im Geist Jeremiahs Hand, die sich bewegt – und vor mir, in der Wirklichkeit, wie sein Körper tatsächlich meiner Vorstellung gehorcht, bis er sich die Nadel der aufgezogenen Spritze ins eigene Fleisch schiebt und den Kolben eindrückt. Beinahe zu einfach ist es, zu verfolgen, wie ihm das Blut aus dem Gesicht weicht, während das Serum in seine Adern strömt.

»Vierundzwanzig Stunden, plus/minus«, flüstere ich. »Allerdings werden Sie keine einzige davon bei Bewusstsein verbringen.«

Mein nächster Gedanke befreit Cami aus ihrer Starre, und ich höre ihre knirschenden Schritte über die Scherben am Boden, bis sie neben mir steht, zitternd, aber entschlossen eine Hand an Jeremiahs Wange legt und befiehlt: »Schlafen Sie.«

Ich löse meinen mentalen Klammergriff um ihn gerade genug, dass er schlaff zu Boden sackt.

Dann wende ich mich zu Kael um.

Ein neuer Gedanke, neuerliches Scherbenklirren, und, ohne mich umzudrehen, weiß ich, dass Ward sich aufrappelt. Ohne mich umzudrehen, lausche ich auf das schmatzende Geräusch, mit dem sich die Kühlschranktür öffnet, dann auf das helle Klimpern eines Glasröhrchens, das aus der Kälte gezogen wird. Ohne mich umzudrehen, höre und spüre ich, wie er näher kommt und neben mir innehält, mir eine Spritze reicht, die bereits mit dem Serum gefüllt ist.

Nichts von all dem habe ich visualisiert. Wie zuvor bei Cami habe ich ihn lediglich Freigedacht – den Rest hat er allein entschieden. Und sie ebenso.

Zu Kael sage ich: »Du hast mir meine Familie genommen. Du hast mich glauben gemacht, ich hätte meine eigenen Eltern ermordet und nie einen Bruder gehabt. Du hast mich für zweieinhalb Jahre zu einem Leben in der Hölle verdammt und dann zugelassen, dass ich aufgeschnitten und – und *geerntet* wurde. Und all das bloß, um *das hier* zu gewinnen.« Ich halte die Spritze in die Höhe. Bei den letzten Sätzen klingt meine Stimme heiser. »Du hast dir mein Vertrauen erschlichen, dich als Freund ausgegeben. Doch alles war nicht mehr als eine einzige große Lüge.«

Ward schiebt sich dichter an mich heran, beruhigt und bestärkt mich durch seine Gegenwart, während Cami nach meiner freien Hand greift und unsere Finger miteinander verschränkt.

Ich schlucke den Kloß in meinem Hals, den ihre demonstrative Solidarität mir beschert, und suche Kaels Mitternachtsblick, ehe ich kraftvoller frage: »Hast du mir noch irgendetwas zu sagen?«

Ich gestehe ihm nur die Kontrolle über seinen Mund zu. Solange niemand sonst einen Gesprochenen Befehl von sich gibt, ist er keine Gefahr, denn als Zerstörer kann er seine Macht nicht proaktiv nutzen.

Er grinst mich an, und in seiner Miene liegt keinerlei Wärme, keinerlei Güte. »Bloß, dass ich nichts davon bereue, Prinzessin.« Er nickt zu der Nadel hinüber und ergänzt: »Und dass du mir das Zeug jetzt besser spritzen solltest, denn ich versichere dir, sollte sich mir auch nur die winzigste Chance bieten, würde ich alles noch einmal tun.«

Ich habe keine Gelegenheit, seinem Vorschlag nachzukommen, denn im nächsten Moment wird mir die Spritze auf der Hand gerissen; Cami ist es, die sie Kael in den Arm rammt und das Serum in seinen Körper drückt.

»Smith hatte recht – ihr seid beide Arschlöcher«, sagt sie und schlägt ihm die Hand mit solcher Wucht auf die Wange, dass er zu ihrem Schlafbefehl einen roten Abdruck zurückbehält.

Und wie zuvor bei Jeremiah befreie ich ihn nun nur, um ihn vor uns einknicken zu sehen.

»Entschuldige«, schnauft Cami mit bebender Brust. »Vermutlich wolltest du deine eigene Rache, aber –«

»Ich glaube, Rache ist heute genug geübt worden«, schneide ich ihr leise das Wort ab.

Zu mehr komme ich nicht, bevor sie mich in eine innige Umarmung schließt, ihren zitternden Körper an meinen presst, sodass unsere Tränen und unser Blut sich vermischen. Wunderbarerweise ist sie dabei noch geistesgegenwärtig genug, um meine Wunden Fortzusprechen, und die Kratzer auf meinen Händen und im Gesicht, die ich mir bei der Jagd durch den unterirdischen Tunnel zugezogen habe, verschwinden zusammen mit dem dumpf pochenden Schmerz von Wards Schlag gegen meine Schläfe.

Als fiele ihr erst jetzt ein, dass ihr Bruder mittlerweile wieder Herr über seine Sinne ist, macht Cami sich von mir los und wirft sich ihm in die Arme. Die Tränen laufen ihr inzwischen in Sturzbächen über das Gesicht.

Einen Moment lang betrachte ich die zwei; dann schweift mein Blick über all die anderen ringsum, die nach wie vor eingefroren sind. Ein einziger Gedanke, und der Raum erwacht zum Leben, alle aus Jeremiahs mentalem Klammergriff befreit. Aus *meinem* Klammergriff.

Arryn springt zu uns herüber, berührt rasch Camis Hand und eilt dann zurück durch das Labor, legt ihre Finger an Rileys Wange. Licht flammt auf, und Sekunden später öffnen sich flatternd seine Lider; bis er auf den Füßen steht, sind sämtliche Schwellungen und Blessuren verschwunden. Nach einem kurzen, aber umso leidenschaftlicheren Kuss kommen die beiden auf uns zu.

»Lyss«, haucht Riley und zieht mich an sich. »Du bist wohlauf.«

»Wir *alle* sind wohlauf«, entgegne ich und erwidere seine Umarmung, ehe ich mich von ihm löse. Smith hat sich mir ebenfalls genähert, und gerade will ich mich erkundigen, ob er oder Arryn geheilt werden müssen, da dringt eine vertraute Stimme an mein Ohr.

»Alyssa?«

Wie in Zeitlupe wende ich mich meiner Mutter zu, spüre Riley an meiner rechten Schulter und Arryn, die an meine andere Seite tritt. Ward und Cami beobachten uns aufmerksam, und sogar Smith wagt sich noch näher. In seinen grauen Augen liegt Sorge – um mich. Er sorgt sich *um mich*.

Weil er meine Erinnerung durchlebt hat.

Er weiß, dass dies die Frau ist, die ich für tot gehalten habe. Die ich seit beinahe drei Jahren nicht mehr gesehen habe.

Meine Stimme ist rau, kaum mehr als ein Flüstern: »Mum.«

KAPITEL 32

Nach unserem Telefongespräch bin ich darauf vorbereitet, mich erklären zu müssen – bereit, etwas zu sagen, das ihr beweist, wer ich bin. Doch in den Augen meiner Mutter stehen Tränen, und sie stürzt nach vorn, mit ausgestreckten Armen, die mich im nächsten Moment umfangen.

»Mein kleines Mädchen«, wispert sie, und unsere Tränen vermischen sich; sie drückt mich an sich, stört sich nicht an dem Blut, mit dem ich befleckt bin und das sowohl von mir selbst als auch von Vanik stammt. »Ich dachte, ich habe dich verloren.«

»Ich weiß«, flüstere ich zurück. »Und ich habe geglaubt, dass ich euch alle verloren habe.«

Und dann schließen sich Rileys lange Arme um uns beide, und zu dritt weinen wir, bis wir zu lachen anfangen.

Erst Minuten später trennen wir uns voneinander, und ich wische mir mit einer Hand über die Wangen und frage: »Wie habt ihr uns gefunden?«

Anstelle meiner Mum antwortet jemand anders.

»Ich bitte dich, JD. Hast du noch nie etwas von Handyortung gehört?«

Ich wirbele herum und erhasche gerade noch, wie einer der maskierten Sprecher sich die Sturmhaube vom Kopf zerrt, unter der ein vertrautes grinsendes Gesicht zum Vorschein kommt.

»Enzo!«, rufe ich und hechte auf ihn zu, um auch ihn zu umarmen. Dann trifft es mich wie ein Schlag – es war *seine* Stimme, die gestern aus dem Wagen gedrungen ist, als die Mitglieder von SPARK mit ihrem Van vor dem Zoo gehalten und uns Riley entwendet haben. »Warte – gestern – das warst *du*!« Noch etwas geht mir auf, und ich wende mich an Arryn: »Du hast die ganze Zeit über Ward berührt – du hast die Leute von SPARK vor meinen Worten geschützt und ihnen so die Flucht ermöglicht!«

Sie schaut ein wenig betreten drein, doch nach allem, was wir durchgemacht haben, spüre ich bloß Erleichterung. Erleichterung darüber, dass wir alle hier sind, alle überlebt haben. Ganz gleich, wie hinterlistig einige der eingesetzten Taktiken gewesen sein mögen.

»Vergeben kannst du uns später«, meint Enzo und schlingt mir einen schweren Arm um die Schultern. »Beinahe hätten wir es dank der Vanik-Doppelgänger heute Abend nicht rechtzeitig hierhergeschafft – also sollten wir einfach dankbar sein und die Sache mit den Schuldzuweisungen fürs Erste vertagen.«

»Vanik-Doppelgänger?«, wiederholt Smith und kneift hinter seinen gesprungenen Brillengläsern die Augen zusammen.

»Projektionen. Mindestens fünf davon, in unterschiedlichen Gruseltourgruppen – ausgeschickt, um uns zu verwirren und auf falsche Fährten zu locken« erläutert Enzo und verzieht missmutig das Gesicht. »Jeremiah war clever. Wer die wirkliche Bedrohung darstellte, haben wir überhaupt erst realisiert, als wir endlich hier waren und belauschen konnten, wie er und Kael gemeinsam dir gegenüber mit ihren Taten geprahlt haben.« Er stößt mit seinem Stiefel gegen Jeremiahs Schuh. »Wären die beiden ein bisschen weniger geschwätzig, würden sie sich jetzt vielleicht nicht in dieser Lage befinden.«

Cami gesellt sich zu mir – wobei sie Enzo einen Blick zuwirft, der unmissverständlich deutlich macht, dass er besser *sehr bald* sein Outfit und seine Gesellschaft erklären sollte – und zeigt auf das Duo zu unseren Füßen. »Was wird jetzt aus ihnen?«

»Das kommt darauf an«, antwortet meine Mutter, fingert ein Taschentuch hervor und tupft sich damit das Gesicht trocken. Sie späht zu dem Kühlschrank voller Glasröhrchen hinüber, anschließend zu meinem Dad und Vanik, bevor sie sich wieder an mich wendet und sagt: »Ich nehme an, das Serum, das du ihnen injiziert hast, war *nicht* das, das beide in Schöpfer verwandeln würde?«

Ich schüttele den Kopf. »Nein. Soweit ich weiß, gab es nur ein einziges Schöpferserum – Vaniks erstes Muster –, und Jeremiah hat es für sich selbst gebraucht. Die übrigen Phiolen stammen von –« Ich breche ab, schiele zu meinem Dad hinüber. Stockend formuliere ich neu: »Sie, ähm, rauben einem Sprecher seine jeweilige Gabe. Unwiederbringlich.«

Meine Mum vermeidet es sorgsam, ihren Blick noch einmal wandern zu lassen, und winkt stattdessen die restlichen vier getarnten Sprecher heran, die mit ihr eingetroffen sind. Zwei von ihnen packen Kael, die anderen beiden greifen sich Jeremiah, und im Pulk schleppen sie die schlaffen Körper aus dem Labor ins Freie. Kurz darauf höre ich in der Ferne das Geräusch der Schiebetür eines Vans, die auf- und sogleich wieder zugleitet, und mir wird klar, dass ich Jeremiah wohl niemals wiedersehen werde. Ebenso wenig wie Kael.

Dass ich mit dieser Vermutung richtigliege, hoffe ich um ihretwillen.

»Wenn das so ist«, sagt meine Mum, »dann bringen wir sie in unsere Einrichtung und halten sie in ihrer Ohnmacht, bis das Serum seine Arbeit getan hat. Vierundzwanzig Stunden, hast du gesagt?«

»Plus/minus«, wiederhole ich.

»Wir gehen auf Nummer sicher, doch selbst für den Fall, dass sie zu sich kommen und noch immer in der Lage sein sollten, zu Sprechen, kümmern wir uns darum, dass sie in Arrestzellen untergebracht werden, aus denen nicht einmal ein Schöpfer entfliehen könnte.« Ihre Augen schweifen in die Richtung, in die sie verschwunden sind, und sie fährt fort: »Was danach folgt, liegt allein in ihrer eigenen Hand. Wir werden sie verhören –«

Mein Körper verspannt sich, und Arryn bemerkt es als Erste; sie greift nach meiner Hand und unterbricht meine Mutter mit den Worten: »*Ausfragen*, Lyss. Die beiden werden ausgefragt, das ist alles.« Leise, nur für mich bestimmt, ergänzt sie: »SPARK operiert nicht wie Lengard. Es gibt keinen Vanik, keinen Manning. Sondern nur ehrliche und ehrbare Sprecher. Versprochen.«

Ich nicke steif. Es wird noch einige Zeit dauern, bis ich mich an die Vorstellung einer *nicht*-korrupten Regierungseinrichtung gewöhnt habe. Einer, die Sprechern *tatsächlich* Gutes will.

Ich erinnere mich selbst wieder daran, dass SPARK meinen Zukunftstraum verkörpert – die Vision, die ich mit Cami geteilt habe.

SPARK ist bereits dabei, das zu erschaffen, was wir uns für Lengard und die Relikte wünschen – eine bessere Welt für Sprecher. Für alle Sprecher.

Die komplette Dimension dieses Ziels werde ich später durchdenken müssen. Fürs Erste konzentriere ich mit erneut auf meine Mutter, die sich räuspert und ihren Faden wiederaufnimmt.

»Nachdem wir ihre Aussage aufgenommen haben, werden wir entscheiden, was mit ihnen geschehen soll. Aber wir folgen dem australischen Bundesrecht. Jeremiah kann mit einer Anklage wegen Mordes in einer Vielzahl von Fällen rechnen, und Kael ist eindeutig Mittäter. Zudem werden ihnen Entführung, Körperverletzung und eine Fülle anderer Verbrechen zulasten gelegt, einschließlich versuchter Bioterrorismus.« Sie nickt mit dem Kopf zu dem Phiolenkühlschrank hinüber. »Sobald sie über keinerlei Sprecherfähigkeiten mehr verfügen, werden sie sich vor einem ganz gewöhnlichen Gericht verantworten müssen. Keine Sorge, die zwei werden die Konsequenzen ihres Tuns zu spüren bekommen. Und das für eine lange, *lange* Zeit.«

Ich rufe mir ins Gedächtnis, dass sie nichts Geringeres verdienen, auch wenn zugleich ein kleiner Teil von mir dem Leben nachtrauert, dass die beiden im Namen ihrer verblendeten Rache weggeworfen haben.

»Und was – was Christopher anbelangt«, setzt meine Mum an. Ihre Stimme versagt.

Enzo zieht mich enger an sich, und ich sehe, wie Riley sich verkrampft. Schmerz und Leid strahlen beinahe spürbar von ihm aus.

»Wir – wir verlegen ihn in eine hauseigene Klinik von SPARK und führen die lebenserhaltenden Maßnahmen dort fort, bis wir alle Gelegenheit hatten, uns – uns richtig von ihm zu verabschieden.«

Sie weiß es. In ihrem Innern weiß sie, dass es keinen Unterschied macht, an welche Maschinen er angeschlossen wird – nichts kann meinen Dad zurückholen.

»Und danach bekommt er die Beerdigung, die er verdient – die, die er schon vor fast drei Jahren verdient gehabt hätte.«

Wieder gelingt es mir nur gerade eben, zu nicken; jeder Versuch, zu reden, würde in einem Krächzen enden.

Einer der getarnten Sprecher kommt wieder herein und eilt zu meiner Mum hinüber. Inzwischen hat er seine Sturmhaube abgenommen, unter der das freundliche Gesicht eines Mannes mittleren Alters verborgen war. Er neigt respektvoll den Kopf zum Gruß in meine Richtung und die aller anderen, beugt sich dann dicht zu meiner Mutter und raunt: »Eine Tourgruppe ist hierher unterwegs. Wir müssen uns zurückziehen – oder überlegen, wie wir Schadensbegrenzung betreiben wollen.«

Meine Mum atmet tief ein und verwandelt sich augenblicklich von der trauernden Witwe in eine fokussierte Anführerin. »Dann schnappen wir uns das Serum und bringen die Dinge hier zum Abschluss. Bestimm du jemanden, der die Stellung hält, auf das medizinische Einsatzkommando wartet und sich darum kümmert, dass Vaniks Leiche und – und Christopher abgeholt werden, sobald die letzte Tour für heute Abend durch ist, zusammen mit allem anderen, was wir womöglich vergessen haben.«

Der Mann nickt. Er stößt einen scharfen Pfiff aus, und zwei seiner Kollegen hasten durch die Labortür und machen sich daran, die Röhrchen aus dem Kühlschrank zu sammeln.

»Nicht, dass ich mich besonders wichtig nehme oder so«, sagt Cami und scharrt mit den Füßen durch die Glasscherben am Boden, »aber was wird jetzt aus uns? Was sollen wir tun?«

Der Blick meiner Mum schwenkt von ihrem SPARK-Team zu meiner Freundin, und ihre Züge werden weicher. »Camelot Ward, richtig? Ich kannte deine Eltern.« Sie lächelt sanft, schaut zwischen Cami und Ward hin und her und sagt dann: »Ihr könnt tun, was immer ihr möchtet. Eure Rolle in dieser ganzen Geschichte habt ihr erfüllt.« Ihre Augen huschen kurz durch den Raum, ehe sie hinterherschiebt: »Ich meine, ich wüsste es zu schätzen, wenn ihr euch zu einer freiwilligen Nachbesprechung bereit erklären würdet, um noch einmal zu rekapitulieren, was hier geschehen ist – von den Ereignissen in Lengard im Verlauf der vergangenen Jahre ganz zu schweigen. Aber die Entscheidung liegt allein bei euch.«

»Ich denke, das geht schon in Ordnung«, antwortet Ward.

Seine Stimme. Ihr Klang lässt mich erstarren – sein erster vollständiger Satz, seit er seine Freiheit zurückgewonnen hat.

Enzo, dem meine Reaktion nicht entgeht, stupst mich in die Seite, doch ich ignoriere das wölfische Grinsen, das er mir zuwirft, denn Ward redet weiter.

»Wir müssen auch in Lengard ein wenig aufräumen«, meint er, »und ein paar Dinge auseinanderklamüsern. Aber wir sind sehr gern in sämtlichen Angelegenheiten zu einer engen Zusammenarbeit mit SPARK bereit.« Er schielt zu Enzo hinüber, mit hochgezogenen Brauen, als wollte er ihm vermitteln, dass auch er sich auf eine *lange* Diskussion gefasst machen kann, ehe er sich abermals meiner Mum zuwendet. »Und es wäre großartig, mehr über Sie zu erfahren – über das, was Sie tun.«

Die zaghafte Hoffnung, die in seinen Worten mitschwingt, lässt mich kurz die Augen schließen. Als ich sie wieder öffne, ist es Camis Blick, der auf mir ruht; ich sehe die Tränen in ihren Wimpern, und ich begreife, dass auch sie sich an unsere Unterhaltung erinnert – an den Zukunftstraum, den wir gemeinsam gezeichnet haben.

Wenn du magst, können wir ihn gemeinsam träumen, habe ich ihr damals gesagt, woraufhin sie geantwortet hat: *Nicht nur träumen. Wir können ihn verwirklichen.*

Nun bewegt sie die Lippen, formt ein einziges Wort, wie um mich an ein Versprechen zu erinnern: »*Gemeinsam.*«

Ich schicke ihr ein dünnes Lächeln zurück; uns beiden ist klar, dass der Weg, der vor uns liegt, kein einfacher sein wird. Vielleicht wird es eines Tages keine Notwendigkeit mehr für drei getrennte Sprecherfraktionen geben – SPARK, Lengard *und* die Relikte. Vorerst aber bieten sie mehr als eine bloße Zuflucht für Menschen mit besonderen Fähigkeiten – sie sind ihnen Familie und Freunde, leiten an, lehren und behüten. Und mit der richtigen Führung, einer *gesunden* Führung, werden wir hoffentlich eines Tages unter einem Banner, in einer Mission, vereint sein. Einer *gerechten* Mission. Einer, die es Sprechern erlaubt, sich anderswo anzusiedeln, sofern sie das wünschen, oder aber aus freien Stücken in Lengard zu bleiben. In den Katakomben zu bleiben. Sie könnten Teil von etwas sein, das größer ist als sie selbst, an genau dem Ort, an dem sie sich am sichersten fühlen – ob an der Oberfläche oder verborgen unter der Stadt.

Ich hoffe … ich hoffe, dass sie sich entschließen, nach draußen zu gehen. Dass sie die Freiheit wählen. Doch solange sie zumindest die *Freiheit der Wahl* haben, soll mir das genügen.

Neugierig bin ich darauf, wer sich für Lengard entscheiden wird. Falon und seine Familie kommen mir in den Sinn, und ich frage mich, was wir noch über ihn herausfinden werden – ob er mit Vanik oder Jeremiah zusammengearbeitet hat. Oder ob er sich selbst ohne Erinnerungen an seine Vergangenheit als Spion für SPARK seine Integrität bewahrt und Lengard gegen unvorstellbare Widerstände aufrichtig und nach bestem Wissen und Gewissen gelenkt hat.

So oder so: Um seiner Familie willen halte ich an der Hoffnung fest, dass Falon sich als durch und durch guter Mann erweisen wird. Das jedoch kann nur die Zeit zeigen. Die Zeit – und eine gründliche Überprüfung, an der im besten Fall meine Mutter persönlich beteiligt sein wird.

»Shadow, Echo, was ist mit euch?«, fragt Enzo. »Zurück zu den Relikten – oder gemeinsam mit Singer zu SPARK?«

Die Worte lassen mich blinzeln – einmal, dann ein zweites Mal, während ein weiteres Puzzleteil sich in das Gesamtbild einfügt. Shadow, Echo, Singer …

»Codenamen«, erläutert mir Enzo, der meine schlagartig weit aufgerissenen Augen bemerkt, jedoch falsch deutet. Er zeigt auf meinen Bruder und sagt: »Shadow, weil er Erinnerungen löschen kann, sodass nichts bleibt außer Schatten.« Sein Finger wandert weiter zu Arryn. »Echo, weil –«

»Weil ihre Gabe wie ein Echo der Fähigkeiten anderer funktioniert«, flüstere ich an seiner Stelle. »Und weil es außerdem die Bedeutung ihres Namens ist.«

Arryn wirkt erfreut darüber, dass ich dieses Detail im Gedächtnis behalten habe; sie nickt und gestikuliert zu meiner Mum hinüber. »Und Singer, weil – na ja, *Melody* Scott.«

»Ihr Codename ist ein bisschen arg offenkundig«, räumt Enzo ein und zupft dabei an seinem Ärmel. »Trotzdem immer noch besser als meiner. Und bevor du fragst: *Nein*, ich werde ihn dir nicht verraten.«

Inzwischen höre ich ihm nur noch mit einem Ohr zu, denn in meinem Kopf hallt abermals Lianas Stimme – der wahre Grund für meine Schockreaktion.

Deine Zukunft liegt in Lied und Schatten, und Echos füllen dein Schicksal.

Schatten. Lied. Echos.

Riley. Mum. Arryn.

Unwillkürlich schnaube ich, und alle fahren zu mir herum, doch es kümmert mich nicht. Mir steht einzig vor Augen, wie absurd vage und nutzlos die Worte der sonderbaren Frau gewesen sind. Wieso konnte sie nicht einfach sagen: »Deine Mum, dein Bruder und seine Freundin werden eine zentrale Rolle in deiner Zukunft spielen. Ende.« Sobald ich Liana das nächste Mal sehe, habe ich ein Hühnchen mit ihr zu rupfen, so viel ist sicher.

»Irgendetwas, woran du uns teilhaben lassen möchtest?«, fragt Enzo.

»Nope«, antworte ich. Und wiederhole mit Blick auf Arryn und Riley Enzos Frage: »Was habt ihr vor – jetzt, da dieses Kapitel abgeschlossen ist?«

»Tja … nachdem Kael nun nicht mehr da ist, werden die Relikte einen Anführer brauchen – oder eine Anführerin«, meint Arryn. »Ihr Ziel ist es stets gewesen, Sprecher zu schützen, und auch ohne Kael wird sich daran nichts ändern. Idealerweise allerdings sollten sie von SPARK erfahren – gezeigt bekommen, wie ihr Leben ebenfalls aussehen könnte, sofern sie das wollen.«

Sie späht zu Riley hinüber, und er drückt ihr einen Kuss auf die Stirn, ehe er sagt: »Ich begleite dich zurück. Mag sein, dass sie Kael und Jeremiah unwissentlich Vorschub geleistet und sie gedeckt haben, aber im Grunde betreiben die Relikte seit Jahren wertvolle Arbeit, und sie geben aufeinander acht. Es wäre eine Schande, sie komplett aufzulösen – vor allem, da ich überzeugt bin, dass sie unter der richtigen Führung in der Lage sein werden, viel Positives zu bewirken.«

»Wir werden ihnen alles, was passiert ist, möglichst ruhig und gefasst erklären, hoffentlich einen Tumult verhindern können und gemeinsam bestimmen, wer diese Führung am besten übernehmen sollte«, ergänzt Arryn.

»Du könntest das sein, weißt du?«, hakt Smith ein. »Meine Stimme hättest du.«

Arryn schenkt ihm ein Lächeln, meint allerdings bloß: »Mal schauen. Das ganze Katakomben-Konzept ist nicht wirklich mein Ding – dort unten fehlt mir die Sonne zu sehr.«

Ob sie das ernst meint oder lediglich die Verantwortung einer Führungsrolle scheut, kann ich nicht sagen; Letzteres würde ich ihr jedenfalls nicht zum Vorwurf machen.

»Und was ist mit dir, Alyssa?«

Die leisen Worte kommen von meiner Mum, und sie klingen beinahe, als wäre sie unsicher, ob sie die Antwort hören will.

Ich mustere die kleine Gruppe aus Enzo, Smith, Arryn und Riley. Ward anzusehen – festzustellen, ob auch er auf meine Antwort gespannt ist – bringe ich nicht über mich; auf Cami landet mein Blick zuletzt.

Sie wirkt nervös, regelrecht bang vor meiner Entscheidung – nun, da ich meiner Mutter und Riley gegenüberstehe. Aber ich habe nicht gelogen, damals, als sie mich gefragt hat, was ich mir wünsche. Und an meiner Haltung hat sich seither auch nichts geändert. Allenfalls habe ich die Zukunft, in der ich eine Rolle spielen, den Traum, den ich miterschaffen möchte, deutlicher denn je vor mir.

Ich drehe mich zu meiner Mum und sage: »Ich möchte Zeit mir dir und Riley verbringen. Die verlorenen Jahre ein Stück weit aufholen.« Aus dem Augenwinkel nehme ich wahr, wie Camis Schultern nach unten sacken, und auch Wards angespannte Körperhaltung. Bis ich fortfahre: »Aber zuvor muss ich noch einmal zurück nach Lengard.« Ich wage es nicht, bei meinen nächsten Sätzen den Blick von meiner Mum abzuwenden. »Ich möchte dabei helfen, die Dinge dort in Ordnung zu bringen, und ich denke, am besten funktioniert das, indem wir alle zusammenarbeiten. Deshalb würde ich gern – ich würde gern sowohl mit dir und SPARK« – nun schwenke ich zu Arryn und Riley – »als auch mit den Relikten kooperieren. Und so eine bessere Zukunft für Sprecher auf der ganzen Welt gestalten. Gemeinsam.«

Als ich wieder meine Mum anschaue, glitzern neue Tränen in ihren Augen. Diesmal jedoch sind sie weder Kummer noch Schmerz geschuldet – sondern Tränen des *Stolzes*.

»Das würde mir auch gefallen, Liebling. Sehr sogar.«

Mit zitternden Lippen erwidere ich ihr Lächeln, trete in ihre offenen Arme, und sie drückt mich einmal mehr an sich und flüstert: »Bis ganz bald.«

Und dann gibt sie Riley noch einen Kuss auf die Wange, bevor sie ihren getarnten Sprechern aus dem Raum folgt; nur Enzo und ein weiterer Mann von SPARK, der bei meinem Dad und Vanik Wache halten soll, bleiben zurück.

»Wir nehmen uns lieber ein Beispiel an ihnen und sehen zu, dass wir hier wegkommen«, meint Enzo. Mit einem schnellen Blick auf seine Armbanduhr fügt er hinzu: »Wenn wir die Hufe schwingen, erwischen wir vielleicht die letzte Fähre.«

Cami hüpft heran und hakt sich bei ihm unter. »Dann lasst uns ›die Hufe schwingen‹. Und unterwegs kannst du uns erzählen, wie genau du hier gelandet bist.«

Die Antwort darauf kenne ich bereits, also lasse ich mich absichtlich ein wenig zurückfallen, während Enzo Cami ins Freie führt und zu erklären anfängt. Ward und Smith sind den beiden dicht genug auf den Fersen, um ebenfalls zu lauschen, und Arryn füllt die Lücken in Enzos Bericht. Riley dagegen zögert ebenfalls, verharrt an meiner Seite. Ein letztes Mal schaue ich mich im Labor um; ein letztes Mal begutachte ich die Zerstörung, die wir angerichtet haben, mustere Vaniks leblosen Körper am Boden und meinen Dad unter dem sterilen weißen Laken.

Ich bin froh, dass ich später noch Gelegenheit haben werde, mich anständig von ihm zu verabschieden, mir zuvor überlegen zu können, was ich ihm sagen möchte, auch wenn ich weiß, dass er meine Worte nicht hören wird. Es ist eine Erleichterung, diesen endgültigen Abschied nicht heute Abend vollziehen zu müssen – nicht nach all dem anderen, was ich heute durchlebt habe. Ein kleiner Aufschub, eine Gnadenfrist, die einen himmelweiten Unterschied macht.

»Bald, Lyss«, sagt Riley und zieht mich an sich. Gemeinsam betrachten wir unseren Dad. »Bald.«

Dann wendet mein Bruder uns um, und wir werfen keinen Blick zurück.

Ich habe keine Ahnung, wie spät es ist, aber wie von Enzo prophezeit erreichen wir den Anleger der Quarantänestation gerade pünktlich zur Ankunft der letzten Fähre. Enzo fingert ein Bündel Geldscheine aus der Tasche, bezahlt und raunt dem Hafenarbeiter dabei im Flüsterton zu, sich nicht an uns zu stören und über unsere blutbefleckte Erscheinung hinwegzusehen. Ein Lichtblitz begleitet seine Gesprochene Bitte, und der Mann zählt lediglich die Banknoten und würdigt uns keines Blickes, als wir uns an Bord stehlen.

Einige Pendler halten sich im Innenraum auf, daher suchen wir uns trotz des kalten Wetters einen Platz im Heck der Fähre und bleiben im Freien, um sie nicht *allesamt* beschwören zu müssen, uns zu ignorieren.

Der Rückweg nach Lengard wird lang werden, geht mir auf – doch zugleich findet etwas in mir seinen Frieden in der Gewissheit, dass über unseren Köpfen kein Damoklesschwert mehr hängt.

»Wenn wir Glück haben, hält diese Fähre am Zoo, bevor sie den Circular Quay ansteuert«, meint Arryn. »Dann springen wir ab und überlassen euch allein die ganze Wiedersehensfreude.«

»Der wahre Spaß fängt jetzt erst an«, kommentiert Riley mit schiefem Lächeln.

»Du solltest deine Definition von ›Spaß‹ mal überdenken«, grummelt Smith.

Riley grinst bloß breiter; dann jedoch wird seine Miene wieder ernst, und zusammen mit Arryn und Smith vertieft er sich in eine leise Diskussion darüber, wie sie den Relikten die Neuigkeiten beibringen sollen und ob es sinnvoller ist, noch heute Nacht eine Versammlung einzuberufen oder den Morgen abzuwarten. Sie erwähnen Keeda, Pandora und Jet, auch Liana und eine Menge anderer Leute, von denen ich manche kenne, einige nicht. Enzo und Cami mischen sich mit eigenen Vorschlägen ein, und in Enzos Gesicht flackert ein Funken Hoffnung auf, sobald Dantes Name fällt. Mir wird klar, dass er nun endlich Gelegenheit haben wird, seinem Bruder die Wahrheit zu sagen: über seine Rolle als Spion, seine Verbindungen zu SPARK. Für beide hoffe ich, dass es ihnen gelingen wird, die Kluft zwischen sich zu schließen.

Als sich das Gespräch Lengard zuwendet und einer Strategie zur Einweihung der dortigen Sprecher, einschließlich Crew und Sneak, entferne ich mich beinahe unwillkürlich ein Stück von meinen Freunden. Und schlendere, während die Fähre ablegt, ein wenig zögerlich hinüber zur Reling, wo Ward lehnt und über das Wasser starrt.

»Was dagegen, wenn ich dir Gesellschaft leiste?«

Mein Herz galoppiert in meiner Brust, und mit trockenem Mund warte ich auf seine Antwort.

Er sagt nichts, rutscht jedoch einladend ein wenig zur Seite.

Ich lege meinen Arm neben seinem ab, stelle mich so dicht neben ihn, dass ich die angenehme Wärme spüre, die er abstrahlt und die mir in der kalten Abendluft wie ein Balsam in die Knochen kriecht.

»Geht es dir gut?«, flüstere ich.

Diesmal bekomme ich eine Antwort. »Nicht einmal annähernd.«

Ich weiß nicht, was ich darauf erwidern soll. Es gibt so vieles, worüber wir reden müssen, so vieles zwischen uns – nicht nur hinsichtlich der letzten paar Tage, sondern auch unserer gemeinsamen Zeit in Lengard. So viel muss ich ihm erklären – und ebenso viel selbst verstehen.

Und doch …

Hier und jetzt drehen sich meine Gedanken einzig darum, wie er sich im Augenblick fühlen muss, nachdem er tagelang gezwungen war, den grausamen Willen eines anderen auszuführen – gezwungen, seinen Freunden wehzutun. Seiner Schwester wehzutun.

Mir wehzutun.

Noch während ich um Worte ringe, stößt er einen tiefen Seufzer aus und schiebt sich näher an mich heran, bis unsere Arme einander beinahe berühren, sagt: »Aber das wird schon wieder.«

Fünf Worte – derart tief empfunden, derart mächtig. Instinktiv begreife ich, dass er sie nicht nur auf sich selbst bezieht – sondern auch auf mich.

Es geht mir nicht gut.

Aber das wird schon wieder.

»Ich habe etwas für dich«, ergänzt er, ehe mir eine Entgegnung einfällt.

Mein Kopf ist wie leer gefegt, als er in seine Tasche langt und ein durchsichtiges Glasröhrchen hervorholt.

»Das ist das Muster des Schöpferserums«, erklärt mir Ward. »Ich habe es beim Öffnen des Kühlschranks entdeckt, bloß die eine Phiole. Warum Vanik es nicht für sich selbst genutzt hat, ist mir schleierhaft; womöglich hat er realisiert, was diese Art von Macht in den falschen Händen anrichten könnte, und beschlossen, dass er es doch nicht will – oder Jeremiah hat ihm befohlen, es nicht anzurühren. So oder so … es ist deins, wenn du es möchtest.«

Mit tauben Händen greife ich nach dem Röhrchen, drehe es zwischen den Fingern. Ich sage nichts – ich *kann* nichts sagen. Sondern starre nur die farblose Flüssigkeit an.

»Es – es tut mir leid, Chip«, flüstert Ward heiser. »So unsagbar leid.«

Langsam drehe ich den Kopf, und unsere Blicke treffen sich.

Ich habe keine Ahnung, wofür er sich entschuldigt. Ob dafür, dass er mir das Serum injiziert hat, und für all die anderen Taten unter Jeremiahs Einfluss, oder für die Dinge, die *vorher* geschehen sind. Vielleicht für alles. Jedenfalls habe ich an der Aufrichtigkeit seiner Entschuldigung keinerlei Zweifel.

»Weißt du, was ich gerade denke?«, frage ich, halte seinen Blick.

Seine Miene verschließt sich, als rechne er mit einer Abfuhr.

Ich lege meine freie Hand auf seine. Spüre seine Überraschung, den Schock, die Unsicherheit, mit der er seine Finger zögernd mit meinen verschränkt. Sein Griff ist stark, aber zugleich auch sanft – so schmerzlich sanft, als fürchte er nach wie vor, mich zu verletzen.

Ich schlucke schwer, ehe ich weiterrede. »Das, was ich zu Jeremiah darüber gesagt habe, dass Schöpfer zu viel Macht besitzen, war und ist mein Ernst. Und nicht nur auf ihn bezogen.«

Ich achte sorgsam darauf, dass er jeder meiner Bewegungen folgt, während ich die andere Hand über die Reling strecke, die Finger öffne …

… und die Phiole ins Meer fallen lasse.

»Ich denke, ich muss keine Sprecherin sein, um gehört zu werden«, sage ich leise, den Blick auf seinen perplexen Ausdruck geheftet. Dann beiße ich mir auf die Lippe und fahre fort: »Aber ich denke auch, dass ich eine neue Gabe besitze, über die ich beinahe nichts weiß. Und ich denke – ich denke, ich werde jemanden brauchen, der mir hilft, mit ihr umzugehen. Der mir beibringt, sie zu kontrollieren. Jemanden, dem … jemanden, dem ich vertraue. Jemanden, der mich beschützen wird – und alle um mich herum.«

Meine abschließende Frage stelle ich im Flüsterton: »Was meinst du, Ward?«

Seine Antwort ist kaum mehr als ein kehliges Krächzen: »Du willst, dass ich dich weiterhin trainiere? Sogar nach –«

Ich drücke seine Hand, falle ihm ins Wort: »Ich finde, wir haben einen Neustart verdient, in Anbetracht all dessen, was passiert ist.«

»Einen Neustart«, wiederholt er, und ganz zaghaft tritt wieder Licht in seine grünen Augen, verjagt die Schatten. Noch halb ungläubig stiehlt sich ein vorsichtiges Lächeln auf sein Gesicht, zupft an seinen Mundwinkeln, das Grübchen zeigt sich beinahe schon, und er warnt: »Man sagt mir nach, dass ich ein ziemlich strenger Lehrer sein kann.«

Meine eigenen Lippen krümmen sich nach oben. »Und von mir behauptet man, dass ich keine einfache Schülerin bin.«

Sein Grübchen vertieft sich, und er kommt zentimeterweise näher, streicht mit dem Daumen über meinen Handrücken, dass mir die Knie weich werden.

»Unter einer Bedingung.«

Meine Augenbrauen schießen nach oben. »Ich bin mir nicht sicher, ob du dich derzeit in der richtigen Position befindest, um Bedingungen zu stellen.«

»Dann bezeichne es als Gefallen.«

Ich versuche, seine Miene zu lesen, doch seine Erleichterung und

Freude, die sich langsam darin Bahn brechen, überstrahlen alles andere. Was mich in meinen nächsten Worten bestärkt: »Also schön, Ward. Spuck es aus.«

Mit samtweicher Stimme sagt er: »Es geht um etwas, worum ich dich schon früher gebeten habe: Nenn mich Landon.«

Mein ganzer Körper erstarrt, doch sein Daumen streichelt träge weiter, schickt mir einen Schauder über den Rücken.

»Das klingt fair«, erwidere ich, ein wenig außer Atem. »Allerdings habe ich auch eine Bedingung.«

»Oh?«

Ich ignoriere mein hämmerndes Herz, schaue ihm fest in die Augen und sage: »Lass uns mein Training ... anderswo ... besprechen. Weg von Lengard.«

Er wirkt irritiert von meiner Bitte – oder der stockenden Formulierung –, sodass ich rasch eine Erklärung hinterherschiebe: »Vielleicht bei einem Abendessen.«

Seine Verwirrung löst sich auf, und seine Augen füllen sich mit einem solchen Leuchten, mit so großer Hoffnung, dass ich spüre, wie meine Wangen zu glühen beginnen, und den Blick abwenden muss.

»Nur, um sicherzugehen, dass ich das richtig verstehe«, sagt er langsam und wagt sich noch einen Schritt vor. »Du fragst mich nach einem Date?«

Ich konzentriere mich ganz und gar auf das Wasser und antworte: »Ich lade dich zu einer ... Arbeitsbesprechung ein. Beim Essen.«

Ein leises Glucksen. »Mir wurde immerzu eingebläut, dass man Arbeit und Privates trennen soll.«

Endlich spähe ich flink zu ihm hinauf: Sein Grübchen hat seine volle Ausprägung erreicht, doch seine Augen betrachten mich nach wie vor unendlich zärtlich. Mit einem letzten Schritt ist er mir so nah, dass nicht einmal der Wind seine leisen Worte davonzutragen vermag: »Wie wäre es, wenn wir uns die Trainingsdiskussion für Lengard aufsparen und ich dich dafür zu einem richtigen Date ausführe – ganz ohne Arbeitsagenda?«

Mein Herz rast, obwohl schließlich ich diejenige war, die den Anstoß gegeben hat. Das ist ein riesiger Schritt … aber zugleich irgendwie auch *nicht*.

Denn es ist Ward.

Nein, *Landon*.

Und ich weiß, dass er genau das ist, was ich will.

Ich weiß es schon lange, hatte aber stets zu viel Angst, es mir einzugestehen.

Jetzt habe ich keine Angst mehr.

Ward allerdings …

Ich habe zu lange gezögert, das sehe ich in seinen Zügen. Zweifel huschen über sein Gesicht, Verletzlichkeit, als fürchte er, ich könnte ihn abschmettern. Als sei er überzeugt, dass ich ebendas tun werde.

»Das heißt – nur, wenn du möchtest«, rudert er hastig zurück. »Falls ich etwas falsch interpretiert habe – falls du nach allem, was geschehen ist, nicht willst –«

Ich hebe meine freie Hand und drücke ihm meine Finger auf die Lippen, bringe ihn zum Schweigen. »Neustart, schon vergessen?« Ich hasse das leichte Zittern, das mich überläuft, und auch, dass er es vermutlich spürt. Aber ich zwinge mich, weiterzureden. »Ich würde sehr gern mit dir auf ein Date gehen … Landon.«

Das Lächeln, das er mir schenkt, könnte die ganze Welt ausleuchten.

Dann aber dringt ein Räuspern an unsere Ohren, und wir wirbeln beide herum. Riley steht hinter uns und stiert Ward mit vor der Brust verschränkten Armen an.

»Wenn du ihr wehtust, bring ich dich um.«

Von seiner Drohung klappt mir der Mund auf, doch eine Antwort bleibt mir erspart, da Cami schnaubend zu uns herübertänzelt und sich bei mir unterhakt. Halb erwarte ich, dass sie mir eine ähnliche Warnung wegen Ward zuraunen wird, doch während sie mich von ihrem Bruder fortzieht, wendet sie sich stattdessen an *meinen* Bruder und lässt ihn wissen: »Wenn er ihr wehtut, musst du dich zum Zuschlagen hinter mir anstellen.«

Stumm vor Staunen verfolge ich, wie Riley leise gluckst, bevor er Ward – *Landon* – herzhaft auf den Rücken klopft und ein Gespräch anfängt, als wären die beiden alte Freunde. Enzo gesellt sich zu ihnen, und das Zwinkern, das er mir zuwirft, treibt mir abermals die Röte auf die Wangen.

Ich kann nicht genau sagen, was hier gerade vor sich geht, aber es fühlt sich gut an. Wirklich, *wirklich* gut. Und dieses Gefühl wächst bloß noch, als ich gemeinsam mit Cami das halbe Deck überquert habe und Ward nach mir rufen höre. Ich drehe mich um und fange seinen verschmitzten Blick auf.

»Schlaf dich am besten ordentlich aus heute Nacht, Chip. Dein Training beginnt morgen in aller Frühe.«

Diesmal bin ich es, die schnaubt. »Träum weiter, Landon.«

Seine grünen – *so grünen* – Augen werden sanft, und obwohl er flüstert, erreichen mich seine Worte auf einer unsichtbaren Brise: »Das tue ich längst.«

Und als ich mich von ihm abwende und Camis verständiges, entzücktes Lächeln bemerke, als ich an meine Familie und meine Freunde und die Zukunft denke, die uns erwartet, da überkommt mich unwillkürlich der Gedanke, dass das Gleiche – ganz vielleicht – auch auf mich zutrifft.

DANKSAGUNG

Und damit findet eine weitere Reihe ihr Ende! Wow, was für eine Achterbahnfahrt hinter uns liegt! Wie immer gilt mein riesiger Dank zuerst und vor allem Gott, meiner Familie und meinen Freunden – dafür, dass sie durch alle Höhen und Tiefen dieses wahnsinnigen Autorenlebens an meiner Seite geblieben sind. (Und davon gab es wahrlich genug!)

Von Herzen bedanken möchte ich mich auch beim gesamten Team von Pantera Press, für all die harte Arbeit, die in dieses Buch (und all meine anderen Bücher) geflossen ist – und für all den Spaß, den wir miteinander hatten und der definitiv allzeit und immer rein arbeitsbezogen war. Ich meine, Maniküre und Kino, Gruseltouren und Tunnelerkundungen … und natürlich das Quokka-Stalking … das fällt alles unter »Recherche«, nicht wahr?

Nicht wahr?

Aber im Ernst: Ich bin immens dankbar für Eure Expertise in ernsten Verlagsangelegenheiten, die sich stets mit absurd lustigen Unternehmungen die Waage gehalten haben. Ihr alle habt dem Irrwitz der vergangenen Jahre tatsächlich immerhin teilweise einen Anstrich des Normalen verpasst (ha!), und das werde ich Euch bis in alle Ewigkeit hoch anrechnen. Eine besonders feste Umarmung gebührt Ali Green und Anabel Pandiella, die den Großteil des Lyn-Dramas aufgefangen haben – ich könnte mir vorstellen, dass die Zukunft weitere gemeinsame Cocktails (und Abenteuer) für uns bereithält!

Dass dieses Buch das Licht der Welt erblickt, verdanke ich einem fabelhaften Lektoratsteam, daher muss ich Lex Hirst ein gigantisches Dankeschön aussprechen, für ihren scharfen Blick auf das Manuskript. (Und, nicht zu vergessen, dafür, dass sie eine echte Verhaftung samt Polizeigewahrsam mit mir durchgestanden hat, gefolgt von einer unterirdischen Bootstour, die uns – *im Dunkeln* – unter einem Gefängnis hindurchgeführt hat … meine Güte, wer auch immer behauptet hat, das Autorendasein sei langweilig, liegt *so was von* falsch!) Des Weiteren danke ich meinen fabelhaft akribischen Korrekturleserinnen Tegan Morrison und Kaitlin Severini – danke, dass Ihr mir dabei geholfen habt, *Weapon* zum Leben zu erwecken! (Und fürs Aufspüren der letzten Patzer!)

Meiner Agentin Victoria Wells Arms danke ich dafür, dass sie an mich geglaubt hat und nach wie vor meine Bücher in die Welt hinausträgt. Ebenso gilt mein Dank meinen kritischen Testleserinnen, insbesondere Krystal Gagen-Spriggs und Alison Elzayed – Eure ungebrochene Begeisterung für diese Reihe ist mir eine Ehre.

Ein großes Dankeschön auch an all meine Autorenfreunde und Kollegen in der Branche – dafür, dass Ihr mich auf dieser großen und großartigen Veröffentlichungsreise unterstützt habt. Eine gesonderte Erwähnung verdient Sarah J. Mass – Deine Freundschaft bedeutet mir die Welt, und ich freue mich so sehr auf alles, was noch vor uns liegt. (Außerdem, da Freunde schließlich ehrlich zueinander sind: Ich denke wirklich, Du solltest für dieses »eichhörnchensichere« Vogelfutterhäuschen Dein Geld zurückverlangen. #Fail)

An all die Buchhändlerinnen, Lehrer, Bibliothekarinnen, Schulbibliothekare, Journalistinnen, Blogger, Rezensentinnen, Bookstagrammer, Booktuberinnen und alle anderen, die meine Bücher bekannt machen: *Danke!* Bitte zweifelt niemals an der Wichtigkeit Eurer Besprechungen und Empfehlungen. Ich bin der lebende Beweis dafür, dass sie *enorm* bedeutsam sind, und Euch für Eure Arbeit unendlich dankbar.

Zu guter Letzt und aus tiefstem Herzen danke ich *Euch*, liebe Leserinnen und Leser: Mögt Ihr immer die Gewissheit haben, dass Ihr geliebt und geschätzt werdet; mögt Ihr nie an der Macht Eurer Worte zweifeln – sie werden *gebraucht*.

Seid die Stimme Eurer Generation.

Und vergesst niemals:

Ein einziges Wort könnte die Welt verändern.